완벽한 스파이

완벽한 스파이

②

존 르카레 장편소설
김승욱 옮김

A PERFECT SPY
by JOHN LE CARRÉ

이 책은 실로 꿰매어 제본하는 정통적인 사철 방식으로 만들어졌습니다.
사철 방식으로 제본된 책은 오랫동안 보관해도 손상되지 않습니다.

9

브러더후드는 목욕을 하고, 면도를 하다가 상처를 입고, 정장을 차려입었다. BBC 뉴스를 들은 뒤에는 「독일의 소리」 방송에 주파수를 맞췄다. 영국 언론사들은 여전히 얌전하게 보도를 자제하고 있는데도 외국 매체가 기사를 보도해 버리는 경우가 가끔 있기 때문이었다. 하지만 영국 비밀 정보국 고위 직원이 종적을 감췄다거나 모스크바에 모습을 드러냈다는 소식을 가볍게 언급하는 소리는 들리지 않았다. 그는 마멀레이드와 토스트를 먹고 몇 군데 전화를 걸었지만 영국에서 아침 6에서 8시는 잠들어 있는 시간이었기 때문에 깨어나서 활동하는 사람은 브러더후드뿐이었다. 평소 같으면 공원을 가로질러 본부까지 걸어가서 책상에 앉아 두어 시간 동안 간밤의 지부 보고서들을 읽으며 10시에 보의 성역에서 열릴 기도회를 위해 마음의 준비를 했을 것이다. 「오늘 아침에는 비가 내리는데, 우리 동부 전선은 어떻습니까, 잭?」 보는 농담 삼아 책을 우러러보는 듯한 어조로 이렇게 말하곤 했다. 그러고 나서 예의 바른 침묵이 이어지는 동안 저 훌륭한 책 브러더후드는 상관에게 상황 보고를 했다. 「작년 코메콘의 무역 수치에 관해 콩거에게서 상당히 좋은 자료가 들어와서 특수 행낭으로 재무부에 보냈습니다, 보. 그 외에는 기운이 빠지는 계절입니다. 정보원들이 휴가를 간 모양이에요. 저쪽 편도 마찬가지고요.」

하지만 오늘은 평범한 날이 아니었고, 브러더후드는 보가 서방 연락관 사무실에서 온 구원 투수에게 그를 소개하며 칭찬했던 것처럼 비밀 작전의 최고 베테랑이라는 소리를 이제 들을 수 없었다. 그는 가장 최근에 불쑥 모습을 드러낸 스캔들로 가장 최근에 실각한 사람이었다. 그는 거리로 발을 내디디면서 재빠른 시선에 평소보다 경계심을 담았다. 8시 30분이었다. 먼저 그는 그린 파크를 가로질러 남쪽으로 향했다. 평소처럼, 아니 어쩌면 평소보다 더 빨리 걸은 것 같았다. 만약 나이절이 감시를 붙였다면 감시자들은 그를 따라 종종걸음을 치거나 다른 사람에게 무전을 쳐서 먼저 앞질러 가 있으라고 말해야 했을 것이다. 지난밤의 비는 그쳤고, 따뜻하고 건강에 좋지 않은 안개가 연못과 버드나무 위에 걸려 있었다. 몰에 다다른 그는 택시를 잡아타고 기사에게 토트넘 코트 로드로 가자고 말했다. 그리고 다시 조금 걷다가 또 택시를 타고 켄티시 타운으로 갔다. 그의 목적지는 빅토리아 시대의 주택들이 서 있는 회색 비탈길이었다. 아래쪽의 집들은 아직도 황폐하게 방치되어서, 무단 점거자들을 막기 위해 창문에 골판지 모양의 철판이 붙어 있었다. 하지만 위로 올라가면 고급 볼보 자동차와 티크로 틀을 짠 지붕창 등이 이곳에 중산층이 살고 있음을 알려 주었다. 길게 뻗은 정원에는 색색의 덩굴 식물 지지대와 반쯤 완성된 작은 배가 보였다. 이제 브러더후드는 걸음을 서두르지 않고 천천히 터벅터벅 비탈길을 올라가며 모든 것을 한가로이 눈에 담았다. 나는 이제 이런 속도로 걸을 자격이 있어. 이렇게 웃어도 돼. 예쁜 여성이 출근길에 그를 스쳐 지나가자 그는 사람 좋게 인사를 건넸다. 여자는 세련되게 윙크를 보냈다. 감시자가 아니라는 증거였다. 18번지 앞에서 걸음을 멈춘 브러더후드는 집을 보러 온 사람처럼 뒤로 물러나서 건물을 살펴보았다. 바흐의 음악과 아침 식사 냄새가 1층 부엌에서 흘러나왔다. 18A라고 적힌 나무 화살표는 지하로 내려가는 계단을 가리키고 있었다. 남성용 자전거 한 대가 난간에 사슬로 잠겨 있고, 사회 민주당 포스터가 창문에 붙어 있었다. 그는 초인종을 눌렀다. 재킷 차림의 여자아이가 문을 열어 주었다. 아직 열세 살밖에 안 됐는데도 벌써 우월감을 풍기는 아이였다.

「엄마한테 말씀드릴게요.」 아이는 그가 입을 열기도 전에 이렇게 말하고 나서 휙 돌아섰다. 아이의 치맛자락도 덩달아 휘돌았다. 「엄마. 남자가 왔어요. 엄마를 찾아요.」 아이는 이렇게 말하고 나서 그의 옆을 쌩하니 지나쳐 계단을 내려갔다. 품위 있는 아이들이 다니는 학교로 가는 길이었다.

「안녕, 벨린다.」 브러더후드가 말했다. 「나야.」

부엌에서 나온 벨린다는 계단 발치에 멈춰 서서 숨을 한 번 들이쉬고 닫힌 문을 향해 소리쳤다. 「폴! 당장 내려와요, 어서요. 잭 브러더후드가 왔어요. 뭔가 원하는 게 있는 모양이에요.」

브러더후드도 그녀가 그렇게 소리칠 거라고 대충 짐작하고 있었지만, 그렇게 큰 소리를 낼 줄은 몰랐다. 벨린다는 항상 처음에 안 좋은 반응을 보인 뒤 나중에 다소 다정하게 바로잡는 성격이었다.

그들은 소나무로 지은 응접실에서 바구니처럼 짠 나지막한 의자에 앉아 있었다. 몸을 움직이면 의자에서 그네처럼 삐걱거리는 소리가 났다. 머리 위에서는 하얀 종이로 된 거대한 전등갓이 비스듬히 흔들렸다. 벨린다가 도자기 머그잔에 커피를 타서 가지고 나와 천연 설탕을 넣었다. 부엌에서는 여전히 바흐의 음악이 반항하듯 들려왔다. 벨린다는 눈빛이 어두웠으며, 유년기의 어떤 일 때문에 화가 나 있었다. 이제 쉰 살인데도 그녀의 얼굴은 여전히 어머니와 또 한바탕 싸움을 벌일 각오가 돼 있는 것 같았다. 반백의 머리는 단정하게 틀어 올렸고, 목에는 육두구를 닮은 목걸이를 걸었다. 걸을 때는 몸에 걸친 카프탄[1]이 몹시 싫다는 듯이 힘들게 움직였다. 앉아 있을 때는 양쪽 무릎을 벌리고 한쪽 손의 손마디를 긁었다. 하지만 미모는 그녀가 부정하고 싶어 하는 신분증처럼 여전히 남아 있어서, 평범해 보이는 모습이 형편없는 변장처럼 자꾸만 무너졌다.

「혹시 모를까 봐 말하는 건데, 그쪽 사람들이 벌써 다녀갔어요, 잭.」 벨린다가 말했다. 「그것도 밤 10시에. 우리가 오두막에서 돌아와 집에 도착할 때를 기다리고 있었던 모양이에요.」

「그쪽 사람들이라니?」

「나이절. 로리머. 그리고 내가 모르는 사람 두 명 더. 물론 전부 남자들이었죠.」

「여기에 왜 왔다고 하던가?」 브러더후드가 물었지만 폴이 그를 제지했다.

누구든 폴에게는 결코 화를 낼 수 없었다. 그는 무례하게 굴 때조차 파이프 연기 사이로 아주 현명한 사람처럼 빙긋 웃었다. 「이건 뭡니까, 잭?」 그가 파이프를 입에서 떼어 마이크처럼 쥐고 이렇게 말했다. 「심문에 대한 심문인가요? 당신들은 헌법적인 지위가 없어요, 잘 아시다시피. 이 정부에서도 당신들은 그저 설립을 허가받은 단체

1 아랍 남자들이 입는 긴 옷.

에 지나지 않을 텐데요.」

「당신은 아마 모르고 있겠지만, 폴은 보수당 정부에서 민병대 같은 단체들이 점점 힘을 얻는 것에 대해 긴 글을 썼어요.」 벨린다는 억지로 차가운 목소리를 내려고 애썼다. 「시간을 내서 『가디언』을 읽어 봤다면 알았을 텐데, 당신은 그걸 안 읽죠. 폴의 기사가 한 면을 전부 채웠어요.」

「그러니까 엿이나 먹어요, 잭.」 폴의 말투는 여전히 유쾌했다.

브러더후드는 빙긋 웃었다. 폴도 빙긋 웃었다. 늙은 양치기 개 한 마리가 한들한들 들어와 브러더후드의 발치에 자리를 잡았다.

「그건 그렇고, 담배 피우겠습니까?」 언제나 남들이 무엇을 원하는지 살피는 폴다운 질문이었다. 「벨린다가 싸구려 궐련은 안 된다고 선을 그어 두긴 했지만, 꼭 필요하다면 괜찮은 갈색 담배가 있습니다.」

브러더후드는 자신의 고약한 담배를 한 개비 꺼내 불을 붙였다. 「당신도 엿이나 먹어요, 폴.」 그가 평온하게 말했다.

폴은 일치감치 전성기를 경험한 사람이었다. 20년 전 유망한 희곡을 써서 외곽의 극장에 올렸으니까. 그는 지금도 희곡을 썼다. 키는 큰 편이었지만, 확실히 운동을 좋아하지 않는 티가 났다. 브러더후드가 아는 한 그는 회사에 들어오려고 두 번 지원서를 냈다. 그리고 두 번 모두 단호히 거절당했다. 브러더후드가 끼어들 필요도 없었다.

「그 사람들이 여길 찾아온 건 매그너스를 고위직에 임명하기 전에 조사가 필요하기 때문이라고 했어요. 궁금할까 봐 말해 주는 거예요.」벨린다가 단숨에 말을 쏟아냈다. 「매그너스를 당장 승진시켜 곧바로 일을 시작하게 하고 싶다면서 많이 서두르던데요.」

「나이절이?」브러더후드는 기가 막히는 소리라는 듯 웃음을 터뜨렸다. 「나이절과 로리머, 그리고 남자 둘이 더 왔다며. 그 사람들이 밤 10시에 신원 조사를 하러 왔다고? 정부 비밀 부서의 고위직 절반이 여기에 왔다 간 거야, 벨. 박봉에 시달리며 신원 조사나 하고 다니는 늙은이들이 아니라고.」

「고위직 임명이 걸렸으니 고위직들이 조사해야 하는 거겠죠.」벨린다가 얼굴을 시뻘겋게 붉히며 반박했다.

「나이절이 그렇게 말하던가?」

「그래요!」벨린다가 말했다.

「그 말을 믿었어?」

이번에는 폴이 자신의 기개를 보여 줄 때가 되었다고 생각한 모양이었다. 「솔직히 말해서, 그냥 꺼져 줄래요, 잭? 이 집에서 나가요. 당장. 여보, 이 사람 말에 대답하지 말아요. 너무 어처구니가 없어서 말로 표현할 수도 없네. 얼른 일어나요, 잭. 나가라고요. 술을 한잔 하러 오는 건 언제든 환영입니다. 미리 전화만 해준다면. 하지만 이런 헛소리를 하러 온 거라면, 미안하지만 나가 주세요.」

그는 이미 문을 열고 물을 퍼 올리듯 커다란 손을 움직이고 있었지만, 브러더후드도 양치기 개도 전혀 움직이지 않았다.

「매그너스가 배를 갈아탔어.」 브러더후드가 벨린다에게 설명하는 동안 폴은 자신도 필요하면 폭력을 쓸 수 있다는 듯 눈에 힘을 주었다. 「나이절과 로리머가 너한테 같잖은 핑계를 댄 거야. 그놈들이 서구 세계를 배신한 대단한 반역자로 매그너스를 몰아서 사건을 꾸미는 동안 매그너스는 도망쳐서 몸을 숨겼다. 난 그 녀석의 상관이었으니 그놈들만큼 열심히 그 녀석을 찾을 생각은 없어. 내가 보기에 녀석이 길을 벗어나기는 했지만 아주 길을 잃지는 않은 것 같으니, 내가 먼저 녀석을 만나 이야기하고 싶을 뿐이야.」 그는 폴을 향해 이야기하면서도 굳이 고개를 돌리지 않았다. 그저 상대가 누구인지 알려 줄 수 있을 만큼만 고개를 들어 올렸을 뿐이다. 「그놈들이 당신 신문사에 당분간 재갈을 물려 놨습니다. 다른 신문들도 모두 마찬가지고요, 폴. 하지만 나이절의 뜻대로 일이 풀린다면, 며칠 뒤 당신 동료들이 벨린다의 전남편을 맹렬히 공격하는 고약한 칼럼을 쓰고, 당신이 빨래방에 갈 때마다 사진을 찍어 댈 겁니다. 그러니 어떻게 행동할 것인지 지금부터 생각해 두는 게 좋아요. 생각하는 동안 우리한테 커피를 좀 더 가져다주고 한 시간 동안 자리를 비켜 주겠습니까?」

둘만 남게 되자 벨린다는 짝의 보호를 받을 때보다 훨씬 더 강해졌다. 비록 아직 멍한 표정이긴 해도, 아까처럼 긴장한 기색은 없었다. 그녀의 시선은 눈에서 1미터쯤 떨어진 지점에 단단히 고정되어 있었다. 비록 다른 사람들처럼 멀리 내다보지는 못하더라도, 자신이 눈으로 본 것만은 남들보다 두 배로 확신한다고 말하는 듯했다. 두 사람은 창가의 둥근 탁자에 앉아 있었다. 창문에 붙은 사회 민주당의 포스터가 블라인드 때문에 여러 조각으로 가늘게 잘라진 것처럼 보였다.

「그 녀석 아버지가 죽었다.」 브러더후드가 말했다.

「알아요. 읽었어요. 나이절한테서 이야기도 들었고요. 그 사람들이 나더러 그 일이 매그너스에게 어떤 영향을 미칠 것 같으냐고 묻더라고요. 아마 미끼였겠죠.」

브러더후드는 잠시 가만히 있다가 대답했다. 「꼭 그렇지만은 않아. 그래. 완전히 미끼만은 아니다, 벨린다. 아마 그 일 때문에 녀석의 머리가 조금 돌아갔을지도 모른다고 생각하는 거겠지.」

「매그너스는 항상 내가 자기를 릭에게서 구해 줬으면 했어요. 난 최선을 다했고요. 나이절에게도 설명해 주긴

했는데.」

「녀석을 어떻게 구해, 벨린다?」

「숨겨 줬죠. 전화도 대신 받아 주고. 매그너스가 해외
에 있다고 거짓말도 하고. 가끔 그래서 매그너스가 회사
에 들어간 건가 하는 생각이 들어요. 거기에 몸을 숨기려
고요. 제미마와 위험을 감수하기가 무서워서 나와 결혼
한 것처럼.」

「제미마가 누구야?」 브러더후드는 모르는 척했다.

「학교 때 나랑 친했던 애예요.」 벨린다는 인상을 찌푸
렸다. 「지나치게 친했죠.」 찡그린 표정이 풀리더니 우울
하게 변했다. 「릭이 가엾어요. 난 그 사람을 딱 한 번 봤
을 뿐이에요. 우리 결혼식 때. 초대도 하지 않았는데 피
로연이 한창일 때 나타났더라고요. 매그너스가 그때만큼
행복한 표정을 짓는 건 한 번도 못 봤어요. 그때 말고는
전화로 목소리를 들었을 뿐이에요. 목소리가 좋았어요.」

「그때 매그너스에게 다른 은신처도 있었나?」

「여자를 말하는 거예요? 원한다면 그냥 여자라고 말해
도 돼요. 이젠 별로 신경 쓰이지 않으니까요.」

「그냥 그 녀석이 숨어 있을 만한 곳을 말한 거야. 어딘
가의 작은 오두막이나 옛 친구 같은. 숨고 싶을 때 녀석
이 어디로 갔을까, 벨린다? 누구한테 갔을 것 같아?」

깍지를 끼고 있다가 푼 벨린다의 두 손은 우아하고 감
정이 풍부했다. 「어디든 갔겠지요. 매그너스는 매일 새로

운 사람처럼 변했어요. 난 집에 돌아온 매그너스의 모습을 보면서 장단을 맞추려고 애썼죠. 그런데 아침에 일어나보면 또 다른 사람이 되어 있는 거예요. 매그너스가 어딘가 은신처에 가 있을까요, 잭?」

「네 생각은 어떤데?」

「당신은 항상 질문에 질문으로 대답하죠. 내가 그걸 깜박 잊었네요. 매그너스도 똑같은 술수를 부렸는데.」브러더후드는 가만히 기다렸다. 「세프 쪽을 알아보세요.」벨린다가 말했다. 「세프는 언제나 의리가 있었어요.」

「세프?」

「케네스 세프턴 보이드. 제미마의 형제예요. 매그너스는 〈세프는 내 혈통에 비해 너무 부자야〉라고 말하곤 했어요. 그건 둘이 동등하다는 뜻이었어요.」

「매그너스가 그 친구한테 갔을까?」

「정말로 안 좋은 일이 생긴 거라면요.」

「제미마한테 갔을 가능성은?」

벨린다는 고개를 저었다.

「왜?」

「걔는 요새 남자한테 흥미를 잃었다는 것 같아요.」벨린다는 이렇게 말하고 나서 다시 얼굴을 붉혔다. 「걔는 예측할 수가 없어요. 옛날부터 그랬어요.」

「혹시 웬트워스라는 이름을 들어 본 적이 있나?」

벨린다는 여전히 뭔가 다른 생각을 하는 듯한 표정으

로 고개를 저었다. 「내 시간이……」

「양귀비?」

「메리가 나타나면서 내 시간은 끝났어요. 그런데 이제
양귀비가 있다면, 그건 메리의 불운이죠.」

「그 녀석의 소식을 마지막으로 들은 게 언제야, 벨
린다?」

「나이절도 같은 걸 물었어요.」

「나이절한테는 뭐라고 대답했는데?」

「이혼한 뒤에 내가 매그너스의 소식을 들을 이유가 없
다고 말했죠. 우리는 6년 동안 부부였고, 아이는 없었다,
그 결혼 생활 자체가 실수였는데 왜 자꾸 다시 돌아가려
고 하겠나, 이렇게 말했어요.」

「진실을 말한 건가?」

「아뇨. 거짓말이에요.」

「뭘 숨긴 건데?」

「전화요. 매그너스가 전화했어요.」

「언제?」

「월요일 밤. 폴이 집에 없었으니 다행이죠.」 벨린다는
말을 멈추고 폴의 타자기 소리에 귀를 기울였다. 위층에
서 타자기 소리가 일정한 박자에 맞춰 들려오고 있었다.
「목소리가 이상했어요. 술에 취했나 싶을 정도로. 시간도
늦었고요.」

「몇 시였는데?」

「틀림없이 11시쯤이었을 거예요. 루시가 아직 숙제를 하고 있었으니까. 제가 11시 이후에는 공부하지 말라는 규칙을 정해 두었는데, 그 애는 프랑스어 O 레벨 모의고사 문제를 풀고 있었어요. 매그너스는 공중전화라고 했어요.」

「현금으로?」

「네.」

「어디?」

「말 안 했어요. 그냥 〈릭이 죽었어. 우리가 아이를 낳을 걸 그랬어〉라고만 말했어요.」

「그게 전부야?」

「나랑 결혼한 자신이 항상 싫었는데 이제는 마음이 풀렸다고 말했어요. 이제 자신을 이해하게 되었다고요. 그리고 열심히 노력한 나를 사랑했대요. 고맙기도 하지.」

「그게 전부야?」

「〈고마워. 전부 고마워. 안 좋은 일들은 용서해 줘.〉 그러고는 전화를 끊었어요.」

「나이절한테 이 이야기를 했나?」

「왜 그걸 계속 묻는 거예요? 이 이야기는 나이절과 상관이 없을 것 같았어요. 매그너스가 밤늦게 취해서 감상적인 기분이 되어 전화를 걸었다는 이야기는 하기 싫었어요. 그 사람들은 매그너스를 승진시키려고 심사 중이라는데. 날 속였으니 대가를 받은 거죠.」

17

「나이절이 또 뭘 물었지?」

「그냥 성격에 관한 질문요. 매그너스가 공산당 동조자일지 모른다고 생각한 적이 있는가? 제가 옥스퍼드라고 대답했더니, 나이절이 자기들도 이미 알고 있다고 하더라고요. 저는 대학 때의 정치 성향에 그리 큰 의미가 있을 것 같지 않다고 말했고, 나이절도 동의했어요. 매그너스가 어떤 식으로든 이상하게 군 적이 있는가? 불안정하거나, 술을 지나치게 마시거나, 우울해한 적은? 저는 이번에도 아니라고 대답했어요. 술에 취해 한 번 전화한 걸로 술을 지나치게 마신다고 할 수는 없을 것 같았거든요. 아니, 설사 그럴 수 있다 해도 매그너스의 동료 네 명에게 할 얘기는 아니었죠. 매그너스를 보호해야 할 것 같았으니까요.」

「그 사람들이 널 잘 몰랐던 거지, 벨린다. 그건 그렇고, 너라면 그 녀석을 승진시켰을 것 같아?」

「승진이라니요? 승진 같은 건 없다면서요.」 벨린다는 브러더후드 역시 거짓말을 하는 건지 모른다는 생각을 뒤늦게 떠올리고 그에게 날카로운 태도로 말했다.

「내 말은, 승진이 사실이었다고 가정해 본 거야. 고위급의 책임 있는 자리. 너라면 그런 자리에 매그너스를 앉혔을 것 같아?」

벨린다가 빙긋 웃었다. 몹시 예쁜 미소였다. 「실제로 그렇게 했잖아요, 안 그래요? 매그너스랑 결혼했으니까요.」

「지금은 그때보다 현명해졌잖아. 지금 같으면 매그너스를 그런 자리에 앉힐 것 같아?」

벨린다는 성난 사람처럼 얼굴을 찌푸리고 검지를 깨물었다. 때로 그녀는 잠깐 사이에 분위기가 확 바뀌곤 했다. 브러더후드는 가만히 기다렸지만 대답이 돌아오지 않아서 다른 질문을 던졌다. 「혹시 그놈들이 녀석의 그라츠 시절에 대해 묻던가?」

「그라츠요? 매그너스의 군대 시절 말이에요? 세상에, 그 사람들이 **그렇게** 옛날 일까지 들추진 않았어요.」

브러더후드는 세상의 심술에 자신은 결코 상대가 되지 않는다는 듯이 고개를 절레절레 저었다. 「그놈들은 모든 것이 그라츠에서 시작되었다고 보고 있어, 벨. 녀석이 거기서 군 복무를 하는 동안 도둑놈들 틈에 떨어졌다는 거창한 가설을 세웠지. 네 생각에는 어떤 것 같아?」

「터무니없는 생각이에요.」

「왜 그렇게 단언하는데?」

「매그너스는 거기서 행복했어요. 그리고 새로운 사람이 되어서 영국으로 돌아왔죠. 매그너스는 계속 이렇게 말했어요. 〈난 이제 완전해졌어. 내가 해냈어, 벨. 내 반쪽과 하나가 됐어.〉 매그너스는 자신이 그렇게 훌륭한 일을 한 걸 자랑스럽게 생각했어요.」

「무슨 일을 했는지 설명하던가?」

「말할 수 없다고 했어요. 너무 위험한 기밀이라고요. 그냥 나도 그 일을 알게 되면 자기를 자랑스럽게 여길 거라고만 했어요.」

「녀석이 관여했던 작전 이름을 말한 적이 있나?」

「아뇨.」

「정보원 이름을 말한 적은?」

「말도 안 되는 소리 마세요. 그런 걸 말할 사람이 아니잖아요.」

「자기 지휘관에 대해 이야기한 적은?」

「엄청 똑똑한 사람이라고 했어요. 하기야 매그너스는 만난 지 얼마 안 된 사람한테 늘 똑같은 소리를 하죠.」

「내가 큰 소리로 그린슬리브스라고 말한다면 혹시 생각나는 게 있을까?」

「영국의 민요를 떠올리겠죠.」

「사비나라는 여자에 대해 들어 본 적은?」

벨린다는 고개를 저었다. 「매그너스는 내가 자신의 첫 여자라고 했어요.」

「그 말을 믿었나?」

「저도 처음이었으니 어떻게 알겠어요.」

브러더후드는 벨린다가 조용할 때가 항상 더 좋았다는 사실을 떠올렸다. 그녀가 싸움을 향해 돌진하는 모습은 다소 코믹했지만, 그러지 않을 때는 항상 차분하고 품위가 있었다.

「그럼 나이절과 친구들은 만족스러운 결과를 얻었겠군.」 브러더후드가 말했다. 「너는?」

창문에 벨린다의 얼굴이 실루엣으로 비쳤다. 브러더후드는 그 얼굴이 위로 들어 올려지거나 자신을 향하는 순간을 기다렸지만 그런 일은 일어나지 않았다.

「너라면 매그너스를 찾으러 어딜 먼저 뒤져 보겠어?」 브러더후드가 말했다. 「네가 나라면.」

여전히 벨린다는 움직이지도 않고 말도 하지 않았다.

「어딘가 바닷가에 있는 곳? 그 녀석한테 여러 가지 꿈이 있었잖아. 그 꿈들을 잘게 잘라서 사람들에게 한 조각씩 나눠 줬지. 너한테도 뭔가 준 것이 있나? 스코틀랜드? 캐나다? 순록의 이동? 어느 친절한 여인이 자신을 집에 들여놓는 꿈? 난 답이 필요해, 벨린다. 정말로 필요해.」

「이젠 당신과 이야기하지 않을 거예요, 잭. 폴의 말이 맞아요. 난 당신과 이야기할 의무가 없어요.」

「그 녀석이 무슨 짓을 했더라도? 그 녀석을 구하기 위해서라도?」

「당신을 믿을 수 없어요. 특히 당신이 친절하게 굴 때는 더욱더. 당신이 매그너스를 만들어 냈어요. 그러니 뭐가 됐든 당신이 시키는 일을 했겠죠. 당신이 원하는 사람이 되고, 당신이 결혼하라면 결혼하고, 당신이 이혼하라면 이혼하고. 만약 매그너스가 잘못을 저질렀다면, 그건 매그너스의 잘못이자 당신 잘못이에요. 당신은 날 쉽게 떼어 낼 수 있었죠. 매그너스는 나한테 집 열쇠를 넘긴 뒤 곧바로 변호사한테 갔으니까요. 그럼 매그너스가 당신을 없애려면 어떻게 해야 할까요?」

브러더후드는 문으로 향했다.

「매그너스를 찾거든 다시는 전화하지 말라고 전해 줘요. 그리고 잭?」 브러더후드가 걸음을 멈췄다. 벨린다는 다시 희망적이고 부드러운 표정을 짓고 있었다. 「매그너스가 항상 붙들고 있던 그 책을 썼나요?」

「그게 무슨 책인데?」

「세상을 바꿔 놓을 위대한 자전적 소설이래요.」

「그걸 끝냈어야 하나?」

「〈언젠가 나는 문을 걸고 들어앉아서 진실을 말할 거야.〉 매그너스의 이 말에 나는 이렇게 대답했어요. 〈꼭 문을 걸고 들어앉아야 해? 지금 말하면 되잖아.〉 하지만 매그너스는 그럴 수 없다고 생각하는 것 같았어요. 난 루시가 일찍 결혼하겠다고 해도 허락하지 않을 거예요. 폴도 마찬가지고요. 우리는 루시에게 피임약을 먹이고, 여러 사람을 사귀어 보게 할 거예요.」

「문을 걸고 **어디에** 들어앉겠다고 했어, 벨린다?」

그녀의 얼굴에서 다시 빛이 꺼졌다. 「이건 당신이 자초한 거예요, 잭. 당신들 모두가. 당신 같은 사람들을 아예 만나지 않았다면 매그너스는 아무 문제 없었을 거예요.」

잠깐. 그랜트 레더러는 혼잣말을 했다. 그 사람들은 전부 널 싫어해. 너도 그 사람들을 대부분 싫어하고. 그러니 멍청하게 굴지 말고 차례를 기다려. 방 안의 방에 남자 열 명이 앉아 있었다. 가짜 벽의 가짜 창문으로 보이는 것은 플라스틱 조화였다. 레더러는 속으로 생각했다. 미국은 이런 곳에서 검은 파자마를 입은 자그마한 갈색 인종들과의 전쟁에 졌어. 이런 곳에서, 뿌옇게 처리한 유리를 끼운 방에서, 인류와 차단된 곳에서, 미국은 최후의 전쟁을 뺀 모든 전쟁에 패배할 거야. 벽에서 몇 미터 떨어진 곳에 있는 세인트존스 우드는 외교적인 면에서 촌이나 마찬가지인 평온한 곳이었다. 하지만 이 방 안에 있으면, 여기가 랭리나 사이공이라고 해도 믿을 것 같았다.

「해리, 내가 **담을 수 있는** 최고의 존경을 담아 말합니다.」 국무 조정실의 마운트조이가 존경심이라고는 거의 보이지 않는 태도로 떠들어 댔다. 「당신이 초기 징조라고 가져온 이것들이 사실은 양심 없는 적이 우리에게 쏟아부은 것일 수 있습니다. 몇몇 사람들이 처음부터 줄곧 말했던 것처럼요. 그 일을 또 끄집어 내는 것이 정말로 공정한 일입니까? 지난 8월에 이미 이 이야기를 끝낸 줄 알았는데요.」

웩슬러는 양손으로 들고 있는 안경만 뚫어지게 바라보았다. 웩슬러가 쓰기에는 너무 무거워 보이는데. 레더러는 속으로 생각했다. 저 안경을 쓰고 세상을 너무 선명

23

히 보는 것 같기도 하고. 웩슬러는 안경을 책상에 내려놓고 뭉툭한 손끝으로 퇴역 군인처럼 짧게 자른 머리를 긁적였다. 무엇이 당신의 발목을 붙잡고 있는 거지? 레더러는 소리 없이 그를 다그쳤다. 영어가 잘 해석되지 않나? 워싱턴에서부터 콩코드기를 타고 날아오느라 시차 때문에 머리가 안 돌아가는 건가? 아니면 자기들이 처음에 우리 정보국의 기틀을 잡아 줬고 자기들의 고상한 식탁에 우리를 너그러이 초대해 줬다는 이야기를 지치지도 않고 늘어놓는 이 영국 신사들에게 감탄하는 중인가? 당신은 세계 최고 정보기관의 최고위급 인사잖아, 젠장. 당신은 내 상관이라고. 그런데 왜 일어서서 자신의 존재를 알리지 않는 거야? 레더러의 소리 없는 다그침에 답하기라도 하듯, 웩슬러의 목소리가 다시 제대로 작동하기 시작했다. 목소리에 무게도 제대로 실려 있었다.

「여러분.」 웩슬러가 입을 열었지만, 〈열러분〉이라고 말한 것처럼 들렸다. 다시 장전하고 조준해. 서두르지 말고. 레더러는 생각했다. 「우리의 입장을 말씀드리자면, 에릭 경,」 웩슬러가 기사 작위가 있는 마운트조이를 향해 기분 나쁘게도 절하는 모양새 비슷해 보이는 몸짓을 하며 말을 이었다. 「그러니까…… 이번 일 전반에 대한, 에, 저희 정보국의 입장은…… 지금 이 중요한 회의와 이 순간에 말씀드리건대…… 한편에는 다양한 출처에서 나온 징조들이 쌓여 있고, 다른 한편에는 우리의 불안감과 관

24

련해서 거의 결정적이라고 생각되는 새로운 데이터가 있다는 것입니다.」 그는 입술을 축였다. 나라도 그럴 거야. 레더러는 속으로 생각했다. 저렇게 길고 어려운 말을 했다면 최소한 침이라도 뱉었을걸. 「따라서 우리가 보기에는, 에, 흐름상, 에, 조금 뒤로 거슬러 올라가야 할 필요가 있습니다…… 그다음에는…… 최근에, 에, 일어난 일에 비추어 우리 모두가 자세히 살펴볼 수 있는 곳에 새로운 자료를, 에, 끼워 넣어야 합니다.」 그는 브래멀에게 고개를 돌려, 주름이 졌지만 순수해 보이는 얼굴로 미안한 듯 미소를 지었다. 「당신은 어쨌든 다른 방식을 원하시지요, 보. 그럼 그냥 당신 의견을 내어놓는 게 어떻습니까? 그러고서 우리가 그 생각을 받아들일 수 있는지 살펴보시지요.」

「아뇨, 뭐가 됐든 가장 편안하게 느껴지는 대로 하셔야 합니다.」 브래멀이 친절하게 말했다. 사실 이 말은 그가 평생 모든 사람에게 하고 있는 말이었다. 그래서 웩슬러는 자신이 가져온 자료로 주의를 돌려, 먼저 폴더를 자기 앞 중앙에 놓았다가 오른쪽으로 살짝 기울였다. 마치 비행기가 한쪽 날개를 기울이며 착륙하는 것 같았다. 그랜트 레더러 3세는 살갗 아래 가려운 두드러기가 난 것 같은 기분이 되어, 심장 박동과 열기를 좀 가라앉히려고 애쓰며 이 자리에 고위급들이 모여 있다는 점을 믿어야 한다고 되뇌었다. 어딘가에 가치 있고, 비밀스럽고, 모르는 것이 없는 정보국이 있을 것이다. 다만 그 정보국이 천국에 있다는 점이 유일한 문제였다.

영국은 여느 때처럼 다루기 힘들고 지나치게 융통성 있는 팀을 배치했다. 정보국의 홉스본, 국무 조정실의 마운트조이, 외무부의 도니가 모두 다양한 강도의 불신 또는 노골적인 경멸을 드러내며 빈둥거렸다. 레더러는 영국 팀의 배치에 변화가 있었음을 깨달았다. 지금까지는 잭 브러더후드가 상징적으로 브래멀의 옆자리를 차지했지만, 오늘은 브래멀의 앞잡이인 나이절이 그 자리를 차지했고 브러더후드는 탁자 상석으로 올라가 마치 사냥감을 이글이글 노려보는 늙은 회색 새처럼 회의를 주재했다. 미국 측에 앉은 사람은 달랑 네 명뿐이었다. 두 나라가 특별한 관계를 맺고 있다면서 영국인들은 항상 숫자로 미국을 이기려 들지. 레더러는 생각했다. 현장에서는 미국 정보국이 이쪽 사람들을 약 90 대 1로 능가하지만, 여기서는 우리가 박해받는 소수야. 레더러의 오른쪽에 앉은 해리 웩슬러는 미리 목을 가다듬어 놓지 않고, 이제야 이른바 현재 진행 중인, 에, 상황의 복잡성과 씨름하고 있었다. 레더러의 왼편에서 빈둥거리는 믹 카버는 런던 지부장으로, 버릇없는 보스턴 출신 백만장자였다. 사람들은 그가 총명하다고 생각했지만 레더러가 아는 한 그 주장의 증거는 없었다. 그의 다음 자리에 앉은 아텔리는 주의가 산만한 엉터리 같은 인간이었다. 통신 정보국에서 나온 그는 누군가가 랭리에서부터 머리채를 잡고 끌고 오기라도 한 것 같은 몰골이었다. 이 사람들 사이에 나 그랜트 레더러 3세가 앉아 있지. 내가 생각해도 정이 안 가는 인간. 인디애나주 사우스벤드 출신의 뻔뻔한 변호사이고, 승진을 위해 지칠 줄 모르고 노력한 결과 이번에 또 한 번 이렇게 사람들을 끌어 모을 수 있었어. 6개월 전에 이미 증명할 수 있었던 일, 즉 컴퓨터는 정보를 날조하지도 않고, 뇌물을 받고 저쪽 편으로 슬그머니 돌아서는 일도 없고, 영국 정보국의 고위 인사들을 노리고 자발적으로 중상 비방을 만들어 내지도 않는다는 사실을 증명하기 위해서. 컴퓨터는 상대방의 매력이나 인종이나 전통 같은 건 고려하지 않고 창피한 진실을 말하지. 최대한 인기 없는 사람이 되려고 열심히 애쓰고 있는 그랜트 레더러 3세한테 그런 진실을 말한단 말이야.

레더러는 웩슬러의 횡설수설을 무력하게 듣고 있다가, 이 자리의 외계인은 웩슬러가 아니라 자신이라는 결론을 내렸다. 여기 있는 이 위대한 해리 E. 웩슬러는 랭리에서 하느님의 오른편에 앉는 사람이야. 『타임』지에 미국의 전설적인 모험가로 실린 사람이고, 피그스만(灣) 사건에서 별처럼 빛나는 역할을 수행했으며, 베트남 전쟁 때는 정보계 최고의 개판을 몇 개 만들어 낸 사람이지. 중앙아메리카에서 꿈도 꿀 수 없을 만큼 많은 나라의 경제를 파산시키고, 마피아 두목들부터 시작해서 최고로 머리 좋은 사람들과 음모를 꾸민 사람이야. 그리고 나는 야망 있는 개자식. 그런데 지금 무슨 생각을 하고 있는 거지? 말을 똑똑히 하지 못하는 사람은 생각도 똑똑히 하지 못한다는 생각. 자기표현은 논리와 한 쌍으로 붙어 다니는데, 이 기준에 따르면 해리 E. 웩슬러는 목부터 그 위쪽이 전부 포경 수술을 받은 사람이야. 비록 나의 소중한 미래가 저 웩슬러의 손에 달려 있기는 하지만 말이야.

웩슬러의 목소리가 갑자기 자신감을 띠기 시작하자 레더러는 안도했다. 웩슬러가 자신감을 얻은 것은 레더러의 보고서를 그대로 읽고 있기 때문이었다. 「1981년 3월 신뢰할 만한 평가를 거친 망명자의 보고에 따르면…….」 가명 덤보. 레더러는 스스로 컴퓨터가 된 듯 자동적으로 기억을 떠올렸다. 자재부가 제공해 준 매춘부와 파리에 정착했음. 1년 뒤 그 매춘부가 망명. 「1981년 5월 통신 정보국의 보고에 따르면…….」 레더러는 혹시 눈이 마주칠까 하는 희망을 품고 아텔리를 흘깃 바라보았지만, 아텔리는 자기만의 생각에 빠져 있었다. 「1982년 역시 3월에 폴란드 정보국 내부의 정보원이 연락관으로서 모스크바를 방문 중…….」 가명 무스타파. 레더러는 짜증스럽게 몸을 부르르 떨며 기억을 떠올렸다. 폴란드 안보와 관련된 조사를 돕다가 과욕으로 사망. 위대한 웩슬러는 한 번 실수를 저지르고 또 한 번은 거의 망할 뻔한 끝에 그날 오전 처음으로 결정적인 발언을 제대로 해내는 데 성공했다. 「이런 징조들의 의미는, 열러분, 모든 사건에서 똑같습니다. 즉, **이름이 밝혀지지 않은 서구 어느 나라 정보국의 발칸 활동 전체를 프라하의 체코 정보국이 지휘하고 있고, 워싱턴에서 형제처럼 협력하고 있는 영미 정보국의 코앞에서 정보 누출이 발생하고 있다는 것입니다.**」하지만 아무도 벌떡 일어나지 않았다. 캐러더스 대령이 외알 안경을 벗고 〈오, 하느님, 악마처럼 교활하군!〉이라고 소리치지도 않았다. 웩슬러가 밝힌 사실이 파란을 일으킨 것은 이미 6개월 전이었다. 풀은 이미 시들었고 노랫소리도 들리지 않았다.

레더러는 그냥 웩슬러가 말하지 않은 사실에 주의를 기울이기로 했다. 예를 들어, 웩슬러는 내 테니스 훈련이 중단된 것에 대해 아무 말도 하지 않았지. 내 결혼 생활이 위태로워진 것에 대해서도, 내 성생활이 확 줄어든 것에 대해서도, 내가 아버지로서 아무런 기여를 하지 않은 것에 대해서도 역시 아무 말이 없었어. 사람들이 내게 다른 일을 모두 면제해 주고, 대신 저 위대한 웩슬러의 25시간 슈퍼 노예로 삼았을 때부터 내 삶이 그렇게 된 거야. 「당신은 변호사 공부도 했고, 체코어도 할 줄 알고, 체코 전문가로군요.」인사부에서 그에게 한 말은 이러했다. 「그보다 더 바람직한 것은 당신의 속내가 철저히 싸구려려는 점입니다. 그걸 이용하세요, 레더러. 우린 당신이 끔찍한 일들을 해줄 것이라고 기대하고 있습니다.」웩슬러는 내가 밤에 컴퓨터 앞에 앉아서 손가락이 끊어져라 자판을 두드리며 단절된 데이터를 수없이 입력한 것에 대해서도 말하지 않았어. 내가 왜 그런 짓을 한 거지? 뭐에 홀렸나? 엄마, 나는 내 재능이 내 안에서 성큼성큼 걸어 나가는 걸 느꼈어요. 그래서 그 재능의 등에 올라타고 운명을 향해 달려갔죠. 과거와 현재에 워싱턴에서 활동했던 모든 서구 정보 관리들 중 체코의 과녁에 접근할 수 있는 사람들의 이름과 기록. 그들이 핵심 수요자든 변방의 수요자든 상관없었다. 레더러는 그 웃기지도 않는 정보를 딱 나흘 만에 전부 입력했다. 그들이 접선하는 모든 사람의 이름, 그들이 여행 중에 보인 움직임에 대한 상세한 정보, 행동 패턴, 성적인 취향과 휴식 취향. 레더러는 이 모든 정보를 금요일부터 월요일까지 미친 듯이 그물로 걷어 들였다. 그동안 비는 우리 둘을 위해 기도하고 있었어. 체코의 모든 특사, 관리, 불법적으로든 합법적으로든 미국을 드나든 여행자 모두의 이름, 그리고 위조 여권을 가려내기 위한 인상착의 정보. 그들이 표면적으로 내세운 여행 목적과 날짜, 여행 빈도와 체류 기간. 레더러는 고작 사흘 만에 그 정보를 완전히 포박하고 재갈까지 물려서 가져다주었다. 그동안 비는 레더러가 분석과의 메이지 모스, 귀에서 대마초 연기가 흘러나오는 그 여자와 바람을 피운다고 확신했다.

웩슬러는 자기 부하가 이런 식으로 헤아릴 수 없이 많

은 숭고한 희생을 했는데도 무시해 버리고, 재앙을 몰고 올 문단을 읽기 시작했다. 〈현장에서 활동하는 체코슬로바키아 정보원들의 정비 및, 에, **그들과의 통신**이라는 측면에서 체코슬로바키아의 방법론에 **대한** 우리의 전반적인 인식을 통합시키는〉 것에 관한 문단이었다. 사람들은 감탄한 듯 침묵을 지키며, 머릿속으로 그의 말을 다른 말로 바꿔서 해석한다.

「아, 그들의 **활동 방법**을 말하는 것이죠, 해리?」 보 브래멀이 말한다. 그는 자신의 평판에 도움이 되겠다 싶을 때 재치 있는 말을 던질 기회를 그냥 넘기는 법이 없다. 그의 옆에 앉은 나이절은 웃음을 참느라 머리카락을 손으로 툭툭 쓰다듬는다.

「음, 네, 내가 말하고 싶은 게 그것이었던 것 같네요.」 웰슬러가 솔직히 털어놓는다. 레더러는 머리가 헝클어진 아텔리가 무대에 오르는 동안 불안한 흥분이 하품처럼 자신을 휩쓸고 지나가는 것을 느끼고 깜짝 놀란다.

메모를 전혀 사용하지 않는 아텔리의 발언은 수학자답게 단어 사용에 인색하다. 이름과 달리 그의 발음에는 프랑스식 말씨가 살짝 배어 있는데, 그는 브롱크스 말씨로 그것을 가린다. 「징조들이 계속 늘어남에 따라 우리 부서는 1981년과 1982년에 걸쳐 미국에서 파악된 체코 시설들, 특히 샌프란시스코 주재 영사관뿐만 아니라 워싱턴 주재 체코 대사관의 옥상에서도 은밀하게 송신되는 무선 신호를 재검토해 보라는 지시를 받았습니다. 우리 직원들은 도약 거리,[2] 주파수 변동, 가능성이 높은 수신 지역을 다시 살펴보았습니다. 처음 신호가 송신된 시기에 우리가 가로챘으나 해독하지 못한 신호들도 모두 추적해 보았습니다. 그리고 직원들은 용의자들의 움직임과 대조해 보기 위해 신호의 송신 시점을 정리했습니다.」

「잠깐 멈춰 주시겠습니까?」

나이절의 머리가 강풍 속의 풍향계처럼 획 돌아간다. 심지어 브래멀조차 인간적인 관심을 확연히 드러낸다. 탁자 맨 끝으로 쫓겨난 잭 브러더후드는 검지를 45구경 총처럼 들어 올려 아텔리의 배꼽을 똑바로 겨누고 있다. 이 방의 모든 사람 중에서 브러더후드야말로 기회만 생긴다면 가장 상관으로 모시고 싶은 사람이라는 사실은, 레더러가 지금까지 살아오면서 경험한 수많은 역설들을 전형적으로 보여 준다. 레더러는 자신의 영웅인 브러더후드에게 잘 보이려고 가끔 노력했으나 항상 철벽같은 거절만 당했다. 어쩌면 그 때문에 그런 소망을 품게 된 건지도 모른다.

「이봐요, 아텔리.」 브러더후드가 말한다. 「당신들은 핌이 휴가를 가든 다른 도시에 볼일이 있어서 가든 워싱턴

---

2 전파 발사 지점과 전리층으로부터 반사파가 돌아오는 지점 사이의 최소 거리.

을 벗어날 때마다 체코 대사관에서 송신되는 일정한 암호가 끊겼다는 사실을 지금까지 다소 크게 해석했습니다. 가만 보니 지금도 그럴 것 같군요.」

「네, 말을 조금 윤색하기는 할 테지만 맞습니다.」 아텔리가 유쾌하게 말한다.

브러더후드의 검지는 여전히 그를 겨냥하고 있다. 아텔리는 계속 양손으로 탁자를 짚은 자세다. 「만약 핌이 워싱턴의 송신기 범위에서 벗어난다면 체코 쪽이 굳이 핌에게 말을 걸려고 하지 않을 것이라는 가정인가요?」 브러더후드가 말한다.

「정확합니다.」

「그럼 핌이 워싱턴으로 돌아올 때마다 다시 신호가 나타나겠군요. 〈안녕, 자네 잘 다녀왔나〉 하고요. 맞습니까?」

「맞습니다.」

「그럼 잠시 시각을 바꿔 볼까요? 당신이 누군가를 함정에 빠뜨리고 싶다면, 바로 그런 방법을 사용하지 않겠습니까?」

「지금은 아닙니다.」 아텔리가 침착하게 말한다. 「1981년에서 1982년 사이에도 아니었고요. 10년 전이라면 모를까. 80년대에는 아닙니다.」

「왜요?」

「난 그렇게 멍청하지 않으니까요. 상대편이 듣든 말든

송신을 계속하는 것이 정보계의 일반적인 관행이라는 건 우리 모두 알고 있습니다. 내 육감으로는…….」 그가 말을 멈춘다. 「이 이야기는 레더러 씨에게 맡겨야 할 것 같군요.」

「아뇨, 그냥 직접 얘기하세요.」 웩슬러가 고개도 들지 않고 지시한다.

웩슬러의 이런 태도를 예상하지 못한 것은 아니다. 레더러의 이름이 아예 노골적으로 금지되어 있지는 않다 해도, 그 이름을 입에 담는 것에 일종의 저주가 걸려 있다는 사실은 이 자리에 있는 사람들이 모두 알고 있는 이런 회의의 특징 중 하나다. 레더러는 그들에게 카산드라 같은 존재다. 피해를 최소화하기 위한 회의의 의장 자리를 카산드라에게 맡기는 사람은 없다.

아텔리는 수를 생각하는 체스 선수처럼 시간을 끈다. 「우리가 그때 살펴봐야 하는 통신 기술은 그 통신이 이루어질 당시에도 이미 시대에 뒤떨어진 것이었습니다. 그러니 냄새가 나지요. 오래된 냄새. 사람과 사람이 서로에게 오랫동안 습관화된 느낌. 아마 오랜 세월이었을 겁니다.」

「그것참 **아주** 특별한 주장입니다.」 나이절이 상당히 화난 목소리로 외치고는 꼿꼿이 앉아 있다가 자기 주인을 향해 무릎을 꿇는다. 주인은 고개를 젓는 것과 끄덕이는 것을 동시에 하려고 애쓰는 것 같다. 마운트조이가 말한다.「자, 자.」브래멀의 지지자 두 명이 농촌에서 들을 수 있는 비슷한 소리를 낸다. 적대적인 공기가 허공을 떠돌고, 점점 국경선이 그어진다. 브러더후드는 아무 말이 없지만, 얼굴이 붉어져 있다. 레더러는 자신을 제외하고 또 누가 그것을 알아차렸는지 알 수 없다. 브러더후드는 붉어진 얼굴로 주먹을 아래로 내리고 있다. 순간적으로 경계를 완전히 푼 것처럼 보인다. 레더러의 귀에 그가 으르렁거리는 소리가 들린다.「헛소리도 기발하게 하네.」하지만 아텔리가 다시 말을 시작했기 때문에 그 뒤에 이어진 브러더후드의 말은 듣지 못한다.

「하지만 우리가 발견한 중요한 사실은 그 송신에 사용된 암호 유형과 관련된 것입니다. 우리는 오래된 시스템을 떠올리자마자 송신 내용에 다른 분석 방법을 적용했습니다. 우리가 캐딜락의 후드를 열자마자 증기 기관을 찾아보지 않는 것과 마찬가지입니다. 우리는 특정한 세대에 속하는 현장 요원이 이 메시지를 받는다는 가정에 메시지를 읽어 보기로 했습니다. 그 현장 요원은 현대적인 암호를 모르거나 감히 사용하지 못하는 사람입니다. 그래서 우리는 기초적인 열쇠들을 찾아 보았습니다. 특히 해석의 기반이 될 비(非)임의적 텍스트가 있는지 찾아 보았습니다.」

이 자리에 아텔리의 말을 이해하는 사람이 있는지 없는지 표정만으로는 알 수가 없군. 레더러는 속으로 생각한다.

「그렇게 해본 결과, 즉시 연속된 형태가 하나 눈에 띄었습니다. 아직은 기초적인 발견이지만 분명히 존재합니다. 논리적인 언어 진행인데, 어쩌면 셰익스피어의 한 구절일 수도 있고 미개 부족의 동요일 수도 있죠. 하지만 상당히 유사하고 지속적인 텍스트에 기반한 패턴이 모습을 드러냈습니다. 그 유사성이 사실상 암호 책이었습니다. 조금 미신적인 생각인지도 모르겠습니다만, 우리 느낌으로는 그 유사성이, 음, 현장과 기지 사이의 유대 같습니다. 우리는 그것이 거의 인간적인 정체성을 갖고 있다고 봅니다. 딱 한 단어만 있으면 됩니다. 첫 번째 단어라면 좋겠지만, 반드시 그래야 하는 것은 아닙니다. 한 단어만 밝혀지면, 나머지 내용을 해석해 내는 것은 시간 문제일 뿐입니다. 그 메시지를 완전히 해독하게 되는 겁니다.」

「그럼 그게 언제쯤 가능하겠습니까?」 마운트조이가 말한다. 「1990년쯤?」

「그럴 수도 있고, 오늘 밤일 수도 있습니다.」

아텔리의 말에 더 많은 의미가 들어 있다는 사실이 갑자기 분명히 느껴진다. 가설처럼 이야기하던 것이 구체적으로 변했다. 그가 빈정거리듯이 흘린 말을 브러더후드가 가장 먼저 잡아챈다.

「왜 오늘 밤입니까?」 그가 말한다. 「왜 1990년이 아니죠?」

「체코 쪽 통신 전반에 뭔가 독특한 일이 벌어지고 있습니다.」아텔리가 빙긋 웃으며 털어놓는다. 「사방에 아무렇게나 송신을 하고 있어요. 어젯밤에는 프라하 라디오가 존재하지 않는 가짜 교수를 내세워서 전 세계에 허깨비 통신을 날렸습니다. 문서가 아니라 말로만 연락을 받을 수 있는 누군가에게 도와 달라고 외치는 것 같았어요. 그다음에는 24시간 내내 잡히는 조난 신호가 있습니다. 예를 들어 여기 런던의 체코 대사관에서 고속으로 그런 신호가 송신되는 겁니다. 벌써 나흘째 체코 측이 여기 BBC의 신호에 고속 신호를 욱여넣고 있습니다. 마치 숲에서 아이를 잃어버린 사람이 혹시 아이에게 닿을까 하고 아무 말이나 외쳐 대는 것 같습니다.」

아텔리의 메아리 없는 목소리가 잦아들기도 전에 브러더후드가 입을 열었다. 「런던에서 신호가 잡히는 게 **당연합니다.**」그는 도전하듯 한쪽 주먹을 탁자에 올려놓으며 열기를 띤 목소리로 단언한다. 「체코 측이 그렇게 휘젓는 게 당연하죠. 세상에, 우리가 몇 번이나 말해 줘야 합니까? 망할 놈의 2년 동안 전 세계 어디든 핌이 발을 디딘 곳에서 체코 측의 신호가 잡혔습니다. 당연히 핌의 움직임과 일치했죠. 무선으로 장난을 치고 있는 겁니다. 사람을 모함할 때 원래 이런 식으로 장난을 치는 거예요. 끈질기게 같은 행동을 반복하면서 상대방이 신경 쇠약을 일으킬 때까지 기다리는 겁니다. 체코 사람들은 바보가 아닙니다. 가끔 보면 우리가 바보 같습니다.」

아텔리는 굴하지 않고 비틀린 미소를 지으며 레더러에게 시선을 돌린다. 마치 〈이제 **당신**이 한번 멋지게 해 보시죠〉라고 말하는 듯하다. 그 순간 그랜트 레더러는 아무 상관도 없는 기억을 하나 떠올린다. 아내인 비가 알몸을 찬란하게 드러내고 다리를 벌린 채 그를 타고 앉아서 천국의 천사들처럼 그와 섹스를 하는 모습.

「마이클 경, 저는 반대편에서 시작해야겠습니다.」레더러가 미리 준비한 말을 밝은 목소리로 브래멀에게 곧장 던진다. 「괜찮다면, 열흘 전 빈으로 돌아가 거기서부터 워싱턴으로 거슬러 내려와야 할 것 같습니다.」

아무도 그를 바라보지 않는다. 어디든 필요한 데서 시작해. 그리고 얼른 끝내 버려. 그들은 이렇게 말하고 있다.

레더러의 안에서 또 다른 레더러가 풀려 나오자 그는 자신의 이 새로운 모습에 기쁘게 인사를 건넨다. 나는 현상금 사냥꾼이지. 항상 핌을 감시하면서 런던, 워싱턴, 빈을 돌아다니고 있어. 주변에 마이크가 없다는 확신이 들 때 비가 시끄럽게 투덜거렸던 것처럼 나는 매일 밤 아내와 나의 침대에 핌을 끌어들이고, 선잠을 자다가 자기 회의 때문에 식은땀을 흘리며 깨어나고, 아침에는 또다

시 핌을 아내와 나 사이에 단단히 눕힌 채 깨어나는 레더
러야. 「내가 널 잡을 거야. 꼭 잡고 말 거야.」 이 레더러는
지난 열두 달 동안, 그러니까 핌의 이름이 컴퓨터 화면에
서 나를 향해 깜빡이기 시작했을 때부터 줄곧 그를 뒤쫓
았지. 처음에는 추상적인 존재로, 나중에는 나와 비슷한
괴짜로. 그럴듯한 위원회에서 그에게 감탄하는 성실한
동료 행세를 하고, 빈의 숲에서 핌의 가족들과 소풍을 즐
기며 즐겁게 술을 마신 뒤 내 책상으로 서둘러 돌아와 조
금 전의 그 즐거운 순간들을 또 기운차게 찢어발기곤 했
어. 나는 너무 쉽게 애정을 느끼고, 그렇게 자신을 단단
히 붙잡은 대상에 벌을 내리는 레더러야. 내 주인인 위대
한 웩슬러가 뻣뻣한 미소를 지어 줄 때마다, 격려하듯 내
어깨를 두드려 줄 때마다 고마워하지만, 몇 분 만에 돌아
서서 지나치게 달아오른 머리로 그를 비아냥거리고 깎아
내리고 또 나를 실망시켰다며 벌을 내리는 레더러야.

　내가 핌보다 스무 살 아래라는 사실은 중요하지 않아.
내가 핌에게서 본 것은 나 자신에게서 본 것과 같으니까.
제멋대로 구는 영혼. 나는 아이들과 스크래블[3] 게임을 할
때도 자살, 강간, 암살이라는 단어를 만들까 마음이 흔들
릴 정도야. 「핌도 **우리**랑 같아, 젠장!」 레더러는 주위에
잠들어 있는 사람들에게 이렇게 고함을 지르고 싶다. 「아
니, 우리가 아니라 **나**랑 같아. 우리는 날뛰는 사이코패스

3 글자가 적힌 플라스틱 조각으로 단어를 만드는 보드 게임.

야. 우리 둘 다.」 하지만 물론 레더러는 이런 고함을 지르지 않는다. 그는 현명하고 침착하게 자신의 컴퓨터에 대해 이야기한다. 페츠라는 남자, 함펠이나 자보르스키라고도 불리는 남자에 대해서 이야기한다. 그는 거의 레더러만큼, 그리고 딱 핌만큼 여행을 많이 하지만 우리 둘보다 훨씬 더 공들여 자신의 흔적을 감춘다.

하지만 먼저 레더러는 완벽하게 균형 잡히고 냉정한 목소리로 8월의 상황을 이야기한다. 양측이 핌 사건을 포기하고 조사 위원회를 해체하자고 합의한 것이 그때다. 레더러는 자신의 영웅 브러더후드에게 존경의 시선을 한 차례 보낸다.

「하지만 사건을 포기하지 않았죠. 그렇지 않습니까?」 브러더후드가 말한다. 이번에는 끼어들겠다고 미리 신호를 주지도 않았다. 「핌의 집에 계속 감시를 붙여 두었으니까요. 그것 말고 다른 조치들 역시 그대로 놔두었을 것이라고 내기를 걸어도 될 것 같습니다만.」

레더러는 웩슬러를 흘깃 바라본다. 웩슬러는 자신의 양손을 향해 오만상을 찌푸리며, 나는 좀, 에, 빼줘, 하고 말한다. 하지만 레더러는 그의 말대로 대신 나서 줄 생각이 전혀 없기 때문에 웩슬러가 스스로 나서기를 멍청한 척 기다린다.

「이미 존재하는, 에, 자원을 이용해야 한다는 것이 우리 측의 결정이었습니다, 잭.」 웩슬러가 마지못해 말한다. 「여기서 우리는…… 에, 단계별로 조용히 자원을 점차 줄여 가는 쪽을 택했습니다.」

침묵 속에서 브래멀이 대담한 미소를 짓는다. 「그러니까 정말로 감시를 계속했다는 뜻입니까? 지금 그런 말을 하는 거예요?」

「제한적으로만 한 겁니다. 아주 조용하게, 모든 면에서 최소 수준으로만 했어요, 보.」

「우리가 개들을 한꺼번에 전부 불러들이자고 했던 것 같은데요, 해리. **우리**는 분명히 그 약속을 지켰습니다.」

「우리, 에, 정보국도 그 협의의 정신을 존중하기로 했습니다, 보. 하지만, 에, 이미 알려진 모든 사실과 조짐을 고려해 작전상 편의적이라고 평가되는 사항도 염두에 두었습니다.」

「감사합니다.」 마운트조이가 이렇게 말하고는 연필을 던지듯 내려놓는다. 마치 식사를 거부하는 것 같은 몸짓이다.

하지만 이번에는 웩슬러가 마주 물어뜯는다. 웩슬러도 하려면 할 수 있다. 「감사하다니, 딱 맞는 말씀을 하신 것 같습니다.」 그는 이렇게 쏘아붙이고 나서 손마디로 자신의 코끝을 밀어 댄다. 금방이라도 싸움에 나설 사람 같다.

레더러는 말을 잇는다. 한스 알브레히츠 페츠의 사건은 여섯 달 전 표면화되었다. 처음에는 핌의 사건과 전혀 관련이 없는 것 같았다. 페츠는 잘츠부르크에서 열린 동서 회담에 나타난 평범한 체코 기자 중 한 사람에 불과했지만, 곧 새로운 인물로 눈길을 끌었다. 말수는 적지만 똑똑하고, 나이가 좀 있는 그의 여권 정보가 전달되었다. 레더러는 그의 이름을 감시 명단에 넣고 랭리에 일상적인 신원 조회가 필요하다는 신호를 보냈다. 랭리는 〈수상한 기록은 없다〉면서도, 페츠의 나이와 직업을 고려할 때 그가 지금까지 눈에 띄지 않은 것이 평범하지 않다는 경고를 보냈다. 한 달 뒤 페츠는 린츠에서 다시 모습을 드러냈다. 농업 박람회 취재가 그의 방문 목적이었으나, 그는 다른 기자들과 친하게 어울리지도 않았고, 좋은 사람처럼 보이려고 애쓰지도 않았으며, 박람회장에 거의 모습을 나타내지도 않고, 기사도 쓰지 않았다. 레더러가 언론 담당 부하들을 시켜 혹시 페츠의 기사가 있는지 체코 매체들을 샅샅이 뒤져 보았으나, 부하들이 찾아낸 것은 『소셜리스트 파머』에 실린 두 문단짜리 글이 전부였다. 서구의 무거운 트랙터에 어떤 한계가 있는지를 다룬 이 기사에 적혀 있는 기자 이름은 H. A. P.였다. 얼마 뒤 레더러가 그를 그냥 잊어버려도 될 것 같다는 쪽으로 마음이 기울었을 때, 랭리에서 그의 확실한 신분을 알아냈다. 한스 알브레히트 페츠는 알렉산데르 함펠이라는 체코 정보국 직원과 동일 인물이며, 얼마 전 아테네에서 열린 비동맹국들의 언론인 회의에 참석했다는 것이었다. 상부의 승인 없이 페츠-함펠에게 접근하지 말 것. 정보가 더 밝혀질 때까지 대기하시오.

레더러는 〈아테네〉를 발음하는 자신의 목소리를 들으며, 이 안전실의 기압이 뚝 떨어진 것 같은 느낌을 받는다.

「아테네에서 **언제**요?」 브러더후드가 짜증스럽게 으르렁거린다. 「날짜도 없이 뭘 어떻게 하라는 겁니까?」

나이절은 갑자기 머리카락에 온 신경을 쏟는다. 그는 깔끔하기 그지없는 손끝으로 한쪽 귀 위에 반백의 머리카락으로 자꾸만 뿔 모양을 만들려고 애쓰면서 아픈 듯 인상을 찌푸린다.

웩슬러가 또 끼어든다. 그가 수줍음과 예의를 점차 벗어 버리기 시작한 것이 레더러에게는 반갑다. 「아테네 회의는 7월 15일부터 18일까지였습니다, 잭. 함펠은 첫째 날에만 모습을 보였고요. 호텔에서 3박을 한 것으로 되어 있지만, 거기서 잠을 잔 적은 한 번도 없습니다. 숙박비는 현금으로 치렀습니다. 그리스 쪽 기록에 따르면, 그는 7월 14일에 아테네에 도착했고, 나라 밖으로 벗어난 적이 없습니다. 십중팔구 다른 여권을 사용해서 나갔을 겁니다. 코르푸로 날아간 것 같습니다. 그리스의 항공 스케줄은 여느 때처럼 혼란스럽지만, 어쨌든 코르푸로 날아간 것으로 보입니다.」 그가 같은 말을 되풀이한다. 「이때 이미 우리는 이 사람에게 깊은 관심을 갖고 있었습니다.」

「너무 앞서 나가는 것 아닙니까?」브래멀이 말한다. 적절한 선을 파악하는 그의 감각은 위기의 순간에 가장 날카롭게 발휘된다. 「내 말은, 젠장, 해리, 이건 늘 있는 일입니다. 우연의 일치로 수상하게 보이는 거예요. 아까 그 무선 얘기랑 다를 것이 없습니다. 만약 **우리**가 어떤 사람을 모함하려 한다면, 바로 이렇게 일을 진행할 겁니다. 회사의 나이 많은 직원, 조금 때가 묻기는 했지만 그렇다고 신뢰성을 잃을 정도는 아닌 사람을 하나 골라서 우리가 모함하려는 가엾은 친구와 똑같이 움직이게 한 뒤 상대의 반응을 기다리겠지요. ⟨야호, 우리 편에 스파이가 있어요.⟩ 그렇게 상대방이 스스로 제 발등을 찍게 만드는 겁니다. 엄청 쉽죠. 그렇습니다. 함펠은 핌을 쫓아서 돌아다니고 있습니다. 하지만 핌이 그와 활발하게 협력하고 있다는 증거는 어디 있습니까?」

「그 당시에는 아무것도 없었습니다.」레더러가 짐짓 겸손한 척 털어놓으며 웩슬러 대신 나선다. 「하지만 그때는 이미 핌과 한스 알브레히트 페츠의 궤적을 더듬어 어느 정도 연관성을 확립한 뒤였습니다. 잘츠부르크 회의 때, 핌은 아내와 함께 그곳의 음악 축제에 참석했습니다. 페츠는 핌의 호텔에서 약 2백 미터 떨어진 곳에 머무르고 있었고요.」

「또 같은 얘기를 하시네요.」브래멀이 끈질기게 말한

다. 「그건 함정입니다. 뻔히 보이잖아요. 그렇지, 나이절?」

「사실 지독히 희박합니다.」 나이절이 말한다.

또 기압이 뚝 떨어진다. 어쩌면 기계들이 소리만 줄인 게 아니라 산소도 끊어 버린 건가. 레더러는 생각한다. 「아테네의 흔적이 드러난 날짜가 언제인지 말해 주시겠습니까?」 브러더후드가 계속 시간적인 문제를 물고 늘어진다.

「열흘 전입니다.」 레더러가 말했다.

「우리한테 참 일찍도 알려 주셨군요, 그렇죠?」

웩슬러는 화가 나서 자기도 모르게 말이 빨라진다. 「이봐요, 잭, 우리는 또 컴퓨터상으로만 나타나는 우연의 일치를 너무 성급하게 당신들에게 알리게 될까 봐 조심했을 뿐입니다.」 그러곤 자신을 대신해서 매 맞는 소년 역을 맡은 레더러에게 말을 잇는다. 「자네는 뭘 꾸물거리는 거야?」

열흘 전의 상황은 이렇다. 레더러는 빈 지부의 통신실에 웅크리고 있다. 밤이다. 그는 가벼운 독감 증세가 있는 척하며 두 건의 칵테일파티와 한 건의 저녁 식사 초대를 정중히 거절했다. 그리고 비에게 전화를 걸어 자신의 들뜬 목소리를 들려주었다. 당장 그녀에게 달려가 전부 말해 주고 싶은 생각이 조금 있다. 그는 언제나 그녀에게 모든 것을 말하기 때문이다. 가끔 일이 잘 안 풀릴 때는 머릿속에 그려 둔 그림이 사라지지 않게 그보다 더 많은 이야기를 들려주기도 한다. 하지만 지금은 참고 있다. 순전히 긴장 때문에 손가락 관절이 굳어 있는데도 그는 계속 타자를 친다. 먼저 그는 가장 최근에 핌이 빈을 드나들며 움직인 기록을 시간 순서대로 정리한 자료를 불러내, 그가 함펠-페츠와 정확히 같은 날짜에 잘츠부르크와 린츠를 방문했음을 확인한다. 당연한 사실이다.

「린츠도요?」 브러더후드가 날카로운 목소리로 끼어든다.

「그렇습니다.」

「거기까지 핌을 미행한 모양입니다. 우리가 협의한 것과는 다르게.」

「아뇨, 우리는 린츠까지 매그너스를 미행하지 않았습니다. 제 아내 비를 시켜 메리 핌에게 전화를 걸었지요. 비는 여자 대 여자로 다른 주제에 관해 가벼운 수다를 떨다가 그 정보를 알아냈습니다, 브러더후드 씨.」

「그래도 핌이 린츠에 가지 않았을 가능성이 아직 남아 있습니다. 아내에게 사실을 은폐하려고 거짓말을 했을 수도 있지요.」

레더러는 그럴 가능성을 인정하기가 고통스럽지만, 그날 밤 랭리에서 들어온 통신에 비춰 볼 때 그런 것은 별로 문제가 되지 않는다고 부드럽게 말한다. 그러곤 그 통신 내용을 이 자리에 모여 있는 영미 정보계 거물들에게 읽어 준다. 「우리가 린츠 정보를 밝혀낸 지 5분 뒤 제 책상에 도착한 통신입니다. 〈페츠-함펠은 1925년 카를 스바트에서 출생한 예르지 자보르스키와도 동일 인물. 체코 혈통의 서독 기자인 그는 1981년과 1982년 사이 합법적으로 미국에 9회 다녀왔음.〉」

「끝내주는군.」 브래멀이 작은 소리로 말한다.

「여기 출생 연도는 물론 어림짐작입니다.」 레더러가 굴하지 않고 말을 잇는다. 「가명 여권에는 소지자의 나이가 한두 살쯤 다르게 표기되는 경향이 있다는 것이 우리 경험입니다.」

그는 자신이 이 통신문을 보자마자 자보르스키 씨의 미국 방문 날짜와 목적지를 입력했다고 말한다. 그러자 버튼을 한 번 누르는 것만으로 모든 것이 연결되고, 대륙이 합쳐지고, 50대 후반의 기자 세 명이 나이가 불분명한 체코 스파이 한 명으로 변했다(레더러가 실제로 이렇게 구구절절 길게 말한 것은 아니다). 그랜트 레더러 3세는 방음이 완벽한 통신실에서 두툼한 패딩이 붙어 있는 벽을 향해 〈할렐루야〉, 〈비, 사랑해〉라고 고함을 지를 수 있었다.

「페츠-함펠-자보르스키가 1981년과 1982년에 미국을 방문할 때마다 핌도 같은 날짜에 같은 도시에 있었습니다.」 레더러가 단조롭게 말한다. 「그 시기에 체코 대사관 옥상에서 은밀히 이루어지던 송신은 중단되었죠. 저희 짐작으로는 현장 요원과 그의 관리자가 직접 만나고 있었기 때문인 듯합니다. 따라서 무선 송신이 불필요했던 거죠.」

「대단하십니다.」 브래멀이 말한다. 「이 계획을 생각해 낸 체코 정보 요원을 찾아내 내가 개인적으로 오스카상이라도 주고 싶군요.」

믹 카버는 고통스러울 정도로 신중하게 서류 가방을 탁자 위에 올려놓고 폴더 한 다발을 꺼낸다.

「펌의 관리자로 짐작되는 페츠-함펠-자보르스키에 대해 랭리가 지금까지 수집한 프로필입니다.」 그가 옛날 제품의 저항에 맞서 신기술을 열심히 선전하려고 하는 판매원처럼 참을성 있게 설명한다. 「곧바로, 어쩌면 오늘 밤에라도 두어 가지가 더 업데이트될 듯합니다. 보, 매그너스가 언제 빈으로 돌아오는지 말해 줄 수 있습니까?」

브래멀은 다른 사람들과 마찬가지로 폴더를 들여다보고 있으므로, 즉시 대답하지 못한 것은 자연스러운 일이다. 「우리가 오라고 하면 오겠지요.」 그가 서류를 넘기며 무심하게 말한다. 「우리가 말하기 전에는 안 올 겁니다. 말씀하신 대로, 아버지의 죽음이 마침 행운이었어요. 아버지가 복잡한 상황을 만들어 놓고 가서서 매그너스가 정리하는 데 힘이 많이 들 겁니다.」

「지금 어디 있습니까?」 웩슬러가 말한다.

브래멀은 손목시계를 확인한다. 「저녁을 먹고 있겠죠.

48

거의 그럴 때가 되지 않았습니까?」

「지금 어디에 머물고 있습니까?」 웩슬러가 고집스럽게 묻는다.

브래멀이 빙긋 웃는다. 「이봐요, 해리, 내가 말해 줄 것 같습니까? 우리 나라에도 몇 가지 권리라는 게 있어요. 그리고 감시로 말할 것 같으면, 그동안 당신들이 상당히 열성적이었잖아요.」

웩슬러는 고집불통이다. 「우리가 마지막으로 들은 소식은 런던 공항에서 빈행 비행기의 탑승 수속을 하고 있었다는 겁니다. 우리 정보에 따르면, 핌은 이곳에서 볼일을 다 마치고 자기 자리로 돌아가는 중이었어요. 그런데 도대체 어떻게 된 겁니까?」

나이절이 양손을 맞잡은 채 탁자 위에 올려놓는다. 목소리가 작든 크든 자신이 발언할 것이라는 신호다. 「여기서는 미행하지 않은 겁니까? 그랬으면 좋았을 텐데요.」

웩슬러가 턱을 문지른다. 유감스러운 표정이지만 그는 굴하지 않고 브래멀에게 시선을 돌린다. 「보, 우린 그 정보가 필요합니다. 만약 이것이 체코의 기만 작전이라면, 이렇게 짜증 나고 이렇게 독창적인 사건은 처음 들어 봅니다.」

「핌은 아주 독창적인 직원이지요.」 브래멀이 반격했다. 「30년 동안 체코 사람들에게 옆구리에 박힌 가시 같은 존재였습니다. 그러니 그쪽에서도 크게 공을 들일 가치가 있지요.」

「보, 핌을 불러들여서 아주 혼이 달아나게 심문해야 합니다. 당신이 그렇게 하지 않으면 우리는 계속 이렇게 제자리만 맴돌고 있을 거예요. 우리 모두 머리가 하얗게 세고, 몇 명은 아예 무덤에 들어갈 때까지. 핌은 당신들 기밀뿐만 아니라 우리 기밀을 가지고도 장난을 쳤습니다. 그자에게 아주 심각하게 물어볼 것들이 있어요. 그런 질문을 던지는 솜씨가 뛰어난 사람들도 있고요.」

「해리, 때가 무르익으면 당신들이 원하는 만큼 핌을 만날 수 있을 겁니다. 내가 약속해요.」

「그때가 지금일 수도 있어요.」 웩슬러가 턱을 쭉 내밀며 말한다.「그자가 처음 노래를 부르기 시작할 때 그 자리에 있다가, 그자가 아직 약할 때 후려쳤어야 하는 건지도 모릅니다.」

「아니면 때를 기다려야 한다는 우리의 판단을 충분히 믿어 줄 수도 있죠.」 나이절이 번드르르한 목소리로 대답하고는 안경 너머로 웩슬러를 향해 아주 믿음직한 시선을 던진다.

그동안 이상하기 짝이 없는 충동이 레더러를 사로잡는다. 그 충동이 안에서 점점 솟아오르더니 더 이상 참을 수 없게 된다. 당장 토하고 싶을 때와 비슷한 상황이다. 모순된 두 가지 생각의 혼재와 타협이 머릿속에서 저절로 반복되는 상황에서 그는 자신과 매그너스 사이의 비밀스러운 친밀함을 외면화할 필요가 있다. 자신만이 그를 이해한다고 선언하고, 자신이 개인적인 면에서 그런 개가를 올렸음을 강조해야 한다. 처음 이 일을 시작할 때처럼 관중석으로 밀려나지 말고 계속 한가운데 자리를 지켜야 한다.

「아까 핌의 아버지를 언급하셨는데…….」 레더러가 브래멀을 향해 불쑥 말한다. 「제가 그 아버지에 대해 압니다. 제 아버지도 정도의 차이는 있지만 몇 가지 면에서 그 아버지와 다르지 않거든요. 제 아버지는 의뭉스럽고 보잘것없는 변호사인데, 딱히 정직성을 장점으로 내세울 수 있는 성격이 아닙니다. 하지만 핌의 아버지는 정말로 악당이었습니다. 사기꾼이었어요. 우리 쪽 정신 분석가들이 그 사람에 대해 작성한 프로필을 보면 아주 거슬립니다. 리처드 T. 핌이 뉴욕에 있을 때 가짜 회사들로 완전히 하나의 **제국**을 만든 것처럼 행세했다는 사실을 아십니까? 절대 돈을 빌려 주지 않을 것 같은 사람들, 정말로 중요한 인물들에게서 돈을 빌렸다는 사실은요? 그의 회사는 상장되었습니다. 그에게는 잘 통제된 불안정성이 심각하게 나타납니다. 이 문제에 대한 논문이 우리에게 있습니다.」 그는 과속하고 있었지만 멈출 수가 없었다. 「제 말은, 세상에, 매그너스가 제 아내에게 아주 정신 나간 놈처럼 치근거린 걸 아십니까? 제가 그걸로 앙심을 품지는 않았습니다. 아내는 매력적인 여자니까요. 제 말은,

매그너스에게는 못 하는 일이 없다는 겁니다. 아주 엉망이에요. 침착한 영국인의 모습은 그냥 눈속임일 뿐입니다.」

이미 여러 번 그랬던 것처럼 레더러는 방금 자살행위를 했다. 아무도 그의 말을 듣지 않고, 아무도 〈와, 설마!〉라고 외치지도 않는다. 마침내 입을 연 브래멀의 목소리는 자선 단체처럼 차갑고, 시기도 너무 늦었다.

「그래요, 뭐, 난 언제나 사업가들은 사기꾼이라고 생각합니다. 그렇지 않습니까, 해리? 우리 모두 같은 생각일걸요.」 그는 탁자에 앉은 사람들을 레더러만 빼고 모두 둘러본 뒤 다시 웩슬러에게 시선을 돌린다. 「해리, 당신과 내가 한 시간쯤 머리를 모으는 게 어떻겠습니까? 언젠가 적대적인 심문을 벌여야 한다면, 우리가 미리 일종의 지침에 대해 합의해야 할 것 같은데요. 나이절, 공정성을 위해 자네도 오는 게 어떻겠나? 다른 분들은…….」 그의 시선이 브러더후드에게 떨어지더니 그가 유난히 신뢰 가득한 미소를 짓는다. 「뭐, 그냥 나중에 다시 봅시다. 자료를 다 읽은 뒤에는 둘씩 짝을 지어 나가 주시겠습니까? 한꺼번에 나갔다가는 인근 농부들이 겁을 먹을 겁니다. 감사합니다.」

브래멀이 방을 나가자 웩슬러도 비척거리며 대담하게 그 뒤를 따라간다. 자신이 하고 싶은 말을 다 했으니 누가 그 말을 알아들었는지는 신경 쓰지 않는다는 듯한 태도다. 나이절은 모두가 나갈 때까지 기다렸다가 분주한 장의사처럼 서둘러 탁자를 돌아가서 다정하게 브러더후드의 팔을 잡는다.

「잭.」 그가 속삭인다. 「말도 잘했고, 연기도 좋았습니다. 놈들이 확실히 당황했을 겁니다. 마이크 없는 곳에서 이야기를 좀 나눌까요?」

이른 오후였다. 그들이 모인 안가는 창문에 보석상 같은 블라인드가 있는, 섭정 시대[4] 별장처럼 꾸며 놓은 건물이었다. 자갈이 깔린 진입로 위에 끼어 있는 따스한 안개 속에서 레더러는 브러더후드의 덩치가 불 켜진 포치를 가득 채우기를 기다리며 살인자처럼 어슬렁거렸다. 마운트조이와 도니가 한 마디 말도 없이 그의 옆을 지나갔다. 서류 가방을 든 아텔리와 동행한 카버는 더 노골적이었다. 「난 여기서 살아야 합니다, 레더러. 이번에는 당신이 일을 제대로 해내든지, 아니면 그냥 다른 곳으로 발령받아 사라지기를 바랍니다.」

나쁜 자식. 레더러는 생각했다.

마침내 잭 브러더후드가 나이절과 비밀스러운 이야기를 하며 모습을 드러냈다. 레더러는 그들을 지켜보며 질투했다. 나이절이 몸을 돌려 안으로 들어가고, 브러더후드는 앞으로 걸어 나왔다.

4 영국에서 1811년에서 1820년 사이에 해당하는 기간.

「브러더후드 씨? 잭? 접니다. 레더러.」

브러더후드가 천천히 걸음을 멈췄다. 여느 때처럼 때 묻은 레인코트와 머플러 차림인 그는 누런색 담배에 불을 붙여 들고 있었다.

「무슨 용무입니까?」

「잭. 무슨 일이 있어도, 그가 무슨 짓을 했더라도, 미안하다는 말을 하고 싶습니다. 당신과 그가 이 일에 얽히게 돼서 유감입니다.」

「십중팔구 그 녀석은 아무 짓도 하지 않았을 겁니다. 십중팔구 저쪽 사람 하나를 포섭해 놓고 우리한테 말을 안 했을 거예요. 내가 잘 압니다. 내가 보기에는 당신들이 상황을 거꾸로 파악하고 있습니다.」

「그가 그럴 사람일까요? 매그너스가요? 적과 혼자 일을 추진하면서 아무한테도 알리지 않는다고요? 세상에, 그건 말도 안 됩니다! 제가 그런 짓을 했다가는 랭리에서 내 껍질을 벗기려고 들 거예요.」

그는 제멋대로 브러더후드와 나란히 발걸음을 맞췄다. 경찰관 한 명이 출입문에 서 있었다. 두 사람은 왕립 기마 포병대 막사 앞을 지났다. 연병장에서 말발굽 소리가 시끄럽게 들려왔지만 안개 때문에 말들의 모습은 보이지 않았다. 브러더후드는 빠른 속도로 성큼성큼 걸었다. 레더러가 따라가기 힘들 정도였다.

「정말 마음이 안 좋습니다, 잭.」 레더러가 솔직하게 말했다. 「제가 친구에게 이런 짓을 해야 한다는 사실 때문에 어떤 심정인지 아무도 이해하지 못하는 것 같아요. 매그너스만 문제가 아닙니다. 비와 메리와 아이들, 온갖 사람들이 다 관련돼 있어요. 베키와 톰은 정말 사이가 좋습니다. 우리 모두 많은 의미에서 우리 자신을 돌아보게 되는군요. 저기 주점이 있는데, 술을 한잔 사드려도 되겠습니까?」

「개 때문에 만나야 할 사람이 있어서요. 미안합니다.」

「그럼 제가 어디 내려 드릴까요? 저기 모퉁이만 돌면 기사가 차를 가지고 대기하고 있습니다.」

「괜찮다면 걸어가고 싶습니다.」

「매그너스에게서 당신 이야기를 많이 들었습니다, 잭. 내 짐작에 매그너스가 몇 가지 규칙을 깨뜨린 것 같긴 한데, 우리 사이가 원래 그랬습니다. 우린 정말 서로에게 공감했습니다. 서로 마음이 통했어요. 굉장한 일이죠. 우리 관계는 **정말** 특별했습니다. 진심으로. 저는 영미 동맹, 대서양 조약, 그 모든 것을 믿습니다. 당신과 매그너스가 바르샤바에서 함께 강도 사건을 벌인 것 기억하시죠?」

「잘 모르겠는데요.」

「에이, 왜 이러십니까, 잭. 당신이 채광창으로 매그너스를 들여보냈잖아요. 성경에 나오는 장면처럼. 그리고 사냥감이 뜻하지 않게 집에 돌아올 경우를 대비해서 1층 현관 앞에 가짜 폴란드 경찰관도 배치해 두었죠. 매그너스는 당신이 아버지 같은 사람이라고 말했습니다. 전에 매그너스가 당신을 뭐라고 표현했는지 아세요? 〈그랜트, 잭은 큰 게임의 진정한 챔피언이야.〉 제 기분이 어떤지 아십니까? 제 생각에 글을 쓰는 것이 매그너스에게 이롭게 작용한 적이 있다면 그 친구도 아무 문제 없었을 겁니다. 매그너스의 마음속에 너무 많은 것이 쌓여 있었어요. 그러니 그것들을 어딘가에 놓아둘 수밖에 없었을 겁니다.」 레더러는 말을 하면서 숨이 조금 가빠졌지만, 고집스럽게 말을 계속했다. 브러더후드에게 자신의 이야기를 제대로 전달해야 했다. 「저, 선생님, 제가 요즘 범죄자의 창의성에 대한 글을 아주 많이 읽었습니다.」

「아, 그 녀석이 이제 범죄자라는 겁니까?」

「이러지 마세요. 제가 읽은 글을 조금 인용해 보겠습니다.」 두 사람은 횡단보도 앞에 서서 신호가 바뀌기를 기다리는 중이었다. 「〈창의성이 뛰어난 사람들 특유의, 철저히 무정부적이고 예술적인 범죄성과 범죄자의 예술성은 도덕적인 면에서 무슨 차이가 있는가?〉」

「잘 모르겠네요. 말이 너무 어렵습니다. 미안합니다.」

「이런, 잭, 우리는 허가받은 사기꾼들입니다. 제가 하려는 말은 그것뿐이에요. 우리가 저지르는 부정한 일들이라는 게 뭡니까? 그게 뭔지 아세요? 우리는 나라를 위해 우리의 도둑질 본능을 발휘합니다. 그러니까 제 말은, 매그너스가 그러다가 조금 곁길로 빠졌다는 이유만으로 매그너스에 대한 제 생각이 달라질 이유가 없다는 겁니다. 저는 그럴 수 없어요. 매그너스는 지금도 저와 함께 아주 즐거운 시간을 보냈던 바로 그 친구입니다! 저 역시 매그너스와 즐거운 시간을 보냈던 바로 그 사람이고요. 우리가 네트를 사이에 두고 서로 반대편에 서게 되었다는 것만 빼면 아무것도 변하지 않았습니다. 우리가 전에 망명에 대해 이야기한 적이 있는 걸 아십니까? 만약 우리가 모든 걸 끊어 내고 도망친다면 어디로 갈까? 아내와 아이들과 직장을 버리고 그냥 아득한 창공으로 사라진다면? 우리는 그런 이야기를 할 정도로 친했습니다, 잭. 문자 그대로 생각하면 안 되는 일까지 생각했어요. 정말입니다. 아주 굉장했어요.」

두 사람은 세인트존스 우드 고등학교 거리로 들어와 리젠트 공원을 향해 걸어가고 있었다. 브러더후드의 속도가 아까보다도 더 빨랐다.

「그럼 녀석이 그럴 때 어디로 갈 것이라고 했습니까?」 브러더후드가 쏘아붙였다. 「워싱턴으로 돌아간다고 하던가요? 아니면 모스크바로?」

「고향으로요. 매그너스는 자기가 갈 곳이 딱 하나뿐이라고 말했습니다. 고향뿐이라고. 이제 당신도 아시겠죠? 매그너스는 조국을 사랑합니다, 브러더후드 씨. 매그너스는 배신하지 않았어요.」

「그 녀석에게 고향이 있는 줄은 몰랐군요. 방랑하는

유년기였다고 나한테 항상 말했는데.」

「매그너스의 고향은 웨일스에 있는 작은 해변 마을입니다. 아주 볼품없는 빅토리아 양식 교회가 있는 곳이죠. 엄격한 집주인 아주머니가 저녁 10시만 되면 문을 열어 주지 않는 곳입니다. 매그너스는 조만간 그 집의 2층에 틀어박혀 꽁지가 빠지게 글을 쓸 거라고 했습니다. 프루스트에게 보내는 핌의 답변 열두 권을 모두 완성할 때까지 나오지 않을 거라고요.」

브러더후드는 아무 말도 듣지 못한 사람처럼 걸음을 더욱 재촉했다.

「고향은 유년기의 재현입니다, 브러더후드 씨. 망명이 자기 재생이라면, 재탄생이 필요합니다.」

「그건 그 녀석이 생각해 낸 멍청한 표현입니까, 아니면 당신의 것입니까?」

「우리 둘의 것입니다. 우리는 이런 이야기뿐만 아니라 훨씬 더 많은 것에 대해 대화를 나눴습니다. 망명자들 중에 다시 망명하는 사람이 그렇게 많은 이유를 아십니까? 우리는 그 이유도 똑바로 밝혀냈습니다. 항상 자궁에 들어갔다가 나오는 경험이라고요. 망명자들의 특징이 뭔지 아십니까? 그 정신 나간 사람들 모두에게 공통적으로 나타나는 요소 말입니다. 그들은 미숙합니다. 이런 표현을 써서 죄송합니다만, 그들은 **문자 그대로** 어머니와 씹질을 하는 놈들입니다.」

「이름을 압니까? 그곳의?」

「뭐라고요?」

「웨일스에 있다는 그 녀석의 낙원. 거기 이름이 뭡니까?」

「매그너스는 이름을 말한 적이 없습니다. 자신이 어렸을 때 어머니와 함께 살았던 성과 가까운 곳이라고만 했어요. 큰 집들이 있는 그 일대에서 어머니와 함께 사냥도 가고, 크리스마스 무도회에서 춤도 추고, 하인들과 상당히 민주적으로 어울렸다고 합니다.」

「혹시 지나간 날짜의 신문을 사용하는 체코인을 만난 적이 있습니까?」 브러더후드가 물었다.

갑작스러운 질문에 순간적으로 당황한 레더러는 잠시 말을 멈추고 생각에 잠길 수밖에 없었다.

「지금 내 동료가 맡고 있는 사건 때문입니다.」 브러더후드가 말했다. 「그 동료가 묻더군요. 체코 요원들은 길을 나서기 전에 언제나 지나간 주의 신문을 열심히 찾는다고요. 왜 그런 짓을 하는 거죠?」

「제가 이유를 말씀드리죠. 그건 기본입니다.」 다시 침착해진 레더러가 말했다. 「구식이지만 기본적인 방식이에요. 우리 쪽에도 그런 정보원이 있었죠. 이중간첩. 체코 측이 그자를 여러 날 동안 훈련시켰습니다. 노출된 필름을 신문으로 둘둘 싸는 방법만. 밤에 그를 거리로 데리고 나가서 어두운 곳을 찾게 했죠. 그 가엾은 친구는 동상에 걸려서 하마터면 손가락을 잃을 뻔했습니다. 기온이 영하 20도였거든요.」

「지나간 날짜의 신문이라고 말했습니다.」 브러더후드가 말했다.

「그렇죠. 방법은 두 가지입니다. 하나는 정해진 날짜의 신문을 이용하는 것이고, 다른 하나는 정해진 요일의 신문을 이용하는 것. 정해진 날짜를 사용하는 방식은 악몽입니다. 서른 한 개의 기본적인 메시지를 외워야 하니까요. 18일 자라면 〈9시 30분에 브르노에 있는 남자 변소 뒤에서. 늦지 말 것〉이라는 뜻입니다. 6일 자라면 〈내 월급 수표가 도대체 왜 안 오는 겁니까?〉라는 의미고요.」 레더러는 숨도 못 쉬고 웃어 댔지만, 브러더후드는 함께 웃지 않았다. 「요일은 같은 메시지를 짧게 전달하는 방식입니다.」

「고맙습니다. 내가 그 정보를 우리 쪽에 전달하지요.」 브러더후드가 마침내 걸음을 멈췄다.

「오늘 밤 당신에게 저녁을 대접할 수 있다면 무엇보다 영광일 것 같습니다.」 레더러는 이제 브러더후드의 용서를 받으려고 상당히 필사적이었다. 「제가 당신의 부하 한 명을 헐뜯은 것은 제 의무였습니다. 제 개인 감정과 일을 분리해서 따로 생각할 수만 있으면 행복할 텐데요. 잭?」

택시가 벌써 다가오고 있었다.

「뭡니까?」

「매그너스에게 저 대신 메시지를 전달해 줄 수 있습니까? 호의적인 메시지인데요.」

「뭡니까?」

「언제든, 그러니까 이 일이 끝났을 때, 어디서든 매그너스에게 전해 주세요. 저는 여전히 친구라고.」

브러더후드는 고개를 한 번 끄덕하고는 택시에 올라타고 가버렸다. 레더러는 그가 운전기사에게 목적지를 말하는 소리도 제대로 듣지 못했다.

레더러가 그다음에 한 행동은 반드시 역사에 실려야 한다. 핌 사건이라는 큰 역사가 아니라면, 하다못해 그의 개인 기록에라도 반드시. 그 기록에는 완벽한 선견지명으로 모든 것을 알아차리지만 반갑지 않은 예언이라며 거듭 퇴짜를 맞고 분통이 터지는 그의 심경이 적혀 있다. 레더러는 카버에게 전화할 생각으로 힘들게 공중전화를 찾아 들어갔지만, 주머니에 영국 동전이 없었다. 그는 멀베리 암스로 뛰어 들어가 사람들을 헤치며 바로 다가가서 동전을 바꾸기 위해 마시고 싶지도 않은 맥주를 한 잔 샀다. 그러곤 공중전화로 돌아왔으나 전화기가 고장 나 있었다. 그래서 그는 자신의 운전기사를 찾아 왔던 길을 힘껏 달려 돌아갔다. 그런데 운전기사는 그가 브러더후드와 함께 걸어가는 것을 보고 자신이 더 이상 필요하지 않을 것이라는 생각에 친구가 살고 있는 배터시로 차를 몰고 가버린 뒤였다. 레더러는 9시에 카버가 있는 미국 대사관에 들이닥쳤다. 카버는 그날의 일을 보고할 통신문을 작성하고 있었다.

「놈들의 말은 거짓입니다!」 레더러가 소리쳤다.

「놈들이라니?」

「그 망할 영국 놈들! 핌이 닭장에서 도망쳤습니다. 그가 어디 있는지 그쪽도 몰라요. 내가 핌에게 완전히 위험한 메시지를 전해 달라고 브러더후드에게 부탁했더니, 브러더후드는 내게 혼선을 주려고 듣기 좋은 대답을 했습니다. 핌은 런던 공항에서 사라졌어요. 그쪽도 우리랑 똑같이 핌을 찾고 있습니다. 체코의 무선 통신은 진짜입니다. 영국도 핌을 찾고, 우리도 핌을 찾고 있어요. 망할 체코인들도 그를 찾아 사방을 뒤지고 있고요. 내 말을 들으세요!」

카버는 듣고 있었다. 그리고 계속 들을 작정이었다. 그는 레더러에게 브러더후드와 어떤 대화를 나눴는지 자세히 물어본 뒤, 그런 대화를 나눈 것이 잘못이었으며 레더러가 월권행위를 했다는 결론을 내렸다. 레더러에게 이런 생각을 말하지는 않았지만, 메모를 해두었다가 그날 밤 늦게 정보국 인사과로 별도의 전신을 보내 레더러의 인사 기록에 자신의 메모가 반드시 첨부되게 했다. 그와 동시에 그는 레더러가 비록 방법은 잘못되었을지언정 얼떨결에 진실에 손을 댔을 가능성을 받아들였다. 이 점도 말해 두었다. 카버는 이런 식으로 항상 자신이 빠져나갈 길을 마련해 두는 한편, 동시에 중뿔나게 구는 인간에게 일침을 놓아 주었다. 나쁘지 않았다.

「영국은 이번 일에서 솔직하지 않습니다.」그는 최고 위급이라고 알고 있는 사람들에게 털어놓았다. 「이 일을 제가 아주 주의 깊게 지켜봐야 할 것 같습니다.」

교장의 서재에서는 채집한 곤충을 넣어 죽이는 병 같은 냄새가 났다. 케어드 교장은 폭력을 싫어했지만 나비 목 연구에 열성적이었다. 학교 설립자인 G. F. 그림블이 어두운 표정을 짓고 있는 초상화가 낡아서 갈라진 가죽 의자들을 이글이글 내려다보았다. 그 의자 중 한 곳에 톰이 앉아 있었다. 브러더후드는 맞은편에 앉았다. 톰은 랭리 서류철에 들어 있던 페츠-함펠-자보르스키의 사진을 보고 있었다. 브러더후드는 톰을 바라보았다. 케어드 교장은 브러더후드와 악수를 나누고는 나가 버린 뒤였다.

「코르푸의 크리켓 경기장에서 네 아빠와 함께 걸은 아저씨가 그 사람이야?」브러더후드가 톰을 관찰하며 물었다.

「네.」

「그럼 네가 묘사한 그 사람 생김새가 그리 틀리지 않았구나, 그렇지?」

「네.」

「네가 좋아할 줄 알았는데.」

「좋아요.」

「사진에는 다리를 저는 게 나오지 않아. 아빠에게서 편지가 온 적 있니? 전화는?」

「없어요.」

「네가 편지를 쓴 적은?」

「어디로 보내야 할지 몰라서요.」

「나한테 주면 되지.」

톰은 회색 스웨터 속에서 봉인해 둔 편지 봉투를 꺼냈다. 이름도 주소도 적혀 있지 않았다. 브러더후드는 그 봉투를 받아 든 뒤 사진도 회수했다.

「그 조사관이라는 사람이 또 와서 귀찮게 하지는 않았지?」

「네.」

「다른 사람은?」

「별로 없어요.」

「그게 무슨 뜻이야?」

「아저씨가 오늘 밤에 오신 것이 너무 이상해서요.」

「왜?」

「수학 숙제 때문에요. 진짜 최악이거든요.」

「그럼 다시 숙제를 하러 가고 싶겠구나.」 그는 핌의 구겨진 편지를 주머니에서 꺼내 탁자 너머로 건넸다.

「네가 이걸 돌려받고 싶어할 것 같아서. 좋은 편지더라. 자부심을 가져도 돼.」

「감사합니다.」

「그 편지에서 네 아빠가 시드 아저씨라는 사람 이야기를 하던데, 그건 누구지? 〈혹시 네가 어려워지거나 따스한 한 끼 식사와 웃음이 필요하거나 하룻밤 잠자리가 필요해지면 시드 아저씨를 기억해라.〉 네 아빠가 이렇게 썼지. 시드 아저씨는 누구고, 그 아저씨가 집에 있는 시간은 언제지?」

「시드 레먼이에요.」

「어디 사는데?」

「서비톤요. 기찻길 옆에.」

「나이가 많은 사람이야? 아니면 젊은 사람?」

「아빠가 어렸을 때 아빠를 보살펴 주셨대요. 할아버지 친구였어요. 메그라는 부인이 있었는데, 지금은 돌아가셨고요.」

두 사람은 함께 일어섰다.

「아빠는 아직 괜찮으신 거죠?」 톰이 말했다.

브러더후드의 어깨에 힘이 들어갔다. 「무슨 일이 있으면 네 엄마한테 가, 알겠니? 엄마 아니면 날 찾아오고. 다른 사람은 안 된다. 어디까지나 무슨 일이 있을 때의 얘기야.」 그는 재킷 주머니에서 가죽으로 묶은 낡은 상자를 꺼냈다. 「네 선물이다.」

톰이 상자를 열자 리본에 매달린 훈장이 그 안에 있었다. 양편에 어두운 파란색의 가느다란 줄무늬가 있는 진홍색 리본이었다.

「무슨 공로로 받으신 거예요?」톰이 말했다.

「어두운 밤을 혼자 견딘 공로로.」종소리가 울렸다.
「이제 얼른 가서 공부해.」브러더후드가 말했다.

불쾌한 밤이었다. 좁은 길에서 움직이는 브러더후드
의 자동차 앞 유리를 빗줄기가 후려쳤다. 차는 속도를 더
낼 수 있게 개조한 회사 소유의 포드였다. 가속 페달을
살짝 건드리기만 해도 차가 산울타리를 향해 돌진했다.
매그너스 핌, 반역자이자 체코의 스파이. 그는 생각했다.
내가 아는데 저들이 모를 리가 없지. 도대체 언제까지 증
거 타령만 하면서 행동에 나서지 않을 건가? 빗속에서 갑
자기 주점 하나가 나타났다. 그는 앞마당에 차를 세우고
스카치를 한 잔 마신 뒤 전화기로 걸어갔다. 내 개인 번
호로 전화해요. 나이절이 대범한 표정으로 한 말이었다.

「사진 속 남자는 코르푸의 그 친구입니다. 의심의 여
지가 없어요.」브러더후드가 보고했다.

「확실해요?」

「확실합니다. 아이도 확실하다고 하고요. 틀림없습니
다. 소개(疏開) 명령은 언제 내릴 겁니까?」

나이절이 주먹으로 수화기를 가렸는지 전화기에서 작
게 딱딱거리는 소리가 났다. 하지만 나이절이 귀에 대는
부분까지 가렸을 것 같지는 않았다.

「그 정보원들을 빼내야 합니다, 나이절. 그들을 빼내세요. 보한테 모른 척은 그만하고 지시를 내리라고 해요.」

한참 침묵이 흘렀다.

「내일 아침 05시에 통신이 있을 겁니다.」 나이절이 말했다. 「런던으로 돌아와서 좀 자둬요.」 그가 전화를 끊었다.

런던은 동쪽이었다. 브러더후드는 레딩이라고 적힌 도로 표지판을 따라 남쪽으로 향했다. 모든 작전에는 선 위의 일과 선 아래의 일이 있다. 선 위의 일은 규정대로 하는 것이고, 선 아래의 일은 실제로 일을 하는 방식이다.

톰이 받은 편지에 레딩의 소인이 찍혀 있었습니다. 월요일 밤이나 화요일 아침 일찍 부쳤을 겁니다. 그는 대답할 말을 미리 연습했다.

월요일 저녁에 전화가 왔어요. 케이트는 이렇게 말했다.

월요일 저녁에 전화가 왔어요. 벨린다도 이렇게 말했다.

레딩역은 겉만 번지르르한 광장의 한쪽 끝에 나지막한 빨간 벽돌 마구간처럼 서 있었다. 중앙 홀의 포스터에는 히스로 공항을 오가는 버스들의 시간표가 적혀 있었다. 넌 그렇게 했지. 나라도 그렇게 했을 거야. 그는 생각했다. 히스로에서 스코틀랜드행 비행기를 탈 것처럼 연막을 피워 놓고 레딩행 버스에 오른 거야. 무사히 혼자 있을 수 있는 곳으로 가려고. 그는 버스 정류장을 주의 깊게 바라보다가 천천히 광장을 둘러보았다. 마침내 그의 눈이 매표소에 닿았다. 그는 한가로이 그쪽으로 다가 갔다. 매표소 직원의 겉옷 단춧구멍에 작은 금속 바퀴가 꽂혀 있었다. 브러더후드는 창구 앞 접시에 5파운드를 놓았다.

「동전으로 교환 바랍니다. 전화하려고요.」

「죄송하지만 안 됩니다.」 직원은 이렇게 말하고는 다시 신문을 읽었다.

「하지만 지난 월요일 밤에는 해줄 수 있었겠죠?」 직원이 퍼뜩 고개를 들었다.

브러더후드의 사무실 출입증은 초록색 바탕에 그의 사진이 박혀 있고, 그 사진 위로 투명한 빨간색 대각선이 그어져 있는 모양이었다. 뒷면에는 누구든 이 출입증을 주운 사람은 국방부로 돌려줘야 한다고 적혀 있었다. 직원은 출입증의 양면을 모두 살펴본 뒤 그에게 돌려주 었다.

「이런 건 오늘 처음 보았습니다.」 그가 말했다.

「키가 컸을 겁니다.」 브러더후드가 말했다. 「검은색 서류 가방을 들었고, 십중팔구 넥타이도 검은색이었을 거예요. 세련된 말씨와 행동. 전화를 많이 했을 테고요. 기억납니까?」

직원이 사라지더니, 1분 뒤 지칠 대로 지친 선지자 같은 눈을 지닌 땅딸막한 인도인이 그 자리를 차지했다.

「당신이 월요일 저녁에 여기서 근무했습니까?」 브러더후드가 말했다.

「네, 월요일 저녁에 근무한 사람이 접니다.」 그가 신중하게 대답했다. 마치 지금은 그때 그 사람과 다른 사람이 되었을 수도 있다고 말하는 것 같았다.

「검은 넥타이를 맨 유쾌한 신사를 찾습니다.」

「압니다, 알아요. 동료한테서 자세한 얘기를 들었습니다.」

「동전을 얼마나 바꿔 주었습니까?」

「나 원 참, 그게 왜 중요합니까? 어떤 사람한테 동전을 바꿔 주든 말든 내가 알아서 결정할 일입니다. 내 주머니와 양심의 문제지, 다른 사람과는 아무 상관이 없어요.」

「동전을 얼마나 바꿔 주었습니까?」

「정확히 5파운드였습니다. 5파운드를 달라고 해서 5파운드를 줬어요.」

「동전 단위는?」

「50펜스짜리만요. 그 신사는 시내 전화를 할 생각이 없었습니다. 내가 물어보았는데, 계속 일관된 대답을 했어요. 여기에 무슨 문제가 있습니까? 불길한 요소가 어디 있어요?」

「당신에게 얼마나 줬어요?」

「제 기억에 10파운드 지폐였습니다. 1백 퍼센트 확실하지는 않지만, 어쨌든 기억하기로는 그래요. 지갑에서 10파운드 지폐 한 장을 꺼내 주면서 〈여기 받으세요〉라고 말했습니다.」

「그 10파운드에 기차표 값도 포함된 겁니까?」

「그거야말로 문제 될 것이 전혀 없습니다. 런던행 2등석 편도 요금은 정확히 4파운드 30펜스입니다. 저는 그 신사분에게 50펜스 동전 열 개와 나머지 금액을 더 작은 단위의 동전으로 줬습니다. 더 물어볼 것이 있습니까? 없으면 좋겠는데요. 경찰, 경찰, 아시죠?」

「이 사람입니까?」 브러더후드는 핌과 메리가 결혼식 때 찍은 사진을 들고 있었다.

「거기 선생님이 있는데요. 뒤쪽에. 신부의 손을 넘겨주는 역할을 맡으신 모양인데. 이것 정말로 공식적인 조사 맞습니까? 이런 사진을 들고 오는 경우는 별로 없는데요.」

「이 사람입니까?」

「글쎄요, 아니라고 할 수는 없겠습니다.」

핌이라면 이 친구를 완벽히 흉내 냈겠군. 브러더후드는 생각했다. 저 말투를 정확히 잡아냈을 거야. 그는 차단막 앞에 서서 평일 밤 11시 이후에 레딩역을 떠나는 기차의 시간표를 유심히 살폈다. 너는 런던만 빼고 어디든 갔을 거야. 원래 네가 런던행 표를 샀으니까. 시간도 촉박하지 않았지. 감상적인 전화를 여러 통 할 수 있을 정도로. 톰에게 감상적인 편지를 쓸 수 있을 정도로. 네가 타기로 되어 있던 비행기는 8시 40분에 히스로에서 이륙했지. 아무리 늦어도 8시 무렵에 너는 완전히 방향을 돌렸을 거야. 공항 직원의 증언에 따르면, 8시 15분까지 너는 스코틀랜드행 비행기를 탈 것처럼 연막을 피웠다. 그 다음에 레딩행 버스를 타고 도망쳤지. 모자챙을 낮게 내리고, 최대한 빠르고 조용하게 공항에 작별을 고한 거야.

브러더후드는 버스 시간표 앞으로 되돌아갔다. 남는 시간이라. 그는 혼자 중얼거렸다. 네가 히스로에서 8시 30분에 출발하는 차를 탔다고 치자. 9시 15분에서 10시 30분 사이에 레딩에서 양방향으로 떠나는 기차 편이 여섯 개인데 너는 그중 어느 기차도 타지 않았어. 대신 톰에게 편지를 썼지. 어디서? 브러더후드는 광장으로 돌아갔다. 거기 네온 불빛을 밝힌 주점이 있었다. 피시 앤드 칩스 식당도. 매춘부들이 앉아서 쉬는 심야 카페도. 너는 이 초라한 광장 어딘가에 앉아 톰에게 세상이 끝나면 어떻게 해야 하는지 알려 주는 편지를 썼어.

공중전화는 역 입구에서 밝은 불빛을 받고 있었다. 기물을 파괴하는 불량배들을 막기 위해 켜놓은 불빛이었다. 하지만 바닥에는 깨진 유리 조각과 종이컵 등이 어지럽게 흩어져 있었다. 그렇지 않아도 흉한 회색 벽은 사랑의 약속과 낙서 등으로 더욱더 흉하게 보였다. 하지만 그런 주변 환경과 상관없이 전화기의 위치는 아주 좋았다.

전화를 걸어 작별 인사를 하면서도 광장 전체를 살펴볼 수 있는 위치였으니까. 바로 옆의 벽에는 우편함도 하나 있었다. 넌 저기에 편지를 넣었겠지. 무슨 일이 있어도 내가 널 사랑하는 걸 기억하라고 쓴 편지. 그러고 나서 너는 웨일스로 갔다. 아니면 스코틀랜드로 갔을 수도 있고. 아니면 순록의 이동을 관찰하려고 노르웨이로 훌쩍 가버렸을 수도 있고. 아니면 캐나다로 도망쳐서 통조림으로 연명할 준비를 하고 있을 수도 있고. 아니면 교회와 바다가 내다보이는 2층 방에서 이 모든 일이 포함될 수도 있고 아닐 수도 있는 어떤 행동을 했을 수도 있고.

브러더후드는 셰퍼드 마켓의 아파트에 도착해서도 일을 멈추지 않았다. 회사의 공식적인 경찰 연락관은 런던 경찰청 형사부의 벨로스 총경이었다. 브러더후드는 그의 집으로 전화를 걸었다.

「오늘 아침에 제가 언급한 그 고상한 신사에 대해 알아낸 것 있습니까?」그는 자세한 내용을 읽어 주는 벨로스의 목소리에서 뭔가를 숨기는 기색이 전혀 느껴지지 않아 마음을 놓았다. 그리고 그가 불러 주는 내용을 받아 적었다.

「내일 또 한 가지 조사해 줄 수 있습니까?」

「기꺼이 해드리죠.」

「성이 좀 이상하긴 한데, 레먼입니다. 이름은 시드 또는 시드니고요. 나이가 좀 있고, 아내와 사별했으며, 서

비톤에서 기찻길 근처에 삽니다.」

브러더후드는 마지못해 본부로 전화해서 사무국의 나이절을 바꿔 달라고 말했다. 때가 늦기는 했지만, 더 심한 악당의 이빨 앞에서 그는 순순히 따르는 수밖에 없다는 사실을 깨달았다. 오늘 오후에도 그는 그들의 뜻에 따라 미국인들에게 경멸을 쏟아 냈다. 사실 지금까지 그는 마지막에는 항상 그들의 뜻을 따랐다. 노예근성 때문이 아니라 싸움의 힘을 믿기 때문이었다. 아무리 이러니저러니 해도 팀의 힘을 믿기 때문이었다. 나이절이 전화를 받기를 기다리는 동안 배경 소음이 많이 들려왔다. 사람들이 급히 움직였다.

「무슨 일입니까?」 나이절이 건방지게 말했다.

「아텔리가 말한 책 말입니다. 그가 유사성이라고 말한 것.」

「그 사람 말은 완전히 터무니없는 것인 줄 알았는데요. 보가 **최고위층**에 그 말을 전할 겁니다.」

「그리멜스하우젠의 『짐플리치시무스』를 한번 보라고 하세요. 그냥 육감입니다. 꼭 초창기 판본을 사용해야 한다고 전해 주시고요.」

한참 침묵이 흘렀다. 배경 소음이 또 들려왔다. 목욕 중인 모양이네. 브러더후드는 속으로 생각했다. 여자랑 침대에 같이 있을 수도 있고, 아니면 뭐든 자기가 하고 싶은 일을 하고 있겠지.

「그래, 그거 철자가 어떻게 되지요?」 나이절이 신중하게 말했다.

10

핌은 머릿속에서 들려오는 수많은 목소리에 귀를 기울이는 동안 밝은 기분을 느끼려고 또다시 의지력을 동원했다. 왕이 되기 위해서. 그는 속으로 되뇌었다. 예전의 나였던 이 아이를 호의적으로 바라보기 위해서. 그의 결점과 노력을 사랑하고, 그의 단순함을 가엾이 여기기 위해서.

핌의 인생에 완벽한 시기라는 것이 있었다면, 그의 모든 모습이 제대로 인정받고 부족한 것이 전혀 없는 시기라는 것이 있었다면, 옥스퍼드 대학에 들어간 직후 몇 학기가 바로 그때였다. 릭은 그를 대법관의 자리에 앉혀 이 땅에서 가장 높은 자들과 어깨를 나란히 하게 만드는 데 반드시 필요한 곳이라며 그를 그 학교에 보냈다. 두 사람의 관계가 그때만큼 좋았던 적은 없었다. 악셀이 떠난 뒤 핌이 베른에서 혼자 보낸 외로운 몇 달 동안 두 사람은 예전에 비해 폭발적으로 많은 편지를 주고받았다. 올링거 부인은 그에게 거의 말을 걸지 않았고, 올링거 씨는 오스테르문디겐의 문제에 점점 몰두했으므로, 핌은 처음에 그랬던 것처럼 혼자 시내를 돌아다녔다. 하지만 밤이 되면 옆방의 정적을 느끼면서 벨린다와 유일하게 의지가 되는 인물인 릭에게 친밀한 애정이 담긴 긴 편지를 썼다. 이런 그에게 자극을 받은 릭의 답장도 갑자기 세련되고 풍요로워졌다. 잉글랜드 외곽에서 고뇌에 찬 편지를 보내던 그는 이제 없었다. 종이의 질이 좋아지고 편지에는 화려한 제목이 붙었다. 처음에 리처드 T. 핌 인데버 컴퍼니 이름으로 카디프에서 쓴 편지에서, 그는 자신으로서는 최고라고 평가할 수밖에 없는 **섭**리로 **불**행의 **구**름이 **모**두 한꺼번에 쓸려 **갔**다고 말했다. 한 달 뒤 첼트넘의 핌 & 파트너스 자산 금융 회사는 핌에게 **영**원히 부족한 것이 없는 삶을 **확**보해 주기 위해 그의 미래를 위한 몇 가지 **조**치가 **진**행 중이라고 알려 주었다. 가장 최근에는 모든 **관**련자가 **동**의한 **합**병에 따라 상기 **회**사들과 관련된 문제가 향후 파크 레인 W의 핌 & 퍼머넌트 뮤추얼 자산 트러스트(나소)에 이관될 것이라는 사실을 알리게 되어 기쁘다는 말이 왕실의 우아함을 지닌 카드에 인쇄되어 있었다.

잭 브러더후드와 웬디는 송별회를 열어 회사 돈으로 그에게 퐁듀를 사주었다. 샌디도 그 자리에 참석했고, 잭은 핌에게 위스키 두 병을 주면서 앞으로 또 만나게 되기를 바랐다. 올링거 씨는 기차역까지 그를 바래다주고 함께 마지막으로 커피를 마셨다. 올링거 부인은 집에 있었다. 엘리자베트는 그에게 커피를 내오면서도 정신이 다른 곳에 가 있었다. 손가락에 반지도 보이지 않는데 배가 상당히 부푼 상태였다. 기차가 역을 빠져나가는 동안 핌은 저 아래의 서커스장과 코끼리 우리를 한 번 보고, 저 위의 대학 건물과 초록색 둥근 지붕을 한 번 보았다. 바젤에 도착했을 때 그는 베른에서 보낸 그의 시간이 모두 일장춘몽이었음을 깨달았다. 악셀은 불법 체류자였고, 스위스 사람들은 그에게 불리한 정보를 전달했어. 내가 거기서 빠져나온 게 행운이야. 파리 남쪽 어딘가에서 그는 뺨을 타고 흐르는 눈물을 느끼며 다시는 스파이 짓을 하지 않겠다고 맹세했다. 빅토리아역에 도착하자 커들러브 씨가 새 벤틀리와 함께 그를 기다리고 있었다.

「이제 도련님을 뭐라고 불러야 합니까? 박사님? 교수님?」

「그냥 매그너스라고 부르세요.」 핌은 힘차게 악수하며 멋지게 말했다. 「올리는 잘 지내요?」

파크 레인에 새로 마련한 릭의 궁정 관저는 풍요와 안정을 상징하는 기념물이었다. TP의 흉상이 다시 세워져 있었다. 법률 서적과 유리문도 보였다. 핌이 귀빈실로 들어오라는 미녀의 목소리를 기다리며 가죽 쿠션에 앉아 기다리는 동안 핌의 색채로 된 옷을 입은 새 기수가 걱정 말라는 듯 그에게 한쪽 눈을 찡긋했다.

「우리 회장님께서 들어오시라고 하십니다, 매그너스 씨.」

두 사람은 서로를 꼭 끌어안고 한순간 가슴이 벅차서 말을 하지 못했다. 릭은 손바닥으로 핌의 등을 치고, 뺨을 주물럭거리고, 눈물을 닦아 주었다. 머스폴 씨, 퍼스, 시드가 각각 별도의 버저로 불려 와 돌아온 영웅에게 인사했다. 머스폴 씨가 서류 한 다발을 꺼내 주자 릭은 그 중에서 가장 좋은 부분을 골라 소리 내어 읽었다. 핌이 종신직인 국제 법률 자문으로 임명되었으며, 다른 회사를 위해 일하지 않는다는 엄격한 규칙을 지킨다면 연봉 5백 파운드를 받게 될 것이라는 내용이었다. 핌이 옥스퍼드에서 법학을 공부하는 비용이 이렇게 충당되었다. 다시는 부족한 것이 없게 해주겠다던 말 그대로였다. 아까와는 다른 미녀가 샴페인을 가져왔다. 그 일 이외에는 할 일이 없는 사람 같았다. 모두들 이제 막 회사에 들어온 핌의 건강을 위해 축배를 들었다. 「자, 꼬맹이, 프랑스어로 건배사를 해봐!」 시드가 들뜬 목소리로 외치자, 핌은 그에 맞춰 독일어로 뭔가 얼빠진 말을 했다. 아버지와 아들은 다시 서로를 얼싸안았고, 릭은 또 눈물을 흘리면서 자신도 이런 혜택을 받을 수만 있었다면 정말 좋았을 거라고 말했다. 그날 저녁 아머섐에 있는 펄롱이라는 저택에서 2백 명의 친한 사람들이 모여 그의 귀향을 다시한 번 축하했다. 하지만 세계적으로 유명한 여러 기업의회장들, 무대와 은막의 스타들, 저명한 변호사들이 포함된 그 손님들 중 핌이 예전부터 알던 사람은 거의 없었다.이 유명 인사들은 한 명씩 차례로 핌에게 다가와 한쪽으로 끌고 가서 그를 옥스퍼드에 넣어 준 사람이 바로 자신이라고 주장했다. 파티가 끝난 뒤 핌은 네 귀퉁이에 기둥이 있는 침대에 누워 잠을 이루지 못한 채 값비싼 자동차문들이 쾅쾅 닫히는 소리에 귀를 기울였다.

「스위스에서 네가 아주 잘해 줬다, 아들.」 한동안 어둠속에 서 있던 릭이 말했다. 「잘 싸웠어. 인정을 받을 정도로. 저녁 식사는 즐거웠니?」

「정말 좋았어요.」

「많은 사람들이 나한테 이렇게 말하더구나. 〈리키, 아들을 데려와요. 외국인들이 아들을 타락시킬 겁니다.〉 그래서 내가 그 사람들한테 뭐라고 했는지 아니?」

「그 사람들한테 뭐라고 하셨어요?」

「널 믿는다고 했다. 넌 나를 믿니, 아들?」

「엄청 믿죠.」

「이 집은 어때?」

「끝내줘요.」

「네 거다. 네 이름으로 돼 있어. 내가 데번셔 공작한테서 산 거다.」

「정말 감사합니다, 어쨌든.」

「아무도 너한테서 이 집을 빼앗을 수 없어, 아들. 네가 스무 살이 돼도, 쉰 살이 돼도. 네 아비가 있는 곳이 바로 집이다. 혹시 맥시 무어와는 이야기해 봤니?」

「아닌 것 같은데요.」

「아스널과 스퍼스의 경기에서 결승 골을 넣은 아스널 선수야. 잘 생각해 봐. 당연히 이야기해 봤겠지. 블롯시 는 어떻게 생각하니?」

「그 사람이 누군데요?」

「G. W. 블롯시? 소매 식품점 업계에서 가장 유명한 인 물 중 하나다. 어찌나 품위 있는 사람인지 몰라. 언젠가 작위를 받을 거다. 너도 그럴 거고. 실비아는 어떻게 생 각하니?」

핌은 덩치가 큰 중년 여자를 떠올렸다. 파란 옷을 입은 그녀는 샴페인처럼 귀족적인 미소를 짓고 있었다.

「좋은 분이에요.」 핌이 조심스럽게 말했다.

릭은 반평생 그 단어만 기다렸다는 듯이 냉큼 대답했 다. **「좋은 사람.** 그래, 바로 그런 사람이다. 최고급 남편이 둘이나 되는, 정말 좋은 여자야.」

「정말로 매력적인 분이긴 하죠. 저처럼 어린 사람한 테도.」

「사람을 사귄 적은 없고? 이 세상에 좋은 친구들의 힘 으로 바로잡지 못할 것은 하나도 없단다.」

「그냥 별것 아닌 사람들뿐이에요. 중요한 건 없어요.」

「그 어떤 여자도 우리 둘 사이에 끼어들면 안 된다, 아들. 옥스퍼드의 여학생들이 네 아비가 누군지 알면 늑대처럼 널 쫓아다닐 거야. 깨끗하게 살겠다고 지금 약속해라.」

「약속해요.」

「그리고 마치 목숨이 달린 사람처럼 법을 공부할 거지? 우리가 너한테 돈을 지불하고 있다는 걸 잊지 마라.」

「그럴게요.」

「됐다, 그럼.」

비밀스럽게 움직이는 릭의 체중이 1백 킬로그램이 넘는 고양이처럼 핌의 옆에 안착했다. 그는 수염 자국이 느껴질 정도로 핌의 머리를 끌어당겨 뺨을 맞댔다. 손가락은 잠옷 상의 안으로 들어가 핌의 가슴에서 살이 두툼하게 오른 부분을 주물럭거렸다. 그러면서 울었다. 핌도 울었다. 또 악셀을 생각하면서.

핌은 다음 날 2주 일찍 학교로 가야 하는 다급한 이유들을 다양하게 제시하고 서둘러 대학으로 향했다. 커들러브 씨가 차로 데려다주겠다고 했지만 그는 버스를 타고 가면서 가을 햇빛을 받아 빛나는 산자락과 추수가 끝난 옥수수밭을 응시했다. 보면 볼수록 놀라운 광경이었다. 버스는 여러 시골 마을과 소도시를 지나갔다. 길가에는 황갈색 밤나무와 춤추는 산울타리가 늘어서 있었다.

마침내 버킹엄셔의 벽돌 건물 대신 옥스퍼드의 황금빛 석조 건물들이 천천히 나타나기 시작하면서 산들이 사라지고 점점 짙어지는 오후 햇살을 향해 솟아오른 도시의 첨탑들이 보였다. 핌은 기사에게 감사 인사를 건네고 버스에서 내려 마법 같은 거리를 헤맸다. 모퉁이를 돌 때마다 길을 묻고는 다음 모퉁이에서 다 잊어버리고 또 길을 물으면서도 개의치 않았다. 종 모양 치마를 입은 여자들이 자전거를 타고 그의 옆을 스쳐 지나갔다. 흩날리는 가운 차림의 남자들은 바람에 맞서 사각모를 단단히 붙잡았고, 서점들은 쾌락의 집처럼 그를 손짓해 불렀다. 그는 짐 가방을 들고 있었지만, 무게는 고작해야 모자 한 개 정도였다. 대학 수위는 채플 퀴드를 가로질러 제5계단으로 가라고 말해 주었다. 구불구불한 나무 계단을 올라가니 낡은 떡갈나무 문에 M. R. 핌이라는 이름이 붙어 있는 것이 보였다. 그는 안으로 들어가 중문을 열고 복도로 통하는 문을 닫았다. 스위치를 찾아 불을 켠 다음에는 중문도 닫았다. 지금까지 살아온 자신의 평생을 향해 문을 닫는 것 같았다. 도시 안에서는 안전해. 아무도 날 찾지 못할 거야. 아무도 날 스카우트하지 않을 거야. 그는 법률 서적들이 담겨 있는 상자에 발이 걸려 휘청거렸다. 난초가 꽂힌 꽃병에는 〈성공을 빈다, 아들. 너의 가장 절친한 친구가〉라고 적혀 있었다. 해러즈 백화점의 이름으로 된 계산서에 따르면, 이 꽃의 구입비를 지불해야 하는 곳은 가장 최근에 설립된 핌 컨소시엄이었다.

당시 대학은 다소 전통적인 곳이었다, 톰. 그때 우리 옷차림과 말투, 우리가 참고 견뎌야 했던 일들에 대해 들으면 넌 크게 웃음을 터뜨릴 거야. 당시 우리 정도면 축복받은 축이었는데도 말이지. 학교 측은 밤에 우리를 안에 가뒀다가 아침에 풀어 주었다. 차를 마실 때는 여자들을 만날 수 있었지만, 저녁 식사 때는 아니었어. 아침 식사 때 역시 마찬가지였다는 건 하느님도 아신다. 학교의 일꾼들은 학장의 정보원 역할도 했기 때문에 우리가 규칙을 어기면 학장에게 고자질했다. 그 전쟁에서 이긴 쪽은 우리 부모님들(대부분의 부모님들)이었지만, 우리가 그 일꾼들을 직접 때려 줄 수는 없었으므로 최고의 복수는 그들의 행동을 흉내 내는 것이었다. 학생들 중에는 군대에 다녀온 사람도 있었지만, 그렇지 않은 학생들 역시 군인 같은 옷을 입었다. 그러면서 속으로는 진짜 군대에 다녀온 사람과 똑같아 보이기를 바랐지. 핌은 처음 도착한 수표로 놋쇠 단추가 달린 어두운 파란색 재킷을 샀고, 두 번째 수표로는 기병대가 입는 능직 바지와 애국심이 물씬 풍기는 왕관 무늬의 파란색 타이를 샀다. 그다음에는 잠깐 모라토리엄이 있었는데, 세 번째 수표의 지불 승인이 떨어지는 데 한 달이 걸린 탓이었다. 핌은 갈색 구두에 광을 내고, 소매를 손수건으로 장식하고, 신사처럼 머리를 다듬었다. 그보다 한 학년 위인 세프턴 보이드가 고급 클럽인 그리다이언 클럽에서 한턱을 냈을 때, 핌은 그곳의 말투에 쉽게 적응해서 금방 그곳 토박이처럼 말할 수 있게 되었다. 자기보다 아랫사람들은 〈찰리〉라고 부르고, 동등한 위치의 사람들은 〈챕〉이라고 부르고, 〈나쁜 일〉이라는 말 대신 〈해리 오풀〉이라는 표현을 사용하고, 천박한 일은 〈퍼기〉라고 부르고, 좋은 일은 〈상당히 훌륭하다〉고 말하는 식이었다.

「그 빈센트 넥타이는 어디서 났어?」 세프턴 보이드가 상냥하게 물었다. 두 사람은 주점 트리니티에서 찰리들 몇 명과 함께 돈치기 게임을 하려고 브로드 거리를 천천히 걸어가고 있었다. 「네가 노는 시간에 권투를 열심히 하는 줄은 몰랐네.」[5]

그는 하이 거리의 홀 브라더스라는 가게 진열창에서 이 넥타이를 보고 아주 마음에 들었다고 말했다.

「그래도 당분간은 넣어 둬. 그래야 돼. 그쪽에서 널 뽑아 주면 그때 다시 매면 되잖아.」 그는 핌의 어깨에 아무렇게나 한 손을 올려놓았다. 「그리고 하는 김에 널 담당하는 일꾼에게 말해서 그 재킷에 평범한 단추를 달아 두라고 해. 헝가리 왕위를 요구하는 사람처럼 남들 눈에 보이고 싶지는 않을 것 아니야.」

5 파란색은 옥스퍼드와 케임브리지 대학이 스포츠 경기에서 좋은 성적을 거둔 학생에게 부여하는 색이다.

픔은 이번에도 모든 것을 받아들이고, 모든 것을 사랑하고, 뛰어난 사람이 되기 위해 온 힘을 다했다. 그는 여러 모임에 가입하고, 온갖 클럽에 가입비를 내고, 우표수집 모임에서부터 안락사 협회에 이르기까지 모든 단체의 대학 총무가 되었다. 대학 신문에 민감한 기사를 쓰고, 유명한 연사들을 섭외해서 철도역까지 마중을 나가 공금으로 그들과 식사를 한 뒤 아직 사람들이 들어오지 않은 강연장까지 무사히 데려오는 일도 했다. 대학 럭비 경기, 대학 크리켓 경기, 대학 8인승 보트 경기에 출전하고, 대학 술집에서 술에 취하고, 사회에 대해 근거 없이 냉소적인 태도를 취하다가 상대가 누군가에 따라 불굴의 영국인이 되어 사회를 옹호하는 태도로 변하기도 했다. 자신의 독일인 뮤즈에게도 다시 몸을 던졌다. 옥스퍼드에서는 그녀가 베른에서보다 5백 살쯤 더 나이를 먹은 것처럼 느껴진다는 사실을 깨닫고도 별로 휘청거리지 않았다. 살아 있는 기억의 범위 안에서 쓴 글은 무엇이든 그리 믿을 만하지 않다는 사실도 그는 깨달았다. 하지만 실망감을 재빨리 극복했다. 이런 것이 바로 우수성이고, 이런 것이 바로 대학이야. 그는 이렇게 생각했다. 그래서 곧바로 중세 음유 시인들의 난해한 글에 빠져들어, 예전에 토마스 만에 몰두할 때만큼 힘을 쏟았다. 첫 번째 학기가 끝날 무렵, 그는 중세와 고대 고지 독일어를 열성적으로 공부하고 있었다. 두 번째 학기가 끝날 무렵에는

「힐데브란트의 노래」[6]를 암송하고, 대학 술집에서 울필 라 주교가 고트어로 번역한 성경을 읊조려 자신을 따르 는 몇몇 사람들을 즐겁게 해줄 수 있었다. 세 번째 학기 중반 무렵에는 비교와 상상을 바탕으로 한 문헌학이라는 고답적인 분야에서 뛰놀고 있었다. 그러다가 17세기의 위험한 모더니즘 속으로 잠시 옮겨졌을 때는, 당시 갑자 기 등장한 그리멜스하우젠을 공격하는 스무 쪽짜리 보고 서를 흡족하게 써낼 수 있었다. 이 보고서에서 그는 그리 멜스하우젠이 대중적인 도덕을 주장함으로써 자신의 작 품을 훼손하고, 30년 전쟁 때 양편 군대에서 모두 복무함 으로써 자신의 정당성을 무너뜨렸다고 주장했다. 그리고 마지막 일격으로, 그리멜스하우젠이 강박적으로 가명을 쓴 것을 감안하면 그가 정말로 글을 썼는지 의심스럽다 는 의견을 내놓았다.

난 여기 영원히 있어야겠어. 그는 이렇게 결심했다. 연 구원으로 일하면서 제자들에게 영웅이 되어야지. 이 포 부를 확실히 실현하기 위해 그는 선택적으로 말을 더듬 는 버릇과 자신을 부정하는 듯한 미소를 만들어 냈다. 밤 에는 긴 시간 책상에 앉아 네스카페를 마시며 잠을 쫓았 다. 날이 밝으면 그는 면도도 하지 않은 채 아래층으로 내려갔다. 열심히 공부하느라 얼굴에 주름이 생긴 모습 을 모두에게 보이기 위해서였다. 그렇게 보내던 어느 날

6 독일에서 가장 오래된 게르만 민족의 영웅 서사시.

아침, 그는 빈티지 포트와인 한 상자가 법학과 흠정 강좌 교수의 메모와 함께 놓여 있는 것을 보고 깜짝 놀랐다.

친애하는 핌 군,
어제 해러즈의 사람들이 자네 아버지의 아름다운 편지와 함께 이 물건을 내게 배달해 주었네. 자네 아버지는 자네에게 내 제자가 되라고 권하시는 것 같군. 나는 이런 호의를 거절하는 사람이 아니네만, 나보다는 현대어 학부의 교수들에게 이 호의가 향하는 편이 더 나은 것 같네. 자네의 주임 지도 교수를 통해 자네가 독일어 공부를 하고 있다는 사실을 알게 되었으니 말일세.

그날 한나절 동안 핌은 어디로 가야 할지 알 수 없었다. 그는 옷깃을 세우고 불쌍한 모습으로 크리스트 처치 메도스를 방황했다. 붙잡혀 갈까 두려워서 개별 지도 시간을 빼먹고 런던의 자선 단체에서 무급 비서로 일하는 벨린다에게 편지를 썼다. 오후에는 어두운 영화관에 앉아 있었다. 저녁에도 여전히 어쩔 줄을 모른 채 그는 죄책감을 자극하는 소포를 수레에 담아 끌고 베일리얼 칼리지로 갔다. 세프턴 보이드에게 자초지종을 모두 말할 생각이었다. 하지만 베일리얼 칼리지에 도착할 즈음에는 더 나은 이야기를 꾸며 낸 뒤였다.

「머튼의 어느 돈 많은 놈이 날 침대로 끌어들이려고 해.」그는 여기까지 오는 내내 연습한 대로 정당한 분노를 표현했다. 「그놈이 날 매수하려고 포트와인을 이렇게나 많이 보냈어.」

세프턴 보이드가 그의 말을 의심했는지는 알 수 없었지만, 어쨌든 겉으로는 아무런 내색도 하지 않았다. 두 사람은 이 전리품을 그리다이언 클럽으로 가져가서 다른 친구 네 명과 함께 앉은 자리에서 모두 마셔 버렸다. 아침이 올 때까지 가끔 핌의 순결을 위한 건배도 곁들여졌다. 며칠 뒤 핌은 그 클럽의 회원으로 선출되었다. 방학이 되자 그는 왓퍼드의 어느 상점에서 카펫을 파는 일자리를 구했다. 릭에게는 법률가가 방학 때 거쳐야 하는 코스가 있다고 말했다. 스위스에서 방학 때 참여했던 세미나와 비슷한 것이라고. 릭은 허황된 소리만 늘어놓는 지식인들을 조심하라고 잔소리를 늘어놓은 다섯 장짜리 편지와 50파운드짜리 수표를 보내 주었다. 하지만 잔고 부족으로 수표는 부도 수표가 되고 말았다.

여름 학기는 온전히 여자들에게 할애했다. 그다지 사랑에 빠진 경험이 없는 핌은 그해 여름에 만나는 여자에게 모두 사랑을 맹세했다. 여자들이 자신을 시큰둥하게 본다는 생각에 하루라도 빨리 그 약점을 극복하고 싶었다. 친밀한 분위기의 카페에서, 공원 벤치에서, 몹시 화창한 날 오후에 산책하다가, 핌은 여자들의 손을 잡고 그들의 어리둥절한 눈을 들여다보며 자신이 꿈에서라도 듣고 싶었던 말을 전부 그들에게 해주었다. 오늘 만난 여자에게 그런 말을 하면서 어색했다면, 내일 다른 여자를 만나면 더 나아질 것이라고 그는 속으로 다짐했다. 나이와 지성 면에서 자신과 비슷한 여자들이 그에게는 신선한 존재라서, 그들이 순종적인 태도를 취하지 않는 것이 당황스러웠다. 모든 여자 앞에서 어색함을 느끼면 벨린다에게 편지를 썼다. 벨린다는 매번 답장을 보내 주었다. 핌은 한 번 사용한 사랑의 말을 다른 여자에게 또 사용하는 법이 없었다. 그는 냉소적인 사람이 아니었다. 한 여자에게 그는 수월하기 짝이 없었던 스위스 시절로 돌아가고 싶다는 포부를 이야기했다. 그리고 여자에게 독일어를 배워 자신과 함께 가자고 말했다. 또 다른 여자에게는 쓸모없는 작품들을 쓰는 시인 행세를 하면서, 잔인한 스위스 경찰의 손에 박해를 당했다고 말했다.

「스위스 경찰은 엄청 중립적이고 인간적인 줄 알았어!」 그가 국경을 넘어 오스트리아로 가기 전에 스위스 경찰에게 엄청나게 맞았다는 이야기를 듣고 경악한 여자가 이렇게 소리쳤다.

「자기들이랑 다른 사람한테는 안 그래.」 핌이 우울하게 말했다. 「부르주아 사회에 순응하지 않는 사람한테도 마찬가지고. 스위스에서 중요한 법칙은 두 가지야. 가난하지 말지어다. 외국인이 아닐지어다. 나한테는 이 둘이 전부 해당되었지.」

「정말 많은 일을 겪었구나. 굉장해. 난 아무것도 안 했는데.」

또 다른 여자 앞에서 그는 고통스러운 삶을 살아온 소설가 행세를 했다. 그는 아직 출판사에 보내지 않은 작품이 모두 고향의 낡은 서류함에 숨겨져 있다고 말했다.

어느 날 제미마가 왔다. 타자를 배우고 춤도 추러 다니라고 어머니가 옥스퍼드 비서 대학에 그녀를 보냈기 때문이었다. 다리가 긴 그녀는 항상 약속에 늦는 사람처럼 정신이 다른 곳에 팔려 있었다. 그리고 어느 때보다 아름다웠다.

「사랑해.」 핌은 자기 방에서 그녀에게 과일 케이크를 건네며 이렇게 말했다. 「나는 어디 있든, 무슨 일을 겪든, 항상 널 사랑했어.」

「네가 무슨 일을 겪었는데?」 제미마가 물었다.

제미마에게는 한층 더 특별한 것이 필요했다. 핌은 대답을 하면서 스스로 깜짝 놀랐다. 그리고 나중에야 그 대답이 내내 자신의 머릿속에 도사리고 있다가 자신이 미처 손을 쓰기도 전에 튀어나왔다는 결론을 내렸다. 「영국을 위해서였어. 지금 살아 있는 게 다행이야. 내가 누구한테든 그 이야기를 털어놓으면, 그 사람들이 날 죽일 거야.」

「널 죽이긴 왜 죽여?」

「비밀이야. 절대 말하지 않겠다고 맹세했어.」

「그럼 나한테는 왜 말하는 건데?」

「널 사랑하니까. 난 사람들한테 나쁜 짓을 저질렀어. 넌 상상도 못 할 거야. 그런 비밀을 혼자 짊어지는 게 어떤 건지.」

핌은 이런 말을 늘어놓는 자신의 목소리를 들으며, 악셀이 사라지기 직전에 해주었던 말이 생각났다. **되돌아오지 않는 삶이라는 건 없어.**

그다음에 제미마를 만났을 때 핌은 무지무지 비밀스러운 일을 할 때 동료였던 용감한 여자에 대해 이야기했다. 그가 이 이야기를 꾸며 낼 때 모델로 삼은 것은 전쟁 중에 매주 낙하산으로 프랑스에 침투한 공로로 조지 십자 훈장을 받은 아름다운 여자들을 찍은 흐릿한 전쟁 사진이었다.

「그 여자 이름은 웬디였어. 나랑 같이 러시아에 침투해서 비밀 임무를 수행했지. 우리는 파트너가 되었어.」

「그 여자랑 그걸 했어?」

「그건 그런 관계가 아니었어. 직업적인 관계였지.」

제미마는 이야기에 흠뻑 빠졌다. 「그 여자가 매춘부였다는 뜻이야?」

「당연히 아니지. 그녀는 나 같은 비밀 요원이었어.」

「너 매춘부랑 해본 적 있어?」

「없어.」

「케네스는 있어. 두 명이랑 했대. 양쪽에 각각 한 명씩.」

양쪽이라니 무슨 양쪽? 핌은 불끈 화가 났다. 나는 비밀 영웅인데, 저 애는 나한테 섹스 이야기나 하고 있잖아! 절망에 빠진 그는 벨린다에게 그녀를 향한 자신의 플라토닉 사랑을 이야기한 열두 장짜리 편지를 썼다. 하지만 그녀의 답장이 도착했을 무렵에는 그 편지에 담긴 자신의 감정이 어떤 맥락이었는지 잊어버렸다. 제미마는 가끔 불쑥 찾아왔다. 화장기 없는 얼굴에 머리카락을 귀 뒤로 넘긴 모습으로. 그녀는 침대에 엎드려 제인 오스틴을 읽으며 맨다리로 허공을 차거나 하품을 하곤 했다.

「내 치마 속으로 손을 넣고 싶으면 넣어도 돼.」제미마가 말했다.

「고맙지만 난 괜찮아.」핌이 말했다.

예의상 그녀를 방해할 수 없었으므로 핌은 의자에 앉아『고대 고지 독일어 문학 안내서』를 읽었다. 그러다 보면 그녀가 인상을 구기며 나가 버렸다. 그러고는 한동안 찾아오지 않았다. 영화관에 가면 계속 그녀가 보였다. 영화관이 일곱 군데 있었으므로 일주일 동안 순회하기에 딱 맞았다. 그녀는 항상 다른 남자와 함께 있었다. 한번은 자기 오빠처럼 두 명의 상대와 같이 있기도 했다. 이 기간 중에 벨린다가 와서 제미마와 함께 지낸 적이 있었다. 하지만 그녀는 제미마를 생각해서 핌을 가까이 할 수 없다고 그에게 말했다. 제미마에게 인상을 남기려는 핌의 욕구는 이제 걷잡을 수 없는 수준이었다. 그는 고민에 시달리는 것 같은 표정으로 혼자 식사했다. 하지만 제미마는 여전히 그를 찾아오지 않았다. 어느 날 벽돌담 앞을 지나다가 그는 일부러 주먹으로 벽을 계속 때렸다. 결국 손에서 피가 흐르자 머튼 거리에 있는 제미마의 값비싼 셋방으로 서둘러 달려갔다. 제미마는 전기난로 앞에서 긴 머리카락을 말리고 있었다.

「누구랑 싸운 거야?」 그녀가 상처에 요오드를 발라 주며 물었다.

「그건 말할 수 없어. 세상에는 결코 떨쳐 버릴 수 없는 일이 있는 법이야.」

제미마는 전기난로를 눕힌 뒤 그 불로 그에게 토스트를 만들어 주며 계속 빗질을 했다. 그러면서 머리카락 틈새로 그를 지켜보았다.

「내가 남자라면……」 제미마가 말했다. 「사람을 때리는 데 힘을 낭비하지 않을 거야. 럭비도 안 하고, 권투도 안 하고, 남을 위해 염탐하지도 않을 거야. 말도 안 탈 거야. 모든 힘을 아껴서 섹스에 쓸 거야. 몇 번이나, 몇 번이나.」

핌은 자신의 고귀한 소명을 알아주지 못하는 사람들의 경박함에 다시 한 번 부글부글 화를 내며 그 자리를 떠났다.

누구보다 친애하는 벨에게.

네가 제미마를 좀 어떻게 해줄 수 없어? 그 애가 이렇게 망가지는 꼴을 더는 못 보겠어.

*

펌은 자신이 하느님을 노하게 했다는 것을 알았을까? 지금은 분명히 알고 있다. 이 바람 부는 밤에 바닷가에서 오래전 그 이야기를 글로 쓰려고 애쓰는 지금은. 펌이 어리석게 지어낸 이야기들로 성질을 건드린 상대가 조물주 말고 또 누가 있었을까? 펌은 자신의 운명을 스스로 불러들이고 있었다. 마치 기도할 때 직접 분명한 표현으로 간청하기라도 한 것처럼 확실하게. 그래서 하느님은 흔히 그러듯이, 그에게 호의를 베풀었다. 펌이 환상으로 꾸며낸 펌 자신의 모습이 미끼처럼 기다리고 있었다. 천상의 눈이라면 그 미끼를 도저히 그냥 지나칠 수 없었으므로, 신은 채 24시간이 지나기 전 토요일 아침에 일꾼 숙소에 있는 비좁은 방으로 응답을 보내 주셨다. 그는 아침 식사를 하기도 전에 자신을 찾을 만큼 사랑하는 사람이 누구인지 보려고 내려온 참이었다. 아! 편지! 파란색 편지! 혹시 제미마에게서 온 것일까? 아니면 제미마의 친구이며 착한 아이인 벨린다에게서 온 것일까? 아니면 혹시 랠러지에게서 온 것? 아니면 폴리? 아니면 프루던스? 아니면 앤? 답은 이 사람들 중 누구도 아니었습니다, 잭. 수많은 나쁜 일들이 그랬듯, 당신에게서 온 것이었어요. 당신이 오만에서 트루셜오만[7] 정찰 팀으로 활동하며 보낸 편지였죠. 하지만 우표는 선명한 남빛의 영국 것이었고, 소인에는 화이트홀이라는 이름이 찍혀 있었습니다. 행낭을 통해 영국으로 왔기 때문입니다.

친애하는 매그너스에게.

이 편지에 적힌 주소를 보면 알겠지만, 나는 베른의 환락을 버리고 더 거친 길을 선택해 지금 이곳에서 군사 파견단 소속으로 있다. 확실히 생활이 더 짜릿하긴 하구나! 나는 지금도 교회에서 일을 맡고 있는데, 여기 아랍에도 노래를 상당히 잘 부르는 사람들이 있다는 것을 알게 됐다. 내 편지의 목적은 두 가지다.

1) 네가 공부를 잘할 수 있게 행운을 빌어 주고, 너의 성장에 내가 관심이 있음을 다시 보여 주는 것.

2) 옛날 그 교회의 우리 수녀님에게 네 이름을 알려 주었다고 네게 알리는 것. 그 지역에 테너가 좀 부족한 것 같더라. 그러니 혹시 롭 곤트라는 사람이 연락해서 내 친구라고 말하거든, 그 친구가 나 대신 사주는 식사를 맛있게 먹고 융숭한 대접을 받아 주어라! 참고로 그 친구는 중령이고, 명목상으로 포병대 소속이다.

7 아랍에미리트의 옛 이름.

핌에게는 기다리는 시간 1분, 1분이 1년처럼 느껴졌지만, 다행히 오래 기다릴 필요가 없었다. 그다음 화요일 독일어 문법 중 어간 모음 교체에 대한 힘든 개별 지도를 받고 돌아와 보니 또 편지가 그를 기다리고 있었다. 이번에는 엄청나게 두꺼운 갈색 봉투였는데, 나는 나중에 이런 유형의 봉투를 한 번도 보지 못했다. 흐릿한 선들이 봉투에 가로로 그어져 있어서 마치 골판지처럼 보였지만, 손에 만져지는 느낌은 기름을 바른 듯 매끈매끈했다. 봉투 뒤편에는 로고도, 보낸 사람의 주소도 없었다. 심지어 봉투의 제조사조차 비밀이었다. 하지만 핌의 이름과 주소는 타자로 깔끔하게 작성되어 있었으며, 우표는 정확히 중앙에 붙어 있었다. 누구도 방해할 수 없어 안전한 자신의 방에서 봉투의 덮개 부분을 자세히 살펴보니 고무 같은 풀로 붙어 있었다. 봉투를 열자 산성 액체 같은 냄새가 나는 그 풀이 껌처럼 끈적끈적하게 갈라졌다. 봉투 안에는 두툼한 흰색 종이 한 장이 들어 있었다. 종이를 접었다기보다는 다림질을 한 것 같은 모양이었다. 훌륭한 스파이인 핌은 그 종이를 힘들게 열자마자 워터마크가 없다는 사실을 알아차렸다. 시력을 부분적으로 잃은 사람을 고려하기라도 한 듯 활자가 아주 컸고, 줄 간격도 흠잡을 데 없었다.

사서함 777

친애하는 핌에게.

우리 공통의 친구인 잭에게서 자네를 칭찬하는 말을 많이 들었네. 자네와 친해질 기회가 있으면 좋겠군. 자네가 도움이 되어 줄 수도 있는 공통의 중요한 관심사도 있으니. 하지만 아쉽게도 내가 지금은 시간이 꽉 차서 자네가 이 편지를 받을 때쯤이면 해외에 있을 걸세. 그러니 우선 임시로 내 동료를 만나 이야기를 나눠 보는 게 어떻겠나. 그 동료는 다음 주 월요일에 자네 쪽으로 갈 걸세. 자네가 그 동료를 만나려면, 버퍼드까지 버스를 타고 와서 정오 직전에 먼머스 암스의 살롱에 있으면 되네. 자네가 알아보기 쉽게 그 동료는 라이더 해거드의 『앨런 쿼터메인』을 들고 있을 걸세. 자네는 분홍색이 눈에 확 띄는 『파이낸셜 타임스』 한 부를 들고 있으면 좋겠군. 그 동료의 이름은 마이클이고, 잭처럼 전쟁에서 공을 세운 사람일세. 만나 보면 틀림없이 자네와 죽이 잘 맞을 거야.

모든 일이 잘되기를 바라며,

R. 곤트

(퇴역 포병대 중령)

그 뒤 닷새 동안 핌은 공부를 팽개쳤다. 시내의 뒷골목을 서성거리다가 뒤를 돌아 미행하는 사람이 없는지 확인했다. 칼집이 있는 칼을 사서 날이 부러질 때까지 나무에 던지는 연습을 했다. 유언장을 써서 벨린다에게 부쳤다. 자기 방에 들어올 때는 항상 신중을 기했고, 계단을 올라가거나 내려갈 때도 먼저 이상한 소리가 들리지 않는지 귀를 기울였다. 비밀 편지들은 어디에 숨겨야 할까? 버리기에는 너무 귀한 물건이었다. 그는 어디선가 읽은 내용을 떠올려, 새로 산 클루게의 『어원 사전』 속을 파내 편지를 보관할 공간을 만들었다. 그때부터 그는 밖에 나갔다가 돌아올 때마다 가장 먼저 이 사전을 눈으로 확인했다. 남들 눈에 띄지 않고 『파이낸셜 타임스』를 사기 위해 그는 리틀모어까지 걸어갔지만, 그 마을 우체국에서는 그 신문의 이름을 들어 본 적도 없다고 말했다. 하는 수 없이 옥스퍼드로 돌아왔더니 모든 상점의 문이 닫혀 있었다. 밤잠을 이루지 못한 그는 남들이 일어나기 전에 새벽같이 나가서 3학년 휴게실을 습격해 신문 진열대에서 지나간 날짜의 신문 한 부를 훔쳤다.

평일 오전에 버퍼드로 가는 버스 편은 둘이었다. 하지만 두 번째 버스를 탄다면 약속 시간까지 20분밖에 여유가 없어서 몬머스 암스를 찾을 시간이 촉박했으므로 그는 첫 번째 버스를 타고 9시 40분에 도착했다. 그런데 알고 보니 버스 정류장 바로 앞이 몬머스 암스였다. 지나치게 긴장한 그의 눈에 굵은 글씨로 이름이 적혀 있는 이 호텔의 간판이 국가 안보를 위협하는 것처럼 보여서 그는 외면한 채 성큼성큼 그 앞을 지나갔다. 오전 시간이 납덩이처럼 무거운 발걸음으로 천천히 흘러갔다. 11시쯤 그의 수첩에는 이미 버퍼드에 주차되어 있는 모든 자동차의 번호와 수상쩍은 행인들에 대한 자세한 메모가 가득했다. 12시 2분 전, 몬머스 암스의 살롱 술집에 얌전히 앉아 있던 그는 갑자기 두려움에 사로잡혔다. 여기가 몬머스 암스인가 아니면 골든 페전트인가? 곤트 중령이 혹시 윈터스 테일이라고 말했나? 용광로처럼 들끓는 핌의 머릿속에서 온갖 가능성들이 하나로 합쳐져 무섭게 반짝거리는 합금으로 변했다. 그는 앞뜰로 나가 남몰래 간판을 다시 읽어 본 뒤, 야외 화장실로 달려가서 얼굴에 찬물을 끼얹었다. 변기 앞에 서 있으려니 바람 소리가 들리고, 군청색 비옷을 입은 덩치 큰 남자가 옆에 서 있는 것 같았다. 남자의 몸은 뒤로 옆으로 비틀거리고, 눈동자는 고통을 못 이겨 위로 올라갔다. 핌은 순간적으로 겁에 질려 혹시 이 남자가 총에 맞은 건 아닌가 하고 걱정했지만, 그가 겨드랑이에 낀 두꺼운 책을 떨어뜨리지 않으려고 애쓰느라 그렇게 오만상을 찌푸리고 있다는 사실을 곧 깨달았다. 그런 상황에서 볼일을 볼 수가 없었으므로 핌은 단추를 잠그고 서둘러 살롱으로 돌아가 『파이낸셜 타임즈』를 바 위에 놓고 비터[8] 한 잔을 주문했다.

「두 잔 주시오.」 기운찬 목소리가 바텐더에게 말했다. 「오늘은 삼촌이 한턱내지. 잘 지냈니? 저기 구석 자리는 어떠냐? 신문 잊지 말고.」

우리의 구애 과정에 대해 자세한 이야기는 하지 않겠습니다, 잭. 이미 함께 침대에 들기로 결정한 사람들이 실제로 침대에 들기 전에 주고받는 말과 행동은 사실 뭔가 의미가 있기 보다는 그저 형식에 불과합니다. 우리가 어떤 핑계를 만들어 냈는지 그리 또렷하게 기억이 나지도 않고요. 마이클은 인생의 대부분을 바다에서 보낸 숫기 없는 남자였고, 그가 아주 드물게 내놓는 철학적인 말은 체크무늬 손수건으로 입을 두드려 닦는 동안 증기 엔진의 증기처럼 튀어나왔습니다. 「누가 배수관을 준설해야 돼, 아이고, 이런. 불에는 불로, 그것이 유일한 방법. 놈들이 우리 코앞에서 배를 훔쳐 가는 걸 바라지 않는다면. 그런데 난 그걸 바라지 **않거든**.」 이 마지막 말은 긴장 속에서 신중하게 개인적인 믿음을 표현한 말이었습니다만, 그는 즉시 맥주를 꿀꺽꿀꺽 마셔서 그것의 숨통을 막아 버렸습니다. 마이클은 처음으로 당신을 대신한 사람이었습니다, 잭. 그 뒤에 온 다른 사람들의 대표 격이라고 할까요. 내 기억이 옳다면, 마이클 뒤에 온 사람은 데이비드였고, 데이비드 다음은 앨런이었습니다. 앨런 다음이 누구였는지는 잊어버렸습니다. 핌은 그들의 결점을

8 쓴맛이 나는 맥주.

전혀 보지 않으려 했습니다. 설사 결점을 발견하더라도, 그것을 악마처럼 영리한 기만술로 즉시 해석해 버렸죠. 물론 지금의 저는 그 가엾은 영혼들의 본모습을 잘 알고 있습니다. 그들은 영국의 프로답지 못한 계층, 방황하는 그 많은 사람들과 같았습니다. 그들은 비밀 정보국들과 자동차 클럽, 돈 많은 개인 자선 단체 등을 돌아다니는 것을 당연한 권리로 여기는 듯합니다. 어느 모로 보나 나쁜 사람들은 아닙니다. 정직하지 못한 사람들도 아니고, 멍청하지도 않습니다. 하지만 자기 계층에 위협이 되는 일을 곧 영국에 대한 위협으로 받아들이는 사람들이죠. 그 둘이 어떻게 다른지 알 수 있을 만큼 멀리 돌아다닌 적이 없기 때문입니다. 점잖고 실용적인 사람들. 지출한 경비를 기록하고 월급을 받아 가는 사람들. 가볍게 놀리는 것 같은 말 속에 조용히 숨어 있는 전문적인 일솜씨로 휘하 정보원들을 감탄시키는 사람들. 그래도 그들의 비밀스러운 마음속에서는 그 시절 핌에게 자양분이 되어 주었던 바로 그 환상이 그들에게도 역시 자양분이 되어 주고 있었습니다. 휘하의 정보원들은 환상을 현실로 옮기는 데 도움이 되는 존재였죠. 걱정이 많고, 주점에서 먹는 식사와 클럽의 음료수에 감동하는 사람들. 카운터에서 돈을 내는 동안 주변을 둘러보는 습관이 있는 사람들. 마치 인생을 살아가는 더 훌륭한 방법이 있는지 고민하는 것 같습니다. 핌은 이렇게 자신을 관리하는 사람이 바뀔 때마다 그들 모두를 존중하고 그들의 지시에 복종하려고 최선을 다했습니다. 그는 그들을 믿었습니다. 그리고 머릿속에 차곡차곡 쌓이고 있는, 재미있는 이야기로 그들의 기운을 북돋아 주었습니다. 그들을 대접하고, 신나는 하루를 만들어 주려고 애썼습니다. 그들이 떠날 때가 되면, 핌은 항상 마지막까지 아껴 두었던 귀한 정보를 건넸습니다. 그런 정보가 없을 때는 가짜로 지어내는 한이 있더라도.

「중령님은 안녕하세요?」 어느 날 핌이 용감하게 물었습니다. 공식적으로 마이클은 곤트 중령을 대신해서 온 사람에 불과하다는 사실을 뒤늦게 떠올렸기 때문입니다.

「난 한 번도 해보지 않은 질문인데, 개인적으로.」 마이클은 이렇게 말하고는 개를 부르듯이 손가락을 튕기기 시작했습니다. 핌에게는 놀라운 광경이었죠.

롭 곤트는 실제로 존재하는 인물이었을까요? 핌은 끝내 그를 만나지 못했습니다. 나중에 좀 더 수월하게 물어볼 수 있는 위치가 되었을 때도, 그의 이름을 들어 보았다고 인정하는 사람이 전혀 없었습니다.

두툼한 갈색 봉투들이 연달아 속속 들어온다. 일주일에 두세 통씩 올 때가 많다. 대학 일꾼은 이제 그 편지에 익숙해진 나머지 주소를 확인하지도 않고 무조건 핌의 분류함에 넣어 버린다. 핌은 늘어난 편지들을 보관하기 위해 또 다른 사전의 속을 파내야 한다. 편지에는 항상 지시가 들어 있다. 가끔 소액의 돈이 들어 있을 때도 있는데, 마이클은 그것을 특별 수당이라고 부른다. 하지만 그보다 더 좋은 것은 핌의 작전 경비 예비금이다. 이 예비금은 무려 20파운드 수준으로 유지되고 있다. 헤겔 연구회의 O. U. 총무 대접에 7실링 9펜스……. 한반도 평화 캠페인 기부금 5실링……. 소련 문화 교류회 모임에 셰리주값 14실링……. 케임브리지 C. U. 지부 친선 방문 교통비와 기타 경비 1파운드 15실링 9펜스. 처음에 핌은 주인의 너그러움을 너무 이용하는 건가 싶어서 이런 항목들을 소심하게 적었다. 중령이 나보다 경비가 덜 드는 사람, 나보다 돈이 많은 사람, 신사는 비용을 따지지 않는다는 사실을 아는 사람을 찾아낼지도 모른다는 생각이 들었다. 하지만 이런 지출 항목들이 주인들에게 기분 나쁘게 받아들여지기는커녕 오히려 그가 열심히 일하는 증거로 보인다는 사실을 서서히 깨닫게 되었다.

내 오랜 친구에게(마이클은 적이 서신을 가로챌 수도 있으니 절대 이름을 쓰면 안 된다는 자신의 원칙에 따라 이렇게 썼다). 열하나. 당신의 여덟이 무사히 도착했습니다. 고맙습니다. 평소와 같은 진주로군요. 모임의 최신 합창곡에 대한 당신의 설명을 윗사람에게 내 멋대로 전달했는데, 그 영감이 그렇게 박장대소하는 모습은 그 영감 숙모님의 거시기가 당신도 아는 거기에 끼었을 때 이후로 처음 보았습니다. 훌륭하고 유익했습니다. 당신의 끈기에 대해 윗분이 직접 말씀하셨다는 점을 알아 두십시오. 이제 여느 때와 같은 쇼핑 목록을 말씀드리겠습니다.

1) 우리 모임의 저명한 회계 담당자의 이름에 S가 아니라 Z가 들어가는 게 확실합니까? 토지 대장에는 수학자 에이브러햄 S의 이름이 있습니다. 최근까지 맨체스터 초등학교에 근무하던 그가 조건에 맞기는 합니다만, 이름에는 분명히 Z가 없습니다(물론 그 신사가 이름을 두 가지로 모두 표기할 가능성 또한 항상 존재합니다만……). 주교님 말씀대로 너무 무리하지는 마십시오. 하지만 행운의 여신이 정답을 당신 쪽으로 밀어 주시거든 우리에게도 알려 주세요…….

2) 우리의 용감한 스코틀랜드 형제들이 7월에 열리는 사라예보 청년 페스티벌에 참석할 대표단을 결성하는 문제에 관한 이야기에 언제나 예리한 당신의 귀를 계속 열어 두시기 바랍니다. 해외에서 기름칠을 하고 앞서 말한 정부의 그림자에 침을 뱉는 꼴이 될 뿐인 거액의 정부 보조금을 받아들이는 신사들에 대해 힘센 사람들이 이상하게 불끈 화를 내고 있습니다.

3) 리즈 대학에서 와서 3월 1일 모임에서 연설할 예정인 저명한 보컬리스트와 관련해서, 그의 충실한 배

우자인 매그덜린(신이여, 저희를 축복하소서!)에게 계속 눈과 귀를 열어 두시기 바랍니다. 아버지만큼 음악적인 재능이 상당히 뛰어나다는 평판이 있는데도 학문에 대한 미묘한 관심 때문에 자신을 드러내지 않는 편을 좋아하는 사람입니다. 무슨 말이든 기쁘게 받아들이겠습니다…….

*

핌은 왜 그랬을까, 톰? 가장 먼저 행동이 있었다. 동기는 없었다. 전혀. 선택한 것은 핌 본인이었고, 그것은 그의 인생이었다. 아무도 그에게 강요하지 않았다. 도중에 언제라도, 아니면 그 길이 처음 시작된 그때 그는 싫다고 소리칠 수 있었다. 그랬다면 본인도 놀랐겠지만. 하지만 그는 그렇게 하지 않았다. 그가 패배를 시인한 것은 대학 신입생이 열 번이나 들어온 뒤였으나, 그때는 이미 모든 선이 영원히 그어져 있었다. 그가 왜 자신의 자유와 행운을 그렇게 내던졌는지 너는 궁금할 것이다. 훌륭한 외모와 유머 감각과 선한 마음씨가 마침내 진가를 발휘할 때였는데. 왜 낯선 배경과 정신세계를 지닌 어둡고 불행한 사람들과 친구가 되어 항상 웃는 얼굴로 그들의 요구를 들어주며 억지로 어울렸을까? 그건 그때 이미 대학에 멋진 일들이 전혀 남아 있지 않았기 때문이다. 정말이다.

베를린과 한국이 대학의 영광을 영원히 망쳐 버렸다. 하지만 핌이 그렇게 어울린 사람들을 나중에 배신해 버린 건 또 뭐지? 왜 뒷방에서 시골 출신의 뚱한 아가씨들 사이에 앉아 온 밤을 꼬박 새웠을까? 찌푸린 표정으로 너트커틀릿을 먹고, 경제학 수업에서 1등을 하던 그 아가씨들에게 일을 하면서 배울 수밖에 없었던 자신의 세계관을 털어놓기 위해서? 그는 자신의 생각을 비틀어서 뒤집어 놓고, 싸구려 담배로 자신을 죽이면서 인생에서 재미있는 일은 모두 남에게 드러낼 수 없는 일이라는 말에 열심히 고개를 끄덕였다. 왜 그들에게 머고 신부처럼 굴면서 자신이 부르주아 출신임을 밝혀 비난을 자초하고, 자신을 깎아내리고, 전혀 사면을 받지 못하면서도 그들의 비난에 흠뻑 빠졌을까? 그러다 달려 나가 그날 밤의 일들을 화려하게 윤색한 보고서를 일필휘지로 써 내려 저울의 방향을 쾅 하고 반대로 돌려놓았으면서. 나라면 반드시 이 답을 알 수밖에 없다. 내가 직접 한 일이자, 남들에게도 시킨 일이기 때문이다. 설득력 면에서 나는 단 한 번도 뒤쳐진 적이 없다. 영국을 위해서. 비밀 감시자들의 소박한 보살핌 속에서 자유세계가 편안히 밤잠을 잘 수 있게 해주려고. 사랑을 위해서. 좋은 사람, 좋은 군인이 되려고.

애비 치글러의 이름에 Z가 들어가는지 S가 들어가는지는 모르겠지만, 그 이름은 틀림없이 모든 대학에 붙어 있는 모든 좌익 포스터에 대문자로 적혀 있었다. 애비는 키가 120센티미터쯤 되고, 사람들의 관심에 환장하고, 파이프 담배를 피우는 색정광이었다. 남들에게 주목받는 것이 인생의 포부인 그는 부족한 것이 많은 좌파야말로 자신의 포부를 향한 지름길이라고 보았다. 마이클 쪽 사람들이 이렇다 할 어려움 없이 애비에 대해 무엇이든 원하는 것을 알아낼 수 있는 방법은 열 가지쯤 있었지만, 그들은 반드시 핌에게 이 일을 맡겨야 했다. 위대한 스파이 핌은 고작해야 전화번호부에서 S 또는 Z가 들어가는 치글러의 이름을 확인하기 위해 맨체스터까지 먼 길을 걸어가는 것도 마다하지 않을 사람이었다. 그가 비밀 임무에 몸을 던진 열정이 이 정도였다. 이건 배신이 아니야. 이건 진짜야. 그는 마이클의 사람으로 움직일 때 속으로 이렇게 되뇌었다. 대학 로고가 새겨진 스카프를 매고 이상한 말씨를 쓰면서 나를 〈우리 부르주아 친구〉라고 부르는 이 번쩍거리는 사람들은 우리 사회 질서를 뒤흔들려고 계획하는 내 동포들이야.

핌은 나라를 위해 봉투에 적힌 주소를 외우고, 모임에서 집사 역할을 하고, 시들시들한 행렬을 따라 행진하고, 그 행렬에 참가한 모든 사람의 이름을 나중에 글자로 적어 두었다. 나라를 위해, 또는 사랑을 위해, 또는 마이클 같은 사람들을 위해 그는 밤늦게 길모퉁이에 서서 행인들에게 제대로 읽기 힘든 마르크스주의 팸플릿을 나눠 주었다. 사람들은 그에게 그만 들어가서 자라고 말했다. 핌은 남은 팸플릿을 도랑에 던져 버린 뒤 당의 공금을 자기 돈으로 채워 넣었다. 마이클 등에게 그 경비를 요청하기에는 자존심이 너무 높았기 때문이다. 그러고는 집에 돌아와 미래의 혁명가들에 관해 꼼꼼한 보고서를 쓰다 보면 가끔 악셀의 유령이 앞에 나타나 〈핌 망할 자식 어디 있어〉라고 귓속말을 했다. 핌은 마이클들의 논리와 자신의 논리를 섞어 그를 쫓아 버릴 수밖에 없었다. 「당신이 아무리 내 친구였다 해도, 내 나라의 적이기도 했어요. 당신은 불순분자였어요. 신분증도 없었고요. 미안해요.」

「세상에, 너 그 빨갱이들이랑 같이 어울리는 거야?」어느 날 셉턴 보이드가 풀밭에 엎드려 졸린 목소리로 이렇게 물었다. 두 사람은 점심을 먹기 위해 그의 스포츠카를 몰고 갓스토로 나와서 둑 위의 풀밭에 누워 있었다. 「누구한테 들었는데, 콜 그룹에서 널 봤다고 하더라. 네가 전쟁의 광기에 대해 좆같은 연설을 했다며? 콜 그룹이 진짜 지옥 같아?」

「그건 G. D. H. 콜이 운영하는 토론 그룹이야. 사회주의의 여러 길을 탐색하고 있어.」

「그 자식들 게이야?」

「내가 아는 한은 아니야.」

「음, 걔들 말고 다른 사람의 길을 탐색해 봐. 내가 포스터에서 너의 그 고약한 이름도 봤다고. 사회주의 클럽 대학 총무라니. 세상에, 너 원래는 그리드에 들어가 있어야 하잖아.」

「난 모든 면을 보고 싶어.」 핌이 말했다.

「걔들은 모든 면이 아니야. 우리가 그렇지. 걔들은 한쪽으로 치우쳐 있어. 유럽 절반을 꽉 쥐고서 진짜 구리게 구는 놈들이야. 내 말이 맞아.」

「내가 그러는 건 나라를 위해서야. 비밀이지만.」 핌이 말했다.

「웃기시네.」

「진짜야. 매주 런던에서 지시가 내려와. 난 비밀 정보국 소속이야.」

「그림블의 학교에서 독일 군대에 있었다고 해라. 아니면 월로의 학교에서 네가 힘러의 숙모였다고 하든지. 아니면 네가 월로의 마누라랑 그 짓을 했고, 네 아버지가 윈스턴 처칠의 전령 역할을 했다고 말하든가.」

오래전부터 말이 있었지만 계속 미뤄지던 그날이 왔다. 마이클이 핌을 자기 집으로 데려가서 가족에게 소개해 주는 날. 「우등생 타입이야.」 마이클이 미리 자기 아내를 칭찬하면서 핌에게 주의를 주었다. 「성격이 신랄해서 자비가 없어.」 사실 마이클 부인은 탐욕스럽고 빠르게 인상이 희미해지는 여자였다. 그녀는 전혀 흥미를 불러일으키지 않는 가슴 위까지 목선이 깊이 파인 블라우스와 한쪽을 일부러 터놓은 치마를 입고 있었다. 마이클이 아예 침실로 쓰고 있는 것처럼 보이는 헛간에서 자기 볼일을 보고 있을 때, 핌은 서툰 솜씨로 요크셔 푸딩 반죽을 섞으면서 자신을 끌어안으려는 그녀의 손길을 뿌리쳤다. 나중에는 결국 아이들과 함께 잔디밭으로 피신하는 수밖에 없었다. 비가 오기 시작하자 그는 아이들을 데리고 응접실로 들어와 파수병처럼 자기 주위에 빙 둘러 세워 놓고는 아이들에게 장난감을 밀어 주었다.

「매그너스, 네 아버지 이름 이니셜이 어떻게 되니?」 마이클 부인이 문간에서 권위적으로 물었다. 그때 그 여자의 목소리가 지금도 기억난다. 내가 조금 전 함께 2층 침실로 올라가자는 요청을 거절한 것이 아니라 마지막으로 남은 초콜릿 과자를 먹어 버리기라도 한 것처럼 까다롭게 캐묻는 목소리였다.

「R. T. 예요.」 핌이 말했다.

마이클 부인은 손에 든 일요일 자 신문을 손으로 천천히 훑었다. 부엌에서 읽다가 가지고 나왔음이 분명했다.

「R. T. 핌이라는 사람이 걸워스 노스의 자유당 후보로 나선다는 얘기가 여기 있구나. 자선 사업가 겸 자산 중개인이라는데, 설마 다른 사람은 아니겠지?」

핌은 그녀의 손에서 신문을 가져왔다. 「네.」 그는 사냥개와 함께 찍은 릭의 사진을 빤히 바라보며 말했다. 「맞아요.」

「네가 미리 말해 줬으면 좋을걸. 네가 엄청난 부자고 우리보다 훨씬 잘났다는 건 나도 알지만, 우리 같은 사람들한테 이런 일은 엄청 신나는 거거든.」

핌은 걱정 때문에 토할 것 같은 상태로 옥스퍼드로 돌아와 그동안 뜯지도 않고 책상 서랍 속에 던져 두었던 릭의 최근 편지 네 통을 억지로 훑어보는 시늉이라도 할 수밖에 없었다. 서랍 속에는 악셀이 갖고 있던 그리멜스하우젠의 책과 아직 돈을 치르지 못한 청구서들이 함께 들어 있었다.

쉰세 살의 핌은 낙타털로 만든 실내용 가운을 입고서도 몸을 덜덜 떨었다. 가끔 그렇듯이, 이번에도 열이 오르지 않는 열병이 갑자기 그를 덮쳤다. 그는 깨어 있는 시간 내내 글쓰기에 매달리고 있었다. 수염을 보아하니 아주 오랜 시간이었음이 분명했다. 처음에 부들부들 떨리던 몸은 이내 덜덜 떨리는 지경이 되었다. 원래 이 병이 이런 식이었다. 목 근육이 뒤틀리고, 허벅지 뒤쪽이 몹시 아팠다. 재채기도 시작되었다. 첫 번째 재채기는 무슨 사색이라도 하듯이 길게 이어졌다. 그 뒤에 따라온 두 번째 재채기는 그에 대한 답변 같았다. 그들이 날 두고 싸우고 있어. 그는 속으로 생각했다. 착한 편과 나쁜 편이 내 머릿속에서 마구 총을 쏴대고 있는 거야. 이런, 오, 하느님, 제 영혼을 받아 주소서. 이런, 오, 주여, 그를 용서하소서, 그는 자기가 무엇을 하는지 모르고 있습니다. 핌은 자리에서 일어나 한 손으로 입을 가리고 다른 손으로 가스난로를 켰다. 그런 뒤 자신의 몸을 꼭 끌어안은 채 죄수처럼 방 안을 한 바퀴 돌기 시작했다. 걸음을 내디딜 때마다 무릎이 꺾였다. 그는 미스 더버가 깔아 둔 카펫의 한쪽 귀퉁이에서 열 걸음을 걸은 뒤, 직각으로 방향을 꺾어 여덟 걸음을 더 걸었다. 그러고는 멈춰 서서 자신이 방금 걸음으로 측정한 직사각형의 크기를 가늠해 보았다. 릭은 이런 것을 어떻게 견뎠을까? 그는 자문했다. 악셀은 어떻게 견뎠지? 그는 양팔을 쭉 펼친 길이와 이 감방의 폭을 비교해 보았다. 「세상에. 내 팔이 다 들어가지도 않아.」 그가 소리 내어 속삭였다.

그는 아직도 열지 않은 강화 서류 가방을 들고 불가로 가서 앉았다. 눈썹을 가운데로 모은 채 불꽃을 노려보는 동안 몸의 떨림이 더욱더 격렬해졌다. 내가 죽였을 때 릭이 죽었어야 했어. 핌은 자신을 향해 어디 한번 들어 보라는 듯이 이 말을 소리 내어 속삭였다. 「당신은 내가 죽였을 때 죽었어야 했어.」 그러고는 책상으로 돌아와 펜을 들었다. 글로 한 줄을 적고 나면, 그 줄은 이제 과거야. 그런 일을 한 번 하고 나면 죽어야지. 그는 빠르게 글을 썼다. 그러면서 다시 빙그레 미소를 지었다. 사랑이란 무엇이든 우리가 아직 배신할 수 있는 것. 배신은 사랑할 때에만 가능하지. 그는 속으로 생각했다.

메리도 기도하고 있었다. 학교의 기도 방석에 무릎을 꿇고서 손바닥으로 눈을 가려 밤 같은 어둠에 빠진 채로 그녀는 여기가 학교가 아니라 플러시의 작은 색슨 교회였으면 좋겠다고 기도했다. 그들의 땅에 딸려 있던 그 교회에서 아버지와 형제가 그녀를 보호하듯 양편에 함께 무릎 꿇고 있고, 대령 출신인 신부님은 불같은 목소리로 지시를 내리며 향로를 징처럼 시끄럽게 흔들어 대고 있으면 좋겠다고. 아니면 자기 집 자기 방의 침대 옆에서 머리를 빗고 잠옷을 입은 모습으로 엉덩이를 쑥 내민 채 무릎을 꿇고 앉아 다시는 기숙 학교에 가지 않게 해달라고 기도하는 것이라도 좋았다. 하지만 메리가 아무리 기도하고 간청해도 여기가 빈의 영국 교회라는 사실은 변하지 않았다. 내가 매주 수요일에 일찍 예배를 보러 오는 곳이지. 영국 대사 부인과 미국 장관의 아내가 이끄는 상승 욕구 강한 교인들도 마찬가지야. 캐럴라인 럼스던과 비 레더러, 그리고 옆집인 독일 대사관의 별 볼 일 없는 사람들, 네덜란드와 노르웨이에서 파견된 사람들도 이들의 뜻을 지지하고 있고. 내 뒤의 신도석에서는 퍼거스와 조지가 경건함 같은 건 전혀 없이 아주 자기 방처럼 자고 있네. 지금 기숙 학교에 다니는 건 내가 아니라 톰이고, 모든 것을 알고 어디에나 있으면서도 눈에 보이지는 않고 우리 모두의 운명에 대한 열쇠를 쥐고 있는 사람도 하느님이 아니라 매그너스야. 매그너스, 이 나쁜 자식, 당신에게 아직 진실이 조금이라도 남아 있다면 제발 저 하늘에서 고개를 내밀고 내게 조언을 좀 해줘. 당신의 무한한 선함과 지혜로. 이번만은 거짓말도, 회피도, 화려한 장식도 없이. 코르푸의 크리켓 경기장에 왔던 당신의 그 친애하는 친구를 내가 어떻게 해야 돼? 그 사람 지금 바로 통로 건너편 신부 측의 신도석에서 나와 같은 줄에 앉아 기도도 안 하고 있단 말이야. 호리호리한 몸은 수그러져 있고, 수염은 반백이고, 목은 잘록해. 눈가에 웃어서 생긴 주름살이 거미줄처럼 퍼져 있는 것부터 망토처럼 어깨에 두른 회색 레인코트에 이르기까지 톰이 설명했던 그대로야. 이 반백의 천사가 나타난 건 오늘이 처음도 아니고 두 번째도 아니야. 무려 세 번째인데, 그것도 이틀 만에 오늘은 엄청 상상력을 발휘한 것 같아. 매번 나는 아무것도 하지 않지만, 그 남자가 한 걸음씩 가까워지는 것 같아. 당신이 빨리 돌아와서 어떻게 해야 할지 나한테 알려 주지 않는다면 내가 저 남자랑 같이 침대에 눕게 될지도 몰라. 베를린에서 당신이 나한테 장담했던 것처럼, 긴장을 풀고 사회적인 장벽을 없애는 데 섹스만 한 건 없잖아.

영국인 신부 자일스 매리엇이 마음이 순수하고 겸손한 사람들에게 모두 믿음으로 가까이 다가오라고 말하고 있었다. 메리는 일어서서 치마를 매끈하게 편 뒤 통로로 나갔다. 캐럴라인 럼스던 부부가 그녀 앞에 있었지만, 성찬식이 끝난 뒤에야 인사를 나누는 것이 교회의 규칙이었다. 조지와 퍼거스는 고집스레 신도석에 남아 있었다. 신분을 은폐하기 위해 평소 소신인 불가지론을 희생하기에는 마음이 너무 고결한 모양이었다. 사실 그보다는 그저 뭘 해야 하는지 모르는 거겠지. 메리는 생각했다. 그러고는 양손을 턱 아래에서 맞잡고 다시 고개를 숙여 기도했다. 오, 하느님, 오, 매그너스, 오, 잭, 이제 어떻게 해야 하는지 말해 줘요! 그 남자가 내 뒤로 30센티미터쯤 떨어져 있어요. 그 남자한테서 나는 퀴퀴한 시가 냄새까지 맡을 수 있다고요. 이 냄새도 톰이 말한 거랑 같아요. 나중에 공항에서 뒤늦게 생각났다는 듯이. 「그 아저씨 시가를 피웠어요, 엄마. 옛날에 아빠도 담배를 끊으면서 시가를 피웠잖아요.」그 남자는 신도석을 빠져나올 때 다리를 **절었다. 절룩거리면서** 통로로 나왔다. 10여 명의 사람들이 메리 뒤로 늘어섰다. 대사 부인과 점이 많은 그녀의 딸, 미국인 한 무리가 거기에 포함되어 있었다. 하지만 착한 교인들은 절룩거리는 사람을 보면 걸음을 멈추고 미소를 지으며 먼저 가시라고 자리를 양보하기 마련이므로, 그 남자가 이제는 그녀의 바로 뒤에 있었다. 모든 사람이 선의를 베푼 덕분이었다. 사람들의 줄이 제단을 향해 한 걸음씩 나아갈 때마다 그는 **절룩거리면서도** 마치 내 엉덩이를 두드리기라도 하는 것처럼 아주 친밀하게 움직여요. 메리는 이렇게 은근하고, 뻔뻔하고, 악마같이 다리

115

를 저는 사람을 처음 보았다. 즐겁게 반짝이는 그의 눈이 그녀의 등을 태울 듯이 바라보았다. 그녀도 느낄 수 있었다. 신성한 결합을 향해 나아가는 동안 자신의 목과 뺨이 달아오르는 것이 느껴졌다. 제단의 난간 앞에서 행정관의 아내인 제니 포브스가 무릎을 굽혀 인사하고 자기 자리로 돌아갔다. 그럴 만도 했다. 새로 온 젊은 경호원이랑 놀아나고 있었으니까. 메리는 감사한 마음으로 앞으로 나아가 무릎을 꿇었다. 얼른 떨어져, 이 소름 끼치는 자식아, 넌 네 자리로 가. 소름 끼치는 남자는 그녀가 원하는 대로 했지만, 그 전에 작게 중얼거린 그의 말이 메리의 머릿속에서 큰 소리로 쾅쾅 울렸다. 「그를 찾는 걸 도와줄 수 있어요. 집으로 메시지를 보내겠습니다.」

성가대가 합창하는 동안 메리의 머릿속에서 갖가지 의문들이 비명을 질러 댔다. 메시지를 어떻게 보내? 무슨 메시지인데? 나더러 배신하라고 하려고? 어제 외교 사절 부인들의 티파티장을 떠날 때 길 건너편에서 빙긋이 웃고 있던 그에게 그녀가 비난하듯 한 팔을 척 들어 올리지 않은 이유를 그녀에게 설명해 주려고? 그녀는 왜 소리를 지르지 않았을까? 그가 의기양양하게 모습을 드러낸 문간에서 10여 미터도 떨어지지 않은 곳에 대기하고 있던 조지와 퍼거스에게 〈저 사람을 체포해요!〉라고 소리치면 됐을 텐데. 스웝스 슈퍼마켓에서 그가 채 6미터도 떨어지지 않은 곳에 모습을 드러냈을 때도 마찬가지였다.

자일스 매리엇이 당혹스러운 표정으로 그녀를 내려다보며 그녀 몫의 성체를 또다시 그녀에게 내밀었다. 메리는 어렸을 때 배운 대로 서둘러 자신의 왼손 위에 오른손을 겹치고, 그 손으로 십자가를 그렸다. 자일스 매리엇이 그녀의 손바닥에 성체를 내려놓았다. 그녀는 그것을 입으로 가져갔다. 성체는 조금 끈적거리는가 싶더니 그녀의 마른 혀 위에 통나무처럼 달라붙었다. 아니, 난 이럴 자격이 없어. 그녀는 성배를 기다리며 비참한 심정이 되었다. 주님의 식탁은 물론이고 그 누구의 식탁에도 앉을 자격이 없어. 내가 그 사람을 고발하지 못할 때마다 배신을 저지르는 거야. 그 사람은 나를 유혹하고 있고, 나는 그 사람 말을 최대한 듣고 있어. 그 사람이 날 자기한테로 끌어당기는데 나는 네 좋아요 하고 말하지. 〈매그너스와 내 아이를 위해 당신에게 가겠어요. 당신이 깨끗한 사람이라면, 아니 설사 사악한 사람이라 해도 나는 당신에게 가겠어요. 나는 지금 빛을 찾고 있으니까요. 어떤 빛이든 좋아요. 어둠 속에서 반쯤 정신이 나갔거든요. 당신이 매그너스의 반쪽이니까, 따라서 나의 반쪽이기도 하니까 당신에게 가겠어요.〉

　자신의 자리로 돌아가면서 그녀는 비 레더러와 시선이 마주쳤다. 두 사람은 서로 경건한 미소를 교환했다.

11

세상에 그런 보궐 선거는 없었다, 톰. 아니, 아예 그런 선거가 없었어. 사람은 세상에 태어나 결혼하고 이혼하고 세상을 떠나지. 그렇게 살아가는 중 어느 시점에 기회가 생기면, 이스트앵글리아의 외딴 늪지에 위치한 걸워스 노스에서 옛날 옛적 방식 그대로 고기잡이와 길쌈을 하며 살아가는 사람들을 대표하는 자유당 후보가 되기도 한다. 사람들이 금주 운동 모임에 참석하는 대신 텔레비전을 보게 되기 전이라 통신이 아직 발달하지 않아서 런던에서 북동쪽으로 240킬로미터쯤 떨어진 곳에서는 후보의 성격이 완전히 다르게 알려질 수도 있었던 어두운 전후(戰後) 시대였으니까. 혼자 힘으로 일어서는 행운을 누리지 못하는 사람이라면 비밀 공산당에서부터 제대로 성사되지 못한 성적인 탐구에 이르기까지 모든 것을 그만두고, 중세 독일의 사랑 노래도 잊어버리고, 위대한 시련의 시기를 겪고 있는 아버지의 곁으로 서둘러 달려가 아버지를 위해 얼음처럼 차가운 남의 집 현관에서 덜덜 떨며 아버지가 가르쳐 주신 방법으로 매력을 동원해 노부인들의 표를 얻어 내고, 설사 죽는 한이 있어도 그 노부인들을 돌봐 주고, 확성기를 통해 이 후보가 엄청 대단한 사람이므로 당신들은 이제 부족함이 없는 삶을 살게될 것이라고 온 세상에 알리고, 아직 머리가 굳기 전인 학생 시절에 노동자들의 주장을 은밀히 지지했으므로 투표가 끝나자마자 다른 모든 삶을 버리고 우리의 고향이자 항상 마음속에 품고 있는 곳인 노동계급 사이에 자리를 잡을 것이라고 진심으로 약속하는 일이라도 해야 했다.

핌이 도착했을 때는 한겨울이었는데 지금도 겨울이다. 내가 결코 돌아가지 않았기 때문이다. 감히 그럴 수 없었다. 늪지에는 처음 내린 눈이 그대로 쌓여서 플랑드르의 잿빛 하늘을 배경으로 서 있는 돈키호테의 풍차마저 꽁꽁 얼려 버렸다. 바다의 수평선에는 뾰족탑이 있는 마을들이 매달려 있고, 우리 유권자들의 얼굴은 브뤼헐의 그림에 나오는 사람들처럼 열정 때문에 발갛게 달아올라 있다. 30년 전과 똑같다. 평생 자유당원이었던 커들러브씨가 이끌고 있는 우리 후보님 일행은 시골길에서 미끄러질 때마다 싫은 소리를 해가면서도 분필 가루 날리는 교실에서부터 등유로 난방하는 회관에 이르기까지 곳곳을 돌아다니며 메시지를 전달하는 중이다. 그동안 우리 후보님께서는 생각에 잠겨 또 술 한 잔을 마시고, 실비아와 맥스웰 캐번디시 소령은 육지 측량부 지도를 놓고 낮은 소리로 싸움을 벌인다. 내 기억에 우리가 눈 덮인 벌판과 늪지를 가로질러 우리 후보님이 마지막으로 긍정적인 모습으로 나타나실 걸워스의 웅장한 마을 회관까지 나아가며 벌인 선거 운동은 정치 부조리극 같았다. 우리는 마을 회관에 결코 사람을 가득 불러 모을 수 없을 것이라며 말리는 사람들의 반대를 무릅쓰고 마을 회관을 빌려서 결국 우리 후보님의 마지막 등장을 위해 사람을 가득 채우는 데 성공했다. 그리고 그곳에서 코미디가 갑자기 뚝 중단되었다. 가면과 종(鐘)이 달린 어릿광대의 모자가 소란스럽게 무대에 등장하는 중에 하느님이 지금까지 즐거움을 누린 것에 대한 청구서를 단 하나의 간단한 질문 형태로 우리에게 내밀었다.

증거가 중요하다, 톰. 사실이 중요해.

이것은 릭이 중요한 행사 때 꽂았던, 노란색 실크로 만든 장미꽃 장식이다. 릭의 기수들이 착용하는 모자와 옷의 색깔을 정해 준 그 운 나쁜 재단사가 릭을 위해 재빨리 만들어 준 것이다. 이것은 그다음 날 『걸워스 머큐리』한가운데 실린 펼침면이다. 네가 직접 읽어 봐. **후보자의 자기변호, 걸워스 노스의 주민들이 판단하게 하라.** 밝은 조명 아래 파이프 오르간이 놓인 연단과 둥글게 휘어진 계단을 찍은 사진이 보이지? 여기에 메이크피스 워터마스터만 있으면 완벽하다. 네 할아버지의 모습을 봐라, 톰. 한가운데에서 스포트라이트의 얼룩덜룩한 빛줄기들을 마구 조각내고 있지. 네 아버지는 그 뒤에서 수줍은 듯 고개를 내밀고 있구나. 비탈길에 괴어 놓은 쐐기 같다고나 할까. 위대한 성인의 천둥 같은 목소리가 수레의 지붕으로 솟아오르는 것이 들리지? 핌은 릭의 연설문을 모조리 외우고 있다. 과장된 손짓과 어조까지도. 릭은 자신이 정직한 상인이라며, 유권자들을 위해 〈제가 살아 있는 한, 그리고 여러분이 저를 필요로 하시는 한 제 인생을〉 바치겠다고 말한다. 이제 5초만 있으면 왼팔을 휘둘러 불신자들의 머리를 잘라 버릴 것이다. 손가락이 살짝 굽어 든다. 릭은 자신이 겸손한 그리스도교인이고 아버지이고 정직한 거래인이라고 말한다. 또한 걸워스 노스에서 전통적인 보수주의와 새로운 사회주의라는 두 가지 이단을 없애 버릴 것이라고 말하지만, 금주 운동에 너무 열정적인 나머지 가끔 말이 잘못 나가기도 한다. 릭은 이어서 방종을 아주 싫어한다고 말한다. 정말로 열을 내고 있다. 하지만 모두 좋아할 소식이 있다. 그의 진실한 목소리를 들어 보라. 릭이 의원이 되면 걸워스 노스는 꿈도 꾸지 못한 르네상스를 맞이할 것이다. 다 죽어 가는 청어 거래가 병상에서 벌떡 일어나 걸을 것이고, 무너져 가는 방직 산업이 꿀과 우유를 가져다줄 것이며, 농업은 사회주의 관료 체제에서 해방되어 온 세상이 부러워하는 위치에 설 것이다. 쓰러져 가는 철도와 운하 또한 산업 혁명의 노고로부터 기적적으로 떨어져 나올 것이고, 거리에는 유동성이 흐를 것이다. 노인들의 저금을 국가가 몰수할 수 없게 될 것이고, 남자들은 징병이라는 불명예를 당하지 않게 될 것이다. 버는 만큼 내는 세금 제도도 사라지고, 릭이 다 읽지는 않았지만 온전히 믿고 있는 자유당 선언 속의 모든 부정행위들도 사라질 것이다.

여기까지는 좋았다. 하지만 오늘 밤은 우리의 마지막 공연이므로 릭은 특별한 것을 마련했다. 그는 고객들에게 과감히 등을 돌리고, 연단 뒤에 자리한 신실한 지지자들을 바라본다. 그는 우리에게 감사의 인사를 할 참이다. 잘 보아라. 「먼저 내 사랑하는 실비아, 당신이 없었다면 아무 일도 이루어지지 않았을 겁니다. 고마워요, 실비아, 고마워요! 나의 여왕 실비아에게 큰 박수를 보냅시다!」 고객들의 반응이 열광적이다. 실비아는 우아한 미소를 짓는다. 핌은 다음 차례가 자신일 것이라고 기대했지만 그렇지 않다. 릭의 파란 눈이 오늘 밤은 강철 같고, 그 빛이 그를 비춘다. 호언장담하는 그의 목소리에 더욱더 힘이 들어간다. 문장은 짧아졌지만 챔피언이 그 문장을 던지는 힘이 더 강하다. 릭은 걸워스 자유당 의장과 **그의** 몹시 사랑스러운 아내에게 감사 인사를 한다. 마저리, 그대, 수줍어하지 말고 나와 봐요. 어디 있소? 릭은 우리의 가

없은 자유당 대리인에게도 감사한다. 그는 도널드 아무개라는 불신자다. 이 설명을 잘 봐두어야 한다. 아무개는 릭 일행이 자신의 영역에 도착한 뒤 골을 내며 뒤로 물러났다가 오늘 밤에야 비로소 모습을 드러냈다. 릭은 교통편을 책임진 여성에게도 감사 인사를 한다. 머스폴 씨는 당구장에서 그녀를 만나 호감을 느꼈다고 주장한다. 우리 후보님이 모임에 단 한 번도 지각하지 않는 데 공을 세운(웃음) 또 다른 여성에게도 감사 인사가 이어진다. 하지만 모리 워싱턴은 뒷좌석에 그녀와 함께 앉는 것은 위험한 일이라고 주장한다. 릭은 〈나를 도와주는 씩씩하고 신실한 사람들〉로 넘어간다. 모리와 시드는 뒷줄에서 형 집행이 유예된 살인범처럼 짓궂은 표정을 짓고, 머스폴 씨와 맥스웰 캐번디시 소령은 험상궂은 표정을 짓는다. 거기 사진에 다 있으니 네가 직접 찾아 봐라, 톰. 모리 옆에는 술에 잔뜩 취한 라디오 코미디언이 있는데, 릭은 점점 평판이 떨어지는 그를 용케 우리 선거 운동에 이용하고 있다. 지난 몇 주 동안 그가 어리석은 크리켓 선수들, 호텔 체인의 귀족 소유주들, 이른바 자유당 인물들을 데려와서 죄수처럼 시내를 행진시킨 뒤 그 짧은 유통 기한이 다 끝나면 런던으로 버리듯 돌려보낸 것과 같다.

이제 자신을 만들어 낸 사람의 오른편에 앉아 있는 매그너스를 한 번 더 살펴보자. 릭이 마침내 그에게 이르러 비밀스러운 지식과 질책이 가득한 말을 외친다. 「저 녀석이 직접 말하지 않을 테니 제가 하지요. 저 녀석은 지나치게 겸손합니다. 우리 아들내미는 이 나라 역사상 최고의 법학 전공생 중 하나입니다. 아니, 이 나라만이 아닙니다. 이 녀석은 지금 제가 하는 연설을 5개 국어로 하면서 심지어 저보다도 더 잘할 수 있습니다.」 웃음소리. 팔불출이라고 외치는 소리. 「그런데도 저 녀석은 이번 선거운동 내내 아비를 위해 발바닥에 불이 나게 돌아다녔습니다. 매그너스, 정말 대단했다. 넌 이 아비의 가장 좋은 친구야. 이건 네게 보내는 박수야!」

하지만 귀가 멀 것 같은 박수 소리도 핌의 고뇌를 달래주지 못한다. 고독한 현실 속에서 릭이 다시 시작한 연설에 귀를 기울이며 핌은 진부한 문구들을 헤아린다. 이 후보와 그의 대담한 거짓말 솜씨를 영원히 파괴해 버릴 폭발을 기다리는 동안 겁에 질린 그의 심장이 두방망이질친다. 그 폭발은 화려하게 금칠된 천장을 밤하늘로 날려버릴 것이다. 릭의 연설에 화려한 피날레가 되어 줄 별들을 박살 낼 것이다.

「사람들은 여러분에게 이렇게 말할 겁니다.」 릭이 점점 더 겸손을 떨면서 외친다. 「제게도 이미 말했습니다. 길에서 저를 불러 세우고, 제 팔을 잡으며 이렇게 말했죠. 〈릭, 자유주의라는 게 그냥 이상을 모아 놓은 것 아닙니까? 이상이 우리를 **먹여 주지는** 않아요. 이상으로 차를 사서 마실 수도 없고, 맛있는 영국식 양 갈비를 사 먹을 수도 없다고요. 이상을 헌금함에 넣을 수도 없고, 그걸로 우리 아들의 교육비를 치를 수도 없죠. 아들의 주머니에 이상만 몇 개 넣어 주고는 이 나라의 최고 법원에서 자리를 잡아 보라고 세상으로 내보낼 수도 없어요. 그러니 우리가 살고 있는 현대 세계에서 이상만 모아 놓은 당이 무슨 의미가 있겠어요, 릭?〉 사람들은 제게 이렇게 말합니다.」그의 목소리가 확 줄어든다. 지금까지 아주 활발하게 움직이던 손은 손바닥을 아래로 한 채 뻗어 나가 보이지 않는 아이의 머리통을 잡는다. 「그러면 저는 이렇게 말합니다. 걸워스의 선량한 사람들에게도, 여러분에게도 이렇게 말합니다!」그의 손이 위로 날아 올라가 하늘을 가리킨다. 핌은 걱정 때문에 토할 것 같은 심정으로, 메이크피스 워터마스터의 유령이 연단에서 벌떡 일어나 그 우울한 빛으로 마을 회관을 가득 채우는 것을 본다. 「저는 이렇게 말합니다. 이상은 별과 같다고요. 손을 뻗어 만질 수는 없지만, 별의 존재 자체가 우리에게 혜택을 줍니다!」

릭의 연설이 오늘만큼 훌륭하고, 열정적이고, 진지했던 적이 없다. 갈채가 노도처럼 부풀어 오르고, 신실한 사람들도 함께 일어선다. 핌은 그들과 함께 일어서서 누구보다도 크게 손뼉을 친다. 릭은 흐느낀다. 핌도 울기 직전이다. 선량한 사람들 앞에 구세주가 나타났다. 걸워스 노스의 자유주의자들은 너무나 오랫동안 목자가 없는 양 떼였다. 전쟁 이후 이곳에 자유당 후보가 선 적이 없기 때문이다. 릭의 옆에서는 이 지역 자유당 의장이 자신의 평범한 손으로 손뼉을 치면서 릭의 귓가에 들뜬 목소리로 다다다 말을 쏟아 낸다. 릭의 뒤에서는 궁정 사람들 전부가 핌의 본을 따라 자리에서 일어나서 손뼉을 치며 〈걸워스의 릭〉이라고 외쳐 댄다. 이 소리를 들은 릭이 다시 그들에게 돌아서서, 자신이 좋아하는 예능 프로그램에서 힌트를 얻었는지 청중을 향해 궁정 사람들을 가리켜 보이며 이렇게 말한다. 「이 모든 것은 제가 아니라 이들 덕분입니다.」 하지만 그의 푸른 눈은 또다시 핌을 바라보며 이렇게 말하고 있다. 〈유다, 부친 살해, 가장 친한 친구를 죽인 자.〉

아니, 핌의 눈에 그렇게 보인다.

모두가 일어서서 활짝 웃으며 박수를 치고 있는 이 순간, 바로 이때 핌이 심어 둔 폭탄이 터졌기 때문이다. 적에게 등을 돌리고 핌과 사랑하는 조력자들을 바라보며 릭은 아마도 분위기를 한층 더 들뜨게 만드는 노래를 부를 생각이었을 것이다. 「아치 아래서」는 너무 세속적이라서 안 되고, 「전진하라, 그리스도의 병사들이여」가 가장 좋을 것이다. 그런데 그때 갑자기 박수 소리가 이상해지더니 우리 앞에서 푸시시 꺼져 버린다. 그러곤 얼어붙을 듯한 침묵이 내린다. 마치 누가 마을 회관의 커다란 문을 벌컥 열고 과거의 일로 앙심을 품은 자들을 들여보내기라도 한 것 같다.

기자들이 앉아 있는 발코니 아래에서 신빙성이 별로 없는 어떤 사람이 내뱉은 말이 문제다. 이곳의 음향 설비가 너무 형편없어서 처음에는 불만 가득한 소리가 조금 들려왔을 뿐이지만, 그 소리만으로도 벌써 파괴적이었다. 그 사람은 조금 전보다 더 큰 소리로 다시 입을 연다. 아직은 뚜렷한 실체를 지닌 사람이 아니라, 단순히 망할 놈의 여자일 뿐이다. 톤이 높은 아일랜드 목소리는 거칠어서 남자들이 본능적으로 싫어하는 것이지만, 그 목소리가 말하는 내용뿐만 아니라 거기에 밴 무력감이 사람들을 꾄다. 어떤 남자가 소리친다. 「조용히 해, 이 여자야.」 그리고 곧이어 「시끄러워!」 그리고 곧이어 「닥쳐, 이년아!」 핌은 그것이 블렌킨소프 소령의 술 취한 목소리임을 알아차린다. 소령은 자유 무역주의자이며, 우리의 위대한 운동에서도 당혹스러운 부분인 우파 출신의 시골 파시스트다. 하지만 거친 아일랜드 목소리는 지지 않는다. 계속 머릿속에 남아 사라지지 않는, 문이 삐걱거리는 소리 같다. 아무리 문을 쾅 닫아도, 문에 기름칠을 해도 그 소리가 사라지지 않을 것 같다. 아마 성가신 자치주의자일 것이다. 아, 다행이다, 누군가가 그 여자를 붙잡았다. 또 소령이다. 그의 대머리와 직책을 나타내는 노란색 장식이 보인다. 그는 그 여자를 하필이면 〈마담〉이라고 부르며 문으로 억지로 끌고 간다. 하지만 언론의 자유가 그를 막는다. 기자들이 발코니 난간 너머로 몸을 기울이고 소리친다. 「이름이 뭡니까?」 심지어 〈그 사람한테도 고함을 질러요〉라고 말하는 기자도 있다. 블렌킨소프 소령이 갑자기 신사도 장교도 아닌, 시골에서 힘깨나 쓰는 사람이 되어 버렸다. 고함을 지르는 아일랜드 여자를 억지로 끌고 가는 시골뜨기. 다른 여자들도 고함을 지른다. 「여자를 놔줘요!」 「그 손 못 놔, 더러운 돼지 같은 자식.」 누군가가 소리친다. 「블랙 앤드 탠[9] 새끼!」

그때 여자의 목소리가 들리더니, 여자의 모습도 눈에 들어온다. 둘 다 선명하게. 검은 옷을 입은 작은 여자가 불같이 화를 내고 있다. 남편을 잃은 여자다. 머리에는 챙 없는 모자를 썼다. 그 여자 본인이 찢었는지 다른 사람이 찢었는지 알 수는 없지만, 모자 귀퉁이에 검은색 베일 조각이 늘어져 있다. 군중 심리 때문에 모두들 그 여자의 말을 들어야겠다고 외친다. 여자가 다시 입을 연다. 아마 같은 말을 세 번째로 하는 것 같다. 그녀의 입에서 아일랜드 사투리가 튀어나오고, 여자는 미소를 짓고 있는 것 같다. 하지만 핌은 그것이 미소가 아니라 도저히 속에 가둬 둘 수 없을 만큼 강렬한 증오 때문에 일그러진 표정임을 알고 있다. 여자는 단어 하나하나를 자신이 정한 순서대로 또박또박 말한다. 뜻이 너무 선명해서 공격적으로 들리는 문장이다.

9 1921년에 아일랜드 반란을 진압하기 위해 파견된 영국 정부군.

「여쭤볼 것이 있습니다……. 이렇게 부탁합니다…….
걸워스 노스의 자유당 의원 후보가…… 사기와 횡령 혐
의로 징역살이를 한 적이 있다는 말이 사실입니까. 들어
주셔서 감사합니다.」

그 여자가 쏜 화살이 뒤에서 릭을 쏘는 동안 릭의 얼굴
은 핌을 향하고 있다. 화살에 맞은 충격에 파란 눈을 크
게 뜨면서도 그는 핌에게서 시선을 떼지 않는다. 닷새 전
에 그랬던 것처럼. 그때 그는 얼음을 넣은 욕조에 눈을
뜨고 누워 다리를 꼰 자세로 이렇게 말했다. 「날 죽이는
걸로 다 되는 게 아니야, 아들.」

나와 함께 열흘 전으로 가보자, 톰. 옥스퍼드를 출발한
핌은 들뜬 기분으로 도착했다. 이 나라를 지키는 사람으
로서 자신의 불안정한 무게를 민주적인 과정 뒤에 던져
버리고 눈 속에서 재미있는 시간을 보내겠다는 결의가
단단하다. 선거 운동이 한창이지만 걸워스행 기차는 노
리치에서 점차 조용해지는 경향이 있다. 주말이다. 하느
님은 영국의 보궐 선거가 반드시 목요일에 치러져야 한
다고 명하셨다. 하느님 본인도 그 이유는 이미 오래전에
잊어버리셨을 것 같지만. 저녁이다. 후보와 조력자들이
분주한 시간이다. 그럼에도 핌이 노리치의 위풍당당한
기차역에서 가방을 손에 들고 내렸을 때, 성실한 시드 레
먼이 선거 캠프의 차를 몰고 와서 울타리에 서 있다. 핌

의 상징으로 도배되어 있는 그 차는 그를 그날 저녁의 가장 중요한 회합으로 후다닥 데려가려고 기다리는 중이다. 9시에 그 회합이 예정되어 있는 리틀 체드워스 온 더 워터라는 마을은, 시드의 설명에 따르면 지난번 선거 운동이 티타임의 먹잇감이 되어 버린 곳이다. 차창은 **국민의 일꾼 핌**이라고 적힌 포스터가 붙어 있어서 어둡다. 릭의 커다란 두상(지금 내가 알기로는 릭이 그 두상을 팔아 버렸을 가능성이 크다)이 트렁크에 붙어 있고, 전함의 대포보다도 큰 스피커가 지붕에 전선으로 연결되어 있다. 하늘엔 보름달이 떠 있고, 벌판은 눈에 덮여 있다. 온 사방이 낙원 같은 풍경이다.

「이 차를 타고 생모리츠로 가죠.」 핌은 메그가 만든 고기 파이 한 조각을 시드에게서 받으며 이렇게 말한다. 시드는 웃음을 터뜨리며 핌의 머리카락을 헝클어 놓는다. 시드는 조심성 있게 운전하는 성격이 아니지만, 도로가 텅 비어 있고 바닥에 쌓인 눈도 속을 썩이지 않는다. 그가 산 음료수 병에는 위스키가 가득 들어 있다. 두 사람은 눈을 이고 있는 산울타리 사이를 구불구불 지나가면서 그것을 크게 한 모금씩 삼킨다. 그러고 나니 기운이 났는지, 시드가 현재의 전투 상황을 핌에게 간단히 말해준다.

「우리는 신앙의 자유를 지지해, 꼬맹이. 모두가 관료적인 절차의 간섭을 덜 받고 집을 소유할 수 있게 되는 세상도 열렬히 지지하고.」

「우리야 옛날부터 그랬잖아요.」핌이 이렇게 말하자 시드는 혹시 그가 건방지게 구는 건가 싶어서 무서운 눈으로 그를 바라본다.

「우리는 형태를 막론하고 간호한 전통 보수주의에 대해 그다지…….」

「간악한.」핌이 음료수 병을 다시 입에 대고 홀짝 마시면서 시드의 말을 고쳐 준다.

「우리 후보는 영국의 애국자이자 독실한 신도라는 전력을 자랑스러워하고 있어. 나라를 위해 싸운 영국의 상인이기도 하지. 영국이 나아갈 바른 길은 자유주의밖에 없어. 후보님은 세계 대학에서 공부했고, 평생 독한 술은 한 방울도 입에 댄 적이 없지. 그건 너도 마찬가지야. 잊어버리지 마.」핌은 음료수 병을 다시 잡고 금주를 실천하는 사람처럼 길게 한 모금 마셨다.

「그나저나, 이길 것 같아요?」핌이 말했다.

「핌, 네 아버지가 자신의 뜻을 밝힌 날 네가 금방 쓸 수 있는 돈을 가지고 여기에 왔다면 50대 1 정도 됐을 거야. 나랑 머스폴 경이 왔을 무렵에는 25대 1 정도로 내려가 있었고. 다음 날 아침에 네 아버지가 공천을 받은 뒤에도 10대 1이 안 됐어. 하지만 지금은 9대 2에서 점점 더 내려가는 중이야. 선거 날이 되면 50대 50이 될 거라고 내기를 할 수도 있어. 이제 이길 것 같으냐고 한 번 더 물어봐.」

「경쟁자는 어떤 사람이에요?」

「경쟁이라고 할 것도 없어. 노동당 후보는 글래스고 출신의 스코틀랜드인 교장이거든. 수염은 빨갛고 몸은 작아서, 빨간 곰의 등 뒤에서 빼꼼 고개를 내민 쥐 같아. 머스폴이 며칠 전 밤에 그쪽 회합의 분위기를 좀 살려 주라고 젊은 애들 두 명을 보냈지. 녀석들한테 킬트를 입힌 다음에 축구 경기 때 쓰는 시끄러운 응원 도구를 들려서 아침까지 고함을 지르며 거리를 돌아다니게 했어. 걸워스 사람들은 시끄러운 걸 좋아하지 않으니까 말이야, 꼬맹이. 그래서 노동당 후보의 친구로 보이는 청년들이 새벽 3시에 술에 취해서 교회 앞 계단에서 〈글렌의 어린 넬리〉를 부르는 게 여기 사람들 눈에는 좋게 보이지 않아.」

차가 풍차를 향해 우아하게 미끄러지자 시드가 차를 바로잡고는 계속 앞으로 나아간다.

「보수당은요?」

「보수당 후보는 딱 보수당 후보다운 모습이지 뭐. 옛날에 인도를 지배하던 영국인 지주 같은 사람. 일주일에 하루는 시내에서 일하고, 그 외에는 사냥을 하고, 원주민들에게 구슬을 선물로 주고, 초범들에게 쓸 고문 도구를 가져오고 싶어 하고. 그 사람 아내는 가든파티를 열어.」

「그럼 우리를 전통적으로 지지하는 사람들은 누구예요?」 핌이 사회 역사 수업에서 들은 내용을 떠올리며 묻는다.

「하느님을 싫어하는 자들의 지지는 확고해. 프리메이슨도. 멍청한 늙은이들도. 금주 운동 쪽은 식은 죽 먹기고, 도박 반대 연맹도 그렇지. 그 사람들이 경마 안내서를 읽지 말아야 할 텐데. 너도 결코 이길 줄 모르는 우리 말들 이야기는 하지 말아 주면 고맙겠다, 꼬맹이. 지금은 녀석들을 그냥 풀밭에 풀어놨어. 나머지는 볼 것도 없지. 원래 이 지역 의원은 빨갱이였는데 지금은 죽었어. 지난 선거에서 보수당 후보랑 붙어서 5천 표 차로 이긴 사람인데. 하지만 지금 보수당 후보를 봐. 전체 유권자 수는 3만 5천인데 지난 선거 이후로 비행 청소년 5천 명이 새로 선거권을 얻었고, 노인 2천 명이 내세로 떠나 버렸어. 농부들은 고약하고, 어부들은 빈털터리고, 나머지는 뭐가 뭔지 모르는 오합지졸이야.」

시드는 실내등을 켠 뒤 자동차 핸들을 놓고 뒤로 손을 뻗어 릭의 사진이 전면에 실린 노란색과 검은색 팸플릿을 꺼낸다. 누군가의 멋진 스패니얼 개들을 양옆에 거느린 릭은 낯선 벽난로 앞에서 책을 읽고 있다. 그가 평생 해본 적이 없는 일이다.〈걸워스 노스의 유권자들에게 보내는 편지.〉사진에는 이런 설명이 붙어 있다. 팸플릿의 종이는, 전체적으로 금욕적인 분위기에 반항하듯이, 반짝반짝 광이 난다.

「코드피스 메이크워터 경의 유령 또한 우리를 지지하

고 있지.」시드가 특히 신이 나서 말을 덧붙인다. 「뒤 페이지를 읽어 봐.」

핌이 팸플릿을 돌리자, 스위스의 부음 공고 비슷하게 줄이 쳐진 박스 기사가 있다.

마지막 편지

여러분의 후보인 저는 어린 시절 **정**신적 스승이자 **친**구였던 메이크피스 워터마스터 의원에게서 정치적인 영감을 얻은 것을 몹시 자랑스럽게 생각합니다. **세**계적으로 **유**명한 **자**유주의자이자 그리스도교를 **따**르는 **고**용주였던 그의 엄격하지만 **공**정한 지도 덕분에 저는 **아**버지가 너무 이른 나이에 **돌**아가신 뒤 젊은 시절의 많은 **함**정들을 무사히 지나와 지금처럼 **높**은 지위에 단단히 자리를 잡을 수 있었습니다. 그리고 그 덕분에 이 땅에서 가장 높은 분들과 일상적으로 **연**락하는 사이가 되었죠.

메이크피스 경은 하느님을 두려워할 줄 아는 가문 사람으로 술을 **금**했으며, 웅변가로서 타의 **추**종을 불허했습니다. 그분이 **빛**나는 영감을 불어넣어 주지 않았다면, 제가 걸워스 노스 주민들의 **역**사적인 **심**판 앞에 나설 생각을 결코 하지 못했을 것이라고 말해도 무방합니다. 걸워스는 이미 제게 제2의 **고**향이 되었습니다. 여러분이 저를 뽑아 주신다면, 최대한 빨리 이곳에 **큰** 집을 사겠습니다. 메이크피스 경이 항상 보여 주었던 그 **겸**손함으로 여러분의 이익을 위해 이 한 몸 **바칠** 것을 약속합니다. 메이크피스 경은 세상을 떠나실 때도 **재**산, 자유 **거**래, **여**자들에게 **가**하는 적당한 **매**질이 바로 **남**자들이 누려야 할 **도**덕적 권리라고 가르치셨습니다.

여러분의 **겸**허한 **공**복이 될

리처드 T. 핌.

「이제 알겠지, 꼬맹이? 어떠냐?」 시드가 불안감과 열성을 함께 품은 목소리로 묻는다.

「멋지네요.」 핌이 말한다.

「그거야 당연하지.」

처음엔 마을이, 그다음에는 교회 뾰족탑이 두 사람을 향해 미끄러지듯 다가온다. 중앙 대로에 들어서자 우리 자유당 후보가 오늘 밤 이곳에서 연설할 것이라고 적힌 노란 깃발이 보인다. 낡은 랜드로버와 오스틴 세븐 몇 대가 벌써 눈에 발목이 잡혀 주차장에 기운 없이 서 있다. 시드는 음료수 병을 한 번 더 입에 대고 마신 뒤 거울 앞에서 정성 들여 가르마를 정리한다. 핌은 그가 평소와 달리 절제된 차림을 하고 있음을 깨닫는다. 쨍하니 차가운 공기에서 소똥 냄새와 바다 냄새가 난다. 앞에는 리틀 체드워스 온 더 워터의 고풍스러운 금주 회관이 서 있다. 시드는 그에게 박하사탕 하나를 주고 함께 건물로 들어 간다.

지역 의장이 연설을 시작한 지 시간이 조금 흘렀지만, 그가 앞줄에만 신경을 쓰고 있기 때문에 뒤에 앉은 우리 에게는 아무것도 들리지 않는다. 사람들은 서까래나 서 민의 후보 릭의 모습을 담은 사진들만 빤히 바라본다. 뒤 에 법률 서적을 늘어놓고 나폴레옹 책상에 앉은 릭. 평생 처음이자 마지막으로 공장 바닥에 앉아 지상의 소금들과 차 한 잔을 마시고 있는 릭. 프랜시스 드레이크 경으로 분장하고, 죽어 가는 걸워스의 청어잡이 선단을 안개 속 에서 지그시 바라보는 릭. 파이프를 빨면서 지적인 얼굴 로 소를 평가하는 농업 전문가 릭. 지역 의장 한쪽 옆, 노 란색 천으로 만든 장식 줄 아래 지역 위원회의 여성 간부 가 앉아 있다. 의장을 중심으로 그 반대편에는 일렬로 놓 인 빈 의자들이 후보 일행을 기다리고 있다. 의장이 열심 히 연설을 이어 가는 동안 사악한 징병 제도라든가 대규 모 독점의 저주 같은 말들이 가끔 픾의 귀에 들려온다. 그보다 더 나쁜 것은 〈조금 전에 말씀드린 바와 같이〉처 럼 사과하듯 끼워 넣는 말이다. 9시가 9시 30분이 되고, 다시 10시 10분이 되는 동안 셰익스피어 연극의 등장인 물 같은 노인 심부름꾼이 고통스럽게 절룩거리며 두 번 연단으로 나왔다. 그는 자신의 귓불을 꽉 쥐고, 후보가 오시는 중이라고 떨리는 목소리로 우리에게 말했다. 오늘 밤 후보가 참석해야 할 회합이 많고, 눈 때문에 더욱 지연되고 있다는 설명이었다. 우리가 이제는 안 되겠다고 막 포기하려 할 때, 머스폴 씨가 맥스웰 캐번디시 소령과 함께 씩씩하게 들어온다. 두 사람 모두 교구의 관리처럼 회색 옷을 단정히 차려입었다. 두 사람이 함께 통로를 걸어와 연단으로 올라간다. 머스폴이 의장, 여성 간부와 악수를 하는 동안 소령은 서류 가방에서 메모지 한 다발을 꺼내 탁자에 놓는다. 그날 밤부터 투표 전날 밤 마을 회관 연설까지 핌은 릭의 연설을 무려 스물한 번이나 들었지만, 릭이 소령의 메모를 참고하는 것은 한 번도 보지 못했다. 그는 아예 그 메모의 존재를 알아차리지도 못하는 것 같았다. 그래서 그는 점차 그것이 메모가 아니라 우리에게 구세주의 재림을 알리기 위한 무대 장치의 하나라는 결론을 내렸다.

「맥시의 콧수염이 어떻게 된 거예요?」 핌이 들뜬 목소리로 시드에게 속삭인다. 시드는 깜박 잠들었다가 화들짝 놀라 깬 참이다. 「대출 담보로 맡겼나요?」 핌이 재치 있는 답변을 기대했다면, 그 결과는 실망스럽다.

「수염이 있으면 안 될 것 같다고 저렇게 했어.」 시드가 간단히 대답한다. 그 순간 릭이 휙 안으로 들어오자 시드의 얼굴에 순수한 사랑의 빛이 퍼지는 것이 핌의 눈에 들어온다.

등장하는 순서는 결코 바뀌지 않았다. 서로가 맡은 일도 마찬가지였다. 머스폴과 소령의 뒤를 이어 퍼스 로프트와 가엾은 모리 워싱턴이 나타난다. 그는 벌써 간 때문에 고생하고 있다. 퍼스가 문을 열어서 붙잡고 있으면 모리가 그 문을 통과한다. 오늘 밤처럼 박수 소리가 조금 나올 때도 있다. 잘 모르는 사람들이 그를 릭으로 착각한 탓이다. 그리 놀랄 일도 아닌 것이, 모리는 비록 덩치가 릭의 3분의 1에 불과하지만 자신의 우상인 릭을 완전히 닮고 싶어서 인생 대부분과 전 재산을 쏟고 있기 때문이다. 릭이 낙타털 외투를 새로 사면, 모리는 얼른 달려가 비슷한 외투를 두 벌 산다. 릭이 두 가지 색으로 이루어진 신발을 신으면, 모리도 같은 신발을 신는다. 하얀 양말까지 똑같이. 하지만 오늘 밤 모리는 다른 사람들과 마찬가지로 교구 관리 같은 회색 옷을 입었다. 릭을 사랑하는 마음 하나로, 그는 심지어 얼굴에서 술기운을 조금 몰아내는 데에도 성공했다. 그가 안으로 들어와 퍼스와 함께 문의 양편에 서서 자신의 장미꽃 장식을 만지작거린다. 잘못된 곳은 없는지 확인하기 위해서다. 그러고 나서 퍼스와 함께 자신들이 온 방향을 향해 고개를 뒤로 쭉 뺀다. 청중과 마찬가지로 자기들의 챔피언이 처음 나타나는 모습을 보기 위해서다. 그리고 지금! 사람들이 박수를 치고 있다! 그래, 우리도 치고 있다! 릭이 기운차게 들어오고 있기 때문이다. 정치가에게는 한시가 아쉽기 때문에 빨리 걸어야 한다. 그는 성큼성큼 통로를 걷는 동안에도 이 땅에서 가장 높은 사람과 열심히 의견을 나누고 있다. 혹시 로런스 올리비에 경의 기운을 받은 건가? 그보다는 버드 플래너건과 더 비슷해 보인다. 하지만 둘 다 아니라는 것을 우리는 곧 알게 된다. 릭이 모델로 삼은 이는 다른 누구도 아닌 버티 트레겐사, 평생 자유당 지지자였던 그 사람이다. 연단에서는 머스폴과 소령이 다른 중요한 인물들을 의장에게 소개하고 자리로 안내한다. 마침내 우리가 기다리던 순간이다. 이제 서 있는 사람은 주위에 걸린 사진 속 그 남자뿐이다. 시드가 앞으로 몸을 기울여 눈으로 그의 말을 듣는다. 우리 후보님의 연설이 시작되었다.

연설의 시작은 신중하고 그리 인상적이지 않다. 안녕하십니까. 이렇게 추운 겨울밤에 이렇게 많은 분이 와주시다니 감사합니다. 여러분을 기다리시게 해서 정말 죄송합니다. 그리고 멍청한 늙은이들을 위한 농담 한마디. 어른들 말씀이 저는 태어날 때도 저희 어머니를 일주일이나 기다리게 만들었다고 하더군요. 의도대로 늙은이들이 웃음을 터뜨린다. 하지만 제가 분명히 약속드립니다, 걸워스 노스의 주민 여러분. 이 지역의 다음 의원은 결코 여러분을 기다리게 하지 않겠습니다! 또 웃음이 터져 나오고 신실한 자들이 조금 박수를 치는 동안 후보의 목소리가 딱딱해진다.

「신사 숙녀 여러분, 여러분이 이 추운 밤에 이곳까지 나오신 이유는 단 한 가지입니다. 여러분이 이 나라를 사랑하신다는 것. 저도 그렇습니다. 저도 이 나라를 사랑하기 때문에 여기 나왔습니다. 저는 이 나라에 아직 없는 것까지도 사랑합니다. 정치가 곧 사람이기 때문입니다. 자신이 원하는 것이 무엇인지를 자신을 위해서, 그리고 서로를 위해서 말해 줄 정이 있는 사람들. 그것을 어떻게 손에 넣을 수 있는지 그들에게 말해 줄 생각이 있는 사람들. 아돌프 히틀러를 쫓아 버릴 배짱과 믿음이 있는 사람들. 우리 같은 사람들. 오늘 밤 여기에 모인 사람들. 지상의 소금들. 영국인들은 모두 나라를 걱정하며, 자신들을 보살펴 줄 사람을 찾고 있습니다.」

핌은 자그마한 회관을 둘러본다. 모두들 꽃처럼 릭이라는 빛을 향해 얼굴을 들고 있다. 베일이 달리고 챙이 없는 모자를 쓴 자그마한 여자 한 명만 빼고. 그림자처럼 앉아 있는 그녀는 검은 베일로 얼굴을 가리고 있다. 상중인 모양인데. 핌은 이런 결론을 내리고는 즉시 연민을 느낀다. 사람이 그리워서 여기까지 온 거로군, 가엾게도. 연단에서는 릭이 세 개의 커다란 정당 사이에 어떤 차이가 있는지 잘 모르는 사람들을 위해 자유주의의 의미를 설명하고 있다. 자유주의는 이념이 아니라 생활 방식입니다. 피부색이나 인종이나 신념과 상관없이 사람의 선의를 믿고, 모두가 하나의 종착역을 향해 나아가는 정신을 믿는 겁니다. 어려운 설명을 이렇게 마친 릭은 연설의 가장 중요한 중심, 즉 자기 자신에 대한 이야기를 시작한다. 먼저 그는 자신의 출신이 보잘것없었다는 이야기, 자신이 위대한 메이크피스 경의 발자취를 따르기로 맹세했다는 말을 듣고 어머니가 눈물을 흘리셨다는 이야기를 늘어놓는다. 제 아버지가 오늘 밤 이곳에서 선량하신 여러분과 함께 앉아 계신다면 얼마나 좋을까요. 그가 한 팔을 들어 서까래를 가리킨다. 마치 공중을 나는 비행기를 잡으려는 것 같지만, 릭이 뜻하는 것은 하느님이다.

「리틀 체드워스의 유권자 여러분께 오늘 밤 이 말씀을 드리고 싶습니다. 저 위에서 저를 위해 밤낮으로 저의 파트너 역할을 해주는 분이 없다면……. 웃고 싶으면 웃으세요, 지금 우리 나라를 휩쓸고 있는 무신론과 냉소주의의 사냥감이 되느니 차라리 여러분에게 조롱을 받는 편이 낫습니다……. 저를 도와주는 그분의 손길이 없다면, 여기서 그분이 누군지는 여러분 모두 아실 겁니다, 틀림없이!…… 그분이 없다면 저는 지금 이 자리에서 걸워스노스의 주민들 앞에 이렇게 겸손하게 나서지 않았을 겁니다.」 그는 수출 시장과 관련해서 자신이 알고 있는 것에 대해, 우리에게 얼마나 많은 신세를 졌는지 앞으로도 결코 알지 못할 외국인들에게 영국 상품을 팔면서 느끼는 자부심에 대해 말한다. 그러고는 다시 우리를 향해 한 팔을 휙 내뻗으며 도전하듯 말한다. 자신은 뼛속까지 영국인이고, 누구에게든 주저 없이 그것을 알릴 수 있다고. 상대가 어떤 문제를 제기하든 영국의 상식으로 대응할 수 있다는 말도 한다. 「예외가 없지.」 시드가 숨죽인 소리로 흡족하게 말한다. 릭의 말이 이어진다. 만약 리키 핌보다 이 자리에 더 어울리는 사람을 안다면 지금 당장 말씀하십시오. 실제로는 국민의 피를 빨고 있는 주제에 국민들의 권리를 자기 것으로 생각하는 전통 보수주의자들의 근거 없는 계급 편견이 더 좋다면 지금 당장 일어서서 겁내지 말고 말씀하십시오. 여기서 완전히 결판을 내십시다. 아무도 나서지 않는다. 차라리 이 나라를 마르크스주의자와 공산당, 그리고 이 나라를 무릎 꿇릴 생각밖에 없는 깡패 같은 노조에게 넘겨 버리자고 생각하신다면, 솔직히 노동당에 투표하는 것이 바로 그런 뜻 아닙니까? 그렇다면 여기 리틀 체드워스의 유권자들의 이글거리는 시선 앞에 나서세요. 형편없는 음모꾼처럼 어둠 속에 숨어 있지 말고.

이번에도 역시 나서는 사람이 없지만, 릭을 비롯해서 연단의 사람들은 모두 이글거리는 눈으로 회관 안을 둘러보며 혹시 손을 든 이단자나 죄책감 어린 표정을 짓는 사람이 없는지 찾아본다.

「이제 아름다움*beauty*을 뜻하는 B를 눌러요.」 시드가 꿈꾸듯이 중얼거리며 이 순간을 더욱 즐기기 위해 눈을

142

감는다. 릭이 별들을 향해 먼 길을 올라가기 시작했기 때문이다. 자유주의의 이상과 마찬가지로 우리는 별에 닿지 못하고, 그 존재가 주는 이로움을 누릴 수 있을 뿐이다.

핌이 또 주위를 둘러본다. 모두 릭을 향한 사랑에 흠뻑 빠져 있다. 베일을 쓰고 누군가의 죽음을 애도하는 아까 그 여자만 예외다. 내가 기대하던 그대로야. 핌은 들뜬 마음으로 혼잣말을 한다. 자신의 아버지를 온 세상 사람들과 함께 나누는 것이 민주주의지. 박수 소리가 잦아들지만 핌은 계속 박수를 치다가 다른 사람들은 모두 조용해졌음을 깨닫는다. 누가 핌의 이름을 부르는 것 같아서 살펴보니 놀랍게도 자신이 일어서 있다. 자신을 바라보는 얼굴이 너무 많다. 웃고 있는 얼굴도 보인다. 그는 겨우 자리에 앉지만, 시드가 한 손을 그의 겨드랑이에 넣고 흔들며 다시 일어나라고 재촉한다. 지역 의장이 발언 중인데, 이번에는 그의 말이 기가 막히게 잘 들린다.

「우리 흐보님의 유명한 아들 매거스가 오늘 밤 이 자리에 와 있다고 합니다. 오그스퍼드에서 법률 공부를 하고 있는데 이 훌륭한 아버지의 슨거 운동을 도우려고 학업을 중단하고 왔답니다. 이 자리에서 한 말씀 해주신다면 우리 모두 좋을 것 같군요, 매거스. 어떻습니까, 매거스? 어디 계시죠?」

「여깁니다!」 시드가 소리친다. 「제가 아니라 이 사람이에요.」

  핌은 자신이 지금 저항하는지도 모르고 있다. 나는 기
절했다. 어쩌다 이 자리에 있게 된 거다. 시드의 음료수
때문에 흠뻑 취했다. 사람들이 양쪽으로 갈라지더니 힘
센 손들이 그를 연단 쪽으로 밀고 간다. 유권자들의 시선
이 그에게 내리꽂힌다. 핌이 연단으로 올라가자 릭이 아
들을 폭 안아 준다. 지역 의장이 핌의 빗장뼈 부위에 노
란색 장미꽃 장식을 달아 준다. 핌이 입을 열자 수천 명
의 사람들이 그를 빤히 올려다본다. 아니, 적어도 6만 명
은 되는 것 같다. 그의 입에서 가장 먼저 나온 용감한 말
에 그들이 미소 짓는다.

  「아마 여러분 모두 속으로 묻고 있을 겁니다.」핌은 일
단 말을 시작하지만, 머릿속에는 아무 생각이 없다.「지
금 이 자리에 모인 여러분 중 많은 분들이 방금 전의 훌
륭한 연설까지 들었는데도 제 아버지가 어떤 사람인지
속으로 물어보고 있을 겁니다.」

  정말 그렇다. 핌은 사람들의 얼굴 표정을 보고 그 사실
을 깨닫는다. 믿음의 확인을 원하는 그들에게 오그스퍼
드의 법률가 매거스가 얼굴 한 번 붉히지 않고 제공해 준
다. 릭을 위해, 영국을 위해, 그리고 재미를 위해. 말하는
동안 그는 평소처럼 자신의 말을 한 마디도 빼놓지 않고
모두 믿는다. 그는 릭이 스스로 그려 낸 모습을 그대로 되
풀이한다. 하지만 사랑하는 아들이라는 지위와 법률 지

식이라는 권위로 말을 고른다. 그는 릭을 평범한 사람의 정직한 친구로 묘사한다. 「제가 잘 압니다. 제게 20여 년 동안 최고의 친구가 되어 주셨으니까요.」 그는 어린 시절 릭이 손을 뻗으면 닿을 수 있는 별 같은 존재였다고 묘사한다. 겸손한 기사도의 모범처럼 자기 앞에서 반짝이고 있었다고. 가수 볼프람 폰 에셴바흐의 얼굴이 음료수에 취한 그의 머릿속을 떠다닌다. 그는 릭을 리틀 체드워스의 군인 겸 시인으로, 승리를 위해 노래하고 마상 창시합에 나서는 사람으로 묘사해 볼까 생각하지만, 조심스러운 마음이 막아선다. 그는 우리를 수호하는 성자 TP의 영향을 설명한다. 「최후의 전투를 마치고 오랫동안 행군하는 노병 같았습니다.」 이사를 다닐 때마다(언제나 떨리는 순간이다) TP의 사진을 새집에 가장 먼저 걸었다는 이야기도 한다. 그는 아버지가 훌륭한 분의 정의감이라는 축복을 받았다고 말한다. 릭이 제 아버지인데, 제가 법률가 말고 어찌 다른 직업을 생각할 수 있었겠습니까? 그는 실비아에게 시선을 돌린다. 그녀는 목에 토끼 가죽을 두른 옷을 입고 그린 듯한 미소를 띤 채 릭의 옆에 앉아 있다. 핌은 숨이 막혀서 헛기침을 하며, 가엾은 어머니가 내려놓을 수밖에 없었던 어머니의 의무를 대신 맡아 준 그녀에게 감사 인사를 한다. 그러고 나니 시작될 때처럼 갑작스럽게 연설이 끝나 버렸다. 핌은 릭의 뒤를 따라 문을 향해 서둘러 통로를 걸어가며 눈물을 훔치고 릭이 스쳐 간 사람들의 손을 잡아 준다. 문에 다다른 뒤 그는 흐릿한 시선으로 뒤를 돌아본다. 베일이 달린 모자를 쓴 그 여자가 혼자 앉아 있는 것이 보인다. 가면 같은 베일 안에서 번득이는 그녀의 눈이 그의 눈에 들어온다. 다른 사람들은 모두 감탄하고 있는데, 그 눈은 슬픔과 반감을 품고 있는 것 같다. 죄스러운 초조감이 흥분을 밀어낸다. 저 여자는 그냥 이름 모를 여자가 아니야. 부활한 립시야. E. 베버야. 도러시야. 난 이 사람들 모두에게 잘못을 저질렀어. 저 여자는 나의 배신을 지켜보려고 오그스퍼드 공산당이 파견한 사람이야. 마이클들이 저 여자를 보낸 거야.

「나 어땠니, 아들?」

「환상적이었어요!」

「너도 그랬다, 아들. 세상에, 내가 1백 살까지 산다 해도 오늘만큼 자랑스러운 순간은 다시 오지 않을 거다. 네 머리는 누가 잘라 줬니?」

오래전부터 그의 머리를 잘라 주는 사람은 없었지만, 핌은 그냥 넘긴다. 릭이 걸으면서 핌의 팔을 푹 껴안듯이 붙잡고 있기 때문에 함께 주차장을 가로지르기가 힘들다. 두 사람은 비뚤게 걸린 외투 한 쌍처럼 비스듬하게 나아가고 있다. 커들러브 씨가 벤틀리의 문을 열어 놓고 서서 제자를 자랑스러워하는 스승처럼 울고 있다.

「멋졌어요, 매그너스 씨.」 그가 말한다. 「카를 마르크스가 다시 살아난 것 같았다고요. 영원히 못 잊을 거예요.」

핌은 정신이 다른 데 팔린 사람처럼 고맙다고 인사한
다. 거짓 승리가 절정에 이르렀을 때 흔히 그러듯이, 하
느님의 천벌이 다가오고 있다는 대략적인 느낌이 그를
사로잡는다. 내가 그 여자에게 무슨 잘못을 저질렀지? 그
는 계속 속으로 자문한다. 난 어리고, 말을 잘하고, 릭의
아들이야. 지금은 홀 브러더스 양복점에서 값을 치르지
않고 가져온 새 정장을 입고 있지. 그 여자는 왜 다른 사
람들처럼 날 사랑해 주지 않는 거지? 고금의 모든 예술가
들과 마찬가지로, 그는 청중 가운데에서 박수를 치지 않
은 단 한 사람을 생각하고 있다.

그다음 토요일, 자정이 가까운 시각. 선거 운동의 열기
가 급속히 달아오르고 있다. 몇 분만 지나면 선거 전야까
지 사흘이 남는다. 〈목요일에 여러분이 필요합니다〉라고
적힌 새 포스터가 핌의 창문에 붙어 있다. 같은 말이 적
힌 플래카드는 길 건너편 창틀에서부터 이쪽의 전당포까
지 공간을 차지하고 걸려 있다. 하지만 핌은 완전히 옷을
갖춰 입은 채 침대에 누워 웃고 있다. 머릿속에 선거 운
동 생각은 전혀 없다. 그는 자유주의자 농부의 딸인 주디
라는 여자와 낙원에 있다. 농부는 멍청한 노인네들을 차
에 태워 투표소까지 데려다주는 일을 위해 딸을 우리에
게 빌려 주었다. 낙원은 리틀 킴블로 가는 길에 잠깐 세

워 둔 그녀의 승합차 앞좌석이다. 주디의 살갗에서 느껴지던 맛이 그의 입술에 남아 있고, 콧구멍에는 그녀의 머리카락 냄새가 남아 있다. 그가 오목하게 오므려 자신의 눈을 덮은 양손은, 인류 역사상 처음으로 젊은 여자의 젖가슴을 감쌌던 바로 그 손이다. 침실은 〈설 부인의 금주 휴양소〉라는 이름이 붙어 있는, 낡아 빠진 길모퉁이 집의 2층에 있다. 하지만 이 집에는 금주도 휴양도 없다. 주점들이 문을 닫아서, 고함 소리와 한숨 소리는 다른 곳으로 옮겨 갔다. 골목에서 어느 여자가 악을 쓰듯이 소리친다. 「남은 방 있어, 매티? 나 테시야. 얼른 나와, 이 자식아. 얼어 죽겠어.」 위층 창문이 쾅 하고 열리더니 설 씨가 테시에게 버스 정류장 뒤쪽으로 손님을 데려가라고 말하는 소리가 어렴풋이 들린다. 「여길 뭘로 생각하는 거야, 테스?」 그가 투덜거린다. 「무슨 싸구려 여인숙인 줄 알아?」 당연히 아니다. 여기는 자유당 후보의 선거 운동 본부이며, 우리의 집주인 매티 설은, 비록 한 달 전에야 비로소 본인도 깨달은 사실이지만 평생 자유주의자였다.

핌은 야한 생각에 빠진 자신을 깨우지 않으려고 조심조심 까치발로 걸어 창가로 가서 아래쪽 호텔 마당을 가늘게 뜬 눈으로 가파르게 내려다본다. 한쪽에 주방이 있고, 다른 한쪽에는 손님들이 사용하는 식당이 있다. 지금은 선거 운동 위원회가 쓰고 있는 곳이다. 불 켜진 창문을 통해 핌은 올콕 부인과 캐터몰 부인이 반백의 머리를 숙이고 있는 모습을 알아볼 수 있다. 지칠 줄 모르고 우리를 도와주는 두 사람은 지금 아직도 남아 있는 편지 봉투들을 꿋꿋이 봉하는 중이다.

핌은 침대로 돌아와 속으로 생각한다. 기다려. 저 아주머니들이 밤을 새우지는 않을 거야. 그런 적이 한 번도 없으니까. 한 분야를 정복하고 나니 또 다른 분야를 정복하고 싶은 마음이 생겨난다. 내일은 안식일이므로, 우리 후보님은 부하들을 쉬게 하고 본인은 신도가 가장 많은 침례교회들에 경건한 모습으로 나타나는 정도로 만족할 것이다. 교회에서 그는 소박함과 봉사에 대해 설교할 예정이다. 내일 8시에 핌은 네더휘틀링행 버스가 서는 정류장에 서 있을 것이고, 주디가 아버지의 승합차를 몰고 올 것이다. 트렁크에는 그녀가 열 살 때 사냥터지기가 만들어 준 터보건[10]을 싣고서. 주디는 산을 잘 알고, 그 옆에 있는 헛간도 잘 안다. 그래서 두 사람은 썰매를 얼마나 많이 타느냐에 따라 대략 10시 30분쯤에 주디 바커가 매그너스 핌을 그 헛간으로 데려가 그를 자신의 정식 애인으로 임명하고 사랑을 나누기로 단단히 합의했다.

하지만 그때까지 핌은 다른 종류의 비탈을 오르거나 내려가야 한다. 위원회실 뒤편에 지하로 통하는 계단이 있고, 지하실에는 핌이 인생의 4분의 3에 해당하는 기간 동안 뚫어 보고 싶어서 엄청 많이 시도해 보았으나 실패

10 썰매의 일종.

149

했던 그 초록색 서류함이 서 있다. 핌이 직접 보았다. 베개 밑에 넣어 둔 핌의 지갑에는 강철 디바이더 하나가 들어 있다. 핌은 마이클들에게서 디바이더를 이용해 싸구려 자물쇠를 따는 방법을 배운 적이 있다. 육감적인 꿈에 잔뜩 열이 오른 핌의 머릿속에는 주디의 젖가슴에 접근할 권한을 얻는 남자가 릭의 비밀 요새 또한 열어젖힐 수 있을 것이라는 차분한 확신이 있다.

그는 다시 손으로 얼굴을 덮고 그날의 달콤한 순간들을 하나씩 되새긴다. 그는 여느 때처럼 시드와 머스폴 씨 때문에 퍼뜩 잠에서 깨었다. 두 사람은 미친 깡패들처럼 상스러운 말을 고래고래 외쳐 대며 그의 방으로 들어왔다.

「자, 자, 매그너스, 좀 쉬어. 너 그러다 눈이 멀어 버릴라.」

「그게 좀 커지게 내버려 둬야지, 매그너스. 안 그러면 그게 그냥 떨어져 버릴걸. 의사 선생님이 성냥개비로 그걸 묶어 줘야 할 거야. 그럼 주디가 뭐라고 하겠어?」

이른 아침 식사를 하면서 맥스웰 캐번디시 소령이 토요일의 지시 사항을 고함치듯 외쳐 댄다. 그는 팸플릿이 너무 진부하다고 단언한다. 이제 우리에게 남은 수단은 스피커뿐이야. 사람들 집 앞에서 스피커로 정면 공격을 하는 거야. 「우리가 여기 와 있는 걸 다들 알고 있어. 우리가 진심으로 달려들고 있다는 것도 알고. 우리 후보가 최고고, 걸워스를 위한 우리 정책이 최고라는 것도 알아.

지금 우리는 표를 하나라도 더 건져야 돼. 한 명씩 붙잡아서 순전히 의지력만으로 일일이 투표소에 데려가야 한다고. 알았나?」

그다음에는 세부 계획이 나온다. 시드가 1번 스피커와 두 여성을 맡아(웃음) 날품팔이들이 모여 있는 경마장 옆 덤불숲으로 간다. 날품팔이도 다른 사람들과 마찬가지로 한 표를 행사할 수 있다. 〈가는 김에 우리 대신 매그너스 왕자에게 5파운드를 걸어 줘〉 하고 고함치는 소리. 머스폴 씨는 또 다른 여성 한 명과 함께 2번 스피커를 맡고, 블렌킨소프 소령과 마을 회관에서 본 우리의 한심한 대리인을 9시에 차에 태운다. 매그너스는 다시 주디 바커와 한 팀이 되어 리틀 킴블과 외곽 마을 다섯 곳을 맡는다.

「하는 김에 네가 주디를 맡아 줘도 돼.」 모리 워싱턴이 말한다. 아주 뛰어난 농담인데도 사람들은 웃는 시늉만할 뿐이다. 궁정 사람들은 주디를 편하게 생각하지 않는다. 그녀의 차분한 태도를 불신하고, 자신이 이 팀의 마스코트라는 그녀의 주장에는 화를 낸다. 바커는 우리를 깔봐. 그들은 그녀의 뒤에서 이렇게 투덜거린다. 바커가 표를 잘 물어 올 줄 알았는데 아니야. 하지만 요즘 핌은 궁정 사람들의 의견에 옛날만큼 신경 쓰지 않는다. 그래서 그들의 조롱에 어깨만 한번 으쓱해 버리고는, 위원회 실에 아무도 없을 때 몰래 지하실 계단을 내려가 초록색 서류함의 자물쇠에 마이클의 디바이더를 끼워 넣는다. 디바이더의 한쪽 다리가 스프링을 누르고, 다른 다리가 열쇠 구멍을 돌린다. 자물쇠가 쉽게 열린다. 난 지금 기적을 목격하고 있어. 내가 바로 기적이야. 나중에 다시 와야지. 그는 서류함의 자물쇠를 재빨리 다시 잠그고 서둘러 계단을 올라간다. 이렇게 평생의 비밀을 정복한 지 1분도 안 돼서 그는 주디의 승합차가 나타날 시간에 맞춰 호텔 앞에 순진하게 서 있다. 승합차 지붕에는 스피커가 끈으로 묶여 있다. 주디는 빙긋 웃기만 하고 입을 열지 않는다. 두 사람이 함께 움직이는 것이 세 번째이지만, 첫째 날에는 선거 운동을 도와주는 다른 여자가 함께 있었다. 그런데도 핌은 주디가 기어를 바꾸거나 그에게 마이크를 건넬 때 그녀와 손을 스치는 데 여러 번 성공했다. 점심때 헤어지면서 뺨에 입을 맞추게 되었을 때는 주디가 대담하게 그의 목덜미에 긴 손을 올려 그의 입술이 자기 입술로 향하게 방향을 조종했다. 주디는 키가 크고 피부가 하얗다. 성격은 햇살 같고, 목소리는 시골스럽다. 입술은 길고, 진지해 보이는 안경 뒤의 눈에는 장난기가 배어 있다.

「국민의 일꾼 핌에게 투표하세요.」 걸워스 교외의 탁 트인 시골로 향하면서 핌이 스피커를 통해 큰 소리로 말한다. 그는 아주 당당하게 주디의 손을 잡고 있다. 처음에는 그녀의 무릎 위에서 잡았지만, 지금은 주디의 부추김으로 그녀의 손을 자기 무릎으로 가져왔다. 「당리당략의 재앙에서 걸워스를 구하세요.」이어서 그는 보수당 후보인 라킨 씨에 대해 위대한 시인 모리 워싱턴이 지은 5행 속요를 읊는다. 소령은 이 시가 사방에서 유권자의 마음을 얻을 것이라고 단언하고 있다.

라킨이라고 으스대는 늙은이가 하나 있어,
무서울 정도로 빼앗기 좋아하는 놈.
그자가 리키 핌을
이길 수 있다고 생각한다면,
그것은 엄청난 실수.

주디가 그의 앞으로 손을 뻗어 스피커를 꺼버린다.
「네 아버지는 좀 웃겨.」시내에서 충분히 멀어진 뒤 주디가 유쾌하게 말한다. 「우리를 뭘로 생각하시는 거야? 우리가 무슨 바본가?」

주디는 비어 있는 갓길로 차를 몰아 시동을 끄고 재킷과 블라우스의 단추를 차례로 연다. 핌은 좀 더 장애물이 있을 줄 알았는데, 작지만 완벽한 그녀의 젖가슴이 곧바로 드러난다. 추위 때문에 젖꼭지가 딱딱하게 굳어 있다. 주디는 자신의 젖가슴을 양손으로 감싸는 그를 자랑스레 지켜본다.

그날 내내 핌은 빛으로 만들어진 구름 위를 걸었다. 주디는 집으로 돌아가 아버지를 도와 젖을 짜야 했기 때문에 노리치로 가는 길목의 어떤 호텔 앞에서 그를 내려 주었다. 유권자를 만날 위험이 없는 데서 시드, 모리, 머스폴 씨와 몰래 만나 술을 한잔 하기로 약속한 곳이었다. 선거일이 코앞이었으므로, 열중하던 일이 곧 끝난다는 유쾌한 기분에 다들 들떠서 술집이 문을 닫을 때까지 꼿꼿하게 앉아 있다가 차례로 시드의 차에 올라타 마을 경계선까지 오는 내내 「아치 아래서」를 불러 댔다. 그렇게 마을 경계선에 도착한 뒤에야 그들은 다시 재킷을 챙겨 입고 경건한 표정을 지었다. 초저녁에 핌은 릭이 도우미들을 위해 토요일마다 하는 격려 연설에 참석했다. 이 격려 연설도 이제 마지막이었다. 아쟁쿠르 전투 전야의 헨리 5세도 이보다 더 잘할 수는 없었을 것이다.[11] 릭은 도우미들에게 마지막 총력전을 펼치는 상대방의 기세에 움찔하면 안 된다고 말한다. 히틀러를 잊지 말고, 승리할 때까지 꼿꼿이 버텨야 하며, 앞으로 평생 동안 왼쪽 팔꿈치를 올리고 다녀야 하고, 하느님을 찬양하고, 마지막 직선 코스에서 더욱 박차를 가해야 한다는 말도 한다. 이 간곡한 말이 귓전을 울리는 가운데 사람들은 팀별로 자동차를 향해 달려갔다. 이제는 핌 또한 매번 연설을 하는 것이 당연한 일이 되어 있다. 사람들은 그를 좋아하고,

11 셰익스피어의 「헨리 5세」에 아쟁쿠르 전투를 앞두고 헨리 5세가 병사들에게 연설하는 장면이 나온다.

궁정에서 그는 스타 같은 존재다. 릭과 핌, 이 두 스타는 벤틀리 안에서 서로의 손을 꼭 쥐어 주고, 기운을 내기 위해 미지근한 샴페인 한 잔을 마시며 서로 의견을 교환한다.

「그 우울한 여자가 또 나타났어요.」 핌이 말했다. 「우리를 따라다니는 것 같아요.」

「어떤 여자 말이냐, 아들?」 릭이 말했다.

「저도 누군지 몰라요. 베일을 쓴 여자예요.」

이렇게 압박감 속에서 열심히 움직이던 와중에 핌은 지금껏 시도했던 것 중 가장 위험한 성적인 침략을 시도하게 되었다. 시내 반대편인 립스데일에서 심야 약국을 찾아낸 핌은 전차를 타고 그곳으로 가서 여러 번 그 앞을 오가며 뒤를 확인한 뒤 대담하게 카운터로 걸어가 세 개들이 콘돔 한 상자를 샀다. 그에게 콘돔을 판매한 늙은 무뢰한은 그를 제지하지도 않았고 그에게 결혼했느냐고 묻지도 않았다. 그렇게 산 그 물건이 지금 연보라색과 하얀색 포장지에 싸여 그에게 신호를 보내고 있다. 핌에게 한 표를 달라고 호소하는 전단지 더미 한가운데에 그것을 숨겨 둔 채 그는 다시 까치발로 자기 방 창가로 다가가 아래를 내려다본다.

위원회실이 어둡다. 가자.

*

장애물은 없지만, 핌은 과녁을 향해 똑바로 다가갈 만큼 애송이가 아니다. 정찰에 시간을 쏟는 것은 결코 시간 낭비가 아니다. 잭 브러더후드가 자주 하던 말이다. 나는 내 힘으로 투쟁해서 적의 마음을 공략해 그녀를 얻을 것이다. 그는 먼저 로비에서 그날의 공고문을 읽는 척한다. 1층에는 아무도 없다. 매티의 더러운 사무실도 비어 있고, 정문에는 체인이 걸려 있다. 그는 천천히 올라가기 시작한다. 2층에 있는 그의 방에서 문 두 개를 더 지나가면 휴게실이 나온다. 핌은 휴게실 문을 열고 미소를 지으며 안을 들여다본다. 시드 레먼과 모리 워싱턴이 매티 설의 친한 친구 두 명과 당구를 치고 있다. 매티 설의 친구들은 말 도둑처럼 생겼지만, 사실은 양 도둑인지도 모른다. 시드가 모자를 쓴다. 이곳에서 확보한 두 미녀가 큐에 초크를 칠하며 위안을 나눠 준다. 위험한 분위기다.

「무슨 게임이에요?」 핌이 마치 게임을 하고 싶어 하는 사람처럼 말한다.

「폴로야.」 시드가 말한다. 「꺼져, 꼬맹이. 웃기지 말고.」

「몇 라운드 게임이냐고 물은 건데요.」

「아홉 판.」 모리 워싱턴이 말한다.

시드가 샷을 놓치고 투덜거린다. 핌은 문을 닫는다. 저 사람들은 괜찮다. 적어도 한 시간 동안 저곳은 위험하지 않다. 그는 순찰을 계속한다. 한 층 더 올라가자 공기가 죄어든다. 비밀스러운 곳이라면 어디나 그럴 것이다. 초대받은 손님들이 신발을 벗어 던지고 우리 후보님 및 그 측근들과 편안히 포커를 칠 수 있는 조용한 방이 여기에 있다. 핌은 노크를 하지 않고 들어간다. 탁자에 현금과 브랜디 잔이 흩어져 있고, 릭과 퍼스 로프트는 매티 설을 상대로 베팅을 하느라 여념이 없다. 베팅 칩은 석유 쿠폰 한 다발이다. 궁정 사람들이 현금보다 더 좋아하는 물건이다. 매티가 릭의 베팅을 받고 금액을 올리자 릭이 그를 본다. 릭이 인내심 있게 바라보는 동안 매티가 쿠폰을 쓸어 간다.

「오늘 오전에 바커 대령이랑 리틀 킴블에서 한바탕했다면서, 아들?」

릭이 왜 주디를 대령이라고 부르는지 정확한 이유는 잊어버렸다. 아마 어떤 재판에 연루되었던 유명한 레즈비언을 뜻하는 말인 것 같다. 이유가 무엇이든 핌은 신경 쓰지 않았다.

「저 아이가 놈들을 굴복시켜 땅에 입 맞추게 했어, 리키.」퍼스 로프트가 확인해 준다.

「저 녀석이 입 맞춘 게 그것만은 아닐걸요.」릭이 말하자 모두 웃음을 터뜨린다. 농담을 한 사람이 릭이기 때문이다.

핌이 잘 자라는 인사로 포옹을 하려고 몸을 기울이자 릭이 킁킁거리며 뺨의 냄새를 맡는다. 거기에 주디의 냄새가 묻어 있다.

「어쨌든 선거를 잊어버리면 안 돼, 아들.」릭이 냄새를 맡은 그 빰을 경고하듯 가볍게 두드리며 말한다.

복도를 따라 걸어가면 모리 워싱턴이 운영하는 홍보부가 있다. 정보 교란 업무도 겸하는 곳이다. 위스키와 나일론 스타킹 상자들이 벽 앞에 차곡차곡 쌓여, 투표 직전 마지막으로 호감을 사는 데 사용될 순간을 기다리고 있다. 여기 모리의 책상에서 근거 없는 소문들이 퍼져 나갔다. 보수당 후보가 오즈월드 모슬리 경[12]을 지지한다는 소문, 노동당 후보가 제자들에게 지나치게 집착한다는 소문. 핌은 디바이더로 책상 자물쇠를 따고 서랍들을 재빨리 뒤진다. 은행 거래 내역서, 노골적인 그림이 그려진 트럼프 한 세트. 거래 내역서의 계좌 주인은 모리스 워츠하이머 씨이고, 120파운드 상당의 어음이 초과 발행 되어 있다. 만약 주디의 실물을 보지 못했다면 트럼프의 그림들이 인상적이었을 것이다. 핌은 모든 것을 다시 깔끔하게 잠근 뒤 계단을 반쯤 올라가다가 걸음을 멈추고 머스폴 씨가 중얼중얼 통화하는 소리에 귀를 기울인다. 맨 꼭대기 층은 성소다. 안전실, 암호실, 작전 센터를 합한 곳이기 때문이다. 복도 끝에 우리 후보님의 귀빈실이 있는데, 심지어 핌조차 거기에는 깊숙이 들어가 보지 못했다. 실비아가 두통 때문에 수시로 침대에 누워 시간을 보

12 영국의 정치가이자 파시스트.

내거나, 머스폴 씨에게서 구입한 정체불명의 휴대용 램프로 살갗을 갈색으로 태운다며 누워 있기 때문이다. 따라서 그는 안전을 결코 확신할 수 없다. 그 옆방에는 이른바 실행 위원회가 있다. 큰돈과 지지를 확보하고 약속을 거래하는 곳이다. 어떤 약속이 오갔는지는 지금도 잘 모르겠지만, 한번은 시드가 옛날 항구를 시멘트로 메워 주차장으로 만드는 계획에 대해 말한 적이 있다. 영향력이 큰 건설업자들이 아주 반가워한 계획이었다.

머스폴 씨의 통화가 갑자기 끝난다. 핌은 아무 소리 없이 발꿈치를 축으로 몸을 휙 돌려서 차분하게 계단을 내려가 도망칠 준비를 한다. 하지만 머스폴 씨가 다시 다이얼을 돌리는 소리가 그를 구해 준다. 머스폴 씨는 어떤 여성과 통화한다. 먼저 다정한 질문을 던지더니, 여성의 답변에 기분 좋게 목을 울리는 소리를 내면서. 머스폴은 이런 대화를 몇 시간씩이나 계속하기도 한다. 그가 소소한 즐거움을 느끼는 일이다.

핌은 머스폴 씨의 목소리가 안정될 때까지 기다렸다가 1층으로 돌아간다. 위원회실의 어둠 속에서 차와 데오도런트 냄새가 난다. 마당으로 통하는 문은 안에서 잠겨 있다. 핌은 열쇠를 부드럽게 돌린 뒤 주머니에 넣는다. 지하실 계단에서는 고양이 악취가 난다. 계단에 상자들이 쌓여 있다. 마당에서 보일까 봐 불을 켜지 않고 더듬더듬 계단을 내려가면서 핌은 베른의 어느 날을 떠올린다. 축축한 빨래를 들고 지하실로 통하는 돌계단을 내려가면서 바스틀 씨 때문에 발이 걸려 넘어질까 봐 걱정하던 기억. 오늘 그는 마지막 계단에서 실제로 발을 헛디딘다. 그 바람에 앞으로 몸이 휙 쏠려 지하실 문에 쾅 부딪친 그는 균형을 잡으려고 애쓰면서 양손으로 문을 민다. 먼지 속에서 문이 끽 하고 긁히는 소리를 낸다. 앞으로 쏠린 몸의 관성 때문에 넘어지듯 지하실로 들어간 그는 창백한 불이 켜져 있는 것을 보고 깜짝 놀란다. 그 불빛에 초록색 서류함이 보이고, 끌처럼 보이는 것을 들고 그 앞에 서 있는 여자도 보인다. 여자는 다 꺼져 가는 자전거 램프 불빛으로 서류함의 잠금장치를 살피는 중이다. 핌을 향해 돌린 그녀의 눈이 검고 호전적이다. 죄책감은 흔적도 보이지 않는다. 내가 지금도 의아해하는 것은, 그녀가 베일을 쓴 그 여자가 아닐 수도 있다는 생각을 한 번도 진지하게 해본 적이 없다는 점이다. 시선도 똑같고, 강렬하고 마뜩잖은 침묵도 똑같았다. 핌이 리틀 체드워스의 연단에서 성공을 거둔 뒤 그 여자는 그에게 시선을 고정했으며, 그 뒤로도 그를 따라다녔는지 10여 번의 회합에서 계속 눈에 띄었다. 여자의 이름을 묻는 순간, 핌은 원래 예지력 같은 것이 전혀 없는 편인데도 그 여자의 이름을 알 것 같다는 생각이 든다. 그녀는 어머니 것이라고 해도 될 것 같은 긴 치마를 입고 있다. 얼굴은 단단한 자갈 같고, 아직 젊은 머리카락은 반백이 되었다. 똑바로 앞을 바라보는 밝은 눈은 어둠 속에서도 신경에 거슬린다.

「내 이름은 페기 웬트워스야.」여자가 거친 아일랜드 사투리로 도전하듯 대답한다. 「철자도 불러 줄까, 매그너스? 페기는 마거릿을 줄인 이름인데, 들어 본 적 있어? 네 아버지, 리처드 토머스 핌 씨가 내 남편 존을 죽였어. 그걸로 사실상 나도 죽인 거나 마찬가지고. 내가 나중에 무덤에 묻힐 때까지 이렇게 죽은 사람처럼 살아가는 인생을 다 바치는 한이 있더라도 난 증거를 찾아서 그 짐승 같은 놈이 벌을 받게 할 거야.」

핌은 어디선가 빛이 움직이는 것을 느끼고 휙 뒤를 돌아본다. 매티 설이 어깨에 담요를 걸친 채 문간에 서 있다. 잘 들리는 쪽 귀를 이쪽으로 향하게 하느라 머리를 기울인 그는 안경 너머에서 가늘게 뜬 눈으로 핌과 페기를 차례로 바라본다. 설이 어디까지 들었을까? 핌은 짐작할 수 없지만, 놀라서 갖가지 상상이 머릿속을 떠돈다.

「이쪽은 옥스퍼드에서 온 에마예요, 매티.」핌이 대담하게 말한다. 「에마, 이분은 호텔 주인 설 씨예요.」

「만나서 반갑습니다.」페기가 차분하게 말한다.

「다음 달에 에마랑 제가 대학 연극에 같이 출연하거든요, 매티. 그래서 함께 연습하려고 에마가 여기 걸워스까지 온 거예요. 여기 지하에 있으면 다른 분들에게 방해가 안 될 줄 알았는데요.」

「아, 그래.」 매티가 말한다. 그의 눈이 페기에서 핌에게로 갔다가 다시 페기에게로 향한다. 핌의 거짓말이 말도 안 된다는 사실을 아는 눈치다. 그가 게으르게 발을 끌며 계단을 올라가는 소리가 들린다.

*

이제부터는 아주 정확히 말하기가 불가능하다 톰, 그 여자가 어디서 핌에게 무슨 이야기를 해주었는지 하는 점. 호텔을 빠져나온 뒤 핌이 가장 먼저 생각한 것은 이대로 계속 움직이자는 것이었다. 그래서 두 사람은 버스에 올라타 종점까지 갔다. 쇠락한 선창가에서도 가장 오래되고 가장 황폐한 곳이었다. 휑한 창고의 창문으로는 달이 훤히 보이고, 할 일 없는 크레인들은 바다에서 곧바로 솟아오른 교수대 같았다. 떠돌이 칼갈이 무리가 여기에 진을 치고 있었는데, 틀림없이 밤에 일하고 낮에 잠을 잤던 것 같다. 그들이 둥근 기계의 발판을 밟고 있을 때 기계 위에서 흔들리던 집시 같은 얼굴과 구경하는 아이들 위로 쏟아지던 불꽃이 기억난다. 남자처럼 근육이 울룩불룩한 여자들이 생선 바구니를 던지며 큰 소리로 음담패설을 떠들어 대던 모습, 어부들이 방수복 차림으로 그들 사이를 우쭐우쭐 걷던 모습. 그들은 어찌나 잘났는지 다른 사람에게는 조금도 신경 쓰지 않았다. 그녀가 날 가둬 놓고 가차 없이 독백을 쏟아 내던 그 감옥의 창문 밖으로 사람의 얼굴이나 목소리가 언뜻언뜻 지나갈 때마다 고마움이 왈칵 밀려오던 것도 기억난다.

부두가의 노천 찻집에서 밑바닥 사람들과 함께 덜덜 떨며 서서 페기는 릭이 어떻게 자신의 농장을 빼앗아 갔는지 핌에게 말해 주었다. 그녀는 핌과 함께 버스에 오른 순간부터 누구든 듣고 싶은 사람은 들으라는 듯이 이 이야기를 시작해서 잠시도 쉬지 않고 계속했다. 핌은 그녀의 말이 모두 사실임을 알고 있었다. 비록 그녀의 말에서 느껴지는 순수한 독기 때문에 릭을 두둔하는 말이 속에서 자주 올라오곤 했지만, 그녀의 이야기는 정말 끔찍했다. 그녀는 추위를 물리치려고 걸으면서도 단 1초도 말을 멈추지 않았다. 그가 로버라는 곳에서 콩과 달걀 요리를 사줬을 때도 그녀는 팔꿈치를 벌리고 토스트를 썰면서, 티스푼으로 소스를 바르면서 이야기를 계속했다. 로버에서 그녀는 핌에게 릭의 대규모 신탁 기금에 대해 이야기했다. 그녀의 남편 존이 탈곡기 안으로 떨어져 무릎 아래 두 다리와 한 손의 네 손가락을 잃은 뒤 그녀에게 지급된 보험금 9천 파운드를 가져간 곳이 바로 그 신탁 기금이었다. 이 이야기를 하면서 그녀는 그에게서 시선을 돌리지 않은 채 자신의 깡마른 다리를 손으로 가리키며 다리가 어디서 잘렸는지 선을 그어 보였다. 핌은 그녀의 집착을 다시 느끼고는 겁이 났다. 톰, 내가 너한테 들려주지 않은 단 한 사람의 목소리가 바로 아일랜드 사투리를 쓰던 페기의 목소리다. 예배당에서 릭을 향해 그가 과거에 늘어놓은 번드르르한 약속들을 들려주던 목소리. 이자가 12.5퍼센트 이상이에요, 매년. 우리 귀한 존이 살아 있는 한 충분히 보살필 수 있는 돈이죠. 남편이 세상을 떠난 뒤 당신이 스스로 살아가기에도 충분하고, 그 뒤에 당신의 그 잘난 아들을 위해 남겨 둘 수 있는 돈도 충분합니다. 아들이 대학에 가서 내 아들처럼 법률 공부를 할 것 아닙니까. 두 녀석은 닮은 데가 많으니까요. 그녀가 들려준 것은 토머스 하디의 소설처럼 무심한 재난으로 가득한 이야기였다. 마치 성난 하느님이 최대의 불행을 내려 주려고 재난의 간격을 조절한 것처럼 보였다. 그녀는 그 이야기에 잘 어울리는 하디의 여자였다. 자신의 집착에 휘둘렸다가 자신의 운명과 맞닥뜨렸다는 점에서.

존 웬트워스는 피해자인 동시에 멍청한 자식이었다고 그녀는 설명했다. 누구든 자신을 꾀는 사람의 감언이설에 언제라도 넘어가는 성격이었다고. 존은 릭이 구세주이자 친구라고 믿으며 무덤에 묻혔다. 그가 살던 시골집은 타마 로즈라고 불리는 콘월의 장원이었으며, 바닷바람에 맞서 밀알 하나하나를 지켜야 하는 곳이었다. 그에게 이 시골집과 땅을 물려준 아버지는 그보다 현명했고, 그의 아들 앨러스테어는 유일한 상속자였다. 하지만 존이 죽은 뒤 남은 것은 한 푼도 없었다. 모든 것이 남의 것

이 되어 있었어요, 담보 대출이 목까지 차 있었다고요,
매그너스. 이 말을 하면서 페기는 콩 요리가 묻은 나이프
로 자신의 목을 긋는 시늉을 했다. 그녀는 존이 사고를
당한 직후 릭이 꽃과 초콜릿과 샴페인을 들고 문병을 왔
다고 말했다. 핌은 자신이 수술을 받고 깨어났을 때 병상
옆에 있던, 암시장에서 산 과일 바구니가 눈에 보이는 듯
했다. 릭이 위대한 십자군 전쟁 중에 노인들을 고상한 척
돌봐 주던 것, 립시가 흐느끼면서 릭을 **토둑**이라고 욕하
던 것, 릭이 그녀에게 보낸 편지에서 그녀를 돌봐 주겠다
고 약속한 것도 생각났다.

　「나한테도 공짜 기차표를 보냈지.」 페기가 말하고 있
다. 「트루로 병원으로 남편을 문병 갈 수 있게. 문병을 마
친 뒤에는 네 아버지가 차로 날 집까지 바래다줬어, 매그
너스. 내 남편의 돈을 다 가져갈 때까지 그자는 그런 일
이 전혀 귀찮지 않았겠지.」 그가 존에게 서명하라고 시킨
서류를 항상 가장 예쁜 간호사들이 옆에서 보고 있었어,
매그너스. 네 아버지가 항상 존에게 얼마나 자상했는지.
존이 잘 알아듣지 못하는 게 있으면 언제나 설명해 줬지.
필요하다면 몇 번이라도. 하지만 존은 들으려고 하지 않
았어. 헛소리에 속아서 자기 머리를 쓸 생각은 안 하고
상대를 덜컥 믿어 버렸으니까.

　분노가 발작처럼 그녀를 사로잡았다. 「나는 새벽 4시
에 일어나서 소젖을 짜고, 자정까지 장부를 정리하다가

잠이 드는데!」 그녀가 소리치자 다른 테이블에서 졸린 얼굴로 앉아 있던 사람들이 이쪽을 바라본다. 「그런데 그 멍청한 남편이라는 작자는 트루로 병원의 따뜻한 침대에 누워서 나도 모르게 온갖 서류에 서명을 해가지고 그걸 전부 넘겨줬어. 네 아버지는 병상 옆에 앉아서 성자 흉내나 내고 있었고, 매그너스. 우리 앨러스테어는 학교까지 걸어갈 때 신을 신발도 없는데, 넌 좋은 학교에서 좋은 옷을 입고 떵떵거리며 살았잖아, 매그너스, 젠장!」 물론 존이 죽은 뒤에는 누구도 손을 쓸 수 없는 이유들로 인해 그 훌륭한 신탁 기금이 순전히 일시적인 유동성 문제를 겪는 바람에 12.5퍼센트 이상의 이자를 지급할 수 없는 것으로 밝혀졌다. 심지어 투입된 돈을 돌려줄 수도 없었다. 게다가 존 웬트워스는 죽기 직전에 모두가 힘든 시기를 이겨 낼 수 있게 집과 땅과 가축에 대해 담보 대출까지 받았다. 하마터면 아내와 자식마저 담보로 제공할 뻔했을 정도였다. 그 돈은 그의 좋은 친구 릭의 손으로 들어갔다. 릭은 로프트라는 유명한 변호사를 무려 런던에서부터 데려와 죽음을 앞둔 존에게 이런 조치가 얼마나 훌륭한지 설명해 주기까지 했다. 존은 여느 때처럼 사람들을 기쁘게 해주려고, 관계자 앞으로 된 장문의 특별한 편지를 친필로 써서 자신이 온전한 정신과 판단력으로 이런 결정을 내렸으며, 힘겹게 마지막 숨을 내쉬는 와중에 옆에 앉은 성자와 변호사가 어떤 식으로든 지나친 영향력을 발휘하지 않았다고 확인해 주었다. 모두 폐기 또는 앨러스테어가 나중에 못된 마음을 품고 그 서류와 관련해 송사를 벌이거나 존의 9천 파운드를 되찾으려 하는 등, 몰락한 존을 착한 마음으로 돌봐 주는 릭에 대한 불신을 드러낼 경우에 대비한 조치였다.

「그게 언제 있었던 일입니까?」 핌이 말한다.

그녀는 날짜, 요일, 시각을 말해 준다. 그러곤 퍼스가 서명한 편지 뭉치를 핸드백에서 꺼낸다. 〈우리 의장님이신 R. T. 핌 씨가 현재 국가적으로 필요한 임무 때문에 무기한 자리를 비우셔서 연락이 닿지 않아〉 죄송하다며, 〈타마 로즈의 자유 보유 부동산과 관련된 서류들은 현재 부인에게 큰 금액이 돌아가도록 하는 방향으로 처리되고 있는 중〉이라고 밝힌 편지다. 그가 그녀와 함께 부서진 벤치에 웅크리고 앉아 가로등 불빛으로 그 편지들을 읽는 동안 그녀는 광기가 깃든 차가운 눈으로 그를 지켜본다. 그러고는 편지를 돌려받아 애정이 담긴 손길로 다시 봉투에 넣는다. 가장자리나 접은 선이 망가지지 않게 조심하는 모습이다. 그녀의 이야기가 계속 이어지자 핌은 자신의 귀나 그녀의 입을 막아 버리고 싶어진다. 일어나서 안벽으로 달려가 그 너머로 몸을 던지고 싶기도 하다. 닥치라고 소리를 지르고 싶지만 그는 그저 이렇게 부탁할 뿐이다. 죄송합니다만, 혹시 괜찮으시다면 그 이야기를 이제 그만해 주시면 안 될까요.

「왜?」

「듣고 싶지 않습니다. 제 일이 아니니까요, 이 부분은. 아버지가 당신의 것을 강탈했죠. 나머지 얘기는 들어 봤자 달라질 것이 없습니다.」 핌이 말한다.

페기의 생각은 다르다. 그녀는 핌의 존재를 핑계 삼아 아일랜드인다운 죄책감으로 아일랜드인다운 자신의 등을 후려치고 있다. 그녀의 입에서 이야기가 콸콸 쏟아진다. 그녀는 그에게 더할 나위 없이 분명하게 이 이야기를 들려주려고 줄곧 기다리고 있었다.

「그 망할 남자가 어쨌든 나를 손아귀에 쥐고 있다면? 그자가 프릴과 화려한 거울이 있는 그 화려한 침대에 나를 눕히기라도 한 것처럼 이미 그 더러운 팔로 나를 끌어안고 있다면?」 페기가 묘사한 것은 체스터 거리에 있는 릭의 집 침실 모습이다. 「그자가 이미 나의 생사여탈권을 쥐고 있고, 나는 병든 아들과 파산한 농장 외에는 세상에 남은 것이 없고 일주일 동안 인사말을 건네는 사람은 어리석은 토지 관리인뿐인 어리석고 외로운 여자라면?」

「아버지가 당신한테 잘못을 저질렀다는 걸 아는 것으로 충분합니다.」 핌이 고집스레 말한다. 「제발요, 페기. 나머지는 사생활이잖아요.」

「그자가 국가적으로 필요하다는 그 임무에서 돌아오자마자 손가락을 튕기는 것만으로 사람을 런던의 상류사회로 불러들이는 표를 보내 준다면? 그 여자가 변호사를 일에 끌어들일 것 같아서 그렇게 한다면? 그 여자는 그자가 부르는 대로 가겠지? 2년이 넘도록 남자를 사귀지 못하고, 시들어 가는 몸을 매일 거울로 확인하던 여자라면 틀림없이 갈 거야!」

「물론 그렇겠죠. 틀림없이 그럴 만한 이유가 충분히 있었을 겁니다.」핌이 말한다.「이제 그 얘기는 그만하세요, 제발.」

페기는 다시 릭의 목소리를 흉내 낸다.「〈우리 이 문제를 이참에 싹 정리해 버립시다, 페기. 난 그저 당신을 돌봐 주고 싶을 뿐이니 고약한 돈 문제가 우리 사이에 끼어드는 게 싫어요.〉 이렇게 말하는데 안 가겠어?」그녀의 목소리가 텅 빈 광장에 메아리치다가 바다까지 퍼져 나간다.「틀림없이 가겠지. 짐을 싸서 아들을 데리고 나와 문을 잠글 거야. 돈과 정의를 찾으러 가는 길이니까. 필생의 싸움을 앞두고 의욕이 충만한 모습으로 서둘러 올라갔는데, 그 순간 그 남자가 보이는 거지. 그동안 내가 빨래며 설거지를 하고 소젖을 짜고 푼돈을 아끼는 생활을 한 건 모두 그 남자 때문이었는데, 이제 그 생활을 그만두고 멍청한 토지 관리인에게 대신 집을 좀 봐달라고 했어. 나랑 앨러스테어는 런던으로 갈 거라고. 하지만 막상 런던에 갔더니 퍼스 로프트 씨와 망할 머스폴 씨 등 그 무리와 일 처리를 위한 회의를 하지는 않고 그냥 그 남자가 본드 거리에서 좋은 옷을 사주며 공주처럼 대접해 주는 거야. 리무진에 태워 식당에 데려가고, 화려한 페티코트와 비단옷을 사주고⋯⋯. 뭐, 싸움은 나중에 언제든 할 수 있는 거잖아?」

「아뇨. 그건 안 돼요. 그때 당장 하지 않으면 영원히 못합니다.」 핌이 말한다.

「만약 그자가 나를 그동안 진창으로 밟아 넣었다면, 그 복수로 빼앗긴 것을 조금이라도 되찾았을 거야.」 여기서 그녀는 또 릭의 목소리를 흉내 낸다. 「〈난 항상 당신을 좋아했어요, 페기, 알겠어요? 당신은 좋은 사람이에요. 최고죠. 그 예쁜 아일랜드인 얼굴에 떠오르는 미소를 항상 바라보았는데. 그 미소만 바라본 것도 아니고요.〉 그래, 그자는 아이에게도 좋은 것을 준비해 두었어. 아이를 데리고 아스널의 경기를 보러 간 거야. 우리는 특별석에서 귀족들과 함께 신처럼 앉아 있었다고. 경기가 끝난 다음에는 콰글리노스에서 식사를 했고. 국민의 일꾼이라는 그자가. 아들의 이름이 장식된 60센티미터짜리 케이크도 있었어. 그때 앨러스테어의 얼굴을 너도 봤어야 하는 건데. 다음 날 할리 거리의 전문의가 기침을 하는 아이를 진찰해 줬고, 그다음에는 용감하게 잘 참았다며 그자가 자기 이니셜이 새겨진 금시계를 선물로 내밀었지. 〈RTP가 훌륭한 남자에게〉라고 새겨져 있었어. 생각해 보니, 지금 네가 차고 있는 시계와 비슷하네. 그것도 금시계인가? 그러니 나한테 그렇게 친절을 베푸는 사람이 설사 나쁜 자식이라 해도, 그런 식으로 이틀쯤 지내고 나면 이런 생각이 드는 거야. 세상에는 이 사람보다 더 나쁜 자식이 많아. 그중에 설탕을 뿌린 달콤한 빵을 나와 나눠 먹는 사람은 별로 없겠지. 콰글리노스에서 60센티미터짜리 케이크를 사주는 건 말할 것도 없고. 식사가 끝난 뒤 사람을 불러 아이를 집까지 데려다주게 하고는 어른들끼리 나이트클럽에 가서 좀 즐기자고 말하는 사람도 없을 거야. 이 사람이 항상 날 좋아했다는데 안 될 것도 없잖아? 이런 대접을 받으면서 하루나 이틀쯤 싸움을 미루는 여자가 그렇게 적지는 않을 거야, 아마. 그러니까, 뭐, 안 될 것도 없지.」

그녀는 마치 핌이 이제 그 자리에 없는 것처럼 떠들고 있다. 사실 맞는 생각이다. 그는 그녀 때문에 귀가 멀어 버렸지만, 여전히 그녀의 목소리를 들을 수 있다. 지금도 내 귀에 그 목소리가 들리는 듯하다. 한없이 이어지던, 파괴적이고 가시 돋친 목소리. 그녀는 울타리가 부서지고 시계도 멈춰 버린 가축 시장의 폐허를 향해 말하고 있다. 핌은 감각이 사라지고 죽어 버린 것 같은 상태로 다른 곳을 헤매는 중이다. 예비 학교의 오버플로 하우스. 언성이 높아진 릭의 목소리와 립시의 우는 소리 때문에 그는 계속 잠에서 깨어난다. 글레이즈에서 도러시의 침상 옆. 그는 죽을 만큼 지루해서 도러시의 어깨에 머리를 기대고 하루 종일 창밖의 하얀 하늘만 바라보고 있다. 스위스 어딘가의 다락방. 자신이 왜 적을 기쁘게 해주려고 친구를 죽여 버렸는지 하느님에게 묻고 있다.

페기는 광기를 품고 릭의 광기를 묘사하고 있다. 급류처럼 흘러나오는 그녀의 목소리가 성마른 잔소리 같아서 그는 싫은 나머지 자꾸 다른 생각을 한다. 그 남자가 자랑을 늘어놓던 모습. 그는 세상에 한 발을 내딛기도 전부터 거짓말을 하기 시작했다. 레이디 마운트배튼의 애인이었던 그. 레이디 마운트배튼은 그가 노엘 카워드[13]보다 더 낫다고 자신 있게 말했다. 사람들이 그를 파리 대사로 임명하려고 했던 일. 하지만 그는 허황된 일을 참아 주는 성격이 아니라면서 그 제의를 거절했다. 그리고 그의 더러운 비밀이 들어 있는 그 초록색 서류함. 자신의 교수형에 쓰일 밧줄을 꼬는 데 몇 시간을 쏟은 남자의 광기를 상상해 보라! 그는 잠옷 차림에 맨발인 그녀를 이끌었다. 이것 좀 봐. 그는 그것을 기록이라고 불렀다. 자신의 좋은 행동과 나쁜 짓이 모두 거기 있다고. 그의 무고함, 그의 망할 정직함을 보여 주는 증거. 언젠가 틀림없이 받게 될 심판에서, 이 웃기지도 않는 서류함 속의 모든 것이 함께 천칭에 올라가게 될 것이다. 옳은 일과 나쁜 일이 모두. 그러면 우리는 그가 어떤 사람인지 알게 될 것이다. 저 위에서 천사들과 함께 있는 모습. 우리 가엾은 죄인들은 여기 낮은 곳에서 피를 흘리며 그의 영광을 갈망하는데. 그는 전능한 신을 속이려고 이런 것들을 꾸며 냈고,

13 영국의 시나리오 작가이자 영화배우.

그것이 핵심이다. 망할 세례 요한 행세를 하는 그 뻔뻔함이라니!

핌은 그녀에게 그것이 있는 장소를 어떻게 알아냈느냐고 묻는다. 「그 웃기는 물건이 운반되는 걸 봤어.」그녀가 말한다. 「선거 운동 첫날 설의 호텔을 감시하다가. 그 계집애 같은 커들러브가 자기 리무진으로 특별히 그걸 모셨지. 그 비용만 얼마야. 로프트 그놈이 같이 그걸 들고 지하실로 옮겼는데, 그놈이 자기 손을 더럽힌 건 처음일걸. 다들 여기에 와 있는데 럭이 그 물건을 감히 런던에 그냥 놔둘 수가 없었던 거겠지. 난 증거를 찾아야 돼, 매그너스.」그녀는 그에게 이끌려 자신의 한심한 하숙집을 향해 새벽 거리를 걸으면서 계속 같은 말을 되풀이한다. 고집스럽게 투덜거리는 그녀의 목소리가 결코 멈출수 없는 기계 소리처럼 그의 귀에 울린다. 「그놈 말처럼거기에 증거가 있다면, 내가 그걸 빼앗아서 다시 그놈에게 들이댈 거야. 반드시. 그래, 내가 놈한테서 돈을 조금빼앗은 건 사실이지. 하지만 놈이 사랑을 두고 날 속였는데 돈이 무슨 소용이야? 놈은 무슨 귀족처럼 거리를 걷고우리 존은 무덤에서 썩어 가고 있는데 돈이 무슨 소용이냐고. 거리의 사람들은 모두 놈을 위해, 리키를 위해 박수를 치잖아. 그자는 천국도 사기를 쳐서 갈 놈인데. 나처럼 망상에 젖은 가엾은 피해자가 놈에게 자신을 허락했다가 그 죄로 지옥에서 그냥 벌만 받아서는 아무 소용이 없지. 놈이 악마라는 걸 세상에 알려 세상에 대한 의무를 다해야지. 그러니 그 증거가 어디 있는지 얼른 말해.」

「제발 그만하세요.」핌이 말했다.「당신이 뭘 원하는지 나도 알아요.」

「정의를 실현해야 돼. 거기에 그게 있다면 내가 가져올 거야. 퍼스 로프트가 시간을 끄느라고 보내온 편지 두어 통을 빼면 나한테는 아무것도 없어. 게다가 그 편지 내용이라는 게 또 어떤지. 이건 마치 빗방울로 벽을 뚫으려고 애쓰는 꼴이라고.」

「제발 진정하세요.」

「난 그 멍청한 라킨도 찾아갔어. 보수당 놈. 한나절이나 기다려야 했지만 어쨌든 만나기는 했지. 〈릭 핌은 사기꾼이에요.〉 내가 이렇게 말했지만, 어차피 보수당 놈도 사기꾼이기는 매한가지인데 무슨 소용이 있겠어? 노동당에도 말해 봤지만 그쪽은 계속 그가 무슨 짓을 저질렀느냐고만 묻고. 자기들이 알아보겠다면서 고맙다고, 이만 가보시라고 하는데, 찾아내기는 뭘 찾아내겠어, 그 한심하고 순진한 사람들이?」

매티 설이 마당을 쓸고 있다. 핌은 그의 꼼꼼함에 관심이 없다. 핌은 립시의 자전거를 가지러 갈 때처럼, 경찰관을 지나쳐 오버플로 하우스로 갈 때처럼 걸으며 높은 사람 행세를 한다. 나는 권위 있는 사람이다. 나는 영국인이다. 그러니 내 앞에서 길을 비켜 주겠나.

「지하실에 뭘 좀 두고 왔어요.」 그가 무심하게 말한다.

「아, 그래.」 매티가 말한다.

페기 웬트워스의 목소리가 띠톱처럼 그의 영혼을 긁어 대고 있다. 그 목소리 때문에 그의 안에서 무시무시한 메아리가 되살아났다. 어린 시절의 어느 빈집에서 그 목소리가 그를 향해 투덜거리며 잔소리를 늘어놓고 있는가? 고집스럽게 과거를 들춰내는 그 목소리 앞에서 그는 왜 이토록 비굴한가? 그녀는 되살아난 립시다. 마침내 무덤에서 나와 입을 연 립시. 그녀는 내 머릿속에서 화려하게 반짝거리는 세상이다. 그녀는 내가 결코 속죄할 수 없는 죄다. 세면대에 머리를 집어넣어라, 핌. 수도꼭지를 붙잡고 내 말을 들어. 그 어떤 처벌도 네게는 충분하지 않은 이유를 설명해 줄 테니. 녀석에게 빵과 물만 줘라, 아버지를 닮은 아이야. 왜 침대에 오줌을 쌌지, 아들? 1년 동안 오줌을 싸지 않고 버티면 현금으로 1천 파운드를 받을 수 있다는 걸 모르나? 그는 위원회실의 불을 켜고, 지하실 계단으로 통하는 문을 벌컥 열고는 쿵쿵거리며 내려간다. 마분지 상자. 소모품. 결핍을 메우기 위한 과잉. 마이클의 디바이더가 다시 등장한다. 스위스 주머니칼보다 더 낫다. 그는 초록색 서류함의 잠금장치를 따고 첫 번째 서랍을 연다. 그의 얼굴에 점점 환한 기색이

번지기 시작한다.

　성은 립시츠, 이름은 아나, 서류철이 두 개뿐이다. 와, 립시, 마침내. 그는 차분하게 생각한다. 짧은 생애였지, 그렇지? 지금은 그럴 때가 아니지만, 어쨌든 지금 있는 그곳에서 편히 쉬어요. 내가 나중에 다시 와서 당신을 데려갈 테니. 워터마스터 도러시, 기혼. 서류철이 한 개뿐이다. 도러시의 결혼 생활도 짧았다. 하지만 기다려요, 도트, 내가 먼저 살펴봐야 할 다른 유령들이 있으니까. 그는 첫 번째 서랍을 닫고 두 번째 서랍을 연다. 릭, 이 나쁜 자식, 지금 어디야? 파산. 서랍에 이 말이 가득하다. 그는 세 번째 서랍을 연다. 거기서 발견한 사실이 너무 급박해서 그의 몸에 불이 붙은 것 같다. 눈꺼풀도, 등과 허리도. 하지만 그의 손가락은 가볍고 빠르고 민첩하다. 난 이것을 위해서 태어난 거야. 애당초 내가 태어난 것이 사실이라면 말이지. 나는 하느님의 탐정, 모두를 돌보는 자. 웬트워스라는 이름이 10여 개나 된다. 모두 릭의 필체로 이름이 적혀 있다. 핌은 먼저 국가적으로 필요한 일 때문에 릭이 자리를 비워서 유감이라는 머스폴의 편지 날짜를 떠올린다. 그해 가을 릭이 건강한 몸으로 오랫동안 휴가를 즐긴 기억이 있다. 그와 도러시는 그동안 글레이즈에서 진땀을 흘리며 감금된 듯한 생활을 견뎌야 했다. 릭, 이 나쁜 자식, 어디 있었어? 아들, 왜 이래, 우린 친구잖아, 그렇지? 곧 바스틀 씨가 짖어 대는 소리가 들릴 것이다.

마지막 서랍을 열자 〈렉스 vs. 핌 1938〉이라는 글귀가
보인다. 두툼한 서류철이 세 개. 그 옆에는 〈렉스 vs. 핌
1944〉. 서류철은 달랑 하나. 핌은 1938년 서류철 중 첫
번째 것을 꺼냈다가 돌려놓고 대신 마지막 것을 고른다.
그러곤 가장 마지막 페이지를 펼쳐 판사의 사건 요약, 평
결, 선고, 죄수의 즉각적인 처리 과정을 읽는다. 조용히
흥분한 그는 서류철의 처음으로 돌아가 읽기 시작한다.
당시에는 카메라가 없었다. 복사기도 녹음기도 없었다.
사람이 직접 보고 듣고 암기하고 훔쳐 오는 수밖에. 그는
한 시간 동안 읽는다. 시계가 8시를 치지만 그에게는 아
무 의미가 없다. 나는 내 소명을 따르는 거야. 신성한 봉
사를 하는 중이라고. 너희 여자들은 항상 우리를 끌어내
릴 생각만 하지.

매티가 여전히 마당을 쓸고 있지만 윤곽이 흐릿하다.

「찾았어?」 매티가 말한다.

「마침내 찾았어요, 감사합니다.」

「그래야지.」

그는 방으로 돌아와 열쇠를 돌려 문을 잠그고 의자를
세면대로 가져와서 메모를 시작한다. 기억나는 것들을
곧장 종이에. 문체 같은 것은 생각할 틈이 없다. 노크 소
리가 들린다. 처음에는 소심하게, 그다음에는 크게. 그러
고는 부드럽고 비관적인 목소리가 들린다. 「매그너스?」

이어 천천히 계단을 내려가는 발소리. 하지만 핌은 한창 작업에 빠져 있으므로 여자들은 그저 지긋지긋하게 여겨질 뿐이다. 심지어 주디도 그의 운명과는 아무 상관이 없다. 앞마당을 달리듯 가로지르는 그녀의 발소리, 그녀가 승합차를 몰고 떠나는 소리. 처음에는 천천히 출발하더니 갑자기 속도가 확 빨라진다. 속이 시원하다.

친애하는 페기(그가 쓴다), 동봉한 자료가 도움이 되기를 바랍니다.

벨린다에게(그가 쓴다), 일터에서 민주적으로 일이 처리되는 과정을 언뜻 보고 정말 매혹당했음을 인정할 수밖에 없다. 처음에는 아주 거칠게만 보였는데, 알고 보니 세련된 견제와 균형 장치를 모두 갖추고 있어. 내가 런던으로 돌아가자마자 한번 보자.

사랑하는 아버지(그가 쓴다), 오늘은 일요일이니 나흘 뒤면 우리 운명이 결판나겠군요. 하지만 아버지가 힘든 선거 운동 중에 보여 준 용기와 신념에 제가 얼마나 감탄했는지 꼭 말씀드리고 싶습니다.

연단에서 릭은 꼼짝도 하지 않았다. 잭나이프 같은 그의 시선은 계속 핌에게 고정되어 있었다. 그런데도 차분해 보였다. 그의 뒤편에서 일어난 일들을 그가 충분히 감당할 수 있는 것 같았다. 그는 아들에게 온 신경을 쏟고 있었다. 그의 시선이 위험할 정도로 강렬하게 그를 바라보았다. 그날 밤 그는 정치가답게 은색 넥타이를 매고, 더블 커프스가 있는 수제 크림색 비단 셔츠를 입고 있었다. 커프스단추는 RTP라는 글자로 크게 디자인된 아스프리 제품이었다. 릭이 그날 낮에 머리를 잘랐기 때문에 핌은 아버지와 계속 시선을 마주하며 그에게서 나는 이발소 로션 냄새를 맡을 수 있었다. 릭이 한 번 머스폴에게 시선을 돌렸다. 나중에 핌은 머스폴이 모종의 신호처럼 고개를 끄덕인 것 같다는 생각이 들었다. 회관 안의 침묵은 절대적이었다. 기침 소리도 삐걱거리는 소리도 들리지 않았다. 릭이 언제나 그러듯이 맨 앞줄에 배치한 멍청한 늙은이들조차 아무 소리도 내지 않았다. 릭은 앞줄에 앉은 그들을 보며 영웅처럼 죽음을 맞았다고 몇 번이나 이야기를 꾸며 낸 사랑하는 아버지와 친애하는 어머니를 떠올릴 수 있었다.

마침내 릭이 방향을 돌려 청중을 향해 나아갔다. 그가 위선적인 행동을 하기 전에 자주 나타나는, 착하고 성실한 사람 같은 모습이었다. 그는 탁자에 다다랐지만 걸음을 멈추지 않고 계속 걸으면서 손을 뻗어 마이크를 껐다. 지금 우리 사이에 기계가 끼어드는 것을 허락할 수 없다는 듯이. 마침내 그가 연단 가장자리에 이르렀다. 둥글게 흰 멋진 계단이 시작되는 지점이었다. 릭은 턱에 힘을 주고 사람들의 얼굴을 바라보며 잠시 자신의 영혼을 들여다보는 듯한 표정을 짓더니 입을 열었다. 핌에게서 청중을 향해 걸어오는 동안 어느새 재킷의 단추를 푼 모양이었다. 저를 보십시오. 그가 말했다. 제 마음을 드립니다. 마침내. 그의 목소리가 평소보다 높았다. 감정이 북받친 목소리였다.

「아까 그 질문을 다시 해주겠습니까, 페기? 모두 들을 수 있게 아주 큰 소리로?」

페기 웬트워스는 릭의 말대로 했다. 하지만 이제는 릭을 비난하는 사람인 동시에 릭의 손님이 되어 있었다.

「감사합니다, 페기.」 그러고 나서 릭은 그녀를 위해 의자 하나를 청했다. 모두 앉아 있는 곳에서 그녀만 서 있었기 때문이다. 블렌킨소프 소령이 직접 의자를 가져왔다. 페기는 통로에 놓인 의자에 얌전히 앉았다. 창피를 당하고 반갑지 않은 진실을 기다리는 아이 같았다. 핌의 눈에는 그렇게 보였다. 지금도 같은 생각이고. 그날 밤릭의 행동은 모두 미리 준비한 것이라고 나는 오래전부터 믿고 있다. 그들이 성적이 나쁜 아이들에게 씌우던 모자를 페기의 머리에 불쑥 씌웠어도 핌은 놀라지 않았을 것이다. 아무래도 페기가 쫓아다니는 것을 그들이 이미 보았고, 릭이 미리 방어책을 생각해 둔 모양이었다. 전에도 그는 그런 적이 많았다. 머스폴의 부하들이 그날 밤 그녀를 다른 곳으로 데려가 붙잡아 둘 수도 있었을 것이다. 블렌킨소프 소령에게 그녀를 회관 안에 들이지 말라고 미리 말해 둘 수도 있었을 것이다. 중요한 일을 앞둔 밤에 페기처럼 돈 한 푼 없고 제정신이 아닌 협박꾼을 묶어 두는 방법을 궁정 사람들은 10여 가지나 알고 있었다. 하지만 릭은 그런 방법을 사용하지 않았다. 언제나 그러듯이 재판을 원했다. 재판관에게서 흠잡을 데 없이 깨끗하다는 판결을 듣고 싶어 했다.

「신사 숙녀 여러분. 여기 이분은 페기 웬트워스 부인입니다. 제가 오래전부터 알고 지내며 도와 드리려고 했던 분인데, 정말 힘든 일을 겪으신 뒤 그 불행을 제 탓으로 돌리고 계십니다. 오늘 모임이 끝나면 여러분이 페기의 말을 무엇이든 전부 들어 주시고, 최대한 너그러움을 발휘하여 인내심을 보여 주시기를 바랍니다. 그리고 진실이 무엇인지 여러분의 지혜로 판단해 주십시오. 페기에게, 그리고 제게 자비심을 보여 주시기 바랍니다. 누구든 불행한 일을 당했을 때 누군가를 탓하며 손가락질을 하지 않고 버티기가 얼마나 힘든지 생각해 주세요.」

그는 양발을 한데 모으고 뒷짐을 졌다.

「신사 숙녀 여러분, 저의 오랜 친구 페기 웬트워스의 말이 옳습니다.」 릭이 사용하는 수단들을 모두 알고 있다고 자신하던 핌도 그가 수사법을 전혀 동원하지 않고 이렇게 간단하고 직설적으로 말하는 것을 들은 적이 없었다. 「신사 숙녀 여러분, 오래전 제가 아직 젊은 청년으로 번듯한 사람이 되려고 애쓰고 있을 때, 우리 모두 그런 시기가 있지 않습니까, 지나치게 열정에 가득 차서 몇 가지 절차쯤 무시해도 좋다는 식으로 굴지요, 하여튼 그때 사환으로 일하고 있었는데, 금고에서 스탬프를 몇 개 빌렸다가 미처 돌려놓기 전에 들키고 말았습니다. 제가 그런 짓을 저지른 것은 분명 처음이었습니다. 제 어머니는 여기 페기 웬트워스처럼 아버지와 사별한 뒤였고, 저의 훌륭한 아버지는 존경스러운 분이셨지만 집에는 누이들 뿐이었습니다. 그래서 솔직히 저를 짓누르는 책임감 때문에 눈을 가린 정의의 여신이 옳다고 판단한 것의 경계선을 넘어 버리고 만 것입니다. 정의의 여신은 벌을 내렸습니다. 저는 대가를 온전히 치렀고요. 앞으로도 평생 그 대가를 치를 겁니다.」

그는 입을 합 다물고, 맞잡고 있던 두툼한 양손을 풀더니 한 팔을 불쑥 들어 앞줄의 멍청한 늙은이들을 가리켰다. 그의 눈과 목소리는 회관 뒤편의 어둠도 놓치지 않았다.

「제 친구들……. 페기, 난 지금도 당신을 내 친구로 생각합니다……. 걸워스 노스의 제 신실한 친구들, 오늘 밤 여러분 사이에도 쉽게 충동적인 행동을 할 수 있는 젊은 이들이 보입니다. 삶의 경험이 쌓인 사람들도 보입니다. 그분들의 자녀들과 손주들은 충동에 따라 세상으로 나아가 고생하면서 실수도 하고, 실수를 극복하기도 하겠죠. 나이가 지긋하신 분들께 여쭤보고 싶습니다. 여기의 젊은이들, 여러분의 자녀나 손주, 또는 여기 제 뒤에 앉아 있는 제 아들이 이 나라의 법이 정한 최고의 상을 받기 직전이라면, 만약 그들이 실수를 저질러 사회가 정한 대가를 치른 뒤 집에 돌아와 〈엄마, 제가 왔어요, 아빠, 제가 왔어요〉라고 말한다면, 오늘 밤 이 자리에 있는 여러분 중 누가 그 앞에서 문을 쾅 닫아 버리시겠습니까?」

사람들은 이미 일어서 있었다. 그들이 릭의 이름을 불러 댔다. 「리키…… 착한 리키……. 우리가 찍어 줄게요, 리키.」 연단 위에 있는 우리도 그의 뒤에 서 있었다. 핌은 눈물이 앞을 가리는 와중에도 시드와 모리가 서로 끌어안고 있는 것을 보았다. 이번에는 릭이 갈채에 반응하지 않았다. 그는 연극배우처럼 과장된 몸짓으로 핌을 찾아 두리번거리며 소리쳤다. 「매그너스, 어디 있니, 아들?」 하지만 그는 핌이 어디 있는지 정확히 알고 있었다. 그래도 마침내 핌을 찾은 시늉을 하며 그의 팔을 부여잡고 들어 올려 앞으로 끌었다. 그를 거의 바닥에서 들어 올릴 기세였다. 그는 즐거워하는 군중 앞에 핌을 챔피언처럼 내세우며 〈여기 하나 있습니다, 여기 하나 있어요〉라고 소리쳤다. 아마 대가를 치르고 집으로 돌아온 탕자가 여기 있다는 뜻이었던 것 같다. 하지만 사람들의 환호 때문에 그의 말을 정확히 듣지 못했다. 어쩌면 그가 〈여기 제 아들이 있어요)라고 말했을 수도 있다. 한편 핌은 더 이상 참을 수 없었다. 그때만큼 릭이 우러러보인 적이 없었다. 그는 목이 메어 손뼉을 쳤다. 사람들을 대신해서 양손으로 릭과 악수했고, 그를 포옹한 채 그 커다란 어깨를 두드리며 당신은 정말 대단한 사람이라고 말해 주었다.

그러면서 주디의 창백한 얼굴을 언뜻 본 것 같았다. 주디는 군중 한가운데 서서 진지한 안경 뒤의 크고 연한 눈으로 그를 지켜보고 있었다. 아버지한테는 내가 필요해. 그는 주디에게 이렇게 설명해 주고 싶었다. 버스 정류장이 어디인지 잊어버렸어. 네 전화번호를 잊어버렸어. 이건 나라를 위한 일이야. 정문 앞에 벤틀리를 세워 둔 커플 러브가 자동차 문 앞에 서 있었다. 핌은 릭과 나란히 그 차를 타고 가면서, 주디가 그의 이름을 부르는 소리가 들린 것 같다고 상상했다. 「핌. 이 나쁜 자식. 지금 어디야?」

*

새벽이었다. 핌은 면도도 하지 않은 모습으로 책상에 앉았다. 햇빛이 싫었다. 그는 한 손으로 턱을 받치고 자신이 쓴 마지막 페이지를 빤히 바라보았다. 아무것도 바꾸지 마. 뒤돌아보지도 말고 앞을 내다보지도 마. 딱 한 번만 하고 죽어. 그의 삶에 나타났던 여자들이 그의 혼란스러운 인생길에 있는 모든 버스 정류장에서 헛되이 그를 기다리는 괴로운 광경이 그를 후려쳤다. 그는 재빨리 일어나 네스카페 한 잔을 타서 아직 너무 뜨거운데도 그냥 마셨다. 그러고는 스테이플러와 마커를 들고 바삐 작업을 시작했다. 난 사무원이야, 그뿐이야. 그는 자신이 오려 둔 기사들을 스테이플러로 찍고, 도움이 될 만한 구절들에 참조 표시를 했다.

자유당 후보가 선거 전야에 마을 회관에서 분투하고 있다는 『걸워스 머큐리』와 『이브닝 스타』의 기사. 명예 훼손의 우려가 있기 때문에 기자들은 페기 웬트워스가 제기한 비난을 직접적으로 언급하지 않고, 인신공격에 대한 후보의 열렬한 자기변호만 언급했다. 21a 자리로. 망할 스테이플러가 고장 났잖아. 바닷바람에 녹슬지 않는 게 없어.

런던 『타임스』에서 오려 낸 기사에는 걸워스 노스 보궐 선거 결과가 실려 있었다.

매케츠니(노동당) 17,970
라킨(보수당) 15,711
핌(자유당) 6,404

글을 자유로이 읽고 쓰지 못하는 지도자는 자유당의 〈계산 착오로 인한 개입〉 덕분에 승리를 거뒀다고 말한다. 22a 자리로.

옥스퍼드 대학『가제트』의 기사. 매그너스 리처드 핌이 현대 언어 클래스 1 학사 학위를 받았음을 세상에 알렸다. 지난번 시험지를 공부하며 보낸 밤이라든가 언제나 편리한 마이클들의 강철 디바이더 덕분에 교수의 책상 서랍을 비공식적으로 탐색한 일에 대해서는 아무런 언급이 없었다. 23a 자리로.

하지만 실제로 그 자리에 넣지는 않았다. 이렇게 오려낸 기사에 표시를 하다가 핌은 이 기사를 앞에 내려놓고 양손으로 머리를 받친 채 혐오스러운 표정으로 빤히 바라보기만 했다.

릭은 알고 있었어. 그 나쁜 자식이 알고 있었어. 핌은 계속 양손으로 머리를 붙잡은 채로 그날 밤의 걸워스로 거슬러 올라간다. 아버지와 아들이 벤틀리에 함께 타고 있다. 두 사람이 가장 좋아하는 곳이다. 마을 회관은 뒤로 멀어졌고, 설 부인의 금주 휴게소가 점점 가까워지고 있다. 군중의 소란스러운 소리가 아직도 귀를 울린다. 앞으로 24시간이 지나면 이번 선거의 승자가 세상에 알려질 테지만 릭은 이미 그 결과를 알고 있다. 지금까지 살아온 삶에 대해 사람들의 판정을 받고 갈채를 얻었으니까.

「내 한 가지 말해 주마, 아들.」 그가 자신이 낼 수 있는 가장 부드러운 목소리로 말한다. 지나치는 가로등 불빛에 그의 얼굴이 보였다 안 보였다 하기 때문에 그의 승리감 또한 나타났다 사라지기를 반복하는 것 같다. 「절대 거짓말하지 마. 난 사람들에게 진실을 말했다. 하느님이 내 말을 들어주셨고, 항상 들어주시니까.」

「정말 굉장했어요.」핌이 말한다. 「그런데 제 팔을 좀 놓아주시면 안 될까요?」

「핌 집안에 거짓말쟁이는 없었어.」

「알아요.」핌이 팔을 뒤로 물리면서 말한다.

「왜 먼저 나한테 와서 말하지 않았니, 아들? 〈아버지〉라고 부르면 되잖아. 원한다면 〈리키〉라고 불러도 되고. 너도 이젠 다 컸으니까. 〈저는 이제 법을 공부하지 않아요. 언어의 재능을 원하기 때문에 언어를 구축하고 있어요. 저의 가장 좋은 친구처럼 세상으로 나아가, 인종과 신념을 막론하고 어디든 사람들이 모이는 곳에서 목소리를 내고 싶어요.〉네가 와서 이렇게 말했다면 내가 무슨 대답을 했을지 알고 있니?」

핌은 너무 화가 나고 너무 기운이 빠져서 어찌 되든 좋다는 심정이다.

「넌 정말 굉장했을 거다. 난 이렇게 말했겠지. 〈아들아, 너도 이젠 어른이다. 스스로 결정을 내리면 돼. 아비가 할 수 있는 건 네가 공을 치고 하느님이 공을 굴리는 동안 위킷[14]을 지키는 것뿐이야.〉」그는 핌의 손을 움켜쥔다. 거의 손가락을 부러뜨릴 기세다. 「날 피해서 그렇게

14 크리켓 경기장 중앙에 약 20미터 간격으로 세워 놓은 두세 개의 기둥 문.

움츠리지 마라, 아들. 난 너한테 화를 내는 게 아니야. 우린 친구잖아, 그렇지? 서로의 주머니를 들여다보고, 서랍을 쩔러 보고, 호텔 지하실에서 오해에 빠진 여자와 이야기를 나누며 까치발로 살금살금 돌아다녀야 하는 사이가 아니야. 모든 걸 솔직하게 이야기하는 사이지. 전부 밖으로 꺼내 놓고서. 자, 이제 눈물 닦고 너의 오랜 친구를 한번 안아 주렴.」

이 위대한 정치가는 분노와 무력감 때문에 흘러나온 핌의 눈물을 비단 손수건으로 너그럽게 닦아 준다.

「오늘 맛있는 영국식 스테이크를 먹을까, 아들?」

「별로요.」

「우리 매티가 양파를 곁들인 스테이크를 요리하고 있어. 주디를 초대하고 싶다면 해도 된다. 식사한 뒤에 다 같이 카드 게임을 하자꾸나. 주디도 좋아할 거야.」

핌은 고개를 들고, 마커를 다시 손에 쥐고, 일을 계속했다.

옥스퍼드 대학 공산당의 지부 회의록 발췌본에는 대의를 위해 지칠 줄 모르고 애쓰던 M. 핌 동무의 졸업을 아쉬워하는 내용이 실려 있었다. 그의 엄청난 노고에 다 같이 감사를. 24a 자리로.

핌의 대학 회계부에서 온 괴로운 편지에는 마지막 학기의 전투를 위한 수표가 동봉되어 있었다. 〈발행인 회부〉[15]라는 문구와 함께. 블랙웰, 파커(서점), 홀 브러더스

(양복점) 등에서 온 비슷한 편지와 수표. 24c 자리로.

핌의 거래 은행에서 온 괴로운 편지는 매그너스 다이내믹 & 애스트럴 유한 회사(바하마)가 핌의 계좌에서 발행한 250파운드 수표에 발행인 회부 처리를 할 수밖에 없었다며 유감을 표하고 있었다. 24c 자리로.

런던 『가제트』1951년 3월 29일 자 기사. RTP와 여든세 개 관련사에 대해 또다시 들어온 파산 신청과 관련해서 공식적인 파산 관재인을 임명한다는 내용.

핌에게 지정된 날짜에 출두해 상기 회사들과의 관계를 설명하라는 검찰의 편지. 36a 자리로.

핌에게 피난처를 제공해 준 군대 소집 통지서. 양손으로 꽉 쥐었다.

「잠시 여기 있어도 될까요, 미스 D?」핌은 부엌문을 부드럽게 밀어 열면서 말했다.

하지만 그녀의 의자는 비었고, 불도 꺼져 있었다. 그의 생각과 달리 지금은 저녁이 아니라 새벽이었다.

15 은행에서 부도 어음에 적는 문구.

12

　같은 날 새벽. 10분 전. 브러더후드가 점점 독방처럼
변해 가는 자신의 기분 나쁜 아파트에 혼자 말똥말똥 누
워서 잠잠해질 줄 모르는 런던 하늘에 떠오른 자신의 과
거 영상들을 빤히 바라보던 순간이었다. 그것은 실내에
있는 사람들이 스스로 깨어 있다는 사실을 모르고 하는
실외 게임이었다. 그가 이렇게 앉아 있었던 것이 몇 번이
나 될까. 고무보트에서, 북극 지방의 능선에서, 지상의
생명이 아직 멸종하지 않았음을 알려 주는 작은 소리를
잡아내려고 장갑 낀 손으로 헤드폰을 귀에 바짝 눌러 대
면서. 여기 본부 꼭대기 층의 통신실에는 헤드폰이 없었
다. 흠뻑 젖은 옷을 뚫고 들어와 손가락을 얼려 버리는
영하의 바람도, 어느 가엾은 친구가 다리에 힘이 빠질 때
까지 계속 돌려야 했던 자전거 발전기도 없었다. 가장 필
요할 때 쓰러져 버리는 안테나도, 적이 바짝 추격해 오는
가운데 쇳덩어리처럼 단단한 땅 속에 숨겨야 하는 2톤짜

리 가방도 없었다. 여기서는 방금 먼지를 깨끗이 털어 낸 회녹색 상자를 사용한다. 올록볼록한 모양의 상자에는 작고 예쁜 불빛들과 반짝이는 스위치가 달려 있다. 여기에는 튜너와 앰프도 있다. 잡음을 없애 주는 다이얼도 있다. 여기 모인 겁쟁이 귀족들이 앉아서 쉴 수 있는 편안한 의자도 있다. 인생 말년에 휙휙 흘러가는 세월처럼 창문을 지나가는 초록색 숫자들을 지켜보는 동안 공기를 압축해서 사람의 두피를 꽉 붙잡는 신기한 기계도 있다. 지금 내 나이는 마흔 살, 마흔다섯 살, 일흔 살, 이제 죽기 10분 전.

단 위에서 헤드폰을 낀 두 청년이 다이얼을 돌리고 있었다. 저 녀석들은 끝내 모를 테지. 브러더후드는 생각했다. 무덤에 들어갈 때까지도 저런 정보 다발에서 인생이 나오는 줄 알 거야. 보 브래멀과 나이절이 시사회에 온 프로듀서처럼 아래쪽에 앉아 있었다. 그리고 그 뒤에는 브러더후드가 거의 거들떠본 적이 없는 그림자 같은 존재 10여 명이 있었다. 작전부장 로리머가 보였다. 케이트를 보고는 그녀가 살아 있어서 천만다행이라고 생각했다. 무대 가장자리에서 프랭클이 잇단 실패를 애처롭게 보고하고 있었다. 중부 유럽식 영어 발음이 한층 더 도드라졌다.

「현지 시간 어제 아침 9시 20분, 프라하 지부가 위장 요원을 시켜 콜박스로 워치맨의 집에 전화를 걸게 했습니다, 보.」 그가 말했다. 「통화 중이었습니다. 그는 시내 여기저기에서 두 시간 동안 다섯 번 전화를 걸었지만 계속 통화 중이었습니다. 그는 콩거 쪽을 시도했습니다. 사용되지 않는 번호라고 합니다. 모두 사라져서 연락이 되지 않습니다. 정오에 지부는 콩거의 딸이 점심 식사를 하는 간이식당에 어린 소녀를 보냈습니다. 콩거의 딸은 상황을 알고 있으니 아버지의 소재도 알고 있을지 모릅니다. 우리가 보낸 소녀는 열여섯 살이지만 몸집이 매우 작고 매우 대담했습니다. 소녀는 두 시간 동안 주변을 얼쩡거리며 테이블과 줄 서 있는 사람들을 모두 확인했으나 콩거의 딸은 없었습니다. 소녀는 공장 출입문에서 출근부를 확인해 본 뒤, 경비원에게 자신이 그 딸의 룸메이트라고 말했습니다. 아이가 워낙 순진하게 생겼기 때문에 경비원이 들여보내 주었습니다. 콩거의 딸은 공장 안에 없었고, 병가가 기록되어 있지도 않았습니다. 사라진 겁니다.」

긴장 속에서 아무도 입을 열지 않았다. 모두 속으로 혼잣말을 할 뿐이었다. 사람들이 계속 안으로 들어오고 있었다. 하나의 정보 네트워크 전체를 그럴듯하게 장사 지내려면 사람이 얼마나 필요할까? 브러더후드는 생각했다. 8분 남았다.

프랭클의 장송곡이 계속되었다. 「현지 시간 어제 아침 7시, 그단스크 지부가 현지 남자 직원 두 명을 메리맨이 사는 거리로 보내 그 거리 끝의 전신주를 수리하게 했습니다. 메리맨의 집은 막다른 길에 있으니 달리 빠져나갈 길이 없었습니다. 매일 그는 승용차로 출근하는데, 7시 20분에 집을 나섭니다. 하지만 어제는 그의 차가 앞에 세워져 있지 않았습니다. 하루 걸러 한 번씩 차가 집 밖에 세워져 있는데 말이죠. 어제는 없었습니다. 두 직원이 전신주 수리를 하는 곳에서는 메리맨의 집 출입문을 볼 수 있었습니다. 문은 계속 닫혀 있었습니다. 메리맨도 다른 누구도 그 문을 통해 집을 드나들지 않았습니다. 1층에는 커튼이 쳐지고, 불빛도 없고, 진입로에 새로 난 바큇자국도 없었습니다. 메리맨의 친한 친구 중에 건축가가 있습니다. 메리맨은 가끔 출근길에 그 친구와 커피 한 잔을 함께 마십니다. 그 건축가는 우리 정보원이 아니고, 화이트리스트에도 없습니다.」

「벤첼.」 브러더후드가 말했다.

「벤첼은 그 건축가의 이름입니다, 잭. 두 현지 직원 중 한 명이 벤첼 씨에게 전화해서 메리맨의 어머니가 아프다고 말했습니다. 〈이 소식을 알려야 하는데 그분은 어디 계시죠?〉 직원이 이렇게 말하자 벤첼 씨는 연구소에 전화해 보라면서 얼마나 편찮으신 거냐고 물었습니다. 직원은 어쩌면 돌아가실지도 모르겠다면서 메리맨이 빨리 와야 한다고 말했습니다. 〈그분에게 이렇게 전해 주세요. 어머니가 누워 계신 곳으로 빨리 와야 한다고 막시밀리

안이 말했다고요.〉 막시밀리안은 모두 끝났다는 뜻의 암호입니다. 막시밀리안은 하던 일을 그만두고 도망쳐라, 알고 있는 수단을 모두 동원해서 당장 그곳을 벗어나라, 관행적인 절차는 무시하고 도망쳐라, 이런 뜻입니다. 현지 직원이 수완이 좋았습니다. 그는 벤첼 씨와 통화를 끝낸 뒤 메리맨이 일하는 연구소에 전화를 걸었습니다. 〈저는 막시밀리안인데, 메리맨 있습니까? 급한 일입니다. 막시밀리안이 어머니 때문에 꼭 할 말이 있다고 전해 주세요.〉 〈메리맨은 오늘 출근하지 않았습니다. 바르샤바에 회의가 있어서요.〉 연구소에서 이렇게 말했습니다.」

브러더후드가 당장 반박했다. 「그쪽에서 그런 말을 할 리가 없어요.」 그가 으르렁거렸다. 「연구소가 직원들의 행방을 그렇게 자세히 알려 주다니요. 게다가 거긴 일급 기밀 시설입니다. 누군가 우리한테 장난을 치고 있는 겁니다.」

「맞습니다, 잭. 저도 똑같은 생각이에요. 이제 이야기를 계속해도 될까요?」

두어 사람이 고개를 돌려 뒤쪽에 앉은 브러더후드를 찾아보았다.

「메리맨과의 연락이 끊기자 우리는 볼테르와 직접 연락해 보라고 바르샤바에 지시했습니다.」 프랭클은 여기서 잠시 말을 멈췄다가 다시 이었다. 「볼테르는 아프다고 했습니다.」

브러더후드가 화를 내며 기가 막힌다는 듯이 웃었다. 「볼테르가? 평생 단 하루도 아파 본 적이 없는 사람입니다.」

「그 사람의 부서에서 그렇게 말했습니다, 잭. 그의 아내도 그렇게 말했고, 그의 애인도 그렇게 말했어요. 나쁜 버섯을 먹어서 병원에 갔다고 했습니다. 아프다고요. 공식적으로. 모두 똑같은 소리를 했습니다.」

「그럼 공식적인 거겠지.」

「나한테 뭘 원하는 겁니까, 잭? 뭐가 불만인지 말해 보세요. 내가 뭘 어떻게 했어야 하는지. 알겠습니까? 연락 두절입니다, 잭. 사방이 침묵이에요. 폭탄이 떨어진 것처럼.」

「편지함을 계속 채우겠다고 했지요.」 브러더후드가 말했다.

「어제 메리맨의 것을 채웠습니다. 돈과 지시 사항으로. 채웠어요.」

「그래서 어떻게 됐습니까?」

「그대로 있습니다. 돈과 지시 사항이 몹시 필요할 텐데. 새 신분증, 지도 등등. 콩거에게는 두 개의 시각 신호를 남겼습니다. 하나는 우리에게 연락하라는 뜻, 또 하나는 대피하라는 뜻. 2층의 커튼 하나, 지하실 창문의 불빛 하나. 그게 맞습니까, 잭? 우리가 합의한 절차와 맞아요?」

「맞습니다.」

「좋습니다. 콩거에게서는 답이 없습니다. 전화도 편지도 없고, 도망치지도 않았어요.」

5분 동안 아무 소리도 들리지 않았다. 뭔가를 기다리는 소리뿐이었다. 부드러운 의자의 한숨 소리, 성냥을 켜는 소리, 바닥에 닿을 때마다 밑창이 찍찍대는 젊은이들의 신발 소리. 케이트가 브러더후드를 힐끔 보았다. 그는 자신 있게 마주 웃어 주었다. 보가 말했다. 「우리는 당신을 생각하고 있었습니다, 잭.」 하지만 브러더후드는 대답하지 않았다. 보에 대해 생각하지 않고 있는 것이 분명했다. 벨이 울렸다. 단 위에 선 청년이 말했다. 「콩거입니다. 예정대로예요.」 그가 다이얼 몇 개를 조정하는 동안 그의 머리 위에서 하얀 핀 조명이 깜박거렸다. 다른 청년이 스위치를 휙 내렸다. 박수를 치는 사람도, 벌떡 일어서는 사람도, 〈다들 살아 있어!〉라고 외치는 사람도 없었다.

「콩거의 관리자가 들어와서 보낼 준비가 되었다고 합니다, 보.」 프랭클이 말했다. 그 뒤에서는 두 청년이 헤드폰 바깥의 소리를 전혀 듣지 못한 채 자동인형처럼 움직이고 있었다. 「이제 첫 번째 송신을 시작합니다. 모두 테이프를 이용하고, 친필은 사용하지 않습니다. 콩거도 마찬가지입니다. 빠른 모스 부호를 양쪽에서 펼칠 겁니다. 전송에는 1분 30초 내지 2분이 걸립니다. 부호를 펼쳐서 해독하는 데에 5분쯤……. 보입니까? 〈수신 준비됐음. 말하라.〉 이건 우리가 콩거에게 한 말입니다. 이제 콩거가 말하고 있습니다. 왼쪽의 빨간 불빛을 잘 지켜보세요. 거기에 불이 들어오면 콩거가 말하는 겁니다……. 이제 끝났군요.」

「별로 길지 않았네요, 그렇죠?」 로리머가 느릿느릿 말했다. 딱히 상대를 정해 놓고 한 말은 아니었다. 로리머도 전에 요원을 묻은 경험이 있었다.

「이제 해독을 기다리는 중입니다.」 프랭클이 조금 지나치게 밝은 목소리로 말했다. 「3분, 어쩌면 5분쯤. 담배한 대를 피울 시간쯤 됩니다. 모두 마음 놓으세요. 콩거는 건강히 잘 살아 있습니다.」

두 청년이 테이프 릴을 옮긴 뒤 기계를 다시 세팅하고 있었다.

「그가 살아 있다는 것만으로도 감사할 일이죠.」 케이트가 말하자 여러 사람이 고개를 휙 돌리며, 5층의 그녀가 이렇게 이례적으로 감정을 드러낸 것에 대해 한마디씩 했다.

회색 테이프 릴이 한쪽에서 다른 쪽으로 감기고 있었다. 한순간 리듬이 일정하지 않은 모스 부호 소리가 들리더니 멈췄다.

「어이.」 로리머가 작은 목소리로 말했다.

「다시 돌려 봐요.」 브러더후드가 말했다.

「어떻게 된 거예요?」 케이트가 말했다.

두 청년이 릴을 다시 감아서 앞쪽으로 돌렸다. 모스 부호가 들려오다가 조금 전처럼 멈췄다.

「혹시 저쪽 편의 문제일까요?」로리머가 물었다.

「물론입니다.」프랭클이 말했다. 「저쪽 기계가 고장 났을 수도 있고, 이온층을 잘못 건드렸을 수도 있죠. 1분만 있으면 저쪽 신호가 다시 올 겁니다. 아무 문제 아니에요.」

두 청년 중 키가 큰 쪽이 헤드폰을 벗었다. 「우리가 해독해 봐도 될까요, 프랭클 씨?」그가 말했다. 「저쪽에 장애가 있을 때 메시지에 그 내용이 들어 있기도 하거든요.」

프랭클이 고개를 끄덕이자 청년은 릴을 작업대 맨 끝의 기계로 가져갔다. 곧바로 프린터에서 소리가 나기 시작했다. 나이절과 로리머가 단으로 재빨리 움직였다. 프린터가 멈추자 나이절이 거만하게 종이를 뜯어 로리머와 함께 읽을 수 있게 들었다. 브러더후드는 그때 이미 통로를 걸어 내려가고 있었다. 단으로 올라간 그는 두 사람의 힘없는 손에서 종이를 낚아챘다.

「잭, 그러지 마요.」케이트가 숨죽인 소리로 말했다.

「뭘?」브러더후드는 갑자기 그녀에게 짜증을 냈다. 「내 요원들한테 신경 쓰지 말라고? 정확히 뭘 하지 말라는 건데?」

「한 장 더 프린트하라고 해주겠나, 프랭클?」나이절이 부드럽게 말했다. 「그럼 서로 싸우지 않고 다 같이 볼 수 있겠지.」

브러더후드는 종이를 앞으로 들고 있었다. 나이절과 로리머가 얌전히 그의 양편에 자리를 잡고 어깨 너머로 종이를 읽었다.

「일상적인 정보 보고서입니다, 보.」 나이절이 소리 내어 종이를 읽으며 선언하듯 말했다. 「약속된 길이, 307 그룹. 실제 길이는 현재까지 41. 주제, 플젠 북쪽 산악 지대에 소련 미사일 기지 재배치. 하위 정보원 미라보가 열흘 전 보고. 미라보는 소련 군인인 남자 친구 암호명 레오에 대해서도 보고. 레오는 과거에 우리를 위해 일을 잘해 줬던 것으로 기억합니다. 메시지는 다음과 같습니다. 하위 정보원 탈레랑이 빈 저하대(底荷臺) 트럭이 그 지역을 떠난 것을 확인……. 메시지가 중간에 끊어졌습니다. 아무래도 기계 문제인 것 같군요. 아까 말한 것처럼, 저쪽 신호가 이상한 조건과 맞부딪친 게 아니라면요.」

프랭클은 이미 키가 큰 청년에게 지시를 내리고 있었다. 「그쪽에 신호가 엉켰다고 알려. 당장. 재송신을 원한다고. 지금 송신이 안 된다면 가능해질 때까지 기다리겠다는 말도 전하고. 네트워크 구성원 전원의 점호도 원한다고 말해. 그런 내용으로 이미 정리된 구절이 있나, 아니면 내가 초안을 잡아 줘야 하나?」

「놈들한테 〈빌어먹을〉이라고 말해.」 브러더후드가 아주 큰 소리로 지시했다. 「다들 우는소리 좀 그만해요. 아무도 안 다쳤으니까.」

그는 레인코트 주머니에 양손을 넣은 채 통로를 반쯤 걸어온 참이었다. 나이절와 로리머는 아직 무대 위에 있었다. 악보를 함께 꼭 쥐고 있는 성가대 소년들 같았다. 브래멀은 객석에 금욕적으로 꼿꼿하게 앉아 있고, 케이트는 전혀 금욕적이지 않은 모습으로 그를 노려보았다.

「점호를 원한다고 하든지, 재송신을 원한다고 하든지, 작전 중지를 말하든지, 비스와강에 뛰어들라고 하든지, 조금도 달라질 것이 없어요.」 브러더후드가 말했다.

「안됐네요.」 나이절이 로리머에게 말했다. 「이 사람들 잭의 정보원이잖아요. 힘들겠죠.」

「예전에도 지금도 내 정보원이었던 적 없어요. 원한다면 그 사람들을 다 가져가도 됩니다.」 그는 제정신이 박힌 사람이 있는지 주위를 둘러보았다. 「프랭클. 젠장. 로리머. 여기 사람들이 다른 사람의 정보원을 잡으면, 요즘 그런 일이 일어난다면 어떻게 합니까? 그 정보원이 기꺼이 장단에 놀아나려 한다면, 우리는 그를 계속 이용하죠. 그렇지 않으면 그 사람을 타워로 보내고요. 지금은 다릅니까? 난 모르겠는데요.」

「그래서요?」 나이절이 그의 말에 보조를 맞춰 주었다.

「우리가 계속 이용하기로 했을 때는 최대한 자연스럽고 빠르게 움직입니다. 왜? 아무것도 변하지 않았음을 저쪽 놈들에게 보여 줘야 하니까요. 물 흐르듯이 쭉 이어지기를 바라죠. 그러니 그 정보원의 차를 숨기지도 않고, 그의 집을 폐쇄하지도 않습니다. 그 사람이든 그 사람의 딸이든 누구든 감쪽같이 사라지게 내버려 두지 않아요. 연락용 편지함을 무시하지도 않고, 누가 버섯을 잘못 먹었다는 얼빠진 이야기를 꾸며 내지도 않습니다. 고속 송신 도중에 무선 기사들을 몰아치지도 않죠. 우리는 그런 일은 절대, 절대 하지 않습니다. 다만…….」

「무슨 말을 하려는 겁니까, 잭?」 나이절이 말했다. 브러더후드는 그를 일부러 무시하고 있었다. 「솔직히 다들 당신 말을 못 알아듣고 있을걸요. 당신이 흥분한 건 아주 당연한 일이지만, 이런 말을 해도 괜찮을지 모르겠는데, 말이 너무 어려운 것 같습니다.」

「다만 뭡니까, 잭?」 프랭클이 말했다.

「다만 우리가 네트워크를 접는다는 걸 저쪽 놈들에게 **알리려는** 게 아니라면.」

「누가 그런 걸 알리려고 하겠습니까, 잭?」 프랭클이 진지하게 물었다. 「설명이 더 필요합니다.」

「다음에 설명하는 게 어떨까요?」 나이절이 말했다.

「망할 네트워크는 처음부터 없었습니다. 네트워크는 처음부터 저들 소유였어요. 저쪽에서 배우들을 고용하고, 대본을 작성했습니다. 놈들은 핌을 자기 것으로 만들었고, 나도 하마터면 그렇게 될 뻔했죠. 여러분도 모두 놈들의 것입니다. 그저 아직 깨닫지 못했을 뿐입니다.」

「그럼 굳이 우리한테 연락할 이유가 없잖아요.」 프랭클이 반박했다. 「왜 중간에 끊긴 가짜 메시지를 보내겠습니까? 왜 정보원들이 사라진 것처럼 꾸미겠어요?」

브러더후드는 빙긋 웃었다. 상냥한 미소도, 즐거운 미소도 아니었다. 그는 프랭클에게 고개를 돌려 그를 향해 웃었다. 「왜냐하면 놈들이 실제로는 손에 넣지 못한 핌을 손에 넣은 것처럼 우리에게 보이고 싶기 때문입니다. 놈들의 거짓말 중에 우리한테 그럴듯하게 팔아넘길 수 있는 건 그것밖에 남지 않았어요. 놈들은 우리가 사냥을 중지하고 집으로 돌아가 차나 마시기를 바랍니다. 핌을 자기들이 찾아내고 싶어 하거든요. 그게 오늘의 좋은 소식입니다. 핌은 아직도 도주 중이고, 놈들도 우리만큼이나 핌을 원하고 있어요.」

그들은 브러더후드가 몸을 돌려 통로를 성큼성큼 걸어가서 두툼한 패딩으로 방음 처리가 된 문의 잠금장치를 여는 모습을 지켜보았다. 가엾기도 하지. 불이 켜지자 그들은 눈빛으로 서로 이런 이야기를 나눴다. 평생을 들인 일이 이렇게 무너지다니. 정보원을 모두 잃은 걸 인정할 수가 없는 거야. 저 사람이 이렇게 된 걸 보기가 괴롭네. 그가 사라지기를 원치 않는 사람은 프랭클뿐인 것 같았다.

「재송신 지시를 아직 안 내렸습니까?」 나이절이 말했다. 「재송신 지시를 안 내렸냐고요.」

「지금 하겠습니다.」 프랭클이 말했다.

「착하군.」 보가 객석에서 마음에 든다는 듯이 말했다.

복도로 나온 브러더후드는 걸음을 멈추고 담배에 불을 붙였다. 문이 열렸다가 다시 닫혔다. 케이트였다.

「난 더 이상 못 하겠어요.」 그녀가 말했다. 「미친 짓이에요.」

「앞으로 훨씬 더 미친 짓이 될걸.」 브러더후드가 쏘아붙였다. 그는 여전히 화가 난 상태였다. 「이건 예고편에 불과해.」

다시 밤이었다. 메리는 꼭대기 층 창문에서 예의 바르게 몸을 던지거나 식당 벽에 더러운 말을 휘갈기지 않고 무사히 또 하루를 넘겼다. 아직 그럭저럭 멀쩡한 정신으로 침대에 앉은 그녀는 책과 전화기를 차례로 빤히 바라보았다. 전화기에는 전선이 하나 더 연결되어 있었다. 그 전선은 회색 상자로 이어져 거기서 멈춘 것 같았다. 내가 일할 때랑 달라. 이런 현대적인 물건들은 잘 모르겠어. 그녀는 생각했다. 그러곤 또다시 위스키를 잔에 푸짐하게 따른 뒤 팔꿈치 옆의 탁자에 내려놓았다. 10분 전부터 머릿속에서 이어지던 자신과의 논쟁을 끝내기 위해서였다. 자, 여기 있어, 망할. 원한다면 마셔. 아니면 그냥 그 자리에 놔두고. 그녀는 옷을 완전히 차려입은 상태였다. 두통이 있다고 사람들에게 말했지만, 그것은 퍼거스와

조지라는 여자 옆에 있기가 너무 괴로워서 빠져나오기
위해 둘러댄 거짓말이었다. 두 사람은 이제 교수형 집행
전의 사형수를 대하는 교도관처럼 정중하게 그녀를 대하
고 있었다. 「스크래블 게임 한 판 어때요, 메리? 그럴 기
분이 아니죠? 신경 쓰지 마세요. 그런데 셰퍼드 파이[16]가
정말 맛있었죠, 조지? 우리 할머니가 돌아가신 뒤로 그런
셰퍼드 파이는 먹어 본 적이 없어요. 냉동 처리 덕분일까
요? 그래서 좀 더 익은 맛이 나는 건가, 냉동 때문에요?」
11시에 그녀는 속으로 비명을 지르면서 두 사람 곁을 떠
나 씻으러 갔다가 이곳으로 올라와 책과 거기에 딸린 메
모를 보았다. 가장자리를 다듬지 않은 카드. 가장자리가
은색으로 장식된 결혼기념일. 가장자리를 다듬지 않은
봉투. 왼쪽 위에서는 못된 아기 천사가 나팔을 불고 있
었다.

친애하는 메리,

M에게 그런 일이 생겼다니 어떡해요. 오늘 아침에
그냥 몇 푼을 주고 산 물건인데, 당신이 이걸 제본해
주면 어떨까 하는 생각이 들었어요. 다른 책들과 마찬
가지로 가죽 장정에 버크럼으로 해줘요. 제목은 책등
을 묶은 첫 번째 끈과 두 번째 끈 사이에 황금색 대문
자로 찍어 주고요. 면지는 좀 새것처럼 보이는데, 그냥

16 으깬 감자와 다진 고기로 만든 파이.

찢어 버려도 될까요? 그랜트도 지금 집을 비웠기 때문에 당신 기분이 어떨지 알 것 같아요. 그 사람한테 깜짝 선물로 주게 빨리 해줄 수 있을까요? 물론 평소처럼 제본비를 지불할게요!

잘 있어요.

비.

메리는 위스키를 멀리하고, 콧수염을 기른 유령에 대한 생각을 머릿속에서 몰아내며 훈련으로 닦은 기술을 그 메모에 적용했다. 필체는 비 레더러의 것이 아니었다. 가짜 메모였는데, 누구든 이런 물건에 대해 아는 사람이 보기에는 몹시 서투른 솜씨였다. 이 메모의 작성자는 인쇄기로 찍은 것처럼 깨끗한 비의 미국식 필체를 겉으로나마 흉내 냈지만, 뾰족하게 솟은 u와 n, 그리고 아래쪽 꼬리가 없는 t에 독일식 필체가 분명히 드러나 있었다. 〈어떨까〉를 if 대신 $whether$로 쓴 것. 미국인이 언제 $whether$를 쓴 적이 있던가? 정확한 철자법도 비의 것이 아니었다. 비는 쉬운 단어의 철자도 틀리는 사람이었다. 언제나 자음을 두 개씩 겹쳐 쓰기 때문이었다. 메리가 그리스에 있을 때 비가 비슷한 종이에 적어 보낸 편지에는 〈조작하다〉나 〈올류〉처럼 철자법이 틀린 단어들이 수두룩했다. 〈가죽 장정〉이라는 말과 관련해서도, 메리는 지금까지 비에게 세 권의 책을 제본해 주었는데 비는 무엇으로 제본했는지 전혀 알지 못했다. 그저 그랜트의 책꽂이에 꽂아 놓으니 영국의 오래된 도서관 분위기가 나서 근사하다고 생각했을 뿐이었다. 가죽 장정, 버크럼, 이런 단어들은 비의 것이 아니라 이 메모를 쓴 사람의 것이었다. 그리고 만약 면지가 진품이 아닌 것 같다고 비가 의심했다면…… 그건 정말 대단한 일이다. 한 달 전만 해도 비는 메리에게 책표지 안쪽에 붙인 그 귀여운 벽지 같은 종이를 어디서 샀느냐고 물어보던 사람이었기 때문이다.

메모를 만든 솜씨가 엉망이야. 메리는 이런 결론을 내렸다. 비의 성격과도 어울리지 않았다. 일부러 이렇게 엉터리로 만든 것이 아닌가 하는 생각이 들 정도였다. 오늘 오후에 이 물건이 배달되었을 때 퍼거스가 보고 속아 넘어갈 정도는 되면서, 메리가 보았을 때는 뭔가 다른 의미가 있는 것 같다는 생각이 들 만큼 허술한 솜씨였기 때문이다.

예를 들어, 그녀가 예전에 미리 경고를 받은 어떤 것을 의미한다든가.

메리는 배달 기사에게 문을 열어 주는 순간부터 단서를 읽어 냈지만, 멍청이 퍼거스는 혹시 그 배달 기사가 변장한 소련 사람일 경우에 대비해서 손에 총을 들고 옷장 안에 숨어 있었다. 지금 생각해 보면 그 배달 기사가 정말로 소련 사람이었을 수도 있었다. 비는 평생 이런 개인 배달 서비스를 이용한 적이 없기 때문이다. 비는 베키의 학교에서 오는 길에 직접 들러 책을 편지함에 넣고 〈어어이〉 하고 소리를 지를 사람이었다. 아니면 화요일에 열리는 외교관 부인 모임에서 메리를 붙들고 한참 동안 이야기하다가 이 무거운 물건을 그녀에게 넘겨 집까지 힘들게 들고 가게 만들었을 수도 있었다.

「내가 이 카드를 읽어도 될까요, 메리?」 퍼거스가 말했다. 「이게 정해진 절차라서요. 런던에서 어떤 식으로 일을 처리하는지 아시잖아요. 비라면 레더러 부인이겠군요. 그 미국인 신사의 부인이죠?」

「그렇겠죠.」 메리가 확인해 주었다.

「이거 좋은 책인데요. 게다가 영어로 돼 있고요. 아주 오래된 책인 것 같아요.」 퍼거스는 숙련된 손길로 책장을 넘기며 연필로 표시한 부분이 나오면 잠시 들여다보고, 가끔 어떤 페이지를 불빛에 가까이 들고 살펴보기도 했다.

「1698년이네요.」 메리가 책에 표시된 로마 숫자를 가리키며 말했다.

「세상에, 이걸 읽을 수 있는 거예요?」

「이제 돌려주실래요?」

현관홀에 있는 대형 괘종시계가 12시를 쳤다. 퍼거스와 조지는 지금쯤 틀림없이 서로의 품에 안겨 행복하게 누워 있을 것이다. 도무지 끝나지 않을 것 같은 이 비밀스러운 감금 생활을 며칠 동안 하면서 메리는 두 사람의 로맨스가 익어 가는 것을 지켜보았다. 오늘 밤 저녁을 먹으러 내려왔을 때는, 조금 전 섹스를 한 사람들이 그렇듯이 조지의 얼굴이 아주 반짝거리고 있었다. 앞으로 1년쯤 흐르면 저 두 사람은 감시, 마이크 설치, 청소, 우편물 비밀 개봉 등 기타 직종들이 지배하고 있는 자재부 중 한 곳에서 또 하나의 커플이 될 것이다. 그러고서 또 1년이 흐르면 두 사람은 초과 근무 시간을 속이고 마일리지를 조작하고 시외에서 사는 데 필요한 생활비를 부풀려 이스트신의 주택을 할부로 사고, 아이 둘을 낳아 회사의 교육비 지원을 받게 될 것이다. 이건 질투야. 메리는 속으로 생각했다. 참회를 해야 할 판인데. 지금이라면 퍼거스와 한 시간쯤 같이 있어야 한다 해도 괜찮을 것 같아. 그녀는 수화기를 들고 기다렸다.

「누구한테 전화하는 겁니까, 메리?」 곧바로 퍼거스의 목소리가 들렸다.

애인과 어디에 있었는지는 몰라도, 메리가 밖으로 거는 전화를 차단하는 일에 대해서 퍼거스는 언제나 정신을 바짝 차리고 있었다.

「외로워서 그래요.」 메리가 대답했다. 「비 레더러랑 수다를 좀 떨고 싶어요. 그게 잘못인가요?」

「매그너스는 아직 런던에 있어요, 메리. 예정보다 늦어진 거예요.」

「그 사람이 어디 있는지는 알아요. 어떻게 말해야 하

는지 안다고요. 나도 어른이에요.」

「매그너스가 정기적으로 전화를 걸어 오기 때문에 당신은 매그너스와 기분 좋게 수다를 떨고 있어요. 매그너스는 하루나 이틀 뒤에 돌아올 겁니다. 매그너스가 그쪽에 가 있는 동안 본부에서 브리핑 때문에 그를 붙잡아 두었거든요. 그렇게 된 겁니다.」

「난 괜찮아요, 퍼거스. 완벽하게 알고 있어요.」

「평소에도 이렇게 늦은 시간에 레더러 부인에게 전화합니까?」

「매그너스와 그랜트가 모두 집을 비웠을 때는 그러기도 해요.」

메리의 귀에 찰칵하는 소리와 함께 전화 연결음이 들렸다. 그녀는 다이얼을 돌려 전화를 걸었고 비는 전화를 받자마자 앓는 소리를 내기 시작했다. 지금 생리 중이라 죽겠어요. 비가 말했다. 아, 진짜, 배도 아프고 팔다리도 아프고 죽겠어요. 겨울이면 비는 항상 이렇게 생리통에 시달렸다. 특히 옆에서 봉사해 줄 그랜트가 없을 때 더 심했다. 키득거리는 소리. 「아, 젠장, 메리. 그걸 정말 하고 싶어요. 내가 너무 매춘부 같은가요?」

「톰한테서 장문의 귀여운 편지가 왔어요.」 메리가 말했다. 거짓말이었다. 편지가 온 것도 맞고, 길이가 긴 것도 맞지만, 귀엽지는 않았다. 톰이 지난 일요일에 잭 아저씨와 즐거운 시간을 보냈다고 설명한 편지를 읽으면서 메리는 소름이 돋았다.

비는 베키가 너무 염치가 없을 정도로 톰을 좋아한다고 단언했다. 「그 애들이 어느 날 정신을 차리고 자기들이 **서로 다르다**는 사실을 알게 되면 어떤 일이 벌어지겠어요?」

짐작이 가네요. 메리는 속으로 생각했다. 서로를 죽도록 싫어하게 되겠죠. 메리는 비에게 하루를 어떻게 보냈느냐고 물었다. 뭐, 그냥 빈둥거렸죠. 비가 말했다. 캐나다 대사관의 캐시 크레인과 스쿼시를 치기로 약속했지만, 비의 몸 상태 때문에 그냥 커피만 마시기로 예정을 바꿨다. 그리고 클럽에서 샐러드를 만들었는데, **정말이지** 누가 이 망할 오스트리아인들에게 샐러드를 제대로 만드는 법을 좀 가르쳐 줬으면 좋겠어요. 오후에는 대사관에서 니카라과 반군을 돕기 위한 조악한 자선 바자가 있었는데, 니카라과 반군한테 누가 파리똥만큼이라도 관심이 있겠어요?

「나가서 쇼핑이라도 좀 해봐요.」 메리가 의견을 냈다. 「옷이나 골동품 같은 걸로.」

「저기요, 난 지금 **움직이지도** 못해요. 그 망할 자식이 무슨 짓을 했는지 알아요? 공항으로 가는 길에 우리 아우디를 정비소에 맡겼어요. 그 차가 없으면 아무것도 못해요.」

「이제 그만 끊어야겠어요.」 메리가 말했다. 「매그너스가 한밤중에 전화를 걸 때가 있는데 오늘도 그럴 것 같거든요. 그런데 이 전화가 통화 중이면 난리가 날 거예요.」

「그렇죠. 매그너스는 좀 어때요?」비가 모호하게 말했다. 「아버지를 그리면서 우나요? 아니면 아버지와 화해한 것처럼 구나요? 어떤 남자들은 정말로 평생 자기 아버지를 거세하고 싶어 하는 것 같아요. 가끔 그랜트가 하는 말을 들어 보면 그래요.」

「그 사람이 돌아오면 어떤 상태인지 알 수 있겠죠. 떠나기 전에는 거의 한 마디도 안 했거든요.」

「너무 낙담한 거예요? 그랜트는 무슨 일이 있어도 그렇게 낙담하는 법이 없어요, 징그럽게.」

「처음에는 그 사람이 충격을 많이 받았어요.」메리가 속내를 털어놓았다. 「지금은 목소리가 한결 나아졌어요.」그녀가 전화를 끊자마자 내선 통화를 알리는 벨 소리가 들렸다.

「비 레더러가 보내 준 그 아름다운 책 얘기는 왜 안 했습니까, 메리?」퍼거스가 불만스럽다는 듯이 말했다. 「그것 때문에 전화하는 줄 알았는데요.」

「내가 전화하는 이유를 아까 말해 줬잖아요. 외로워서 전화한다고. 비 레더러는 일주일에 열다섯 권쯤 나한테 책을 보내요. 그런데 고작 당신한테 잘 보이려고 그 망할 책 이야기를 할 이유가 없잖아요.」

「기분 나쁘게 해드릴 생각은 없었어요, 메리.」

「비가 그 책 이야기를 안 하는데 내가 말할 이유가 없어요. 그 망할 메모에 필요한 지시 사항이 다 들어 있으니까.」 내가 좀 지나치게 반발하고 있는걸. 메리는 속으로 이런 생각을 하면서 자신을 질책했다. 이러다 저 사람이 이상한 의문을 품겠어. 「저기요, 퍼거스. 내가 지금 피곤해서 신경이 날카로워요, 알겠죠? 그러니까 나는 가만히 내버려 두고 당신들 두 사람이 가장 잘하는 일이나 하러 가세요.」

메리는 책을 집어 들었다. 세상의 그 어떤 책도 그것을 보낸 사람의 존재를 이렇게나 완벽하게 입증해 줄 수 없을 것이다. *De Arte Graphica*. 『회화 예술』. 저자는 C. A. 뒤 프레즈누아. 비평도 함께 실려 있음. 회화와 시를 비교한 원본 서문을 포함해서 영어로 번역. 번역자는 미스터 드라이든. 메리는 잔에 담긴 위스키를 쭉 비웠다. 이건 그때 그 책이었다. 의심의 여지가 없었다. 내가 아직 책에게 속해 있을 때, 베를린에서 매그너스가 내게 가져다준 그 책. 이 책을 들고 계단을 뛰어 올라왔지. 이 책을 손에 꼭 쥔 채로 우리가 위장용으로 운영하던 스페셜 오디넌스의 강철 문을 두드렸어. 「이봐요, 메리, 문 열어요!」 그건 우리가 사귀기 전이야. 그 사람이 날 맵스라고 부르기 전. 「저기, 이걸 좀 서둘러서 해줄 수 있어요? 여기 제본 속에 CD를 하나 넣을 수 있죠? 암호지 한 장을 넣을 거예요. 오늘 밤까지 할 수 있어요?」 그때 나는 말을 잘못 알아들은 척했지. 벌써 서로에게 은근히 호감을 보이고 있을 때니까. 나는 외교관 차량이 아닌 다른 곳에서는 CD라는 말을 들은 적이 없는 척했고, 매그너스는 특유의 그 진지한 태도로 CD는 은폐 장치 *concealment device* 를 뜻한다고 설명해 줬어. 이런 일에는 내 솜씨가 최고라는 말을 잭 브러더후드에게서 들었다고 했지. 「우린 서점을 버려진 편지함으로 쓰고 있어요.」 매그너스가 설명했어. 「내 정보원 중에 고서적광이 하나 있거든요.」 작전 담당관들은 보통 이렇게 자세히 설명해 주지 않는데.

그때 내가 면지를 떼어 냈어. 메리는 부드럽게 표지를 찔러 보며 그때 일을 떠올렸다. 거의 가죽에 닿을 때까지 하드커버 한 곳을 긁어 냈지. 다른 사람들 같았으면 곁에서 가죽을 떼어 내고 안쪽으로 들어갔을 거야. 하지만 우리의 메리는 그러지 않았지. 매그너스를 위해서라면 무엇이든 완벽해야 했으니까. 다음 날 저녁에 매그너스가 저녁을 사줬어. 그리고 그다음 날 밤에 우리는 함께 침대에 누웠지. 다음 날 아침에 잭에게 사실대로 얘기했더니 잭은 호쾌하고 상냥한 태도로 우리 둘 다 운이 좋다면서 자기는 물러날 테니 걱정 말라고 말했어. 내가 원하는 게 그거라면 그렇게 하겠다고. 나는 그렇다고 말했지. 그리고 행복에 들떠서 『회화 예술, 회화와 시의 비교』가 나와 매그너스를 이어 줬다고 잭에게 말했어. 내가 그때 회화에 미쳐 있었고, 매그너스는 필생의 역작이 될 소설을 쓰

는 일에 몰두하고 있었으니 생각해 보면 참 대단한 일
이야.

「어디 가십니까, 메리?」 퍼거스가 복도에서 메리 앞에
불쑥 나타나서 말했다. 그녀는 손에 그 책을 들고 있다가
그에게 던지듯이 보여 주었다. 「잠이 안 와요. 그래서 이
걸 가지고 지하실에 내려가서 시간을 좀 보내려고요. 그
러니까 당신은 날 내버려 두고 당신의 훌륭한 애인에게
돌아가세요.」

메리는 지하실 문을 닫은 뒤 재빨리 작업대로 갔다. 몇
분 뒤면 조지가 내 몫의 맛있는 차 한 잔을 들고 한가로
이 들어올 거야. 내가 도망치거나 손목을 긋지는 않았는
지 확인하려고. 메리는 그릇에 따뜻한 물을 채운 뒤 천을
적셨다. 면지를 적셔서 떼어 내는 작업을 하기 위해서였
다. 메모를 작성한 사람은 이쪽 일에 대해 잘 알고 있었
다. 이 정도로 오래된 책에는 원래 동물성 아교가 쓰였기
때문에 이미 결정화되어 있기 일쑤였다. 메리도 매그너
스를 위해 이 책을 손볼 때 동물성 아교를 사용했다. 하
지만 새로 붙인 면지는 밀가루 풀로 붙어 있었기 때문에
물에 금방 반응했다. 그녀는 천으로 문지르는 방식을 썼
다. 평소 같으면 압지와 누름판을 사용했을 것이다. 면지
가 떨어져 나오고 하드커버는 그대로 남았다. 메리는 작
은 칼로 그것을 긁기 시작했다. 여기에 밧줄 판지가 사용
되었다면 그건 싫은데. 이런 판지에는 전함에서 가져온

아주 낡은 밧줄이 사용되었다. 밧줄에 타르를 먹이고 꼬아서 단단한 판처럼 만든 것이다. 따라서 이것을 긁어 안으로 들어가는 데에는 몇 시간이나 걸렸다. 하지만 걱정할 필요 없었다. 이 책에 사용된 것은 현대식 판지라서 마른 흙처럼 쉽게 부스러졌다. 계속 칼로 긁다 보니 갑자기 암호지가 나타났다. 가죽 안쪽, 메리가 매그너스의 부탁으로 넣어 준 바로 그 자리에 납작하게 붙어 있었다. 하지만 여기에는 여러 무리를 이룬 도형 대신 대문자로 쓴 글자들이 적혀 있다는 점이 달랐다. 맨 첫 줄은 〈친애하는 메리에게〉였다. 메리는 이것을 옷 앞섶에 재빨리 쑤셔 넣고, 칼을 다시 잡아 면지를 마저 제거하기 시작했다. 마치 비가 요청한 대로 가죽 표지를 이용해 처음부터 다시 책을 제본하려는 것 같았다.

「그냥 어쩌고 있나 궁금해서 **왔어요**.」조지가 그녀 옆에 앉으면서 설명했다.「나도 이런 취미를 하나 익혀야 할**까 봐요**, 메리. 긴장을 풀고 쉬는 법을 정말 모르겠어요.」

「그것참 안됐네요.」메리가 말했다.

밤. 브러더후드는 화가 나 있었다. 회사에서 보이지 않는 먼 곳의 거리에 나와 있는데도, 할 일을 하다 보면 기분이 풀릴 텐데도, 그는 화가 나 있었다. 지난 이틀 동안 차곡차곡 쌓인 분노였다. 오늘 아침에 정보원들 이야기를 하며 폭발했을 때 문득 화가 난 것이 아니라, 어제부터, 그러니까 브래멀의 목을 구하기 위해 위증을 한 뒤 세인트존스 우드의 회의실을 나설 때부터 느리게 타는 퓨즈처럼 속이 부글거리고 있었다. 톰을 만났을 때도, 레딩역까지 다녀올 때도, 분노는 내내 신실한 친구처럼 그에게 달라붙어 있었다. 〈핌이 도덕률을 어겼어. 스스로 무법자가 된 거야.〉 그러다 오늘 아침 통신실에서 발화점에 이르렀고, 그 뒤로 무의미한 회의를 하며 시간을 낭비할 때마다 점점 더 뜨겁게 달아올랐다. 브러더후드는 약간의 동정과 온전한 비난을 받는 퇴물로서 자신의 말이 자신에게 불리하게 이용되는 것을 들었다. 자신이 과거에 핌을 옹호하며 했던 말이 자신의 눈앞에서 제도화된 관성으로 업그레이드되는 것도 지켜보았다.

「하지만 잭, 모두 정황 증거뿐이라고 당신이 직접 말하지 않았습니까.」 브래멀이 시끄럽게 말했다. 긍정적인 것 두 개를 합하면 부정적인 것 하나가 만들어진다는 사실을 증명할 때만큼 강해 보일 때가 없었다. 「〈연달아 이어진 우연의 일치를 컴퓨터로 돌려 보면, 무슨 일이든 가능해 보이고, 대부분의 일들이 상당히 가능성이 높아 보인다……〉 이건 누가 한 말이죠? 난 지금 일부러 당신 말을 인용하고 있습니다, 잭. 우린 지금 당신의 발치에 앉아 있어요, 기억합니까? 세상에, 내가 **당신**에게 맞서서 핌을 옹호하게 될 줄이야!」

「내가 틀렸습니다.」 브러더후드가 말했다.

「누가 그럽니까? 그런 말을 하는 건 당신밖에 없는 것 같은데요. 그래요, 핌이 굴뚝 속에 체코 암호 판을 갖고 있었습니다.」 브래멀이 사실을 인정했다. 「우리가 알지 못했던 카메라도 갖고 있었는데, 거기에 문서 복사 기능인지 뭔지가 달려 있었죠. 세상에, 잭, 당신이 한창 활동하던 시대에 순전히 우리 요원들을 평범하게 이리저리 굴리려고 어떤 장비들을 썼는지 생각해 보세요! 금괴, 카메라, 마이크로도트[17] 렌즈, 은폐 장치, 일일이 열거하기도 힘들죠. 그 물건들만 가지고 전당포를 열 수도 있었을 겁니다. 그래요, 핌이 그 물건들을 우리한테 제출했어야 한다는 말이 옳다고 칩시다. 내가 보기에 핌은 정보원에게서 많은 물건들을 빼앗은 형사 비슷한 입장인 것 같은데요. 핌은 그 물건을 서랍 속이나 벽난로 속에 처박아 두고 가족들에게도 숨겼습니다. 그러다 어느 날 전부 발각된 겁니다. 그렇다고 해서 핌이 도둑질을 했다는 뜻이 되지는 않습니다. 기사도를 지키는 유능한 형사라고 봐야죠. 아무리 나쁘게 본다 해도 그냥 부주의한 경찰관일 뿐입니다.」

「핌은 부주의하지 않습니다.」 브러더후드가 말했다. 「위험을 무릅쓰는 성격도 아니고요.」

「그래요, 그래요, 이제는 그렇게 변했나 보죠. 신경 쇠약에 걸린 뒤로 완전히 평소와 다른 행동을 하고 있잖습

17 점처럼 작게 축소한 사진.

니까. 어딘가에 몸을 숨기고서 구조 요청을 하고 있어요.」 브래멀은 성자처럼 너그럽게 자신의 생각을 말했다. 「핌의 성격을 감안하면, 십중팔구 애인이 있을 겁니다. 곧 알아낼 수 있겠죠. 어쨌든 상황을 보세요, 잭. 핌의 아버지가 죽었습니다. 핌은 우리 직원들 중에서도 예술가 유형이라서 항상 훌륭한 소설을 쓰거나, 그림을 그리거나, 조각을 하거나, 안식년을 얻고 싶어 했습니다. 이 중에 어떤 것이 맞는지는 나도 모르겠습니다만. 나이로 봐도 갱년기지요. 핌이 의심을 받으며 살아온 세월이 너무 깁니다. 핌이 조금 무너진 게 아닌지 궁금합니까? 사실 전혀 무너지지 않았다면 그게 오히려 놀라운 일일 겁니다. 그래요, 그런 행동을 너그럽게 봐주겠다는 건 아닙니다. 핌이 왜 그 번박스를 가져갔는지도 밝혀내야 할 겁니다. 비록 당신은 그 안에 무엇이 있는지 핌이 다 알고 있을 뿐만 아니라 대부분의 자료를 핌이 직접 작성했으니 달라질 것이 없다고 말하지만요. 핌을 찾아내면, 내가 한동안 현장 활동을 금지시킬지도 모르겠습니다. 그래도 아직 공개적으로 비난을 퍼부으며 추적에 나설 이유는 없어요. 우리 장관한테 가서 〈또 찾아냈습니다〉라고 말할 이유도 없고요. 특히 미국인들한테 말하는 건 안 되죠. 물물 교환 조약이 펑 사라질 테고, 정보 공유도 펑 사라질 테고, 대개 평범한 외교적 경로보다 훨씬 더 의미 있는 랭리와의 개인적인 접촉도 끊기고 말 겁니다. 우리가 확실한 걸 **알아낼** 때까지 내가 그 모든 위험을 무릅써야 하겠습니까?」

「보는 당신이 혼자 움직이는 걸 그만둬야 할 것 같다고 생각합니다.」 브래멀의 방에서 하급자들이 드나드는 쪽으로 돌아온 뒤 나이절이 말했다. 「미안하지만 나도 같은 생각이고요. 이제부터 당신은 내게서 직접 승인받지 않는 한 현장 조사를 전혀 할 수 없습니다. 항상 대기 상태를 유지하고, 아무것도 시작하지 마세요. 알겠습니까?」

알아들었습니다. 브러더후드는 도로 맞은편의 집을 살펴보며 속으로 생각했다. 내가 노년에 받게 될 보상이 아주 위험해졌다는 걸 알겠다고요. 그는 신화에서 자신의 잘못된 충고가 낳은 결과를 직접 목격할 수 있게 아주 오래 사는 저주를 받은 인물이 누구인지 기억을 뒤져 보았다. 길 맞은편의 집은 첼시의 아름답고 낙후된 여러 지역 중에서도 가장 좋은 곳에 있었다. 집 앞쪽에 길게 뻗어 있는 정원은 출입문 위쪽으로 일부만 보일 뿐이었다. 초라하지만 우아한 그 모습에 쇠락의 기미가 배어 있었다. 조각조각 부서져 떨어지고 있는 치장 벽토에서는 이 세상의 것 같지 않은 나른함이 느껴졌다. 브러더후드는 그 앞을 걸어서 여러 번 오가며 위층 창문을 확인하고, 혹시 교회가 보이는지 스카이라인을 살펴보았다. 핌이 머릿속으로 그리던 곳의 모습이 그의 머릿속에 스파이의 언어처럼 뿌리를 내리고 있었다. 5층에 커튼이 쳐진 창문 하나에 불이 켜져 있었다. 누군가가 그 창문을 가로지르는 것이 보였지만 너무 빠르고 너무 멀어서 남자인지 여자인지도 알 수 없었다.

브러더후드는 마지막으로 길을 이리저리 한 번 훑어보았다. 출입문 기둥에 황동 초인종이 설치되어 있었다. 그는 초인종을 누르고 잠깐만 기다렸다가 출입문을 아무렇게나 밀었다. 문이 삐걱거리며 열리자 안으로 들어가 문을 닫았다. 삼면이 담으로 둘러싸인 정원은 영국의 시골 풍경을 은밀하게 재현해 놓은 곳 같았다. 정원을 위에서 내려다볼 수 있는 곳이 전혀 없었다. 자동차 소리도 마치 기적처럼 들리지 않았다. 포석을 깔아 둔 오솔길은 낙엽을 쓸어 내지 않아 미끄러웠다. 집. 그는 다시 연습해 보았다. 스코틀랜드의 집, 웨일스의 집. 바닷가의 집. 위층 창문과 교회가 있는 집. 그를 데리고 저택들을 방문한 귀족적인 어머니가 있는 집. 그는 천을 느슨히 걸친 여자의 조각상 앞을 지나갔다. 돌로 빚은 한쪽 젖가슴이 가을밤을 향해 드러나 있었다. 환상이 동심원처럼 이어지고, 그 중심에는 항상 똑같은 진실이 있는 집. 이걸 누가 말했더라? 핌인가? 브러더후드 본인인가? 그가 사랑하지 않은 여자들에게 약속한 집. 현관에 다다른 순간 문이 열렸다. 젊은 하인이 점점 가까워지는 그를 지켜보고 있었다. 짧고 꼭 끼는 재킷은 군복과 비슷했다. 그의 뒤쪽에서 수리하지 않은 금박 거울과 샹들리에가 어두운 벽지를 배경으로 반짝였다. 「거기에 스테그월드라는 청년이 함께 살고 있습니다.」 경찰 연락관인 벨로스 총경이 이렇게 보고한 적이 있었다. 「당신이 감당할 수 있다면, 그자의 전과 기록을 읽어 드릴 수도 있습니다.」

「케네스 경 계신가?」 브러더후드가 매트에 신발 밑창을 문지르고 레인코트를 벗어 흔들면서 유쾌하게 물었다.

「저야 모르지요. 누구시라고 말씀드릴까요?」

「말로 씨라고 하게. 상호 관련된 일로 10분 동안 단둘이 만나고 싶다고.」

「어디서 오셨습니까?」

「그분의 지역구에서.」 브러더후드는 여전히 유쾌하게 말했다.

청년은 재빨리 위층으로 올라갔다. 브러더후드는 눈으로 현관홀을 훑었다. 모자, 특이하군. 외투, 초록색이고 낡았어. 중산모 한 개, 마찬가지. 왕실 근위대의 배지가 있는 군대 모자야. 낡은 골프채, 지팡이, 뒤틀린 테니스 라켓이 꽂혀 있는 파란색 도자기 항아리. 청년이 한 손을 난간에 대고 점잔을 빼며 다시 계단을 내려왔다. 멋지게 등장할 기회를 그대로 넘길 수가 없는 모양이었다.

「지금 만나시겠답니다, 말로 씨.」 그가 말했다.

계단 옆 벽에는 무례한 남자들의 인물 사진이 줄줄이

붙어 있었다. 식당에 들어가니 연회를 열어도 충분할 만큼 많은 은식기가 두 사람 몫으로 차려져 있었다. 식기 선반에는 디캔터, 차가운 고기, 치즈가 놓여 있었다. 브러더후드는 더러운 접시 두 개를 본 뒤에야 식사가 이미 끝났음을 깨달았다. 서재에서는 화로의 파라핀 증기와 곰팡이 냄새가 났다. 삼면의 벽이 발코니처럼 꾸며져 있는데, 난간 절반이 사라진 상태였다. 화로는 벽난로 안에 쑤셔 박혀 있고, 그 앞의 빨래 건조대에는 양말과 속옷이 걸려 있었다. 그리고 그 건조대 앞에 케네스 세프턴 보이드 경이 서 있었다. 그는 벨벳 재킷과 목이 트인 셔츠를 입고, 금실로 수놓은 이니셜이 닳아서 흐릿해진 낡은 새틴 슬리퍼를 신은 차림이었다. 몸집은 건장하고, 목은 두껍고, 턱과 눈 주위에는 살덩이가 울퉁불퉁했다. 입은 누가 주먹으로 한 대 치기라도 한 것처럼 한쪽으로 휘어져 있었다. 그가 입을 열자 그 휘어진 쪽 입술이 움직였다. 다른 쪽은 꼼짝도 하지 않았다.

「말로?」

「처음 뵙겠습니다.」 브러더후드가 말했다.

「원하는 게 뭐요?」

「괜찮다면 독대를 청하고 싶습니다.」

「경찰인가?」

「그렇지는 않습니다만, 비슷합니다.」

그는 케네스 경에게 명함을 건넸다. 이 명함의 주인이

국가 안보와 관련된 조사에 참여하고 있음을 확인해 주는 절차였다. 확인을 원하시는 분은 다음의 런던 경찰청 번호로 전화 주시기 바랍니다. 그 번호는 벨로스 총경의 부서로 연결되었고, 그 부서는 브러더후드가 사용하는 모든 가명을 알고 있었다. 케네스 경은 심드렁한 표정으로 명함을 돌려주었다.

「스파이라는 얘기군.」

「그런 셈이죠. 맞습니다.」

「술 한잔 하겠소? 맥주? 스카치? 뭘 마시고 싶소?」

「말씀을 듣고 보니 스카치가 아주 좋을 것 같습니다.」

「스카치, 스테기.」 케네스 경이 말했다. 「손님에게 스카치 한 잔 가져다 드려라. 얼음? 소다수? 스카치에 뭘 넣어서 드시오?」

「물만 조금 섞어 주시면 됩니다.」

「그렇군. 물을 드려라. 물병을 가져다 드려. 식탁에 놓아라. 저기 쟁반 옆에. 그러면 손님이 알아서 드실 테니 넌 가봐도 좋아. 하는 김에 내 잔에도 다시 술을 채우고. 앉으시겠소, 말로? 저쪽에?」

「앨비언에 가시는 것 아니었습니까?」 스테기가 문간에서 말했다.

「지금은 안 돼. 이 사람이랑 이야기를 해야 하니까.」

브러더후드는 의자에 앉았다. 케네스 경은 그의 맞은편에 앉았다. 노랗게 변한 그의 눈은 무슨 일에도 전혀 반응이 없었다. 브러더후드가 본 죽은 사람들의 눈이 이보다 더 생기가 있었던 것 같았다. 무릎 위에 제멋대로 늘어진 양손 중 한 손은 해변에 밀려온 물고기처럼 계속 파닥거렸다. 두 사람 사이의 식탁 위에는 한창 게임을 하던 중이었는지 말들이 놓인 백개먼[18] 판이 있었다. 게임 상대가 누구였을까? 브러더후드는 속으로 생각했다. 같이 식사한 사람은 누구지? 같이 음악을 들은 사람은? 내가 이 의자에 앉기 전에 먼저 체온으로 데워 준 사람은?

「제가 찾아와서 놀라셨습니까?」 브러더후드가 말했다.

「그 정도로는 날 놀라게 할 수 없소.」

「최근 달리 찾아와서 이상한 질문을 던진 사람은 없었습니까? 외국인이라거나, 미국인이라거나.」

「내가 아는 한은 없소. 그런 사람들이 왜 오겠소?」

「우리 쪽에도 이런저런 일들이 있다고 들었습니다. 그래서 혹시 그중에 누가 다녀가지 않았나 했지요. 사무실을 나올 때 그 점을 알아보려고 했는데, 모든 게 너무 빨리 움직이다 보니 좀 손발이 맞지 않아서요.」

「무슨 소리요?」

「그게 말입니다, 경의 학창 시절 친구인 매그너스 핌 군이 사라진 것 같습니다. 그래서 그의 행방을 알 만한 사람들을 전부 들여다보고 있어요. 거기에는 당연히 경

18 주사위 놀이의 일종.

도 포함됩니다.」

케네스 경이 시선을 들어 문을 바라보았다.

「저 밖에 뭔가 거슬리는 것이 있습니까?」 브러더후드
가 말했다.

케네스 경은 일어나서 문으로 다가가 문을 잡아당겨
열었다. 계단에서 허둥지둥 움직이는 발소리가 들렸지
만, 브러더후드가 급히 달려가 케네스 경을 옆으로 밀치
기까지 했는데도 이미 누군지 확인할 수 없었다.

「스테기, 네가 먼저 앨비언으로 가거라.」 케네스 경이
계단통을 향해 소리쳤다. 「지금 출발해. 나는 나중에 가
마. 녀석이 이런 이야기를 들으면 안 될 것 같소.」 그는
문을 닫으면서 브러더후드에게 이렇게 말했다. 「아는 게
많아 봤자 좋을 일이 없지.」

「저 친구 기록을 생각하면 그러실 만도 합니다.」 브러
더후드가 말했다. 「이렇게 일어선 김에 제가 위층을 살펴
봐도 되겠습니까?」

「될 리가 있나. 그리고 다시는 내 몸에 손대지 마시오.
난 당신한테 호감이 없어요. 영장 가져왔소?」

「아뇨.」

케네스 경은 의자에 다시 앉아 재킷 주머니에서 다 쓴
성냥개비 하나를 꺼내 검게 그을린 쪽으로 손톱을 다듬
기 시작했다. 「영장을 받아 오시오. 영장을 받아 오면 내
가 당신에게 허락해 줄지도 모르지. 다른 사람에게는 아

마 안 할 거고.」

「그가 여기 있습니까?」 브러더후드가 말했다.

「누구?」

「핌.」

「모르오. 듣지도 못했고. 핌이 누구요?」

브러더후드는 여전히 서 있었다. 이상할 정도로 얼굴이 창백했고, 잠시 목소리를 가다듬은 뒤에야 비로소 입을 열 수 있었다.

「거래를 제안합니다.」 그가 말했다.

케네스 경은 여전히 듣는 둥 마는 둥이었다.

「그를 제게 넘겨주십시오. 경이 직접 위층으로 올라가셔도 되고, 전화를 하셔도 됩니다. 무엇이든 핌과 약속한 방법을 사용하세요. 그리고 녀석을 제게 넘기시는 겁니다. 그 보답으로 저는 경의 이름을 숨겨 드리겠습니다. 스테기의 이름도. 그러지 않으면 〈준남작 작위가 있는 의원이 도주 중인 옛 친구를 숨겨 주고 있다〉라는 말이 돌겠지요. 경이 공범으로 고발될 가능성도 아주 큽니다. 스테기는 몇 살입니까?」

「나이를 먹을 만큼 먹었소.」

「여기서 일을 시작했을 때 몇 살이었습니까?」

「찾아 보시오. 난 모르니까.」

「저도 핌의 편입니다. 녀석을 찾는 이들 중에는 나쁜 사람도 많아요. 핌에게 물어보십시오. 녀석이 동의한다

면, 저도 동의합니다. 경의 이름을 빼드리겠습니다. 핌을
제게 넘기시기만 하면, 경과 스테기는 두 번 다시 저나
핌에게 신경 쓰지 않아도 됩니다.」

「우리보다 당신한테 잃을 것이 더 많다는 소리로 들리
는군.」케네스 경은 손톱이 잘 다듬어졌는지 살펴보며 말
했다.

「그렇지는 않을 텐데요.」

「우리에게 남은 것이 무엇인가 하는 문제인 것 같은데.
자기 손에 없는 것을 잃어버릴 수는 없는 노릇이니. 애정
이 없다면 그리워할 일도 없을 테고. 자기 것이 아닌 것
을 팔아넘길 수도 없소.」

「핌에게는 가능한 모양입니다. 지금까지 국가 기밀을
팔아넘기고 있었던 것 같아요.」

케네스 경은 계속 자기 손톱만 바라보며 감탄하고 있
었다. 「돈 때문에?」

「그렇겠죠.」

케네스 경은 고개를 저었다. 「돈에는 관심이 없었소.
신경 쓰는 거라고는 사랑뿐이었지. 그걸 어디서 찾을지
도 모르면서. 정말이지 광대 같았소. 너무 열심히 노력했
어요.」

「지금도 녀석은 제멋대로 처분하면 안 되는 서류들을
아주 많이 가지고 영국 여기저기를 방황하고 있습니다.
경과 저는 애국적인 영국인이어야 하지 않겠습니까.」

「하면 안 되는 일을 하는 치들이 얼마나 많은데. 바로 그럴 때 친한 친구가 필요한 거요.」

「핌은 아들에게 보낸 편지에 경의 이야기를 썼습니다. 그거 아십니까? 주머니칼이 어쩌고저쩌고 허튼소리를 늘어놓았던데요. 기억하십니까?」

「솔직히 그렇소.」

「양귀비가 누굽니까?」

「한 번도 들어 보지 못한 여자요.」

「남자라면요?」

「시도는 좋았지만 없소.」

「웬트워스는요?」

「거기에는 간 적이 없어요. 거길 싫어했거든. 그건 왜 묻는 거요?」

「사비나라는 여자가 있습니다. 핌이 오스트리아에서 사귄 사람 같은데 혹시 들어 보셨습니까?」

「기억에는 없소. 핌이 사귄 여자가 한둘이어야지. 그걸로 무슨 좋은 꼴을 본 적도 없으면서.」

「핌이 전화를 했지요? 월요일 밤에 공중전화로.」

케네스 경은 갑자기 즐겁다는 듯 한 팔을 휙 들어 올리고 환성을 질렀다. 「아주 고주망태였소.」 그가 몹시 커다란 소리로 단언했다. 「곤드레만드레. 옥스퍼드 시절 이후로 녀석이 그렇게 취한 목소리를 내는 건 들어 본 적이 없어요. 옛날에 우리들 여섯 명이서 녀석 아버지의 포트와인 한 상자를 해치웠거든. 녀석 아버지는 머튼에서 온 무슨 여왕인가한테서 그걸 받은 척했는데, 이유는 나도 모르겠소. 그때 머튼에 여왕 같은 건 없었는데 말이오. 부자 여왕은 없었지. 우린 모두 트리니티 칼리지에 있었고.」

자정이 지난 시각이었다. 브러더후드는 난간에 비둘기들이 살고 있는 셰퍼드 마켓의 좁은 아파트에서 보드카 한 잔을 또 따르고 거기에 오렌지 주스를 섞었다. 재킷은 침대에 던져 버렸고, 그의 앞 책상 위에는 소형 녹음기가 놓여 있었다. 그는 테이프를 들으며 말을 받아 적는 중이었다.

「……의회 회기 중에는 원래 월트셔의 집에 자주 가지 않는데, 일요일은 내 두 번째 아내의 생일이고 아들 녀석이 학교에서 집에 와 있어서 나도 집으로 가서 이런저런 볼일을 봤소. 그러면서 하루나 이틀 정도 머무르며 지역 구도 좀 살펴야겠다…….」

테이프를 빨리 감았다…….「월트셔에 있을 때는 대개 전화를 받지 않는 편이지만, 월요일은 아내가 밤에 브리지 게임을 하는 날이고 나는 서재에서 백개먼 게임을 하는 중이었기 때문에 전화벨이 울렸을 때 아내를 방해하느니 내가 받는 게 낫겠다고 생각했소. 틀림없이 11시 반이었을 거요. 아내의 브리지 게임이 원래 한없이 이어지긴 하지만. 전화를 건 사람은 남자였소. 틀림없이 아내의 애인이겠구나 싶었지. 이런 밤중에 전화를 걸다니, 건방진 놈. 〈여보세요? 셰프? 셰프야?〉 〈도대체 누구야?〉 〈나야, 매그너스. 아버지가 돌아가셔서 장례식 때문에 와 있어.〉 녀석이 가엾다는 생각이 들었소. 아버지의 임종을 지키고서 좋아하는 사람은 없으니까……. 술은 그 정도면 됐소?…… 물이 더 필요하다고? 얼마든지 드시오.」

브러더후드는 우렁차게 고맙다고 말하는 자신의 목소리를 들으면서 물병을 향해 몸을 기울였다. 그가 물을 따르자 마치 홍수가 난 것 같은 소리가 났다.

「〈젬은 잘 지내?〉 녀석이 말했소. 내 누이 제미마를 말한 거요. 옛날에 둘 사이에 종소리가 좀 울리기는 했는데 그게 대단한 결과로 이어지지는 않았지. 꽃꽂이 전문가와 결혼했소. 참 대단한 일이야. 베이싱스토크로 이어진 도로변에서 꽃을 잔뜩 키우는 친구거든. 간판에 자기 이름도 내걸고. 제미마한테 거슬리는 짓도 하지 않는 것 같고. 뭐, 둘이 자주 보는 것도 아니지만. 방향상의 문제가 좀 있었소, 우리 젬은. 나랑 똑같이.」

다시 테이프를 빨리 감았다.

「……엄청 취했더군. 녀석이 웃는 건지 우는 건지 알 수 없었소. 가엾다는 생각이 들었지. 제 슬픔에 빠져 익사할 지경이었으니. 나라도 똑같았을 거요. 그러다 정신을 차려 보니 녀석이 우리가 다닌 사립 학교에 대해 지루한 이야기를 늘어놓고 있었소. 아니, 세상에, 우리가 같이 다닌 학교가 두세 군데쯤 되오. 옥스퍼드도 같이 다녔고, 휴가도 두어 번 같이 보낸 건 말할 것도 없고. 그런데 40년이 흐른 뒤 한밤중에 녀석이 술을 잔뜩 마시다가 전화를 걸어 와서 한다는 말이 우리가 다니던 사립 학교의 교직원 화장실에 자기가 내 이니셜을 칼로 새기는 바람에 내가 매를 맞았다는 얘기라니. 〈네 이니셜을 새겨서 미안해, 세프.〉 좋아요. 그랬다 칩시다. 녀석이 이니셜을 새겼어요. 난 그 말을 한 번도 의심하지 않았소. 그런데 녀석은 제대로 하지도 못했어. 그런 녀석이오. 녀석이 무슨 짓을 했는지 아시오? 그 멍청이가 S와 B 사이에 하이픈을 넣었단 말이오. 나는 교장인 그림블 영감에게 이렇게 말했소. 〈내가 왜 거기다 하이픈을 넣겠어요? 학생 명부를 보세요.〉 그래도 그 영감은 그 차이를 모르고 나를 매질했지. 원래 그런 거니까. 정의가 없어요. 나도 그리 크게 신경 썼던 것 같지 않고. 그 시절에는 다들 서로를 매질했으니까. 게다가 나도 녀석에게 그리 착하게 굴지 않았소. 항상 녀석 주변의 사람들을 가지고 녀석을 놀려 댔지. 녀석의 아버지는 알다시피 사기꾼이었소. 하마터면 우리숙모님 신세까지 망칠 뻔했어요. 우리 어머니한테도 손을 뻗었고. 어머니를 침대로 끌어들이려고 했지만 우리어머니가 워낙 빈틈없는 분이라서 말이오. 스코틀랜드어딘가에 새 공항을 짓겠다는 계획을 가지고 그 인근 사람들한테 사기를 치기도 했지. 땅을 사고 정식 허가만 얻으면 큰돈을 벌 수 있다면서. 내 사촌이 아가일의 절반을 소유하고 있었소. 그래서 내가 공항에 대해 물어봤더니 모두 저속한 수법이라는 거요. 대단하더군. 나도 한때 그 자들과 함께 지낸 적이 있소. 애스콧에 있는 매춘부들의 가게. 온갖 사기꾼들이 주위에 득시글거리는데 매그너스는 그들을 〈선생님〉이라고 불렀소. 녀석의 아버지가 한번은 의회에 들어가려고 한 적이 있소. 안타깝게도 실패했지. 함께 즐거운 시간을 보낼 수 있었을 텐데…….」

또 테이프를 빨리 감았다. 「……동전을 시끄럽게 넣고 있었소. 지금 어디냐고 내가 물었더니 녀석은 런던에 있지만 미행이 있어서 공중전화를 쓸 수밖에 없다고 말했소. 내가 물었소. 〈요즘은 누구 이니셜을 새기고 있어?〉 사실 농담이었지만 녀석은 그걸 깨닫지 못했소. 난 녀석의 아버지 일을 안타까워하고 있었소. 녀석을 울적하게 만들 생각은 없었는데. 참 극적인 친구요. 옛날부터 항상 그랬어요. 뭔가 무서운 문제와 맞닥뜨린 게 아니라면 녀석의 삶에는 별일이 없었소. 원한다면 녀석에게 이집트의 피라미드를 팔아넘길 수도 있었을 거요. 피라미드가 무너지고 있다고 말하기만 한다면. 내가 그 공중전화의 번호를 알려 주면 다시 전화하겠다고 말했소. 그런데 녀석은 그런 말을 하라고 내게 시킨 사람이 있다고 철석같이 믿는 거요. 내가 말했소. 〈웃기지도 않는군. 무슨 소리를 하는 거야? 내 친구들 중 절반이 도주 중인데.〉 녀석은 아버지가 돌아가셨고, 자신은 자기 인생을 생전 처음으로 바라보는 중이라고 말했소. 깊은 생각이었지. 옛날부터 항상 그랬소. 그러고는 자기가 이니셜을 새겼다는 이야기를 또 하는 거요. 〈정말 미안해, 세프.〉〈이봐, 친구, 그걸 네가 새겼다는 건 이미 옛날부터 알고 있었어. 우리가 사립 학교에 다닐 때 했던 일로 고행을 감수할 필요는 없을 것 같은데. 현금이 필요한가? 잠자리가 필요해? 내 오두막을 써.〉〈정말 미안해, 세프. 정말 미안해.〉〈내가 뭘 해주면 되는지 말만 해. 해줄 테니까. 런던 전화번호부에 내 주소가 나와 있으니 도움이 필요하면 들러.〉 아니, 세상에, 녀석은 그런 식으로 20분이나 전화기를 붙들고 있었소. 그런데 전화를 끊은 지 30분 만에 녀석이 또 전화를 걸었소. 〈여보세요, 세프, 또 나야.〉 이번에는 진이 상당히 언짢은 얼굴을 했지. 실제로 화를 낸 건 스테기였지만. 〈꼭 할 말이 있어, 세프. 내 얘기를 들어 줘.〉 오랜 친구가 그렇게 힘들어하는데 그냥 전화를 끊어 버릴 수는 없지 않겠소?」

케네스 경의 시계가 12시를 치는 소리가 들렸다. 브러더후드는 말을 빠르게 받아 적고 있었다. 동심원처럼 퍼져 나가는 환상. 그는 혼잣말로 다시 중얼거렸다. 중심에 있는 진실을 확실히 알려 주는 환상. 마침내 그가 기다리던 부분이 나왔다.

「……녀석은 비밀스러운 일을 하고 있다고 말했소. 놀

랄 일은 아니었지. 요새 안 그런 사람이 어디 있소?……
자기가 어떤 영국인 밑에서 일하고 있는데, 이름이 브러
더후드라더군. 솔직히 내가 녀석의 말에 줄곧 귀를 기울
이지는 않았던 것 같소. 브러더후드 이야기가 들리다가
또 다른 사람의 이야기가 들리고, 그랬으니까. 녀석은 그
두 사람이 모두 자기 상사라고 했소. 자기한테 부모 같은
사람들이라고. 그 사람들 덕분에 계속 힘을 내고 있다고.
나는 그런 거라면 잘됐다고, 그 두 사람한테 꼭 붙어 있
으라고 말했소. 녀석은 그 두 사람에 대한 책을 써서 기
록을 바로잡아야 한다고 말했소. 무슨 기록? 하느님만 아
실 일이지. 녀석은 브러더후드에게, 또 다른 사람에게 편
지를 쓴 뒤 비밀스러운 장소로 가서 자기 일을 하겠다고
말했소.」 브러더후드 자신이 뭔가를 참듯이 중얼거리는
소리가 배경음처럼 들렸다. 「……글쎄, 어쩌면 내가 그
부분을 좀 잘못 알아들었는지도 모르오. 어쩌면 녀석은
먼저 비밀 장소에 좀 틀어박혀 있다가 그 두 사람에게 편
지를 쓰겠다고 말한 것 같기도 해요. 내가 그렇게 열심히
듣고 있지는 않았으니까. 주정뱅이를 상대하다 보면 지
루해지거든. 나도 주정뱅이라서 말이오.」

브러더후드가 다음 이야기를 재촉하는 소리.

긴 침묵.

또 브러더후드가 재촉하는 소리.

케네스 경의 목소리가 불분명했다. 「그의 심부름꾼이

라고 했소.」

「누가 누구의 심부름꾼이라는 겁니까?」

「핌이 그 다른 사람의 심부름꾼. 브러더후드 말고 또 한 사람 말이오. 핌은 자기 때문에 그 사람이 불구가 되었다고 말했소. 말했듯이, 술에 잔뜩 취해서.」

브러더후드가 다시 그를 좀 더 강하게 몰아붙였다.

「……그 사람의 이름은요?」

「말하지 않은 것 같소. 머릿속에 남지 않은 것 같아. 미안하지만, 그래요, 남지 않았소.」

「그럼 비밀 장소는요? 그게 어디입니까?」

「말하지 않았소. 그 녀석이 알아서 할 일이니까.」

브러더후드는 돌아가는 테이프를 내버려 두었다. 셉턴 보이드가 담배에 불을 붙이는 동안 폭풍같이 이어진 질문. 현관문이 대포 같은 소리를 내며 쾅 하고 열렸다가 다시 닫히는 소리. 잔뜩 토라진 스테기가 돌아왔다는 뜻이었다.

브러더후드와 케네스 경은 층계참에 서 있다.

「뭐라고 했소?」 케네스 경이 아주 큰 소리로 말한다.

「녀석이 어디에 있을 것 같으냐고 물었습니다.」 브러더후드가 말한다.

「위층이지. 당신이 그렇게 말했잖소.」 브러더후드의 기억 속에서 살이 늘어진 케네스 경의 얼굴이 가까이 다가오는 것이 보인다. 그 얼굴이 아래로 비틀어지며 미소

를 짓는다.「영장을 가져오시오. 그러면 한번 살펴보게
해줄지도 모르지. 안 될 수도 있고. 모르겠소. 두고 봅
시다.」

브러더후드가 케네스 경의 집 계단을 쿵쿵 내려가는
소리가 들렸다. 그가 현관홀에 도착하자 그보다 가벼운
스테기의 발소리가 섞였다. 스테기가 뾰족한 목소리로
안녕히 가시라고 인사하는 소리, 그가 문의 잠금장치를
시끄럽게 열어 주는 소리. 브러더후드가 그를 밖으로 끌
어내자 스테기의 억눌린 비명 소리가 들렸다. 한 손으로
는 스테기의 입을 막고 다른 한 손으로는 뒤통수를 잡았
다. 그다음에는 그가 케네스 경의 우아한 포치 기둥에 스
테기의 머리를 쿵쿵 찧는 소리, 스테기의 귓가에 바싹 다
가가서 말하는 소리.

「전에도 이런 일을 당한 적이 있나? 놈들이 널⋯⋯ 벽
에 밀어붙였어?」

대답 대신 끙끙거리는 소리.

「이 집에 또 누가 살지?」

「아무도 없어요.」

「오늘 저녁에 꼭대기 층에서 창문 앞을 왔다 갔다 한
게 누구야?」

「저예요.」

「이유는?」

「거기가 내 방이에요!」

「너랑 경이 부부 침실을 쓰는 줄 알았는데.」

「아직 내 방이 있어요. 나도 사생활을 누릴 자유가 있으니까요. 경과 똑같이.」

「집에 다른 사람은 전혀 없어?」

「네.」

「일주일 내내?」

「없다고 했잖아요. 이봐요, 어디 가요!」

「왜 그래?」 브러더후드는 벌써 오솔길 중간까지 가 있다.

「난 열쇠가 없어요. 어떻게 안으로 들어가요?」

브러더후드는 울타리 출입문을 쾅 닫고 나가 버린다.

그는 케이트에게 전화했다. 받지 않았다.

그는 아내에게 전화했다. 받지 않았다.

그는 패딩턴에 전화해서, 패딩턴에서 레딩을 거쳐 펜잰스까지 침대차를 타고 가는 동안 차가 서는 곳과 시간을 받아 적었다.

그는 한 시간 동안 잠들지 못하고 뒤척이다가 다시 책상으로 돌아와 랭리 폴더를 끌어당겨 핌의 관리자로 짐작되는 페츠-함펠-자보르스키 씨의 얼굴을 또 빤히 바라보았다. 〈……본명 미상……1961년 이집트를 방문한 체코 고고학 팀의 멤버(페츠)…… 1966년 체코 군사 파견단 소속 동베를린(함펠)…… 키 183센티미터, 구부정

한 자세, 살짝 절룩거리는 왼쪽 다리…….〉

「브러더후드 이야기가 들리다가 또 다른 사람의 이야기가 들리고.」 세프턴 보이드는 이렇게 말했다. 「자기한테 부모 같은 사람들이라고. 그의 심부름꾼이라고 했소.」

「당신이 자초한 거예요.」 벨린다의 목소리가 들렸다. 「당신이 그 사람을 만들어 냈으니까요.」

그는 계속 사진을 빤히 바라보았다. 아래로 처진 눈꺼풀. 아래로 처진 콧수염. 반짝이는 눈. 숨겨진 슬라브족의 미소. 당신 도대체 누구야? 난 당신을 본 적이 없는데 왜 이 얼굴을 아는 것 같은 기분이 드는 거지?

그랜트 레더러는 이렇게 높은 자리에 서본 적도, 인간으로서 이렇게 둥글둥글한 느낌이 든 적도 없었다. 정의는 살아 있다! 그는 승리를 만끽하며 더할 나위 없이 평화로운 마음으로 이렇게 혼잣말을 했다. 내 상사들은 그만한 권위를 행사할 자격이 있어. 고귀한 기관이 나를 한계까지 시험해 본 결과 나를 고용할 가치가 있다고 판단했어. 그로브너 광장의 미국 대사관 6층에 있는 비밀 작전실에 그로서는 존재하는 줄도 몰랐던 사람들이 점차 들어차고 있었다. 그들은 런던 지부의 구석진 자리를 차지한 사람들이지만, 한 명씩 들어올 때마다 동족을 바라보듯 그에게 한 번씩 시선을 주는 것 같았다. 저렇게 번듯한 미국인들은 만나기 힘들지. 그는 속으로 생각했다.

요즘 정보국이 사람을 뽑을 줄 안다니까. 사람들이 자리를 잡고 앉자마자 웩슬러가 발언을 시작했다.

「이제 이 일을 마무리할 때가 되었습니다.」 그가 어두운 표정으로 이 말을 하는 동안 문이 잠겼다. 「게리를 소개합니다, 여러분. 게리는 SISURP의 국장으로, 핌에 관해 새로 밝혀진 중요한 사실을 보고하고 행동 방향을 토론하기 위해 이 자리에 나왔습니다.」

레더러가 최근에 알게 된 SISURP은 〈남유럽 감시 정보국Survellance Intelligence, Southern Europe〉의 약어였다. 게리는 키가 크고 홀쭉하고 유쾌한 전형적인 켄터키 사람이었다. 레더러는 벌써 그에게 깊이 감탄하고 있었다. 보좌관이 서류 더미와 함께 그의 옆에 앉아 있었지만 게리는 서류를 참고하지 않았다. 그가 거리낌 없이 말했다. 우리의 사냥감은 페츠-함펠-자보르스키였습니다. 사정을 잘 아는 사람들은 PHZ라고 친근하게 줄여서 부릅니다. SISURP의 한 팀이 화요일 오전 10시 20분에 빈의 체코 대사관에서 나오는 그를 포착했습니다. 레더러는 PHZ의 하루를 아주 세세한 것까지 자세히 말하는 게리의 말에 홀린 듯 귀를 기울였다. PHZ가 커피를 산곳. PHZ가 오줌을 싼 곳. PHZ가 이것저것 훑어본 서점. PHZ와 함께 점심 식사를 한 사람. 장소. 그가 먹은 음식. PHZ의 절룩이는 걸음걸이. 잘 웃는 얼굴. 특히 여자들에게 발휘하는 매력. 그가 피우는 시가. 그가 시가에 불을 붙인 곳과 시가를 구입한 곳. 사람들과 쉽게 어울리는 PHZ의 성격. 열여덟 명의 현장 요원들에게 감시당한다는 사실을 알아차리지 못한 것처럼 보였다는 점. PHZ가 메리 핌 부인과 가까운 곳에 〈알고 그랬는지 모르고 그랬는지〉 두 번 자리했다는 것. 그 두 번 중 한 번은 서로 눈이 마주친 것이 확인되었고, 다른 한 번은 핌 부인의 호위로 짐작되는 영국인 두 명 때문에 감시를 이어 갈 수 없었습니다. 그리고 마침내 이번 작전 최고의 순간이자, 그랜트 레더러의 훌륭한 결혼 생활과 눈부신 직장 경력에서 가장 중요한 순간에 이르렀다. 오늘 현지 시간으로 아침 8시에 게리의 팀원 세 명이 빈의 영국 교회 신도석 뒤편에 발이 묶여 있었다. 교회 주변에는 열두 명의 요원이 잠복하고 있었다. 공연히 어슬렁거리는 사람들에게 좋지 못한 눈길이 쏟아지는 외교관들의 영역이었으므로 모두들 어쩔 수 없이 이동 수단 안에 앉아 있었다. PHZ와 메리 핌은 통로를 사이에 두고 양편에 앉은 상태였다. 이때 레더러에게 신호가 왔다. 게리가 기대에 찬 눈으로 그를 바라보고 있었다.

「그랜트, 여기서부터 이야기를 맡아 주셔야겠습니다. 우리 힘이 조금 모자란 부분이라서요.」 게리가 기분 좋은 저음으로 말했다.

탁자에 둘러앉은 사람들이 호기심에 고개를 돌려 바라보자 그들의 관심이 레더러를 한층 더 높은 곳으로 따뜻하게 올려 주는 것 같았다. 그는 곧바로 발언을 시작했다. 겸손하게.

「하여튼 이번 일은 제가 아니라 비의 공이라고 해야 합니다. 비는 제 아내입니다.」 그는 탁자 맞은편의 나이 지긋한 남자를 향해 설명하다가 그가 런던 지부장 카버임을 너무 늦게 깨달았다. 그는 한 번도 레더러에게 호의를 보인 적이 없었다. 「아내는 장로교인입니다. 아내의 부모님도 장로교인이셨고요. 아내는 최근 조직화된 종교와 영적으로 화해하고 빈의 크라이스트처치 성공회 교회에 다니고 있습니다. 흔히 영국 교회라고 불리는 곳인데, 솔직히 말해서 그렇게 섹시한 예배당은 본 적이 없습니다. 그렇죠, 게리? 아기 천사들, 천사들……. 일반적인 교회라기보다는 종교적으로 꾸며진 상류층 여성의 내실 같습니다. 아시다시피 믹, 이번 일로 랭리에서 칭찬을 받아야 하는 사람이 있다면, 바로 비라고 생각합니다.」 그는 어찌 된 영문인지 아직도 이야기의 본론에 이르지 못했다.

이제 나머지 이야기가 빠르게 흘러나왔다. PHZ의 뒤를 따라 슬쩍 통로로 나가서 성찬식을 위해 줄을 서 있는 그의 바로 뒤에 선 사람은 감시 팀이 아니라 비였다. 1.5미터쯤 되는 거리에서 PHZ가 앞으로 몸을 숙이고 메리에게 뭔가 귓속말을 하는 모습을 지켜본 사람도, 메리가 함께 몸을 기울여 그의 말을 들은 뒤 아무 일도 없었

다는 듯 성체를 받으러 나아가는 모습을 지켜본 사람도
비였다.

「그러니까 제 말은, 그의 구두 접선 현장을 목격한 사
람이 바로 제 아내, 즉 이 긴 작전을 수행하는 내내 저를
도와준 그 사람이라는 뜻입니다.」그는 놀랍다는 듯이 고
개를 저었다. 「예배가 끝나자마자 우리 아파트로 달려와
서 대사관에 있던 저에게 전화를 걸어 그 놀라운 사건을
설명해 준 사람도 역시 비입니다. 아내는 우리가 바로 이
런 경우를 대비해서 만들어 둔 우리만의 암호를 사용했
습니다. 제 말은, 비는 정보국의 감시 팀이 그 교회 안에
있었다는 사실조차 전혀 **몰랐다**는 겁니다. 아내는 그저
메리를 따라 그 교회에 갔을 뿐입니다. 그런데도 혼자 힘
으로 SISURP을 여섯 **시간**쯤, 아니 그보다 더 많이 앞질
러서 정보를 입수했습니다. 해리,」레더러는 자신의 이야
기에 마지막 손길을 가하면서 웩슬러의 존재를 알아차리
고 약간 숨이 찬 목소리로 말을 이었다. 「제가 유일하게
아쉬워하는 점은 아내가 입술을 읽는 법을 배우지 않았
다는 것입니다.」

레더러는 박수갈채를 기대하지 않았다. 그가 일하고
있는 이 세계의 속성상 박수가 없는 것이 당연했다. 그에
게는 많은 의미가 담긴 침묵이 오히려 자신에게 걸맞은
찬사처럼 느껴졌다.

암호 담당자인 아텔리가 가장 먼저 침묵을 깨뜨렸다.

「여기 대사관.」그의 말은 질문처럼 들리지 않았다.

「뭐라고요?」레더러가 말했다.

「부인이 당신을 찾아 여기 대사관으로 전화를 걸었습니까? 빈에서? 교회에서 그런 일이 있은 직후에요? 당신 아파트의 비보안 전화로요?」

「그렇습니다. 그리고 나는 그 소식을 곧바로 위층의 웩슬러 씨에게 전했고요. 웩슬러 씨는 오전 9시 자신의 책상에서 그 소식을 받아 보았습니다.」

「9시 30분.」웩슬러가 말했다.

「그럼 부인이 사용하신 두 분만의 암호가 무엇인지 물어봐도 되겠습니까?」아텔리가 뭔가 메모를 하면서 말했다.

레더러는 기꺼이 설명해 주었다. 「**사실** 우리는 비의 여러 친척 아주머니들과 아저씨들의 이름을 빌려 왔습니다. 메리 핌과 비의 숙모님 에디가 심리적으로 서로 비슷한 면이 있다는 생각이 항상 들었던 것이 출발점이었죠. 〈오늘 에디 숙모가 교회에서 뭘 했는지 알아?……〉비는 아주 조심스러운 사람입니다.」

「감사합니다.」아텔리가 말했다.

그다음에는 카버가 입을 열었다. 전적으로 호의적이지만은 않은 질문이 나왔다.

「그 말은 부인이 이번 작전에 대해 **알고 있다**는 뜻입니까, 그랜트? 핌 사건은 아내에게 절대 말하면 안 되는 일인 줄 알았는데요. 해리, 우리가 얼마 전 그런 결론을 내리지 않았습니까?」

「아내에게 절대 말하면 안 되는 일 맞습니다.」 레더러가 당당하게 인정했다. 「하지만 제 아내는 이번 일에서 사실상 저와 함께 현장 활동을 하다시피 했기 때문에 핌 일가가 어느 정도 의심을 받고 있다는 사실을 몰랐으리라고 가정하는 것은 다소 비현실적인 것 같습니다. 어쨌든 매그너스에 대해서는 그렇죠. 한마디 덧붙이자면, 비는 이번 일을 바닥까지 파보면 메리가 무심한 태도로 아주 깊이 관련되어 있을 것 같다고 항상 주장했습니다. 메리는 역할에 맞춰 연기를 잘하는 사람이라고요.」

다시 카버가 입을 열었다. 「레더러 부인이 PHZ에 대해서도 알고 있습니까? 상당히 뜨겁게 등장한 새 인물이잖습니까, 그랜트. 거물일 수도 있고요. 그런데 부인이 그것도 알고 있는 겁니까?」

레더러는 얼굴이 급속히 붉게 물드는 것을 막을 수 없었다. 목소리가 날이 서서 거슬리게 변하는 것도 막을 수 없었다. 「아내는 그 교회 안의 조우와 관련해 본능적인 감으로 움직였습니다. 아내의 그런 행동을 비난하려면 카버, 나를 먼저 비난하세요, 알겠습니까?」

다시 아텔리가 그 망할 프랑스식 발음으로 말했다. 「PHZ를 뜻하는 두 분의 암호는 뭐였습니까?」

「보비 삼촌.」 레더러가 쏘아붙였다.

「그렇다면 그건 단순히 본능적인 감이 아닌데요, 그랜트.」카버가 반발했다. 「보비라는 이름을 쓰기로 두 사람이 미리 약속한 것 아닙니까. 당신이 페츠-함펠-자보르스키의 이야기를 부인에게 해주지 않았다면, 어떻게 보비라는 이름을 쓰기로 약속했겠습니까?」

웩슬러는 지금 자신들이 회의 중이라는 사실을 다시 일깨웠다.

「그래요, 그래요, 그래요.」그가 불쾌한 표정으로 으르렁거리듯 말했다. 「그 문제는 나중에 이야기하기로 하고, 이제 어떻게 해야 할지 이야기합시다. SISURP은 둘로 갈라져서 두 사람 옆에 붙어 있습니다. PHZ와 메리 말입니다. 맞죠, 게리? 어딜 가든 따라다니고 있어요.」

「당장 새 팀을 붙일 생각입니다.」게리가 말했다. 「내일 이맘때쯤이면 온전한 팀 두 개가 투입될 겁니다.」

「다음 질문. 영국 쪽엔 도대체 뭐라고 말할 것인가? 언제, 어떻게?」웩슬러가 말했다.

「이미 말한 것 같은데요.」아텔리가 나른한 표정으로 레더러를 슬쩍 바라보며 말했다. 「요즘 영국인들이 미국 대사관 전화의 도청을 포기했다면 또 모르지만, 그 사람들이 그랬을 것 같지는 않네요.」

정의는 살아 있다. 하지만 그랜트 레더러가 아침이 오기 전에 알아차린 것처럼, 정의는 죽을 수도 있다. 그는 건강이 갑자기 나빠졌다는 판정을 받고 빈의 자기 자리를 비운 사이에 파견이 종료되었다. 그의 아내는 레더러가 꿈꿨던 칭찬을 받기는커녕 남편을 따라 당장 버지니아주 랭리로 돌아가라는 지시를 받았다.

〈레더러는 쉽게 흥분하고 너무 예민하다.〉 나날이 수가 늘어나고 있는 정보국 소속 정신과 의사 중 한 명은 이렇게 썼다. 〈히스테리에 영향을 덜 미치는 환경이 필요하다.〉

조용한 곳이 필요하다는 처방 때문에 그는 결국 통계부로 가게 되었고, 그로 인해 거의 미칠 뻔했다.

13

초록색 서류함은 핌의 방 중앙에 한때는 부대의 자랑이었으나 지금은 버려진 야포처럼 서 있었다. 손잡이의 크롬 장식은 벗겨지는 중이었고, 한쪽 귀퉁이는 묵직한 발길질에 차였는지 아니면 서류함이 어디서 떨어지면서 그렇게 됐는지 하여튼 찌그러져 있었다. 그래서 살짝 손을 대기만 해도 걱정스럽게 덜덜 떨릴 때가 있었다. 페인트가 벗겨진 부분들은 녹이 슬어 곪은 상처처럼 변했고, 나사 구멍과 페인트 속까지 녹이 번져 군데군데 부풀어 오른 모습이 마치 창피하게 여드름이 난 것 같았다. 핌은 원시인처럼 경외와 혐오를 느끼며 서류함 주위를 한 바퀴 돌았다. 이것은 천국에서 도착한 물건이었다. 이곳으로 돌아오는 것이 이것의 운명이었다. 그자를 화장할 때 이것도 같이 넣어 줄걸 그랬어. 그러면 그자가 원하던 대로 이걸 자기 조물주에게 보여 줄 수 있었을 텐데. 순수를 담은 빽빽한 서랍 네 개. 성자 릭의 복음. 넌 이제 내

거야. 넌 패배했어. 기록이 나한테 넘어왔다고. 그걸 증명해 줄 열쇠가 내 열쇠고리에 있어.

그가 서류함을 한 번 밀자 안에서 뭔가가 늘어지는 소리가 났다. 서류 파일들이 그의 손길에 얌전히 복종해서 미끄러지는 소리였다.

*

그가 살면서 만난 마녀들에 대해 너에게 써야겠다, 톰. 보름달이 붉게 변하고, 올빼미가 올빼미답게 부자연스럽기 짝이 없는 짓을 하는 밤에 고약한 살인이 벌어졌지만, 핌은 귀가 멀고 눈이 멀어서 그런 것을 모른다. 그는 매그너스 핌 소위가 되어 개인 열차를 타고 점령된 오스트리아를 가로지르고 있다. 오래전 핌이 지금과는 다르게 미숙했던 시절에 E. 베버의 존재하지 않는 금 단지를 기다리고 있다고 믿었던 바로 그 국경 도시를 통해 오스트리아로 들어온 참이다. 그는 첫 번째 임지로 향하는 로마의 정복군 군인이다. 햇볕이 내리쬐는 밭에서 옥수수를 수확하고 있는 야만족 농촌 여성들의 드러난 젖가슴을 향해 금욕적인 군인처럼 인상을 찌푸리는 모습에서 짐작할 수 있듯이, 그는 이미 강하게 단련되어 인간의 연약함과 자신의 운명에 맞설 수 있다. 그의 사전 준비는 영국의 일요일처럼 편안하게 지나갔다. 핌이 편안함을 바란

적은 없는데도. 영국인들의 훌륭한 자산인 예의와 부족한 학식이 이때만큼 그에게 이롭게 작용한 적이 없다. 옥스퍼드에서 정치적으로 모호한 태도를 취했던 것조차 이제는 축복이 될 정도다. 「만약 저 원숭이들이 너한테 혹시 그 일족인지 아니면 그 일족이었던 적이 있는지 묻거든 눈을 똑바로 바라보면서 그런 일은 **절대** 없었다고 말해라.」 마이클의 뒤를 이은 여러 사람들 중 마지막 인물이 랜스다운의 수영장 옆에서 함께 점심 식사를 하며 그에게 이렇게 조언했다. 두 사람은 소독한 물속에서 교외 여자들의 순수한 몸이 꿈틀거리며 헤엄치는 모습을 지켜보고 있었다.

「원숭이들요?」 핌이 어리둥절한 얼굴로 물었다.

「방자한 군인들이 있어. 육군성에. 지금부터는 힘들 거다. 회사에서 네 기밀 인가를 직접 손보고 있으니, 놈들한테는 네놈들이나 잘하라고 말해 줘.」

「정말 감사합니다.」

그날 저녁 핌은 9전 5선승제 스쿼시 게임을 하고 얼굴을 빛내며 정보국의 아주 고위급 인사 앞으로 불려 갔다. 릭이 새로 마련한 궁정 관저에서 멀지 않은, 별로 기억에 남을 것 같지 않은 평범한 사무실이었다. 이 사람이 맨 처음 그에게 접근했던 곤트 대령일까? 아니, 그보다 높은 분이니 궁금해하지 마시오. 핌의 질문에 돌아온 답이었다.

「자네에게 감사하다는 말을 하고 싶네.」 그 고위 인사가 말했다.

「저도 진심으로 즐거웠습니다.」 핌이 말했다.

「지저분한 일이지. 그놈들과 어울리는 건. 누군가가 반드시 해야 하는 일이기도 하고.」

「아, 그렇게 힘들지는 않았습니다.」

「이보게, 우리가 자네 이름을 명부에 올려 둘 거야. 자네한테 약속해 줄 수 있는 것은 없네만, 근자에 선정 위원회가 있었거든. 게다가 자네는 길 건너편에 속하는 사람인데, 서로의 구역에 손을 대지 말자는 게 우리의 규칙일세. 그래도 만약 자네가 외국에서 마타 하리처럼 구는 것보다 고향에서 조국을 지키는 편이 더 적성에 맞는다는 생각이 든다면 우리에게 알려 주게.」

「알겠습니다. 감사합니다.」

그 고위 인사는 똑 부러지는 사람이었다. 머리가 갈색이고, 겉보기에는 그가 사용하는 편지 봉투처럼 이렇다 할 특징이 없는 것 같았다. 태도가 시골 변호사처럼 퉁명스러웠는데, 사실 조국의 부름을 받기 전에 그가 하던 일이 바로 그거였다. 그가 책상 앞으로 몸을 기울이며 당혹스러운 미소를 지었다. 「대답하기 싫으면 말하지 않아도 되네만, 도대체 어쩌다 애당초 그런 자들과 어울리게 된 건가?」

「공산당 말씀이십니까?」

「아니, 아니, 아니. 우리 자매국 말이야.」

「베른 말씀이시군요. 저는 거기서 학교에 다녔습니다.」

「스위스라.」 고위 인사는 머릿속으로 지도를 더듬어 보았다.

「그렇습니다.」

「아내랑 베른 근처로 스키를 타러 간 적이 한 번 있네. 뮈렌이라는 작은 도시였는데. 영국인들이 운영하는 곳이라 차가 한 대도 없어. 우리는 그게 마음에 들었네. 자네는 거기서 무슨 일을 했나?」

「지금 하는 일과 비슷합니다. 조금 더 위험했을 뿐입니다.」

「어떤 면에서?」

「거기서는 보호를 받는다는 느낌이 없었습니다. 일종의 정면 대결이라고 할까요.」

「내가 보기에는 아주 평화로운 곳 같았는데. 어쨌든 행운을 비네, 핌. 놈들을 조심해. 나쁜 놈들은 아니지만 미꾸라지 같으니까. 우리는 실력이 좋지만 아직 명예를 조금 알고 있고. 그것이 다른 점일세.」

「아주 뛰어난 분입니다.」 핌이 자신의 안내인에게 말했다. 「완전히 평범한 사람인 척하지만 상대의 눈을 꿰뚫어 보실 수 있어요.」

그는 여전히 기분이 들뜬 채로 며칠 뒤 손에 여행 가방을 들고 기초 훈련 부대의 경비실에 나타났다. 그곳에서 보낸 두 달 동안 그는 어렸을 때 받은 교육이 보람 있었음을 충분히 느낄 수 있었다. 웨일스에서 온 광부들과 글래스고에서 온 흉악한 놈들은 엄마를 부르며 창피한 줄도 모르고 울거나 무단으로 자리를 비운 탓에 처벌 방으로 끌려간 반면 핌은 전혀 울지 않고 곤히 잘 잤다. 동료들은 기상 신호를 듣고 억지로 일어나 담배를 피우며 투덜거렸지만, 그는 그보다 훨씬 전에 일어나 군화와 허리띠의 버클과 모자의 배지에 반짝반짝 광을 내고 침대와 사물함을 정리했다. 만약 누가 시킨다면 얼마든지 찬물로 샤워하고 다시 옷을 차려입은 다음 역겨운 아침 식사전에 윌로 씨와 함께 하루 일과를 읽을 각오가 되어 있었다. 연병장과 축구장에서도 그는 돋보였다. 누가 고함을 질러도 겁을 먹지 않고, 상관에게서 논리를 기대하지도 않았다.

「핌 대원은 어디 있나?」 어느 날 코루나 전투에 대한 강의 중에 대령이 큰 소리로 묻더니 성난 표정으로 시선을 들었다. 마치 방금 말한 사람은 다른 사람이라는 듯이. 훈련장에 있던 모든 부사관들이 악을 쓰듯 핌의 이름을 외쳐 대는 바람에 핌은 자리에서 일어섰다.

「자네가 핌인가?」

「그렇습니다!」

「강의가 끝난 뒤 날 찾아오게.」

「알겠습니다!」

부대 본부는 연병장 맞은편에 있었다. 핌은 그곳까지 척척 걸어가 경례를 했다. 대령의 보좌관이 사무실을 나갔다.

「편히 쉬어, 핌. 앉게.」

대령은 군인답게 말을 믿을 수 없다는 듯 조심스레 말했다. 콧수염은 부드러운 벌꿀색이었고, 속속들이 멍청한 사람처럼 시선이 해맑았다.

「어떤 사람들이 하는 말이, 만약 자네가 임관했다고 가정했을 때, 어느 시설의 어느 훈련 코스에 가는 게 좋겠다고 하더군, 핌.」

「알겠습니다.」

「그래서 자네에 대한 신상 보고서를 제출하려고 하네.」

「알겠습니다.」

「그렇게 할 거야. 호의적인 보고서가 될 걸세.」

「감사합니다.」

「자네는 예리해. 냉소적이지도 않고. 평화라는 사치 때문에 망가지지도 않았고. 자네는 이 나라에 필요한 사람일세.」

「감사합니다.」

「핌.」

「네.」

「혹시 자네와 어울리게 된 사람들이 **뭐라 설명하기 힘든** 장점을 지닌 건강한 퇴역 대령을 찾거든 자네가 날 기억해 줄 것이라고 믿겠네. 난 프랑스어를 좀 할 줄 알고, 말도 제법 타고, 포도주에 대해서도 잘 안다네. 그 사람들한테 그렇게 말해 주게.」

「알겠습니다. 감사합니다.」

기억력이라고 할 만한 것이 별로 없는 대령은 전에 한 이야기를 마치 처음 하는 이야기처럼 또 하는 버릇이 있었다.

「핌.」

「네.」

「순간을 잘 골라야 하네. 너무 서두르지 마. 그 사람들은 그걸 좋아하지 않으니까. 영리하게 굴어야 하네. 이건 명령이야.」

「알겠습니다.」

「자네 내 이름은 아나?」

「그렇습니다.」

「철자를 말해 보게.」

핌은 명령대로 했다.

「그 사람들이 원한다면 그것도 바꿀 거야. 그쪽에서 나한테 말만 해주면 되네. 듣기로 자네가 1등이라지, 핌.」

「그렇습니다.」

「앞으로도 열심히 하게.」

언제나 착한 핌은 저녁이면 외로운 남자들과 나란히 앉아 그들이 애인에게 보내는 연애편지를 대신 불러 주는 호의를 베풀었다. 그들이 실제로 펜을 들고 글을 받아 적는 행위도 제대로 할 수 없을 때는 핌이 서기가 되어 각각 상대에게 맞는 애정의 말을 별도로 덧붙이기도 했다. 때로는 자신의 글솜씨에 흥이 오른 나머지 누가 시키지도 않았는데 블런던이나 서순[19]의 스타일로 가사를 붙여 불쑥 노래를 부르곤 했다.

소중한 벨린다에게.

노동 계층 동무들이 얼마나 재미있고, 얼마나 소박하고, 얼마나 착한 사람들인지 몰라. 어제 우리는 첫 번째 사격 훈련을 위해 25파운드 포들을 잉글랜드 어딘가의 멀리 떨어진 사격장까지 몰고 갔어. 어찌나 기대가 되던지. 동이 트기 전에 포를 차에 실었는데 11시까지도 r.v.에 도착하지 못했어. 1천5백 웨이트[20] 자동차의 좌석은 얇은 널을 이어 붙인 모양인데, 일부러 사람의 척추를 여러 군데 쪼개 버리려고 만든 의자 같아. 쿠션은 전혀 없고, 먹을 것도 비상 휴대 식량밖에 없었

19 두 사람 모두 영국 시인으로, 제1차 세계 대전에 참전했던 경험을 바탕으로 작품을 썼다.
20 1백 웨이트는 무게 단위로 미국에서는 1백 파운드, 영국에서는 112파운드이다. 따라서 1천5백 웨이트는 762킬로그램.

지. 그래도 녀석들은 가는 내내 엄청 신이 나서 휘파람을 불고 노래를 불러 대는 훌륭한 처신을 보여 주었어. 돌아올 때도 아주 유쾌하게 푸념하는 정도로만 여행을 견뎌 냈고. 이런 사람들과 함께 있는 것이 정말 영광인 것 같아서 임관을 거부할까 진지하게 고려 중이야.

하지만 임관할 때가 되자 핌은 쉽게 받아들였다. 전투복 양어깨의 초록색 천 위에 봉긋하게 쌓아올린 카키색 실 장식이 무척 섹시하게 보인다는 사실을 목격했기 때문이었다. 그는 기차가 터널에 들어갈 때마다 그 카키색 장식의 존재를 남몰래 확인한다. 농촌 아가씨들의 맨가슴은 선거 때 이후로 처음 보는 것이다. 계곡에 새로 들어설 때마다 그는 마뜩지 않은 눈으로 더 많은 젖가슴을 보려고 애쓰는데 실망할 때가 별로 없다.「우린 너를 먼저 빈으로 보낼 것이다.」정보 부대 훈련소의 지휘관은 이렇게 말했다.「현장으로 떠밀려 나가기 전에 그곳 분위기를 좀 익혀 둘 기회가 될 거야.」

「아주 이상적인 방안인 것 같습니다.」핌이 말했다.

당시 오스트리아는 지금 우리가 사랑하게 된 오스트리아와는 다른 모습이었다, 톰. 빈도 베를린이나 네 아빠처럼 갈라진 도시였지. 몇 년 뒤, 외교관들이 독일을 두고도 싸움을 벌여야 하는 마당이니 지엽적인 문제에는 신경을 쓰지 말자고 합의한 일은 모든 사람에게 오랫동안 놀라움을 안겨 준 사건이었다. 그렇게 해서 그 나라를 점령한 강대국들이 조약에 서명하고 고국으로 돌아간 덕분에 영국 외무부의 긍정적인 업적 하나가 기록되었지. 하지만 핌의 시대에는 지엽적인 일들이 아주 척척 진행되고 있었다. 미국은 잘츠부르크와 린츠를 주요 활동 무대로 삼았고, 프랑스에는 인스브루크, 영국에는 그라츠와 클라겐푸르트가 있었다. 빈의 경우에는 모두가 이 도시를 한 조각씩 차지하고 농간을 부렸는데, 도심부는 4개국의 공동 통제하에 있었다. 크리스마스가 되면 소련 사람들은 우리에게 나무 들통에 캐비아를 담아 주었고, 우리는 소련 사람들에게 서양자두 푸딩을 주었다. 핌이 도착했을 때만 해도 만찬 때 서곡으로 캐비아가 나오면 아가일[21]의 상등병이 당직 장교에게 잼에서 생선 맛이 난다고 투덜거린다는 얘기가 아직 돌아다니고 있었다. 빈에서 영국의 두뇌 역할을 하는 곳은 디브인트 Div Int [22]라고 불리는 널찍한 별장이었는데, 핌 소위가 일을 시작한 곳이 바로 그곳이었다. 소련의 이동형 세탁실부터 헝가리의 기병대에 이르기까지 모든 것의 움직임에 대한 보고서를 읽고 색색의 핀을 지도에 꽂는 것이 핌이 맡은 일이었다. 가장 흥미로운 지도에는 그가 일하는 곳에서

---

21 스코틀랜드의 지명.
22 Division Intelligence, 즉 정보부를 암호처럼 줄인 말.

차로 20분만 달리면 나오는 오스트리아의 소련 구역이 표시되어 있었다. 핌은 그 지도의 경계선만 봐도 음모와 위험의 기운이 살갗을 찔러 대는 것 같았다. 피곤하거나 아무 생각이 없을 때는 체코슬로바키아의 서쪽 끝으로 시선이 움직이곤 했다. 예전에 카를스바트라고 불리던 카를로비 바리, 한때 브람스와 베토벤이 좋아했던 18세기의 매력적인 온천 도시가 거기에 있었다. 그러나 그는 그곳과 개인적인 인연이 전혀 없었으므로, 그 도시에 대해 순전히 역사적인 흥미를 품고 있을 뿐이었다.

처음 몇 달 동안은 삶이 이상하게 느껴졌다. 그의 운명은 빈에 있지 않았기 때문이다. 지금 그때를 돌아보며 상상력을 발휘하다 보면, 마치 빈이 더욱 엄격한 자연의 법칙을 향해 그를 놓아 보내려고 기다리고 있었던 것처럼 보인다. 다른 직원들에게 제대로 대우받기에는 아직 직위가 너무 낮고, 다른 부서의 직원들과 어울리는 것은 규칙상 안 되는 일이고, 떠돌이들이 드나드는 식당이나 나이트클럽에서 즐기기에는 너무 가난했던 핌은 정부가 징발해서 쓰고 있는 호텔 방과 자신이 맡은 지도 사이를 표류하듯 오갔다. 그가 불법으로 베른에 머물고 있을 때와 아주 흡사했다. 그때는 절대 인정하지 않았지만 지금이라면 인정할 수 있는 사실 한 가지는, 빈 사람들이 길에서 광대 같은 독일어로 수다를 떠는 소리를 들을 때나 지하실과 폭탄 맞은 주택 등지에 새로 자리를 잡고 힘겹게 숨을 이어 가던 소극장에 갈 때, 고개를 돌리기만 하면 좋은 친구가 절룩거리며 옆에서 걷고 있을 것 같은 그리움에 가슴이 아팠던 적이 한두 번이 아니라는 점이다. 하지만 그가 아는 한 그런 친구는 없었다. 그는 그저 독일에 물든 자신의 영혼이 되살아나는 것일 뿐이라고 속으로 되뇌었다. 독일을 닮은 본성이 뭔가 부족함을 느끼는 것이라고. 이 위대한 비밀 정보원께서는 변장을 위해 특별히 구입한 초록색 티롤 모자를 쓰고 밤에 소련 구역으로 정찰을 나가기도 했다. 그는 소련인들의 본부 앞길을 따라 반자동 총을 들고 약 20미터 간격으로 서 있는 땅딸막한 소련인 파수병들을 모자챙 아래에서 지켜보았다. 만약 그들이 누구냐고 묻는 경우, 핌이 자신의 군인 통행증을 보여 주기만 하면 그들은 친근하게 표정을 바꾸면서 부드러운 가죽 군화를 신은 발을 한 걸음 뒤로 물리고, 회색 장갑을 낀 손을 들어 경례했다.

「영국인 좋아.」

「러시아인도 좋아.」 핌은 웃음을 터뜨리며 강력하게 말하곤 했다. 「러시아인 아주 좋아, 솔직히.」

「카마라드!」

「토바리치. 카마라드.」[23] 위대한 국제주의자께서는 이렇게 대답했다.

그는 그들에게 담배를 권하고 자신도 하나를 꺼냈다.

23 Tovarich, Kamarad. 둘 다 〈동지〉, 혹은 〈친구〉라는 뜻.

그리고 불꽃이 크게 나오는 미국산 지포 라이터로 불을 붙여 주었다. 디브인트 안에서 비밀리에 영업하는 수많은 상인들에게서 구한 물건이었다. 그는 파수병과 자신의 얼굴 앞에 불꽃이 너울거리게 했다. 그러고 나면 착한 마음에 비록 자신이 옥스퍼드에서 공산주의자들을 염탐했고 빈에서도 역시 그들을 염탐하고 있지만 여전히 공산주의를 가슴에 품고 있으며 애스콧의 음악이 나오는 칵테일 수납장이나 룰렛 휠을 사랑했던 것보다 러시아의 눈과 옥수수밭을 더 아낀다는 말을 하고 싶다는 충동이 조금 들었으나, 다행히 러시아어를 할 줄 몰랐다.

때로는 아주 늦은 시간에 텅 빈 광장을 가로질러 군용 소화기와 릭의 사진이 있고 마치 수도사의 방 같은 자신의 방으로 돌아가다가 문득 걸음을 멈추고 마음이 들뜰 때까지 상쾌한 밤공기를 실컷 들이마시고 안개 낀 거리를 바라보며 립시가 자신에게 걸어오는 모습을 가로등 불빛 속에서 본 것처럼 굴었다. 상상 속의 그녀는 피난민 시절의 스카프를 머리에 쓴 모습으로 마분지 여행 가방을 들고 있었다. 그는 그녀에게 빙긋 웃어 주며 씩씩하게 자신을 칭찬했다. 바깥세상에서 어떤 갈망을 품고 있든, 아직도 머릿속의 내면세계에 살고 있는 자신이 기특해서.

그가 빈에 온 지 3개월이 되었을 때 마를레네가 그에게 보호를 요청했다. 마를레네는 체코인 통역사였으며, 유명한 미인이었다.

「당신이 핌 씨인가요?」어느 날 저녁 그가 고위 장교들 무리를 따라 웅장한 계단을 내려오고 있을 때 그녀가 민간인 특유의 수줍고 애교 있는 태도로 이렇게 물었다. 허리만 잘록한 풍성한 레인코트를 입고 작은 뿔이 달린 모자를 쓴 모습이었다.

핌은 맞는다고 대답했다.

「바이크셀 호텔까지 걸어가시나요?」

핌은 매일 저녁 그렇게 한다고 말했다.

「혹시 제가 같이 걸어도 될까요? 한 번만? 어제 어떤 남자가 절 겁탈하려고 했어요. 제 집 문 앞까지 데려다주실 거지요? 귀찮지 않지요?」

용감한 핌은 곧 매일 저녁 마를레네를 집까지 데려다주고 아침에 데리러 가는 역할을 하게 되었다. 이렇게 반짝이는 두 막간극 사이로 그의 하루가 펼쳐졌다. 그러나 그가 봉급을 받은 뒤 그녀에게 저녁 식사를 함께하자고 권했을 때, 신참들을 담당하고 있는 퓨질리어 연대의 대위가 노발대발해서 그를 불렀다.

「이 음탕한 돼지 새끼 같으니, 내 말 듣고 있나?」

「네, 대위님.」

「디브인트의 하급자들은 절대, 다시 말하지만 절대, 민간인 직원들과 공개된 자리에서 친하게 지내지 않는다. 그들이 너보다 훨씬 더 오래 근무한 사람이 아니라면 안 돼. 알겠나?」

「네, 대위님.」

「똥이 뭔지 알아?」

「네, 대위님.」

「아니, 넌 몰라. 똥은 말이다, 핌, 셔츠보다 밝은 카키색 넥타이를 맨 장교다. 너 최근에 네 넥타이를 본 적이 있나?」

「네, 대위님.」

「셔츠를 본 적이 있나?」

「네, 대위님.」

「그 둘을 비교해 봐, 핌. 그리고 네가 젊은 장교로서 어떤 사람인지 자문해 봐라. 그 여자는 심지어 기밀 인가 제한 등급을 넘지 못한 사람이야.」

이건 모두 훈련이야. 핌은 넥타이를 바꿔 매며 속으로 생각했다. 난 현장 업무를 위해 단련되는 중이야. 그래도 마를레네가 그에 대해 수많은 질문을 던졌던 것이 마음에 걸렸다. 그렇게 솔직히 대답하면 안 되는 것이었는데.

그러고 얼마 되지 않아 핌은 다행히 이곳의 분위기를 다 익혔다는 평가를 받았다. 떠나기 전에 그는 다시 대위의 부름을 받았다. 대위는 사진 두 장을 그에게 보여 주었는데, 한 장은 입술이 부드러워 보이는 예쁜 청년의 사진이고, 다른 한 장은 비웃는 표정을 짓고 있는 오동통한 주정뱅이의 사진이었다.

「이 둘 중 누구라도 눈에 띄면 즉시 상급자에게 보고

한다, 알겠나?」

「이 사람들이 누굽니까?」

「질문을 하면 안 된다고 배우지 않았나? 상급자를 찾을 수 없을 때는 네가 직접 이자들을 체포해.」

「어떻게요?」

「네 권한을 이용해야지. 예의 바르되 단호하게. 〈당신을 체포합니다.〉 이렇게 말하고 나서 가장 가까이에 있는 상급자에게 데려가는 거다.」

핌은 며칠 뒤 『데일리 익스프레스』를 통해 그 두 사람의 이름이 가이 버지스와 도널드 매클린이며, 둘 다 영국 외무부 직원이라는 사실을 알게 되었다. 그는 여러 주 동안 어디서나 그 두 사람을 찾아 보았지만 한 번도 찾지 못했다. 두 사람이 이미 소련으로 망명한 뒤였기 때문이다.

그럼 우리들 중 누구의 책임일까, 톰? 네가 말해 보겠니? 그리움에 잠긴 핌의 영혼이 문제일까, 아니면 매번 타락하기 전에 그에게 낙원의 주문을 용케 걸곤 하는 신의 뒤틀린 유머 감각이 문제일까? 베른의 올링거 부부에 대해서는 네게 이미 이야기했다. 정말로 행복한 가족을 만난 것은 일생에 그때 딱 한 번뿐이었다고. 하지만 나는 해리슨 멤베리 소령에 대해서는 잊어버리고 있었다. 예전에 나이로비의 영국 도서관에서 근무했고 한때 교육

부대의 장교였던 그는, 군대식 논리의 유쾌한 변덕 때문에 어중이떠중이들이 모인 현장 보안 부서로 흘러 들어갔다. 나는 장차 올링거 일가와 비슷해질 것 같던 그의 식구들, 즉 그의 아름다운 아내와 지저분한 딸들도 잊어버리고 있었다. 그들이 음악을 만드느니 차라리 시끄러운 새끼 돼지와 염소를 키우던 사람들이며, 이것이 군대의 고용 계약에 정면으로 위배되는 행위라서 주둔군 행정관이 분노했으나, 멤베리 일가가 정보국 소속이라 모든 처벌이 면제되어 있기 때문에 행정관이 아무것도 할 수 없었다는 사실만 기억하고 있었을 뿐이다. 나는 그라츠의 제6현장 조사부도 잊어버리고 있었다. 도시 외곽에서 1.6킬로미터 거리에 뾰족뾰족 솟아 있는 산속, 거기 숲에서 분홍색 바로크 양식 별장을 사용하던 현장 조사부. 전화선 다발들이 건물 안으로 이어졌고, 뾰족탑처럼 생긴 지붕을 안테나가 더럽혔다. 출입문 옆에는 경비실이 있고, 눈빛이 흉흉한 금발의 얼간이 웨이터 볼프강은 빳빳하게 다린 하얀색 겉옷 차림으로 서둘러 계단을 내려와 지프에서 내리는 사람에게 손을 뻗어 도와주었다. 하지만 멤베리가 그곳에서 가장 좋아한 곳은 호수였다. 그는 자기가 물고기를 미치도록 좋아한다는 이유로 며칠에 걸쳐 그 호수에 물고기를 방류하고는, 비밀 임무의 대가로 먼저 지급받은 돈 중 상당한 액수를 희귀종 송어에 쏟아부었다. 덩치가 크지만 힘은 없는 온순한 남자가 환자처럼 우아하게 움직이는 모습을 상상하면 된다. 눈에는 신앙심과 꿈꾸는 듯한 몽롱함이 가득하고, 성격도 그 눈빛과 비슷하다. 그 부드러운 손끝까지 속속들이 민간인이었지만, 지금 내 상상 속의 그는 항상 전투복 차림으로 낡은 스웨이드 군화를 신고 있으며 허리띠는 배 위에 있거나 배 아래에 있다. 그런 모습으로 그는 타는 듯이 더운 오후에 자신이 사랑하는 호숫가에서 잠자리들에 둘러싸인 채 서 있다. 핌이 처음 출근한 날 그는 바로 그 모습으로 작은 새우잡이 그물처럼 생긴 것을 물속에 집어넣으며 약탈자처럼 달려드는 창꼬치 한 마리를 향해 수줍게 욕을 하고 있었다.

「아이고, 이런. 자네가 핌이군. 그래, 음, 이렇게 와줘서 반갑네. 저기, 난 이제부터 잡초를 치우고 호수 바닥을 샅샅이 뒤져서 정확히 뭐가 있는지 알아볼 생각이야. 자네 생각은 어떤가?」

「아주 좋은 생각인 것 같습니다, 소령님.」 핌이 말했다.

「다행이군. 자네 결혼했나?」

「아닙니다, 소령님.」

「훌륭해. 그럼 주말에 시간이 비겠군.」

이유는 잘 모르겠지만, 지금 그를 떠올리면 두 형제 중 한 명이라는 생각이 든다. 그에게 형제가 있다는 말을 들어 본 기억이 없는데도 그렇다. 그의 집을 본부로 삼고 활동하는 직원들은 거의 기억나지 않는 부사관 한 명과 케임브리지에서 경제학을 전공한 런던 토박이 운전기사 카우프만이었다. 부지휘관은 분홍색 뺨의 젊은 은행가 매클레어드 중위였는데, 그는 곧 런던의 금융가로 돌아갈 예정이었다. 지하실에서는 성실한 오스트리아인 직원들이 전화를 도청하고, 증기를 쐬어 봉투를 개봉한 뒤 읽지 않은 편지를 줄줄이 늘어선 군대 쓰레기통에 던지는 일을 했다. 멤베리는 물고기를 싫어하는 불한당이 쓰레기통을 호수에 비워 버릴까 봐 몹시 걱정했기 때문에 그라츠 당국이 일주일에 한 번씩 꼬박꼬박 그 쓰레기통을 비워 주었다. 1층에서는 현지에서 고용한 여성 통역사들이 일했다. 아줌마부터 아가씨까지 연령대가 다양했는데, 멤베리는 가끔 그들의 존재를 떠올리고 그들 모두에게 찬사를 보냈다. 그리고 마지막으로 그의 아내 해나가 있었다. 나무를 그리는 화가인 해나는 덩치가 아주 큰 남자들의 아내가 흔히 그렇듯이 지푸라기처럼 연약한 사람이었다. 해나 덕분에 나는 그림에 매력을 느끼게 되었다. 딸들이 잔디가 자라는 강둑을 뒹굴며 꺅꺅 소리를 지르고 멤베리와 나는 수영복 차림으로 갈색 물속에서 땀을 흘리고 있을 때 그녀는 목이 얕게 파인 흰색 원피스를 입고 이젤 앞에 앉아 있던 모습이 가장 생생히 기억 속에 남아 있다. 지금도 그녀가 그렇게 많은 딸을 낳은 엄마라는 사실을 믿기가 힘들다.

핌의 나머지 시간은 더할 나위 없이 흡족하게 흘러갔

다. 그가 마시는 나피[24] 위스키는 한 병에 7실링, 담배는 1백 개비에 12실링이었다. 생필품은 물물 교환을 통해 구할 수 있었고, 원한다면 물건을 현지 화폐로 바꾸는 데에도 전혀 문제가 없었다. 하지만 기록실 주위에 앉아 기밀문서들을 읽으며 볼프강을 사랑스럽게 바라보는 헝가리 출신 나이 많은 병참 대위의 서비스에 기대는 편이 가장 안전했다. 그가 볼프강을 바라볼 때의 시선은 커들러브가 올리를 바라보는 시선과 비슷했다. 이 모든 것이 핌에게 친숙했고, 그가 경험하지 못한 진정한 유년기를 이어 가는 데 꼭 필요했다. 일요일이면 그는 멤베리 일가를 데리고 성당에 가서 미사에 참여했으며, 점심을 먹으면서 해나의 원피스 앞섶을 내려다보았다. 멤베리는 천재야. 핌은 자신의 책상을 그 훌륭한 남자의 옆방으로 옮기며 신나게 떠들었다. 멤베리는 첩자가 된 르네상스 시대 사람이야. 몇 주 만에 그에게도 선금이 지급되었다. 그리고 몇 주가 더 지나자 계급장의 무늬가 하나 더 늘어나서 볼프강을 시켜 견장에 꿰맸다. 계급장이 이렇게 변한 것은 무늬가 하나뿐인 계급장이 멍청해 보인다고 멤베리가 말했기 때문이었다.

그의 정보원도 생겼다.

「이쪽은 페피다.」매클레어드가 도시 외곽에서 비밀스

24 NAAFI. 영국 육해공군 군인회. 영국 군인들이 이용할 수 있는 상점 등을 제공한다.

러운 식사를 하며 익살맞은 웃음과 함께 설명했다.「페피는 독일 편에서 빨갱이와 싸웠고, 지금은 우리 편에서 빨갱이와 싸우고 있지. 당신은 광적인 반공주의자죠, 안 그래요, 페피? 그래서 오토바이를 타고 그쪽 구역 안으로 들어가 소련 군인들에게 포르노 사진을 팔고 있는 거야. 한 달에 4백 장. 미지급.」

「이쪽은 엘자다.」메클레어드가 블루로즈의 식당에서 자녀가 넷인 카른텐 출신의 땅딸막한 가정주부를 소개했다.「애인이 장크트푈텐에서 카페를 운영하지. 그 사람이 자기 집 창문 앞을 지나가는 소련 화물 트럭들의 번호와 로고를 엘자에게 보내 준다. 그렇죠, 엘자? 연애편지 뒷면에 비밀스러운 표기법을 이용해서. 미디엄 로스팅 커피 월 3킬로그램. 미지급.」

정보원이 열두 명이었다. 핌은 즉각 자신이 아는 모든 방법을 동원해서 그들의 복지를 돌봐 주며 관계를 쌓기 시작했다. 지금 내 기억을 더듬어 보니, 훌륭한 스파이가 되겠다는 포부를 지닌 사람으로서 그들은 평생 이길 줄 모르는 말들과 같았다. 하지만 핌에게는 그 누구보다 뛰어난 척후병이었으므로, 그는 죽는 한이 있어도 그들을 잘 보살펴 줄 생각이었다.

나는 사비나에 대한 설명을 마지막으로 미뤄 두었습니다, 잭. 친구인 빈의 마를레네처럼 사비나도 통역사였고, 마를레네처럼 세상에서 가장 아름다운 여자였습니다. 『아모르와 로코코 여성』의 페이지에서 곧바로 뽑아온 사람 같았죠. E. 베버처럼 몸집이 작았지만 엉덩이는 널찍하고 우아했으며, 눈빛은 강렬했습니다. 여름에든 겨울에든 높고 튼튼하게 솟은 젖가슴이 엉덩이와 마찬가지로 지극히 평범한 옷을 뚫고 나올 듯이 굴면서 고집스럽게 핌의 관심을 요구했죠. 이목구비는 슬픔과 미신에 시달리는 우울한 슬라브 요정을 닮았지만 순간적으로 달콤한 느낌을 폭발적으로 표현할 수 있었습니다. 만약 립시가 환생해서 다시 스물세 살이 됐다면 사비나의 몸을 입는 것도 그리 나쁘지 않았을 겁니다.

「당신이 점잖은 사람이라고 마를레네에게 들었어요.」 그녀는 로코코 여인 같은 자신의 다리를 굳이 감추려 하지 않고 카우프만 상등병의 지프에 기어오르면서 같잖다는 시선으로 핌에게 말했다.

「그게 잘못입니까?」 핌이 물었다.

「걱정 마세요.」 그녀의 말투가 불길했다. 그들의 차는 캠프를 향해 출발했다. 사비나는 독일어뿐만 아니라 체코어와 세르보-크로아트어를 할 수 있었다. 자투리 시간에는 그라츠 대학에서 경제학을 공부했으며, 그것을 핑계로 카우프만 상등병에게 말을 걸었다.

「복합 농업 경제를 믿어요, 카우프만?」

「난 무엇도 안 믿습니다.」

「당신은 케인스 이론을 따르나요?」

「내 돈으로 그쪽 학설을 따르지는 않을 겁니다. 그건 확실해요.」

이렇게 두 사람이 주거니 받거니 이야기를 나누는 동안 핌은 그녀의 하얀 어깨를 무심히 스치듯 만지거나 치맛자락이 위를 향해 아주 조금 더 열리게 할 방법을 찾느라 고심했다.

그들의 목적지는 캠프였다. 동유럽의 난민들이 5년 전부터 오스트리아로 쏟아져 들어왔다. 빠른 속도로 계속 좁아지는 국경 철조망 틈새를 이용해서 그들은 훔친 자동차와 화물 트럭을 몰고 질주하며 국경을 넘었다. 지뢰밭을 건너오는 사람도 있고, 기차 밑바닥에 매달려서 넘어오는 사람도 있었다. 그들의 얼굴은 홀쭉하고, 아이들은 머리를 바짝 깎았고, 늙은 개는 어리둥절한 표정으로 장난을 쳤다. 미래에 립시가 될 그들은 우리에 갇혀 심문을 받았다. 수천 명 단위로 그들에 대한 결정이 내려지는 동안 그들은 나무 상자 위에서 체스를 두고 다시는 만나지 못할 사람들의 사진을 서로에게 보여 주었다. 그들의 출신지는 헝가리, 루마니아, 폴란드, 체코슬로바키아, 유고슬라비아였다. 가끔 소련 사람도 있었다. 그들은 캐나다, 오스트레일리아, 팔레스타인으로 가기를 희망했다. 그들은 구불구불한 길을 통과해 왔으며, 이유 또한 구불구불한 경우가 많았다. 의사도 있고, 과학자도 있고, 벽돌공도 있었다. 트럭 운전수도 있고, 도둑도 있고, 곡예

270

사도 있고, 출판사 사장도 있고, 강간범도 있고, 건축가도 있었다. 핌이 카우프만 상등병, 사비나와 함께 지프를 타고 캠프에서 캠프로 돌아다니며 심문을 하고 등급을 매기고 기록을 남긴 뒤 전리품을 들고 서둘러 멤베리가 있는 집으로 돌아가는 동안 이 모든 사람들이 핌의 눈앞을 지나갔다.

처음에는 그 수많은 사람들의 불행에 그의 감수성이 상처를 입었기 때문에 그는 그들과 이야기를 나눌 때마다 걱정스러운 마음을 숨기지 못해 애를 먹었다. 그래요, 내가 죽는 한이 있어도 당신이 몬트리올로 갈 수 있게 해줄게요. 그래요, 캔버라에 있는 당신 어머니에게 당신이 여기 무사히 잘 있다는 말을 전해 줄게요. 처음에 핌은 자신이 고생을 겪은 적이 없다는 사실에 당황했다. 그가 심문하는 사람들은 모두 아직 젊은 그가 평생 겪은 것보다 더 많은 일을 하루에 경험한 적이 있었다. 그는 그것이 분했다. 어떤 사람들은 어렸을 때부터 국경을 넘어다녔다. 또 어떤 사람들은 죽음이니 고문이니 하는 말을 너무 아무렇지 않게 입에 올려서 핌은 그들의 무심함에 화를 냈으나, 그의 태도에 그들 또한 화를 내며 그에게 조롱을 돌려주었다. 그래도 핌은 착한 노동자답게 할 일을 했다. 상관의 뜻도 거스르지 말아야 했다. 무장을 할 때는 재빨리 은밀하게 해야 했다. 누군가가 기억의 본문을 무시해 버리고 여백만 이야기하고 있을 때 그것을 알아내기 위해 의지할 것이라고는 핌 자신의 본성밖에 없었다. 그는 상대를 지켜보면서 가벼운 이야기를 나누는 법, 자신에게 돌아오는 신호를 읽어 내는 법을 알고 있었다. 그들이 밤에 산을 넘은 이야기를 하면 핌도 그들과 함께 산을 넘었다. 립시가 썼을 법한 그들의 여행 가방을 함께 끌고, 얼음처럼 차가운 산바람이 낡은 외투 속으로 파고드는 것을 함께 느끼면서. 누군가가 노골적으로 거짓말을 하면 핌은 자신의 머리를 나침반으로 삼아 그 이야기 속의 진실이 무엇인지 신속하게 추적했다. 머릿속에 질문들이 들끓었다. 변호사로서 그는 아직 새싹에 불과했지만, 질문을 비난처럼 구성하는 방법을 금방 터득했다. 「어디서 왔습니까? 거기서 어떤 군대를 봤죠? 그들의 견장이 무슨 색이던가요? 그들은 어떤 차를 몰고, 어떤 무기를 갖고 있었습니까? 당신은 어떤 경로로 왔습니까? 오는 동안 어떤 경비대, 방해, 개, 전선, 지뢰밭을 만났습니까? 어떤 신발을 신고 있었습니까? 산길이 그렇게 가팔랐다면 당신의 어머니, 할머니는 어떻게 넘어왔습니까? 아내가 만삭인데 어떻게 혼자서 어린 자녀 둘을 건사하며 여행 가방 두 개까지 들고 올 수 있었습니까? 당신의 고용주인 헝가리 비밀경찰이 당신을 국경으로 몰아붙이고는 어디를 어떻게 넘으면 되는지 일러 주며 행운을 빌어 줬다고 보는 편이 더 그럴듯하지 않겠습니까? 당신은 스파이입니까? 만약 그렇다면 우리 편 스파이가 되는 편이 더 낫지 않겠습니까? 아니면 당신은 그저 범죄자입니까? 그렇다면 틀림없이 스파이 제의를 받아들이겠군요. 오스트리아 경찰 손에 끌려 국경 너머로 다시 쫓겨나는 편보다 나으니까요.」 이렇게 핌은 자신의 혼란스러운 인생 경험을 바탕으로 그들에게서 이야기를 끌어냈다. 험상궂은 표정과 우울한 분위기와 가끔 보여 주는 아름다운 미소를 지닌 사비나는 그를 대신해서 말해 주는 무서운 목소리가 되었다. 때로 그는 그녀에게 독일어 통역을 허락했다. 상대의 말을 두 번씩 듣는 이점을 남몰래 누리기 위해서였다.

「이렇게 멍청하게 장난치는 법을 어디서 배웠어요?」 어느 날 저녁 비슬러 호텔에서 함께 춤을 추다가 그녀가 엄격한 목소리로 그에게 이렇게 물었다. 군인의 아내들이 두 사람의 모습을 못마땅하게 바라보고 있었다.

핌은 웃음을 터뜨렸다. 어른의 문턱에 선 나이, 자신의 허벅지에 붙어서 함께 움직이는 사비나의 허벅지. 이런 상황에서 그가 다른 사람의 신세를 졌다고 이야기할 필요가 없지 않은가. 그래서 그는 옥스퍼드에서 어떤 교활한 독일인을 알게 되었는데 알고 보니 그가 첩자였다는 이야기를 꾸며 내서 그녀에게 들려주었다.

「우리 둘이 조금 이상한 방식으로 재치를 겨루곤 했습니다.」 그는 기억을 급조해서 회상하듯이 말했다. 「그는 알려진 술수를 다 사용했지만, 처음에 나는 아기처럼 순진했기 때문에 그의 말을 전부 믿었습니다. 하지만 점차 우리 싸움은 무승부에 가까워졌죠.」

「그 사람은 공산주의자였나요?」

「사실 알고 보니 그랬습니다. 그가 숨기는 시늉을 하기는 했지만, 제대로 잘 살펴보면 진짜 모습이 새어 나왔죠.」

「그 사람은 동성애자였나요?」 사비나가 그에게 더 깊숙이 파고들면서 언제나 준비되어 있던 의심을 입 밖에 냈다.

「내가 아는 한은 아니었습니다. 사귀는 여자가 연대 단위쯤 됐습니다.」

「꼭 군대에 있는 여자들하고만 자는 사람이었어요?」

「아뇨, 수가 많았다는 뜻으로 말한 겁니다. 은유를 사용한 거예요.」

「내 생각에 그 사람은 동성애 성향을 위장하려고 했던 것 같아요. 그게 정상이죠.」

사비나는 자신이 살아온 이야기를 마치 자신이 미워하는 어떤 사람의 이야기인 것처럼 말했다. 그녀의 멍청한 헝가리인 아버지는 국경에서 총에 맞았다. 바보 같은 어머니는 잘 대해 줄 가치가 없는 애인의 아이를 낳아 주려고 애쓰다가 프라하에서 세상을 떠났다. 멍청이 오빠는 슈투트가르트에서 의사가 되기 위해 공부하는 중이었다. 주정뱅이 삼촌들은 나치와 공산당의 총에 맞았다.

「토요일에 나한테 체코어 배우고 싶어요?」 어느 날 저녁 사비나가 평소보다도 훨씬 더 엄격한 말투로 그에게 물었다. 카우프만 상등병까지 셋이서 나란히 차에 타고 집으로 가는 중이었다.

「그러면 아주 좋죠.」 핌은 그녀의 손을 옆구리에서 잡고 대답했다. 「정말로 그 수업이 즐거워졌거든요.」

「이번에는 사랑을 나눌 것 같은데요. 보면 알겠죠.」 사비나가 엄격한 말투로 이 말을 하자 운전하던 카우프만이 삐끗하는 바람에 하마터면 차가 도랑에 빠질 뻔했다.

토요일이 왔다. 릭의 그림자도 핌의 두려움도 사비나의 초인종을 울리는 그를 막지 못했다. 평소 사비나의 실용적인 걸음걸이보다 더 부드러운 발소리가 들려왔다. 빛을 받아 반짝이는 그녀의 눈이 문에 난 구멍을 통해 그를 바라보았다. 그는 그것을 보고 최선을 다해 소박하고 착해 보이는 미소를 지었다. 그가 가져온 나피 위스키면 오랜 세월 묵은 죄책감도 물리칠 수 있을 정도였지만, 사비나는 아예 죄책감이 없었다. 그에게 문을 열어 준 그녀는 알몸이었다. 말문이 막힌 그는 자신의 가방만 움켜쥔 채 그녀 앞에 서 있었다. 그리고 그녀가 보안용 고리를 다시 걸고, 기운 없는 그의 손에서 가방을 가져가 선반으로 걸어가서 열어 보는 모습을 멍하니 지켜보았다. 날이 따뜻한데도 그녀는 불을 피우고 이불을 젖혀 둔 상태였다.

「여자가 많았어요, 매그너스?」 사비나가 다그치듯이
물었다. 「당신의 나쁜 친구처럼 여자가 연대 단위?」

「그렇지는 않을 겁니다.」

「모든 영국 사람처럼 동성애자예요?」

「절대 그렇지 않습니다.」

그녀가 그를 침대로 이끌어 앉힌 뒤 셔츠의 단추를 풀
었다. 엄격한 태도였다. 밖에 서 있는 세탁소 승합차에
내어 줄 빨래를 가지러 왔을 때의 립시처럼. 그녀는 그가
입은 다른 옷의 단추도 모두 풀어 벗긴 뒤 옷을 의자 위
에 걸쳐 놓았다. 그러곤 그를 침대에 눕히더니 다리를 벌
려 그의 몸에 걸터앉았다.

「몰랐습니다.」 핌이 큰 소리로 말했다.

「네?」

그는 뭔가 말을 하려고 했지만, 설명할 것이 너무 많았
고 이 통역사는 다른 일에 정신을 쏟고 있었다. 그가 하
려던 말은 이거였다. 나는 몰랐다. 그토록 갈망했으면서
도 내가 갈망하는 것이 무엇인지 지금까지 몰랐다. 이어
서 하고 싶은 말은 이거였다. 나는 날 수 있다. 수영도 할
수 있다. 앞으로 누워서 뒤로 누워서 옆으로 누워서 머리
로 서서 모두. 그리고 이런 말도 하고 싶었다. 나는 완전
하다. 이제야 비로소 남자의 대열에 합류했다.

엿새 뒤 날씨 좋은 금요일 오후의 별장. 멤베리의 엄청

넓은 사무실 창문 아래 정원에서 무릎까지 내려오는 가죽 바지를 입은 병참 대위가 볼프강을 위해 완두콩 껍질을 벗기고 있었다. 멤베리는 전투복 단추를 허리까지 푼 채로 책상에 앉아 저인망 어선 선장들에게 보낼 설문지의 초안을 만들고 있었다. 그는 이 설문지를 주요 어업 선단에 수백 장씩 보낼 예정이었다. 몇 주 전부터 그는 송어가 겨울에 이동하는 경로를 추적하는 일에 빠져서 부대의 자원을 모두 동원하고 있었다.

「제게 좀 이상하게 접근하려는 시도가 있었습니다, 소령님.」 핌이 조심스럽게 입을 열었다. 「망명할 가능성이 있는 누군가의 대리인이라고 주장하는 사람이었습니다.」

「아, 자네한테 아주 흥미로운 일이겠군, 매그너스.」 멤베리가 한창 몰두하던 일에서 힘겹게 주의를 돌려 그에게 정중하게 말했다. 「또 헝가리 국경 수비대원이 아니면 좋겠는데. 그놈들은 이제 질렸거든. 빈도 마찬가지일 거고. 틀림없이.」 멤베리는 점점 빈의 본부를 걱정하고 있었다. 본부도 멤베리를 같은 시각으로 보았다. 핌은 멤베리가 보잘것없는 책상의 왼쪽 맨 위 서랍에 넣어 두고 항상 서랍을 잠가 안전하게 보관하는 편지, 그와 빈의 본부가 주고받은 안타까운 편지를 읽은 적이 있었다. 앞으로 며칠 안에 퓨질리어 연대의 대위가 직접 와서 지휘권을 잡을지도 모른다는 생각이 들었다.

「사실 그 사람은 헝가리인이 아닙니다, 소령님.」핌이 말했다. 「체코인이죠. 프라하 외곽에 주둔한 남부 사령 본부 소속입니다.」

멤베리는 귀에 들어간 물을 빼내려고 고개를 흔드는 사람처럼 그 커다란 머리를 한쪽으로 기울였다. 「그것참 반가운 소리구먼.」 그가 믿음이 가지 않는다는 듯이 말했다. 「체코 남부에 대해 좋은 걸 얻을 수만 있다면 디브인 트가 무엇이든 내놓을걸. 꼭 남부가 아니라도 좋고. 미국이 그쪽을 독점한 듯 구는 것 같으니. 며칠 전에 전화로 그런 말을 들었네. 누군지는 나도 모르지만.」

그라츠와 연결된 전화선은 소련 구역을 통과했다. 저녁이면 소련인 기술자들이 술에 취해서 코사크 노래를 불러 대는 소리를 그 전화선에서 들을 수 있었다.

「제 정보원에 따르면, 그 사람은 금고실에서 사무직으로 일하는 부사관이며 불만이 많다고 합니다.」핌이 굴하지 않고 말을 이었다. 「내일 밤 소련 구역을 통해서 나오기로 되어 있답니다. 만약 우리가 맞으러 나가지 않으면 그 사람은 지름길을 택해 곧바로 미국 쪽으로 갈 거라고 합니다.」

「병참 대위를 통해서 그 사람 이야기를 들은 것은 아니지?」 멤베리가 불안한 얼굴로 말했다.

오랫동안 익힌 기술을 동원해서 핌은 위험한 영역으로 들어갔다. 네, 병참 대위에게 들은 것이 아닙니다. 적어도 병참 대위처럼 **들리지는** 않았습니다. 그는 멤베리를 안심시켰다. 그 사람의 목소리는 그보다 더 젊고 더 밝게 들렸습니다.

멤베리는 혼란스러운 표정을 지었다. 「좀 더 설명해 줄 수 있겠나?」 그가 말했다.

핌은 시키는 대로 했다.

평범한 목요일 저녁이었습니다. 그는 이렇게 말했다. 영화 「사랑 47」을 보러 극장에 갔다가 돌아오는 길에 바이세스 로스에 들러 맥주나 한잔 할까 했죠.

「바이세스 로스라니, 내가 모르는 곳인 것 같은데.」

「그냥 흔한 주점입니다, 소령님. 다만 다른 나라에서 이주해 온 사람들이 자주 드나드는 곳이고, 손님들이 모두 긴 테이블에 앉아 있지요. 제가 거기 들어간 지 문자그대로 2분밖에 안 됐을 때 웨이터가 전화가 왔다며 저를 불렀습니다. 〈*Herr Leutnant, fur Sie.*〉[25] 거기 사람들이 저에 대해 조금 알기 때문에 저는 별로 놀라지 않았습니다.」

「잘했네.」 멤베리는 감탄한 얼굴이었다.

「독일어 표준어를 구사하는 남자의 목소리였습니다. 〈핌 씨? 중요하게 전할 말이 있습니다. 제 말을 정확히 따르신다면 실망하지 않으실 겁니다. 혹시 펜과 종이를 갖고 있습니까?〉 제가 그렇다고 대답하자 그는 받아 적을

25 중위님을 찾는데요.

수 있는 속도로 준비한 글을 읽어 주기 시작했습니다. 그리고 제가 잘 받아 적었는지 다시 확인한 뒤 전화를 끊었습니다. 제가 누구냐고 물어볼 틈도 없었습니다.」

핌은 그때 받아 적은 종이를 주머니에서 꺼냈다. 일기장 뒤쪽에서 찢어 낸 종이였다.

「그런데 그게 어젯밤 일이라면서 왜 나한테 이제야 말하는 건가?」 멤베리가 종이를 받아 들면서 반발했다.

「소령님이 합동 정보 위원회 회의에 참석하셨기 때문입니다.」

「아, 이런, 그랬지. 그자가 자네 이름을 대며 바꿔 달라고 했다고.」 멤베리가 계속 종이를 보면서 자랑스럽게 말했다. 「핌 소위가 아니면 안 된다. 이건 좀 기분이 좋았겠는걸.」 그가 튀어나온 귀 한 쪽을 잡아당겼다. 「이런, 여길 보게. 정말 조심해야겠어.」 그는 핌의 요구를 전혀 거절하지 못하는 사람처럼 부드럽게 주의를 주었다. 「놈들이 자네를 끌어가려고 할지 모르니까 국경에 너무 가까이 가지 말게.」

*

최근 몇 달 동안 망명자가 올 것이라는 소식이 미리 핌의 귀에 들어온 것은 이번이 처음이 아니었다. 따지자면 이런 일이 이미 여섯 번도 더 있었다. 그러나 달빛을 받은 과수원에서 벌거벗은 체코인 통역이 그에게 이런 소식을 속삭여 준 것은 처음이었다. 겨우 일주일 전, 핌은 케른텐의 저지대에 멤베리와 함께 앉아 루마니아 정보부 장교와 그의 애인을 기다리며 밤을 지새웠다. 두 사람은 가치를 헤아리기 어려운 비밀을 잔뜩 안고서 훔친 비행기를 이용해 오기로 되어 있었다. 멤베리는 인근에 오스트리아 경찰을 대기시켜 두었고, 핌은 비밀 메시지를 통해 연락받은 대로 허공을 향해 색색의 불빛을 쏘아 올렸다. 그러나 새벽이 될 때까지도 비행기는 나타나지 않았다.

「이제 어쩌라는 거야?」멤베리는 지프 안에 핌과 함께 앉아 추위에 덜덜 떨면서 투덜거렸다. 짜증이 날 만한 상황이었다. 「망할 염소를 죽여 제사라도 드려야 하나? 병참 대위가 더 정확했으면 좋은데. 사람이 바보처럼 보이잖나.」

그로부터 일주일 전에 두 사람은 초록색 방수 외투로 위장하고 구역 경계선에 있는 외딴 호텔로 갔다. 소련의 우라늄 광산에서 온 하임케러라는 사람을 찾기 위해서였다. 그가 곧 올 것이라고 했다. 두 사람이 문을 열고 들어가자 술집 안의 대화가 뚝 끊기더니, 스무 명가량의 농부들이 입을 헤벌리고 두 사람을 바라보았다.

「당구대로.」멤베리가 손으로 입을 가리고 보기 드물게 단호한 태도로 지시했다. 「저쪽에 당구대가 있군. 가서 게임을 시작할 테니 적당히 맞장구를 치게.」

여전히 초록색 방수 외투를 입은 채로 멤베리는 공을 치려고 허리를 숙였으나, 가까운 곳에서 무거운 금속이 타일 바닥을 때리는 소리가 그를 방해했다. 핌이 흘깃 아래를 내려다보니, 상관의 38구경 권총이 그의 커다란 발 옆에 떨어져 있었다. 그는 상관을 대신해서 재빨리 총을 주웠다. 그보다 더 빨리 움직인 적이 없었다. 하지만 겁에 질린 농민들이 한꺼번에 문으로 달려가 어둠 속으로 흩어지고 술집 주인은 지하실에 들어가 문을 잠가 버리는 사태를 막을 수는 없었다.

「이제 그만 가봐도 됩니까, 소위님?」카우프만이 말했다.「보시다시피 저는 절대 군인이 아닙니다. 그냥 겁쟁이예요.」

「아니, 가면 안 돼.」핌이 말했다.「조용히 있어.」

헛간은 사비나가 설명한 그대로 낙엽송에 에워싸인 평지 한가운데에 홀로 서 있었다. 노란색 길이 헛간으로 이어지고, 그 뒤에는 호수가 있었다. 호수 뒤에는 산이 있고, 산 위에 혼자 서 있는 감시탑은 짙어지는 어둠 속에서 계곡을 굽어보았다.

「사복을 입고 교차로에서 클라인 브란도르프 방향에 차를 세워요.」며칠 전 사비나는 그의 것에 입을 맞추고 어루만져 다시 일으켜 세우면서, 그의 허벅지를 향해 이렇게 속삭였다. 벽돌담에 둘러싸인 과수원에는 커다란 갈색 토끼 일가족이 살았다. 「차폭등을 계속 켜둬요. 당신이 술수를 부려서 경호대를 데려가면 그 사람은 나타나지 않을 거예요. 그냥 숲속에 남아서 화를 내겠죠.」

「사랑해요.」

「바위가 하나 있어요. 흰색으로 칠해진 거예요. 카우프만이 반드시 거기 서 있어야 해요. 카우프만이 그 하얀 돌을 지나쳐 가면, 그 사람은 나타나지 않고 계속 숲속에 있을 거예요.」

「당신은 왜 같이 가지 못하는 거죠?」

「그 사람이 원하지 않으니까요. 그 사람이 바라는 건 핌뿐이에요. 어쩌면 동성애자인지도 모르죠.」

「그거 고맙네요.」

하얀 돌이 앞에서 빛났다.

「여기 있어.」 핌이 지시했다.

「왜요?」 카우프만이 말했다.

저녁 안개가 평지에 줄무늬처럼 깔려 있었다. 호수 표면에서는 물고기들이 튀어 올랐다. 해가 지고 있어서 황금빛으로 물든 초원에 낙엽송 그림자가 길게 드리워졌다. 헛간 문 옆에는 톱으로 베어 낸 통나무들이 쌓여 있고, 창문에는 제라늄 화분 여러 개가 장식되어 있었다. 핌은 다시 사비나를 생각했다. 살이 접히던 그녀의 옆구리와 널찍한 등. 「지금 이 이야기를 다른 영국인에게는 한 번도 한 적 없어요. 프라하에 남동생이 있는데, 이름이 얀이에요. 만약 당신이 이 이야기를 멤베리에게 하면, 멤베리는 즉시 나를 해고할 거예요. 영국은 공산 국가에 가족이 있는 사람들을 허용하지 않아요. 알겠어요?」 그래요, 사비나, 알아들었어요. 나는 당신의 젖가슴에 닿은 달빛을 봤고, 내 입술은 당신의 타액으로 촉촉해요. 내 눈꺼풀에도 그것이 묻어 있어요. 알아들었어요. 「남동생이 당신에게 전하라고 나한테 연락한 거예요. 오로지 핌에게만. 동생은 나를 봐서 당신을 믿는 거예요. 내가 당신에 대해 좋은 얘기만 해줬거든요. 동생 친구 중에 탈출하고 싶어 하는 사람이 있어요. 재능도 많고, 머리도 아주 좋고, 고위층에 접근할 수 있는 사람이에요. 그 사람이 소련에 대해 많은 비밀을 당신에게 알려 줄 거예요. 하지만 그 전에 당신은 그 정보를 어떻게 얻었는지 멤베리에게 설명할 방법을 생각해 두어야 해요. 당신은 영리하니까 많은 이야기를 꾸며 낼 수 있어요. 그러니까 이번에는 내 동생과 그 친구를 위해 이야기를 만들어야 돼요.」 그래요, 사비나, 난 꾸며 낼 수 있어요. 당신과 당신이 사랑하는 남동생을 위해서라면 거짓말을 1백만 개라도 꾸며 낼 수 있어요. 내 펜을 가져다줘요, 사비나. 내 옷을 어디에 뒀죠? 당신 일기장에서 종이를 한 장 찢어 주면 내가 거짓말을 꾸며 낼게요. 낯선 남자가 바이세스 로스로 전화해서 날 바꿔 달라고 하더니, 거부할 수 없는 제안을 했다고.

핌은 방수 외투의 단추를 풀었다. 「항상 몸 앞을 가로지르듯이 뽑는 거다.」 그가 공산당과 싸우는 법을 배운 서식스의 그 초라하고 작은 훈련소에서 무기 다루는 법을 가르친 강사가 해준 말이었다. 「그러면 상대가 먼저 총을 쐈을 때 자신을 보호하기가 더 용이해.」 핌은 그것이 좋은 충고인지 확신할 수 없었다. 헛간 문에 다다랐지만 문은 잠겨 있었다. 그는 안을 들여다볼 수 있는 곳을 찾으려고 헛간을 한 바퀴 돌았다. 「그 사람의 정보가 당신에게 좋을 거예요.」 사비나는 이렇게 말했다. 「빈에서 아주 유명한 인물이 될걸요. 멤베리까지도. 체코슬로바키아에서 온 좋은 정보는 디브인트에서 아주 희귀해요. 대부분 미국을 통해서 오기 때문에 오염되어 있어요.」

해는 이미 졌고, 어스름이 빠르게 짙어지고 있었다. 호수 건너편에서 여우의 울음소리가 들렸다. 헛간 뒤편에 닭장이 줄줄이 늘어서 있고, 그 안에는 깨끗한 짚이 깔려 있었다. 경계가 불분명한 땅의 닭들이라. 그는 싱거운 생각을 했다. 달걀에도 나라가 없겠네. 닭들은 그를 향해 고개를 돌리고 깃털을 부풀렸다. 회색 왜가리 한 마리가 호수에서 떠올라 산 쪽으로 향했다. 그는 헛간 앞으로 돌아왔다.

「카우프만!」

「네?」

두 사람 사이의 거리는 1백 미터였지만, 적막한 저녁
이라 목소리가 연인처럼 가깝게 들렸다.

「자네가 기침했나?」

「아닙니다.」

「그럼 하지 마.」

「울음이 터질 것 같습니다, 소위님.」

「계속 사방을 감시해. 뭐든 눈에 보이더라도 내 지시
없이 멋대로 다가가지 말고.」

「할 수만 있다면 탈영하고 싶습니다. 이런 짓을 하느
니 차라리 망명자가 되고 싶어요, 솔직히. 저는 지금 가
만히 있는 과녁이나 마찬가지입니다. 아예 인간이 아니
에요.」

「머릿속으로 덧셈 같은 걸 하든지 해.」

「안 됩니다. 시도해 봤는데, 머리에 떠오르는 게 없
어요.」

핌은 문의 걸쇠를 들어서 열고 안으로 들어갔다. 시가
냄새와 말 냄새가 났다. 두려움 때문에 머리가 어지러운
가운데 생모리츠가 생각났다. 넓고 아름다운 헛간의 한
쪽 끝이 낡은 배처럼 위로 솟아 있었다. 그 단 위에 탁자
가 있고, 탁자 위에는 놀랍게도 불이 켜진 기름 램프가
있었다. 그 불빛에 드러난 오래된 서까래와 지붕이 감탄
스러웠다. 「안에서 기다리면 그 사람이 올 거예요.」 사비
나는 이렇게 말했다. 「당신이 먼저 들어가는 걸 그 사람

이 눈으로 직접 확인하고 싶어 할 거예요. 내 동생의 친구는 아주 조심스러우니까. 많은 체코 사람이 그렇듯이 그 사람도 훌륭하고 조심스러운 사람이에요.」 등받이가 높은 나무 의자 두 개가 탁자에 바짝 붙어 있고, 탁자 위에는 치과의 대기실처럼 잡지들이 흩어져 있었다. 틀림없이 농부가 여기서 서류 작업을 했을 것이다. 헛간 한쪽 끝에는 다락으로 통하는 소박한 사다리가 있었다. 주말에 내가 당신을 여기로 데려와야지. 포도주와 치즈와 빵도 가져오고, 혹시 바닥이 따끔거릴지도 모르니까 담요도 가져올 거야. 당신은 맨몸에 그 주름치마만 입어도 될 거야. 그는 사다리를 반쯤 올라가 다락을 살짝 들여다보았다. 단단한 바닥에 건초가 깔려 있고, 쥐가 있는 낌새는 없다. 시골풍 로코코의 배경으로 아주 훌륭했다. 핌은 아래층으로 다시 내려와 불이 켜져 있는 단으로 향했다. 거기 의자에 앉을 생각이었다. 「참을성 있게 기다려야 해요. 필요하다면 밤을 꼬박 새워서라도.」 사비나는 이렇게 말했다. 「요즘은 국경을 넘는 것이 엄청 위험해요. 늦여름이기도 하고, 길이 닫히기 전에 넘어오려는 사람들이 많거든요. 그러니 국경에 경비병도 많고, 첩자도 많아요.」 배수관 두 개 사이에 돌길이 있었다. 그의 발소리가 지붕에서 크게 반사되었다. 그가 발을 멈추자 메아리도 멈췄다. 호리호리한 사람이 탁자 상석에 앉아 있었다. 그는 긴장한 사람처럼 앞으로 몸을 기울이고 모종의 대비를 하고 있었다. 한 손에는 시가를 들었고, 다른 손에는 자동 권총을 든 그의 시선이 총신처럼 핌에게 고정되어 있었다.

「계속 내게로 걸어와, 매그너스 경.」악셀이 상당히 불안한 듯한 목소리로 그를 재촉했다. 「두 손을 들고, 제발 부탁이니 네가 무슨 위대한 카우보이나 전쟁 영웅이라는 상상은 하지 마. 우리 둘 다 사격을 잘 하는 편은 아니지. 그러니 총을 치우고 이야기나 나누는 거야. 이성적으로 굴어. 제발.」

*

그 순간 핌의 가엾은 머릿속을 마구 스쳐 간 생각과 감정을 모두 묘사하려면 우리 조물주가 직접 나서서 우리 모두의 도움을 받아가며 애를 써야 했을 것이다, 톰. 핌은 가장 먼저 믿을 수 없다는 반응을 보였다. 틀림없다. 지난 몇 년 동안 그는 악셀과 아주 자주 마주쳤으니, 이것도 그런 현상에 불과하다고 생각한 것이다. 자고 있는 그를 지켜보는 악셀. 베레모를 쓰고 그의 침대 옆에 서 있는 악셀. 「우리 토마스 만을 한 번 더 살펴보자.」고대 고지 독일어에 중독된 그를 비웃고는 그가 옥스퍼드의 공산주의자, 모든 여성, 잭이나 마이클 같은 사람들, 릭 등 모든 사람을 향한 충성심에 반발하는 나쁜 버릇이 있

288

다고 질책하는 악셀. 「넌 정말 심각한 바보야, 매그너스 경.」예전에 그는 이렇게 경고한 적이 있었다. 핌이 사회적으로 반대편에 있는 사람들과 여자들을 특별히 능수능란하게 데리고 놀며 밤을 보낸 뒤 집으로 돌아왔을 때였다. 「모든 걸 갈라놓으면 네가 중간으로 통할 줄 알지.」악셀은 아이시스 물길을 따라 그와 나란히 절룩절룩 걸으며 그가 제미마에게 잘 보이려고 담을 주먹으로 치는 모습을 지켜보았다. 보궐 선거 때는 청중 사이에서 악셀의 반짝이는 하얀 머리가 얼마나 자주 펑 하고 나타났는지, 그가 길고 반항적인 손으로 비웃듯이 박수를 친 적은 또 얼마나 많았는지 이루 말로 다 할 수도 없을 정도였다. 악셀이 그의 양심에 아주 무거운 짐을 얹어 주었으므로 핌은 악셀이 이제 세상에 없다고 확신했다. 따라서 그가 악셀을 보고 두 번째로 드러낸 감정이 노골적인 분노였던 것은 지극히 당연한 일이다. 그토록 완벽히 금기시되었던 인물, 이유가 무엇이든 문자 그대로 핌의 왕국 너머로 사라져 버린 인물이 여기에 앉아서 시가를 피우고, 미소를 짓고, 그에게 총을 겨누고 있다니. 초자연적인 힘을 지니고 있으며, 영국 점령군의 일부로서 간음을 저지르고 있고, 총알을 능히 막을 수 있는 나, 핌에게. 이런 분노가 지나간 뒤에는 언제나 그러듯이 당연히 역설적인 감정이 느껴졌다. 핌은 릭이 자전거를 타고 「아치 아래서」를 부르며 모퉁이를 돌아 등장한 그날 이후로 그 어느 때보다도 기쁘고 신이 났으며, 악셀이 반가웠다.

핌은 걸음을 빨리해서 악셀의 옆으로 뛰어갔다. 악셀의 지시대로 계속 양손을 머리 위로 올린 채였다. 그가 초조하게 기다리는 동안 악셀은 군에서 지급한 권총을 그의 허리띠에서 꺼내 탁자 저편 끝에 자기 총과 나란히 점잖게 놓아두었다. 그 뒤에야 핌은 팔을 살짝 내려 악셀의 목을 끌어안았다. 두 사람이 그 전이나 그 이후에 끌어안은 적이 있는지는 기억나지 않는다. 그러나 그날 저녁을 두 사람 사이에 아이 같은 감정이 지나간 마지막 날로 기억하고 있다. 베른 시대의 마지막 날. 두 사람이 서로를 끌어안아 가슴이 맞닿은 채로 슬라브 사람들처럼 웃어 대다가 거리를 벌려 서로를 붙잡고 지난 세월의 흔적을 찾아보던 모습이 지금도 눈에 보이는 듯하다. 젊은 장교에게 큰 영향을 미치는 거울 속의 모습에 대해 내가 지금 기억하는 것과 그 당시에 찍은 사진들로 미루어, 악셀이 여전히 경험의 외피를 뒤집어쓰려고 열심히 애쓰고 있는 잘생긴 청년에게서 다듬어지지 않은 전형적인 앵글로-색슨의 특징을 보았을 것이라고 짐작할 수 있다. 반면 핌은 악셀의 얼굴에서 홀쭉하게 고생한 흔적을 즉시 알아보았다. 악셀은 나중에도 계속 이런 모습이었다. 삶이 자신을 드러낸 것이다. 그가 남자답고 인간적인 얼굴을 갖게 된 것이 당연했다. 윤곽에서 부드러운 부분이 사라지고, 자신 있고 유쾌한 모습이 새겨진 듯 남았다. 머리선이 뒤로 물러나기는 했어도 아직 단단했고, 가끔 보이는 흰머리가 검은 머리와 합쳐져서 실용적인 군인의 외모를 만들어 냈다. 광대 같던 콧수염과 휘어진 눈썹에는 한결 더 슬픈 기운이 깃들었다. 그러나 반짝이는 검은 눈, 그 나른한 눈꺼풀 밑에서 앞을 바라보는 그 눈은 언제나 그렇듯이 유쾌했다. 주위의 모든 것이 그 눈에 한층 깊이를 더해 주는 것 같았다.

「좋아 보이네, 매그너스 경!」악셀이 기운차게 소리쳤다. 여전히 그를 붙잡은 채였다. 「넌 좋은 사람이야, 세상에. 우리가 너한테 백마를 사주고 인도를 줘야겠어.」

「아니, 이게 누구십니까?」핌도 똑같이 신이 나서 소리쳤다. 「지금 어디 있어요? 여기서 뭘 하는 겁니까? 내가 당신을 체포해야 하나요?」

「내가 체포해야 하는 건지도 모르지. 이미 체포한 건지도 모르고. 내가 아까 손 들라고 했잖아, 그렇지? 자, 여긴 어느 쪽의 땅도 아니야. 그러니 우리가 서로를 체포할 수도 있어.」

「당신을 체포합니다.」핌이 말했다.

「나도 체포합니다.」악셀이 말했다. 「사비나는 잘 있어?」

「그럼요.」핌이 씩 웃으며 말했다.

「사비나는 아무것도 몰라, 알겠지? 남동생한테서 들은 이야기가 전부야. 사비나를 보호해 줄 거지?」

「약속할게요.」

여기서 악셀은 잠시 말을 멈추고 양손으로 귀를 착 막는 시늉을 했다. 「약속은 하지 마, 매그너스 경. 절대 약속만은.」

국경을 넘어온 사람치고 악셀이 장비를 잘 갖추고 있음을 핌은 알아보았다. 신발에는 진흙이 묻은 흔적조차 없었고, 잘 다린 옷을 입은 모습은 관리 같았다. 그는 핌을 놓아주고 서류 가방을 들어 탁자 위에 휙 올려놓더니 그 안에서 잔 두 개와 보드카 한 병을 꺼냈다. 그다음에는 오이절임, 소시지, 검은 빵 한 덩이가 나왔다. 옛날 베른에서 그가 핌에게 사다 달라고 부탁하던 것들이었다. 두 사람은 엄숙한 표정으로 건배했다. 옛날에 악셀이 그에게 가르쳐 준 그 방식으로. 그러고서 다시 잔을 채워 또 마셨다. 각자를 위한 한 잔이었다. 내 기억으로는 두 사람이 헤어질 때 이미 병이 비어 있었던 것 같다. 악셀이 그 병을 호수에 던져 버리자 1천 마리쯤 되는 붉은뇌조 암컷들이 난리를 피웠던 기억이 있기 때문이다. 하지만 핌은 보드카 한 상자를 마셨어도 끄떡없었을 것이다. 그만큼 그의 감정이 강렬했다. 이야기를 시작한 뒤에도 핌은 혹시 주위가 변하지 않았는지 확인하려고 계속 몰래 구석을 힐끔거렸다. 때로는 이 헛간이 베른의 다락방과 소름이 끼칠 정도로 비슷해 보였다. 채광창에서 윙윙거리던 부드러운 바람에 이르기까지 모든 것이. 멀리서

292

또 여우 울음소리가 들려왔을 때, 그는 모두 나가 버린 뒤 바스틀이 나무 계단에서 짖고 있는 것이라고 확신했다. 하지만 내가 말했듯이 그 감상적인 시절은 이미 끝난 뒤였다. 매그너스가 그 시절을 죽였다. 이제는 그들 우정의 성인기가 시작되고 있었다.

오랜 친구들이 다시 만났을 때는 그 만남의 직접적인 원인을 마지막으로 미뤄 놓기 마련이다, 톰. 그간의 세월에 대해 먼저 이야기하는 편을 더 좋아하지. 그러면 그 만남의 주제가 무엇이든 거기에 일종의 명분이 생기거든. 핌과 악셀도 그랬다. 하지만 이제는 너도 핌의 사고방식에 익숙할 테니 대화를 이런 식으로 이끈 사람이 악셀이 아니라 핌이라는 사실을 짐작하겠지. 악셀이 사라졌을 때의 그 까다로운 상황과 관련해서 자신은 완전히 무고하다는 사실을 악셀은 물론 자신에게까지 보여 주기 위해서라도 그는 그렇게 했다. 대화를 이끄는 솜씨도 좋았다. 그는 이미 그런 솜씨를 세련되게 갈고닦은 뒤였으니까.

「솔직히 지금껏 내가 알던 사람들 중 누구도 당신처럼 그렇게 갑자기 사라지지 않았어요, 악셀.」 핌은 소시지를 얇게 자르고 빵에 버터를 바르는 등, 이런 연기를 하는 배우들이 〈볼일〉이라고 부르는 행동에 대체로 몰두하면서 가볍게 장난처럼 나무라듯이 투덜거렸다. 「저녁때 안전한 방에서 나와 함께 조금 취할 때까지 술을 마셨죠. 그러곤 잘 자라는 인사를 했는데, 다음 날 아침에는 내가 당신이 있는 쪽의 벽을 아무리 두드려도 대답이 없었어요. 아래층으로 내려갔더니 가엾은 O 부인은 심장이 터지도록 울고 있고, 〈악셀이 어디 있냐고? 놈들이 악셀을 데려갔어! 외사 경찰이 악셀을 끌고 계단을 내려오다가 바스틀한테 발길질까지 했다고.〉 그런 일이 있었는데도 몰랐다니, 나는 죽은 듯이 자고 있었나 봐요.」

악셀은 옛날처럼 따스한 미소를 지었다. 「죽음 같은 잠이 어떤 건지 우리가 알 수나 있으려나.」

「우리는 일종의 밤샘을 하면서 집 안을 서성거렸어요. 어쩌면 당신이 돌아올지도 모른다는 기대 때문에. 올링거 씨가 몇 군데 전화를 걸어 봤지만 당연히 아무 소용이 없었죠. O 부인도 자신의 형제가 정부의 무슨 부처에서 일한다는 사실을 떠올리고 연락해 봤지만 그것도 아무 소용이 없었어요. 결국 내가 밑져야 본전이다 싶어서 직접 외사 경찰을 찾아갔지요. 여권을 손에 들고서. 〈제 친구가 실종됐습니다. 어떤 사람들이 오늘 아침 일찍 친구를 집에서 끌고 갔는데, 외사 경찰이라고 말했어요. 친구는 어디 있습니까?〉 나는 책상을 주먹으로 조금 내리쳐 보았지만, 그것도 소용없었어요. 오히려 좀 으스스해 보이는 남자 두 명이 레인코트 차림으로 나를 다른 방으로 데려가더니, 더 소란을 피우면 나도 당신과 똑같은 일을 당하게 될 거라고 하는 거예요.」

「용감한 행동을 했네, 매그너스 경.」악셀이 하얀 주먹
을 뻗어 고맙다는 듯 핌의 어깨를 가볍게 두드리며 말
했다.

「아니, 그렇지 않아요. 딱히. 내가 찾아가 볼 곳이 있기
는 했어요. 영국인으로서 권리가 있었으니까.」

「그렇지. 대사관에 아는 사람도 있었고. 맞는 말이긴
하네.」

「그 사람들이 알았다면 날 도와줬을 거예요. 실제로
내가 찾아갔을 때 도와주려고 애를 쓰기는 했으니까.」

「찾아갔어?」

「물론이죠. 나중에 간 거지만. 곧장 가지는 않았어요.
마지막 지푸라기를 잡는 심정으로 갔다고나 할까. 그래
도 도와주려고 하더라고요. 어쨌든, 내가 렝가세로 돌아
온 뒤에 우리는……. 솔직히 말하자면, 우리는 당신을 묻
어 버렸어요. 끔찍한 일이죠. O 부인은 당신 방에 올라가
계속 울면서 당신이 두고 간 물건들을 차마 제대로 살펴
지도 못한 채 정리하려고 애썼어요. 애당초 물건이 많지
도 않았고. 당신이 갖고 있던 문서들은 외사 경찰이 대부
분 가져간 것 같더라고요. 나는 당신이 도서관에서 빌려
온 책들을 가져왔어요. 당신의 축음기 음반도. 당신 옷은
지하실에 걸어 두었고요. 그러고 나서 우리는 마치 폭격
을 맞은 사람들처럼 집 안을 배회했어요. 〈스위스에서 이

런 일이 일어날 줄이야.〉 계속 이런 말을 중얼거리면서. 정말로 죽은 것 같았어요.」

악셀이 웃음을 터뜨렸다. 「적어도 나를 위해 슬퍼해 줬다니 기분이 좋네. 고마워, 매그너스 경. 장례 예배도 드렸어?」

「시신도 없고 연락할 사람도 없는데요? O 부인은 그저 범인을 찾고 싶은 마음뿐이었어요. 누가 당신을 밀고했다고 확신했거든요.」

「O 부인이 누구를 의심했지?」

「차례대로 모든 사람을 의심했죠. 이웃 사람들. 상점 주인들. 아니면 코스모에서 만난 누군가. 마르타 중의 한 명.」

「그래서 그중 누구를 선택했는데?」

핌은 가장 예쁜 사람을 선택한 뒤 미간을 찌푸리며 말했다. 「영어를 읽을 줄 아는 금발 여자가 있었던 것 같은데요. 다리가 미끈한 사람.」

「**이자벨라**? 이자벨라가 **날** 밀고했다고?」 악셀이 말도 안 된다는 듯이 말했다. 「이자벨라는 날 사랑했어, 매그너스 경. 그런데 왜 그런 짓을 하겠어?」

「어쩌면 그게 이유인지도 모르죠.」 핌이 과감하게 말했다. 「당신이 사라지고 며칠 뒤에 그 여자가 와서 당신을 찾았어요. 무슨 일이 있었는지 내가 말해 주었더니, 그 여자가 소리를 지르고 울어 대면서 죽어 버리겠다고 하더라고요. 나중에 내가 O 부인한테 그 여자가 왔다 갔다고 말하니까, O 부인은 곧바로 이렇게 말했어요. 〈이자벨라가 범인이야. 악셀에게 다른 여자들이 있는 것을 질투해서 악셀을 밀고한 거야.〉」

「네 생각은 어땠어?」

「좀 지나친 생각이다 싶었죠. 하지만 그때는 다른 일도 전부 그랬으니까, 뭐, 이자벨라가 범인일 수도 있잖아요. 솔직히 가끔 좀 정신이 이상해 보이는 여자이기도 했고. 그 여자가 질투 때문에, 그러니까 충동적으로, 끔찍한 일을 저지른 뒤에 자기는 그런 짓을 한 적이 없다고 스스로를 납득시키는 것쯤 가능하겠다 싶었어요. 원래 질투가 심한 사람들이 좀 그렇잖아요.」

악셀은 곧바로 대답하지 않았다. 핌은 그가 힘들게 망명 조건을 협상하러 나온 사람치고 너무 편안해 보인다는 생각이 들었다. 「글쎄, 매그너스 경. 나야 너처럼 상상력이 뛰어나지 않으니까. 혹시 다른 가능성도 생각해봤어?」

「별로요. 워낙 가능성이 많았잖아요.」

밤의 적막 속에서 악셀은 환한 미소를 지으며 두 사람의 잔을 다시 채웠다. 「그 일을 나보다 훨씬 더 많이 생각해 본 모양이야. 감동받았어.」 그가 슬라브식으로 나른하게 양손 손바닥을 들어 올렸다. 「난 불법 체류자였어. 백수였고, 돈도 신분증도 없는 도망자. 그러니까 그 사람들이 날 잡아가서 쫓아낸 거지. 불법 체류자들이 늘 당하는 일이야. 물고기 목에는 낚싯바늘이 걸리고, 반역자는 머리에 총을 맞기 마련이야. 불법 체류자는 국경 너머로 쫓겨나기 마련이고. 그렇게 인상 찌푸리지 마. 다 끝난 일이니까. 범인이 누구든 무슨 상관이야? 내일을 위하여!」

「위하여.」 두 사람은 술을 마셨다. 「그건 그렇고, 그 위대한 책은 어떻게 됐어요?」 그는 죄를 용서받았다는 생각에 남몰래 들떠서 이렇게 물었다.

악셀의 웃음소리가 더 커졌다. 「어떻게 됐냐고? 세상에, 망했지! 4백 페이지에 이르는 불멸의 철학이야, 매그너스 경. 외사 경찰이 그 원고를 힘들게 읽는 모습을 상상해 보라고!」

「경찰이 그걸 가져갔어요? 훔쳐 갔다고요? 말도 안 돼!」

「아마 선한 스위스 시민을 대하는 내 태도가 그리 예의 바르지 않았나 보지.」

「그래도 그 뒤로 원고를 다시 썼죠?」

악셀은 도저히 멈출 수 없다는 듯이 계속 웃어 댔다. 「다시 써? 다시 쓰면 두 배로 형편없는 원고가 나올 텐데. 악셀 H와 함께 묻어 버리는 편이 낫지. 아직도 『짐플리치시무스』를 갖고 있어? 어디 팔아 버리지 않고?」

「그럴 리가 없잖아요.」

잠시 정적이 흘렀다. 악셀이 핌을 향해 빙긋 웃었다.

핌은 자신의 손을 보며 빙긋 웃다가 눈을 들어 악셀을 바라보았다.

「이렇게 우리가 만났네요.」핌이 말했다.

「그러게.」

「난 핌 소위고, 당신은 얀의 똑똑한 친구고.」

「그러게.」악셀은 여전히 미소를 띤 채로 맞장구를 쳤다.

핌은 악셀과 어색해질 수도 있었던 화제를 이렇게 노련하게 에두르는 데 성공했다고 판단하고 이제 똑똑한 맹수의 모습을 예술적으로 드러내며, 추방당한 후 악셀이 어떻게 살아왔는지, 그가 어떤 정보에 접근할 수 있는지 등에 대해 적절히 질문을 던질 준비를 했다. 그는 이런 질문을 하면서 악셀이 어떤 카드를 손에 쥐고 있는지, 미국이나 프랑스(그가 프랑스를 택했을지도 모른다고 생각하면 끔찍했다) 대신 영국을 선택한 보상으로 그 카드에 어떤 값을 매길 생각인지도 알아낼 수 있기를 바랐다. 처음에 악셀은 이에 대해 불쾌한 듯 말을 아끼는 태도를 전혀 보이지 않았다. 틀림없이 핌의 권위를 인정한 탓인지, 체념하고 수동적인 역할을 받아들이는 것 같았다. 핌은 또한 이 옛 친구가 자기 이야기를 할 때 설 자리를 잃은 사람들이 자기보다 잘난 사람들 앞에서 흔히 취하곤 하는 얌전한 태도를 보인다는 사실을 알아차릴 수밖에 없었다. 그는 스위스 당국이 자신을 독일 국경 너머로 보내 버렸다고 말했다. 그리고 핌이 혹시 확인해 보고 싶다면 국경의 어느 지점을 살펴야 하는지도 알려 주었다. 스위스 당국은 그를 서독 경찰에 넘겼고, 서독 경찰은 아예 일상적인 절차가 되어 버린 구타를 퍼부은 뒤 그를 미국에 넘겼으며, 미국인들 역시 그를 구타했다. 처음에는 그가 탈주했다는 이유로, 그다음에는 탈주했다가 돌아왔다는 이유로, 그리고 마지막으로는 남들을 물어뜯은 전쟁 범죄자라는 이유로. 그는 전쟁 범죄자가 아니었지만, 멍청하게 전쟁 범죄자의 신분을 도용하려 했던 것이 문제였다. 미국인들은 그를 감옥에 가둔 뒤 그를 고발할 새로운 혐의를 준비했다. 이를 위해 새로운 증인들도 데려왔다. 그들은 너무 겁에 질려서 그가 전쟁 범죄자가 맞는다고 확인해 줄 수밖에 없었다. 재판 날짜까지 잡힌 뒤에도 악셀은 자신을 위해 증언해 줄 사람이나 그가 나치 괴물이 아니라 카를스바트 출신의 악셀일 뿐이라고 말해 줄 사람을 전혀 찾아내지 못했다. 그러나 그보다 더 심각한 것은, 증거가 점차 빈약해 보이면서 그의 자백이 더욱 중요해졌다는 점이었다. 악셀이 변명하듯이 털어놓은 이야기에 따르면, 미국인들은 자백을 얻어 내기 위해 당연히 그를 한층 더 심하게 구타했다. 그러나 재판은 열리지 않았다. 허구로 꾸며 낸 사건까지 포함해서 전쟁 범죄가 점점 시류에서 벗어나고 있었기 때문에 어느 날 미국인들은 악셀을 또 기차에 태우더니 체코인들에게 넘겨 주었다. 체코인들은 다른 나라 사람들에게 지지 않겠다는 듯 또 그를 구타했다. 전쟁 중에 독일 군인이었던 것, 전쟁이 끝난 뒤에는 미국인들의 손에 붙잡혀 있었던 것이 그의 죄였다.

「그러던 어느 날 놈들이 구타를 그만두고 날 풀어 줬어.」 그는 미소를 지으며 양손을 한 번 더 펼쳐 보였다. 「아마 돌아가신 우리 아버지 덕분이었을걸. 스페인에서 텔만 연대 소속으로 싸웠던 그 위대한 사회주의자 기억하지?」

「당연히 기억하죠.」 핌이 말했다. 악셀의 빠른 손짓과 반짝이는 검은 눈을 지켜보고 있으려니, 그가 독일 혈통을 뒤로 제쳐 두고 영원히 슬라브인이 되기로 한 것 같다는 생각이 들었다. 「난 귀족이 됐어.」 악셀이 말했다. 「새로운 체코슬로바키아에서 느닷없이 악셀 경이 된 거지. 늙은 사회주의자들이 우리 아버지를 워낙 사랑했거든. 젊은 사회주의자들은 학창 시절 내 친구들인데 이미 당에서 한자리하고 있었고, 〈왜 악셀 경을 구타했나?〉 그들이 날 지키던 간수들에게 물었어. 〈머리가 좋은 사람이니 매질은 그만두고 풀어 줘. 그래, 저 친구가 히틀러 밑에서 싸운 건 사실이네. 그걸 미안하게 생각하고 있어. 그러니 이젠 우리를 위해 싸울 거야. 그렇지, 악셀?〉 〈물론이지. 당연하지 않나?〉 내가 이렇게 말했더니 그들이 날 대학에 보내 주더군.」

「그럼 무슨 공부를 한 거예요?」 핌에게는 놀라운 이야 기였다.「토마스 만? 니체?」

「그것보다 더 좋은 것. 출세를 위해 어떻게 당을 이용 할 것인가. 청년 연합에서 어떻게 두각을 나타낼 것인가. 위원회에서 어떻게 빛나는 존재가 될 것인가. 교수들과 학생들을 어떻게 숙청하고, 친구들과 아버지의 명성을 어떻게 이용해 위로 올라갈 것인가. 발길질을 먹여 줘야 하는 놈은 누구고, 아부를 떨어야 하는 놈은 누구인가. 수다쟁이가 되어야 할 때는 언제고, 입을 다물어야 할 때 는 언제인가. 이런 걸 좀 더 일찍 배울걸 그랬어.」

중요한 이야기를 곧 들을 수 있을 것 같다는 느낌이 들 어서 핌은 메모를 해야 하나 고민했지만, 악셀의 이야기 흐름이 끊길 수도 있겠다는 생각이 들었다.

「며칠 전 누가 배짱 좋게 날 티토주의자라고 부르더 군.」악셀이 말했다.「1949년 이후로 그건 최신 욕이야.」 핌은 악셀이 넘어온 이유가 이것인지 속으로 생각해 보 았다.「그래서 내가 어떻게 했는지 알아?」

「어떻게 했는데요?」

「그놈을 고자질했지.」

「설마! 무슨 명목으로요?」

「몰라. 뭔가 나쁜 얘기였어. 중요한 건 말의 내용이 아 니라 말한 상대니까. 그걸 알아야 돼. 듣기로 너는 굉장한 스파이가 됐다면서? 영국 비밀 정보국의 매그너스 경이라. 축하해. 저기 카우프만 상등병은 괜찮은 거야? 뭐라도 해야 하는 것 아니야?」

「저 친구는 내가 나중에 알아서 할게요. 괜찮아요.」

규율과 관련된 이 대화의 효과를 두 사람이 각자 자기만의 방식으로 음미하는 동안 잠시 침묵이 흘렀다. 두 사람은 한 번 더 건배를 하고 서로의 인생 역정을 생각하며 상대를 향해 고개를 절레절레 저었다. 그러나 핌의 내심은 겉으로 드러난 것만큼 편안하지 않았다. 기준이 조금씩 무너지고 복잡한 사정이 스며드는 것이 느껴진 탓이었다.

「그래, 지난 며칠 동안 당신이 실제로 한 일이 뭐예요?」 핌은 주도권을 다시 잡으려고 애썼다. 「본부 남부 사령부 출신 부사관이 어떻게 오스트리아의 소련 구역을 어슬렁거리면서 망명 계획을 짜게 된 거죠?」

악셀이 새 시가에 불을 붙이는 중이었으므로 핌은 그의 대답을 듣기 위해 조금 기다려야 했다.

「그 부사관은 내가 모르는 녀석이야. 내 부대에는 귀족들만 있어. 너처럼 나도 훌륭한 스파이가 됐거든, 매그너스 경. 요즘은 이쪽 업계 경기가 좋아. 우리 둘 다 이 직업을 택하길 잘했지.」

핌은 갑자기 외양을 좀 다듬어야 할 것 같아서 머리를 뒤로 넘겼다. 요즘 한창 연습 중인, 생각에 잠긴 듯한 몸짓이었다. 「그런데도 우리 쪽으로 넘어오겠다는 거예요? 물론 우리가 제대로 된 조건을 제시해야 하겠죠?」 핌은 냉철하고 정중하게 물었다.

악셀은 말도 안 된다는 듯 손사래를 쳤다. 「나도 너와 똑같이 티켓값을 치렀어. 그러니 완벽하진 않아도 거긴 내 나라야. 난 이미 마지막 국경을 넘었으니 이제 저들이 날 참아 줘야지.」

핌은 뭔가가 위험하게 끊어진 듯한 느낌이 들었다. 「그럼 왜 여기 온 거죠? 망명할 생각이 없다면서. 내가 이런 걸 물어봐도 되는지는 잘 모르겠지만.」

「네 소식을 들었어. 디브인트의 훌륭한 핌 중위. 최근에는 그라츠에 있었고, 언어에 뛰어난 영웅. 연애도 잘하고. 네가 날 염탐하는 생각을 하니 어찌나 마음이 들뜨던지. 나도 널 염탐할 테고. 우리가 옛날 그 다락방에 다시 함께 앉아 있는 것 같다는 생각만으로도 정말 좋았지. 우리 둘 사이에는 얄팍한 벽만 하나 있을 뿐이고……. 똑똑! 그래서 이렇게 생각했어. 〈이 친구랑 연락을 해야겠다. 악수도 하고, 술도 한잔 대접하고. 어쩌면 우리가 세상을 바로잡을 수 있을지도 모르지. 옛날에 그랬던 것처럼.〉」

「그렇군요.」 핌이 말했다. 「굉장한데요.」

「〈우리가 머리를 모을 수 있을지도 몰라. 우린 둘 다 합리적이니까. 어쩌면 그 친구는 더 이상 전쟁에 나서고 싶지 않을지도 모르지. 나 역시 마찬가지일 수도 있고. 어쩌면 우리는 영웅의 삶에 진력이 났는지도 몰라. 좋은 사람은 그리 많지 않지. 세상에 토마스 만과 악수를 해본 사람이 몇 명이나 되겠어?〉」

「나 말고는 전혀 없죠.」핌은 진심으로 웃음을 터뜨리며 이렇게 말한 뒤 악셀과 함께 또 술을 마셨다.

「난 너한테 빚진 것이 아주 많아, 매그너스 경. 네 인심이 워낙 후했어야지. 너처럼 착한 사람은 만난 적이 없어. 내가 너한테 소리도 지르고 욕도 했는데, 너는 어떻게 했어? 내가 토할 때 머리를 잡아 줬지. 차를 만들어 주고, 내 몸에 묻은 토사물과 더러운 것들을 닦아 주고, 도서관을 오가며 책을 가져다주고, 밤새 책을 읽어 줬어. 〈내가 이 친구한테 신세를 졌다. 그러니 이 친구가 한두 단계쯤 승진할 수 있게 해줘야겠어. 나한테는 고통스러운 일이 될지라도. 이 친구가 이 세상에서 흔치 않은 힘 있는 자리에 오르는 데 내가 도움이 될 수 있다면, 그것만으로도 좋은 일이지. 이 친구뿐만 아니라 세상을 위해서도. 요즘은 착한 사람이 힘 있는 자리에 오르는 경우가 많지 않아. 그러니 내가 간단한 수를 써서 이 친구를 만나러 가야겠다. 만나서 악수도 하고, 고맙다는 말도 해야지. 그리고 신세도 갚고 이 친구의 출세에도 도움이 될 선물을 하나 주는 거야.〉이런 생각을 했어. 내가 너를 사랑하니까. 듣고 있어?」

악셀이 이번에 가져온 것은 색색의 선물 꾸러미가 가득 든 밀짚모자가 아니었다. 그는 서류 가방에서 서류철 하나를 꺼내 탁자 맞은편의 핌에게 건넸다.

「너 크게 한 건 한 거야, 매그너스 경.」 그가 자랑스럽게 단언하듯 말했다. 핌은 서류철의 표지를 들췄다. 「너를 위해 그걸 마련하느라고 내가 여기저기 얼마나 많이 염탐하고 다녔는지. 위험할 때도 많았고. 하지만 괜찮아. 그리멜스하우젠보다 그게 더 나을걸. 만약 내가 저지른 짓이 발각된다면, 아예 내가 네 편이 될 수도 있지.」

핌은 눈을 감았다가 다시 떠보지만 여전히 같은 시각 같은 헛간 안이다. 「나는 보드카를 사랑하는 체코의 통통한 부사관이야.」 악셀이 설명하는 동안 핌은 여전히 꿈속에서 그가 건넨 선물의 페이지를 넘기고 있다. 「나는 훌륭한 병사 슈바이크. 우리가 그 책을 읽었던가? 내 이름은 파벨. 내 말 듣고 있어? 파벨이라고.」

「당연히 우리가 읽은 책이죠. 아주 좋은 책이었어요. 이것 진짜인가요, 악셀? 무슨 장난 같은 것 아니에요?」

「뚱보 파벨이 너한테 장난을 치려고 이런 위험을 무릅쓸 것 같아? 마누라는 파벨을 두드려 패고, 자식들은 파벨을 미워하고, 소련인 상관들은 파벨을 개만도 못하게 취급하지. 듣고 있어?」

그래, 핌은 듣고 있다. 반쪽 머리로. 그러면서 동시에 서류도 읽는다.

「너의 좋은 친구 악셀 H, 그자는 존재하지 않아. 너는 오늘 밤 그자를 만난 적이 없어. 오래전 베른에서야 확실히 병자 같은 독일 병사를 만났지. 훌륭한 책을 쓰고 있던 그자의 이름이 악셀이었는지도. 이름 따위 무슨 상관이야? 하지만 악셀은 사라졌어. 어떤 나쁜 놈이 고자질을 했거든. 어떻게 된 상황인지는 끝내 알 수 없었지만. 오늘 밤 네가 만난 사람은 체코 군 정보국의 뚱보 부사관 파벨. 놈은 마늘과 섹스를 좋아하고, 상사들을 배신하는 것도 좋아하지. 체코어와 독일어를 할 줄 아는데, 소련인들은 파벨을 허드레 일꾼처럼 부려. 오스트리아인을 안 믿거든. 이번 주에는 파벨이 비너 노이슈타트에 있는 놈들의 본부에서 얼쩡거리며 전령과 통역 노릇을 하는가 싶더니, 다음 주에는 구역 경계선에서 엉덩이가 얼어붙도록 돌아다니며 하찮은 스파이들을 찾고, 또 그다음 주에는 체코 남부의 부대로 돌아와 소련인들의 발길질에 채고 있고.」악셀이 핌의 팔을 톡톡 두드린다. 「이거 보여? 잘 봐. 그 친구의 봉급 대장 복사본이야. 이걸 봐, 매그너스 경. 집중하라고. 파벨이 이걸 가져온 건 *Unterlagen*이 없는 한 누구도 자기 말을 믿을 것 같지 않기 때문이야. *Unterlagen* 기억나? 서류 말이야. 베른에서 나한테 없던 게 그거지. 가져가서 이걸 멤베리에게 보여 줘.」

핌은 서류에서 마지못해 눈을 들어 악셀이 굉장하지

않냐는 듯이 내밀고 있는 광택지 뭉치를 본다. 당시 복사는 간단한 일이 아니었다. 악셀이 내민 물건은 판으로 찍은 사진에 구멍을 뚫어 느슨하게 끈으로 묶은 것이다. 악셀이 그것을 핌에게 밀어붙이더니, 그를 다시 서류철에서 떼어 놓는다. 서류 속에 있는 자신의 모습을 잘 보라고. 수염을 깎다 만 작고 뚱뚱한 남자. 눈은 부은 것 같고, 입술은 부루퉁하게 내밀고 있다.

「이것이 **나**야, 매그너스 경.」 악셀이 이렇게 말하고 나서, 확실히 그의 주의를 끌기 위해 그의 어깨를 상당히 세게 친다. 옛날 베른에서 하던 그대로다. 「잘 봐, 응? 욕심 많고 지저분한 친구야. 방귀를 수시로 뀌고, 머리를 긁어 대고, 대장의 닭을 훔치는 놈. 그래도 자기 나라가 땀을 뻘뻘 흘리는 소련 놈 패거리한테 점령당하는 꼴은 또 싫어해요. 소련 놈들도 프라하 거리를 잘난 척 돌아다니면서 파벨에게 냄새 나는 체코인이라고 말하지. 누군가의 변덕 때문에 오스트리아로 쫓겨나는 것도 파벨은 싫어해. 요새 술 취한 카자흐 사람들이 그런 일을 많이 당하거든. 그래서 파벨도 용감해. 무슨 뜻인지 알겠어? 파벨은 용감하고 더러운 겁쟁이라는 얘기야.」

핌은 다시 서류 읽기를 멈추고 관료적인 불평을 늘어놓는다. 나중에 민망해질 말이다. 「그렇게 유쾌한 인물을 만들어 낸 것은 다 좋은데 말이에요, 악셀, 나더러 그 친구를 어쩌라는 거예요?」 그는 불만스러운 목소리로 생각

을 이어 간다. 「난 봉급 대장이 아니라 망명자를 만들어
내야 한다고요. 저기 그라츠에 있는 사람들은 따뜻하게
살아 있는 사람을 원해요. 하지만 내 손에는 그런 사람이
없죠. 안 그래요?」

「이 멍청이!」악셀이 핌의 아둔함에 화가 난 척하며 소
리친다. 「꼼수라고는 모르는 영국 어린애 같으니! 제자
리에 남아 있는 망명자에 대해 들어 본 적 없어? 파벨은
확실히 망명자야! 다만 있던 자리에 머무를 뿐이지. 3주
뒤 파벨이 다시 이 자리로 와서 너한테 또 자료를 줄 거
야. 파벨은 딱 한 번만 망명하는 게 아니야. 네가 현명하
게 군다면 스무 번이 될 수도 있고, 1백 번이 될 수도 있
지. 파벨은 정보국 직원, 밀사, 하급 현장 요원, 잡일꾼,
암호 담당 부사관, 포주야. 접근할 수 있는 정보라는 측
면에서 이게 무슨 뜻인지 몰라? 너한테 몇 번이나 훌륭한
정보를 가져다줄 수 있다는 거야. 국경 부대의 친구들이
월경을 도와줄 거고. 다음에 만날 때는 네가 파벨에게 빈
의 본부가 궁금해하는 것들을 물어보는 거지. 네가 환상
적인 산업의 중심에 서게 될 거라고. 〈이걸 좀 구해 줄 수
있어요, 파벨? 이게 무슨 뜻이죠, 파벨?〉네가 예의를 지
킨다면, 좋은 선물을 들고 혼자 온다면, 파벨이 그런 질
문에 답해 줄지도 모르지.」

「그러니까 그게 당신인 거죠? 내가 당신을 만나는
거죠?」

「파벨을 만나는 거야.」

「당신이 파벨인 거고요?」

「매그너스 경, 잘 들어.」악셀은 가운데 놓여 있던 서류
가방을 옆으로 밀어내고 핌의 잔 옆에 자신의 잔을 쾅 내
려놓은 뒤 의자를 휙 잡아당겨 가까이 다가앉는다. 그의
어깨가 핌의 어깨를 살짝살짝 건드리고, 그의 입술이 핌
의 귓가에 닿을 정도로 가깝다. 「지금 아주, 아주 집중하
고 있는 거지?」

「당연하죠.」

「내가 보기에 너는 믿을 수 없을 만큼 멍청해서 이런
판에는 뛰어들지 않는 편이 나을 것 같다. 잘 들어.」핌은
예전에 악셀이 칸트를 이해하지 못하는 그를 가리켜
Trottel[26]이라고 하는 이유를 설명해 줄 때와 똑같이 히죽
거리며 웃고 있다. 「오늘 밤 악셀이 너를 위해 해준 일들
은 평생 가도 돌이킬 수가 없어. 너를 위해 내가 이 망할
목을 걸고 있다는 뜻이야. 사비나가 너한테 자기 형제를
넘긴 것처럼, 악셀은 너한테 악셀을 넘기는 거야. 알겠
어? 아니면 내가 내 미래를 네 손에 맡기고 있다는 사실
조차 모를 정도로 네가 똥멍청이인 거야?」

「난 그런 걸 원하지 않아요, 악셀. 차라리 돌려주고 싶
을 만큼.」

「이미 늦었어. 난 이미 서류를 훔쳐서 이리로 넘어왔

26 독일어로 〈얼간이〉, 〈멍청이〉.

고, 너는 서류를 봤으니 그 내용을 이미 알고 있지. 판도라의 상자를 다시 닫을 수는 없는 법이야. 이건 너의 홀륭한 멤베리 소령, 디브인트의 영리한 귀족들, 그자들도 본 적이 없는 정보라고. 무슨 말인지 알겠어?」

핌은 고개를 끄덕이고, 고개를 젓는다. 인상을 찌푸리고, 미소를 짓고, 어느 모로 보나 악셀의 운명을 맡을 만한 성숙한 사람처럼 보이려고 애쓴다.

「그 대가로 네가 한 가지 맹세할 것이 있어. 아까 너더러 약속하지 말라고 했지? 하지만 지금은 꼭 해야 돼. 나악셀에게 의리를 지키겠다고. 부사관 파벨은 다른 문제지. 부사관 파벨은 네가 배신해도 되고, 마음대로 꾸며내도 돼. 어차피 꾸며 낸 인물이니까. 하지만 나 악셀은, 여기 이 악셀은, 날 봐, **난 존재하지 않아**. 멤베리에게, 사비나에게, 심지어는 네게도 존재하지 않는 사람이야. 네가 외롭고 심심해서 누군가에게 잘 보일 필요가 있을 때도, 누군가를 매수하거나 팔아넘겨야 할 때도, 난 네가 게임에 이용할 수 있는 말이 아니야. 네 쪽 사람들이 너를 위협해도, 고문해도, 너는 내 존재를 반드시 부정해야 돼. 앞으로 50년 뒤에 그들이 너를 십자가에 못 박는다 해도 너는 날 위해 거짓말을 할 건가? 대답해.」

핌은 그 와중에도 감탄을 금치 못한다. 그렇게 오랫동안 열심히 악셀의 존재를 부정해 온 그가 더욱더 오랫동안 그를 부정하겠다고 그에게 약속해야 하는 상황이라니. 처음에 의리를 지키는 데 비참할 정도로 실패한 그에게 한 번 더 기회가 주어진 것은 지극히 드문 일임이 분명하다.

「약속해요.」핌이 말한다.

「뭘 약속해?」

「당신의 비밀을 지키겠다고. 내 기억 속에 당신을 가두고 열쇠를 당신에게 줄게요.」

「영원히. 사비나의 형제 얀도.」

「영원히. 얀도. 당신이 나한테 준 건 체코슬로바키아에 주둔한 소련군의 전투 서열[27] 전체예요.」핌이 홀린 듯이 말한다. 「이게 진짜라면.」

「조금 시간이 지난 정보이긴 해도, 영국은 오래된 것의 가치를 알지. 빈과 그라츠에서 영국이 사용하는 지도는 이보다 더 옛날 것이니까. 게다가 그건 딱히 진짜도 아니고. 너, 멤베리를 좋아해?」

「그럴걸요. 왜요?」

「나도 그래. 물고기에 관심 있어? 그자를 도와서 호수에 물고기를 다시 채워 넣고 있어?」

「가끔은요.」

「그건 중요한 일이야. 멤베리와 함께해. 그자를 도와줘. 더러운 세상이야, 매그너스 경. 물고기 몇 마리를 행

27 군대의 지휘 구조, 병력의 배치와 운용, 장비, 보급 방법 등에 관한 정보.

복하게 해준다면 세상이 좀 나아질 거야.」

핌이 떠난 것은 아침 6시였다. 카우프만은 이미 오래 전에 지프 안에서 잠들어 있었다. 그의 군화가 열어 둔 뒷문 위로 튀어나온 것이 보였다. 핌과 악셀은 하얀 바위가 있는 곳까지 걸어갔다. 악셀은 옛날에 아레강가를 걸을 때처럼 그의 팔에 몸을 기댔다. 하얀 바위에 다다랐을 때 악셀은 허리를 숙여 양귀비 한 송이를 따서 핌에게 주었다. 그러고는 자기 몫으로 한 송이를 더 땄으나, 잠시 생각을 해본 뒤 그것도 핌에게 건넸다.

「세상에는 나도 하나 너도 하나야, 매그너스 경. 또 다른 너도, 또 다른 나도 결코 존재하지 않을 거야. 너는 우리의 우정을 지키는 사람이지. 사비나한테 사랑한다고 전해 줘. 부사관 파벨이 도움에 감사하며 특별한 키스를 보낸다고.」

평판 좋은 정보원을 갖고 있는 사람은 남들에게 우러름을 받으며 배불리 지낼 수 있단다, 톰. 그 뒤로 몇 주 동안 핌은 그 사실을 알게 됐지. 빈에서 온 아주 고위급 장교들이 핌을 식사에 초대했다. 단순히 그와 함께 시간을 보내며 그의 성취를 대신 느끼기라도 해보려고. 멤베리도 환히 웃으며 핌을 찾아왔지. 안토니우스를 왜소하게 만드는 카이사르처럼. 자기 귀를 잡아당기고, 물고기를 꿈꾸고, 엉뚱한 사람들에게 미소를 지어 주면서. 그보다 계급은 낮지만 탄탄한 위치를 차지하고 있는 장교들도 하루아침에 핌에 대한 평가를 바꿔, 구역과 구역 사이를 오가는 행낭을 통해 나긋나긋하기 짝이 없는 쪽지를 보내왔다. 〈마를레네가 사랑을 전해 달라고 하네. 자네가 작별 인사도 못 하고 빈을 떠난 것을 몹시 슬퍼하고 있어. 혹시 내가 자네의 상관이 되는 게 아닌가 싶은 분위기가 잠시 있었지만, 운명이 다른 결정을 내렸군. 육군성에서 허가가 나는 대로 참여할 수 있게 되기를 M과 나는 바라고 있네.〉 핌은 숭배의 대상이었고, 그와 아는 사이가 된다는 것은 곧 내부자가 되는 것이었다. 「젊은 핌이 보여 주는 환상적인 일솜씨라니……. 마음 같아서는 계급을 더 올려 주고 싶은데 말이야. 군인이든 아니든.」 「런던에서 날아오는 무전을 당신도 들을 수 있다면 좋을 텐데요. 이걸 최상층까지 보고한다니까요.」 다른 곳도 아닌 런던의 지시로 부사관 파벨은 〈그린슬리브스〉라는 암호명을 받았고, 핌은 좋은 평가를 받았다. 육감적인 체코인 통역사들은 그를 자랑스러워하며 세련된 방식으로 기쁨을 표현했다.

「무슨 일이 있었는지 나한테 절대로 말하면 안 돼요. 그게 규칙이에요.」 사비나는 슬픈 입술로 깊숙이 그를 물어 그를 거의 반죽음으로 만들면서 그에게 명령했다.

「절대 안 할 거예요.」

「미남이던가요, 얀의 친구? 아름다워요? 당신처럼? 내가 그 사람을 보면 곧바로 사랑할까요?」

「키가 크고, 아름답고, 아주 똑똑해요.」

「섹시하기도 하고?」

「아주 섹시하죠.」

「당신처럼 동성애자?」

「완전히.」

이 설명에 그녀는 아주 깊은 만족감을 드러내며 기뻐했다.

「당신은 좋은 사람이에요, 매그너스. 취향이 좋아서 내 형제처럼 이 사람을 보호해 줘요.」

부사관 파벨이 두 번째로 나타나기로 약속한 날이 돌아왔다. 악셀의 예측대로 빈에서는 그가 처음 가져온 자료에 관한 후속 질문들을 촘촘히 작성해 주었다. 픔은 그 질문들이 속기로 적힌 수첩을 가지고 왔다. 갈색 훈제 연어를 넣은 샌드위치와 멤베리가 준 훌륭한 상세르 와인도 가져왔다. 담배와 커피, 나피 민트 초콜릿, 그 밖에 디브인트의 미식 전문가들이 제자리에 남아 있는 용감한 망명자의 배를 채워 주기 위해 생각해 낸 모든 것을 가져왔다. 두 사람은 훈제 연어를 먹고 보드카를 마시면서 질문들을 처리했다.

「그래, 이번에는 뭘 가져왔어요?」 자연스레 휴식을 취하는 시점이 되었을 때 픔이 유쾌하게 물었다.

「아무것도.」 악셀은 스스로 보드카를 따라 마시며 편안하게 대답했다. 「그자들을 조금 굶겨야지. 그러면 다음

번에 군침이 더 돌 거야.」

「파벨은 양심의 위기를 겪고 있습니다.」 다음 날 핌은 멤베리에게 이렇게 보고했다. 악셀의 지시를 고스란히 따른 것이었다. 「아내와도 불화가 있고, 딸은 아무짝에도 쓸모없는 소련군 장교와 자려 간답니다. 파벨이 오스트리아로 파견될 때마다. 저는 우리를 믿으라고, 우리가 그에게 고민을 더해 주는 일은 없을 것이라고 말했습니다. 장기적으로 봤을 때, 그가 우리의 이런 태도를 고맙게 생각할 것이라고 봅니다. 하지만 프라하 동쪽에 집중된 기갑 부대에 대한 우리의 의문들을 물어보기는 했습니다. 그의 대답이 흥미로웠습니다.」

빈에서 온 대령이 끼어들었다. 「그자가 뭐라던가?」 그는 핌의 말에 열심히 귀를 기울였다.

「그 부대가 뭔가를 지키고 있는 것 같다고 말했습니다.」

「뭔지 짐작은 가고?」

「일종의 무기일 겁니다. 로켓일 수도 있고요.」

「그자 옆에서 떨어지지 말게.」 대령이 충고했다. 멤베리는 아들을 자랑스러워하는 아버지처럼 뺨을 부풀렸다. 세 번째 만남에서 정보원 그린슬리브스는 기갑 부대의 수수께끼를 풀었을 뿐만 아니라, 지난 11월 현재 체코슬로바키아에 주둔 중인 소련 공군력의 세부 사항까지 전부 알려 주었다. 아니, 거의 전부라고 해야 할 것이다.

어쨌든 빈의 본부는 놀라움을 금치 못했고, 런던에서는 작은 금괴를 대가로 지불하는 것을 승인했다. 만일의 경우 그 사실을 부정할 수 있게 영국의 진품 확인 표시를 지워야 한다는 조건이 붙어 있었다. 부사관 파벨은 이렇게 해서 탐욕스러운 사람으로 인식되었고, 그 덕분에 모두 한결 편안해졌다. 그 뒤로 여러 달 동안 핌은 두 주인을 섬기는 집사처럼 악셀과 멤베리 사이를 바삐 오갔다. 멤베리는 자신이 그린슬리브스를 직접 만나야 할지 고민했다. 빈 쪽에서는 그러는 편이 좋을 것이라고 생각하는 듯했다. 핌은 그를 위해 파벨을 설득해 보았지만 오로지 핌만 상대하겠다는 슬픈 소식을 듣고 돌아왔다. 멤베리는 체념하고 물러났다. 송어 번식기였다. 빈의 본부는 핌을 불러 식사를 함께했다. 대령들, 공군 준장들, 해군 쪽 사람들이 그를 자기 사람으로 삼으려고 경쟁을 벌였다. 그러나 그의 진정한 주인이자 모회사는 악셀이었음이 나중에 드러났다.

「매그너스 경.」 악셀이 속삭였다. 「아주 끔찍한 일이 일어났어.」 그의 미소에 원기가 없었다. 귀신에 시달린 것 같은 눈 밑에는 짙은 그늘이 져 있었다. 핌이 나피에서 파는 맛있는 음식들을 많이 가져왔지만 그는 모두 거절했다. 「날 좀 도와줘, 매그너스 경.」 그는 겁먹은 눈빛으로 헛간 문을 힐끔거렸다. 「네가 내 유일한 희망이야. 제발 좀 도와줘. 놈들이 나 같은 사람한테 무슨 짓을 하는지 알아? 그런 눈으로 보지 마! 이번에는 뭔가 방법을 생각해 보라고! 너도 그럴 때가 됐잖아!」

　지금 나는 그 헛간에 있다, 톰. 지난 30여 년 동안 거기서 살았지. 미스 더버의 집 천장에는 점묘화 같은 무늬가 있는데, 그 천장이 옆으로 밀려나고 낡은 서까래만 남았다. 지붕에는 박쥐들이 거꾸로 매달려 있고. 지금 여기 앉아서도 그의 시가 연기 냄새가 나는 듯하다. 램프 불빛에 구멍처럼 보이던 그의 검은 눈이 눈에 선하다. 그는 옛날 병약하던 시절처럼 속삭이는 목소리로 핌의 이름을 부른다. 음악을 틀어 줘, 그림을 가져다줘, 빵을 가져다줘, 비밀을 가져다줘. 하지만 그의 목소리에 자기 연민은 없다. 간청이나 후회도 없다. 악셀은 그런 적이 한 번도 없다. 그는 당당히 요구한다. 그가 때로 부드러운 목소리를 내는 것은 사실이다. 하지만 그럴 때도 힘이 사라지지는 않는다. 그는 언제나 자신의 의지로 움직이는 사람이다. 그는 악셀이고, 받을 것이 있다. 국경을 넘어와 구타를 당했다. 나 자신에 대해 나는 아무 생각도 하지 않는다. 지금도, 그때도.
　「고향의 내 친구들이 체포되고 있어. 소식 들었어? 우리 그룹 중 프라하의 두 명이 어제 아침 잠자리에서 끌려나갔지. 다른 한 명은 출근길에 실종되었고. 그래서 놈들에게 우리 이야기를 할 수밖에 없었어. 방법이 그것뿐이었으니까.」

 이 말의 의미가 핌의 걱정스러운 마음을 뚫고 들어오는 데 조금 시간이 걸린다. 의미를 깨달은 뒤에도 그의 목소리는 여전히 얼떨떨하다. 「우리 이야기? 나 말예요? 뭐라고 했는데요? 누구한테요, 악셀?」

 「자세한 얘기는 안 했어. 대체적인 것만. 나쁜 얘기는 아냐. 네 이름도 말 안 했고. 괜찮아. 그냥 좀 더 복잡해졌을 뿐. 손이 더 갈 뿐이야. 내가 그동안 다른 사람들보다 더 영리하게 굴었으니까. 궁극적으로는 이 편이 더 나을지도 모르지.」

 「우리에 대해 무슨 이야기를 했어요?」

 「아무것도. 이봐. 난 상황이 달라. 다른 사람들은 공장에서, 대학에서 일하기 때문에 뒤로 빠져나갈 길이 없어. 고문을 당하면 진실을 말할 테고, 그 진실이 그들을 죽이겠지. 하지만 나는 거물 스파이야. 지위가 탄탄하다고. 너처럼. 그래서 이렇게 말했지. 〈맞습니다. 국경을 넘어갔죠. 그게 내 일이니까. 나는 정보를 수집하는 사람입니다〉……. 나는 화난 사람처럼 굴면서 내 상급자를 만나게 해달라고 요구했어. 나쁜 사람은 아니야, 내 상급자. 1백 퍼센트는 아니어도 아마 60퍼센트쯤. 하지만 상급자 역시 소련 놈들을 싫어하지. 〈제가 영국인 한 명을 반역자로 만들려고 작업 중입니다.〉 내가 상급자에게 이렇게 말했어. 〈거물이에요. 장교죠. 제가 그동안 이 일을 비밀로 한 건 우리 조직 안에 티토주의자가 많기 때문입니다. 저를 뒤쫓는 비밀경찰을 떼어 주시면, 그 친구를 압박해서 얻어 온 결과물을 함께 보실 수 있을 겁니다.〉」

핌은 이제 말하기를 포기한 상태다. 상급자가 뭐라고 대답했는지, 진짜 악셀의 삶과 가상의 인물인 부사관 파벨의 삶이 얼마나 비슷한지 굳이 물어보지 않는다. 온몸의 세포가 죽어 가고 있다. 그의 머릿속에서, 사타구니에서, 골수에서. 사비나를 생각하는 애정 어린 마음은 어린 시절의 기억만큼이나 먼 일이 되었다. 세상에는 핌과 악셀, 그리고 재앙이 있을 뿐이다. 악셀의 이야기를 듣는 동안 그는 노인으로 변해 간다. 오랜 세월에 걸친 무지가 그를 덮친다.

「나더러 증거를 가져오라고 하더군.」 악셀이 두 번째로 말한다.

「증거?」 핌이 중얼거린다. 「무슨 증거요? 증거? 무슨 말인지 모르겠어요.」

「정보 말이야.」 악셀이 엄지와 다른 손가락을 마주 대고 비빈다. 옛날에 E. 베버가 하던 행동과 똑같다. 「착착. 결과물. 돈. 너 같은 영국인 반역자가 내게 협박을 받았을 때 내놓을 수 있는 것. 반드시 원자 폭탄에 대한 기밀 같은 것일 필요는 없지만, 그래도 좋은 정보여야 돼. 상급자가 입을 다물 만큼. 쓰레기 정보는 안 돼, 알겠어? 상급자에게도 또 상급자가 있으니까.」 악셀이 빙긋 웃는다.

하지만 나는 지금도 그 미소를 다시 떠올리고 싶지 않다. 「언제나 사람 위에 사람이 있지, 안 그래, 매그너스 경? 우리가 꼭대기에 있다고 생각할 때도 마찬가지야. 꼭대기에 도달하고 나면, 다른 사람들이 아래에서 내 신발을 잡고 흔들리고 있거든. 이런 시스템이 원래 그렇지. 〈가짜로 꾸며 낸 정보는 안 돼.〉 상급자가 이렇게 말했어. 〈뭐가 됐든 질이 좋은 것이어야 해. 그래야 문제를 해결할 수 있어.〉 날 위해 정보를 훔쳐 줘, 매그너스 경. 내 자유를 사랑한다면 뭔가 좋은 걸 가져다줘.」

「헛것이라도 보신 겁니까?」 핌이 지프로 돌아오자 카우프만 상등병이 말한다.

「배가 아파서.」 핌이 말한다.

하지만 그라츠로 돌아가는 동안 그의 기분이 점차 나아졌다. 인생은 의무야. 어떤 채권자의 목소리가 가장 큰지 확인하기만 하면 될 뿐. 인생은 대가를 지불하는 거야. 인생은 설사 죽는 한이 있어도 다른 사람들을 돌보는 거야. 그는 이렇게 생각했다.

그날 밤 핌은 여섯 개의 다른 모습으로 그라츠의 거리를 방황했다, 톰. 그중 어떤 모습도 지금 나는 부끄러워하지 않아. 사회에 진 빚을 갚고 아주 오랜만에 고향으로 돌아온 아들을 만난 듯이 그 모든 모습을 끌어안아 줄 수 있어. 그들이 지금 당장 미스 더버의 집 문을 두드리며,

아버지, 나예요, 라고 말한다면 말이지. 그의 평생 자신에 대한 생각보다 다른 사람들에 대한 의무를 그때만큼 생각한 밤이 있었을 것 같지 않다. 그는 무너져 가는 합스부르크 왕가의 그림자에 묻힌 도시를 순찰하다가 멤베리가 아내와 함께 살고 있는 널찍한 숙소의 잎이 우거진 출입문에서 잠깐, 사비나의 보기 싫은 아파트 문간에서 잠깐 걸음을 멈추고 계획을 짜면서 그들에게 든든한 약속을 늘어놓았다. 「아무것도 걱정하지 마세요.」 픰은 마음속의 멤베리에게 이렇게 말했다. 「굴욕을 당하는 일은 없을 겁니다. 호수에는 계속 물고기가 채워질 거고, 소령님의 자리도 안전할 겁니다. 그 자리를 아름답게 꾸미기만 하세요. 이 땅의 가장 높은 분은 그린슬리브스 작전을 주관하는 천재적인 인물로 소령님을 계속 존중할 겁니다.」 「당신의 비밀이 내 손안에 있어요.」 픰은 사비나의 불 꺼진 창문을 향해 속삭였다. 「당신이 영국 정부에 고용되어 일하는 것, 당신의 영웅적인 형제 얀, 애인 픰에 대한 당신의 높은 평가, 이 모든 것이 안전해요. 편안하지 못한 잠을 자는 당신의 부드럽고 따스한 몸을 아끼듯이, 나는 그 모든 것을 아낄 겁니다.」

픰은 확신이 있었기 때문에 아무런 결정도 내리지 않았다. 고독한 십자군이 자신의 임무를 알아냈으니 노련한 스파이가 세세한 부분을 챙길 것이다. 그리고 의리와 애정이 전부인 친구가 국가를 위해 봉사한다는 환상 때문에 친구를 배신하는 일은 두 번 다시 없을 것이다. 그의 사랑, 그의 의무와 충성이 이렇게 분명했던 적은 없었다. 악셀, 난 당신에게 갚을 빚이 있어요. 우리 둘이 함께 세상을 바꿀 수 있을 거예요. 당신이 내게 선물을 가져왔듯이 나도 선물을 줄게요. 다시는 당신을 수용소로 보내지 않을 거예요. 그는 여러 대안을 생각해 보았고, 재앙만 불러올 뿐이라며 퇴짜를 놓았다. 창의적인 핌은 지난 몇 달 동안 비밀스러운 그라츠와 빈과 화이트홀에서 부사관 파벨을 즐거움과 감탄이 가득한 인물로 구축해 놓았다. 그의 능숙한 손길 아래 이 성마른 영웅의 음주, 바람기, 돈키호테처럼 불쑥불쑥 튀어나오는 용기는 전설이 되었다. 설사 핌이 또다시 악셀의 신뢰를 배반할 각오가 되어 있었다 해도, 멤베리를 찾아가 이런 말을 할 수는 없는 노릇이었다. 「소령님, 부사관 파벨은 존재하지 않습니다. 그린슬리브스는 제 친구 악셀인데, 그자가 영국의 진짜 기밀을 가져다달라고 요구하고 있습니다.」 멤베리의 상냥한 눈이 번쩍 떠지고, 그의 순수한 얼굴이 슬픔과 절망으로 무너질 것이다. 핌에 대한 신뢰가 시들시들해지면서 그의 평판도 함께 사라질 것이다. 멤베리를 매달아라, 멤베리를 약탈하라. 멤베리와 그의 아내, 그리고 그의 딸들 모두 고향으로 돌아가라. 만약 핌이 가상의 인물 부사관 파벨에게 악셀의 딜레마를 투영해서 타협하려 한다면 더욱 심한 재앙이 일어날 것이다. 그는 머릿속으로 그런 장면을 상상해 보았다. 「소령님, 부사관 파벨이 국경을 넘다가 들켰습니다. 그래서 자신이 영국 정보 요원에게 작업을 하는 중이라고 체코 비밀경찰에게 말했습니다. 따라서 이 거짓말을 뒷받침할 가짜 정보를 그에게 주어야 합니다.」 디브인트는 이중 첩자를 운용할 권한이 없었다. 그라츠는 그보다 더했다. 제자리에 머물러 있는 망명자라는 것 자체가 이미 무리한 개념이었다. 핌의 직접적인 관리만 받겠다는 그린슬리브스의 고집이 아니었다면 이미 오래전에 런던 사람들이 나섰을 것이다. 핌의 복무 기간이 끝나면 누가 파벨을 이어받을 것인지를 두고 많은 사람이 벌써 진지하게 이야기를 나누고 있었다. 악셀이든 부사관 파벨이든, 하여튼 그를 이중 첩자로 만든다면 즉시 무서운 결과가 빚어질 것이다. 런던 사람들이 멤베리의 손에서 그린슬리브스를 채 갈 것이고, 핌의 후임은 5분 만에 속임수를 알아차릴 것이다. 그러면 악셀은 또다시 배신을 당해 살아남을 기회를 잃어버릴 것이고, 멤베리는 시베리아로 좌천되어 가족들과 함께 이주하게 될 것이다.

그럴 수는 없었다, 톰. 핌은 그 기념비적인 밤에 도달할 수 없는 이상을 생각하며 거리를 걸었다. 영혼의 순수함을 위해 사비나의 침대는 피했지. 핌이 위대한 선택지들 앞에서 고민한 것은 아니다. 근엄한 사람들이 보기에 반역이라고 할 만한 행동을 생각하며 자신의 영혼을 살

핀 것도 아니다. 그다음 날이 돌이킬 수 없는 그의 처형 일이라는 생각도 하지 않았다. 그러나 그날 핌의 모든 희망이 죽어 버리고 네 아버지가 태어났다. 그는 아름다움과 조화의 날 먼동이 터오는 것을 지켜보고 있었다. 잘못된 기록을 바로잡을 수 있는 날, 그가 책임져야 할 모든 사람의 운명이 그의 보살핌하에 있는 날, 그의 비밀스러운 유권자들이 무릎을 꿇고 자신들을 돌봐 주기 위해 태어난 핌과 그의 조물주에게 감사하게 될 날. 그는 기쁨에 반짝반짝 빛나고 있었다. 자신에 대한 믿음과 선의에서 용기가 우러나 그를 가득 채웠다. 비밀의 십자군은 제단에 검을 올려놓고 전투의 신에게 우애의 메시지를 전하고 있었다.

「악셀, 이리 넘어와요!」 핌은 그에게 간청했다. 「부사관 파벨은 잊어버려요. 그냥 평범한 망명자가 될 수 있어요. 내가 당신을 돌봐 줄게요. 필요한 것이라면 뭐든 내가 구해 줄게요. 반드시.」

그러나 악셀은 단호함과 용기를 모두 갖춘 사람이었다. 「내 친구들을 배신하라고 말하지 마, 매그너스 경. 친구들을 구할 수 있는 사람은 나뿐이야. 내가 이미 마지막 국경을 넘었다고 말하지 않았던가? 네가 날 도와주면 우리가 위대한 승리를 거둘 수 있어. 수요일 같은 시간에 여기서 보자.」

핌은 서류 가방을 손에 들고 별장 꼭대기 층으로 재빨리 올라가 자기 사무실 문의 잠금장치를 연다. 난 아침형 인간이야. 다들 그 사실을 알고 있지. 핌은 일찍 일어나는 사람이다, 핌은 일을 열심히 한다, 대부분의 사람이 아직 면도를 하고 있을 때 핌은 하루치 일을 다 끝낸다. 그의 사무실은 두 짝으로 된 웅장한 문을 통해 멤베리의 사무실과 연결되어 있다. 핌은 그 문을 밀어 열고 안쪽으로 발을 들여놓는다. 그 순간 참을 수 없을 만큼 강렬한 행복감이 밀려온다. 결의, 당당함, 해방감이 한데 섞여 현기증이 날 것 같다. 난 축복받았어. 멤베리의 양철 책상은 릭의 궁정 관저 책상과 달라. 책상 뒤편은 낡은 양철로 되어 있고, 핌의 스위스 군용 나이프는 네 귀퉁이의 나사를 잘 풀어 낸다. 멤베리는 왼쪽 세 번째 서랍에 기본적인 참고 자료를 보관해 둔다. 부대의 복무규정, 『세상의 갈색 물고기』, 기밀 전화번호부, 『오스트리아의 호수와 수로』, 런던 군 정보부 전투 서열, 주요 수족관 목록, 빈의 디브인트를 위해 이름은 밝히지 않고 여러 부대와 그들의 기능을 표시한 표. 핌은 안으로 손을 뻗는다. 이건 침범이 아니다. 보복도 아니다. 패널에 이니셜을 새길 생각도 없다. 난 이것들을 손으로 쓰다듬어 주려고 온 거야. 바인더로 정리되어 있는 지침서와 서류철. 〈최고 기밀, 주의〉라고 표시된 통신 지시문. 이건 핌이 한 번도 본 적이 없는 서류였다. 난 여기 물건을 빌리러 온 거야. 훔

치러 온 게 아니야. 그는 서류 가방을 열어 군이 지급해 준 아그파 카메라를 꺼낸다. 렌즈 앞쪽에 30센티미터 길이의 측정용 체인이 고정되어 있다. 악셀이 가져온 원자료를 현장에서 곧바로 사진으로 찍어야 할 때도 핌은 이 카메라를 사용한다. 핌은 카메라를 책상 위에 설치한다. 난 이런 일을 하는 게 천성이야. 그가 이런 생각을 하는 건 오늘이 처음이 아니다. 태초에 스파이가 있었다.

표지에 가위표로 지워진 〈척추동물〉이라는 단어가 있는 파일에서 그는 디브인트 전투 서열을 선택한다. 이건 어차피 악셀이 아는 정보라고 그는 자신을 설득한다. 그래도 이 서류의 맨 위와 맨 아래에 인상적인 〈최고 기밀〉 스탬프가 찍혀 있고, 이것이 진품임을 증명하는 스탬프도 하나 찍혀 있다. 네가 내 자유를 사랑하는 만큼 좋은 걸 가져다줘. 그는 서류를 한 번 사진으로 찍고, 한 번 더 찍는다. 그러고 나니 들뜬 마음이 푸시시 가라앉은 것 같다. 이 필름으로는 서른여섯 장의 사진을 찍을 수 있다. 그럼 내가 굳이 필름을 아껴서 사진을 두 장만 가져다줄 이유가 없잖아? 우리의 상호 이해를 위해 내가 뭔가를 할 수 있을 것 같은데. 악셀, 당신은 이보다 더 좋을 것을 누릴 자격이 있어요. 그는 얼마 전 육군성이 소련의 위협을 평가한 자료를 기억해 낸다. 그걸 읽으면 전부 읽은 것이나 마찬가지다. 그 서류는 맨 꼭대기 서랍에 있다. 『수생 포유류 안내서』 옆에 놓인 그 서류의 맨 앞에는 결론을 요약한 글이 있다. 그는 모든 페이지를 사진으로 찍어 필름을 깔끔하게 전부 소비한다. 악셀, 해냈어요! 우린 이제 자유야. 우리가 세상을 바로잡았어요. 당신이 말한 그대로! 우리는 중간 지대의 사람들이에요. 우리가 인구가 둘뿐인 우리만의 나라를 건국한 거예요!

「이렇게 좋은 정보를 다시는 가져오지 마. 약속해, 매그너스 경.」 다음 만남에서 악셀은 이렇게 말했다. 「네가 이런 걸 또 가져오면 놈들이 날 장군으로 승진시킬 테고, 그러면 우린 다시는 만나지 못하게 될 거야.」

아버지께(핌은 릭이 건강을 위해 머물고 있는 것으로 보이는 카라치의 머제스틱 호텔 앞으로 편지를 썼다), 보내 주신 편지 두 통 잘 받았습니다. 아가 칸과 마음이 잘 맞는다니 다행입니다. 저도 여기서 능력을 잘 발휘하고 있는 것 같습니다. 아버지가 아시면 대견해하실 만큼.

14

메리 핌은 열여섯 살 때 처녀성을 버릴 때가 됐다는 결정을 내리고, 하키를 하는 대신 사춘기의 망상에 잔뜩 빠진 것처럼 굴었다. 그로 인해 사감 선생님이 그녀를 병동으로 데려가자, 얌전히 침대에 누워 3시 종이 울릴 때까지 벽만 빤히 바라보면서 사감 선생님이 5시부터 다시 근무를 시작한다는 사실을 되뇌었다. 그녀는 견진 성사때 받은 손목시계로 정확히 5분을 더 기다린 뒤, 30초 동안 숨을 참았다. 이 방법은 언제나 용기를 내는 데 도움이 되었다. 그러고 나서 그녀는 뒤편의 돌계단을 살금살금 내려와 주방과 세탁실을 지났다. 밖으로 나온 뒤에는 벽돌로 지은 낡은 헛간을 향해 풀밭을 조금 가로질렀다. 정원사 조수가 그 헛간에서 담요와 낡은 자루로 임시 잠자리를 만들어 자고 있었다. 그녀가 감행한 모험의 결과는 바랐던 것보다 더 화려했으나, 나중에 돌이켜 보니 그일 자체보다는 그 일이 있기 전의 기대감이 더 즐겁게 느

꺼졌다. 이미 마음을 정했으니 무슨 일이 있어도 그만두지 않을 것이라는 확신을 안고, 치맛자락을 허리까지 올린 채 대담하게 침대에 누워 있을 때의 느낌. 죄악의 세계를 향해 스스로 경계선을 넘을 때 느껴진 자유.

캐럴라인 럼스던의 지나치게 화려한 응접실 중앙에 새침하게 앉아 있는 지금도 그녀는 똑같은 기분이었다. 이 응접실에 놓인 태국의 탁자들은 끔찍했고, 중국 그림은 너무 번쩍거렸으며, 선반에는 공장에서 만든 부처상이 가득했다. 메리는 외교관 아내 연합의 빈 지부가 지난번에 열었던 회합에 대해 백조의 마지막 노래처럼 낭랑한 목소리로 투덜거리며 마치 여왕 같은 음성을 내려고 애쓰는 캐럴라인에게 귀를 기울였다. 해낼 수 있어. 메리는 자신을 타일렀다. 침착해. 생각대로 잘 안 되면 다른 방법을 동원해서라도 해내야지. 메리는 창문을 흘깃 보았다. 길 건너편에 세워 둔 메르세데스 자동차 안에 조지와 퍼거스가 앉아 머리를 맞대고 있었다. 두 연인이 지도를 보는 척하면서 이 집의 현관문과 진입로에 세워 둔 메리의 로버 자동차를 감시하는 중이었다. 뒷문으로 나가야지. 전에도 통했으니, 지금도 통할 거야.

「따라서 모두 **만장일치로** 동의했어요.」 캐럴라인이 탄식하듯 말했다. 「현지 생활비에 대한 외무부 감사관의 **보고서**가 불공정하게 왜곡되어 있고, **즉시** 재정 소위원회를 만들어야 한다고요. 위원장으로 매코믹 **부인**이 뽑힌 것이 다행이라고 말하고 싶네요.」사람들은 예의 바르게 숨을 죽였다. 루스 매코믹은 경제 장관의 부인이었으므로 경제 분야의 천재였다. 그녀가 네덜란드 무관과 바람을 피우고 있다는 말은 아무도 입에 올리지 않았다. 「재정 소위원회는 우리가 지적하는 것들을 **모두** 조목조목 정리해서 런던의 우리 외교관 아내 연합에 **서면으로** 반대 의견을 제출할 거예요. 적절한 채널을 **통해** 감사실장 **본인**에게 제출해 달라고.」

메리를 포함해서 열네 명의 여자들이 소프라노처럼 박수갈채를 쏟아 냈다. 훌륭해요, 캐럴라인, 훌륭해요. 다음 생에서는 당신이 떠오르는 젊은 외교관이 되고, 당신 남편은 집에서 당신 흉내를 내게 될 거예요.

캐럴라인은 벌써 다른 주제로 관심을 돌린 뒤였다. 「다음 **월요일** 12시 30분 **정각**에 만치스에서 주간(週間) 유럽-미국 오찬이 있을 거예요. 일인당 4백 실링인데, 현금으로 부탁해요. 포도주 두 잔이 포함된 가격이랍니다. 만치 씨를 **엄청** 열심히 설득해서 **방**을 빌렸으니까 지각하면 안 돼요.」 잠시 침묵이 흘렀다. 말해, 멍청아. 메리는 속으로 캐럴라인을 재촉했지만 그녀는 말하지 않았다. 아직은. 「그리고 금요일, 그러니까 정확히 일주일 뒤에는 마조리 드 위버가 **여기서** 에어로빅에 대해 환등기를 이용해 정말로 **매혹적인** 강연을 할 거예요. 그녀는 수단에서도 모든 계급의 사람들을 모아 놓고 **아주** 성공적인 수

업을 했답니다. 남편이 거기서 **2인자**였지요. 맞죠, 마
조리?」

「음, 사실 대리 대사였답니다.」마조리가 앞줄에서 우
렁차게 말했다. 「대사님은 14개월의 근무 기간 중 딱 3개
월만 그곳에 있었어요. 브라이언이 따로 봉급을 더 받은
건 아니지만, 그건 다른 문제니까요.」

제발 좀! 메리는 머리끝까지 화가 나서 속으로 외쳤다.
당장! 하지만 페니 샬로의 남편이라는 작자가 훈장을 받
았다는 이야기가 남아 있었다.

「우리 모두 페니를 축하해 주고 싶을 것이라고 확신해
요. 지난 세월 페니가 제임스를 정말 환상적으로 뒷받침
해 줬잖아요. 그런 노력이 없었다면 제임스는 **아무것도**
해내지 못했을 거예요.」

극히 소수의 사람들이 히스테리를 부리듯이 웃음을
터뜨린 것으로 보아 이 말은 농담인 것 같았다. 캐럴라인
은 슬픈 시선으로 허공을 바라보는 방식으로 그 웃음을
진압했다. 그러곤 〈공식적인 애도〉의 목소리로 말했다.

「그리고 우리 메리, 내가 이 말을 해도 괜찮다고 했지
요?」메리는 급히 무릎으로 시선을 떨어뜨렸다. 「메리의
시**아버님**이 돌아가신 것에 대해 우리 **모두 애도**의 뜻을 표
하고 싶을 거예요. 매그너스가 **정말** 큰 충격을 받았죠. **빨
리** 회복해서 여느 때처럼 **활기찬** 모습으로 다시 돌아와
야 할 텐데요. 우리 **모두** 매그너스의 그런 모습에서 기운

을 얻잖아요.」

다들 공감한다는 듯 웅성거렸다. 메리는 고맙다고 속삭인 뒤, 몸을 적당히 앞으로 기울였다. 다들 숨을 죽인 채 그녀가 고개를 들기를 기다리는 것이 느껴졌지만, 그녀는 고개를 들지 않고 몸을 떨기 시작했다. 꽉 움켜쥔 양손 위로 정말로 눈물이 떨어지는 것이 놀라웠다. 그녀는 살짝 목멘 소리를 내고 일부러 어두운 표정을 지은 채, 대사관 경비의 아내인 심슨 부인의 명랑한 목소리를 들었다. 「아유, 이런.」 그녀는 이 말을 하면서 거대한 팔로 메리의 등을 감쌌다. 메리는 다시 목멘 소리를 내며 심슨 부인을 건성으로 밀어내고 힘겹게 일어섰다. 온통 눈물뿐이었다. 톰을 위한 눈물, 매그너스를 위한 눈물, 헛간에서 처녀성을 잃은 뒤 임신을 확신한 눈물. 그녀는 심슨 부인이 자신의 팔을 잡게 내버려 두고 고개를 흔들며 더듬더듬 말했다. 「난 괜찮아요.」 복도로 나온 뒤에야 그녀는 캐럴라인 럼스던이 뒤따라 나온 것을 알아차렸다. 「괜찮아요……. 정말이에요, 눕고 싶지는 않아요……. 그냥 산책을 하는 편이 훨씬 낫겠어요……. 제 외투 좀 가져다줄래요?…… 옷깃에 모피가 달린 파란 외투예요……. 괜찮다면 혼자 있고 싶어요……. 정말 친절하세요……. 아, 이런, 또 눈물이 나올 것 같아요…….」

럼스던의 집 뒤편에 길쭉하게 자리한 정원으로 나온 메리는 계속 몸을 웅크린 채 오솔길을 따라 방황하듯 걸으며 나무들에 가려 사람들이 볼 수 없는 곳에 이르렀다. 그때부터는 움직임이 빨라졌다. 뒷문의 잠금장치를 열 때는 예전에 훈련을 받아서 다행이라는 생각이 들었다. 피를 식히는 데는 이만한 것이 없었다. 메리는 재빨리 버스 정류장으로 향했다. 14분마다 한 대씩 버스가 있었다. 그녀가 미리 확인해 둔 사실이었다.

「어찌나 좋은 사람들인지.」 멤베리 부인이 브러더후드의 잔에 엘더베리 꽃으로 직접 담근 술을 더 따라 주며 지극히 만족스러운 표정으로 소리쳤다. 「그건 정말 멀리 내다본 현명한 일이었어요. 육군성의 머리는 그 **절반**도 안 됐을걸요. **그렇지**, 해리슨? 귀가 먹은 건 아니에요.」 그 녀는 해리슨의 답변을 기다리면서 브러더후드에게 설명 하듯 말했다. 「그냥 생각이 느린 거예요. 그렇지, 여보?」

해리슨 멤베리는 정원 끝의 개울에서 갈대를 자르다 가 올라와 아직도 방수복 차림이었다. 덩치가 크고 걸음 걸이가 씩씩한 그는 일흔 살의 나이에도 여전히 소년처 럼 보였다. 뺨은 아이처럼 분홍색이고, 백발은 비단 같았 다. 그는 탁자 한쪽 끝에 앉아 아내가 만든 케이크를 차 와 함께 먹고 있었다. 차가 담긴 커다란 도자기 잔에는 〈할아버지〉라는 단어가 적혀 있었다. 브러더후드가 보기 에 그가 움직이는 속도는 정확히 아내의 속도의 절반이 었으며, 목소리 크기도 절반이었다.

「그거야 모르는 일이지.」질문이 뭐였는지 다들 잊어버렸을 때 그가 대답했다. 「상당히 똑똑한 친구들이 여기저기 있었으니까. 여기저기.」

「이 사람한테 물고기에 관해 물어보면 **훨씬** 빨리 답이 나와요.」멤베리 부인은 이렇게 말하면서 방의 한쪽 구석으로 돌진하듯 움직여 가서 이블린 위의 작품들 사이에서 앨범 몇 개를 꺼냈다. 「송어는 어때, 해리슨?」

「아, 좋지.」멤베리가 환하게 웃으며 말했다.

「우린 송어를 먹을 수 없어요. 알죠? 송어를 먹을 수 있는 건 창꼬치뿐이에요. 이제 내 사진을 보면 재미있을 것 같지 않아요? 그러니까, **그림이 곁들여진** 역사책을 쓰는 건가요? 설마요. 비용이 두 배인데요. 『옵서버』에서 읽었어요. 사진은 책에 비해 비용이 두 배라고. 하지만 생각해 보면, 매력도 두 배잖아요. 특히 전기(傳記)라면 더욱. 주인공들의 모습을 직접 볼 수 없다면 난 전기를 못 읽어요. 해리슨은 읽을 수 있지만. 머리가 좋은 사람이라. 난 시각적인 사람이고요. 당신은 어느 쪽이에요?」

「부인과 더 가까운 쪽인 것 같습니다.」브러더후드는 답답한 사람 흉내를 내면서 미소와 함께 대답했다.

마을은 바스 외곽에 있는 조지 왕조 시대의 정착지 중 하나였다. 어느 정도 지위가 있는 영국의 가톨릭교도들은 함께 모여 망명 생활을 할 곳으로 반쯤 도시화된 이런 마을을 골랐다. 멤베리의 집은 마을에서도 시골에 좀 더 가까운 쪽에 있었다. 강을 향해 가파르게 내려가는 정원이 딸린 자그마한 사암 주택이었다. 세 사람은 지저분한 부엌에서 등받이가 바퀴 모양인 의자에 앉아 있었다. 설거짓거리와 어렴풋이 봉헌물처럼 보이는 골동품이 사방에 있었다. 루르드의 성모를 새긴 금 간 도자기 판. 조리 도구 뒤에 쑤셔 박혀 삭아 가는 골풀 십자가. 바람에 흔들리며 빙빙 돌고 있는 종이 천사 모빌. 로널드 녹스의 사진. 그들이 대화를 나누는 동안 몸에 더러운 것을 묻힌 손주들이 안으로 들어와 그들을 빤히 바라보다가 키 큰 어머니들의 손에 밀려 나갔다. 언제나 혼란스럽지만 따스한 집이었다. 또한 종교적 박해의 전율이 집 안 곳곳에 스며 있었다. 하얀 아침 해가 바스의 안개 속에서 고개를 내밀었다. 홈통에서 물이 천천히 똑똑 떨어지는 소리가 들려왔다.

「당신 학자인가?」 멤베리가 탁자 끝에서 갑자기 물었다.

「여보, **말했잖아. 역사가**시라고.」

「음, 그보다는 은퇴한 경관이라고 하면 될 것 같습니다, 솔직히.」 브러더후드가 대답했다. 「그런 일을 하게 된 것이 행운이었죠. 이 일이 아니었다면 이미 확실히 퇴물이 되었을 겁니다.」

「그런데 그건 언제 나와요?」 멤베리 부인이 소리쳤다. 마치 이 자리의 모든 사람이 귀가 잘 들리지 않는다고 생각하는 것 같았다. 「몇 달 전에 미리 알아야 래니언 부인에게 내 이름을 말해 두죠. 트리스트럼, 잡아당기지 마. 여기 이동 도서관이 있거든요. 얘야, 마그다, 트리스트럼 좀 어떻게 해봐. 이러다 녀석이 역사의 한 페이지를 찢어버릴라. 도서관이 일주일에 한 번씩 오는데, 기다려야 한다는 점만 빼면 틀림없이 하느님의 선물이에요. 자, 여기 이건 해리슨의 사무실이 있던 별장이에요. 다들 해리슨 밑에서 일했죠. 본채는 1680년에 지어졌지만 별관은 새 거였어요. 아마 19세기쯤. 여기가 해리슨의 연못이에요. 아무것도 없던 곳을 해리슨이 이만큼 만들어 놓은 거예요. 게슈타포가 연못에 수류탄을 던져서 물고기를 전부 죽여 버렸거든요. 그럴 만한 놈들이죠. 돼지 같으니.」

「제 상관들 말씀으로는, 우선 내부 참고 자료로 제작할 것이라고 합니다.」 브러더후드가 말했다. 「그러다 나중에 일반 대중용으로 기밀 자료를 삭제한 버전을 책으로 낼 겁니다.」

「혹시 M. R. D. 풋[28]은 아니죠?」 멤베리 부인이 말했다. 「그래요, 그럴 리가 없죠. 이름이 말로라고 했으니. 어쨌든, 그 사람들이 분발하고 있는 것 같네요. 사람들이 죽기 전에 만나서 얘기를 듣는 건 정말 현명한 일이에요.」

「누구랑 같이 근무했소?」 멤베리가 말했다.

「그냥 이런저런 일들을 조금씩 했다고 해두겠습니다.」

28 제2차 세계 대전 때 활약한 영국군 정보 장교 출신의 전쟁 역사가.

브러더후드는 일부러 조심스레 말을 삼가는 척하면서 독서용 안경을 꼈다.

「여기 있네요.」멤베리 부인이 단체 사진 하나를 자그마한 손가락으로 콕콕 찌르며 말했다. 「여기. 이 젊은이가 당신이 물어본 사람이에요. 매그너스. 일을 정말 눈부시게 잘했어요. 이 사람은 그 병참 대위고요. 정말 상냥한 사람이었는데. 해리슨, 그 구내식당 웨이터의 이름이 뭐였지? 신참 요원이 될 뻔했는데 진취성이 없었다는 사람 말이야.」

「잊어버렸어.」멤베리가 말했다.

「여기 여자들은 누굽니까?」브러더후드가 빙긋 웃으며 말했다.

「아이고, 이런, 온갖 말썽의 근원들이에요. 죄다 정신머리가 이상해서 임신을 하거나, 이상한 남자들과 도망쳤다가 손목을 긋거나 했어요. 당시 피임이 보편화되어 있었다면 내가 이 여자들을 위해서 전문 병원을 하나 차려도 됐을걸요. 하기야 요새는 여자들이 피임약을 먹는데도 여전히 실수로 임신을 하곤 하죠.」

「그 여자들은 통역사였소.」멤베리가 파이프에 담배를 채우며 말했다.

「통역사 중에 그린슬리브스 작전에 관련된 사람도 있었습니까?」브러더후드가 말했다.

「필요가 없었지.」멤베리가 말했다. 「그자가 독일어를

썼으니까. 핌이 혼자 그자를 상대했소.」

「완전히 혼자서요?」

「혼자. 그린슬리브스가 고집을 피웠소. 핌하고 얘기를 해보면 될 텐데.」

「핌이 떠난 뒤에는 누가 그 일을 맡았습니까?」

「내가 맡았소.」 멤베리가 더러운 스웨터 앞섶에서 젖은 담배를 쓸어 내며 자랑스레 말했다.

산만한 대화에 질서를 부여하는 데에 등 부분이 빨간 수첩만 한 것이 없다. 브러더후드는 여러 끼의 식사를 해결하고 남은 잔해들 사이에 그런 수첩을 하나 일부러 펼쳐 놓고, 스스로 생각하기에 조금 더 공식적인 분위기를 조성하기 위해 굵은 오른팔을 살짝 흔들며 주머니에서 펜을 하나 꺼냈다. 사건 현장에 나타난 마을 경찰관처럼 상당히 화려한 동작이었다. 손주들은 이미 다른 곳에 가 있었다. 위층의 어느 방에서 누군가가 실로폰으로 종교적인 음악을 연주해 보려고 애쓰는 소리가 들려왔다.

「먼저 모든 것을 받아 적은 뒤 각각의 구체적인 사실들은 나중에 다시 살펴보겠습니다.」 브러더후드가 말했다.

「그것 아주 좋은 생각이네요.」 멤베리 부인이 엄격하게 말했다. 「해리슨, 여보, 잘 들어 봐.」

「이미 말씀드렸듯이, 그린슬리브스에 관한 원래 자료들 중 대부분이 안타깝게도 폐기되거나, 유실되거나, 잘

못 분류되었습니다. 그러니 아직 살아 계신 증인들의 책임이 한층 더 무거워졌죠. 바로 선생님 같은 분들 말입니다. 그럼.」

무서운 경고처럼 들린 이 말 이후 한동안 비교적 차분하게 대화가 진행되었다. 멤베리는 그린슬리브스 작전이 중요한 개가를 거둔 날짜와 그 내용, 정보 부대의 매그너스 핌 중위가 수행한 역할에 대해 놀라울 정도로 정확하게 기억을 되살려 냈다. 브러더후드는 그의 말을 거의 재촉하지 않고 열심히 받아 적었다. 간간이 엄지에 침을 묻혀 수첩의 페이지를 넘길 때만 잠시 펜을 멈출 뿐이었다.

「해리슨, 여보, 또 말이 느려지고 있어.」 멤베리 부인이 가끔 끼어들었다. 「말로 씨가 하루 종일 여기 있을 수는 없잖아.」 한번은 이런 말도 했다. 「말로 씨는 런던으로 돌아가야 돼, 여보. 말로 씨는 물고기가 아니야.」

하지만 멤베리는 계속 자기만의 속도로 기억 속을 휘저으며 체코슬로바키아 남부의 소련군 배치 상황을 설명하다가 화이트홀의 전쟁 금고에서 작은 금괴들을 빼 오는 힘든 과정에 대한 이야기로 훌쩍 건너뛰곤 했다. 그린슬리브스가 대가를 반드시 금괴로만 받겠다고 고집을 피웠기 때문에 그는 어쩔 수 없었다. 그러다 이야기가 또 훌쩍 다른 곳으로 튀어, 그가 아끼는 부하 요원이 지나치게 이용당하는 것을 막기 위해 디브인트와 싸운 사연이 이어졌다. 브러더후드는 주머니에 작은 녹음기를 다시

집어넣고, 모든 것을 그들이 볼 수 있게 펼쳐 두었다. 날짜는 왼쪽, 자료는 중앙.

「그린슬리브스는 언제든 다른 암호명을 사용한 적이 없죠?」그가 말을 받아 적으며 무심하게 물었다. 「보안을 위해 정보원에게 새로운 이름을 주는 경우가 있지 않습니까. 암호명이 이미 노출돼서 그러기도 하고.」

「생각해 봐, 해리슨.」멤베리 부인이 재촉했다.

멤베리가 입에서 파이프를 떼었다.

「정보원 웬트워스?」브러더후드가 수첩의 페이지를 넘기며 물어보았다.

멤베리는 고개를 저었다.

「또 다른 정보원도 있었습니다.」브러더후드는 마치 이름이 잘 생각나지 않는다는 듯 살짝 말을 더듬었다. 「세리나, 그거였어요……. 아니, 그게 아니라…… 사비나. 정보원 사비나. 빈에서 활약하던. 아니, 그라츠였나요? 어쩌면 선생님이 부임하시기 전의 그라츠였는지도 모르겠습니다. 어쨌든 위장용 암호명과 성별을 뒤섞는 건 인기 있는 방법이었죠. 정보를 교란하는 일반적인 방법이라고 들었습니다.」

「사비나?」멤베리 부인이 소리쳤다. 「설마 **우리** 사비나는 아니죠?」

「정보원을 말하는 거야, 여보.」멤베리가 유난히 빠르게 반응하며 단호하게 말했다. 「우리 사비나는 통역사지 정보원이 아니었어. 상당히 다르다고.」

「**우리** 사비나는 절대로…….」

「정보원이 아니었어.」 멤베리가 단호하게 말했다. 「이제 그만, 잡담은 그만합시다. 양귀비.」

「뭐라고 하셨습니까?」 브러더후드가 말했다.

「매그너스는 그자를 양귀비라고 부르고 싶어 했소. 우리도 좀 그랬고. 정보원 양귀비. 난 그 이름이 마음에 들었어요. 그러다 전사자 추도일이 됐는데, 런던의 어떤 망할 놈이 타락한 자에게 양귀비는 욕이라는 결론을 내렸소. 그건 배신자가 아니라 영웅에게 어울린다나. 딱 그런 놈들이 할 만한 소리지. 십중팔구 그걸로 승진했을 거요. 순 어릿광대 같은 놈. 나는 무척 화가 났고, 매그너스도 마찬가지였소. 〈양귀비는 영웅이에요.〉 매그너스가 이렇게 말했지. 내가 그래서 그 녀석을 좋아했소. 좋은 친구야.」

「이제 뼈대는 다 된 것 같네요.」 브러더후드가 자신의 메모를 살피며 말했다. 「이제 살을 붙여 볼까요?」 그는 수첩 앞부분에 미리 적어 둔 제목들을 읽어 보았다. 「성격, 그래요, 그걸 건드려 보죠. 평화 시 정보 활동에 군인이 지니는 가치, 그들이 도움이 되었나 방해가 되었나? 이것도 다룰 겁니다. 일이 끝난 뒤 모두 어떻게 되었나? 자신이 선택한 길에서 흥미로운 위치를 차지했는가? 뭐, 선생님이 그 사람들과 계속 연락했을 수도 있고 아닐 수도 있겠죠. 그건 선생님보다 우리가 알아서 해야 할 문제입니다.」

「그래요, 그건 그렇고, 매그너스는 **도대체** 어떻게 된 거예요?」 멤베리 부인이 다그치듯 물었다. 「매그너스가 도통 편지를 쓰지 않으니 해리슨이 화가 많이 났어요. 나도 그렇고요. 심지어 자기가 개종했는지도 우리한테 말해 주질 않았으니까요. 정말 그러기 **직전인** 것 같았거든요, 우리가 보기에. 누가 한 번만 더 밀어 주면 넘어올 것 같았다고요. 해리슨도 오랫동안 정확히 그런 상태였어요. 다시 신부님이 한참 동안 이야기를 하신 뒤에야 해리슨이 빛을 봤죠. 그렇지, 여보?」

멤베리는 다 피운 파이프를 실망한 얼굴로 내려다보고 있었다.

「난 처음부터 그 녀석이 싫었소.」 그가 당혹감과 유감이 섞인 것 같은 표정을 지으며 설명하듯 말했다. 「녀석을 대단하게 생각한 적이 없어요.」

「여보, 그게 무슨 소리야. 당신 매그너스를 엄청 예뻐했잖아. 사실상 양아들이나 마찬가지였지. 당신도 알면서 그래.」

「아, 매그너스는 대단한 녀석이었지. 매그너스 말고 다른 녀석. 그 정보원. 그린슬리브스. 내가 보기에는 솔직히 좀 사기꾼 같았어. 내가 말은 안 했지만. 별로 소용이 있을 것 같지 않아서. 런던의 디브인트가 좋아서 어쩔 줄

343

을 모르는데 우리가 투덜거리면 뭘 해?」

「허튼소리.」 멤베리 부인이 말했다. 정말로 단호한 목소리였다. 「말로 씨, 이런 소리는 듣지 마세요. 여보, 당신은 항상 너무 겸손한 게 문제야. 당신이 그 작전의 중심이었잖아. 당신도 알면서. 말로 씨는 **역사**를 기록하려는 거야, 여보. **당신** 이야기를 쓸 거라고. 그러니 당신이 망치면 안 되지. 안 그래요, 말로 씨? 요즘은 그게 유행이잖아요. 사람을 깎아내리는 것. 난 진짜 너무 싫어요. 텔레비전에서 가엾은 스콧 선장한테 무슨 짓을 했는지 보세요. 스콧은 우리 아버지도 알던 사람인데. 정말 굉장한 사람이었다고요.」

멤베리는 아내의 말을 전혀 듣지 못한 사람처럼 말을 이었다. 「빈에서 온 장군들이 죄다 좋아서 벙글거렸소. 육군성에서는 박수갈채를 보냈고. 다들 행복한데 내가 황금 알을 낳는 거위를 죽이는 건 의미가 없는 일이지, 안 그렇소? 젊은 매그너스도 의기양양했소. 난 **녀석의** 기분을 망치고 싶지 않았어요.」

「게다가 매그너스는 가르침도 받고 있었어요.」 멤베리 부인이 뾰족한 목소리로 말했다. 「매그너스가 일주일에 두 번씩 모이니핸 신부님을 만날 수 있게 해리슨이 주선해 줬거든요. 매그너스는 부대의 크리켓 경기에도 참가하고, 체코어도 배우고 있었어요. 엄청 바빴다고요.」

「아, 그건 흥미로운데요. 체코어를 배웠다는 얘기 말입니다. 그때 체코인 정보원을 관리하느라 배운 겁니까?」

「사비나가 매그너스랑 진지하게 사귀고 있었기 때문이에요, 그 깍쟁이가.」 멤베리 부인이 말했다. 이번에는 사실상 남편의 말을 대신하고 있는 것 같았다.

「녀석은 모든 면에서 번지르르했소.」 멤베리가 굴하지 않고 말을 이었다. 「접시에 놓여 있을 때는 항상 좋아 보였는데, 막상 씹어 보면 아무것도 없는 음식처럼. 내가 보기엔 그랬어요.」 그가 당혹스러운 표정으로 쿡쿡 웃었다. 「창꼬치를 먹는 것 같았소. 가시를 하나도 제거하지 않은 채로. 녀석이 제출한 보고서를 읽어 보면 엄청 좋았소. 하지만 더 자세히 들여다보면 지루하더란 말이지. 뭐, 우리가 이미 알고 있는 정보라서 그랬겠지만…… 그래요, 그럴 수도 있지만 그 지역에 우리가 가진 자원이 전혀 없어서 확인할 수 없는 정보이기도 했소. 난 무슨 말이든 할 생각이 없었소만, 내 생각엔 체코 놈들이 동시에 투수도 하고 타자도 했던 것 같소. 그래서 매그너스가 영국으로 돌아간 다음부터는 그린슬리브스가 나타나지 않았던 것 같아요. 매그너스보다 나이가 많은 나를 자신이 과연 속일 수 있을지 자신이 없었던 거겠지. 아마 날 싫어했을걸. 난 그저 실패한 물고기광일 뿐이오. 그렇지, 해나? 아내가 날 부르는 이름이 이거요. 실패한 물고기광.」

두 사람 다 이 표현이 몹시 마음에 들었는지 한동안 웃어 댔다. 그래서 브러더후드도 그들과 함께 웃어 대며, 멤베리가 다시 자신의 말을 똑바로 들을 수 있는 상태가 될 때까지 질문을 참았다.

「그린슬리브스를 한 번도 만난 적이 없다는 말씀입니까? 접선 장소에 그가 한 번도 안 왔어요? 죄송합니다만, 선생님…….」 그는 다시 수첩을 보았다. 「픾이 그라츠를 떠난 뒤에 선생님이 정보원 그린슬리브스를 맡았다고 조금 전에 말씀하시지 않았습니까?」

「맞소.」

「그런데 이제는 그를 만난 적이 없다니요.」

「정말로 만난 적이 없소. 놈이 제단에서 날 바람맞혔어요. 그렇지, 해나? 아내가 가장 좋은 옷을 나한테 입히고, 놈이 좋아한다는 특별 음식을 잔뜩 싸줬는데……. 어쩌다 그게 일상이 됐는지는 하느님만이 아실 일이지……. 어쨌든 놈은 끝내 나타나지 않았소.」

「아마 해리슨이 약속 날짜를 잘못 알았을 거예요.」 멤베리 부인이 또 웃음을 터뜨리며 말했다. 「해리슨은 시간을 무서워하거든요. 그렇지, 여보? 이 사람은 정보 관련 **훈련을 받은 적**이 없어요. 원래 나이로비에서 사서로 일했다고요. 아주 훌륭한 사서였죠. 그러다 배에서 만난 어떤 사람한테 코가 꿰인 거예요.」

「그리고 다시 벗어났지.」 멤베리가 유쾌하게 말했다. 「카우프만이 나랑 같이 갔소. 운전을 맡았지. 재미있는

346

친구예요. 어쨌든 만나는 장소를 자기 손바닥처럼 아는 녀석이었고. 내가 날짜를 착각한 게 아니야, 여보. 난 제대로 알고 있었다고. 확실해. 텅 빈 헛간에 밤새 앉아 있었어. 놈에게서는 아무 연락이 없었소. 아무것도. 우리한테는 놈을 붙잡을 수단이 없었지. 모든 게 일방적으로 이루어졌으니까. 우리는 놈한테 주려고 가져온 괴상한 음식을 조금 먹고, 놈이 먹을 술도 조금 마셨소. 재미있더군. 그리고 집으로 돌아왔지. 그다음에도, 또 그다음에도 똑같았소. 난 처음에 그랬던 것처럼 전화라든가 모종의 연락이 오기를 기다렸지만, 아무것도. 그 뒤로 다시는 놈에게서 연락이 없었소. 물론 핌이랑 같이 가서 정식으로 인수인계를 해야 했던 거겠지. 하지만 그린슬리브스가 거부했소. 프리마 돈나라는 거지. 모든 정보원이 그렇듯이. 한 번에 한 명씩만 상대한다. 그걸 철석같이 지켰소.」 멤베리는 아무 생각 없이 브러더후드의 잔을 멋대로 가져가서 마셨다. 「빈에서는 노발대발했지. 전부 내 탓으로 돌렸소. 그래서 내가 그자는 어차피 쓸모가 없다고 말했지만, 뭐, 소용없는 소리였지.」 그는 또 한껏 웃음을 터뜨렸다. 「진실이 알려졌다면 난 잘렸을 거요. 그 사람들이 그렇게 말한 건 아니지만, 내 말이 반가웠을 리가!」

멤베리 부인은 오늘이 금요일이기 때문에 참치 리소토를 만들었다. 버찌를 얹은 트라이플[29]도 만들었지만 멤

29 케이크, 과일, 크림 등으로 만든 디저트

베리에게는 못 먹게 했다. 점심 식사가 끝난 뒤 그녀는 브러더후드와 함께 강둑에 서서 멤베리가 갈대를 즐겁게 난도질하는 모습을 지켜보았다. 그물과 가느다란 선들이 수면 위에 넓게 펼쳐져 있었다. 사육용 상자들 사이에서 낡은 너벅선 한 척이 끈에 묶인 채 가라앉고 있었다. 안개에서 해방된 해가 밝게 빛났다.

「이제 못된 사비나 얘기를 해주시죠.」 브러더후드가 멤베리에게 들리지 않는 거리에서 노련하게 말했다.

멤베리 부인은 더 이상 참을 수 없었는지, 정말 깍쟁이라는 말을 되풀이했다. 「사비나는 매그너스를 보자마자 자신이 영국 여권의 소유자가 될 기회가 생겼다는 걸 한눈에 알아차렸어요. 착한 영국인 남편만 있으면 평생 걱정할 필요가 없겠다 싶었던 거죠. 하지만 사비나가 다루기에는 매그너스도 저 나름 잔꾀가 있었으니 다행이지 뭐예요. 틀림없이 매그너스가 사비나를 찼을 거예요. 매그너스가 그런 말을 한 적은 없지만 우리가 보기에는 그랬어요. 어제까지 그라츠에 있던 사람이 하루아침에 사라졌으니까요.」

「사비나가 그때 어디로 간 겁니까?」 브러더후드가 말했다.

「체코슬로바키아의 고향으로 돌아갔다는 게 사비나의 얘기였어요. 꼬리를 말고 도망쳤다는 건 우리 짐작이었고요. 해리슨 앞으로 남긴 쪽지에, 고향이 그리워서 옛 남자 친구한테 돌아간다고 썼더라고요. 야만적인 정권이 지배하는 나라였는데도. 뭐, 런던에서 **그런** 전개를 좋아하지 않았다는 건 짐작이 가죠? 해리슨이 좋은 평가를 받는 데 도움이 되지도 않았고요. 런던에서는 해리슨이 이런 일을 미리 예상하고 조치를 취했어야 한다고 말했어요.」

「그 여자가 어떻게 됐는지 궁금하네요.」 브러더후드가 역사가답게 몽롱한 표정으로 생각에 잠긴 듯이 말했다. 「그 여자의 성은 모르시나요?」

「해리슨. 사비나의 성이 뭐였지?」

물가에서 놀라울 정도로 신속하게 대답이 날아왔다. 「코르트. K-O-R-D-T. 사비나 코르트. 아주 아름다운 여자였어. 매력적이고.」

「사비나가 어떻게 됐는지 말로 씨가 궁금하대.」

「하느님만 아시겠지. 마지막으로 들려온 소식에는 이름을 바꾸고 체코의 정부 부처 어딘가에 취직했다고 되어 있던데. 어떤 망명자의 말에 따르면, 사비나가 처음부터 그쪽 정부를 위해 일했다고도 하고.」

멤베리 부인은 놀랐다기보다 자기 생각이 맞았음을 확인한 표정이었다. 「이것 좀 봐요! 결혼한 지 50년이고 오스트리아 시절 이후로도 서른몇 해가 흘렀는데, 이 사람은 사비나가 체코슬로바키아에 나타나 거기 정부에서 일하고 있다는 말을 나한테 안 해줘요! 솔직히 해리슨이 사비나랑 바람을 피웠을 거라고 나는 생각해요. 거의 모두가 그랬으니까. 그 여자는 틀림없이 스파이였을 거야, 그렇죠? 뻔하지, 뭐. 처음부터 붙들고 있었던 게 아니라면 그쪽에서 그 여자를 다시 받아들였을 리가 없지. 그렇게 앙심을 잘 품는 사람들이. 그럼 매그너스가 그 여자를 떼어 낸 게 잘한 일이네요, 그렇죠? 정말로 좀 더 있다가 차를 마시고 가지 않을래요?」

「저 옛날 사진 몇 장을 제가 가져갈 수 있다면요.」 브러더후드가 말했다. 「책에 두 분이 사진의 주인이라는 사실도 밝혀 드릴 겁니다, 당연히.」

메리는 그 방법을 정확히 알고 있었다. 베를린에서 그녀는 잭 브러더후드가 그 방법을 쓰는 것을 열 번 넘게 지켜보았고, 그를 도운 적도 많았다. 훈련 캠프에서는 그것을 토끼 사냥 놀이[30]라고 불렀다. 자신이 신뢰하지 않는 사람과 조우하는 법. 유일한 차이점은, 오늘 그 작전의 대상이 된 것이 바로 메리 자신이라는 점이었다. 그녀를 믿지 못하는 이 익명의 쪽지 주인은 다음과 같이 썼다.

우리 둘을 매그너스에게 이끌어 줄 수 있는 정보가 내게 있습니다. 다음과 같이 해주십시오. 아무 날이나

30 한 사람이 종이쪽지들을 흘리며 도망가면 다른 사람들이 그걸 보고 추적하는 놀이.

오전 10시에서 12시 사이에 앰버서더 호텔 로비에 앉아 계세요. 아니면 아무 날이나 오후 2시에서 6시 사이에 카페 모차르트에서 커피를 마셔도 됩니다. 아무 날이나 저녁 9시에서 자정 사이에 자허 호텔 라운지에 있어도 되고요. 쾨니히 씨가 당신을 찾아갈 겁니다.

카페 모차르트는 반쯤 비어 있었다. 메리는 쉽게 눈에 띄는 한가운데 테이블에 앉아 커피와 브랜디를 한 잔씩 주문했다. 그 사람들은 내가 들어오는 것을 지켜보았을 테고, 지금은 날 미행한 사람이 없는지 지켜보고 있을 거야. 메리는 수첩을 확인하는 척하면서 주변 사람들의 특징을 몰래 메모했다. 카페의 커다란 창문 밖 광장에 세워져 있는 대형 버스와 소형 사륜마차의 특징도 적으면서 혹시라도 누군가가 잠복하고 있는 듯한 낌새가 있는지 찾아 보았다. 나처럼 양심이 있는 사람이라면, 어차피 모든 것이 수상쩍게 보이겠지. 그녀는 속으로 생각했다. 은행 창가에서 주가 현황판을 보며 인상을 찌푸리고 있는 수녀 두 명에서부터 중절모를 쓰고 발을 구르며 지나가는 여자들을 지켜보는 젊은 마부들에 이르기까지. 카페 구석에서는 빈의 뚱뚱한 신사 한 명이 그녀에게 관심을 보이고 있었다. 모자를 쓰고 올걸 그랬어. 그녀는 속으로 생각했다. 점잖은 독신 여자처럼 보이지 않잖아. 그녀는 자리에서 일어나 신문 진열대로 가서 아무 생각 없이 『디프레세』를 골랐다. 이제 이걸 돌돌 말아서 들고 산책을 가볼까. 그녀는 영화 면을 펼치며 멍청하게 이런 생각을 했다.

「핌 부인?」

여자의 목소리, 여자의 가슴. 예의 바르게 미소 짓는 여자의 얼굴. 계산대에 앉아 있던 아가씨였다.

「맞아요.」 메리도 마주 웃으며 대답했다.

아가씨가 연필로 〈핌 부인〉이라고 적혀 있는 봉투 하나를 등 뒤에서 꺼냈다. 「쾨니히 씨가 이 쪽지를 남기셨어요. 몹시 죄송하시다고요.」

메리는 아가씨에게 50실링을 주고 봉투를 열었다.

〈계산을 치르고 당장 밖으로 나와 마이제더 거리로 들어가서 계속 오른쪽 인도를 따라 걸으세요. 보행자 전용 구역에 다다르면 왼쪽으로 방향을 꺾어 왼쪽 인도를 따라 천천히 걸으면서 진열창의 물건들에 감탄하는 시늉을 하십시오.〉

메리는 화장실에 가고 싶었지만, 자신이 누군가에게 정보를 흘린다는 오해를 받을까 봐 가지 않기로 했다. 그녀는 쪽지를 핸드백에 넣고 커피를 다 마신 뒤 계산서를 들고 계산대로 갔다. 아까 그 아가씨가 또 미소를 지어 보였다.

「남자들은 항상 그렇죠.」 동전이 시끄러운 소리를 내며 떨어져 내리는 동안 아가씨가 말했다.

「그러게 말이에요.」메리는 이렇게 대답하고 나서 아가씨와 함께 웃음을 터뜨렸다.

그녀가 밖으로 나갈 때 젊은 남녀 한 쌍이 안으로 들어왔다. 변장한 미국인들 같았다. 하기야 오스트리아인 중에는 그런 사람이 많았다. 오른쪽으로 방향을 꺾어 걷다 보니 금방 마이제더 거리가 나왔다. 수녀 두 명은 여전히 주가 현황을 보고 있었다. 메리는 오른쪽 인도를 따라 걸었다. 3시 20분이었다. 아내 연합 모임은 5시까지는 반드시 끝날 것이다. 그래야 여자들이 모두 집으로 돌아가 홀터 넥 원피스로 갈아입고 반짝이 핸드백을 들고 밤의 유흥을 즐기러 나갈 수 있기 때문이다. 하지만 모두가 돌아가고 럼스던의 집 진입로에 메리의 차만 남게 되더라도, 퍼거스와 조지는 그녀가 혼자 남아 캐럴라인과 조용히 술을 한잔 하는 줄 알지도 모른다. 6시 15분 전까지만 돌아가면 가능성이 있어. 그녀는 속으로 생각했다. 그러고는 여성 속옷 가게 앞에 걸음을 멈췄는데, 정신을 차리고 보니 진열창에 걸린 단정치 못한 검은색 캐미니커[31]에 감탄하고 있었다. 저런 물건을 누가 사는 거야? 비 레더러가 살 것이다. 가능한 일이었다. 곧 뭔가 일이 벌어졌으면 하는 생각이 들었다. 대사 부인이 이런저런 물건을 한 아름 안고 나오기 전에. 아니면 짝이 없는 남자들이 그녀에게 작업을 걸기 전에.

31 캐미솔과 속바지가 결합된 속옷.

「핌 부인? 쾨니히 씨가 보낸 사람입니다. 빨리 따라오세요.」

예쁘지만 옷차림이 형편없고 불안해 보이는 아가씨였다. 메리는 그녀를 따라가면서, 프라하에서 당국이 싫어하는 화가를 찾아갈 때의 기억에 압도되었다. 골목은 쇼핑객들로 북적이는가 싶더니 순식간에 텅 빈 곳으로 변했다. 메리의 모든 감각에 불이 붙었다. 음식 냄새, 서리 냄새, 담배 냄새가 났다. 어느 상점의 문간을 흘깃 보았더니 카페 모차르트에서 본 남자가 있었다. 아가씨는 왼쪽, 오른쪽, 왼쪽으로 방향을 꺾었다. 여기가 어디지? 두 사람은 포장이 깔린 광장에 들어섰다. 캐른트너 거리구나. 아니, 아닌데. 한 히피 청년이 메리의 사진을 찍고는 억지로 명함을 쥐여 주려고 했다. 메리는 그를 밀어냈다. 빨간 플라스틱 곰이 자선을 기다리며 입을 벌리고 있었다. 비틀스의 노래를 부르는 아시아 팝 그룹이 보였다. 광장 맞은편에 도로가 있었는데, 광장과 가까운 쪽에 갈색 푸조 한 대가 서 있고 운전석에 남자가 앉아 있었다. 메리와 아가씨가 다가가자 남자가 자동차 뒷문을 열어 주었다. 아가씨가 문을 붙잡고 말했다. 「타세요.」 메리가 먼저 타고 아가씨가 뒤를 따랐다. 링인가 보네. 메리는 속으로 생각했다. 링 소속이라 해도 그녀가 아는 사람들은 아니었다. 뒤에서 검은 메르세데스 한 대가 꾸물거리는 것이 보였다. 순간적으로 퍼거스와 조지일 것이라는

생각이 들었다. 아니라는 것을 알면서도. 운전석의 남자
는 좌우를 살피더니 중앙 분리대를 향해 똑바로 차를 몰
았다. 쿵, 앞바퀴가 부딪쳤네. 쿵, 당신 방금 내 엉덩이뼈
를 부러뜨렸어. 모든 것이 시끄러운 소리를 냈고, 아가씨
는 불안한 표정으로 뒤쪽 창문을 바라보았다. 차는 도로
를 벗어나 골목을 질주하다가 광장을 가로질러 오페라까
지 가서 멈췄다. 메리가 앉은 쪽의 문이 열리고, 아가씨
가 그녀에게 내리라고 명령했다. 메리가 길에 발을 제대
로 딛기도 전에 또 다른 여자가 그녀를 밀치듯이 지나가
그녀가 앉아 있던 자리를 차지했다. 차가 속도를 내며 사
라졌다. 정말 깔끔한 바꿔치기였다. 검은색 메르세데스
가 그 뒤를 따랐지만, 아까 그 차는 아닌 것 같았다. 말쑥
한 청년이 당혹스러운 표정으로 그녀를 데리고 널찍한
문간을 지나 안뜰로 들어갔다.

「승강기를 타세요, 메리.」 청년이 유럽식 발음이 섞인
미국 영어로 이렇게 말하면서 그녀에게 쪽지 한 장을 건
넸다. 「아파트 6호예요. 6호. 혼자 올라가셔야 해요. 아
셨죠?」

「6호.」 메리가 말했다.

청년이 미소를 지으며 말했다. 「사람이 겁이 나서 모
든 걸 잊어버릴 때가 있잖아요.」

「그렇죠.」 메리가 문간으로 걸어가는 동안 청년이 웃
으며 손을 흔들어 주었다. 메리가 문을 밀어서 열자 낡은

승강기가 문을 열어 둔 채 그녀를 기다리고 있었다. 나이 많은 수위도 청년처럼 웃는 얼굴이었다. 다들 똑같은 매너 학원을 다녔나 보네. 메리는 이런 생각을 하면서 승강기에 올라 수위에게 〈6호로 가주세요〉라고 말했다. 승강기가 올라가기 시작했다. 출입문이 승강기 아래로 사라지는 동안 안뜰에 서서 여전히 웃고 있는 청년의 모습이 마지막으로 보였다. 청년 뒤에 옷을 잘 차려입은 아가씨 두 명이 서서 어떤 종이쪽지를 살펴보고 있었다. 메리의 손에 들린 쪽지에는 〈6호 쾨니히 씨〉라고 적혀 있었다. 그녀는 쪽지를 핸드백에 넣으며 이상하다고 생각했다. 나는 거꾸로던데. 겁이 나면 하나도 잊어버리지 않게 된다고. 아까 그 자동차 번호처럼. 우리 뒤를 따라오던 두 번째 메르세데스의 번호처럼. 운전자의 목에 난 털이 검은색으로 염색되어 있었다는 기억처럼. 그 아가씨한테서 나던 향수 냄새가 매그너스가 외국에 다녀올 때 항상 고집스럽게 사다 주던 오피움 향수라는 기억처럼. 청년이 왼손에 빨간색 인장이 있는 굵은 금반지를 끼고 있었다는 기억처럼.

6호의 문이 열려 있었다. 문 옆의 황동 판에는 〈인테르한자 오스트리아 AG〉라고 적혀 있었다. 메리가 안으로 들어가자 뒤에서 문이 닫혔다. 또 젊은 여자가 있었지만 예쁘지는 않았다. 평평한 슬라브인의 얼굴에 뚱한 표정을 짓고 있는 튼튼한 여자. 그녀는 화가 난 사람처럼, 당에 반대하는 사람처럼 굴었다. 그녀가 찌푸린 표정으로 메리에게 앞쪽으로 가라고 고갯짓을 했다. 메리는 어두운 응접실로 들어갔지만 안에는 아무도 없었다. 맞은편 벽에 또 문이 있는데, 그 문도 열려 있었다. 가구는 옛날 빈의 분위기를 흉내 낸 가짜였다. 낡아 보이는 가짜 상자들과 유화들이 걸어가는 그녀 옆을 스쳐 지나갔다. 제국시절의 분위기를 흉내 낸 가짜 벽지에서 가짜 전등이 그녀를 향해 손을 뻗었다. 메리는 계속 걸으면서 아까 아내연합 모임에서 느꼈던 에로틱한 기대를 다시 느꼈다. 이 남자는 나더러 옷을 벗으라고 명령할 거고, 나는 복종할 거야. 이 남자는 기둥이 네 개 달린 빨간 침대로 나를 데려가서 하인들을 시켜 강간하며 즐거워할 거야. 하지만 두 번째 문 뒤의 방에는 기둥이 네 개 달린 침대가 없었다. 방금 지나온 방과 마찬가지로 응접실이었으며, 책상 하나와 안락의자 두 개가 있고, 커피 탁자 위에는 날짜가 지난 『보그』지가 쌓여 있었다. 그 외에는 아무것도 없었다. 메리는 화가 나서 휙 돌아섰다. 평평한 얼굴의 슬라브 여자에게 뭔가 무례한 말을 해줄 생각이었으나, 남자와 눈이 마주쳤다. 남자는 문간에 서서 시가를 피우고 있었다. 메리는 자신이 시가 냄새를 알아차리지 못한 것을 순간적으로 이해할 수 없었다. 하지만 이 남자의 어떤 점도 자신에게 놀라움을 안겨 주지 않을 것이라는 확신이 들어서 기분이 으스스했다. 곧 시가 냄새가 그녀에게 닿

왔고, 그녀는 그의 나른한 손을 붙잡아 악수했다. 빈의 아파트에서 온전히 옷을 차려입은 사람들이 항상 이런 식으로 인사를 나눈다고 말하는 것처럼.

「당신은 용감한 여성입니다.」 그가 말했다. 「일찍 돌아가야 합니까? 아니면 어떤 약속이 되어 있나요? 당신을 편하게 해주려면 우리가 어떻게 해야 합니까?」

진짜 딱 알맞은 말이네. 메리는 터무니없는 안도감을 느끼며 생각했다. 자기 정보원을 만나서 처음 하는 말은 항상 시간이 얼마나 있느냐는 거지. 두 번째로 말하는 건 당장 도움이 필요하냐는 거고. 매그너스가 실력 있는 사람과 손을 잡았어. 하기야 그건 그녀도 이미 아는 사실이었다.

「그 사람 어디 있어요?」 메리가 말했다.

남자는 실패를 인정할 수 있을 만큼 당당한 사람이었다. 「우리도 그걸 안다면 얼마나 좋을까요. 그러면 우리 둘 다 행복할 텐데!」 마치 그녀의 질문이 절망의 표현이라도 되는 것 같았다. 그는 길쭉한 손으로 의자를 가리키며 그녀에게 앉으라고 권했다. 우리라고. 그녀는 속으로 생각했다. 우리는 동등한데 당신이 지휘관이군. 톰이 당신을 보자마자 반해 버린 것도 무리가 아니야.

두 사람은 서로 마주 보며 앉아 있었다. 메리는 화려한 소파에 앉았고, 남자는 화려한 의자에 앉았다. 슬라브 여자가 보드카와 오이절임과 검은 빵을 쟁반에 담아 가져다주었다. 그에게 얼마나 헌신적인지, 옷매무새에 신경을 쓰고 부자연스럽게 웃는 모습이 징그러울 정도였다. 저 여자도 마르타 중 한 명이군. 메리는 속으로 생각했다. 매그너스가 지부의 비서들을 부르던 이름이 그거였다. 남자는 두 개의 잔을 차례로 하나씩 조심스레 붙잡고 술을 따랐다. 그러고는 잔 너머로 그녀를 바라보며 그녀를 향해 건배했다. 매그너스도 저렇게 하는데. 당신한테서 배운 버릇이었군.

「전화가 왔습니까?」 그가 물었다.

「아뇨. 전화할 수 없죠.」

「당연히 그렇겠죠.」 그가 공감한다는 듯 맞장구를 쳤다. 「그 집에 도청 장치가 돼 있다는 걸 알 테니까. 편지는 왔습니까?」

그녀는 고개를 저었다.

「현명하군요. 사방에서 감시를 당하고 있으니까요. 그 친구한테 엄청나게 화가 났거든요.」

「당신은요?」

「내가 그 친구한테 얼마나 신세를 많이 졌는데 어떻게 화를 낼 수 있겠습니까? 그 친구가 저한테 마지막으로 보낸 메시지는 더 이상 저를 만나고 싶지 않다는 거였습니다. 이제 자유로워졌다면서 작별 인사를 했죠. 정말로 질투심이 가슴을 찌르더군요. 그 친구는 무슨 자유를 그렇게 갑자기 찾아냈기에 우리에게 이야기도 해줄 수 없다는 걸까요?」

「저한테도 같은 말을 했어요……. 그러니까 자유에 대해서요. 여러 사람한테 그 말을 한 것 같아요. 톰에게도.」

내가 왜 옛 연인을 만난 사람처럼 당신에게 말하고 있는 거지? 옷과 더불어 의리마저 벗어던질 수 있는 나는 도대체 어떤 매춘부인 거야? 만약 남자가 손을 뻗어 그녀의 손을 잡았어도 그녀는 가만히 있었을 것이다. 만약 그가 그녀를 끌어당겼다면…….

「내가 오라고 했을 때 나한테 왔어야 했는데.」 남자가 여전히 철학적으로 질책하는 듯한 어조로 말했다. 「내가 이렇게 말했죠. 〈다 끝났어, 매그너스 경.〉 이게 내가 그 친구를 부르는 이름입니다. 죄송합니다.」

「코르푸에서 있었던 일이군요.」

「코르푸에서, 아테네에서, 어디서든 그 친구와 이야기할 기회가 생길 때마다 말했습니다. 〈나랑 가자. 우린 이제 퇴물이야. 너도 나도. 우리 같은 늙은이들은 이제 고민 많은 젊은 세대에게 자리를 물려주고 현장을 떠날 때라고.〉 하지만 그 친구는 인정하려고 하지 않았어요. 〈문자 그대로 무대에서 질질 끌려 나가는 늙은 배우 같은 꼴이 되고 싶어?〉 내가 이렇게 말했지만 그 친구는 들으려고 하지 않았습니다. 그들이 자기를 통과시켜 줄 거라고 열심히 주장했죠.」

360

「거의 그럴 뻔했어요. 어쩌면 그랬는지도 모르고요. 그 사람은 그렇게 생각했어요.」

「브러더후드가 시간을 조금 벌어 주었을 뿐입니다. 하지만 그 사람도 밀물을 영원히 막아 낼 수는 없었죠. 게다가…… 잭 브러더후드는 이제 나쁜 놈들과 손을 잡았습니다. 기만당한 보호자의 분노는 지옥보다 더 무섭지요.」

매그너스가 이 사람한테서 이런 태도를 배웠구나. 메리는 또 문득 깨달았다. 매그너스가 항상 소설에 쓰고 싶어 하던 문체를 닮은 태도. 인간적인 약점을 넘어 우월해지는 법, 어둠을 피하기 위해 자신을 향해 신처럼 웃는 법을 이 사람한테서 배웠어. 이 사람은 매그너스를 위해서 여자라면 아주 고마워할 만한 일을 전부 해줬어. 매그너스는 남자지만.

「그 친구 아버지가 상당히 수수께끼의 인물이었던 것 같습니다.」그가 새 시가에 불을 붙이며 말했다.「무슨 수수께끼일까요?」

「모르죠. 저도 만난 적이 없어요. 만난 적이 있나요?」

「많이 만났죠. 매그너스가 스위스에서 학교에 다닐 때, 그 친구 아버지는 배와 운명을 함께한 훌륭한 영국인 선장이었습니다.」

메리는 웃음을 터뜨렸다. 세상에, 내가 진짜로 웃고 있잖아. 이번에는 내가 뭔가 있는 것 같은 태도를 배운 것 같은데.

「정말입니다. 그다음에 들은 이야기는 그 친구 아버지가 금융계의 거물이라는 것이었습니다. 유럽의 모든 금융 회사에 그 사람의 촉수가 뻗어 있다더군요. 물에 빠졌다더니 기적적으로 회복했던 모양입니다.」

「어머, 세상에.」 메리는 이렇게 말하고 나서 또 걷잡을 수 없이 웃음을 터뜨리며 카타르시스를 느꼈다.

「당시 나는 독일인이었으니까 당연히 크게 마음이 놓였죠. 그때까지는 친구의 아버지 배를 내가 가라앉힌 것 같아서 정말로 양심에 찔렸거든요. 당신 남편이 왜 그렇게 남의 양심을 찔러 대는지 혹시 아십니까?」

「그 사람의 잠재력이죠.」 메리는 아무 생각 없이 말하고서 보드카를 길게 쭉 들이켰다. 몸이 떨리고, 뺨이 타는 듯이 뜨거웠다. 그는 차분하게 그녀를 지켜보며 그녀가 흔들리지 않게 도와주었다.

「당신은 그 사람의 다른 생이에요.」 메리가 말했다.

「그 친구는 내가 가장 오랜 친구라고 항상 말했습니다. 당신이 아는 건 다를지라도, 부디 내 환상을 깨지 말아 주세요.」

메리는 깨어나고 있었다. 머리가. 방 안의 풍경이 점점 선명해지면서 머리도 맑아졌다. 「그 자리는 양귀비라는 사람의 것이라고 알고 있었는데요.」 메리가 말했다.

「그 이름을 어디서 들었습니까?」

「그 사람이 쓰고 있는 그 훌륭한 책에 나와요. 〈양귀비, 내 가장 소중하고 가장 오랜 친구〉라고.」

「그게 답니까?」

「아니죠. 훨씬 더 많아요. 다섯 페이지마다 한 번씩 양귀비가 대단하게 등장하는걸요. 양귀비가 이랬다, 양귀비가 저랬다. 카메라와 암호 책이 발견됐을 때, 기념품으로 보관하고 있던 말린 양귀비도 함께 있었어요.」

메리는 그의 정신을 흐트러뜨리고 싶었지만, 그가 보여 준 것은 만족스러운 미소뿐이었다.

「기분이 좋은데요. 양귀비는 그 친구가 오래전에 내게 지어 준 기발한 암호명입니다. 우리 둘이 함께하는 동안 가장 많은 시간을 양귀비로 보냈지요.」

어떻게든 그녀는 싸움을 계속했다. 「그 사람은 뭔가요?」 그녀가 다그치듯 물었다. 「공산주의자인가요? 그럴 리가 없어요. 말이 안 되잖아요.」

그가 길쭉한 손을 펼쳤다. 그리고 따라 웃고 싶게 만드는 미소를 지으며 자신도 당혹스럽다는 뜻을 표현했다. 그는 난공불락이었다. 「나도 속으로 몇 번이나 그런 의문을 품었습니다. 그러다가 이런 생각이 들었죠. 뭐, 요새 결혼을 귀하게 생각하는 사람이 어디 있어? 그 친구는 탐색하는 사람입니다. 그걸로 충분하지 않습니까? 우리 같은 일을 하는 사람이라면 그보다 좋은 게 없죠. 책상물림 관념론자와 결혼해서 사는 걸 상상할 수 있습니까? 옛날에 친척 아저씨 중에 루터파 목사님이 계셨는데, 우리 모두 그분만 만나면 지루해서 죽을 것 같았습니다.」

메리는 점점 강해지고 있었다. 비이성적인 화는 줄어들고, 차분한 분노는 강해졌다. 「매그너스가 당신을 위해서 무슨 일을 했나요?」 그녀가 물었다.

「스파이 일을 했죠. 선별적으로 한 것은 맞습니다만, 반역을 저지른 것도 맞아요. 아주 열정적일 때도 많았고요. 당신도 그 친구의 그런 면을 잘 알 겁니다. 자기 인생이 행복할 때 그 친구는 하느님을 믿으면서 다른 사람들도 모두 행복해지기를 바라죠. 우울할 때는 뚱하니 가라앉아서 교회에 나가려 하지 않습니다. 그 친구를 다루는 우리들은 그런 점을 감수할 수밖에요.」

그녀에게는 아무런 변화도 없었다. 그녀는 낯선 사람의 안가에 똑바로 앉아서 보드카를 마시고 있었다. 그가 그 문장을 말했을 때, 그녀는 누군가의 재판에 참석한 사람처럼 차분하게 생각했다. 매그너스는 죽었어. 메리도 죽었어. 우리 결혼 생활도 죽었어. 톰은 반역자 아버지를 가진 고아야. 모두 지극히 잘 지내고 있어.

「하지만 난 그 사람을 다루는 게 아니에요.」 메리는 그의 주장에 상당히 차분하게 반박했다.

그는 그녀의 목소리에 새로이 차가운 기운이 스며든 것을 알아차리지 못한 것 같았다. 「제가 자화자찬을 조금 하겠습니다. 저는 부인의 남편을 좋아해요.」

당연히 그렇겠지. 어쨌든 당신을 위해서 그 사람이 우리를 희생했잖아. 그녀는 생각했다.

「저는 또한 그 친구에게 빚을 지고 있습니다.」그가 말을 이었다. 「그 친구가 앞으로 남은 인생 동안 무엇을 원하든, 저는 그 친구에게 해줄 수 있습니다. 잭 브러더후드와 그의 정보국보다 나를 그 친구가 훨씬 더 좋아하거든요.」

그렇지 않아. 절대로 그렇지 않아. 그녀는 생각했다.

「뭐라고 하셨습니까?」그가 물었다.

메리는 그를 위해 일부러 슬픈 미소를 지으며 고개를 저었다.

「브러더후드는 부인의 남편을 붙잡아 처벌하고 싶어 합니다. 저는 정반대예요. 저는 그 친구를 찾아서 보상을 해주고 싶습니다. 무엇이든 그 친구가 받겠다고만 하면 우리는 줄 겁니다.」그가 시가를 빨아들였다.

당신은 사기꾼이야. 내 남편을 꾀어 들였으면서 나랑 남편의 친구 행세를 하다니.

「이 업계가 어떤 곳인지 아시지요, 메리. 그 친구 같은 위치에 있는 사람이 가장 인기 좋은 소모품이라는 말을 제가 굳이 하지 않아도 될 겁니다. 더 솔직히 말하자면, 우리는 그 친구를 잃어버릴 수 없습니다. 그 친구가 쓸모 있는 일을 할 수 있는데도 앞으로 남은 평생을 영국 감옥에서 보내며 지난 30여 년 동안 자기가 무슨 일을 했는지 당국에 털어놓게 되는 것은 우리가 전혀 원하지 않는 일입니다. 그 친구가 책을 쓰는 것도 딱히 우리가 원하는 일은 아니고요.」

당신이야 그렇다지만, 우리는 어쩌라고?

「그 친구가 우리 쪽으로 와서 그동안의 공에 걸맞은 은퇴 생활을 즐기는 편이 우리에게는 훨씬 더 좋습니다. 훈장을 받고, 명예를 누리고, 가족들이 원한다면 함께 살게 해주고. 그러면 우리가 필요할 때 계속 그 친구에게 자문을 구할 수 있으니까요. 지금까지 익숙해진 이중생활을 계속하게 해줄 거라고는 보장할 수 없습니다만, 다른 면에서는 모두 그 친구의 요구를 들어주기 위해 최선을 다할 겁니다.」

「하지만 그 사람은 이제 당신을 원하지 않아요, 그렇죠? 그래서 숨어 버린 거예요.」

그는 시가를 빨아들이면서 연기가 그녀에게 가지 않도록 손을 파닥파닥 흔들었다. 그래도 연기는 그녀가 있는 곳까지 날아왔다. 앞으로 남은 평생 동안 이 연기가 그녀에게 망신을 주고, 넌더리나게 하고, 그녀를 비난할 것 같았다. 그가 다시 말을 이어 가고 있었다. 이성적이고 차분하게.

「솔직히 이제 뭘 어떻게 해야 할지 모르겠습니다. 브러더후드를 비롯해서 다른 사람들을 모두 따돌리고 부인의 남편을 가장 먼저 찾아내려고 할 수 있는 일을 다 했는데도 그 친구가 어디 있는지 손톱만큼도 단서가 없습니다. 완전히 바보가 된 기분이에요.」

「그 사람이 배신한 사람들은 어떻게 됐나요?」

「매그너스요? 그 친구는 유혈을 싫어합니다. 그 점을 항상 분명히 했죠.」

「그렇다고 해서 누군가가 피를 흘리는 일을 완전히 막을 수 있는 건 아니잖아요.」

그가 또 심각한 표정으로 잠시 침묵했다. 「맞습니다.」 그가 인정했다. 「그러니 그 친구가 어려운 직업을 택한 거지요. 우리 모두가 도덕에 대해 생각하기에는 조금 늦은 게 아닌가 싶습니다.」

「우리들 중에 도덕을 낯설게 여기는 사람이 있기는 하지요.」 그녀가 이렇게 말했지만 그는 꿈쩍도 하지 않았다. 「저를 왜 여기로 부른 거죠?」

그와 눈을 마주친 그녀는 그의 표정이 전혀 변하지 않았는데도 달라 보인다는 사실을 깨달았다. 가끔 매그너스를 볼 때 느끼던 것과 같았다.

「부인이 오기 전에 저는 부인이 아들과 함께 체코슬로바키아에서 새로운 삶을 시작하고 싶어 할지도 모른다고 생각했습니다. 그러면 매그너스가 부인과 함께하고 싶다는 강한 유혹을 느낄 텐데요.」 그는 자기 옆의 서류 가방을 가리켰다. 「부인을 위한 여권과 기타 필요한 것들을 전부 가져왔습니다. 제가 어리석었지요. 부인을 만나고 나서 저는 부인이 망명할 사람이 아니라는 것을 깨달았습니다. 그래도 그 친구가 있는 곳을 부인이 알고 있을 가능성에 대해서는 여전히 생각하고 있습니다. 부인이 유능한 사람이기 때문에 그걸 알면서도 누구에게도 말하지 않고 버티는 것일 수도 있지요. 그 친구가 나와 함께 있는 것보다 지금 그 친구를 추적하는 자들과 함께 있는 편이 더 나을 것이라고 말할 수는 없을 겁니다. 그러니 부인이 정말로 알고 있다면, 지금 제게 말해 주세요.」

「저는 그 사람이 어디 있는지 몰라요.」 그녀는 이렇게 말하고 나서 쓸데없는 말을 덧붙이기 전에 입을 다물었다. 만약 내가 알고 있다 해도, 지구상의 모든 사람들 중 당신에게만은 말해 주지 않을 거예요.

「하지만 생각은 해보았을 겁니다. 짚이는 곳도 있을 거고. 그 친구가 떠난 뒤 밤낮으로 온통 그 생각만 했을 테니까요. 〈매그너스, 지금 어디 있어?〉 이 생각뿐이겠죠.」

「글쎄요, 저보다는 당신이 그 사람에 대해 잘 아는 것 같은데요.」

그가 성자처럼 구는 것이 점점 싫어지기 시작했다. 말을 하기 전에 생각에 잠기는 습관, 마치 그녀가 자신의 다음 질문을 감당할 수 있는지 재어 보는 것 같은 그 태도가 싫었다.

「그 친구한테서 립시라는 여자 이야기를 들은 적이 있습니까?」 그가 물었다.

「아뇨.」

「립시는 그 친구가 어렸을 때 죽었습니다. 유대인이었죠. 친구들과 친척들을 모두 독일인의 손에 잃었어요. 립시는 매그너스를 의지하며 버티고 있었던 것 같습니다. 하지만 생각을 바꿔서 자살해 버리고 말았죠. 매그너스와 관련된 일이 대개 그렇듯이, 자살의 이유는 불분명합니다. 그래도 아이에게 진기한 사례였던 건 사실이에요. 매그너스는 흉내를 잘 냅니다. 본인이 의식하지 못할 때에도. 가끔은 그 친구가 온전히 다른 사람들의 모습을 조각조각 이어 붙인 존재 같다는 생각이 들 정도입니다. 가없은 친구예요.」

「그 사람은 저한테 그 여자 이야기를 한 적이 없어요.」 메리가 고집스럽게 다시 대답했다.

그의 얼굴이 밝아졌다. 매그너스와 똑같이. 「이러지 마세요, 메리. 누군가가 그 친구를 돌봐 주고 있을 거라는 느낌이 들지 않습니까? 저는 그럴 거라고 확신합니다. 제가 알기로 그 친구는 항상 사람에게 끌렸어요. 사상에 끌린 적은 없습니다. 그 친구가 혼자 있기 싫어하는 것은 그 친구의 세상이 텅 비어 버리기 때문입니다. 그럼 누가 그 친구를 돌봐 주고 있을까요? 그 친구가 좋아할 만한 사람이 누구인지 생각해 보죠. 여자들 얘기를 하는 게 아닙니다. 친구들을 말하는 거예요.」

메리는 치맛자락을 매끈하게 펴면서 외투를 찾고 있

었다. 「택시를 타고 갈 거예요. 전화로 택시를 불러 주실 필요는 없습니다. 바로 근처에 택시 승강장이 있어요. 오면서 봤습니다.」

「그 친구의 어머니는 어떻습니까? 돌봐 줄 사람으로 좋을 것 같은데요.」

메리는 그를 빤히 바라보았다. 순간적으로 자신의 귀를 믿을 수 없었다.

「얼마 전에 그 친구가 저한테 처음으로 자기 어머니 이야기를 했습니다.」 그가 설명하듯이 말했다. 「다시 어머니를 만나러 가게 되었다고 하더군요. 저는 깜짝 놀랐습니다. 솔직히 으쓱해지기도 했고요. 그 친구는 어딘가에서 어머니를 찾아내서 어딘가의 집에 모셨습니다. 그 친구가 어머니를 자주 만날까요?」

메리는 아직 침착함을 잃지 않았다. 그래도 아슬아슬한 순간에 과거 잔꾀를 부리던 솜씨가 급격히 되살아나는 것이 느껴졌다. 매그너스에게는 어머니가 없어, 이 멍청이야. 어머니는 돌아가셨다고. 매그너스는 어머니를 잘 알지도 못하고 신경 쓰지도 않아. 내가 그 사람에 대해 알고 있는 단 하나의 진실, 최후의 날에도 맹세코 단언할 수 있는 진실은 매그너스 핌이 어른이 된 뒤에는 어떤 여자도 어머니처럼 느낀 적이 없다는 거야. 하지만 메리는 이성을 잃지 않았다. 그를 향해 모욕적인 말을 던지지도 않고, 이죽거리지도 않고, 매그너스가 가장 소중하고 가장 오랜 친구에게도 아내와 자식과 조국을 향해 거짓말을 할 때처럼 공들여 거짓말을 했다는 사실에 안도하며 크게 웃음을 터뜨리지도 않았다. 그녀는 훌륭한 스파이답게 합리적이고 이성적인 어조로 말을 이었다.

「물론 그 사람은 가끔 어머니와 가벼운 이야기를 나누며 즐거워하지요.」그녀는 그의 말을 인정하고 나서 핸드백을 들어 택시비가 충분한지 확인하려는 것처럼 안을 들여다보았다.

「그럼 그 친구가 데번으로 가서 어머니와 함께 있지 않을까요? 어머니가 마침내 바닷바람을 좀 쐴 수 있게 됐다며 아주 좋아하셨다던데요. 매그너스는 자신이 어머니를 그렇게 기쁘게 해드린 것을 아주 자랑스러워했습니다. 어머니와 함께 바닷가를 걸은 얘기를 끊임없이 늘어놓았죠. 일요일에는 어머니를 교회에 모시고 가고, 어머니의 정원을 대신 손질해 드렸다는 얘기도 했고요. 지금도 그렇게 순수한 일을 하고 있지 않을까요?」

「어머님의 집은 그 사람들이 가장 먼저 가본 곳이에요.」메리는 핸드백을 닫으며 거짓말을 했다. 「그 바람에 가엾은 어머님이 혼비백산하셨죠. 당신과 연락할 필요가 있을 때 내가 어떻게 하면 되나요? 담장 너머로 신문을 던지면 되나요?」

그녀가 일어서자 그도 일어섰지만 움직임이 자유롭지는 않았다. 하지만 미소는 변함없었고, 눈빛도 여전히 현명함과 슬픔과 즐거움을 모두 담고 있었다. 매그너스가 무척 부러워하던 모습 그대로였다.

「저한테 연락할 일이 있을 것 같지 않습니다, 메리. 매그너스가 이제 저를 원하지 않는다는 당신의 말이 어쩌면 옳은 것 같기도 하고요. 그 친구가 누군가를 원하기만 한다면야. 우리가 그를 사랑한다면 바로 그 점을 걱정해야지요. 세상에 복수하는 방법은 아주 많습니다. 글을 쓰는 것만으로는 충분하지 않을 때가 있어요.」

순간적으로 변한 그의 어조 때문에 그녀는 서둘러 나가려던 걸음을 멈췄다.

「그 사람이 답을 찾아낼 거예요.」 그녀가 무심하게 말했다. 「항상 그러니까요.」

「제가 걱정하는 게 그겁니다.」

두 사람은 출입문을 향해 걸었다. 다리를 저는 그를 고려해서 느린 걸음으로. 그가 승강기를 호출한 다음 그녀를 위해 문을 붙잡아 주었다. 그녀는 승강기에 올랐다. 그러곤 쇠창살 모양의 승강기 문을 통해 그를 마지막으로 보았다. 그는 계속 그녀를 지켜보고 있었다. 이제 그녀는 그에게 다시 호감을 느끼면서 동시에 몹시 겁을 내고 있었다.

*

그녀는 자신이 해야 하는 일을 머릿속으로 정리했다. 여권과 신용 카드는 가지고 있었다. 아까 핸드백 안을 살피면서 확인한 것이 그거였다. 그녀는 영국의 소도시들에서 훈련을 위해 연습할 때 사용한 계획을 그대로 사용하기로 했다. 나중에 베를린에서도 이 계획을 약간 변형해 사용한 적이 있었다. 평범한 사람들의 세상에는 어스름이 내리고 있었다. 안뜰에서는 신부 두 명이 머리를 모으고 낮은 목소리로 이야기를 나누며 등 뒤에서 묵주를 굴리고 있었다. 거리에는 쇼핑객들이 가득했다. 그녀를 지켜보는 사람이 어쩌면 1백 명쯤 될 수도 있었다. 여러 가능한 시나리오들을 머릿속으로 헤아리다 보니, 1백이라는 숫자가 그럴듯해 보였다. 그녀는 나이절이 주인이고 조지와 퍼거스가 마부 역할을 맡은 일종의 마차 같은 것을 상상해 보았다. 수염을 기른 작은 체구의 레더러가 그들을 이끌고, 체코의 비밀 팀이 그들을 열심히 뒤쫓을 것이다. 말(馬)이 없는 가엾은 잭은 그들의 뒤를 따라 터벅터벅 걸어서 지평선 너머로 사라지겠지.

그녀는 화려하다는 이유로 매그너스가 좋아했던 임페리얼 호텔을 선택했다.

「짐은 없고요, 하룻밤 숙박하고 싶어요.」 그녀는 프런트 데스크에서 은발의 직원에게 신용 카드를 건네며 이렇게 말했다. 직원은 그녀를 즉시 알아보았다. 「부군께선 안녕하십니까, 부인?」

호텔 보이가 2층의 훌륭한 방으로 그녀를 안내해 주었다. 모두가 묵고 싶어 하는 121호잖아. 내가 그 사람 생일에 저녁 식사와 사랑을 나누려고 그 사람을 데려온 바로 그 방. 그녀는 속으로 생각했다. 하지만 그날의 추억을 떠올려도 마음이 전혀 움직이지 않았다. 그녀는 아까 프런트 데스크에 있던 직원에게 전화를 걸어 내일 오전 런던행 비행기를 예약해 달라고 요청했다. 「알겠습니다, 핌 부인.」 그녀는 연막이라는 단어를 떠올렸다. 연막은 우리가 기만 작전을 부르던 말이지. 그녀는 침대에 앉아 복도를 조용히 오가는 발소리에 귀를 기울였다. 저녁 식사 시간이 다가오고 있었다. 약 3.5미터 높이의 양쪽으로 열리는 문. 에켄브레허가 그린 「보스포루스의 저녁」이라는 그림. 「우리가 아주 늙어 꼬부라질 때까지 당신을 사랑할 거야.」 그때 그는 바로 이 베개 위에서 이렇게 말했다. 「그다음에도 계속 당신을 사랑할 거야.」 전화벨이 울렸다. 비즈니스 클래스 표밖에 없다는 프런트 데스크 직원의 전화였다. 메리는 그럼 그걸로 예약해 달라고 말했다. 그러고는 신발을 벗어 손에 쥔 채 살짝 문을 열고 밖을 내다보았다. 감시당하는 것 같으면 신발을 닦아 달라고 밖에 내놓는 시늉을 해야지. 사람들이 시끌시끌 대화하는 소리와 레코드음악 소리가 호텔 술집에서 들려왔다. 식당에서 훅 끼쳐 오는 소스 냄새와 생선 냄새. 오늘 생선은 물이 좋네. 메리는 층계참에 서서 기다렸지만 아무도 나타나지 않았다. 대리석 조각상. 구레나룻을 기른 귀족의 초상화. 그녀는 신발을 다시 신고 계단을 한 층 올라가 승강기를 불러 타고 1층으로 내려와서 프런트 데스크에서 보이지 않는 복도로 나왔다. 어둑한 복도가 호텔 뒤편으로 이어져 있었다. 그 복도를 따라 걷다 보니 맨 끝에 직원용 출입문이 살짝 열려 있었다. 그녀는 미리 미안한 표정으로 미소를 지으며 문을 밀어 열었다. 나이 지긋한 웨이터가 자신의 저녁 식탁에 마지막 손길을 가하고 있었다. 그의 뒤편에 열려 있는 문은 골목으로 통했다. 메리는 웨이터에게 명랑하게 〈*Guten Abend*〉[32]라고 외치며 재빨리 밖으로 나가 택시를 잡았다. 「비너발트.」그녀가 택시 기사에게 말했다. 「비너발트.」택시 기사가 인터콤에 대고 되풀이하는 소리가 들렸다. 「비너발트.」그것으로 끝이었다. 링이 가까워지자 그녀는 기사에게 1백 실링을 주고 횡단보도 앞에서 내려 또 택시를 잡았다. 그러곤 공항까지 가서 프랑크푸르트행 마지막 비행기 시간까지 한 시간 동안 여자 화장실에 앉아 책을 읽었다.

같은 날 저녁, 이보다 앞선 시간.
톰이 말한 그대로 그 집은 기찻길을 등진 연립 주택이었다. 브러더후드는 다시 주변을 정찰한 뒤에야 그 집으로 다가갔다. 도로는 철도만큼 곧고 길게 뻗어 있었다.

32 독일어 저녁 인사.

하늘에 떠 있는 것은 저물어 가는 가을 해뿐이었다. 도로가 있고, 기찻길 둑 위에는 전신주의 전선들이 뻗어 있고, 광활한 하늘은 브러더후드가 엉망진창 유년 시절에 보던 그 하늘이었다. 노리치를 향해 덜컹덜컹 늪지를 가로지르던 증기 기차가 남기고 간 하얀 구름이 항상 가득하던 하늘. 이곳의 집들은 모두 똑같은 모습이었다. 그런데 계속 자세히 살피다 보니 좌우가 똑같은 그 모습이 아름답게 보였다. 그 자신도 이유를 알 수 없었다. 옛날에는 이런 것이 삶의 질서였지. 그는 속으로 생각했다. 영국식 관처럼 줄지어 늘어선 이것들을 내가 열심히 보존하고 있는 줄 알았어. 질서 있게 줄을 맞춰 늘어선 점잖은 백인 남자들처럼. 75번지의 집에는 옛날의 나무 대문 대신에 철 세공 대문이 달려 있고, 둥글게 휘어진 필체로 〈엘도라도〉라는 글자가 적혀 있었다. 77번지에는 조개껍데기를 박아 넣은 콘크리트 길이 있었다. 81번지는 거친 티크로 지어져 있었다. 그리고 79번지. 지금 브러더후드가 다가가고 있는 그 집은 눈부시게 반짝였다. 울타리 바로 안쪽의 하얀 고급 깃대에서는 영국 국기가 펄럭이고 있었다. 자갈이 깔린 짧은 진입로에는 무거운 차량의 타이어 자국이 보이고, 반짝거리는 초인종 옆에는 전기 스피커가 달려 있었다. 브러더후드는 초인종을 누르고 기다렸다. 스피커에서 잡음이 나더니 쌕쌕 숨을 몰아쉬는 남자의 목소리가 들렸다.

「도대체 누구야?」

「레먼 씨입니까?」 브러더후드가 마이크를 향해 말했다.

「그렇다면 어쩔 건데?」

「저는 말로라는 사람입니다. 레먼 씨와 조용히 이야기를 나눌 수 있을까 해서요.」

「여기 레먼 씨가 둘인데 둘 다 일하러 갔수다. 꺼져요.」

창문에서 망사 커튼이 살짝 열렸다. 브러더후드가 청동색으로 반짝이는 얼굴을 언뜻 보는 데에는 그것으로 충분했다. 주름투성이 얼굴이 어둠 속에서 그를 지켜보고 있었다.

「그럼 이런 건 어떻습니까?」 브러더후드가 계속 마이크를 향해 더 부드럽게 말했다. 「저는 매그너스 핌의 친구입니다.」

스피커 속의 목소리가 다시 힘을 모으는지 잠잠한 동안 또 잡음이 들렸다. 「그럼 그렇다고 처음부터 말을 했어야지. 들어와서 한잔하시오.」

시드 레먼은 이제 몸집이 아주 작고 두툼한 노인이 되어 있었다. 온통 갈색 옷을 차려입은 모습이 마치 토끼같았다. 흰머리가 하나도 보이지 않는 갈색 머리카락은 머리 한가운데에서 가르마로 나뉘져 있었다. 갈색 넥타이에 그려진 말 머리들이 그의 심장을 의심스럽다는 듯이 바라보았다. 말쑥한 카디건도 갈색, 깨끗하게 다림질

한 바지도 갈색. 반짝이는 갈색 구두코는 도토리 같았다. 햇빛이 만들어 놓은 주름살의 미로 속에서 동물 같은 눈 두 개가 유쾌하게 반짝였지만, 숨 쉬기는 힘든 모양이었다. 그는 끝에 고무를 붙인 자두나무 지팡이를 들고 있었으며, 걸을 때면 작은 엉덩이를 치맛자락처럼 흔들어 대야만 앞으로 나아갈 수 있었다.

「나중에 또 초인종을 누를 일이 생기거든 그냥 영국인이라고만 말해요.」 그가 티끌 하나 없는 자그마한 복도를 앞장서서 걸어가며 조언했다. 벽에는 경주마들의 사진이 걸려 있었다. 젊은 시절에 애스콧 경마에서 한껏 옷을 갖춰 입은 시드 레먼의 모습도 보였다. 「그다음에는 찾아온 용무를 분명히 말해야지. 그럼 내가 또 꺼지라고 할 테니까.」 그는 마구 웃음을 쏟아 내더니 지팡이를 축으로 서투르게 휙 돌아서서 브러더후드에게 한쪽 눈을 찡긋했다. 방금 한 말은 농담이라는 뜻이었다.

「그래, 우리 개구쟁이 꼬마는 잘 지냅니까?」 시드가 말했다.

「아주 잘 지냅니다. 감사합니다.」 브러더후드가 말했다.

시드는 아무런 예고도 없이 등받이가 높은 의자에 갑자기 앉아 버렸다. 그러고는 자그마한 귀부인처럼 지팡이를 짚은 채 몸을 조심스레 앞으로 기울여 가장 불편하지 않은 자세를 잡았다. 그의 눈 밑에 거뭇거뭇 그림자가

지고, 이마에는 엷게 땀이 밴 것이 보였다.

「오늘은 당신이 주인 노릇을 해야겠소. 내가 평소 같지 않아서.」 그가 말했다. 「저기 구석에 있어요. 뚜껑을 여시오. 나는 건강을 위해 스카치를 한 방울만 마시면 되니까 당신은 뭐든 마음대로 마셔요.」

두꺼운 밤색 카펫이 바닥에 빈틈없이 깔려 있었다. 타일로 장식된 벽난로 위에는 스위스의 풍경을 짙은 색조로 그린 그림이 걸려 있고, 벽난로 한쪽 옆에는 깔쭉깔쭉하게 다듬은 고급 호두나무 수납장이 있었다. 브러더후드가 뚜껑을 열자 음악상자에서 음악이 흘러나오기 시작했다. 시드는 이 음악을 기다리고 있었다.

「아는 곡일 거요. 그렇지?」, 시드가 말했다. 「잘 들어 봐요. 뚜껑을 다시 닫았다가…… 그렇지……. 이제 열어요. 이제 들으면 돼.」

「〈아치 아래서〉로군요.」 브러더후드가 빙긋 웃으며 말했다.

「당연하지. 그 녀석 아버지가 내게 준 거요. 〈시드, 지금은 금시계를 마련할 여유가 없어. 자네 연금과 관련해서 일시적으로 유동성 문제가 좀 있어서 말이야. 하지만 지난 세월 동안 우리한테 많은 즐거움을 안겨 준 가구 하나가 나한테 있네. 1~2실링 정도 하는 물건인데, 작은 마음의 표시로 자네가 받아 주면 좋겠어.〉 이렇게 말하면서. 그래서 우리가 승합차를 몰고 올라갔지. 나랑 메그가.

회수 전문가들이 손을 대기 전에. 그게 5년 전이오. 녀석의 아버지는 지인들에게 주려고 해러즈에서 그걸 여섯 개 샀는데 이것 하나만 남아 있었소. 그 뒤로 녀석의 아버지는 이걸 돌려 달라는 말을 한 적이 없소. 단 한 번도. 〈아직도 음악이 나오나, 시드?〉 이렇게 말하곤 했지. 〈낡은 바이올린으로 연주한 좋은 노래가 많이 들어 있어. 내가 그걸 불시에 틀 수도 있다고.〉 당연히 그럴 수 있었지. 그가 주위에 있을 때는 어떤 열쇠 구멍도 안전하지 않았으니까. 마지막까지 계속. 내가 장례식에는 가지 못했지만. 몸이 좋지 않아서. 어땠소?」

「아름다웠다고 들었습니다.」

「그랬겠지. 세상에 족적을 남긴 사람이니까. 그냥 이름 없는 사람이 아니었소. 이 나라에서 가장 높은 사람들과도 악수를 한 인물이었단 말씀이야. 에든버러 공작을 〈필립〉이라고 부르고 말이지. 그가 죽었을 때 신문에도 기사가 났소? 내가 신문 몇 개를 살펴보기는 했는데 많이 보질 못해서. 그러다 생각해 보니 아무래도 일요판에 쓰려고 아끼고 있는 것 같다 싶더군. 물론 신문들이 뭘 어떻게 할지는 누구도 미리 점칠 수 없지만. 내 몸이 괜찮았으면 거기 들렀을 텐데. 틀림없이 몇 실링쯤 값도 치렀을 거요. 당신 경찰이오?」

브러더후드는 웃음을 터뜨렸다.

「경찰처럼 보이는데. 내가 그 사람 대신 살고 나온 적

이 있소. 사실 우리들 중에 그런 사람이 많았지. 〈레먼.〉
그는 항상 이렇게 성으로 나를 불렀소. 뭔가 아주 절실히
원하는 게 있을 때면. 이유는 도통 모르겠지만. 〈레먼, 여
기 서류에 내가 서명한 걸 빌미로 놈들이 날 잡을 거야.
하지만 내가 그건 내 서명이 아니라고 부인하고 자네가
위조한 거라고 직접 말한다면, 아무도 알아차리지 못할
걸. 그렇지?〉 〈글쎄요, **나**라면 알아차릴걸요. 그 죄로 오
래 살게 될 거예요. 징역을 살고 나오는 게 사람을 현명
하게 만들어 준다면 나는 므두셀라[33]만큼 현명해지겠네
요.〉 그래도 어쨌든 나는 그의 부탁을 들어주었소. 나도
이유를 모르겠어. 그는 내가 살고 나오면 5만을 받을 거
라고 했소. 하지만 그런 일은 없을 거라는 걸 나는 알고
있었지. 그런 걸 정말 우정이라고 해도 될 거요. 요즘은
그런 일을 해주고 저런 칵테일 수납장을 받기가 쉽지 않
지. 그 사람을 위해 건배.」

「위하여.」 브러더후드는 이렇게 말하고 나서 술을 마
셨다. 시드는 흐뭇하게 그를 바라보았다.

「그래, 경찰이 아니라면 뭘 하는 사람이오? 외무부에
서 일한다는 그 구름 위의 친구들 중 한 명인가? 구름 위
에 사는 사람처럼 보이지는 않는데. 그보다는 권투 선수
같아요. 경찰관이 아니라면 말이지. 해본 적 있소? 권투?
옛날에 우리는 링 앞의 좌석에 앉곤 했지. 언제나. 조 백

33 969세까지 살았다는 성서 속 인물.

시가 가엾은 브루스 우드콕에게 잘 가라고 인사하던 날
도 경기를 보러 갔소. 나중에 피를 씻어 내느라 목욕을
하는 수밖에 없었지. 그러고 나서 올버니 클럽에 갔더니
조가 상처 하나 없는 모습으로 바에 서 있었소. 미녀 두
명이 옆에 같이 있더군. 리키가 그에게 말했소. 〈그 사람
을 아주 끝내 버리지 그랬습니까, 조? 왜 그렇게 시간을
오래 끌었어요?〉 그는 말솜씨가 정말 좋았어요. 조가 이
렇게 말했소. 〈리키, 난 그럴 수 없었어요. 정말 그럴 수
가 없었습니다. 내가 한 대씩 때릴 때마다 그가 오―
오― 이러는데, 마지막 한 방을 꽂아 넣을 수가 없더라고
요. 정말로.〉」

　브러더후드는 이야기를 계속 들으면서 구석에 남은
가구 자국으로 아무렇지도 않게 눈길을 주었다. 가로세
로 60센티미터쯤 되는 정사각형 자국이 두툼한 카펫을
뚫고 그 뒤에 받친 캔버스 천에까지 닿아 있었다. 「그날
밤에 매그너스도 같이 갔습니까?」 그는 유쾌한 목소리로
질문을 던져 대화의 주제를 자신이 원하는 방향으로 티
나지 않게 바꿨다.

　「그때는 너무 어렸어요.」 시드가 단호하게 대답했다.
「마음도 너무 여렸고. 리키는 데려가고 싶어 했지만 메그
가 반대했소. 〈매그너스는 내가 봐줄게요. 남자들은 나가
서 즐겁게 놀다 오세요. 하지만 꼬맹이는 나랑 같이 영화
도 보고 즐거운 시간을 보낼 거예요.〉 메그가 이런 식으

로 나올 때는 싸우면 안 돼요. 두 번은 안 되지. 메그가 아니면 난 지금 빈털터리였을 거요. 리키에게 가진 돈을 탈탈 털어 줬을 테니까. 하지만 메그가 조금 따로 챙겨 뒀어요. 자기 남편이 어떤 사람인지 알았던 거지. 리키가 어떤 사람인지도 알고. 가끔은 너무 잘 아는 거 아닌가 싶기도 했지만. 그래도 메그한테 뭐라고 할 수는 없어요. 리키는 정직하지 않았으니까. 우리 모두 그랬지만, 꼬맹이의 아빠는 정말로 그랬소. 내가 정말로 오랜 세월이 흐른 뒤에야 깨달은 사실이야. 그래도 만약 그가 다시 나타난다면 아마 우리 모두 옛날과 똑같이 굴 거요.」 그는 고통스러운데도 웃음을 터뜨렸다. 「똑같이만 할까. 더하지. 틀림없이. 그래, 꼬맹이한테 무슨 일이 생긴 거요?」

「그럴 리가요.」 브러더후드는 구석에서 시선을 거둬들였다.

「당신이 말해 봐요. 경찰관은 당신이지 내가 아니니까. 그런 얼굴이어야 감옥을 책임질 수 있지. 내가 당신하고 이렇게 이야기를 하면 안 되는 건데. 그런 느낌이 들어요. 내가 어느 날 사무실에 걸어 들어가요. 오들리 거리. 마운트 거리. 체스터 거리. 올드 벌링턴. 콘딧. 파크 레인. 언제나 제일 좋은 동네. 변한 건 전혀 없소. 모든 것이 깔끔하고 훌륭해. 접수대 직원은 모나리자처럼 자기 자리에 앉아 있소. 〈안녕하세요, 레먼 씨.〉 〈안녕, 귀염둥이.〉 하지만 그러고는 알아차리는 거요. 그 여직원 얼굴을 보고. 조용한 적막의 소리도 듣고. 어이, 경찰이야. 나는 속으로 이렇게 중얼거릴 거요. 경찰이 리키와 이야기를 하고 있어. 도망쳐, 시드. 뒷문으로 빨리. 이런 내 감은 틀린 적이 없소. 한 번도. 내가 또 열두 달 동안 감옥살이를 하게 되더라도, 문제가 생긴 걸 알아차리는 내 코는 변한 적이 없어요.」

「그럼 그를 마지막으로 만난 게 언제입니까?」

「2년쯤 전이오. 더 오래된 것 같기도 하고. 메그가 떠난 뒤에는 그가 거리를 뒀어요. 이유는 모르겠지만. 더 자주 올 줄 알았는데 그게 아니었소. 아마 자기가 아는 사람들이 세상을 떠나는 게 싫었던 모양이오. 우리가 가난하게 사는 거나 희망 없이 사는 것도 싫었을 거고. 알다시피 그가 한 번 의원 선거에 출마한 적이 있소. 우리가 일주일만 더 일찍 시작했다면 당선됐을 거야. 그가 갖고 있던 말과 마찬가지요. 항상 결승점에서 늦게 출발하는 것. 물론 전화는 했소. 언제나 전화를 좋아했거든. 전화가 울리지 않으면 싫어했어요.」

「저는 매그너스를 말한 겁니다.」 브러더후드가 참을성 있게 말했다. 「꼬맹이요.」

「혹시 그렇지 않은가 싶기는 했소.」 시드는 기침을 하기 시작했다. 그의 위스키 잔이 바로 앞 탁자에 놓여 있었지만, 아직 손도 대지 않은 상태였다. 이젠 술을 마시지 않는 모양이군. 예의상 잔을 놔뒀을 뿐이야. 브러더후드는 속으로 생각했다. 기침이 멈춘 뒤에도 시드는 숨을 제대로 쉬지 못했다.

「매그너스가 당신을 만나러 왔습니다.」브러더후드가 말했다.

「그래요? 나는 몰랐는데. 그게 언제요?」

「톰을 만나러 가는 길이었습니다. 장례식 뒤에.」

「어떻게 여기까지 왔소?」

「차를 몰고 와서 당신과 함께 앉아 옛날이야기를 했지요. 여기 오길 잘했다고 생각했습니다. 나중에 톰에게 이런 말을 했어요. 〈시드랑 아주 즐거운 이야기를 나눴다. 꼭 옛날로 돌아간 것 같았어.〉 그 녀석은 모두에게 알리고 싶어 했습니다.」

「당신에게 직접 말해 주었소?」

「톰에게 말했습니다.」

「그럼 당신한테는 말하지 않았군. 그랬다면 당신이 여기까지 올 필요가 없었을 테지. 난 항상 이렇게 앞뒤를 짚어 봐요. 틀리는 법이 없소. 〈경찰관이 질문을 던지는 건 답을 모르기 때문이다. 그러니 아무것도 말하면 안 된다. 경찰관이 답을 아는 질문을 던진다면, 그건 너를 잡아내려는 것이다. 그러니 역시 아무것도 말하면 안 된다.〉 옛날에 리키에게도 같은 말을 해줬지만 리키는 들으려 하질 않았소. 아마 프리메이슨이라는 점이 조금 영향을 미쳤겠지. 자기가 충분히 이야기를 하면 아무 일도 없을 거라는 생각을 하게 됐거든. 그래서 붙잡힌 거요. 열 번 중에 아홉 번이나. 자기 말에 자기가 걸린 거야.」그는 거의 멈추지 않고 말을 이었다.「이봐요, 나랑 거래 하나 하겠소? 당신이 원하는 걸 말하면 내가 꺼지라고 말하기로. 어떻소?」

긴 침묵이 흘렀지만, 브러더후드는 지치지 않고 참을성 있는 미소를 지었다.「한 가지 여쭙겠습니다. 저 밖에 영국 국기가 왜 걸려 있는 겁니까? 무슨 의미가 있는 겁니까, 아니면 그저 정원에 핀 큰 꽃 역할입니까?」

「외국인과 경찰을 막아 주는 허수아비 역할이오.」

브러더후드는 가족사진을 꺼내듯이 초록색 명함을 꺼냈다. 세프턴 보이드에게 보여 준 그 명함이었다. 시드는 주머니에서 안경을 꺼내 쓰고 명함을 앞뒤로 전부 읽어 보았다. 기차가 천둥 같은 소리를 내며 지나갔지만 그는 듣지 못한 것 같았다.

「이건 무슨 사기극이오?」그가 물었다.

「저는 저 국기와 같은 일을 하고 있습니다.」브러더후드가 말했다.「그게 사기극이라면 그렇겠지요.」

「그럴 수도 있지. 모든 게 그러니까.」

「8군에 있었지요? 알라메인에서 작은 훈장도 하나 타신 걸로 알고 있습니다. 그것도 사기였습니까?」

「그럴지도.」

「매그너스 핌이 조금 곤란한 상황입니다. 정말 솔직히

말하자면, 저는 항상 솔직한 사람입니다만, 매그너스가 일시적으로 사라진 것 같습니다.」

시드의 작은 얼굴에 힘이 들어갔다. 숨소리도 거칠고 빨라졌다. 「누가 그 녀석을 사라지게 만든 건데? 당신이오? 녀석이 머스폴의 사람들하고 엮인 건 아니겠지?」

「머스폴이 누굽니까?」

「리키의 친구요. 인맥이 좀 있어요.」

「다른 곳으로 옮겨진 것일 수도 있고, 스스로 숨은 것일 수도 있습니다. 아주 나쁜 외국인들하고 위험한 게임을 하고 있었거든요.」

「외국인이라고? 하긴, 프랑스어를 할 줄 알았지?」

「신분을 위장한 채 일하고 있었습니다. 조국을 위해서. 그리고 저를 위해서.」

「그럼 녀석이 어리석었구먼.」 시드는 성난 목소리로 이렇게 말하고는 완벽하게 다림질된 손수건을 주머니에서 꺼내 번들거리는 얼굴을 닦았다. 「난 녀석을 참아 주지 못했소. 메그는 이미 알아차렸지. 녀석이 나쁜 길로 갈 거라고. 녀석은 밀고자 기질을 타고났소. 내 말 잘 들어요. 타고난 밀고자야.」

「그건 밀고가 아니었습니다. 자기 목을 건 위험한 일이었죠.」 브러더후드가 말했다.

「그거야 당신 말이지. 그냥 당신의 생각뿐일 수도 있고. 어쨌든 당신이 틀렸소. 그 녀석은 도무지 만족하는 법이 없어요. 하느님도 역부족이었으니까. 메그한테 물어보시오. 아니, 안 되겠군. 세상을 떴으니. 메그는 현명한 사람이었소. 여자지만 당신과 나와 세상 절반을 다 합친 것보다 더 많은 지혜를 갖고 있었어요. 녀석은 중간에 서서 양쪽을 다 갖고 놀았을 거요. 내가 알아요. 녀석이 그럴 거라고 메그가 항상 말했거든.」

「당신을 만나러 왔을 때 녀석이 어때 보이던가요?」

「건강했소. 누구나 그렇지. 그 고약한 뺨이 장밋빛이었어요. 녀석이 뭔가 원하는 게 있을 때는 내가 항상 알아차리지. 녀석은 제 아비처럼 매력적이오. 내가 이렇게 말했어요. 〈지금 보니 좀 더 애도하는 게 너한테 어울릴 것 같다.〉 하지만 녀석은 내 말을 들으려고 하지 않았어요. 〈아름다운 장례식이었어요. 시드도 봤으면 좋아했을 거예요.〉 우선 그거야말로 거짓말이었소. 〈사람들이 아주 빽빽했어요. 그러고도 못 들어온 사람들이 아직 있을 정도였다고요.〉 〈헛소리.〉 내가 말했소. 〈교회 밖 광장에도 사람들이 있고, 길에도 줄이 늘어서 있었어요, 시드. 틀림없이 1천 명은 됐을걸요. 아일랜드인들이 거기서 폭탄을 터뜨렸다면 이 나라 최고의 두뇌들이 다 사라졌을 거예요.〉 〈필립도 왔니?〉 〈당연히 왔죠.〉 아니, 그 사람이 왔을 리가 없지, 그렇지 않소? 정말로 왔다면 신문이고 텔레비전이고 전부 보도했을 텐데. 뭐, 신문을 숨기고 왔을지도 모르지. 요즘은 아일랜드인들 덕분에 그런 짓을 많이 한다니까. 옛날에 녀석한테 케니 보이드라는 친구가 있었소. 어머니가 아주 귀부인이셨지. 릭이 케니의 숙모와 인사를 나눴소. 어쩌면 녀석이 케니한테 갔는지도 모르겠소.」

브러더후드는 고개를 저었다.

「그럼 벨린다? 그 애는 항상 솔직했소. 그 녀석한테 항상 이용당하면서도. 벨린다는 녀석이 언제나 찾아갈 수 있는 사람이오.」

브러더후드는 다시 고개를 저었다.

「그러니까, 장례식 추도객이 1천 명이었소.」시드가 반발했다. 「원한다면 **채권자**라고 해도 돼요. 추도객이 아니라. 릭의 죽음을 애도하는 사람은 없소. 딱히. 솔직히 조금 안도의 한숨을 쉬지. 그러고는 지갑을 들여다보면서 메그에게 고마워하는 거요. 내가 쓸 돈이 조금 남아 있으니까. 꼬맹이한테 이런 이야기는 안 했소. 적절한 얘기가 아닌 것 같아서. 필립이 거기 **왔소**? 필립이 왔다는 얘기를 **당신도** 들었소?」

「그건 거짓말이었습니다.」브러더후드가 말했다.

시드는 충격 받은 표정이었다. 「아이고, 이건 좀 센데, 정말로. 적당히 포장한 이야기였군. 매그너스가 나한테 사기를 쳤어. 그런 식으로. 녀석 아버지가 그랬던 것처럼.」

「왜요?」

시드는 이 질문을 듣지 못한 것 같았다.

「왜 그런 짓을 합니까?」 브러더후드가 말했다. 「당신을 속이려고 그렇게 애를 쓸 이유가 뭐예요?」

시드의 반응이 과했다. 미간을 찌푸리고, 입술을 꾹 다물고, 갈색 코끝에서 먼지를 털어 내듯 손을 움직였다. 「날 돌봐 주고 싶었던 것 아니겠소?」 그의 목소리가 지나치게 밝았다. 「허튼소리를 좀 늘어놓은 거지. 〈내가 가서 시드 아저씨랑 수다나 좀 떨어야겠다. 아저씨가 즐거워하게.〉 이런 식으로. 아, 우린 옛날부터 서로 좋은 친구였소. 내가 녀석에게 아버지 같은 존재였던 적도 아주 많고. 게다가 메그는 정말 굉장한 엄마였지.」 나이를 먹으면서 그가 거짓말 기술을 잃어버린 것 같았다. 아니면 애당초 그에게는 그런 기술이 없었거나. 「녀석은 그냥 친근하게 굴고 싶었던 거요. 그뿐이야. 편안함, 궁극적으로는 그런 거지. 내가 당신을 편안하게 해줄 테니 당신도 날 편안하게 해달라는. 녀석은 항상 메그를 좋아했소. 메그가 녀석의 속을 훤히 꿰뚫어 볼 때도 녀석은 변함이 없었지. 그건 분명해요.」

「웬트워스가 누굽니까?」 브러더후드가 말했다.

시드의 얼굴은 감옥 문처럼 쾅 닫혀 있었다. 「누구라고?」

「웬트워스.」

「아냐, 아냐, 아닐 거요. 웬트워스가 뭔지 모르겠는걸.

아마 장소인 것 같은데. 왜요? 웬트워스 때문에 녀석이 곤란해진 거요?」

「사비나는요? 녀석한테서 사비나라는 이름을 들은 적이 있습니까?」

「그건 경주마잖소, 그렇지? 작년에 골드 컵 우승마 후보로 꼽히던 프린세스 사비나가 있지 않았나?」

「양귀비는 누굽니까?」

「이런. 매그너스가 또 미녀와 놀고 있소? 하긴 제 아버지 아들이니 어련할까.」

「녀석이 여기에 온 이유가 뭡니까?」

「말했잖소. 편안함 때문이라고.」 이 말을 하고 나서 시드의 시선이 잔인한 자석에 끌리듯 가구 자국이 있는 곳으로 움직였다. 그러고 나서 브러더후드에게 돌아오는 그의 눈빛이 지나치게 태연했다.

「자, 그럼.」 시드가 말했다.

「한 가지 여쭤봐도 되겠습니까?」 브러더후드가 말했다. 「저 구석에 뭐가 있었습니까?」

「어디?」

「저기.」

「아무것도.」

「가구? 기념품?」

「아무것도.」

「부인의 물건을 선생이 팔아 버리신 겁니까?」

「메그의 물건? 내가 설사 굶는 한이 있어도 메그의 물건은 절대 팔지 않을 거요.」

「그럼 저 자국은 왜 생긴 겁니까?」

「무슨 자국?」

「제가 손으로 가리키는 곳. 카펫에. 저 자국이 왜 생겼습니까?」

「요정이 만들었지. 그게 당신과 무슨 상관이오?」

「매그너스와는 무슨 상관이 있습니까?」

「아무것도. 말했잖소. 같은 말을 자꾸 되풀이하지 마시오. 짜증 나니까.」

「어디 있습니까?」

「사라졌소. 별것 아니었어. 아무것도 아니오.」

브러더후드는 의자에 앉아 있는 시드를 내버려 두고 좁은 계단을 한 번에 두 칸씩 뛰어 올라갔다. 화장실이 앞쪽에 있었다. 그는 그 안을 들여다본 뒤 왼쪽의 큰 침실로 갔다. 프릴이 달린 분홍색 소파가 방을 대부분 차지하고 있었다. 그는 소파 아래를 들여다보고, 베개 밑을 만져 보고, 눈으로도 확인해 보았다. 옷장 문을 열어 줄줄이 걸린 낙타털 외투와 값비싼 여자 옷을 옆으로 밀쳤다. 아무것도 없었다. 층계참 맞은편에 침실이 하나 더 있었지만, 그곳에는 가로세로 60센티미터 크기의 무거운 가구가 전혀 없었다. 그저 몹시 아름다운 하얀색 가죽 여행 가방만 쌓여 있을 뿐이었다. 1층으로 돌아온 그는 식당과 부엌을 살펴보고, 뒤편 창문을 통해 둑으로 이어진 자그마한 정원을 바라보았다. 오두막도 차고도 보이지 않았다. 그는 거실로 돌아왔다. 또 기차가 지나가고 있었다. 그는 기차 소리가 잦아들 때까지 기다렸다가 입을 열었다. 시드는 의자에 앉아 앞으로 몸을 크게 기울이고 있었다. 자두나무 지팡이 손잡이 위로 양손을 꽉 맞잡고, 거기 턱을 힘없이 괸 자세였다.

「진입로의 타이어 자국 말인데,」 브러더후드가 말했다. 「그것도 요정들이 만든 겁니까?」

그러자 시드가 입을 열었다. 입술이 굳어서 말을 할 때마다 아픈 사람 같았다. 「맹세할 수 있소? 보이 스카우트의 명예를 걸고, 이것이 나라를 위한 일이라고 맹세할 수 있소?」

「네.」

「녀석이 한 일이, 난 그렇게 생각하지도 않고 알고 싶지도 않지만, 비애국적이거나 그럴 가능성이 있소?」

「그럴 가능성이 있습니다. 우리 모두에게 가장 중요한 건 녀석을 찾아내는 겁니다.」

「그게 거짓말이라면 당신이 썩어 죽게 된다 해도?」

「썩어 죽게 된다 해도.」

「그래야지, 경찰 양반. 난 그 녀석을 사랑하지만 나라에 잘못을 저지른 적은 없거든. 녀석이 여기 와서 나한테 사기를 친 건 맞소. 녀석은 서류함을 원했소. 낡은 초록

색 서류함인데, 릭이 여행을 떠나면서 내게 맡긴 물건이
지. 매그너스는 이렇게 말했소. 〈이제 릭이 죽었으니 릭
의 서류들을 내줄 수 있잖아요. 괜찮아요. 합법이에요.
그 서류들은 내 것이니까. 내가 릭의 상속자잖아요, 안
그래요?〉」

「서류라니요?」

「녀석 아버지의 일생. 그가 진 모든 빚. 그의 비밀이라
고 할 수도 있고. 리키는 그런 것들을 항상 그 특별한 서
류함에 보관했소. 자기가 우리 모두에게 빚진 것들. 언젠
가 자기가 우리 모두를 잘 돌봐 주게 되면, 우리는 영영
부족한 것 없이 잘 살게 될 거라고. 나는 처음에 안 된다
고 했소. 리키가 살아 있을 때도 항상 안 된다고 했는데
지금이라고 변한 건 하나도 없다 싶었거든. 그래서 녀석
에게 이렇게 말했소. 〈릭은 죽었어. 그러니 평화롭게 놔
둬라. 네 아버지처럼 좋은 친구는 어디에도 없었다. 너도
알잖아. 그러니 의문들은 그만 접어 두고 넌 네 인생을
살아.〉 그 서류함에는 나쁜 것들이 좀 있었소. 웬트워스
도 그중 하나였고. 당신이 말한 다른 이름들은 뭔지 모르
겠소만. 어쩌면 그것들도 그 안에 있었는지 모르지.」

「그랬을지도 모르죠.」

「녀석이 자꾸 이런저런 말로 나를 설득하려고 해서 결
국 내가 가져가라고 했소. 메그가 살아 있었다면 녀석이
그걸 가져가는 일은 절대 없었을 텐데. 합법적인 상속자

든 뭐든. 하지만 이젠 메그가 없으니 난 녀석의 부탁을 거절할 수 없었소. 정말로. 언제나 그랬지. 녀석 아버지의 말을 거부하지 못한 것처럼. 매그너스는 책을 쓸 거라고 했소. 난 그것도 마음에 들지 않더군. 〈네 아버지는 책을 결코 좋아하지 않았어, 꼬맹이. 너도 알 텐데. 네 아버지는 세상이라는 대학에서 공부했지.〉 녀석은 내 말을 듣지 않았소. 제가 원하는 게 있을 때는 언제나 그래요. 그래서 내가 말했소. 〈알았다. 가져가. 어쩌면 그걸로 네가 아버지를 내려놓을 수 있을지도 모르지. 얼른 저걸 차에 싣고 가버려.〉 그리고 또 이렇게 말했소. 〈내가 옆집에서 덩치 큰 믹을 불러올 테니 함께 저걸 옮겨.〉 녀석은 싫다고 했소. 〈제 차가 저걸 싣기에 마땅치 않아요. 서류함을 거기에 싣고 갈 수는 없어요.〉 〈그럼 그건 여기 그냥 놔두고 입 다물어.〉」

「녀석이 여기에 또 두고 간 것이 있습니까?」

「없소.」

「서류 가방을 들고 있던가요?」

「검은색 요정 가방 같은 거였소. 열쇠 구멍이 두 개 있었고.」

「여기에 얼마나 있었습니까?」

「나한테 사기를 칠 만큼. 한 시간? 30분? 내가 어찌 알겠소? 앉으려고 하지도 않았는데. 그럴 수가 없었던 게지. 녀석은 검은색 넥타이를 맨 차림으로 계속 이리저리 서성거렸소. 미소를 띤 얼굴로. 계속 창밖을 확인하면서. 〈너 도대체 어떤 은행을 털고 온 거냐? 그 은행에서 내 돈부터 먼저 빼내야겠다.〉 내가 이렇게 말했소. 옛날에는 녀석이 이런 농담을 듣고 잘 웃었거든. 그런데 그날은 아니었소. 그냥 계속 미소만 짓고 있었어요. 뭐, 장례식이라는 게 여러 모로 사람한테 영향을 미치지, 그렇지 않소? 그래도 녀석이 그렇게 웃지 않았으면 싶었소.」

「그럼 그렇게 가면서 그 서류함을 가져갔습니까?」

「당연히 안 가져갔지. 화물차를 녀석이 보낸 것 아니겠소?」

「그랬겠군요.」 브러더후드는 멍청한 질문을 했다고 자책했다.

그는 시드와 가까이 앉아 있었다. 그의 위스키 잔은 시드가 항상 동쪽 하늘의 해처럼 반짝반짝 닦아 두는 인도풍의 낡은 놋쇠 탁자 위에 두었다. 시드는 말하기가 몹시 싫은 기색이 역력했다. 목소리가 잦아들어서 거의 들리지 않을 정도였다.

「몇 명이나요?」

「두 놈.」

「그자들에게 차를 대접했습니까?」

「당연히.」

「그들의 화물차를 보셨습니까?」

「당연히. 내가 그 사람들이 오나 내다보고 있었지 않

소. 그게 꽤나 즐거운 구경거리니까 말이오, 여기서는. 화물차가.」

「회사 이름은요?」

「모르오. 차에 적혀 있지 않았을걸. 그냥 평범한 화물차였어요. 돈을 내고 빌린 차 같던데.」

「색깔은?」

「초록색.」

「누구한테서 빌린 겁니까?」

「그걸 내가 어떻게 알겠소?」

「무슨 서류에 서명 같은 것도 했습니까?」

「내가? 말도 안 되는 소리. 여기서 차를 한 잔 마시고, 그걸 실은 뒤에 가버렸소.」

「어디로 가져갔습니까?」

「보관소였겠지.」

「어디에 있는 보관소요?」

「캔터베리.」

「확실합니까.」

「당연하지. 캔터베리요. 캔터베리행 화물. 그러고는 나중에 너무 무거웠다고 투덜거렸지. 항상 그러니까. 그러면 가욋돈이 더 생긴다고 생각하는 모양이오.」

「그 사람들이 그걸 핌에게 보낼 거라고 말하던가요?」

「캔터베리라고 했다니까.」

「이름은 전혀 말하지 않고요?」

「레먼. 레먼의 집에 들러서 캔터베리행 화물을 수거해라. 레먼은 나잖소. 이름이라면 레먼이겠군.」

「화물차 번호는 보셨습니까?」

「물론이지. 종이에 적어 두었소. 그게 내 취미라오. 화물차 번호를 적는 게.」

브러더후드는 애써 미소를 지었다. 「그럼 최소한 그 화물차의 제조사가 어디인지는 생각나십니까? 눈에 띄는 마크 같은 건 없던가요?」

이것은 아주 무해한 질문이었다. 브러더후드 역시 다른 저의나 기대가 별로 없었다. 한 번 물어보지 않으면 빈틈이 남지만, 물어봐도 별다른 성과가 없는 종류의 질문이었다. 누군가를 심문할 때 꼭 들어가야 하는 부분 같은 것. 브러더후드는 저물어 가는 그 가을 저녁에 시드에게 마지막으로 이 질문을 던졌다. 사실 매그너스 핌을 찾기 위해 필사적으로 애쓰던 그가 짧은 수색을 끝맺으며 던진 질문이기도 했다. 그런데 시드가 즉각적이고 직접적인 대답을 피했다. 그는 입을 열어 뭐라고 말하려다가 생각이 바뀌었는지 작게 합 소리가 날 정도로 입을 꼭 다물어 버렸다. 손에 괴고 있던 턱을 떼고, 얼굴을 들어 올리고, 굽히고 있던 작은 몸도 점차 일으켰다. 고통스러운데도 엄격한 표정으로 그렇게 의자에서 일어섰다. 마치 최후의 사열장으로 그를 불러내는 나팔 소리가 어디 멀리서 들려오기라도 하는 것 같았다. 등이 둥글게 굽은 채로 그는 지팡이를 옆으로 짚었다.

「난 녀석이 감옥에 가는 걸 원하지 않소.」 그가 갈라진 목소리로 말했다. 「듣고 있소? 당신이 녀석을 감옥에 보내는 걸 내가 돕지도 않을 거요. 녀석의 아버지는 징역을 살았소. 나도 징역을 살았고. 하지만 녀석까지 그렇게 되는 건 싫어요. 거슬리거든. 당신한테 개인적인 감정이 있는 건 아니오만, 경찰관 양반, 이만 가시오.」

끝났다. 브러더후드는 5층에 있는 브래멀의 방에서 회의 탁자에 다닥다닥 둘러앉은 사람들을 바라보며 차분히 생각했다. 이것이 당신들과 함께하는 나의 마지막 잔치다. 이 문을 걸어 나갈 때 나는 이제 예순 살이 된 사냥터지기의 아들일 것이다. 10여 쌍의 손이 신원 확인을 기다리는 시체들처럼 천장의 밝은 불빛 아래 놓여 있었다. 왼쪽에서는 도니라는 외무부 대표의 모직 맞춤 양복 소매가 시들어 갔다. 그의 황금색 커프스단추에서는 사자 상징이 자세를 잡고 있었다. 도니 다음 자리에서는 그의 상관인 브래멀의 흠 없는 손가락 끝이 휴식을 취하고 있었다. 브래멀이 서리 중부 출신이라는 사실은 굳이 크게 떠들지 않아도 알 수 있었다. 그다음 자리에는 내각에서 나온 마운트조이가 앉아 있었다. 그 뒤로 다른 손들이 죽 이어졌다. 브러더후드는 점점 강해지는 소외감 속에서 귀에 들리는 목소리가 어느 손의 것인지 잘 알 수 없었다.

하지만 이제 그런 것은 중요하지 않았다. 오늘 밤 그들은 하나의 목소리이자 하나의 죽은 손이었기 때문이다. 예전에는 이 사람들이 따로따로 있을 때의 힘을 합한 것보다 이렇게 한자리에 모였을 때의 힘이 더 대단하다고 믿었는데. 그는 속으로 생각했다. 지금까지 살아오면서 나는 제트기, 원자 폭탄, 컴퓨터가 태어나는 걸 목격했어. 영국식 제도가 무너지는 것도 보았고. 이제 우리가 치워야 할 건 우리뿐이다. 퀴퀴한 한밤중의 공기에서 부패의 냄새가 났다. 나이절이 사망 확인서를 읽고 있었다.

「그들은 6시 12분까지 럼스던의 집 밖에서 기다리다가 길 아래쪽의 공중전화로 그 집에 전화를 걸었다. 럼스던 부인이 전화를 받아 현재 가사 도우미와 함께 핌 부인을 찾는 중이라고 대답했다. 메리가 뒤편 정원으로 산책을 나간 뒤 돌아오지 않았다는 것이었다. 나간 지 한 시간이 넘었다. 정원에는 아무도 없었고, 럼스던 본인은 대사 관저에 있었다. 대사가 그를 불렀음이 분명하다.」

「이 일로 누구든 럼스던 부부를 비난하지 않기를 바랍니다.」 도니가 말했다.

「저는 그럴 생각 없습니다.」 보가 말했다.

「그녀는 메모를 남기지 않았다. 누구에게도.」 나이절이 계속 문서를 읽었다. 「그날 낮에 그녀는 다른 일에 정신이 팔린 듯했으나 그건 당연했다. 우리가 항공사들을 확인해 본 결과 내일 오전 런던행 브리티시 에어웨이스

400

편 비즈니스 클래스가 그녀의 이름으로 예약되어 있었다. 그녀는 빈의 임페리얼 호텔을 자신의 주소로 밝혔다.」

「오늘 오전이죠.」 누군가가 말을 바로잡았다. 브러더후드는 나이절의 금시계가 그 사람을 향해 날카롭게 기울어지는 것을 보았다.

「그럼 오늘 오전 비행기라고 하죠.」 나이절이 언짢은 듯이 말했다. 「임페리얼 호텔을 확인해 보았으나 그녀는 방에 없었다. 공항을 두 번째로 수색한 끝에 우리는 그녀가 그날 마지막 비행기의 대기 좌석을 얻어 타고 떠났다는 결론을 내렸다. 프랑크푸르트행 루프트한자. 안타깝게도 우리가 이 정보를 손에 넣었을 때는 프랑크푸르트행 비행기가 이미 목적지에 착륙한 뒤였다.」

당신들이 메리한테 당했군. 브러더후드는 자부심에 가까운 만족감을 느끼며 속으로 생각했다. 메리는 실력이 좋아서 이런 게임을 잘하지.

「**처음** 공항에 갔을 때 프랑크푸르트행 비행기에 대해 알아내지 못한 것이 아무래도 아쉽지 않습니까?」 탁자 끝에서 누군가가 발표 내용을 믿을 수 없다는 듯이 대담하게 말했다.

「당연히 아쉽지요.」 나이절이 쏘아붙였다. 「하지만 좀 더 주의 깊게 귀를 기울였다면 그녀가 대기 좌석을 얻어 타고 떠났다는 말을 들으셨을 겁니다. 따라서 그녀의 이름이 포함된 공식적인 승객 명단은 문자 그대로 비행기가 이륙하던 순간에야 완성되었어요.」

「그래도 여전히 조금 지리멸렬하게 들리기는 합니다.」 마운트조이가 말했다. 「비공식적인 승객 명단은 보셨습니까?」

아냐, 지리멸렬하지 않아. 브러더후드는 속으로 생각했다. 지리멸렬해지려면 먼저 질서가 확립되어 있어야 하지. 이건 관성이야. 이게 보통이라고. 한때는 훌륭했던 기관이 이제는 움직이지 않는 잡종이 되어 버렸어. 관료와 해적이 절반씩 섞인 잡종. 그리고 이 기관은 그 둘의 주장이 서로를 부정하게 만들고 있지.

「그럼 그녀가 어디 있는 겁니까?」 누군가가 물었다.

「우리는 모릅니다.」 나이절이 만족스러운 표정으로 말했다. 「독일 측에, 그리고 첨언하자면 당연히 미국 측에도, 프랑크푸르트의 모든 호텔을 수색해 달라고 요청할 정도는 아닌 것 같습니다. 어차피 별로 효과도 없을 것 같고요. 그 밖에 더 할 수 있는 일이 있을지 나는 잘 모르겠습니다. 지금까지 미흡한 조치가 있었는지도 모르겠고요. 솔직히.」

「잭?」 브래멀이 말했다.

브러더후드는 좀 더 나이를 먹은 것 같은 자신의 목소리가 어둠 속으로 밀려드는 것을 들었다. 「누가 알겠습니까. 지금쯤 프라하 어딘가에 앉아 있을지도 모르죠.」

다시 나이절이 말했다. 「우리가 아는 한 그녀는 아무 **잘못**도 저지르지 않았습니다. 그러니 죄수처럼 억지로 가둬 둘 수는 없어요. 그녀는 자유로운 시민입니다. 만약 다음 주에 그녀의 아들이 엄마가 있는 곳으로 가려 한다고 해도, 우리는 **그것** 역시 막을 수 있는 방법이 딱히 없습니다.」

마운트조이가 예전에 했던 걱정을 다시 입에 담았다. 「미국 대사관에서 가로채 온 통화 내용이 상당히 예사롭지 않은 것 같습니다. 이 레더러라는 여자가 빈에서 런던에 있는 남편에게 소리를 질러 대고 있죠. 두 사람이 교회에서 연락을 주고받았다고. 그 여자가 말한 교회가 바로 우리 교회입니다. 메리가 **거기** 있었어요. 그걸 바탕으로 몇 가지 추론을 할 수는 없었던 겁니까?」

나이절은 즉시 답변을 내놓았다. 「그 일이 있고 한참 뒤에야 알아챘지요, 안타깝게도. 통화 내용을 받아 적은 사람들은 별로 대단한 이야기라고 생각하지 못하고 전화 통화로부터 24시간 뒤에 우리에게 넘겼습니다. 충분히 이해할 수 있는 일이에요. 어쨌든 그 때문에 우리를 긴장하게 만들었을 정보, 즉 페즈 등등의 사람들이 예전에 수용된 적이 있는 체코의 안가에서 메리가 나오는 모습을 누군가 목격했을 **가능성**이 있다는 정보가 통화 내용보다 **먼저** 우리에게 전달되었습니다. 우리가 일을 순서대로 했다는 이유로 우리를 비난할 수는 없을 겁니다, 그렇죠?」

이 질문의 답을 아는 사람은 하나도 없는 것 같았다.

마운트조이는 생각을 해볼 때라고 말했다. 도니는 경찰에 신고하고 핌의 얼굴을 널리 알려야 하는지 반드시 결정해야 한다고 말했다. 결과가 어찌 되든 일단 그렇게 해야 한다는 것이었다. 이 말에 브래멀이 날카롭게 살아났다.

「그건 아예 일을 그만두자는 얘기나 마찬가지입니다. 목표에 거의 다 왔어요. 아주 **가깝단** 말입니다. 그렇지요, 잭?」

「죄송하지만 그렇지 않습니다.」 브러더후드가 말했다.

「아냐, 틀림없이 그래요!」

「그건 그냥 어림짐작입니다. 어쨌든 그 가구용 승합차를 찾아내야 합니다. 그것도 간단한 일은 아닐 겁니다. 그가 위장을 위해 중간에 다른 인물들과 장소들을 내세웠을 테니까요. 경찰은 이런 일을 하는 방법을 잘 압니다. 우리한테는 가망이 없어요. 그는 캔터베리라는 이름을 쓰고 있습니다. 아니면 그냥 우리 짐작일 수도 있고요. 그가 옛날부터 작전용 가명을 장소 이름으로 지었거든요. 그런 버릇이 있습니다. 맨체스터 대령, 헐 씨, 걸워스 씨. 하지만 사람들이 그 서류함을 캔터베리로 배달했고, 그가 정말로 캔터베리에 있을 가능성도 있습니다. 아니면 그 서류함은 캔터베리로 배달됐지만, 그는 거기에 없을 가능성도 있고요. 집 옆에 바다와 광장이 있고, 거기에 그가 사랑하는 여자가 살고 있다고 합니다. 여자가 있는 곳은 스코틀랜드나 웨일스는 아니에요. 그녀가 그곳에 있다고 그가 말했으니까. 우리는 영국의 모든 바닷가 마을을 샅샅이 훑을 수 있는 처지가 아닙니다. 하지만 경찰은 할 수 있습니다.」

「미쳤군.」 유령 같은 목소리가 말했다.

「그래요, 그는 미쳤습니다. 30년 넘게 우리를 배신하고 있었는데 우리는 지금까지 그걸 알아내지 못했어요. 우리의 실수입니다. 그러니 그가 필요할 때는 정상적인 사람 행세를 상당히 잘할 수 있고, 그의 솜씨가 기가 막히게 좋다는 데에는 모두 동의해도 될 겁니다. 그와 저보다 더 가까운 사람이 있습니까?」

문이 열렸다가 닫혔다. 케이트가 붉은 줄이 쳐진 서류철을 한 아름 안고 그들 앞에 서 있었다. 안색은 창백하지만 몸에는 흔들림이 없어서 마치 몽유병자 같았다. 그녀가 사람들 앞에 서류철을 하나씩 놓아 주었다.

「방금 시긴트에서 올라온 자료입니다.」 그녀가 보에게만 이렇게 말했다. 「체코의 무선 내용 전체에 대해 『짐플리시시무스』라는 책 암호를 돌려 보았는데, 결과가 긍정적입니다.」

*

아침 7시의 런던 거리는 텅 비어 있었지만 브러더후드는 마치 사람이 북적거리는 곳을 걷듯이, 휘청거리는 약한 자들 사이에서 허리를 똑바로 펴고 군중 속에 휩쓸리지 않는 사람처럼 그 거리를 걸었다. 혼자 있던 경찰관이 그에게 아침 인사를 건넸다. 브러더후드는 경찰관들이 인사를 건네는 사람이었다. 고맙군, 경찰관. 그는 더욱 단호하게 걸으며 속으로 생각했다. 당신이 방금 웃어 준 사람은 내일 새로 반역자가 될 자의 친구야. 더 이상 대답할 말이 없어질 때까지 자신을 비판하는 목소리와 싸워 물리치고, 그다음에는 정면으로 마주할 수 없게 될 때까지 자신의 옹호자들과 싸워 물리친 사람. 왜 점점 그 녀석을 이해할 것 같지? 그는 속으로 이런 의문을 던지며 자신의 너그러움에 감탄했다. 머리는 아니더라도 가슴으로는 내 성공을 실패로 만들어 버린 녀석에게 슬슬 공감을 느끼고 있는 거야? 내가 녀석에게 그런 일을 시켰으니, 녀석은 내게 그 대가를 받아 낸 건가.

당신의 자업자득이에요. 벨린다는 이렇게 말했다. 그렇다면 팔이 총에 맞아 박살 나서 대롱거리는 바로 그 순간과 마찬가지로, 아직 고통이 느껴지지 않는 이유는 뭘까.

녀석은 프라하에 있어. 그는 속으로 생각했다. 지난 며칠 우리는 체코 측이 녀석을 몰래 빼내는 동안 우리의 주의를 돌리려고 친 연막 때문에 엉뚱한 추적을 벌인 거야.

매그너스가 먼저 가 있지 않았다면 메리가 거기에 가는 일은 결코 없었겠지. 메리는 결코 거기에 갈 사람이 아니야.

그럴까? 정말로? 그는 알 수 없었다. 다른 사람이 답을 안다고 나섰다면 그는 그들 역시 믿지 않았을 것이다. 플러시와 영국인다운 삶을 모두 두고 간다고? 매그너스를 위해서?

결코 그럴 사람이 아니다.

매그너스를 위해서라면 할 것이다.

톰이 먼저 그녀를 만나러 올 것이다.

그녀는 거기 남을 것이다.

그녀는 톰을 데려갈 것이다.

여자가 필요해.

밤샘 영업을 하는 커피숍이 하프 문 거리 모퉁이에 있었다. 다른 날이었다면 브러더후드가 그곳에 들어가 지친 매춘부들이 그의 개를 보고 호들갑을 피우는 모습을 가만히 보고 있었을 것이다. 그러다 브러더후드도 매춘부들을 상대로 호들갑을 피운 뒤 커피를 한 잔씩 사주고 수다도 떨었을 것이다. 그들의 일솜씨와 배짱, 인간적인 기민함과 어리석음이 뒤섞인 모습을 그가 좋아하기 때문이었다. 그러나 그의 개는 죽었고, 그로 인해 재미를 느끼는 그의 감각도 당분간 죽어 있었다. 그는 자기 집 문의 잠금장치를 열고 들어가 보드카가 있는 찬장으로 곧장 향했다. 그러곤 따뜻한 잔에 반쯤 술을 따라서 단숨에 마셔 버렸다. 그는 목욕물을 틀어 놓고, 트랜지스터라디오를 켜서 욕실로 가져갔다. 사방에서 일어난 재난 소식이 나왔으나 영국인 외교관 부부가 프라하에 나타났다는 소식은 없었다. 만약 체코 측이 그 일을 알리고 싶다면 저녁 뉴스와 내일 자 신문에 보도될 수 있게 정오에 발표할 것이다. 그는 면도를 시작했다. 전화벨이 울리고 있었다. 전화를 받으면 나이절이 이렇게 말할지도 모른다. 그를 찾았습니다, 내내 자기 클럽에 있었답니다. 아니면 당직이 이렇게 보고할지도 모른다. 체코 외무부가 외신 기자들을 상대로 정오 회견을 알렸습니다. 아니면 스테기의 전화일 수도 있었다. 난 강한 남자가 좋아요.

그는 라디오를 끄고 알몸으로 응접실까지 걸어가 수화기를 잡아채듯 들어 올려 〈네?〉 하고 말했다. 핑 소리가 들리더니 침묵이었다. 그는 말하면 안 된다고 자신을 다잡기 위해 입술을 꾹 다물었다. 속으로는 기도를 하고 있었다. 분명히 기도하고 있었다. 말해. 뭐든 말을 하라고. 그때 소리가 들렸다. 동전이나 손톱 가는 줄 같은 것으로 둥근 송화구를 짧게 세 번 두드리는 소리. **프라하 신호**였다. 그는 뭐든 금속으로 된 물건을 찾아 두리번거리다가 책상 위의 만년필을 발견하고 수화기를 놓지 않은 채 간신히 그것을 손으로 잡았다. 그러고는 송화구를 한 번 두드려 상대에게 답을 보냈다. **네 신호를 받았다.** 저편에서 두드리는 소리가 두 번, 그리고 세 번 들려왔다. **거기 그대로 있어요. 당신에게 전할 정보가 있어요.** 이런 뜻이었다. 그는 펜으로 송화구를 네 번 두드렸다. 상대는 답으로 두 번 두드리는 소리를 낸 뒤 전화를 끊었다. 그는 짧게 깎아 까칠까칠한 머리를 손가락으로 쓸었다. 그는 보드카를 들고 책상으로 가서 의자에 앉아 양손에 얼굴을 묻었다. 살아 있어야 돼. 그는 속으로 기도했다. 네트워크야. 핌이 다 바로잡고 있는 거야. 계속 영리하게 굴어. 난 여기 있어. 네가 묻고 싶었던 게 그거라면. 난 여기서 너의 다음 신호를 기다릴 거야. 그러니 네가 준비될 때까지는 다시 전화하지 마.

또 전화기가 소리를 질러 댔다. 그는 수화기를 들었으나, 이번에는 나이절이었다. 핌의 인상착의와 사진이 전국의 모든 경찰서에 전달되는 중이라고 그가 말했다. 회사는 작전용 전화선만 사용할 겁니다. 보가 화이트홀 회선을 끊으라고 지시했어요. 기자들이 벌써 문을 두드려 대고 있습니다. 이자가 왜 내게 이런 이야기를 하는 거지? 브러더후드는 의아했다. 외로운 건가? 아니면 방금 프라하 신호를 사용하는 정보원한테서 이상한 전화를 받았다고 말할 기회를 주는 건가? 그래, 이상한 전화였어. 그는 이렇게 결론을 내렸다.

「방금 어떤 놈이 체코 신호로 전화를 걸어 왔습니다.」 그가 말했다. 「내가 말하라는 신호를 보냈는데도 말이 없더군요. 무슨 일인지는 하느님만 아실 겁니다.」

「뭐, 무엇이든 새로운 것이 있으면 당장 우리한테 알리세요. 작전용 회선으로.」

「아까 그렇게 말했죠.」 브러더후드가 말했다.

그런 다음 다시 기다렸다. 황무지를 건너온 적이 있는 모든 정보원을 생각하면서. 서두르지 마. 조심스럽게, 자신 있게 움직여. 당황하지 말고. 뛰지도 말고. 서두르지 마. 공중전화를 잘 골라야 돼. 문을 두드리는 소리가 들렸다. 망할 행상인일 거야. 케이트가 약물을 과용했다는 소식인가. 내 욕실에서 물이 샌다고 항상 난리를 치는 아래층의 그 멍청한 아랍 청년인가. 그는 실내 가운을 입고 문을 열었다. 메리가 서 있었다. 그는 그녀를 안으로 잡아당긴 뒤 문을 쾅 닫았다. 그 뒤로 자신을 사로잡은 감정이 무엇인지 그도 알 수 없었다. 안도감인지 격분인지, 후회인지 분노인지. 그는 그녀의 뺨을 한 번 때리고, 또 한 번 때렸다. 날이 좋았다면 곧바로 그녀를 침대로 끌고 갔을 것이다.

「엑서터 근처에 팔리 애벗이라는 곳이 있어요.」 메리가 말했다.

「그게 뭐?」

「매그너스가 데번의 바닷가 집에 어머니를 모실 거라고 그 사람한테 말했대요.」

「누구한테?」

「양귀비. 체코 쪽에서 매그너스를 담당하던 사람. 베른에서 함께 학교에 다녔대요. 그 사람은 매그너스가 자살할 거라고 생각해요. 그래서 퍼뜩 깨달았어요. 그 번박스에 비밀들과 함께 있던 게 그거구나. 권총. 그렇죠?」

「거기가 팔리 애벗이라는 걸 어떻게 알아?」

「어머니가 데번에 있다는 말을 매그너스가 했대요. 그런데 매그너스에게는 망할 어머니가 없어요. 데번에 그 사람이 갈 곳이라고는 팔리 애벗뿐이에요. 〈내가 데번에 살 때.〉 옛날에 이런 말을 하곤 했거든요. 〈언제 데번으로 휴가를 가자.〉 언제나 팔리 애벗에 가자고 했어요. 우리가 실제로 거기에 간 적은 없고, 그 사람은 거기 얘기를 더 이상 하지 않았지만요. 릭이 매그너스를 학교에서 만나 데리고 가던 곳이래요. 거기 바닷가로 소풍을 나가서 자전거를 탔어요. 매그너스의 이상향 중 하나예요. 거기에 여자랑 같이 있어요. 틀림없어요.」

15

　.

　너도 상상이 갈 거다, 톰. 사랑에 빠진 똑똑한 정보 장교가 먼 오스트리아에서 2년간의 헌신적인 복무를 끝내고 민간인 신분으로 영국에 돌아갈 때 그 젊은 가슴이 얼마나 뿌듯했을지. 그와 사비나의 이별은 걱정했던 만큼 가슴 아프지 않았다. 그날이 점점 다가오면서, 그가 떠나는 것에 대해 그녀가 슬라브인답게 무심한 척했기 때문이다.

　「난 행복한 여자가 될 거예요, 매그너스. 당신의 영국인 아내들이 나한테 얼굴을 찡그리지 않을걸요. 난 경제학자가 되고 자유로운 여자가 될 거예요. 시시한 군인의 정부가 아니라.」 픰에게 시시하다고 말한 사람은 그녀가 처음이었다. 그녀는 심지어 이별의 고통을 미리 없애 버리기 위해 그보다 먼저 그곳을 떠났다. 용감한 여자야. 픰은 혼자 속으로 중얼거렸다. 악셀과의 작별은, 비록 또 숙청이 벌어질 것이라는 소문 때문에 우울한 분위기였지만 역시 뭔가가 원만하게 끝난 듯한 느낌이 있었다.

「매그너스 경, 내게 무슨 일이 생기든, 그동안 함께 일해서 아주 좋았어.」그가 말했다. 두 사람은 핌에게 또 하나의 집이 되어 버린 헛간 앞에서 저녁 불빛을 받으며 서로 마주 보고 서 있었다.「네가 나한테 2백 달러 빚진 거 절대 잊지 마.」

「그래요.」핌이 말했다.

그는 부사관 카우프만의 지프가 있는 곳까지 먼 거리를 걷기 시작했다. 그러다 손을 흔들어 주려고 뒤를 돌아보았지만 악셀은 이미 숲속으로 사라진 뒤였다.

2백 달러는 두 사람이 헤어지기 전 마지막 몇 달 동안 두 사람의 관계가 점점 더 가까워졌음을 일깨우는 단어였다.

「아버지가 또 돈 때문에 나를 쪼고 있어요.」어느 날 저녁 핌이 이렇게 말했다. 두 사람은 핌이 멤베리의 크리켓 로커에서 빌려 온 암호 책을 사진으로 찍는 중이었다.「버마 경찰이 아버지를 체포하겠다고 하는 모양이에요.」

「그럼 보내 드려.」악셀은 카메라의 필름을 되감으며 이렇게 대답했다. 그는 다 감긴 필름을 주머니에 넣고 카메라에 새 필름을 끼웠다.「필요한 돈이 얼마인데?」

「얼마가 됐든 나한테 그런 돈은 없어요. 난 하루에 13실링으로 사는 하급 장교라고요. 백만장자가 아니라.」

악셀이 더 이상 관심을 보이지 않았으므로 두 사람은

부사관 파벨 이야기로 화제를 바꿨다. 악셀은 파벨의 삶에 새로운 위기를 연출해 줄 때가 되었다고 말했다.

「하지만 지난달에도 위기가 있었잖아요.」핌이 반대했다. 「파벨의 부인이 술에 취한 그를 집에서 쫓아내는 바람에 우리가 도와줬고요. 돈으로 부인의 마음을 돌릴 수 있게.」

「위기가 필요해.」악셀이 단호하게 말했다. 「빈이 파벨을 너무 당연하게 받아들이고 있어. 그쪽에서 보내는 후속 질문의 어조도 마음에 안 들고.」

핌이 멤베리의 방에 들어갔을 때, 멤베리는 책상에 앉아 있었다. 그의 상냥한 얼굴 한쪽에서 오후의 햇빛이 반짝였고, 그는 물고기 책을 읽고 있었다.

「그린슬리브스가 현금 2백 달러를 보너스로 원하는 것 같습니다.」그가 말했다.

「아니, 이보게, 이번 달에 벌써 그자한테 돈을 많이 줬잖아! 그 2백 달러는 또 어디에 쓰게?」

「딸이 낙태할 돈이 필요합니다. 의사가 미국 달러만 받는 사람인데, 한시가 급하대요.」

「그 딸은 이제 겨우 열네 살이라며. 상대가 누구야? 그런 놈은 감옥에 처넣어야지.」

「본부에서 나온 러시아 장교래요.」

「돼지 새끼. 진짜 돼지 같은 놈.」

「파벨도 가톨릭입니다, 아시다시피.」핌은 그의 기억

을 일깨워 주었다.「그리 성실한 신자는 아니지만, 파벨한테도 견디기 쉬운 일은 아니에요.」

그다음 날 밤 핌은 헛간에서 2백 달러를 세어 탁자 너머로 건네주었다. 악셀은 그 돈을 다시 핌에게 밀었다.

「네 아버지에게 드려. 내가 너한테 빌려 주는 거야.」

「그럴 수는 없어요. 이건 작전 자금이라고요.」

「이제는 아니지. 부사관 파벨의 돈이니까.」핌은 그래도 돈을 집어 들지 않았다.「부사관 파벨이 친구로서 너한테 이 돈을 빌려 주는 거야.」악셀이 자신의 수첩에서 종이 한 장을 찢어 내며 말했다.「자, 여기에 차용증을 써서 서명해. 언젠가 내가 이 돈을 받아 낼 테니.」

핌은 기분 좋게 그 자리를 떠났다. 베른에서 그랬던 것처럼 자신이 탄 기차가 첫 번째 터널에 들어가는 순간 그라츠에서 자신이 하던 일들에 대한 책임감이 모두 사라질 것이라는 확신이 들었다.

서식스의 정보 부대 기지에서 무기를 내려놓은 핌에게 제대 절차를 담당한 장교가 다음과 같은 **개인 친전** 서한을 건넸다.

정부 해외 연구단
S. W. I. 런던 외무부 사서함 777호

친애하는 펌,

오스트리아에 있는 우리의 공통 친구가 좀 더 장기적인 일자리에 관심이 있을지도 모른다면서 당신의 이름을 내게 알려 주었습니다. 만약 내가 제대로 알고 있는 것이라면, 19일 금요일 12시 45분에 트래블러스 클럽에서 나와 점심을 함께하며 가볍게 이야기를 좀 나눠 보겠습니까?

(서명) 앨윈 리스, C. M. G.

펌은 며칠 동안 정체를 알 수 없는 거리낌 때문에 답장을 미뤘다. 나한테는 새로운 세계가 필요해. 그는 속으로 이렇게 말했다. 여기 이쪽은 좋은 사람들이지만 한계가 있어. 어느 날 아침 마침내 기운이 난 그는 교회에서 일을 할까 생각 중이라서 유감이라는 답장을 썼다.

「언제든 셸이 있다, 매그너스.」 펌의 장래를 진심으로 걱정하는 벨린다의 어머니가 말했다. 「벨린다의 삼촌이 셸에서 일하거든. 그렇지?」

「매그너스는 뭔가 **가치 있는** 일을 하고 싶어 해요, 엄마.」 벨린다가 말했다. 그녀가 발을 구르는 바람에 아침 식탁이 덜컹거렸다.

「진즉 그랬어야지.」 벨린다의 아버지가 『텔레그래프』 신문 뒤에서 말했다. 그러고는 이 말이 그렇게 우스웠는지 틈새가 벌어진 이 사이로 계속 웃어 댔다. 벨린다는 화를 내며 쿵쿵 정원으로 나가 버렸다.

핌을 욕심내는 사람 중 이보다 더 흥미로운 인물은 케네스 세프턴 보이드였다. 유산을 상속받은 그는 핌에게 자신과 함께 나이트클럽을 열자고 제안했다. 핌은 나이트클럽과 세프턴 보이드 집안을 좋아하지 않는 벨린다에게 이 사실을 숨긴 채 모교에 약속이 있다고 핑계를 댄 뒤 스코틀랜드의 세프턴 보이드 저택으로 갔다. 역에 제미마가 마중 나와 있었다. 그녀는 옛날 어렸을 때 안에 앉아서 그를 노려보던 바로 그 랜드로버를 몰고 있었다. 어느 때보다 아름다웠다.

「오스트리아는 어땠어?」 보라색 하일랜드를 기분 좋게 덜컹덜컹 달려 기괴한 빅토리아 시대 성으로 향하면서 그녀가 물었다.

「끝내줬지.」 핌이 말했다.

「권투랑 럭비를 항상 했어?」

「뭐, 사실 항상은 아니야.」 핌이 털어놓았다.

제미마는 흥미롭다는 듯이 그를 한참 동안 바라보았다.

세프턴 보이드 사람들은 부모가 없는 세계에서 살았다. 가신이 마음에 들지 않는다는 표정으로 저녁 식탁을 차려 주었다. 식사를 마친 뒤에는 제미마가 지칠 때까지 백개먼을 했다. 핌의 방은 축구장만큼 크고 추웠다. 선잠

417

이 들었다가 눈만 떠보니 어둠 속에서 빨간 불꽃 하나가 개똥벌레처럼 날아다니고 있었다. 불꽃이 아래로 내려앉아 사라지고, 창백한 형체가 그를 향해 다가왔다. 담배와 치약 냄새가 나더니 제미마의 알몸이 부드럽게 그를 감싸는 것이 느껴졌다. 제미마의 입술이 그의 입술을 찾았다.

「우리가 널 금요일에 내보내도 괜찮지?」 제미마가 말했다. 셉턴 보이드가 쟁반에 담아 가져온 아침 식사를 셋이서 침대에서 함께 먹는 중이었다. 「주말에 마크가 올 예정이거든.」

「마크가 누군데?」 핌이 말했다.

「음, 말하자면 내 결혼 상대라고나 할까.」 제미마가 말했다. 「할 수 있다면 케네스와 결혼할 텐데, 케네스는 이런 일에 굉장히 보수적이라서.」

핌은 여자를 포기하고, 원시 부족에 문화를 알리는 일을 하고 싶다는 내용의 편지를 영국 문화원에 보냈다. 옛날 학교의 사감 선생이던 윌로에게는 독일어 교사 자리가 있느냐고 물어보는 편지를 썼다. 〈규율이 잘 잡힌 학교가 몹시 그립습니다. 아버지가 등록금을 내지 못하게 됐을 때부터 줄곧 학교에 강한 애착을 느끼고 있습니다.〉머고 신부에게는 장기간의 피정을 예약해 달라는 편지를 보냈다. 하지만 날짜를 모호하게 남겨 두는 신중함을 발휘했다. 쾀 스트리트 교회에는 그라츠에서 시작한 공부를 계속하고 싶다는 편지를 보냈다. 제네바의 영국학교와 하이델베르크의 미국 학교, 그리고 BBC에도 편지를 보냈다. 모두 자신을 부정하는 심정으로 쓴 것이었다. 그는 법학원에 법학을 공부하고 싶다는 편지도 보냈다. 이렇게 수많은 선택지들로 자신을 둘러싼 뒤, 그는 지금까지 자신이 살아온 눈부신 삶을 상세히 기록한 엄청난 양의 서류를 작성해서 더 많은 선택지를 찾아 옥스퍼드 임용 위원회를 찾아갔다. 화창한 오전, 그가 과거 대학에 다닐 때 살던 도시에 오니 공산당 밀고자로 활동하던 태평한 시절의 기억으로 눈이 부셨다. 그를 상대한 직원은 대놓고 정신병자 같다고 말할 정도는 아니어도 확실히 변덕스러웠다. 그는 안경을 코 위에서 높이 밀어 올렸다가, 흰머리가 희끗희끗한 머리카락 속으로 또 밀어 올렸다. 사내답지 못한 자동차 레이서 같았다. 그가 쾀에게 셰리주를 한 잔 주고, 그의 등에 한 손을 올려 높이 뻗은 창문으로 밀었다. 줄줄이 늘어선 공영 주택들이 보였다.

「불결한 일을 하는 건 어떻습니까?」 그가 말했다.

「일이라면 괜찮습니다.」 쾀이 말했다.

「인부들과 함께 식사하는 걸 좋아하지 않는다면 힘들 텐데요. 인부들과 식사하는 걸 좋아합니까?」

「사실 저는 계급을 그리 구분하지 않습니다.」

「멋지네요. 그럼 팔꿈치까지 기름이 묻어도 괜찮습

니까?」

핌은 기름이 묻어도 괜찮다고 말했다. 하지만 직원은 핌을 다른 창가로 데려가 뾰족탑과 잔디밭을 보여 주었다.

「영국 박물관의 하급 사서 자리가 하나 있고, 하원의 3급 보조 서기 비슷한 자리가 하나 있습니다. 하원은 상원의 프롤레타리아 버전이죠. 케냐, 말라야, 수단에도 이런저런 자리가 있지만, 인도의 일자리에 대해서는 아무것도 해줄 수 없습니다. 그쪽 일을 다른 사람이 가져갔거든요. 외국에 가는 게 좋습니까, 싫습니까?」

핌은 외국을 아주 좋아한다고 말했다. 베른에서 대학에 다녔다는 말도 했다. 직원은 어리둥절한 얼굴을 했다. 「여기서 대학에 다닌 줄 알았는데요.」

「여기서도 다녔죠.」

「아. 그럼 위험한 것도 좋아합니까?」

「사실 아주 좋아합니다.」

「이런, 계속 〈사실〉이라고 말하지 말아요. 그럼 누가 됐든 경솔하게 당신을 고용해 주는 사람에게 무조건적인 충성을 바칠 겁니까?」

「그럴 겁니다.」

「옳든 그르든 하느님과 토리당의 이름을 걸고 조국을 사랑할 겁니까?」

「네, 그럴 겁니다.」 핌이 웃으며 말했다.

「영국인으로 태어남으로써 인생이라는 거대한 로토 게임에서 승리자로 태어났다고 믿습니까?」

「네, 뭐, 솔직히, 그것도 그렇습니다.」

「그럼 스파이가 되세요.」 직원이 이렇게 말하면서 책상에서 또 다른 지원서를 꺼내 핌에게 주었다. 「잭 브러더후드가 안부를 전해 달라고 하면서, 도대체 왜 자신에게 연락을 하지 않았는지, 그 친절한 모집관과 왜 점심 식사를 하려 하지 않는지 물어보았습니다.」

면접을 볼 때의 관능적인 즐거움에 관해 너한테 아예 글 한 편을 써 줄 수도 있을 거다, 톰. 핌이 통달했을 뿐만 아니라 평생에 걸쳐 다듬어 온 모든 대인 관계 기술 중에서 면접은 마땅히 1등 자리를 차지해야 할 것이다. 당시 정보국에는 정신과 의사가 없었다. 우리들 중에 비밀 세계의 주민이 아닌 자는 하나도 없었어. 그들이 경험한 생생한 인생 경험이라고 해봤자 전쟁이 고작이고, 그들 눈에 평화는 다른 수단을 이용한 전쟁의 연속으로 보였다. 그러나 그들의 머릿속 세계 바깥에 존재하는 실제 세계에서 그들은 시험을 거치지 않은 아이 같은 삶, 너무 단순해서 여린 삶, 인간관계가 안으로만 향하는 삶을 살고 있었다. 자신들이 보호하고 있다고 진심으로 믿는 사회와 접촉하기 위해서는 신분을 위장해 주는 중간 단계의 사람들이 한 부대쯤 필요할 정도로. 핌은 그런 사람들 앞에 차분하고, 생각이 깊고, 단호하고, 겸손한 모습으로 앉아 있었다. 그리고 얼굴 표정을 계속 바꾸며 존경, 감탄, 열정, 열렬한 진심, 유쾌함을 금방금방 표현해 냈다. 교사들이 그를 아주 높이 평가했다는 말을 들었을 때는 기분 좋게 놀란 표정을 지었고, 군대에서도 그를 아주 좋아했다는 사실을 듣고는 턱을 굳게 다물고 자랑스러운 표정을 지었다. 이의를 제기할 때도, 자랑을 할 때도 그는 겸손함을 잃지 않았다. 자신의 말을 잘 믿지 않는 사람들을 골라내 그들을 핌 팬클럽의 평생 유료 회원처럼 변화시킬 때까지 잠시도 방심하지 않았다.

「이제 당신 아버지 이야기를 좀 해보죠, 핌.」콧수염이 축 처져서 악셀을 불편하게 연상시키는 사람이 말했다. 「내가 보기에는 다소 화려한 타입의 인물인 것 같은데.」

핌은 분위기를 감지하고 유감스럽다는 듯 빙긋 웃었다. 그러고는 섬세하게 머뭇거리다가 말을 시작했다.

「제 생각에도 아버지는 가끔 **지나치게** 화려한 분인 것 같습니다.」그의 말에 남자들이 와글와글 웃음을 터뜨렸다. 「아버지는 대체로 솔직하지 못한 분이라고 할 수 있습니다. 그래도 우리는 여전히 사이가 좋지만, 저는 아버지를 피하고 싶습니다. 사실 꼭 그래야만 합니다.」

「그래요. 뭐, 아버지가 잘못한 일을 가지고 당신에게 책임을 물을 수는 없죠.」조금 전 질문했던 사람이 너그럽게 말했다. 「우리가 면접을 보는 건 당신이지 당신의 아버지가 아니니까요.」

그들이 릭에 대해 얼마나 알고 있었을까? 얼마나 주의를 기울였을까? 지금도 나는 그냥 짐작만 할 수 있을 뿐이다. 릭에 대한 질문은 그것으로 끝이었기 때문이다. 공식적으로는 핌이 면접에 합격한 지 며칠 안에 릭의 존재가 잊혔을 것이라고 확신한다. 부모 때문에, 순전히 출신 때문에 서로를 차별하는 것은 영국 신사답지 않은 일이 아닌가. 가끔은 그들도 릭의 엄청난 추락에 대한 기사를 틀림없이 읽었을 것이다. 어쩌면 그걸 읽으면서 재미있다는 듯이 살짝 웃었을지도 모른다. 아마 여기저기서 거래처를 통해 그들에게 조금씩 이야기가 전해졌을 것이다. 그러나 나는 릭이 자산으로 치부되었을 것이라고 짐작하고 있다. 젊은 스파이의 가계에 범죄자 혈통이 적당히 섞여 있는 것은 전혀 해로운 일이 아니라고 생각했겠지. 「힘든 환경에서 자란 것이 도움이 될 수도 있지요.」 그들은 서로 이런 이야기를 주고받았다.

면접의 마지막 질문과 핌의 답변이 언제나 내 머릿속을 떠나지 않는다. 트위드 옷을 입은 군인이 그 질문을 던졌다.

「이보게, 핌.」 그가 시골 농부 같은 머리를 불쑥 내밀며 다그치듯 말했다. 「자네는 체코 관련성을 인정받고 있네. 그 나라 말을 조금 할 줄 알고, 그 나라 사람들과 아는 사이라는 것. 지금 그쪽에서 벌어지고 있는 숙청과 체포에 대한 생각은 어떤가? 걱정스러운가?」

「숙청에 대해서는 상당히 경악하고 있습니다. 하지만 그런 건 예상할 수 있는 일이었죠.」핌은 사람이 갈 수 없는 별을 바라보듯 먼 곳을 진지한 눈으로 바라보며 말했다.

「**예상**할 수 있다니?」군인이 다그치듯 물었다. 세상에 그런 일은 있을 수 없다고 말하는 듯했다.

「썩은 체제니까요. 부족주의가 기반에 깔려 있고요. 오로지 억압을 통해서만 살아남을 수 있는 체제입니다.」

「그래그래, 알겠네. 그럼 자네는 어떻게 하겠나? 어떤 **행동**을 할 거야?」

「무슨 말씀이십니까?」

「우리 같은 사람이 된다면 말일세, 멍청하기는. 이 정보국 직원으로서. 말이야 누구나 할 수 있지. 우리는 **행동**하는 사람들일세.」

핌은 생각할 필요가 없었다. 그 특유의 진지함이 벌써 그를 대신해서 뜻을 전달하고 있었다. 「그들의 방식을 쓰겠습니다. 그러면서 그들을 이간질해야죠. 소문, 허위사실, 의심을 퍼뜨리는 겁니다. 개는 개에게 맡기는 거죠.」

「무고한 사람들이 그 나라 경찰에 잡혀 감옥에 들어가도 상관없다는 뜻인가? 조금 냉혹한 것 아닌가? 좀 부도덕한 것 아니야?」

「그것으로 체제의 수명이 짧아진다면 그렇지 않습니다. 저는 제가 냉혹하거나 부도덕하다고 생각하지 않습니다. 또한 방금 말씀하신 사람들이 정말로 무고하다고 믿을 수도 없고요.」

프루스트는 이렇게 말했다. 살다 보면 우리가 결국 두 번째로 잘하는 일을 하게 된다고. 핌이 어떤 일을 그보다 더 잘할 수 있었을지는 영원히 알 수 없을 것이다. 그는 회사에 기꺼이 입사했다. 그리고 『타임스』지를 펼쳐 자신과 벨린다가 약혼했다는 기사를 초연한 태도로 읽었다. 이제 이 문제는 해결됐군. 그는 이렇게 생각했다. 회사와 벨린다가 나를 각각 절반씩 맡아 줄 테니 난 이제 다시는 부족한 걸 모를 거야.

핌의 첫 번째 근사한 결혼식을 보자, 톰. 그의 훈련 기간이 끝나 갈 무렵, 그러니까 소리 없는 살인 강의와 〈적을 알자〉라는 사흘짜리 세미나 사이 휴가 기간에 있었던 이 결혼식에 그는 별로 관여하지 않았다. 세미나의 강사는 런던 정경 대학에서 나온 젊고 활기찬 사람이었다. 핌이 결혼 생활을 앞두고 이 강의를 통해 뜻밖의 준비를 하게 된 것을 얼마나 즐거워했을지 상상해 봐. 그 강의가 얼마나 재미있었을지. 자유분방하고 비현실적인 느낌이었다. 그는 아가일의 황무지에서 버컨[34]의 유령을 좇았다. 고무보트 안에서 빈둥거리다가 밤중에 모래사장에 상륙했다. 적을 퇴치하고 차지한 적의 본부에서 뜨거운

34 스코틀랜드의 정치가 겸 역사가.

초콜릿이 그를 기다리고 있었다. 비행기에서 뛰어내리는 훈련을 했고, 비밀 잉크를 쓰는 방법, 모스 부호, 상쾌한 스코틀랜드의 허공을 향해 외설적인 전파 신호를 보내는 방법도 배웠다. 모스키토 비행기가 어둠 속에서 30미터 상공을 미끄러지다가 진짜 보급품 대신 돌멩이가 든 상자를 떨어뜨리는 모습도 지켜보았다. 에든버러의 거리에서 여우를 구석으로 모는 비밀 게임도 하고, 무고한 시민들 몰래 그들의 사진을 찍기도 하고, 응접실 세트장에서 갑자기 튀어나오는 과녁들을 향해 실탄을 쏘기도 하고, 흔들리는 샌드백의 중앙에 단검을 박아 넣기도 했다. 이 모두가 영국과 국왕을 위한 것이었다. 조용할 때는 온화한 바스로 파견되어 아주 나이가 많은 콜 부인의 발치에서 체코어를 더 공부했다. 부인은 가난하지만 찬란함을 간직하고 있는 초승달 모양 주택에 살고 있었다. 차와 머핀을 먹고 마시면서 콜 부인은 그에게 카를스바트에서 찍은 어린 시절의 사진들을 보여 주었다. 지금은 카를로 비바리라고 불리는 곳이었다.

「자네도 카를로비바리를 아주 잘 알잖아, 샌더스테드 군!」 핌이 자신의 지식을 뽐내자 부인이 소리쳤다. 「자네도 거기 가본 적이 있는 거지?」

「아뇨. 친구가 가봤습니다.」

그러고 나서 스코틀랜드 어딘가에 있는 베이스캠프로 돌아와 다시 빨간 폭력의 실을 잇기 시작했다. 이제는 그가 새로 배우는 모든 것에 그 실이 섞여 있었다. 여기서 배우는 폭력은 단순히 신체적인 것만이 아니었다. 진실과 우정에 대해 반드시 행해져야 하는 폭행이기도 했다. 필요하다면 조국을 위해 자신의 명예조차 그렇게 망가뜨릴 수 있어야 했다. 우리는 순수한 영혼을 지닌 사람들이 밤에 편안한 잠을 잘 수 있게 더러운 일을 맡아 하는 사람들이다. 물론 핌은 예전에 마이클들에게서 이런 주장을 들은 적이 있었지만, 이제 새로운 고용주들에게서 또다시 들어야 했다. 그들은 런던에서부터 순례 여행을 하듯 캠프를 찾아와서, 아직 다듬어지지 않은 어린것에게 그들이 언젠가 얽혀야 하는 교활한 외국인들에 대한 경고를 남겼다. 당신이 왔던 것도 기억납니까, 잭? 크리스마스가 가까운 특별 공연의 밤이었죠. 위대한 브러더후드께서 오신다! 우리는 서까래에 장식 띠들을 걸어 놓았습니다. 당신은 그 훌륭한 매점의 지휘부 탁자에 앉아 있고, 우리 어린것들은 우리의 위대한 선수 중 한 명을 잠깐이라도 보려고 목을 쭉 빼고 있었죠. 식사가 끝난 뒤 우리는 정부의 보조금이 들어간 포트와인을 꼭 들고 당신 주위에 반원형으로 모였습니다. 그렇게 당신에게서 용감하고 호기로운 행동들에 대한 이야기를 듣다가 침대로 기어 들어가 당신처럼 되는 꿈을 꿨어요. 애석하게도 우리에게는 당신과 달리 그 사랑스러운 전쟁이 없었지만. 우리가 바로 전쟁을 위해 연습하고 있었는데도 말이죠. 아침에 당신이 떠나기 전에 면도 중이던 핌을 찾아와 지금까지 끝내주게 좋은 성적을 거뒀다며 축하해 준 것도 기억합니까?

「결혼할 아가씨도 좋더구나.」 당신이 말했습니다.

「아, 그 애를 아십니까?」 핌이 말했습니다.

「아니, 그냥 보고서의 평이 좋았어.」 당신이 만족스러운 얼굴로 말했습니다.

그러고서 당신은 떠났습니다. 핌의 눈에 요정 가루를 한 꼬집 더 뿌려 줬다고 자신하면서. 사실 맞는 생각이었습니다, 잭. 정말 그랬어요. 다만 핌에게는 기분 좋은 일이 또한 우울해지는 일이기도 했을 뿐. 곧 있을 결혼식을 자신은 아직 받아들이지 않았는데 회사가 승인했다는 사실을 알고 나니 짜증이 났거든요.

「그래, 하는 일이 **정확히** 뭔가? 난 도무지 모르겠군.」 벨린다의 아버지가 초대 손님에 대해 의논하다가 이렇게 물었다. 이번이 처음이 아니었다.

「정부가 지원하는 어학원입니다.」 핌은 은폐를 위한 회사의 대략적인 지침에 따라 이렇게 대답했다. 「다양한 나라의 교환 학생을 받아 수업을 듣게 해주는 일을 합니다.」

「내 귀에는 비밀 정보국처럼 들리는데.」 벨린다의 아버지가 그릇이 깨지는 것 같은 이상한 소리로 웃어 대며 말했다. 이런 웃음을 지을 때는 아무래도 그가 너무 많은 것을 알고 있는 것처럼 보였다.

하지만 핌은 미래의 배우자에게는 자신의 일에 대해 자신이 아는 모든 것과 그 밖의 것까지 전부 이야기해 주었다. 자신이 일격에 그녀의 기도(氣道)를 부술 수 있다는 것, 손가락 두 개로 쉽게 그녀의 눈알을 파낼 수 있다는 것도 보여 주었다. 또한 거슬리는 상대의 발을 탁자 아래서 공격해 작은 뼈들을 박살 내는 법도 그녀에게 가르쳐 주었다. 그는 자신을 영국의 비밀 영웅으로 만들어 준 모든 것, 혼자 힘으로 세상을 보살필 수 있게 해준 모든 것을 그녀에게 말해 주었다.

「그럼 사람을 몇 명이나 죽인 거야?」 벨린다가 어두운 얼굴로 물었다. 그가 단순히 불구로 만든 사람들은 계산에서 제외해 버렸다.

「그건 말할 수 없어.」 핌은 이렇게 말하고 나서 턱에 힘을 준 채 그녀에게서 눈을 돌려 황량한 황무지 같은 자신의 임무만 바라보았다.

「그럼 말하지 마.」 벨린다가 말했다. 「아빠한테도 **아무 말** 하지 마. 아빠가 알면 엄마한테도 말하실 거야.」

친애하는 제미마(핌은 자신의 예정된 경사 일주일 전에 혹시나 해서 이런 편지를 썼다), 우리 둘 다 채 한 달도 안 되는 간격으로 결혼할 예정이라니 기분이 이상하다. 이게 과연 맞는 일인지 계속 의심이 들어. 지

금 하고 있는 일이 진저리가 날 정도로 지루해서 다른
일을 해볼까 생각 중이야. 사랑해.
　매그너스

　핌은 편지가 오기를 열심히 기다리며 훈련 캠프 주위
의 황무지를 눈으로 훑었다. 제미마가 랜드로버를 몰고
그를 구하러 저 지평선 너머에서 달려오지 않을까 해서
였다. 그러나 아무것도 나타나지 않았고, 결혼식 전날 밤
그는 다시 혼자가 되어 런던의 밤거리를 걸으며 카를로
비바리를 떠올리는 척했다.

　핌이 어떤 남편이었는지 아니, 톰? 그 결혼은 또 얼마
나 축복받았는지! 상류층의 겸손함을 갖춘 사제들, 오랜
역사와 예전의 성공으로 유명한 커다란 성당, 무덤 같은
베이스워터 호텔에서 열린 검소한 피로연. 거기 사람들
한가운데에서 우리의 매력적인 왕자님이 유복한 손님들
과 눈부시게 대화를 나누고 있었다. 핌은 모두의 이름을
기억했고, 정부가 후원하는 어학원들에 대해 정보가 되
는 이야기들을 유창하게 늘어놓았다. 그러면서 황송하게
도 애정이 깃든 눈으로 벨린다를 길게 바라보기도 했다.
적어도 누군가가 분위기를 바꿔 놓을 때까지 이런 상황
이 계속 이어졌다. 핌과 그의 이야기를 듣는 사람들은 신
기한 기분에 고개를 돌려 분위기가 달라진 원인을 찾아

보았다. 그때까지 잠겨 있던 저 맞은편의 문이 보이지 않는 손에 의해 갑자기 활짝 열렸다. 이 타이밍과 잠깐의 정적, 텅 빈 공간 앞에서 사람들이 둘로 갈라지는 것을 보고 핌은 누군가가 마법의 램프를 문질렀음을 확신했다. 웨이터 두 명이 팁을 충분히 받은 사람들답게 우아한 자세로 들어왔다. 마개를 딴 샴페인과 훈제 연어 접시가 놓인 쟁반을 들고 있었다. 벨린다의 어머니가 훈제 연어를 주문한 적이 없고, 샴페인도 신랑과 신부에게 먼저 건배한 뒤에야 손님들 앞에 내기로 결정했는데 이상한 일이었다. 그다음에는 걸워스 선거 때의 광경이 또다시 재현되었다. 먼저 머스폴 씨가 나타나고, 면도칼에 베인 흉터가 있는 마른 남자가 그 뒤를 따랐다. 그 둘이 문 양옆을 차지한 뒤 릭이 애스콧 시절의 복장을 완전히 차려입고 휘적휘적 문을 통과해 들어왔다. 그는 상반신을 뒤로 젖히고 양팔을 활짝 벌린 채 동시에 사방을 향해 미소를 뿌렸다. 「잘 있었니, 아들! 이제 네 오랜 친구도 못 알아보는 거야? 여러분, 이건 제 탓입니다! 신부는 어디 있습니까? 세상에, 아들, 신부가 미인이구나! 이리 와라, 귀여운 것. 늙은 시아버지에게 입을 맞춰 줘! 세상에, 정말 좋구나, 아들. 그동안 이 아이를 어디에 숨겨 뒀던 거냐?」

릭은 양팔에 각각 핌과 벨린다를 끼고 호텔 앞뜰로 행진하듯 나아갔다. 거기에 자유당의 노란색으로 칠해진 최신 재규어 한 대가 모두의 앞을 막듯이 서 있었다. 보넛에는 하얀 결혼식 리본이 매어져 있고, 조수석에는 해러즈에서 사 온 가드니아 다발이 가득했다. 운전석에 앉은 커들러브 씨의 짙은 자주색 단춧구멍에는 카네이션 한 송이가 꽂혀 있었다.

「이걸 본 적 있니, 아들? 이게 뭔지 알아? 너희 두 사람을 위한 이 아버지의 선물이다. 내가 살아 있는 한 누구도 너희에게서 이걸 빼앗아 가지 못해. 커디가 어디든 네가 원하는 곳까지 운전해 준 뒤 네게 차를 주고 올 거다. 그렇지, 커디?」

「두 분 모두 앞길에 행운이 가득하기를 바랍니다.」 커들러브 씨가 말했다. 충성스러운 그의 눈에 눈물이 글썽거렸다.

릭의 일장 연설에 대해 기억나는 것이라고는 아름답고 겸손한 내용이었으며, 과장이 없었고, 두 젊은이가 서로 사랑한다면 인생의 좋은 시절을 경험한 늙은이들은 옆으로 물러서야 한다는 테마가 주를 이뤘다는 점뿐이다. 그는 젊은이들이야말로 그런 대우를 받을 자격이 있다고 말했다.

핌은 그 차를 두 번 다시 보지 못했다. 릭을 다시 만난 것도 오랜 시간이 흐른 뒤였다. 사람들과 함께 다시 밖으로 나갔을 때 커들러브 씨와 노란색 재규어는 보이지 않았고, 누가 봐도 사복형사임이 분명한 두 남자가 혼란스러운 표정의 호텔 지배인에게 낮은 목소리로 뭔가 이야기하고 있었다. 여기서 분명히 말할 것이 있는데 말이다, 톰, 그것이 우리의 결혼 선물 중 최고의 것이었다. 혹시 그보다 더 좋은 것이 있다면, 핌과 벨린다가 이스트번에서 일주일 동안 신혼여행을 즐기기 위해 차에 올라 석양 속으로 달려갈 때, 폴란드 제품처럼 보이는 버버리 레인코트를 입은 남자가 카드도 설명도 없이 핌의 품에 불쑥 밀어붙인 빨간 양귀비 꽃다발 정도일까.

「아직 때가 묻지 않았을 때 현장에 투입해요.」인사 담당자가 이렇게 말한다. 그는 책상을 사이에 두고 자기 앞에 앉아 있는 사람에 대해 말하면서도 마치 그 사람이 그 자리에 없는 것처럼 구는 버릇이 있다.

핌은 훈련을 받았다. 핌은 완성작이다. 핌은 무장을 갖추고 일할 준비가 되었다. 남은 의문은 하나뿐이다. 그가 어떤 외피를 입어야 할까? 어떻게 변장하면 그의 비밀스러운 모습이 감춰질까? 인사 담당자는 옥스퍼드 임용 위원회를 연상시키는, 결론이 나지 않는 일련의 면담에서 혼란스럽기 짝이 없는 가능성들을 풀어놓는다. 프리랜서 작가가 되면 어떨까. 그런데 글은 쓸 수 있나? 신문사들이 받아 줄까? 상대를 무장 해제 하는 개방적인 자세로 핌은 이 나라의 훌륭한 신문사들을 대부분 돌아다니라는 지시를 받는다. 편집자들은 그가 어디서, 왜 온 사람인지 모르는 척 무의미한 가장을 한다. 앞으로 영원히 그를 회사에서 나온 사람으로 기억할 거면서. 그가 이미 『텔레그래프』에서 스타 작가의 자리를 향해 절반쯤 다가갔을 때, 5층의 천재 하나가 더 좋은 생각을 해낸다. 「이걸 좀 보세요. 공산당에 다시 들어가면 어떻겠습니까? 옛날 그곳에 있었던 사실을 이용해서 국제적인 좌파 세계에 자리를 차지하는 겁니다. 우리는 항상 그쪽 연못에 돌을 던져 넣고 싶었으니까요.」

「정말 좋은 생각인데요.」 핌은 남은 평생 길모퉁이에서 『마르크시즘 투데이』를 파는 자신의 모습을 그려 보며 말한다.

이보다 좀 더 대담한 계획은 그를 의회로 보내서 공산주의에 동조하는 의원들 중 일부를 지켜보게 하는 것이다. 「혹시 선호하는 당이 있습니까?」 인사 담당자가 묻는다. 월트셔에서 주말을 보내고 돌아와 아직 옷을 갈아입지 않은 모습이다.

「자유당이 아니면 좋겠는데요. 아무래도 상관없다면요.」 핌이 말한다.

그러나 정치판에서는 그 무엇도 오래가는 법이 없으므로, 일주일 뒤 핌의 운명은 어느 개인 은행으로 정해진다. 그곳 중역들이 하루 종일 회사 본부를 드나들며 러시아의 금에 대해 앓는 소리를 하고, 볼셰비키들에게서 우리의 무역로를 보호해야 한다고 주장하고 있다. 핌은 관리자 협회에서 혹시 사람을 하나 뽑을 수 있을지도 모르겠다고 나선 금융계 중역들과 연달아 점심을 먹는다.

「옛날에 핌이라는 사람을 알았소.」 중역들 중 한 명이 브랜디를 두 잔째인가 세 잔째 마시면서 말한다. 「마운트 거리 어딘가에 크고 더러운 사무실을 갖고 있었는데, 내가 아는 한 자기 분야의 일을 가장 잘하는 사람이었지.」

「어떤 분야였습니까?」 핌이 예의 바르게 묻는다.

「사기꾼.」 중역이 말처럼 웃으며 말한다. 「혹시 친척인가?」

「틀림없이 심술궂은 먼 친척일 겁니다.」 핌도 함께 웃으며 이렇게 말하고는, 안전한 회사로 서둘러 돌아온다.

이런 일들이 계속된다. 어느 정도 진지한 분위기였는지 나는 영영 알지 못할 것이다. 핌은 무대 뒤에서 이루어지는 일들에 아직 은밀히 관여할 수 있는 위치가 아니니까. 책상 서랍 몇 개, 잠겨 있는 강철 수납장 몇 개를 슬쩍 들여다보지 않은 것은 아니지만. 그러다 갑자기 분위기가 바뀐다.

「자, 봐요.」 인사 담당자가 짜증을 숨기려고 애쓰며 말한다. 「체코어를 할 줄 안다는 사실을 도대체 왜 우리한테 일깨워 주지 않은 겁니까?」

한 달도 안 되어 핌은 글로스터에 있는 전기 관련 회사에서 관리직 수련생으로 일하고 있다. 경력이 전혀 필요하지 않은 일이다. 이 회사 대표 이사는 회사의 현직 국장과 동창생이라는 사실을 내내 유감스럽게 생각하고 있다. 자신이 어려운 시기에 소중한 정부 계약을 연달아 받아들인 것이 실수라는 생각도 한다. 핌은 수출 부서에 배치되어 동유럽 시장을 개척하는 일을 맡았다. 처음 맡은 일이 거의 마지막 일이 될 뻔한다.

「음, 체코를 전체적으로 훑어보면서 시장 상황을 알아보면 어떻겠나?」 핌의 명목상 고용주가 힘없이 말한다. 그리고 숨죽인 소리로 이어진 말은 이렇다. 「그리고 제발 부탁인데, 자네가 무슨 일을 하려는 건지는 몰라도 우리와는 전혀 상관없는 일이라는 점을 명심해 주게, 알겠나?」

「들어갔다가 곧바로 빠져나오면 돼.」 핌의 담당관이 캠버웰의 안가에서 그에게 명랑하게 말한다. 이곳은 풋내기 요원들이 머리를 올리기 전에 작전에 관한 브리핑을 받는 곳이다. 담당관이 핌에게 휴대용 타자기를 건넨다. 안에 숨은 공간이 있는 타자기다.

「좀 멍청한 소리인 줄은 아는데요, 사실 저는 타자를 못 칩니다.」 핌이 말한다.

「누구나 타자를 조금은 칠 줄 알아.」 담당관이 말한다. 「주말 동안 연습하면 되겠군.」

핌은 빈으로 날아간다. 계속 떠오르는 추억, 추억들. 핌은 차를 빌린다. 그리고 아무런 어려움 없이 국경을 넘어가며, 저편에서 악셀이 자신을 기다리고 있을 것이라는 기대를 품는다.

오스트리아의 분위기를 간직한 시골 풍경이 아름다웠다. 호수가 많고, 그 옆에 서 있는 헛간도 많았다. 플젠에서 핌은 각진 얼굴의 남자들과 함께 기울어져 가는 공장을 둘러보았다. 저녁에는 안전한 호텔에만 머물렀다. 그를 감시하는 비밀경찰관 두 명은 그가 잠자리에 들 때까지 각자 커피를 한 잔씩 마셨다. 그의 다음 방문지는 북부였다. 우스티로 가는 길에 군용 화물 트럭을 본 그는 거기 새겨진 부대 마크를 기억해 두었다. 우스티 동쪽에 회사가 동위 원소 용기를 생산하는 것 같다고 의심하는 공장이 있었다. 핌은 동위 원소가 뭔지, 어떤 용기에 그것을 담아야 하는지 확실히 알지 못했다. 그래도 주요 건물들을 스케치해서 타자기 속 공간에 숨겼다. 다음 날 그는 프라하로 가서 정해진 시각에 유명한 틴 성당에 앉아 있었다. 카프카가 살던 아파트를 안까지 바라볼 수 있는 창문이 있는 성당이다. 관광객들과 관리들이 미소라고는 없는 얼굴로 이리저리 돌아다녔다.

그렇게 K는 천천히 움직이기 시작했다. 핌은 남쪽 통로, 제단에서 셋째 줄에 앉아 책을 읽었다. K는 텅 빈 신도석들 사이를 걸으면서 쓸쓸함과 소외감을 느꼈다. 모르긴 몰라도 사제의 눈이 그에게 고정되어 있을 터였다.

휴식이 필요해진 핌은 무릎을 꿇고 기도했다. 어떤 뚱뚱한 남자가 끙끙, 훅훅 소리를 내며 그의 옆으로 걸어 들어와 앉았다. 마늘 냄새가 나서 핌은 부사관 파벨을 떠올렸다. 손가락 틈새로 인식 표시가 보였다. 왼손 손톱에 묻은 하얀 페인트 얼룩, 왼쪽 소맷부리에 파란 것이 묻은 자국, 보기 싫은 검은 머리, 검은 외투. 내 연락책은 예술가로군. 핌은 속으로 생각했다. 내가 왜 이걸 미리 생각 못 했지? 그러나 핌은 뒤로 기대앉지 않았고, 남자는 주머니에서 작은 꾸러미를 살살 꺼내지 않았다. 원래 그것을 두 사람 사이 의자 위에 놓아야 하는데. 핌은 계속 무릎을 꿇고 있었다. 곧 남자가 꾸러미를 꺼내지 않은 이유를 알 수 있었다. 훈련받은 발소리가 통로 저편에서부터 그를 향해 척척 다가왔다. 발소리가 멈추더니 남자의 목소리가 들렸다. 「우리랑 같이 가시죠.」 체코어였다. 핌의 옆사람이 체념의 한숨을 내쉬며 힘없이 일어나 그들을 따라 나갔다.

「순전한 우연이야.」 핌의 담당관은 몹시 재미있다는 표정으로 그를 안심시켰다. 「그자는 이미 우리에게 눈길을 주고 있었어. 놈들이 그를 데려간 건 평범한 심문을 위해서지. 그자가 6주마다 한 번씩 오거든. 그자가 은밀하게 뭔가를 주고받으러 왔다는 생각은 해본 적도 없을 걸. 자네 나이의 젊은이와 만나려 했다는 건 말할 것도 없고.」

「그럼 그자가…… 음, 털어놓지 않을 거라고요?」 핌이 말했다.

「키릴이? **자네**의 정체를 밝힌다고? 웃기는 소리. 걱정

마. 몇 주 뒤에 한 번 더 기회를 마련해 주지.」

릭은 핌이 영국의 수출 전선에 기여하고 있다는 소식을 듣고 그리 좋아하지 않았다. 아일랜드에서 몰래 다니러 왔을 때 핌에게도 직접 그렇게 말했다. 그는 아일랜드에 겨울 거처를 마련하고 런던 경찰청과 모종의 오해를 푸는 중이었다. 그는 웨스트엔드 세입자 퇴거 담당이라는, 경쟁자 많은 새로운 일을 시작하기 위해 애쓰고 있었다.

「장사를 위해 출장 다니는 일을 한다고? 내 아들이?」 그가 소리치는 바람에 옆자리 사람들이 깜짝 놀랐다. 「외국 공산당원들한테 전기면도기를 팔아? 그건 우리가 옛날에 다 **했던** 일이야. 이미 끝난 일이라고. 내가 이러라고 네 교육비를 대줬는 줄 알아? 너의 애국심은 어쩌고?」

「내가 파는 건 전기면도기가 아니에요, 아버지. 교류 발전기, 발진기, 스파크 플러그를 팔죠. 아버지는 어때요?」

릭을 향한 적대감은 핌에게 새롭고 짜릿한 현상이었다. 그는 그 감정을 조심스레 분출하면서 점점 마음이 들떴다. 식사를 할 때면 그는 굳이 돈을 내겠다고 우겼다. 서명 하나면 될 일에 아들이 현찰을 내놓는 것을 보고 릭이 못마땅해하는 모습을 음미하기 위해서였다.

「너 설마 거기서 이상한 일에 어울리는 건 아니지?」 릭이 말했다. 「관용을 베푸는 데도 한계가 있어, 너도 알 거다, 아들. 아무리 너라도 마찬가지야. 무슨 일을 꾸미는 거냐? 말해.」

핌의 팔에 가해지는 힘이 갑자기 위험한 수준이 되었다. 그는 활짝 웃으며 농담으로 넘겼다. 「아이고, 아버지, 아파요.」 너무나 즐거운 표정이었다. 그가 지금 가장 의식하고 있는 것은 동맥으로 파고드는 릭의 엄지손톱이었다. 「이 손 좀 떼주시면 안 돼요, 아버지?」 핌이 말했다. 「정말로 아파요.」 릭은 입술을 꾹 다물고 고개만 저을 뿐이었다. 그는 아버지로서 아들을 위해 모든 것을 포기했는데 〈한심한 유모〉처럼 취급받는 것을 견딜 수 없다고 말했다. 사실 그가 하려던 말은 〈천민〉이었지만, 그에게는 이런 개념이 제대로 정립되어 있지 않았다. 핌은 탁자에 팔꿈치를 괴고 팔 전체에서 힘을 빼 릭의 손이 가하는 압박에 그냥 자신을 내주었다. 이쪽저쪽으로 팔을 비틀면서. 그러다 갑자기 팔에 힘을 주고, 정확히 배운 그대로 릭의 손마디를 탁자 끝에 콱 찍어 버렸다. 탁자 위의 유리잔들이 펄쩍 뛰어오르고 식기들이 춤을 추며 미끄러져 떨어졌다. 릭은 다친 손을 뒤로 물리면서 고개를 돌려 주위에서 식사 중인 신민들을 향해 어쩔 수 없다는 듯 미소를 지어 보였다. 그러고는 다치지 않은 손으로 자신의 드램부이[35] 잔 가장자리를 가볍게 핑 하고 튕겼다. 이 좋

35 위스키와 허브로 만드는 스코틀랜드 술.

은 술이 한 잔 더 필요하다는 뜻이었다. 예전에 그가 누구든 가서 침실 슬리퍼를 가져오라는 뜻을 전하기 위해 구두끈을 풀던 것과 같았다. 긴 연회를 마친 뒤 똑바로 누워서 양 무릎을 벌려 육체적인 욕구를 명백히 내보일 때와도 비슷했다.

그러나 핌에게는 언제나 무슨 일이든 오래가는 법이 없다. 그래서 비밀스러운 임무를 계속 수행하는 동안, 처음에는 불안하고 떨리던 마음이 곧 이상하게 차분해진다. 처음 봤을 때는 몹시 위협적으로 보였던 조용하고 어두운 나라가 지금은 두려운 곳이 아니라 몸을 숨길 수 있는 비밀스러운 자궁이 되었다. 국경을 넘기만 하면 영국의 감옥들이 그에게서 멀어질 것이다. 벨린다도 없고, 릭도 없이. 게다가 회사도 거의 없는 것이나 마찬가지. 나는 출장 중인 전기용품 회사 중역이다. 나는 자유로이 떠돌아다니는 매그너스 경이다. 사람 없는 지방 소도시, 처음에는 컹컹 개 짖는 소리만으로도 땀을 뻘뻘 흘리며 창밖을 살폈지만 지금은 이곳에서 혼자 외롭게 보내는 밤이 그를 보호해 주는 것 같다. 나라 전체를 감싸고 있는 억압적인 분위기가 그 신비로운 품으로 그를 감싸 안는다. 감옥 같던 사립 학교의 담장들도 이만큼 안정감을 주지는 못했다. 자동차와 기차로 계곡을 지나고, 보헤미아 성들이 꼭대기에 서 있는 산을 넘으며 그는 지극한 내적인 만족감 속을 떠돌아다닌다. 성이 친구처럼 느껴질 정도다. 여기 정착해야겠어. 그는 마음을 정한다. 여기가 내 진정한 고향이야. 악셀이 여기를 버리고 다른 곳을 고향으로 삼을 수 있을 거라고 생각하다니 내가 어리석었어! 그는 관리들과 나눈 딱딱한 대화를 음미하기 시작한다. 그들의 얼굴에서 미소를 해방시키면 심장이 두근거린다. 서서히 채워져 가는 자신의 기록이 자랑스럽고, 자신을 짓누르는 사람들에게 아버지 같은 책임감이 느껴진다. 일부러 생각을 억누르지 않을 때에는, 작전상 에둘러 가는 것에 대해서도 몹시 너그러운 마음을 먹을 수 있다. 「나는 중도의 수호자야.」 그는 옛날 악셀이 했던 말을 혼자 중얼거린다. 그는 벽에서 헐거운 돌 하나를 빼내고 그 안에서 꾸러미 하나를 꺼낸 다음 다른 꾸러미를 넣어 둔다. 「난 부상당한 땅을 구원하고 있어.」

그러나 이렇게 미리 자기 세뇌를 시켜 놓았는데도, 핌은 이런 여행을 여섯 번 더 한 다음에야 악셀을 꼬드겨 그 위험한 삶의 그림자에서 모습을 드러내게 만든다.

「캔터베리 씨! 괜찮우, 캔터베리 씨? 대답 좀 해봐요!」

「당연히 괜찮지요, 미스 D. 전 언제나 괜찮아요. 무슨 일입니까?」

핌은 문을 잡아당겨 열었다. 미스 더버가 머리카락을 종이로 덮고 만일을 위해 토비를 안은 채 어둠 속에 서 있었다.

「하도 쿵쿵거려서 말이우, 캔터베리 씨. 이도 갈고. 한 시간 전에는 콧노래도 했어요. 그래서 우리는 혹시 어디 아픈가 했지요.」

「**우리라니요?**」 핌이 날카롭게 물었다.

「토비랑 나지 누구겠우. 나한테 무슨 애인이라도 있는 줄 알아요?」

핌은 문을 닫아 버리고 재빨리 창가로 갔다. 주차된 승합차 한 대. 십중팔구 초록색. 주차된 승용차 한 대. 흰색 또는 회색. 데번 번호판. 처음 보는 우유 배달부. 그는 문으로 다시 가서 귀를 대고 열심히 들어 보았다. 삐걱거리는 소리. 슬리퍼를 신은 발소리. 그는 문을 잡아당겨 열었다. 미스 더버가 복도 중간까지 가 있었다.

「미스 D?」

「왜요, 캔터베리 씨?」

「혹시 누가 찾아와서 저에 대해 묻지 않았습니까?」

「그런 사람이 있겠우, 캔터베리 씨?」

「글쎄요. 가끔 괜히 그런 일을 하는 사람들이 있잖아요. 그렇죠?」

「이제 그만 자요, 캔터베리 씨. 이 나라에 당신이 얼마나 필요한 사람인지는 몰라도, 하루쯤 늦어진다고 무슨 일이 생기지는 않아요.」

스트라코니체는 보물 같은 문화보다는 오토바이와 동양식 페즈 모자[36]를 만드는 도시로 더 유명하다. 핌이 그곳으로 간 것은 북동쪽으로 19킬로미터 떨어진 피세크의 버려진 편지함을 다 채웠기 때문이었다. 회사의 지침에 따르면, 그는 자신이 가서 비워야 하는 버려진 편지함이 있는 도시에서 존재를 드러내지 말아야 했다. 그래서 재미없고 지루한 기분으로 스트라코니체까지 차를 몰았다. 그는 회사 일을 조금 끝낸 뒤에는 항상 이런 기분이 되었다. 웅장한 계단이 있는 유서 깊은 호텔에 방을 구한 뒤 그는 시내를 이리저리 떠돌며 광장 남쪽에 있는 오래된 정육점에 감탄해 보려고 애썼다. 안내서에 따르면 르네상스 양식에서 바로크 양식으로 바뀌었다는 성당 앞에서도, 원래 고딕 양식이었지만 19세기에 바뀌었다는 성 바츨라프 성당 앞에서도 마찬가지였다. 이렇게 가볼 만한 곳도 다 소진되고 긴 여름날의 더위 때문에 더욱더 지쳐 버린 그는 계단을 터벅터벅 걸어 올라 침실로 향했다. 이 계단 끝에 그라츠 시절 사비나의 아파트가 있다면 정말 좋을 텐데. 그가 땡전 한 푼 없지만 세상에 아무 근심이 없는 젊은 이중첩자이던 그 시절로 돌아간다면.

　　그는 열쇠를 열쇠 구멍에 넣었지만 문은 잠겨 있지 않았다. 아직 저녁 시간이라 호텔 직원들이 침대보를 바꾸고 비밀경찰이 마지막 순찰을 돌 때였으니 이것이 지나

36 이슬람권에서 남자들이 쓰는 모자.

치게 놀랍지는 않았다. 방 안으로 발을 들여놓자, 창문으로 비스듬히 들어오는 햇빛 줄기 뒤편에 악셀이 반쯤 몸을 숨기고서 옛날처럼 기다리는 모습이 눈에 들어왔다. 그는 둥근 머리를 의자 등받이에 기대고 약간 옆으로 돌려, 빛과 그림자가 교차하는 방 안으로 누가 들어오는지 볼 수 있는 자세를 취하고 있었다. 회사가 가르쳐 준 비무장 격투술과 단검술, 근접 총격전 요령 어디에도 햇빛 줄기 뒤에 쇠약해진 모습으로 앉아 있는 친구의 목숨을 끊는 법은 없었다.

악셀은 죄수처럼 창백하고 몸이 홀쭉했다. 핌은 그와 헤어질 때의 기억을 되돌려 보며 그 몸에서 더 빠질 살이 도대체 어디에 있었는지 궁금해졌다. 그러나 숙청하고 심문하고 감옥에 가두는 사람들이 대개 그러듯이 그에게서도 살을 찾아내 멋대로 한 줌씩 떼어 간 모양이었다. 얼굴에서도, 손목에서도, 손가락 관절과 발목에서도. 그의 뺨에도 피 한 방울 남지 않은 것 같았다. 심지어 그의 이 하나도 그들이 멋대로 가져간 모양이었다. 악셀이 입술을 꼭 다물고 있어서 핌은 그 사실을 곧장 알아차리지 못했지만. 악셀은 핌의 호텔 방 벽을 향해 한 손을 흔들며, 다른 손의 잔가지 같은 손가락을 들어 말하지 말라는 듯 입술에 댔다. 마이크가 돌아가고 있다는 뜻이었다. 그의 오른쪽 눈꺼풀도 망가져서 비스듬히 기울여 쓴 모자처럼 눈 위로 늘어져 있었다. 그 때문에 그가 더욱더 해적처럼 보였다. 그런데도 그의 어깨에는 옛 군인의 망토처럼 외투가 걸쳐져 있고, 콧수염도 화려했다. 어딘가에서 아주 훌륭한 부츠도 구한 모양이었다. 목재처럼 튼튼한 부츠의 밑창은 구식 고급차의 발판과 비슷했다.

「매그너스 리처드 핌?」 그가 연극배우처럼 일부러 굵은 목소리로 물었다.

「네?」 핌은 말이 잘 나오지 않아서 두어 번 애쓰다가 간신히 대답했다.

「너는 간첩죄, 대중 선동죄, 반역과 살인 교사죄로 고발되었다. 제국주의 국가를 위해 파괴 행위를 저지른 죄도 있고.」

악셀은 여전히 의자에 나른하게 늘어진 채로 어디서 저런 힘이 나오나 싶을 만큼 힘차게 양손을 움직여 찰싹하는 소리를 냈다. 그 소리가 커다란 방에 울려 퍼졌다. 틀림없이 마이크에도 크게 잡혔을 것이다. 그러고 나서 악셀은 배를 심하게 얻어맞고 기운을 차리려는 사람처럼 길게 앓는 소리를 내더니 재킷 주머니를 뒤지다가 작은 자동 권총을 안감에서 떼어 냈다. 그는 또 손가락을 입술에 댄 채 핌이 잘 볼 수 있게 총을 흔들어 댔다.

「벽으로 돌아서!」 그가 힘겹게 일어나면서 고함을 질렀다. 「양손을 머리에 대라, 돼지 같은 파시스트 자식! 걸어.」

악셀은 핌의 어깨를 부드러운 손길로 감싸고 문으로

그를 이끌었다. 핌이 먼저 어둑한 복도로 나갔다. 모자를 쓴 덩치 큰 남자 두 명은 두 사람을 본체만체했다.

「방을 수색해!」 악셀이 두 남자에게 명령했다. 「찾을 수 있는 것을 찾아 보되 물건은 모두 제자리에 둬! 타자기, 신발, 여행 가방 안감을 잘 살펴라. 내가 직접 지시할 때까지 이 방에서 나오지 마. 너는 천천히 계단을 내려가.」 악셀이 총으로 핌의 허리를 찌르며 말했다.

「이게 무슨 짓입니까?」 핌이 어설프게 말했다. 「즉시 영국 영사를 만나야겠습니다.」

프런트 데스크에는 여직원이 처형장의 마녀처럼 앉아서 뜨개질을 하고 있었다. 악셀은 핌의 등을 쿡쿡 찌르며 그녀 앞을 지나쳐 밖에서 기다리는 자동차로 갔다. 노란색 고양이 한 마리가 자동차 밑에서 쉬고 있었다. 악셀은 조수석 문을 연 뒤 핌에게 타라고 고갯짓을 했다. 그러곤 고양이를 배수로로 쫓아 버리고 운전석에 올라 시동을 걸었다.

「네가 철저히 협조한다면 다치지 않을 것이다.」 악셀은 관리의 말투로 말하면서 조잡하게 구멍이 숭숭 뚫려 있는 대시보드 일부를 가리켰다. 「도주하려 한다면 쏘겠다.」

「이런 일은 있을 수 없습니다.」 핌이 투덜거렸다. 「우리 정부가 책임자의 처벌을 요구할 겁니다.」

그러나 이번에도 그의 목소리에는 옛날 아가일의 아

447

늑한 막사에서 동료들과 함께 심문에 저항하는 법을 연습할 때의 자신감이 전혀 없었다.

「우리는 네가 여기 도착한 순간부터 너를 감시했다.」 악셀이 큰 소리로 말했다. 「인민의 보호자들이 너의 움직임과 접촉한 자들을 모두 지켜보았어. 이제 네게는 모든 혐의에 대해 즉각 유죄를 인정하는 방법밖에 남지 않았다.」

「자유세계는 이 무도한 행위를 체코 정권의 야만성을 보여 주는 증거로 간주할 겁니다.」 핌이 단언했다. 목소리에 점점 힘이 들어갔다. 악셀은 잘했다는 듯 고개를 끄덕였다.

거리는 비어 있었다. 낡은 집들도 마찬가지였다. 두 사람은 한때 귀족적인 주택들이 있는 부유한 교외였던 곳에 들어섰다. 산울타리에 아래층 창문들이 가려져 있었다. 마차가 다닐 수 있을 만큼 넓은 철세공 출입문은 담쟁이덩굴과 가시철망으로 막혀 있었다.

「내려.」 악셀이 명령했다.

아름다운 초저녁이었다. 보름달이 이 세상의 것 같지 않은 하얀빛을 흩뿌렸다. 차 문을 잠그는 악셀을 지켜보는 핌의 코에 어디선가 건초 냄새가 흘러 들어오고 귀에는 곤충들이 붕붕거리는 소리가 들렸다. 악셀이 그를 이끌고 두 정원 사이의 좁은 길을 걸어갔다. 오른쪽 주목 산울타리에 구멍이 뚫려 있는 곳이 나오자 악셀은 핌의 손목을 붙잡고 그 구멍을 통과했다. 예전에는 훌륭한 정원이었던 곳의 테라스가 나왔다. 뒤편에는 탑이 많은 성하나가 하늘에 떠 있는 것 같았다. 앞쪽에는 무성한 장미덤불 때문에 거의 보이지 않지만, 낡아 빠진 여름 별장한 채가 서 있었다. 악셀이 그 문을 열려고 씨름해 봤지만 문은 꼼짝도 하지 않았다.

「네가 대신 발길질을 해봐, 매그너스 경.」악셀이 말했다. 「이런 게 체코슬로바키아야.」

핌은 발길질을 했다. 그 서슬에 문이 열리자 두 사람은 안으로 들어갔다. 전원풍 탁자 위에 빵과 오이절임이 담긴 쟁반과 익숙한 보드카 병이 있었다. 고리버들 의자의 좌판 커버가 찢어진 틈에서는 회색 충전재가 줄줄 새어 나왔다.

「넌 아주 위험한 친구야, 매그너스 경.」악셀이 가느다란 다리를 쭉 펴고 질 좋은 부츠를 살펴보면서 투덜거렸다. 「아니 도대체 가명을 사용하지 않는 이유가 뭐야? 가끔 보면 너는 내게 검은 천사가 되려고 지상에 내려온 것 같아.」

「내가 나로 있는 게 더 좋을 거라고 했어요.」핌이 멍청하게 대답하는 사이 악셀은 보드카 병의 뚜껑을 비틀었다. 「그런 걸 자연스러운 은신이라고 하죠.」

그 뒤로 한참 동안 악셀은 쓸 만한 말이 전혀 생각나지 않는 모양이었다. 핌은 자신을 붙잡아 온 사람의 상념을 방해하면 안 될 것 같았다. 두 사람은 다리를 나란히 뻗고, 어깨가 맞닿을 정도로 가까이 앉아 있었다. 바닷가의 노부부처럼. 저 아래에는 사각형 옥수수밭들이 숲까지 뻗어 있었다. 핌이 체코의 도로에서 본 것보다 더 많은 차들이 망가진 채 정원 저편 여기저기에 쌓여 있었다. 달빛 속에서 박쥐들이 점잖게 날아다녔다.

「여기가 우리 숙모님 집이었던 거 알아?」 악셀이 말했다.

「아니, 몰랐어요, 사실.」 핌이 말했다.

「숙모님 집이었어. 재치 있는 분이었지. 옛날에 숙모님이 우리 삼촌과 결혼하고 싶다는 얘기를 자기 아버지한테 어떻게 했는지 나한테 말해 준 적이 있는데, 숙모님 아버지는 그 말을 듣고 이랬다는 거야. 〈왜 그 녀석과 결혼하고 싶다는 거냐? 돈도 없고, 키도 아주 작잖아. 너도 작으니 애들도 작을 거다. 녀석은 네가 나더러 매년 사오라고 하는 백과사전이랑 비슷해. 겉만 보면 예쁜 것 같아도 막상 속을 들여다보면 더 이상 마음이 가지 않잖아.〉하지만 틀렸지. 두 분의 아이들은 덩치가 아주 컸고, 숙모님은 행복하셨어.」 악셀은 거의 곧바로 말을 이었다. 「놈들이 나더러 널 협박하라고 해, 매그너스 경. 내가 너한테 전할 수 있는 좋은 소식은 이것뿐이야.」

「누가 그러는데요?」

「내 위의 귀족들. 우리 둘이 오스트리아의 그 헛간에

서 함께 나오는 장면을 찍은 사진을 너한테 보여 주고 녹음한 우리 대화도 들려주라더군. 우리가 멤베리를 속여서 받아 낸 뒤 네 아버지에게 보낸 그 2백 달러에 대해 네가 서명한 차용증을 네 면전에서 흔들라는 말도 했어.」

「그래서 뭐라고 대답했어요?」

「그러겠다고 했지. 그놈들은 토마스 만을 안 읽어. 진짜 조잡한 놈들이라고. 여긴 조잡한 나라야. 너도 여행하면서 틀림없이 알아챘겠지만.」

「전혀 아니에요. 난 이 나라가 좋아요.」

악셀은 보드카를 조금 마시고 산을 빤히 바라보았다. 「너희 쪽 사람들도 전혀 도움이 안 되지. 너의 그 증오스러운 부서가 우리나라의 내정에 심각하게 간섭하고 있어. 도대체 뭐야? 무슨 미국의 집사라도 되나? 도대체 왜 우리 관리들을 모함하고, 의심의 씨앗을 뿌리고, 우리 지식인들을 꾀는 거야? 왜 쓸데없이 우리 국민들이 얻어맞게 만드는 거냐고! 그냥 감옥에서 몇 년만 살고 나오면 되는 일에. 그쪽 사람들은 현실을 안 가르쳐 주나? 현실을 몰라, 매그너스 경?」

「회사에서 그런 일을 하는 줄은 몰랐어요.」

「무슨 일?」

「내정 간섭. 사람들이 고문당하게 만드는 것. 그건 틀림없이 다른 부서의 짓이에요. 우리 부서는 그냥 하급 요원들한테 우편물 배달이나 하는 수준이라고요.」

악셀은 한숨을 내쉬었다. 「그럼 그쪽이 아닌가 보지. 내가 요즘 우리 쪽의 멍청한 선전 선동에 세뇌당한 건지도 모르고. 그래서 내가 널 부당하게 비난하는 것일지도 모르지. 건배.」

「건배.」

「그래, 네 방에는 뭐가 있어?」 악셀은 시가에 불을 붙여 여러 번 빨아들인 뒤 이렇게 물었다.

「아마 거의 전부.」

「전부가 뭔데?」

「비밀 잉크. 필름.」

「너희 쪽 요원들이 준 필름?」

「네.」

「현상한 것?」

「아닐걸요.」

「피세크의 버려진 우편함에서 가져온 건가?」

「네.」

「그럼 굳이 현상할 필요 없겠군. 그냥 싸구려 자료거든. 돈은?」

「조금.」

「얼마나?」

「5천 달러.」

「암호 책?」

「두 권.」

「혹시 내가 미처 묻지 않은 물건은 없어? 원자탄이라든가.」

「비밀 카메라가 있어요.」

「그 분통을 말하는 건가?」

「거기 뚜껑에서 종이를 벗겨 내면 렌즈가 되죠.」

「또 다른 건?」

「비단으로 만들어진 탈출용 지도. 내 넥타이 속에 있어요.」

악셀은 다시 시가를 빨아들였다. 생각이 어디 먼 곳에 가 있는 것 같았다. 그가 느닷없이 철제 탁자에 주먹을 박았다. 「우리가 반드시 여기서 **빠져나갈** 방법을 찾아야 돼, 매그너스 경!」 그가 성난 목소리로 소리쳤다. 「반드시 **빠져나가야** 된다고. 세상에서 출세해야지. 서로를 도와 우리가 귀족이 되어서 다른 놈들을 발로 뻥 차버리는 거야.」 그는 점점 짙어지는 어둠을 빤히 바라보았다. 「너 때문에 내가 아주 힘들어졌어, 알아? 그 감옥에 앉아서 내가 나쁜 생각을 좀 했지. 너 때문에 네 친구로 남아 있기가 정말, 정말 힘들어.」

「무슨 소리인지 모르겠는데요.」

「아, 아! 무슨 소리인지 모르겠다니! 그 용감한 매그너스 핌 경이 업무용 비자를 신청했을 때, 아무리 한심한 체코인이라도 색인 카드를 찾아보면 오스트리아에서 파시스트 제국주의 군국주의 첩자로 활동했던 같은 이름의 남자가 있다는 사실을 알 수 있다는 걸 모른다니. 게다가 악셀이라는 주구가 그자의 공범이었다는 사실까지 적혀 있는데.」 핌은 화를 내는 악셀을 보며 베른에서 그가 고열로 앓던 때를 떠올렸다. 그때와 똑같이 그의 목소리에 불쾌하게 날이 서 있었다. 「너는 자신이 염탐하는 나라의 관습에 정말로 그렇게 무지한 건가? 요즘 같은 시기에는 나 같은 사람이 너 같은 사람과 같은 대륙에 있는 것만으로도 어떤 의미가 되는지 모를 정도로? 너의 공범자가 되어서 첩보 게임을 벌였다는 기록은 말할 것도 없지. 다들 속닥거리면서 남을 비난해 대는 이 세상에서 내가 문자 그대로 너로 인해 죽을 수도 있다는 걸 정말로 몰라? 너 조지 오웰을 읽었지, 응? 여기 사람들도 필요하면 어제 날씨를 고쳐 쓸 수 있어!」

「나도 알아요.」

「그럼 이건 알아? 네가 돈과 지시를 잔뜩 뿌려 주는 그 한심한 요원들과 정보원들처럼 나 역시 치명적으로 오염되어 있을 가능성이 있다는 것. 네가 그자들을 교수대로 인도하고 있다는 걸 몰라? 아니면 그자들이 이미 우리 편으로 활동하고 있을 수도 있지. 내가 그자들, 그러니까 우리 귀족들을 설득하지 않으면, 우리가 다른 방식으로 그들을 만족시켜 주지 않으면 그들이 네게 무슨 짓을 할지, 그것만은 너도 알고 있겠지? 놈들은 너를 체포해서 너의 멍청한 요원들, 동조자들과 함께 전 세계 언론 앞에 내보일 생각이야. 또 보여 주기 위한 쇼 같은 재판을 열어서 몇 명을 목매달아 죽일 계획이고. 일단 그런 일에 시동이 걸리면 나 역시 교수대에 서게 될걸. 놈들이 정말로 실수를 저지르지 않는 한. 오스트리아에서 너를 위해 첩자질을 한 제국주의의 종 악셀! 베른에서 너의 공범이었던 보복주의 티토주의 트로츠키주의 타이피스트 악셀! 놈들 입장에서는 미국인이 더 좋겠지만, 그래도 융통성을 발휘해서 영국인을 교수대에 세울 거야. 진짜 미국인을 붙잡을 때까지는.」 그가 다시 의자 등받이에 털썩 몸을 기댔다. 화풀이가 끝난 모양이었다. 「우린 여기서 **빠져나가야** 돼, 매그너스 경.」 그가 같은 말을 되풀이했다. 「우린 출세하고, 출세하고, **출세해야** 돼. 못된 상관들, 형편없는 음식, 형편없는 감옥, 못된 고문관들이라면 이제 신물이 나.」 그는 성난 얼굴로 다시 시가를 빨았다. 「이제 나는 너를 돕고 너는 날 도울 때가 됐어. 이번에야말로 제대로 해야지. 대성공 앞에서 움츠러드는 부르주아 같은 행동은 안 돼. 이번에는 프로가 되자고. 가장 큰 은행의 가장 큰 다이아몬드를 곧장 노리는 거야. 난 진지해.」

악셀이 갑자기 의자의 방향을 돌려 핌을 마주 보게 놓더니 다시 앉아서 웃음을 터뜨렸다. 그러곤 기운 내라는 듯 손등으로 핌의 어깨를 날렵하게 두드렸다.

「꽃은 잘 받았어, 매그너스 경?」

「최고였어요. 우리가 피로연장을 떠날 때 누가 택시 안으로 넣어 줬죠.」

「벨린다도 좋아하던가?」

「벨린다는 당신을 몰라요. 내가 말해 주지 않았으니까.」

「그럼 그 꽃을 누가 보냈다고 했어?」

「나도 모르겠다고 했죠. 어쩌면 다른 사람 결혼식에 보낸 꽃일 수도 있다고.」

「잘했네. 벨린다는 어떤 여자야?」

「끝내줘요. 어렸을 때부터 사귄 사이예요.」

「어렸을 때부터 사귄 여자는 제미마인 줄 알았는데.」

「뭐, 벨린다도 그랬어요.」

「동시에 둘을? 어렸을 때 정말 대단했군, 너.」 악셀이 핌의 잔을 다시 채워 주며 웃음을 터뜨렸다.

핌은 간신히 따라 웃는 데 성공했고, 두 사람은 함께 술을 마셨다.

그러고 나서 악셀이 또 말을 시작했다. 상냥하고 부드럽게, 냉소나 신랄한 기색 없이. 지금 생각하면 악셀이 한 30년 동안 계속 말하고 있었던 것 같다. 지금도 그때만큼이나 그의 말이 내 귓가에 크게 들려오니까. 시끄러운 매미 소리와 박쥐 우는 소리는 생각할 것 없고.

「매그너스 경, 너는 과거에 날 배신했지만, 그보다 중요한 건 네가 너 자신을 배신했다는 거야. 너는 진실을 말할 때조차 거짓말을 하지. 의리도 있고 애정도 있지만, 무엇을 향해? 누구한테? 나는 도무지 이유를 모르겠어. 너의 훌륭한 아버지. 귀족적인 어머니. 언젠가는 네가 나한테 말해 줄지도 모르지. 아마 너는 가끔 사랑하지 말아야 할 것을 사랑하는 것 같아.」그가 앞으로 몸을 기울였다. 상냥하고 진실한 애정이 얼굴에 드러나고, 눈은 따스하고 참을성 있는 미소를 짓고 있었다. 「하지만 너한테는 도덕도 있어. 너는 탐색하지. 그러니까 내 말은, 매그너스 경, 자연이 모처럼 완벽한 조화를 만들어 냈다는 거야. 너는 완벽한 스파이야. 필요한 건 명분뿐인데 그건 내가 갖고 있지. 우리 혁명의 역사가 아직 짧고, 때로는 높은 자리에 앉지 말아야 할 사람들이 혁명을 주도한다는 건 나도 잘 알아. 평화를 추구하는 과정에서 우린 너무 많은 전쟁을 벌이고 있지. 자유를 추구하는 과정에서 너무 많은 감옥을 짓고 있고. 하지만 장기적인 관점에서 보면 별것 아냐. 내가 아는 게 있거든. 너를 지금의 너로 만든 모든 쓰레기들, 그러니까 특권, 속물근성, 위선, 교회, 학교, 아버지들, 계급 제도, 역사 속 거짓말, 시골의 하급 귀족들, 대기업의 하급 귀족들, 그리고 그 결과로 벌어진 탐욕의 전쟁, 이 모든 걸 우리가 영원히 쓸어 버리고 있다는 것. 너를 위해서. 우리는 매그너스 경처럼 슬픈 친구가 다시는 나오지 않을 사회를 만들고 있으니까.」그가 한 손을 내밀었다. 「자, 이제 내 말은 끝났어. 너는 좋은 사람이야. 난 너를 사랑해.」

　난 항상 그때의 그 손길을 떠올린다. 내 손바닥을 들여다보기만 하면 언제나 그 손길이 보이는 듯하다. 건조하고 점잖은 용서의 손길. 그리고 웃음소리도. 언제나 그렇듯이 마음에서 우러난 웃음소리였다. 그가 전술적인 태도를 버리고 다시 내 친구가 되었기 때문에.

16

얼마나 잘 어울리는지 모르겠다, 톰. 우리가 체코의 그 여름 별장에서 만난 뒤로 흐른 세월을 되돌아보면 온통 미국, 미국만 보이는 것이. 미국의 황금빛 해안은 문제 많은 우리 유럽에서 억압을 겪은 우리에게 자유의 약속처럼 저기 수평선에 반짝이다가 우리를 향해 훌쩍 뛰어온다. 우리가 성취한 것을 여름날처럼 기뻐하면서! 핌은 상대를 가리지 않는 의리남답게 가장 높은 기준에 따라 자신의 두 고향에서 봉사해야 할 기간이 아직도 사반세기 이상 남았다. 훈련을 받고, 결혼하고, 현장에서 단련되며 나이를 먹었으나 아직 사춘기 소년인 그는 어른이 되어야 한다. 그러나 영국 중산층 청소년의 소년기가 끝나고 성인기가 시작되는 지점의 유전자 암호를 과연 누가 풀 수 있을까? 두 친구는 목표에 도달할 때까지 프라하, 베를린, 스톡홀름, 그리고 그의 고향 영국의 점령당한 수도를 포함해 유럽의 위험한 도시 여섯 곳을 거쳐야 했다. 그러나 지금 보기에는 그 도시들이 그저 집합 장소에 지나지 않았던 것 같다. 우리가 필요한 양식을 구하고다시 기운을 차리면서 별자리를 보고 여행을 준비할 수있는 곳. 이런 것이 여의치 않았을 때의 무서운 가능성을잠시만 생각해 봐라, 톰. 무방비한 우리 등에 시베리아의바람처럼 휘몰아치던 실패의 두려움. 우리 같은 두 남자에게 스파이로 살면서 끝내 미국을 염탐하지 않는 것이어떤 의미였을지 생각해 봐!

네 마음속에 혹시나 하는 생각이 조금이라도 남지 않게 빨리 말해야겠다. 그 여름 별장의 만남 이후 핌의 앞길이 영원히 정해졌다고. 핌은 자신의 선서를 갱신했다.너의 잭 아저씨와 내가 항상 지켜야 하는 조건에 따르면,톰, 빠져나갈 길은 없었다. 핌은 고리에 꿰여 선서를 당한 그들의 소유물이었다. 끝. 오스트리아의 그 헛간 이후에는, 뭐 그래, 아직 약간의 여지가 있었다. 비록 구제의가능성은 전혀 없었지만. 그가 비밀의 세계에서 깨끗이뛰어나와 진짜 세계의 위험에 용감히 맞서려고 어떻게애썼는지 너도 미약하게나마 보았을 것이다. 그에게 확신이 전혀 없었던 것은 맞는다. 그래도 그는 시도해 보았다. 산소가 지나치게 많은 해변에서 죽어 가는 물고기처럼 그도 현실 세계에서는 별로 쓸모없는 존재가 되리라는 것을 설사 그가 알고 있었다 해도. 그러나 그 여름 별장 이후 하느님이 핌에게 정해 준 길이 분명해졌다. 망설

임은 그만두고 네게 맞는 자리에 가만히 있어라. 네 천성
이 너를 데려다 놓은 곳에. 또 다른 계시는 핌에게 필요
없었다.

「깨끗이 다 털어놔요.」 네가 외치는 소리가 들린다, 톰.
「빨리 런던으로 돌아가 인사 담당자를 찾아가서 벌을 받
고 새로 시작해요!」 뭐, 핌도 그런 생각을 해봤다. 당연히
해봤지. 차를 몰고 빈으로 돌아가는 길에서, 집으로 돌아
가는 비행기에서, 히스로 공항에서 런던으로 들어가는
버스에서 핌은 그런 생각을 하며 적극적으로 고민한 적
이 아주 많았다. 그런 순간에는 그가 살아온 인생 전체가
생생한 만화 장면처럼 두개골 속에 고정되었기 때문이
다. 시작이 어디지? 핌은 속으로 자문했다. 얼토당토않은
질문이 아니었다. 립시부터? 우울할 때 그는 여전히 그녀
의 죽음에 기어이 책임을 지려 했다. 세프턴 보이드의 이
니셜을 새겼을 때부터? 그가 미치게 만들어 버린 가엾은
도러시부터? 그에게 악을 쓰며 더러운 말을 외쳐 대던 페
기 웬트워스부터? 그녀 또한 희생자임이 분명했다. 그가
릭의 초록색 서류함 또는 멤베리의 책상 자물쇠를 처음
으로 딴 날부터? 그가 죄책감을 심어 주는 추종자들의 시
선 앞에 정확히 얼마나 많은 인생의 시스템들을 솔직히
드러내야 한다는 거냐?

「그럼 사표를 내요! 머고 신부님한테 도망쳐요! 윌로
의 학교에서 학생들을 가르치면 되잖아요.」 핌은 이것도

생각해 보았다. 자신의 남은 인생을 파묻고 죄 많은 매력을 숨길 어두운 구석을 여섯 군데쯤 생각해 보았다. 하지만 어느 곳도 5분 넘게 그의 마음을 끌지 못했다.

만약 핌이 연락을 끊고 도망쳤다면 악셀의 사람들이 정말로 그의 정체를 폭로했을까? 그랬을 것 같지는 않다. 하지만 중요한 건 이게 아니지. 핌이 악셀만큼이나 회사를 사랑할 때가 많았다는 것, 그게 요점이다. 그는 회사가 자신을 이해하지 못하면서도 거칠게 믿어 주는 것, 자신을 혹사하는 것, 트위드 정장을 입은 사람들의 강한 포옹, 흠 많은 낭만주의와 한쪽으로 치우친 성실성을 진심으로 아꼈다. 그는 회사의 본부와 궁전 같은 안가에 발을 들여놓을 때마다 혼자 빙긋 웃으며 잠시도 방심하지 않는 수위들이 무표정한 얼굴로 건네는 인사를 받았다. 회사는 그에게 집이자 학교이자 법정이었다. 그가 회사를 배신하고 있을 때조차도. 그는 회사에 갚을 것이 아주 많다고 진심으로 생각했다. 악셀에게 갚을 것이 많은 것처럼. 상상 속에서 그는 나일론 스타킹과 암시장에서 산 초콜릿이 가득한 지하실에 있는 자신을 보았다. 아무리 물자가 부족해도 모두를 돌봐 줄 수 있을 만한 양이었다. 정보를 캐는 일이라는 것은 썩기 쉬운 상품을 거래하는 제도화된 암시장일 뿐이다. 그리고 이번에는 핌 본인이 우화의 주인공이었다. 그의 형제애를 방해하는 멤베리 같은 존재가 전혀 없었다.

「이렇게 생각해 봐, 매그너스 경. 플첸으로 혼자 차를 몰고 가던 중에 출근하는 노동자 두 명을 태워 주려고 차를 세운다고. 너라면 그렇게 하겠어?」 악셀은 그 여름 별장에서 새벽에 이렇게 말했다. 악셀 덕분에 핌은 다시 온전해져 있었다.

핌은 어쩌면 차를 세울지도 모른다고 인정했다.

「그럼 이건 어때, 매그너스 경? 단순한 사람들이 그러듯이 그 노동자들도 운전하는 네게 속내를 털어놔. 충분한 보호복도 없이 방사성 물질을 다루는 게 두렵다고 말이야. 그럼 네 귀가 쫑긋해질까?」

핌은 웃으면서 그럴 것 같다고 말했다.

「그럼 훌륭한 요원이자 관대한 사람으로서 매그너스 경 네가 그 노동자들의 이름과 주소를 받아 적고, 나중에 이 지역에 올 때 질 좋은 영국산 커피를 좀 가져다주겠다고 약속하는 건?」

핌은 틀림없이 그렇게 할 것 같다고 말했다.

악셀은 말을 이었다. 「그럼 그 노동자들을 직장인 보호 구역 외곽까지 데려다준 뒤 네가 정부의 관리답게 용기를 내서, 너는 확실히 그런 사람이지, 어쨌든 그렇게 해서 잘 보이지 않는 곳에 차를 세우고 이 작은 언덕을 오르는 거야.」 악셀은 우연히 가져와 철제 탁자 위에 펼쳐 둔 군사 지도에서 바로 그 언덕을 가리키고 있었다. 「언덕 꼭대기에서 너는 공장을 사진으로 찍지. 마침 그

자리에 무성하게 자라는 라임 나무를 보호막 삼아서. 나중에 보니 나무의 낮은 곳에 뻗은 가지들 때문에 사진이 좀 망가지긴 했지만. 너희 쪽 귀족들이 이런 용감한 행동을 칭찬할까? 위대한 매그너스 경에게 갈채를 보낼까? 매그너스 경에게 입이 가벼운 그 두 노동자를 포섭해서 공장의 생산품과 목적에 대해 더 자세히 캐내라고 지시할까?」

「틀림없이 그럴걸요.」핌이 활기차게 말했다.

「축하해, 매그너스 경.」

악셀이 바로 그 필름을 미리 기다리고 있던 핌의 손바닥에 떨어뜨린다. 회사에서 가져온 필름이다. 익명의 초록색 포장지로 감싼 그것을 핌은 타자기 안에 숨긴다. 그리고 나중에 상관들에게 건넨다. 놀라운 일은 여기서 그치지 않는다. 이 물건을 서둘러 화이트홀로 보내 분석해보니, 그 공장은 최근 미국 비행기가 그곳 상공을 지나가며 찍은 사진 속의 바로 그 공장임이 밝혀진다! 핌은 일부러 내키지 않는 티를 내며, 그때까지는 가상의 인물에 불과한 두 순진한 노동자의 신상 정보를 제공한다. 그들의 이름이 카드에 기록되어 확인 절차를 거친 뒤 고위직들만 드나드는 술집에 퍼진다. 그러다 마침내 관료제의 신성한 법칙에 따라 특별 위원회의 주제가 된다.

「여길 보게, 핌, 자네가 다음에 이 두 사람 앞에 또 나타났을 때 이들이 자네를 고발하지 않을 거라고 생각한 이유가 무엇인가?」

하지만 픾은 지금 인터뷰 모드라 수많은 청중 앞에서 무적이다. 「그냥 육감일 뿐입니다.」 그러곤 천천히 둘을 센다. 「제 생각에 두 사람은 저를 믿었습니다. 지금도 입을 꾹 다물고, 제가 약속한 대로 어느 날 저녁에 나타나기를 바라고 있을 겁니다.」

그리고 현실은 그의 말이 옳다는 걸 증명해 주었지요. 그러기로 되어 있었던 거니까. 그렇죠, 잭? 우리의 영웅은 체코로 돌아와 모든 위험을 무릅쓰고 그들의 문 앞에 나타납니다. 악셀이 거기까지 그를 호위해 주고 소개도 해주었으니 그가 나타나지 않을 도리가 없지요. 이번에는 부사관 파벨 같은 존재를 내세우지 않을 겁니다. 충성스럽게 눈을 반짝이는 배우들의 극단이 태어났거든요. 악셀이 프로듀서이고, 배우들은 창립 멤버입니다. 그것을 기반으로 힘들고 위험한 과정을 거쳐 네트워크가 만들어집니다. 픾에 의해서. 우리가 알기로는 멋진 녀석인 픾. 최신 영웅인 픾. 콩거를 조립해 낸 녀석.

잭 브러더후드의 부추김으로 한층 가속화된 회사의 자연 도태 시스템은 더 이상 저항할 수 없습니다.

「**외무부**에 들어갔다고?」 벨린다의 아버지가 부자연스럽고 몹시 당혹스러운 표정으로 소리친다. 「**프라하**로 발령을 받았어? 아니, 별 볼 일 없는 전기용품 회사에 다니다가 어떻게 **그런** 일이? 이거야 원, 정말이지.」

「계약직이에요. 체코어를 할 줄 아는 사람이 필요하답
니다.」 핌이 말한다.

「영국의 무역을 증진하러 가는 거예요, 아빠. 무슨 소
리인지 모르시죠? 아빠는 주식 중개인에 불과하니까.」
벨린다가 말한다.

「뭐, 적어도 겉으로 내세울 이야기를 근사하게 만들어
주기는 했겠지, 안 그래?」 벨린다의 아버지가 화를 부채
질하는 특유의 웃음을 터뜨리며 말한다.

핌과 악셀은 회사가 프라하에 가장 최근 마련한 가장
비밀스러운 안가에서 핌이 영국 대사관의 무역 및 비자
담당 2등 서기관이 된 것을 축하하며 건배한다. 악셀이
살이 좀 쪘네. 핌은 기쁜 마음으로 이런 생각을 한다. 그
의 수척한 얼굴에 고생이 새겨 놓은 주름살도 점차 사라
지고 있다.

「자유의 땅을 위하여, 매그너스 경.」

「미국을 위하여.」 핌이 말한다.

　　사랑하는 아버지,

　　저의 새로운 직장이 마음에 드신다니 다행입니다.
아버지의 축구 도박 책략을 펼칠 수 있게 자와할랄 네
루를 만날 수 있으면 좋겠다고 하시지만, 아직은 제가
네루를 설득할 위치가 못 돼요. 물론 아버지의 계획이

고전하는 인도 경제에 큰 힘이 될 수 있겠다는 것은 저
도 상상할 수 있지만요.

*

그럼 진짜 정보원은 전혀 없었던 거예요? 네가 실망한
목소리로 이렇게 묻는 소리가 들리는 것 같구나, 톰. **전부
거짓말이었어요?** 아니, 진짜 정보원들이 있었지. 걱정 마
라! 게다가 실력도 아주 좋았어. 최고였다고. 그리고 그
들 모두 더 좋아진 핌의 실력 덕분에 득을 보았으니 핌을
우러러보기까지 했어. 핌이 악셀을 우러러보는 것처럼.
핌과 악셀도 자기들 나름대로 진짜 정보원들을 우러러보
았지. 그들을 자기도 모르는 사이에 작전의 사절이 된 사
람들로 간주하고, 작전의 매끄러운 진행과 완전성을 증
명해 주었다. 또한 자기들이 소속된 기관들을 이용해서
그들을 보호해 주고 승진시켜 주었어. 그들의 처지가 나
아질 때마다 네트워크의 영광이 올라간다고 주장하면서.
정보원들을 몰래 오스트리아로 데려와서 은밀한 훈련과
재활도 실시했지. 진짜 정보원들은 우리의 마스코트였
다, 톰. 우리의 스타였어. 우리는 그들이 아무런 부족함
없이 지낼 수 있게 해줬다. 핌과 악셀이 그들을 돌봐 주
는 한은 틀림없었어. 사실 일이 잘못된 게 바로 그 부분
이었지만 그건 나중 일이니까.

내가 설명을 잘할 수 있으면 좋을 텐데요, 잭. 정말로 제대로 된 관리를 받을 때의 즐거운 기분에 대해서. 질투에 대해서, 이데올로기에 대해서, 아무것도 아닌 것에 대해서. 악셀은 핌을 미국으로 이끌면서도 그가 반드시 영국을 사랑하게 했습니다. 우리가 한편이 돼서 서구의 자유를 찬양하는 동안 내내 핌에게 자유로운 나라의 국민이니 동구권에 자유를 좀 가져다주는 일을 해낼 수 있을 것이라고 암묵적으로 암시한 것이 바로 악셀의 천재성을 보여 줍니다. 아, 당신은 웃을지도 모르겠네요, 잭! 핌이 너무 순진하다며 그 반백의 머리를 흔들어 댈지도 모르고요! 하지만 작고 가난한 나라를 보호해 줘야겠다는 생각이 얼마나 쉽게 핌의 머릿속에 자리 잡았는지 상상이 가지 않습니까? 핌 자신의 나라는 그토록 많은 혜택과 승리를 태생적으로 누리고 있었으니까 말이죠. 그의 시각에서 보면 그의 나라는 또한 어리석기도 했습니다. 가난한 체코가 무서운 부침을 겪는 동안 악셀을 위해 그 나라를 사랑하는 건 어땠을까요? 이 나라의 실책을 미리 용서해 주는 건? 그리고 그것을 자신의 조국인 영국이 이 나라에게 저지른 수많은 배신 탓으로 돌리는 건? 핌이 금단의 대상과 유대를 맺어, 자신을 붙잡고 있던 것에서 다시 한번 도망친 것이 솔직히 당신에게 놀라운 일입니까? 수많은 경계선을 넘어다닌 자신을 사랑하는 그가 이제 또 다른 경계선을 넘으며 좋아하는 건 어떻습니까? 더구나 악셀이 어디를 어떻게 걸어서 넘어야 하는지 옆에서 가르쳐 주고 있었는데 말이죠.

「미안해, 벨.」핌은 프라하의 외교관 구역 어두운 아파트에서 벨린다를 또 스크래블 게임에 맡겨 놓고 나가면서 이렇게 말하곤 했다. 「시골에 갈 일이 생겼어. 하루나 이틀쯤. 이러지 말고, 벨. 키스, 키스. 그래도 정시에 출근하고 정시에 퇴근하는 남자가 낫겠다는 생각은 없지?」

「『타임스』가 안 보여.」벨이 그를 옆으로 밀어내며 말했다. 「당신이 그걸 또 망할 대사관에 두고 온 것 같은데.」

그러나 랑데부 장소에 도착했을 때 핌의 신경이 아무리 너덜너덜한 상태라도, 악셀은 매번 그를 재생시켜 주었다. 그는 서두르는 법도 없고, 귀찮게 굴지도 않았다. 자신의 정보원이 겪는 고통과 그의 감수성을 존중해 줄 뿐이었다. 그건 결코 한쪽이 가만히 있고 다른 한쪽만 열심히 움직이는 관계가 아니었다, 톰. 전혀 그렇지 않았어. 악셀의 포부는 자신뿐만 아니라 핌을 위한 것이기도 했지. 핌이야말로 그의 밥줄, 모든 의미가 하나로 합쳐진 행운, 확실한 당의 귀족 지위로 올라가 특권을 누릴 수 있게 해줄 여권이었으니까. 아, 그가 핌을 얼마나 연구했는지! 그가 얼마나 섬세하게 핌을 어르고 달랬는지! 항상 핌의 마음에 들기 위해 옷차림까지 신경 쓸 만큼 얼마나 꼼꼼했는지! 어느 날은 핌이 한 번도 가져 보지 못한 현명하고 믿음직한 아버지처럼 외투를 걸치고, 어느 날은 자신의 권위를 제복처럼 보여 주는 고난의 넝마 조각을 입고, 어느 날은 핌의 유일한 고해 신부였던 절대자 머고의 수단을 입는 식이었다. 핌이 사용하는 암호와 회피하는 말도 알아 두어야 했다. 자신의 마음보다 더 빠른 속도로 핌의 마음을 읽어 내야 했다. 자식 앞에서 결코 문을 쾅 닫는 법이 없는 부모처럼 핌을 나무라다가 용서하는 시늉도 하고, 핌이 우울할 때는 웃어 주고, 핌이 축쳐져서 난 못 하겠어, 외롭고 무서워, 라고 말하면 그의 믿음이 꺼지지 않게 해주어야 했다.

무엇보다 외견상 무한해 보이는 회사의 너그러움을 너무 믿지 말라고 핌에게 끊임없이 경각심을 심어 주어야 했다. 영국의 저 친숙하고 죽은 숲이 그 안에서 대가의 솜씨로 벌어지는 모종의 술수를 덮어 주고 있는 게 아니라고 어찌 감히 믿을 수 있을까? 악셀이 얼마나 골머리를 앓았을지. 핌이 정보를 산더미처럼 생산해 내는 동안 그는 이것이 제국주의의 웅대한 기만술이 아니라고 자기 상관들을 설득해야 했다! 체코인들이 당신에게 얼마나 감탄했는지 몰라요, 잭. 나이 많은 사람들은 전쟁 때의 당신을 기억하고 있더군요. 당신의 솜씨를 알고 당신을 존경했어요. 교활한 적을 과소평가하는 것이 얼마나 위험한지 머리에 되새기면서요. 악셀이 그 사람들과 정면으로 싸운 적이 한두 번이 아닙니다. 자기를 고문한 바로 그 사람들과 싸워야 했어요. 그들이 혹시 진실한 자백을 들을 수 있을지 모른다며 핌을 현장에서 데려와 자기들끼리 주기적으로 주고받는 약을 먹이는 걸 막으려고요. 「그래, 난 브러더후드의 부하야.」 그들은 핌에게서 이런 비명을 듣고 싶어 했습니다. 「그래, 난 당신들한테 역정보를 흘리려고 왔어. 우리의 반(反)사회주의 작전에서 당신들의 눈을 돌리려고. 그래, 악셀은 나랑 공범이야. 이제 데려가서 날 교수대에 매달아. 지금 여기 이것만 아니면 뭐든 좋아.」 하지만 악셀이 이겼습니다. 그는 간청도 하고, 으름장도 놓고, 탁자를 쾅쾅 내려치기도 했습니다. 그리고 지난번 숙청이 남겨 놓은 혼란을 해명하기 위해 또 숙청이 계획되었을 때는 적들에게 제국주의의 붕괴가 역사적으로 불가피하다는 점을 그들이 충분히 받아들이지 못하고 있다는 사실을 폭로하겠다고 협박해서 입을 다물게 만들었죠. 핌은 언제나 그를 도왔습니다. 다시 그의 병상을 지키며(은유적인 표현입니다) 영양분과 용기를 주고 응원해 주었습니다. 그리고 지부의 서류들을 살살이 뒤졌죠. 전 세계에서 회사가 얼마나 무능력한지 보여 주는 터무니없는 사례들로 악셀을 무장시켰습니다. 핌과 악셀은 이렇게 서로의 생존을 위해 싸우면서 점점 더 가까워져서 각각 자기 나라가 지운 비합리적인 짐을 상대의 발 앞에 내려놓았습니다.

그러다 한 번씩 전투가 승리로 끝나거나 어느 한쪽 편

에서 커다란 성공을 거뒀을 때, 악셀은 방탕한 자유주의자의 옷을 입고 검소한 자신의 형편에는 생모리츠와 맞먹는 곳이라고 할 수 있는 크르코노셰산맥의 자그마한 하얀 성으로 밤중에 달려가곤 했습니다. 이 성은 그의 정보국이 귀하게 여기는 직원들을 위해 따로 마련해 둔 곳이었죠. 두 사람이 처음 그곳에 간 것은 핌이 프라하에 온 지 2년이 된 것을 기념하기 위해서였습니다. 두 사람이 타고 간 리무진은 창문이 검었습니다.

「내가 너한테 훌륭한 새 정보원을 선물하기로 했어, 매그너스 경.」차가 자갈길을 느긋하게 지그재그로 올라가는 동안 악셀이 선언했습니다. 「워치맨 네트워크에는 산업에 대한 정보가 한심할 정도로 부족해. 미국은 우리 경제를 무너뜨리겠다고 맹세했지만, 회사가 뒷받침이 될 만한 것을 전혀 제공해 주지 못하지. 우리 체코슬로바키아 국립 은행의 중간급 간부라면 어떨까? 가장 중요한 경영 실패 정보에 일부 접근할 수 있는 인물인데.」

「내가 어디서 그 사람을 찾으면 되는데요?」핌이 조심스레 대꾸했습니다. 이런 결정은 섬세한 과정을 거쳐야 하니까요. 본부와 장황한 서신을 주고받은 뒤에야 비로소 잠재적인 정보원에게 접근하는 것을 허락받을 수 있잖습니까.

식탁에는 3인분의 식기가 차려져 있고, 가지 촛대에도 불이 켜져 있었습니다. 오랫동안 천천히 숲을 거닐며 산

책을 하고 온 악셀과 핌은 벽난로 앞에서 식전주를 마시며 손님이 오기를 기다렸습니다.

「벨린다는 잘 지내?」악셀이 물었습니다.

이것은 두 사람이 자주 입에 올리는 화제가 아니었습니다. 악셀은 만족스럽지 못한 관계에 대해 참을성이 별로 없거든요.

「잘 지내요. 언제나 그렇죠, 뭐. 고마워요.」

「우리가 마이크로 들은 얘기는 다르던데. 밤낮으로 둘이 개처럼 싸우는 소리가 들렸어. 그걸 듣는 우리 직원들이 너희 부부 때문에 완전히 우울해지고 있다고.」

「앞으로는 우리가 잘해 보겠다고 전해 줘요.」핌이 드물게 씁쓸함을 드러내며 말했습니다.

자동차 한 대가 언덕을 올라왔습니다. 늙은 하인이 홀을 가로지르는 소리, 빗장을 푸는 소리가 들려왔죠.

「너의 새로운 정보원이 왔군.」악셀이 말했습니다.

문이 쾅 열리고 사비나가 씩씩하게 걸어 들어왔습니다. 예전에 비해 약간 아줌마가 된 것 같더군요. 엉덩이 부분이. 턱 주위에는 공무원 생활을 하며 얻은 주름살이 한두 개 있었습니다. 그래도 그녀는 여전히 그의 섹시한 사비나였습니다. 그녀는 하얀 칼라가 달린 정숙한 검은색 원피스 차림에 꼴사나운 검은색 정장 구두를 신고 있었습니다. 끈에 초록색 반짝이들이 달려 있고 전체가 은은한 광택이 나는 모조 스웨이드로 만들어진 것을 보니 그녀가 그 구두를 무척 자랑스러워할 것 같았습니다. 그녀는 핌을 보고 급히 허리를 똑바로 세우며 의심스럽다는 듯이 오만상을 찌푸렸습니다. 순간적으로 못마땅하기 짝이 없다는 내심이 노골적으로 드러난 겁니다. 그러나 곧 다행히도 그녀 특유의 정신없는 슬라브식 웃음을 터뜨리며 달려와 그를 온몸으로 감쌌습니다. 옛날 그라츠에서 그가 처음으로 더듬거리며 체코어를 배울 때와 비슷했습니다.

그렇게 된 겁니다, 잭. 사비나는 계속 위로, 위로 올라가서 워치맨 네트워크의 수석 정보원이 되었습니다. 그리고 연달아 그녀를 담당한 영국 담당관들의 사랑을 듬뿍 받았죠. 당신은 그녀를 워치맨 원이나 아니면 프라하 국가 경제 위원회의 대담한 사무총장 올가 크라비츠키로 알고 있지만요. 당신이 기억하는지 모르겠지만, 그녀가 네 번째 남편과의 사이에서 세 번째 아이를 임신했을 때 우리는 그녀를 은퇴시켰습니다. 그녀가 포츠담에서 열린 코메콘[37] 금융가 회의에 마지막으로 참석했을 때, 서베를린에서 그녀를 위해 특별히 만찬을 베풀어 주고 그런 결정을 알렸죠. 악셀은 그녀를 조금 더 데리고 있다가 당신의 본을 따르기로 했습니다.

「베를린으로 발령받았어.」 핌이 프라하를 두 번째로 한 바퀴 돌고 난 뒤 안전한 공원에서 벨린다에게 말했습

37 동유럽 경제 상호 원조 회의.

니다.

「그걸 왜 나한테 말해 주는데?」 벨린다가 말했습니다.

「네가 같이 갈지 궁금해서.」 핌이 대답한 뒤 벨린다는
또 콜록거리기 시작했습니다. 아무래도 이곳 기후 때문
인지 그녀는 한번 기침을 시작하면 한참 동안 멈추지 못
했어요.

벨린다는 런던으로 돌아가 개방 대학에서 언론학 강
의를 들었습니다. 소리 없이 사람을 죽이는 법 같은 것을
배우지는 않았죠. 나중에 서른일곱 살 때 그녀는 당시 유
행하던 자유주의 운동이라는 위험한 길에 투신해서 폴
같은 남자를 여러 명 만난 뒤 그중 한 명과 결혼했습니다.
그리고 엄마의 행동에 사사건건 못마땅한 소리를 하는
버릇없는 딸을 하나 낳았죠. 그 덕분에 벨린다는 자신의
부모와 화해할 수 있을 것 같은 기분이 들었습니다. 핌과
악셀은 순례 여행의 다음 여정에 돌입했습니다. 베를린
에서 더욱 밝은 미래와 한층 더 성숙한 배반이 그들을 기
다리고 있었어요.

수훈장 서훈을 받은 에벌린 트리메인 대령님 댁
파이어니어 부대(퇴역)
사서함 9077
마닐라

훈장 수훈자 매그너스 리처드 핌 경에게
영국 고위 파견단
베를린

사랑하는 아들에게

정상으로 향해 가는 네게 **불**편을 안겨 주지 않기를 바라며 간단한 메모를 보낸다. 우리 모두의 **아**버지 앞에 서는 날까지 누구도 **보**은 같은 것을 기대하면 안 되니 말이다. 내가 우리 모두의 **아**버지 앞에 서는 **날**이 일찍 찾아올 것 같구나. 여기서는 의학이 아직 원시적인 **수**준이라 해도, 어쨌든 **잔**인한 올여름이 작가인 나의 **마**지막 여름이 될 듯하다. **술**을 비롯해서 여러 **안**락한 것들을 **희**생했는데도. **치**료나 **장**례를 위한 비용을 **보**낸다면, 반드시 수표로 끊어서 봉투에는 **내** 이름이 아니라 대령의 이름을 쓰기 바란다. 여기 원주민들에게는 핌이라는 이름이 〈공짜가 아닌 사람〉[38]이기 때문이다. 어쨌든 **죽**을지도 모른다.

자비를 기도하며,

릭 T. 핌

추신. 베를린에서 916 골드를 최저 가격으로 살 수

38 *Persona non Gratis*. 〈기피 인물〉을 뜻하는 *persona non grata*를 변형시킨 것이다.

있다고 들었다. 비공식적인 보상을 받을 기회를 구하는 높은 사람들은 외교 행낭을 이용할 수 있다지. 퍼스 로프트가 옛 집에 그대로 살고 있으니 10퍼센트 수수료로 도와줄 테지만 그를 조심해야 한다.

*

베를린이라. 거긴 정말 스파이들이 얼마나 우글거리는 곳인지 모른다, 톰! 아무 쓸모도 없는 유동적인 비밀이 캐비닛에 가득하지. 온갖 연금술사들, 기적을 일구는 사람들, 피리로 쥐를 끌어모으는 사람들이 마음껏 뛰어놀 수 있는 곳. 망토를 둘러쓰고 정치적 현실이라는 불쾌한 제약에서 고개를 돌리기만 한다면 말이지! 항상 그 중심에서는 위대하고 선한 미국이 자유, 민주주의, 해방의 이름으로 명예로운 리듬에 맞춰 용감하게 북을 울리고 있었다.

베를린에는 회사의 요원들이 있었다. 영향력 있는 사람, 파괴와 전복과 역정보를 담당하는 사람. 심지어 우리에게 정보를 제공해 주는 사람도 한두 명 있었으나, 그들은 혜택받지 못한 계층에 속한 사람들이라 전문적인 가치보다는 전통을 존중하는 뜻에서 회사가 데리고 있을 뿐이었다. 굴을 파는 사람과 밀수꾼, 도청 기술자와 위조 기술자, 훈련 교관과 스카우터와 전령과 감시인과 유혹

자, 암살자와 열기구 조종사, 독순술 전문가와 변장 전문
가도 있었다. 그러나 영국이 무엇을 가졌든, 미국은 더
갖고 있었다. 그리고 미국이 무엇을 가졌든 동독에는 그
다섯 배가 있고 소련에는 열 배가 있었다. 핌은 사탕 가
게에 풀어놓은 아이 같은 심정으로 이런 놀라운 현실 앞
에 섰다. 무엇을 먼저 잡아야 할지 알 수 없었다. 악셀은
여러 개의 가짜 여권을 이용해 도시를 드나들면서 사탕
가게에서 바구니를 안고 아이의 뒤를 따르는 사람처럼
조용히 그의 뒤를 따랐다. 안가와 어두운 식당에서(같은
곳을 두 번 이용하는 법은 없었다) 우리는 조용히 식사하
며 서로 가져온 것들을 교환하고, 경탄과 만족감으로 서
로를 지그시 바라보았다. 정상에 선 산악인들이 나누는
감정과 비슷했다. 그러나 그런 순간에도 우리는 앞에 더
큰 산이 놓여 있음을 결코 잊지 않았기 때문에 서로를 향
해 보드카 잔을 들어 올리며 촛불 너머로 이렇게 속삭였
다. 「내년에는 미국에서!」

　그리고 위원회들은 또 어땠는지, 톰! 베를린은 그런 위
원회들을 품을 수 있을 만큼 안전한 곳이 아니었다. 그래
서 우리는 런던에서 모였다. 세계를 놓고 게임을 벌이는
사람들에게 어울리는, 화려한 제국 분위기의 방에서. 우
리는 우리 사회 지도자들의 단면을 대담하고, 다양하고,
눈이 부실 만큼 창의적으로 보여 주었다. 당시 영국은 새
로운 시대를 맞아 껍질 속에 숨어 있던 인재들을 끄집어

478

내 나라에 봉사하게 만들고 있었기 때문이다. 스파이들은 곁눈 가리개를 쓰고 있다! 사람들은 이렇게 외쳤다. 너무 자기들끼리만 어울린다. 베를린을 위해 우리는 거물들, 변호사들, 언론인들이 살아가는 진짜 세상을 향해 문을 열어야 한다. 은행가와 노조 운동가와 사업가가 필요하다. 말보다는 행동으로 보여 주는 사람들, 세상을 움직이는 법을 아는 사람들. 세금을 쓰는 일에 대해 엄격하게 말할 수 있는 의원들이 필요하다!

이런 현명한 사람들이 어떻게 되었는지 아니, 톰? 비밀스러운 전쟁의 감시견인, 기민하고 허식을 모르는 사람들. 그들은 스파이들조차 무서워서 쉽사리 밟지 못하는 곳으로 쏟아져 들어갔다. 드러난 세상의 한계에 너무나 오랫동안 좌절했던 이 총명한 사람들은 구속을 떨쳐 버리고 우리가 상상할 수 있는 온갖 종류의 음모와 속임수, 지름길에 첫눈에 반해 버렸다.

「지금 그자들이 무슨 꿈을 꾸는지 알아요?」 핌은 론디스 광장의 아파트에서 카펫 위를 서성거리며 분노했다. 비공식적인 조치에 대한 영미 회의가 열리는 동안 악셀이 임대한 집이었다.

「침착해, 매그너스 경. 술이나 한 잔 더 마셔.」

「침착하라고요? 이 미친놈들이 소련의 지상관제 센터에 침투하겠다고 진심으로 말하고 있다니까요? 미국 상공에 미그기를 보내서 그대로 폭파시키겠다느니, 혹시

조종사가 살아남으면 간첩 혐의로 재판을 받든지 공개적
으로 망명을 선언하는 쇼를 벌이는 것 중에 택일하게 만
들자느니, 그런 얘기를 하고 있다고요. 그것도『가디언』
지의 국방 담당 선임 기자라는 놈이, 젠장! 그놈 때문에
전쟁이 벌어질걸요. 그놈도 그러길 원하고요. 그러면 마
침내 기삿거리가 생기겠죠. 캔터베리 대주교의 조카와
BBC의 부사장도 놈을 지지했어요.」

그러나 악셀의 영국 사랑은 핌의 신경질로 망가질 것
이 아니었다. 그는 회사에서 제공해 준 렌터카 포드의 조
수석 창문을 통해 버킹엄 궁전을 바라보다가, 왕실 깃발
이 아크등 불빛 속에서 펄럭이는 것을 보고 작게 손뼉을
쳤다.

「베를린으로 돌아가, 매그너스 경. 언젠가 성조기 앞에
서게 될 거야.」

그의 베를린 아파트는 운터덴린덴 거리 중심부에 있
었다. 폭격에서 기적적으로 살아남은 널찍한 비더마이어
양식 건물의 꼭대기 층이었다. 침실이 정원 쪽에 있었기
때문에 그는 그들이 차를 세우는 소리를 듣지 못했지만,
스펀지를 밟듯이 계단을 올라오는 소리를 듣고 옛날에
외사 경찰들이 올링거 씨의 집 나무 계단을 몰래 올라오
던 기억을 떠올렸다. 경찰들이 가장 좋아하는 이른 아침
이었는데, 그 순간 핌은 모든 것이 끝났음을 깨달았다.

그동안 그는 수많은 끝을 상상했지만, 이런 결말은 예상하지 못했다. 현장 요원들은 이런 느낌을 믿어야 한다는 것을 터득하게 된다. 핌은 현장 요원으로 두 번이나 일한 사람이었으므로 끝이 다가왔음을 알아차리고 놀라지도 불안해하지도 않았다. 순식간에 침대에서 일어나 조용히 부엌으로 갔을 뿐이었다. 부엌에는 그가 악셀과의 다음 접선을 위해 숨겨 둔 필름이 있었다. 그들이 초인종을 누르기 전에 그는 필름 여섯 통을 모두 풀어서 빛에 노출시킨 뒤, 방수천에 싸서 변기 물통에 숨겨 두었던 즉석 점화 암호 판을 눌렀다. 그리고 선명한 눈으로 자신의 운명을 받아들이면서 이보다 더 과격한 방법을 생각해 보기까지 했다. 베를린은 빈과 다른 곳이었으므로, 그는 침대 옆 로커와 복도의 서랍장에 각각 권총을 보관하고 있었다. 그러나 그들이 미안한 듯이 편지함을 통해 〈핌 씨, 일어나세요〉라고 중얼거리는 소리에 그런 생각이 사라졌다. 그가 문에 있는 구멍으로 밖을 살펴보니, 상냥한 경찰관 돌렌도르프가 젊은 부하를 데리고 와 있었다. 만약 자신이 생각을 실천으로 옮겼다면 저 두 사람이 얼마나 놀랐을지 생각하니 얼굴이 달아올랐다. 그래, 저 사람들이 부드럽게 들어오려는 모양이군. 그는 문을 열어 주며 속으로 생각했다. 먼저 늑대 새끼들로 건물을 에워싸고 착해 보이는 녀석을 들여보낸다는 거지.

돌렌도르프는 대부분의 베를린 사람들과 마찬가지로

잭 브러더후드의 고객으로, 자기가 맡은 구역의 베를린 장벽에서 정보원들이 이리저리 건너다닐 때 모른 척해 주는 대가로 소소한 돈을 벌고 있었다. 그는 바바리아 음식을 좋아하는 아늑한 바바리아 사람이었으므로, 그의 입에서는 항상 바바리아의 흰 소시지 냄새가 났다.

「미안합니다, 핌 씨. 이런 시간에 귀찮게 해서 미안해요.」 그가 지나치게 활짝 웃으며 입을 열었다. 그는 제복 차림이었고, 총은 아직 총집에 있었다. 「우리 서장님이 개인적이고 시급한 문제가 있다면서 핌 씨더러 즉시 본부로 나오시랍니다.」 그는 여전히 총에 손을 대지 않았다.

그러나 돌렌도르프의 목소리에는 당혹감과 결의가 함께 존재했다. 그의 부하는 날카로운 눈으로 계단통을 위아래로 훑어보고 있었다. 「우리 서장님 말씀이, 모든 일이 신중하게 처리될 거랍니다, 핌 씨. 지금 단계에서는 조심스럽게 움직이려고 하세요. 핌 씨의 상사들에게는 전혀 연락하지 않았습니다.」 핌이 계속 머뭇거리자 돌렌도르프가 강력하게 말했다. 「우리 서장님이 당신을 아주 높이 평가하고 있어요, 핌 씨.」

「옷을 갈아입어야겠습니다.」

「빨리 해주시면 좋겠습니다, 핌 씨. 우리 서장님은 주간 근무조가 나오기 전에 이 일을 처리하고 싶어 하시니까요.」

핌은 돌아서서 침실로 조심스레 걸어갔다. 그러곤 경찰관이 자신을 따라오거나 큰 소리로 지시를 내리지 않는지 귀를 기울여 보았으나, 그들은 그냥 복도에 남아서 「런던의 외침」 액자들을 구경하기로 한 모양이었다. 회사의 숙소 담당 부서가 걸어 준 그림들이었다.

「전화 좀 써도 됩니까, 핌 씨?」

「그럼요.」

그는 문을 열어 둔 채 옷을 입었다. 혹시 통화 내용을 들을 수 있을까 싶어서였다. 그러나 그가 들은 말이라고는 〈모두 잘 진행되고 있습니다, 서장님. 그가 곧 나올 겁니다〉뿐이었다.

그들은 셋이서 나란히 널찍한 계단을 내려갔다. 경찰차 한 대가 경광등을 번쩍이며 서 있었다. 그 뒤에는 아무것도 없었다. 늦은 밤까지 거리에서 빈둥거리는 사람들도 없었다. 누군가를 체포하기 전에 이 일대를 이렇게 깨끗이 소독하다니, 정말 독일인다웠다. 핌은 돌렌도르프와 함께 앞 좌석에 앉았다. 부하는 긴장한 모습으로 뒤에 앉았다. 비가 내리는 새벽 2시였다. 붉은 하늘에 검은 구름이 들끓었다. 이제 아무도 말을 하지 않았다.

경찰서에서 잭이 기다리고 있겠지. 핌은 속으로 생각했다. 아니면 군사 경찰이 기다리거나. 하느님이 기다릴 수도 있고.

서장이 일어나 그를 맞이했다. 돌렌도르프와 그의 부

하는 이미 사라진 뒤였다. 서장은 자신이 초자연적으로 민감하다고 생각하는 사람이었다. 키가 크고 머리는 반백이고, 등이 굽은 그는 항상 상대를 강렬하게 바라보았으며, 저러다 저 작은 입이 남아날까 싶은 속도로 정신없이 지껄여 대곤 했다. 그는 의자에 등을 기대고 손끝을 한데 모았다. 그러곤 핌의 머리 위 벽에 걸려 있는, 그의 고향 동프로이센을 묘사한 판화를 향해 고뇌에 찬 목소리로 단조롭게 말했다. 핌이 차분히 추정하기에 그가 쉬지 않고 계속 말한 시간이 6시간쯤 되는 것 같았다. 숨도 한 번 들이쉰 적이 없는 듯했다. 그런데 이것이 서장에게는 진지한 대화로 들어가기 전의 짧은 워밍업이었다. 서장은 자신이 세상 물정에 밝고 가정적인 사람이며, 이른바 〈내적 영역〉에 정통하다고 말했다. 핌은 그것을 존중한다고 말했다. 서장은 자신이 기독 민주당원이지만 남을 가르치려 드는 사람도 정치적인 사람도 아니라고 말했다. 복음주의 신자이긴 해도 가톨릭에 대해서 아무런 불만이 없으니 걱정할 필요 없다는 말도 했다. 핌은 마땅히 그런 분인 줄 알고 있었다고 말했다. 서장은 용서할 수 있는 인간적인 실수에서부터 계산적인 범죄에 이르기까지 범죄의 스펙트럼은 다양하다고 말했다. 핌도 동의한다는 말을 하는데, 복도에서 발소리가 들렸다. 서장은 낯선 나라에 온 외국인들은 엄격히 중범죄로 간주되는 행동을 하려고 하면서도 자신은 괜찮을 것이라는 엉뚱한 생각을 할 때가 많다는 점을 부디 잊지 말라고 핌에게 간청했다.

「솔직히 말해도 됩니까, 핌 씨?」

「그럼요.」핌이 말했다. 이제 체포된 사람이 자신이 아니라 악셀인 것 같다는 두려운 예감이 핌의 머릿속에서 차츰 모습을 드러내기 시작했다.

「사람들이 그를 내게 데려왔을 때, 나는 그를 보고 그의 말을 들었습니다. 그리고 이렇게 말했죠.〈아니, 그럴 리가 없소. 핌 씨가 아니야. 이자가 다른 사람 행세를 하고 있소.〉또 이런 말도 했습니다.〈유명한 사람을 연줄로 내세워서 부당하게 이용하고 있어요.〉그런데 계속 그자의 말을 듣다 보니 일종의, 뭐라고 할까, 비전 같은 것이 느껴졌습니다. 여기에 에너지가 있구나, 정보가 있어, 매력이라고 해도 될 것 같고. 이런 생각도 들었습니다. 어쩌면 이 사람이 다른 사람 행세를 하는 게 아닐 수도 있겠는걸, 답을 줄 수 있는 사람은 핌 씨뿐이지.」서장이 책상의 단추를 눌렀다.「그자와 대질을 해도 되겠지요, 핌 씨?」

나이 많은 교도관이 나타나서 독한 소독약 냄새가 풍기는 벽돌 복도를 앞장서서 뒤뚱뒤뚱 걸어갔다. 그는 어느 창살문의 잠금장치를 열고 일행이 모두 안으로 들어간 뒤 다시 잠갔다. 그런 다음 또 다른 창살문을 열었다. 내가 감옥에 갇힌 릭을 본 것은 그때가 처음이었다, 톰.

그리고 그 뒤로는 두 번 다시 그런 꼴을 보지 않으려고 주의했지. 핌은 나중에 그에게 먹을 것, 옷가지, 시가를 보내 주었다. 아일랜드에 있을 때는 드램부이도 보내 주었다. 릭을 위해서 핌은 자신의 은행 계좌를 탈탈 털었어. 설사 핌이 백만장자였다 해도, 감옥에서 릭을 다시 만나느니 차라리 파산할 정도로 그를 보살펴 주었을 것이다. 심지어 머릿속 상상으로도 그런 모습을 보기 싫었으니까. 핌은 구석에 앉아 있는 릭을 보자마자 자신이 감방을 더 넓은 시야로 볼 수 있게 그가 일부러 그 자리를 택했다는 것을 알아차렸다. 내가 아는 한 릭은 언제나 하느님이 주신 것보다 더 넓은 공간이 필요한 사람이었으니까. 릭은 그 훌륭한 머리를 앞으로 조금 기울이고, 죄수답게 뚱한 표정으로 인상을 찌푸리고 있었다. 분명히 맹세컨대, 그때 그는 생각을 하느라 귀를 닫아 놓고 있어서 우리가 오는 소리를 듣지 못했을 것이다.

「아버지.」 핌이 말했다. 「저예요.」

릭이 철창으로 다가와 양손으로 그의 얼굴을 감쌌다. 그러곤 먼저 핌을, 그다음에는 서장을, 그다음에는 교도관을 빤히 바라보았다. 핌의 위치가 무엇인지 알 수 없다는 표정이었다. 졸려서 기분이 나쁜 표정이기도 했다.

「놈들이 너도 잡아 왔군, 그렇지, 아들?」 릭이 말했다. 내가 보기에 약간의 만족감이 아주 없지는 않은 것 같았다. 「너한테 뭔가 꿍꿍이가 있는 것 같다는 생각은 내가

항상 했지. 내가 시키는 대로 법학 공부를 했어야 하는
건데.」그러나 그도 서서히 상황을 깨닫는 것 같았다. 교
도관이 감방 문을 열어 주고, 서장이 말했다. 「들어가시
죠, 펌 씨.」그러고는 옆으로 비켜섰다. 펌은 릭에게 다가
가 양팔을 그의 몸에 둘렀다. 혹시 릭이 구타를 당해서
몸이 아플지도 모르니까 조심스럽게. 릭의 기세가 점차
살아나기 시작했다.

「하늘도 무심하시지, 아들, 이놈들이 나한테 왜 이러는
건지. 이 나라에서는 정직한 사람이 사업을 좀 하는 것도
안 되는 거냐? 여기서 음식이라고 내오는 걸 봤어? 그 독
일 소시지 말이다. 우리가 나라에 세금을 왜 내는데. 이
러면 우리가 전쟁을 한 보람이 없잖아. 아무리 아들이 외
무부 수장이라도 이 독일 불한당들이 늙은 아버지한테
손대는 걸 막아 주지 못한다면 전부 무슨 소용이야?」

하지만 이때쯤 펌은 이미 릭을 단단히 끌어안은 채 양
손을 그의 어깨에 찰싹 대고서, 상황이 어떻든 아버지를
만나 기쁘다고 말하고 있었다. 그래서 릭도 우는 시늉을
했고, 서장은 두 사람을 배려해서 자리를 비켜 주었다.
그동안 오랜만에 다시 만난 두 사람은 서로에게 구세주
라며 찬사를 보냈다.

널 실망시킬 생각은 없다만, 톰, 릭의 베를린 사업에
대해서는 자세한 내용을 정말로 잊어버렸다. 어쩌면 일
부러 잊어버렸을 수도 있고. 그때 펌은 릭이 아니라 자신

에 대한 심판을 기다리고 있었으니까. 두 자매가 기억난다. 프로이센 귀족 가문 출신이었는데, 샤를로텐부르크의 낡은 집에서 살고 있었다. 핌이 릭 대신 그 두 사람을 돈으로 매수하러 갔기 때문에 알지. 릭은 여느 때처럼 그 두 사람에게 출처가 불분명한 그림을 팔려고 했고, 다이아몬드 브로치를 세척해 주겠다고 했고, 런던에 사는 친한 일류 재단사에게 모피 외투를 맡겨 리모델링해 주겠다고 했다. 그 재단사가 릭을 워낙 우러러보기 때문에 공짜로 해줄 거라면서. 내 기억에 그 두 자매에게는 그리 정직하지 못한 조카가 있었는데, 어두운 무기 밀매와 관련된 자였다. 그런데 릭이 어쩌다가 매물로 나온 비행기가 있다는 이야기를 꺼냈다. 보관 상태가 아주 좋은 최고급 폭격기라고, 어느 모로 보나 새것이나 다름없다고 했다. 모르긴 몰라도, 평생 자유주의자로 살아온 브린클리의 밸럼즈 사람들이 그때 그 비행기의 도장을 바꾸고 있었을 것이다. 그 비행기에 타기만 하면 누구든 확실히 천국으로 직행했을걸.

　핌이 네 엄마에게 구애한 곳도 베를린이었다, 톰. 네 엄마와 핌의 상사였던 잭 브러더후드에게서 그녀를 빼앗은 곳도 베를린이고. 너든 누구든 자신이 어떻게 잉태되었는지 알 선천적인 권리가 있는지는 잘 모르겠지만, 내가 한번 최선을 다해 보겠다. 핌의 원래 의도가 심술궂었다는 사실은 부정하지 않겠다. 그나마 사랑이라고 할 만한 감정은 나중에 생겨났어.

「잭 브러더후드와 내가 같은 여자를 만나고 있는 것 같아요.」어느 날 핌이 공중전화 대 공중전화 통화로 악셀과 이야기하며 장난꾸러기처럼 이런 말을 했다.

악셀은 당장 그녀가 누구냐고 물었다.

「귀족이에요.」핌은 계속 그를 놀리듯이 말했다.「우리 쪽 사람인데, 교회와 스파이 기득권 세력 쪽. 당신이 이 말의 의미를 알아들을지는 잘 모르겠지만. 그녀의 가문이 정복자 윌리엄 시대부터 회사와 연결되어 있거든요.」

「유부녀인가?」

「상대가 절대적으로 고집을 피우지 않는 이상 내가 유부녀랑은 안 잔다는 걸 알잖아요.」

「재미있는 여자야?」

「악셀, 그녀는 숙녀예요.」

「내 말은 사교성이 있느냐는 뜻이야.」악셀이 빨리 대답이나 하라는 듯이 다그쳤다.「이른바 외교적 게이샤인가? 부르주아야? 미국인들이 좋아할 것 같아?」

「그녀는 최고의 마르타예요, 악셀. 내가 계속 말하잖아요. 아름답고, 부자고, 무서울 정도로 영국적인 사람이에요.」

「그럼 어쩌면 그녀가 우리를 워싱턴으로 데려가 줄 티켓이 될지도 모르겠네.」악셀이 말했다. 그는 핌의 인생에 멋대로 나타났다 사라져 가는 여자들에 대해 얼마 전부터 불안감을 드러내고 있었다.

그러고 얼마 뒤 핌은 너의 잭 아저씨에게서도 비슷한
충고를 들었다.

「너희 두 사람 사이에 대해 메리에게서 들었다, 매그
너스.」 그가 어느 때보다 삼촌 같은 태도로 핌을 한쪽으
로 데려가 이렇게 말했다. 「내 의견을 말한다면, 네가 더
나아갔다가는 훨씬 더 힘들어질 수도 있을 거다. 메리는
뛰어난 직원이야. 그러니 너도 이제 품행에 좀 신경을 써
야 할 것 같다.」

정신적인 스승 두 명이 모두 이렇게 그를 같은 방향으
로 밀어 대자 핌은 그들의 조언을 따르기로 하고, 네 엄
마인 메리를 영미 동맹 만찬에 진짜 결혼한 아내로 데려
갈 수 있게 만들었다. 그가 이미 내놓은 것들을 생각하면,
이것은 매우 합리적인 희생으로 보였다.

*

그의 손을 잡아요, 잭(핌은 이렇게 썼다). 내게 가장
소중한 사람입니다.

*

맥스, 용서해(핌은 이렇게 썼다). 귀하고, 귀한 맥스,

용서해 줘. 사랑을 하면서도 배신하는 것이 가능하다면, 내가 수많은 날 당신을 배신했음을 잊지 마.

*

그는 케이트에게 보낼 편지를 쓰다가 찢어 버렸다. 그리고 〈누구보다 친애하는 벨린다〉라고 쓰다가 펜을 멈췄다. 주위를 에워싼 정적이 무서웠다. 그는 급히 손목시계를 보았다. 5시. 왜 시계 종이 울리지 않은 거지? 내 귀가 멀어 버렸구나. 내가 죽은 거야. 벽이 푹신푹신한 감방에 들어와 있는 거야. 광장 건너편에서 첫 번째 종소리가 들려왔다. 하나. 둘. 내가 언제든 이걸 멈출 수 있어. 그는 속으로 생각했다. 하나에서, 둘에서, 셋에서 멈출 수 있어. 어느 시간 어느 때든 내 마음대로 딱 멈춰 버릴 수 있어. 하지만 한밤중 1시에 시계 종이 울리게 하지는 못하지. 그건 하느님이 부릴 수 있는 재주지, 내 재주는 아니니까.

충격이 깃든 적막이 핌의 머리 위로 내려앉았다. 문자 그대로 죽음의 적막이었다. 그는 다시 창가에 서서 텅 빈 광장에 이파리들이 하늘하늘 떠다니는 모습을 지켜보고 있었다. 눈에 보이는 모든 것이 전혀 움직이지 않는 모습이 불길했다. 창문에는 사람의 머리 하나 보이지 않았고,

열려 있는 문도 없었다. 개도 고양이도 다람쥐도 빽빽 울어 대는 아이도 없었다. 그들은 산으로 도망쳤다. 바다에서 다가올 습격자들을 기다리고 있다. 하지만 머릿속에서 그는 칩사이드의 낡은 사무용 빌딩가 지하에 있는 어느 아파트에 서서, 젊음이 시들어 버린 미녀 두 명이 무릎을 꿇고 앉아 릭의 서류철들을 마지막 하나까지 찢듯이 열어젖히는 모습을 지켜보고 있다. 미녀들은 종이를 빨리 넘기려고 집게발 같은 손가락에 침을 묻힌다. 그들 주변에 쌓인 종이의 산이 점점 커진다. 그들이 서류를 뒤지다가 쓸모없다고 밀쳐 버릴 때마다 종이가 꽃잎처럼 나선형을 그리며 허공에서 팔랑거린다. 피로 적은 은행 거래 기록, 송장, 분노에 찬 변호사들의 편지, 영장, 소환장, 질책의 말이 뚝뚝 떨어지는 연애편지. 그 모습을 지켜보는 핌의 콧구멍에 종이 먼지가 가득해진다. 강철 서랍들을 시끄럽게 여닫는 소리가 감방 철창을 쇠로 챙챙 건드리는 소리 같다. 하지만 미녀들은 전혀 신경 쓰지 않는다. 탐욕스러운 과부들처럼 릭의 기록을 샅샅이 뒤질 뿐이다. 서랍이고 벽장이고 모두 비스듬히 기울어진 그 난장판 한가운데에 릭의 마지막 궁정 관저 책상이 서 있다. 조각한 뱀들이 금박을 입힌 끈처럼 불룩한 다리를 휘감고 있다. 벽에는 위대한 TP가 시장의 예복을 입고 찍은 마지막 사진이 걸려 있다. 가짜 석탄과 릭이 마지막으로 피우고 버린 시가 꽁초가 가득한 벽난로 위쪽 선반에는 창업자 겸 대표 이사 본인의 청동 흉상이 있다. 자신이 성실한 사람임을 마지막으로 뽐내는 듯하다. 핌의 뒤쪽 열린 문에는 릭이 마지막으로 경영했던 회사 10여 개를 기념하는 판이 걸려 있지만, 초인종 옆에는 〈이 초인종을 눌러 주세요〉라는 말이 적혀 있다. 릭이 이 나라의 흔들리는 경제를 구하려 애쓰는 틈틈이 이 일대에서 야간 짐꾼으로 일했기 때문이다.

「몇 시에 죽었습니까?」 핌은 이 말을 하고 나서야 자신이 답을 이미 알고 있음을 떠올린다.

「저녁이야. 술집들이 막 문을 열 무렵.」 미녀 한 명이 담배를 문 채로 이렇게 대답하며, 서류 더미 하나를 또 쓰레기 더미 위에 쿵 하고 올려놓는다.

「옆방에서 제대로 쓰러졌지.」 다른 미녀가 말한다. 두 사람 모두 단 한 시도 힘든 노동을 쉬지 않는다.

「옆방이 뭔데요?」 핌이 말한다.

「침실.」 첫 번째 미녀가 다 본 서류철을 또 옆으로 던지며 말한다.

「그럼 누가 같이 있었어요?」 핌이 묻는다. 「당신이 같이 있었어요? 그때 누가 같이 있었어요?」

「우리 둘 다 같이 있었어.」 두 번째 미녀가 말한다. 「서로 다정하게 붙어 있었어. 네가 궁금할까 봐 말해 주는 거야. 네 아빠는 술을 좋아했는데, 그걸 마시고 나면 항상 사랑이 넘치는 사람으로 변했거든. 그날 일찌감치 저녁을 푸짐하게 먹었어. 양파를 곁들인 스테이크로. 네 아빠는 우편으로 부친 수표 때문에 전화로 누구랑 말다툼을 좀 한 뒤였어. 우울해 보였지, 비?」

첫 번째 미녀가 서류를 뒤지던 작업을 마지못해 잠시 멈춘다. 두 번째 미녀도 그렇게 한다. 그러자 두 사람은 갑자기 상냥한 얼굴과 통통하지만 과로에 지친 몸을 지닌 점잖은 런던 여자가 된다.

「네 아빠한테는 끝이었어.」 그녀가 통통한 손목으로 머리카락을 넘기며 말한다.

「뭐가요?」

「그 전화기를 갖고 있을 수 없다면 끝난 거라고 말하더라. 그 전화기가 자기한테 생명 줄인데, 그걸 가지고 있을 수 없다면 그게 바로 자신에게 내려진 판결이라고. 전화기와 깨끗한 셔츠 없이 어떻게 사업을 하겠느냐고 했지.」

핌의 침묵을 비난으로 오해한 다른 미녀가 그에게 불끈 화를 낸다. 「그런 눈으로 보지 마. 우리는 이미 오래전에 가진 걸 전부 네 아빠한테 줬어. 가스비도 우리가 내고, 전기 요금도 우리가 내고, 식사도 우리가 만들어 주고. 그렇지, 비?」

「우리가 할 수 있는 일은 다 했지.」 비가 말한다. 「그 사람에게 위안도 줬고.」

「우리는 지나치다 싶을 만큼 그 사람을 위해 꾀를 냈

어, 그렇지, 비? 하루에 세 번씩 수를 쓸 때도 있었다고.」

「그보다 많아.」비가 말한다.

「두 분이 계셨던 게 아버지에게는 행운이었어요.」핌이 진심을 담아 말한다. 「아버지를 돌봐 주셔서 정말 감사합니다.」

두 사람은 기쁜 기색으로 수줍은 미소를 짓는다.

「네가 가져온 저 커다란 검은색 서류 가방에 좋은 술은 아마 없겠지?」

「죄송합니다.」

비가 침실로 간다. 열린 문을 통해 체스터 거리에서 쓰던 커다란 제국식 침대가 보인다. 천 장식이 오래돼서 더러워지고 찢어져 있다. 릭의 비단 잠옷이 침대보 위에 널브러져 있다. 릭이 쓰던 보디로션과 헤어 오일의 냄새가 난다. 비가 드램부이 한 병을 가지고 돌아온다.

「아버지가 제 얘기를 하셨나요? 마지막 며칠 동안?」핌이 함께 술을 마시며 말한다.

「그 사람은 널 자랑스러워했어.」비의 친구가 말한다. 「아주 많이.」하지만 이 대답으로는 만족스럽지 않았던 것 같다. 「아버지가 널 찾아가려고 했어. 거의 마지막에 한 말도 그런 거였고. 그렇지, 비?」

「우리가 그 사람을 붙잡았어.」비가 코를 훌쩍거리며 말한다. 「숨소리만 들어도 그 사람이 떠나갈 거라는 사실을 알 수 있었거든. 〈전에 통화한 것 내가 용서한다고 그쪽에 전해. 그리고 내 아들 매그너스에게 우리 둘이 곧 대사가 될 거라고 말해 주고.〉 그 사람이 이렇게 말했어.」

「그래서요?」 핌이 말한다.

「〈우리에게 나폴레옹의 손길을 한 번 더 줘, 비.〉」 비의 친구가 말한다. 이제 그녀도 울고 있다. 「하지만 그건 나폴레옹이 아니라 드램부였어. 그러고 나서 그 사람이 이렇게 말했지. 〈저 서류철에 다 있어. 당신들 두 사람이 내가 있는 곳으로 올 때까지 충분히 돌봐 줄 수 있을 거야.」

「그러고는 그냥 고개를 끄덕하듯이 가버렸어.」 비가 손수건을 향해 말한다. 「심장만 아니라면 죽지 않았을지도 몰라.」

문에서 바스락거리는 소리가 들린다. 이어 노크 소리 세 번. 비가 문을 살짝 열었다가 곧 활짝 열고는 못마땅한 얼굴로 물러나서 올리와 커들러브 씨에게 길을 터준다. 두 사람은 얼음 양동이로 무장하고 있다. 그간의 세월이 올리에게는 그리 친절하지 않았다. 그의 눈꼬리에 맺힌 눈물이 마스카라 색으로 물들어 있다. 하지만 커들러브 씨는 운전기사의 검은 넥타이에 이르기까지 하나도 변하지 않았다. 그가 양동이를 왼손으로 바꿔 쥐고 핌의 오른손을 남자답게 덥석 붙잡는다. 핌은 두 사람을 따라 좁은 복도를 걸어간다. 한 번도 이길 줄을 모르던 말들의 사진이 벽에 줄줄이 걸려 있다. 릭은 허리에 수건을 두른 채 욕조에 누워 있다. 대리석 같은 발이 서로 엇갈리게 겹쳐져 있는 모습이 마치 동양 어느 나라의 예법을 따르는 것 같다. 그의 손은 언제든 조물주에게 열변을 토할 수 있게 컵처럼 둥글게 오므라져 있다.

「정말이지 돈이 없었습니다.」 올리가 얼음을 쏟아붓는 동안 커들러브 씨가 중얼거린다. 「아무리 찾아 봐도 땡전 한 푼 없었어요, 솔직히. 어쩌면 저 여자들이 멋대로 손을 댄 건지도 모릅니다.」

「왜 눈을 감겨 드리지 않았어요?」 핌이 말한다.

「감겨 드렸어요, 솔직히. 하지만 다시 떠지더라고요. 그래서 계속 손을 대는 건 무례다 싶어서…….」

핌은 아버지 앞에서 한쪽 무릎에 대고 2백 파운드짜리 수표를 한 장 쓴다. 하마터면 실수로 파운드 대신 달러를 쓸 뻔했다.

핌은 차를 몰고 체스터 거리로 간다. 그 집은 몇 년 전부터 다른 사람 손에 있었지만, 오늘은 모두 어둠에 잠겨 있다. 마치 오늘도 차압 집행관을 기다리고 있는 것 같다. 핌은 조심스레 다가간다. 문간에는 비가 내리는데도 야간 등이 밝혀져 있다. 그 옆에 낡은 여성용 목도리 하나가 반쯤은 애도하듯 연한 자주색을 띠고 죽은 동물처럼 놓여 있다. 아주 오래전 핌이 글레이즈에서 변기를 막을 때 사용했던 넬 외숙모의 목도리와 비슷하다. 아니, 도러시의 것이었나? 아니면 페기 웬트워스의 것? 어떤 어린

애가 장난을 친 건가? 립시의 유령이 두고 갔나? 이슬에 흠뻑 젖은 목도리의 깃털에는 아무런 표시도 붙어 있지 않다. 가압류 사실을 표시하는 카드 같은 것이 핀으로 꽂혀 있지도 않다. 유일한 단서는 떨리는 분필 글씨로 문에 갈겨쓴 〈네〉라는 한 글자. 적의 과녁이 된 마을에서 안전을 나타내는 신호 같다.

　핌은 인적이 끊긴 광장을 등지고 성난 사람처럼 욕실로 걸어가 채광창을 열었다. 몇 년 전 그가 미스 더버의 품위를 위해 초록색 페인트를 서투르게 처덕처덕 칠해놓은 창이었다. 총구를 내밀 수 있을 만큼 살짝 열린 창문을 통해 그는 집 옆의 정원들을 살펴본 뒤, 거기에도 부자연스러울 정도로 인적이 없다는 결론을 내렸다. 8번지의 빗물받이 홈통에 셰퍼드 스탠리가 줄에 묶여 있지도 않았다. 깨어 있는 시간에는 항상 장미를 돌보는 정육점 주인의 아내 에이트킨 부인도 보이지 않았다. 핌은 쾅소리가 나게 채광창을 닫고 세면대에 허리를 숙여 얼굴을 물로 씻은 뒤 거울 속의 자신을 노려보다가 눈부신 가짜 미소를 지어 보았다. 릭이 그를 조롱하려고 짓던 미소. 너무 행복해 보여서 눈도 깜박일 수 없던 미소. 겁에 질린 아이처럼 품을 파고드는 미소. 핌이 무엇보다 싫어하던 미소.

　「불꽃놀이다, 아들.」 핌은 가장 싫어하는 릭의 어조를 흉내 냈다. 「너 옛날에 불꽃놀이 좋아했던 것 기억나니? 가이 포크스 아저씨의 밤 기억나? 거기서 네 아버지의 이니셜 RTP가 새겨진 꽃불이 애스콧 상공에서 환하게 터지던 것 기억나? 그래, 그렇지.」

그래, 그렇지. 핌의 영혼이 메아리처럼 말했다.

핌은 다시 글을 쓰고 있다. 기뻐하면서. 그 어떤 펜도 이런 압박을 감당할 수 없다. 무모하고 자유로운 글자들이 종이 위를 내달린다. 빛의 궤적, 로켓의 꼬리, 성조기가 그의 머리 위를 획획 지나간다. 수천 개 트랜지스터라디오의 음악이 주위를 채우고, 낯선 사람들의 밝은 얼굴이 그의 얼굴을 향해 웃는다. 그도 그들을 향해 마주 웃어 준다. 7월 4일이다. 워싱턴의 밤 중의 밤. 외교관 핌은 이곳 지부의 부지부장으로 발령받아 일주일 전 이곳에 도착했다. 베를린이라는 섬이 마침내 가라앉았다. 프라하에는 후임자가 있다. 스톡홀름. 런던. 미국으로 오는 길은 결코 쉽지 않았지만 핌은 그 먼 길을 지나 마침내 여기까지 왔다. 조명등, 불꽃놀이, 탐조등의 빛에 계속해서 하얗게 가려지는 불그스름한 어둠 속으로 거의 들어왔다. 주위에서 물결치는 사람들 속에 그도 있다. 지상의 자유로운 사람들이 그를 무리 속에 받아들였다. 그는 한 번도 자신들을 속박한 적 없는 것들로부터 독립한 것을 축하하며 행복하게 웃고 있는 이 어른이들과 하나가 되었다. 마린 밴드, 브레킨브리지 소년 합창단, 메트로폴리탄 에어리어 심포지엄 합창단이 아무런 저항 없이 그의 마음을 얻었다. 다니는 파티마다 매그너스와 메리는 조지타운의 지적인 귀족들 절반에게서 축하를 받고, 빨간 벽돌 마당에서 촛불 빛을 받으며 황새치를 먹고, 머리 위가지에 걸린 불빛들 아래에서 수다를 떨고, 포옹을 주고받고, 악수를 나누며 사람들의 이름과 뒷소문과 샴페인으로 머리를 가득 채웠다. 말씀 많이 들었습니다, 매그너스. 매그너스, 잘 오셨어요! 세상에, 이분이 부인이십니까? 이건 **범죄**예요! 그러다 메리가 톰을 걱정하며(아이가 불꽃놀이에 지나치게 흥분했다) 바로 집에 가야겠다고 단호하게 말하고, 비 레더러가 그녀와 함께 자리를 떴다.

「나도 곧 갈게, 여보.」떠나는 메리를 향해 핌이 중얼거린다. 「웩슬러의 집에 들러야 해. 안 가면 내가 자기들을 따돌리는 줄 알 거야.」

여긴 어디지? 내셔널 몰인가? 의사당인가? 핌은 전혀 알 수 없다. 젊은 미국 여성들의 맨살이 드러난 팔과 허벅지, 구속을 벗어난 젖가슴이 기분 좋은 듯 그를 스치고 지나간다. 상냥한 손들이 그가 지나갈 공간을 만들어 준다. 웃음소리, 대마초 연기, 시끄러운 소음이 이 뜨거운 밤에 가득하다. 「이름이 뭐예요? 영국 사람이에요? 자, 악수할까요? 이것 한 잔 쭉 드세요.」핌은 이미 놀라운 양

500

의 술을 섞어 마셨는데도 버번을 한 입 더 마신다. 그는
비탈길을 오르고 있다. 바닥이 풀밭인지 아스팔트인지는
알 수가 없다. 저 아래에서 백악관이 빛을 낸다. 그 앞에
하얀 바늘 같은 워싱턴 기념탑이 조명을 받으며 꼿꼿이
서서 사람이 닿을 수 없는 별들을 향해 빛으로 길을 만든
다. 각자 영원히 로마의 일부가 된 제퍼슨과 링컨이 그의
양옆에 누워 있다. 핌은 두 사람을 모두 사랑한다. 미국
의 원로들과 건국의 아버지들은 전부 내 거야. 그는 비탈
길 정상에 오른다. 흑인 남자가 그에게 팝콘을 내민다.
그의 땀방울처럼 짜고 뜨겁다. 계곡 위 저 높은 곳에서
또 다른 불꽃이 무해한 전투를 벌이며 꽝 소리와 함께 하
늘로 확 퍼진다. 여기에는 사람들이 더 빽빽한데도, 여전
히 다들 그에게 미소를 지으며 불꽃에 감탄하는 와중에
도 그를 위해 길을 내어준다. 그들은 서로를 향해 우정을
외치다가 애국적인 노래를 부르기 시작한다. 예쁜 아가
씨가 그에게 장난을 건다. 「아저씨, 춤출래요?」「아, 고마
워요. 나도 기꺼이 그러고 싶은데, 일단 외투부터 좀 벗
고요.」 핌이 대답한다. 그러나 그의 대답이 너무 길었던
탓에 아가씨는 벌써 다른 파트너를 찾았다. 그는 고함을
지르고 있다. 처음에는 자신의 목소리가 들리지 않지만,
좀 조용한 곳에 이르자 갑자기 화들짝 놀랄 만큼 또렷하
게 목소리가 들린다. 「양귀비! 양귀비! 어디 있어?」 다행
히 주변의 착한 사람들이 함께 외쳐 준다. 「얼른 와, 양귀

비, 네 남자 친구가 여기 있어!」「어서 와, 양귀비, 이 나쁜 여자야, 어디 갔어?」그의 뒤와 머리 위에서 불꽃놀이 로켓들이 소용돌이치는 진홍색 구름을 배경으로 끊이지 않는 샘을 이룬다. 그의 앞에서 황금색 우산 하나가 펴져서 하얀 산 전체를 감싸고, 텅 빈 거리에 빛을 비춘다. 핌의 머릿속에서 지시하는 목소리가 멀게 들린다. 그는 건물들의 번지를 읽고 있다. 원하는 곳을 찾아낸 순간 뼈가 앙상한 친숙한 손이 그의 손목을 잡고 친숙한 목소리가 그를 질책하는 것이 느껴지면서 마지막으로 기쁨이 샘솟는다.

「네 친구 양귀비는 오늘 밤에 못 와, 매그너스 경.」악셀이 부드럽게 말한다. 「그러니 그 이름을 외치는 건 이제 좀 그만해 주겠어?」

두 남자는 어깨를 맞대고 의사당 계단에 앉아 내셔널 몰을 내려다본다. 그들이 보호해 주겠다고 받아들인 수천의 생명이 그곳에 있다. 악셀이 가져온 바구니에 얼음처럼 차가운 보드카가 들어 있는 보온병 하나, 미국 최고의 오이절임과 갈색 빵이 들어 있다.

「우리가 해냈어, 매그너스 경.」악셀이 속삭인다. 「마침내 고향에 왔어.」

*

사랑하는 아버지,

제가 새로 발령받았다는 사실을 알려 드리게 되어
정말 기쁩니다. 문화 참사관이라는 자리가 아버지한
테는 대단해 보이지 않을지도 모르지만, 이곳의 최고
위급 인사들 사이에서 많은 존중을 받는 자리입니다.
심지어 백악관에도 들어갈 수 있어요. 게다가 우주 통
행증이라는 것도 자랑스럽게 지니게 되었습니다. 문
자 그대로 이제부터 모든 문이 제 앞에서 열릴 것이라
는 뜻입니다.

17

　세상에나, 톰, 그때 얼마나 정말 재미있었는지! 즐겁게 자유를 만끽한 마지막 밀월여행. 구름이 몰려오는데도!

　부지부장이라는 자리가 높다 해도, 상관에 비하면 중요성이 떨어지는 일을 할 거라는 생각이 들 것이다. 하지만 사실은 다르다. 워싱턴 지부장은 정보 외교라는 상층권에 떠 있는 존재다. 이미 시체가 된 특수 관계를 잘 마사지해 주고, 그것이 건강하게 잘 살아 있다고 자신을 포함한 모두를 납득시키는 것이 그의 임무다. 가엾은 헬 트레지더 지부장은 매일 아침 일찍 일어나서 옛날 셔번 학교 시절의 넥타이를 매고, 땀 방지 패치를 붙인 트로피컬 정장을 입고, 자전거 페달을 열심히 밟아 위원회 회의실이라는 눅눅한 꿈나라로 간다. 그러면 네 아빠는 뒤에 남아 지부 등록부를 마음대로 뒤져 보고, 샌프란시스코, 보스턴, 시카고의 기지들을 감독하고, 중앙아메리카, 중국, 일본 등으로 이동하는 현장 요원의 복지를 위해 바삐 달려가는 일을 한다. 얼굴이 잿빛인 영국인 연구원들을 데리고 미국 첨단 기술의 대량 사육장을 돌아다니는 것도 잡일 중 하나다. 워싱턴에서 거래를 통해 손에 넣는 과학 관련 기밀들이 바로 그런 곳에서 잉태된 것이다. 나는 그 가엾은 자들에게 식사를 대접한다, 톰. 다른 사람들 같으면 그들이 모텔에서 하는 일 없이 무료하게 시간을 보내든 말든 그냥 내버려 둘 텐데. 여자도 없고, 자금 지원도 부족한 외국에서 망명자처럼 살아가는 그들을 위로하는 것도 내 일이고, 급히 머릿속에 쑤셔 넣은 전문 용어로 그들과 수다를 떠는 것도 내 일이다. 미사일이나 로켓의 원뿔형 앞부분, 선회 반지름, 수중 통신, 고정 이동[39] 같은 용어들. 아침에 돌려주겠다며 그들의 작업 서류를 빌려 오기도 한다. 「안녕하세요······. 그거 재미있어 보이는데요. 우리 해군 무관이 생각나서 그러는데, 제가 살짝 봐도 될까요? 벌써 몇 년 전부터 바로 이것 때문에 해군 무관이 미국 국방부를 끈질기게 조르고 있거든요. 그런데 그쪽에서 내놓지를 않네요.」

해군 무관도 그 서류를 보고, 런던에서도 그 서류를 보고, 프라하에서도 그 서류를 보았다. 우주적인 독자가 없어서야 우주 통행증이 무슨 소용일까?

존경스러운 사람이지만 둔감한 핼이 어찌나 가여운

---

39 captive-carry. 신형 항공기 등을 처음으로 테스트하기 위해 다른 기체에 고정해서 비행시키는 것.

지! 핌이 당신의 신뢰를 얼마나 꼼꼼히 오용하고 당신의
무구한 포부를 얼마나 망쳐 버렸는지 모릅니다! 뭐, 그건
그렇다 치고. 만약 내셔널 트러스트[40]가 당신을 받아 주
지 않더라도, 영국 자동차 클럽이나 런던 금융계의 좋은
회사에서는 언제든 당신을 받아 줄 겁니다.

「이보게, 피미, 다음 달에 무시무시한 물리학자 그룹이
리버모어 무기 연구소를 방문한다는군.」 당신은 온통 미
안한 얼굴로 머뭇거리면서 이렇게 말하곤 했습니다. 「자
네가 그리로 내려가서 그 사람들을 먹이고 보살피면서
혹시 식탁보로 코를 푸는 일이 없게 봐주는 건 안 되겠
지? 아니, 도대체 이놈의 정보국이 왜 요즘은 무슨 경호
원처럼 구는지 난 정말 모르겠어. 정말이지 내가 이 문제
에 대해 런던으로 편지를 보내고야 말 거야. 어떻게든 시
간을 짜낼 수만 있다면 말이지.」

이 나라만큼 염탐하기 쉬운 나라는 없었다, 톰. 이 나
라만큼 열린 마음으로 기밀을 대하는 나라도 없고, 그 기
밀을 이렇게 빨리 믿고 털어놓는 나라도 없고, 쓰레기처
럼 낙후된 미국식 제도에 그 기밀을 그렇게 일찍 맡겨 버
리는 나라도 없었다. 미국인들이 의사소통에 대한 그 훌
륭한 열정을 과거에는 과연 자제할 수 있었는지, 그건 내
가 노인이 아니라서 알 수가 없다. 하지만 그런 시절이

40 영국에서 국민들이 성금을 모아 가치 있는 자연환경이나 사적을
사들여 보존하는 제도.

506

있었을 것 같지 않다. 1945년 이후 그 길이 훨씬 더 쉬워진 것은 확실하다. 10년 전만 해도 악셀의 정보국이 귀한 현금 수천 달러를 주어야 겨우 구할 수 있었던 정보가 70년대 중반에는 동전 몇 푼으로 『워싱턴 포스트』만 사도 알 수 있는 것이 되었으니까. 우리가 인색한 성격이었다면 가끔 이런 현실에 화가 났을 것이다. 프라하나 런던을 위해 커다란 정보를 하나 캐냈는데, 바로 다음 주에 똑같은 내용을 『주간 항공』에서 읽는 것보다 더 성질나는 일은 스파이 세계에 거의 없기 때문이다. 그래도 우리는 투덜거리지 않았다. 미국의 기술이라는 훌륭한 과수원에는 모두 충분히 따 갈 수 있을 만큼 과실이 많았으므로 우리 모두 다시는 부족함을 몰랐다.

지금 내가 네게 주어야 할 것은 너의 모자이크에 쓸 작은 타일들뿐이다, 톰. 점점 어두워지는 하늘 아래에서 신나게 뛰어다니며 게임이 끝나기 전 마지막 햇빛을 받고 있는 두 친구를 봐라. 그들이 바로 저 길모퉁이에 경찰이 있다는 걸 알면서도 아이들처럼 도둑질하는 걸 봐라. 7월 4일의 그 찬란한 불꽃놀이를 보았어도 핌은 하루아침에, 또는 한 달 만에 미국을 좋아하게 된 것이 아니었다. 그의 미국 사랑은 악셀의 미국 사랑과 함께 자라났다. 악셀이 없었다면 그는 어쩌면 영영 깨닫지 못했을지도 모른다. 믿거나 말거나, 핌은 눈에 보이는 모든 것을 못마땅하게 생각하기로 처음부터 마음을 먹은 사람이었으니까.

이 세계가 그의 눈에는 너무 어려서 권위가 너무 부족했다. 자신이 반항하고 반란을 일으킬 정지점, 또는 엄격한 기준이 없었다. 즐거움을 좇는 이 저속한 사람들, 워낙 솔직하고 소란스러운 이 사람들에게는 도무지 금기라는 것이 없어서, 비밀스럽고 복잡한 그의 삶은 감당하기 힘들었다. 그들은 자신의 번영을 너무 티 나게 사랑하고, 융통성이 너무 과하고, 장소나 출신이나 계급에 거의 구애받지 않았다. 핌의 평생 동안 배경 음악처럼 존재하며 그가 금기를 어기지 않게 막았던 그 숨죽인 듯한 분위기가 그들에게는 없었다. 위원회 회의 때 그들이 금방 과거 모습으로 돌아가 자신들이 떠나온 땅 유럽에서 서로 싸워 대는 군주 나부랭이처럼 변하는 것은 사실이었다. 중세 베네치아 사람이 얼굴을 붉힐 만큼 음모를 꾸밀 줄도 알았다. 네덜란드 사람처럼 고집불통이 될 수도 있고, 스칸디나비아 사람처럼 음울해질 수도 있고, 발칸 사람처럼 자기 부족을 위해 살인까지 불사할 수도 있었다. 그러나 서로 한데 모여 어울릴 때는 수다를 떨며 상대의 무장을 해제해 버리는 미국인이 되었다. 핌은 그들에게서 배반의 대상이 될 중심부를 찾아내지 못해 애를 먹었다.

그들은 왜 그를 해치지 않았을까? 왜 그를 속박하고, 겁을 주고, 팔다리를 이상한 각도로 이상하게 꺾어 버리지 않았을까? 문득 깨닫고 보니 그는 프라하의 어둡고 텅 빈 거리와 마음을 든든하게 해주는 쇠사슬의 품을 그리워하고 있었다. 그 무서운 학교 시절로 돌아가고 싶었다. 자신이 살아 본 적 없는 삶으로 이어진 그 놀라운 지평선만 아니라면 무엇이든 좋았다. 그는 희망 그 자체를 염탐하고, 열쇠 구멍으로 일출을 엿보며 자신이 놓친 가능성들을 부정하고 싶었다. 그동안 내내 유럽이 그를 잡으려고 다가온 것이 역설적이었다. 그는 그것을 알고 있었다. 악셀도 마찬가지였다. 1년이 채 지나기 전에 그들을 의심하는 음험한 속삭임이 들려오기 시작했다. 이렇게 어쩔 수 없는 인간의 모습이 은근히 드러나자, 내키지 않던 핌의 마음이 흔들려 그는 마침내 그들과의 관계에서 우세를 점하겠다는 결심을 하게 되었다. 마침 악셀은 얼른 끝내고 여기서 나가자고 말하고 있었다. 정의로운 미국과 곧 다가올 미국의 징벌에 대한 정체 모를 고마움이 그를 사로잡았다. 미국은 당혹스러워하는 답답한 거인처럼 그를 향해 꾸준히 달려왔다. 그 크고 부드러운 주먹에 그의 이중성을 증명하는 많은 증거를 꽉 쥐고서.

「랭리와 런던의 몇몇 귀족들이 우리 체코 네트워크를 점점 걱정하고 있어, 매그너스 경.」 악셀이 로버트 F. 케네디 스타디움 주차장에서 급히 만났을 때 특유의 뻣뻣하고 건조한 영어로 이렇게 경고했다. 「반갑지 않은 패턴들을 알아보기 시작했거든.」

「패턴이라니요? 패턴이 어디 있어요?」

「체코 네트워크를 우리가 운영할 때는 좋은 정보가 나

오는데, 그러지 않을 때는 정보가 거의 나오지 않는다는 사실을 알아낸 거지. 그게 패턴이야. 요즘은 컴퓨터라는 게 있잖아. 그러니 모든 걸 뒤집어 놓고 어느 쪽이 위로 가는 게 맞는지 고민하는 데 5분이면 충분해. 우리가 부주의했어, 매그너스 경. 너무 욕심을 부린 게 문제야. 우리 부모님이 옳았어. 잘해 내야 하는 일이 있다면 반드시 직접 해야 한다는 말.」

「잭 브러더후드는 우리 못지않게 네트워트를 잘 운영할 수 있는 사람이에요. 상급 정보원들도 진짜니까 뭐든 손에 들어오는 정보를 보고할 텐데요. 어느 네트워크나 가끔 정체기가 있잖아요. 그게 정상이죠.」

「체코 네트워크는 우리가 없을 때만 정체기를 겪으니까 문제지, 매그너스 경.」악셀이 참을성 있게 다시 말했다. 「랭리의 인식이 그래. 그래서 신경을 쓰고 있다고.」

「그럼 네트워크에 더 좋은 정보를 줘요. 프라하에 신호를 보내면 되잖아요. 그쪽 귀족들에게 좋은 정보가 필요하다고 말해요.」

악셀은 슬픈 표정으로 고개를 저었다. 「프라하가 어떤지 알잖아, 매그너스 경. 우리 귀족들이 어떤지도 알고. 누가 자리를 비우면 그 사람을 몰아넣을 음모를 꾸미는 놈들이야. 난 그 사람들을 설득할 힘이 없어.」

핌은 자신에게 남아 있는 선택지가 무엇인지 차분히 생각해 보았다. 조지타운의 멋진 집에서 열린 만찬에서 메리가 우아한 영국 귀부인, 우아한 외교적 게이샤 역할을 하는 동안, 핌은 이제 한 번 더 국경을 넘으라고 양귀비를 설득할 때가 된 건 아닌지 고민했다. 그는 모든 오점에서 자유로워진 자신을 보았다. 그는 마침내 훌륭한 자리에 서게 된 남편, 아들, 아버지였다. 예전에 펜실베이니아에서 양귀비와 함께 감탄하며 바라보았던, 미국 독립 전쟁 시대의 낡은 농가를 떠올렸다. 구불구불하게 펼쳐진 벌판과 돌담들 사이에 서 있는 그 집을 바라보는데, 햇빛에 물든 아침 안개 속에서 품종 좋은 말들이 두 사람을 향해 불쑥 나타났다. 새하얀 교회도 생각났다. 어렸을 때 곰팡내 나는 납골당 같은 교회만 본 탓에 반짝이는 그 교회에는 희망이 가득한 것 같아서, 핌은 가족들과 함께 거기 정착해 일하고 기도하는 모습, 악셀이 정원의 그네에 앉아 흔들거리며 보드카를 마시고 점심에 먹을 완두콩을 까는 모습을 상상해 보았다.

랭리에 악셀을 팔아넘기고 내 자유를 사자. 그는 재치 있는 이야기로 진줏빛 치아의 부인에게서 탄성을 이끌어 내며 이런 생각을 했다. 나를 행정적으로 사면해서 기록을 바로잡아 달라고 협상하는 거야.

하지만 그는 그렇게 하지 않았다. 그럴 생각도 없었다. 악셀은 그를 지키는 사람이고 그의 미덕이었다. 그는 핌이 자신의 비밀과 삶을 올려놓은 제단이었다. 그는 어느 누구도 소유하지 못한 핌의 일부가 되었다.

너한테 이런 말을 할 필요가 있을까, 톰? 우리에게 시간이 얼마 남지 않았다는 걸 알고 나면 세상이 얼마나 밝고 귀하게 보이는지? 우리가 불청객인 것 같다는 생각을 하는 순간 생명이 부풀어 올라 우리에게 문을 열고, 들어오라고 말한다는 것을? 불길한 징조를 알아차리자마자 핌에게 미국이 얼마나 낙원 같은 곳이 되었는지 모른다. 어린 시절의 모든 기억이 물밀듯이 되살아났다! 그는 빈테르투어[41]의 크로스컨트리 경마에 메리를 데려가 스위스와 애스콧을 꿈꿨다. 조지타운의 아름다운 오크 힐 공동묘지를 헤매 다니며 글레이즈에서 도러시와 함께 있는 상상을 했다. 자신의 죄 많은 얼굴을 행인들이 보지 못하게 숨길 수 있는, 흠뻑 젖은 과수원에 갇혀 있다고. 미니 윌슨이 오크 힐에 있는 우리 편지함의 이름이었다, 톰. 미국에 처음 생긴 우리 편지함. 언젠가 너도 가서 한번 봐라. 계단식 객석이 있는 경기장처럼 생긴 묘지에서 아래쪽으로 조금 내려가면 둥글게 구부러진 대좌가 나오는데, 거기가 바로 그녀가 있는 곳이다. 대리석으로 축축 늘어지듯이 묘사한 옷을 입은 빅토리아 시대의 자그마한 아가씨. 우리는 미니의 등과 그녀보다 나중에 죽었지만 그녀를 지켜 주는 토머스 엔트위슬이라는 사람 사이, 이파리가 무성하고 오목하게 들어간 곳에 우리의 쪽지를 놓아두었다. 이 묘지의 장로님은 더 높은 곳, 그러니까

41 스위스의 도시.

핌이 외교관 차량을 주차해 둔 자갈밭 근처에 누워 있었다. 악셀이 먼저 그를 찾아내서 핌에게도 위치를 확실히 알려 주었다. 그 장로님의 이름은 슈테판 오수스키. 체코슬로바키아 공화국을 세운 인물 중 하나로, 1973년에 망명지에서 세상을 떠났다. 악셀은 그에게 몰래 인사를 건넬 때마다 반드시 소리 없이 기도를 했다. 그 뒤로 우리가 하는 일이 늘어나면서 시내에 더 가까운 편지함을 찾아내야 하는 상황이 되었다. 우리는 망각 속에 묻힌 장군들의 동상을 골랐다. 대부분 프랑스인인 그들은 영국을 약 올리기 위해 미국 편에서 싸운 사람들이었다. 우리는 그들의 부드러운 모자와 망원경과 말, 그들의 발치에 빨간 제복을 입고 놓여 있는 꽃다발을 즐겁게 음미했다. 그들의 전장은 이제 빈둥거리는 학생들이 가득한 잔디 광장이 되어 있었고, 우리는 그들을 지켜 주는 짤막한 대포에서부터 안쪽 가지들이 솔방울에게 편안한 갈색 둥지가 되어 주는 키 작은 소나무에 이르기까지 무엇이든 편지함으로 이용했다. 그러나 악셀이 가장 좋아한 곳은 새로 문을 연 국립 항공 우주 박물관이었다. 거기서 그는 〈세인트루이스의 정신〉[42]과 존 글렌의 〈프렌드십 7호〉[43]를 실컷 보고, 거룩한 신전에서 성수를 받을 때처럼 신실

---

42 찰스 린드버그가 1927년에 대서양 횡단 비행을 할 때 몰았던 비행기의 이름.
43 미국 최초의 유인 위성.

한 집게손가락으로 월석을 만져 볼 수 있었다. 그가 그런 행동을 하는 것을 핌이 직접 본 적은 없었다. 나중에 그런 얘기를 들었을 뿐이다. 두 사람은 외투 보관실의 여러 사물함에 각각 꾸러미를 넣어 둔 뒤, 새뮤얼 P. 랭리 극장의 어둠 속에서 다른 관객들이 모두 비행의 짜릿함을 보여 주는 스크린에 넋을 잃은 동안 접선 상대와 열쇠를 교환하는 방식을 이용했다.

우리가 워싱턴의 눈과 귀를 피했느냐고, 톰? 먼저 무슨 이야기를 해줄까? 실리콘 밸리? 그리고 머고의 수도사들이 저녁 식사 뒤에 우리에게 무반주 성가를 불러 주었던 샌프란시스코 남쪽의 작은 스페인 마을 이야기를 해야겠다. 아니면 팜 스프링스의 사해(死海) 같은 풍경도 좋고. 거기서는 골프 카트들이 롤스로이스의 격자판을 달고 있었다. 모아브[44]의 산들이 우리가 묵은 모텔의 파스텔색 치장 벽토와 바위 사이에 인공적으로 만든 웅덩이들을 내려다보는 가운데, 멕시코인 불법 체류자들이 배낭을 메고 잔디밭을 떠돌아다니며 우리 같은 백만장자들의 감수성을 해칠 수도 있는 꼴사나운 이파리들을 날려 보내고 있었지. 사막 공기를 촉촉하게 만들어 주고, 초록색 진흙을 얼굴에 바른 채 일광욕을 하는 사람들에게 초미세 미스트를 뿌려 주는 야외 에어컨 기계를 보고

44 옛날 사해 동쪽에 있었던 왕국.

악셀이 얼마나 황홀경에 빠졌는지 상상할 수 있겠니? 핌이 스텔스 폭격기 앞코 부분의 최신 청사진을 손에 넣은 것을 기념하며 우리가 참석했던 팜 스프링스 인문학회의 개 입양 만찬에 대해서도 이야기해 줄까? 개들은 깔끔하게 단장하고 리본을 맨 모습으로 줄에 이끌려 무대로 나와 인간 여성들에게 입양되었다. 사람들은 모두 베트남 고아라도 본 것처럼 눈물을 흘려 댔지. 아니면 열광적인 복음 전도자들의 라디오 채널 이야기를 해줄까? 그들은 부(富)가 공산주의의 적이라는 이유로 하느님을 부의 옹호자로 묘사했다. 그들이 팜 스프링스를 부르는 이름은 〈하느님의 대기실〉이다. 주민 다섯 명당 한 개씩 수영장이 있고, 세계 최대의 살인 공장들이 차로 2시간 거리에 있는 곳. 이곳의 산업은 자선과 죽음이다. 그날 밤 핌과 악셀은 이곳에 모여 사는 은퇴한 도둑들과 노망난 코미디언들 모르게 이곳의 업적 목록에 첩보 활동을 추가했다.

「다시는 그렇게 높이 나는 일이 없을 거야, 매그너스 경.」 악셀은 하룻밤 숙박비가 6백 달러인 스위트룸의 적막 속에서 핌이 내민 것을 경건하게 살펴보며 이렇게 말했다. 「이제 우리도 은퇴해도 될 것 같아.」

디즈니랜드와 또 다른 극장의 이야기를 해줄까? 그곳의 둥근 스크린은 우리에게 아메리칸드림을 보여 주었다. 핌과 악셀이 유럽에서 박해를 피해 도망친 난민들이 미국 땅에 발을 딛는 모습을 지켜보며 진심 어린 눈물을 흘렸다고 말하면 네가 믿어 줄까? 그 장면에서 해설자는 나라 중의 나라, 자유의 땅이라는 말을 하고 있었다. 우리는 그 말을 믿었다, 톰. 핌은 지금도 믿고 있어. 릭이 죽은 그날 밤 핌은 평생을 통틀어 가장 큰 자유를 느꼈다. 그가 아직도 사랑하려고 애쓰는 자신의 모든 일면들이 주위의 사람들 속에서 그의 사랑을 기다리고 있었다. 낯선 사람들에게 기꺼이 마음을 여는 태도. 오로지 자신의 순수함을 지키기 위해서만 존재하는 교활함. 사람들에게 불꽃을 주지만 결코 그들을 멋대로 휘두르지는 않는 환상. 모든 것에 흔들리면서도 자주성을 잃지 않는 능력. 악셀도 이런 일면들을 사랑했으나, 자신의 애정이 화답받을 것이라고 확신하지는 못했다.

「웩슬러가 조사 팀을 꾸리고 있어, 매그너스 경.」 어느 날 밤 식민지 시대 양식의 위엄 있는 건물인 보스턴 리츠 호텔에서 저녁 식사를 하며 그가 이렇게 경고했다. 「못된 망명자들 몇 명이 이런저런 이야기를 하고 있는 모양이야. 이제 우리는 나갈 때가 된 것 같아.」

핌은 아무 말도 하지 않았다. 두 사람은 공원을 걸으며 연못의 백조 보트를 지켜보았다. 두 사람은 영국인들이 잊어버린 각종 범죄로 들끓는 아일랜드 주점의 살풍경하고 살벌한 분위기 속에 자리를 잡았다. 핌은 여전히 입을 열지 않았다. 그러나 며칠 뒤 가끔 회사에 재미있는 이야기들을 제공해 주던 예일 대학의 영국인을 만나러 간 그는 미국 영웅 네이션 헤일의 동상과 마주쳤다. 헤일은 첩자 혐의로 영국인들의 손에 교수형을 당한 인물이었다. 양손이 뒤로 결박된 모습의 동상 아래에는 그의 마지막 말이 새겨져 있었다. 〈내 나라를 위해 바칠 목숨이 하나밖에 없음이 안타까울 뿐이다.〉 그 뒤로 여러 주 동안 핌은 몸을 숨겼다.

핌이 이야기를 하고 있었다. 핌이 움직이고 있었다. 양팔을 옆구리에 딱 붙인 채 방 안 어딘가에 있었다. 하늘을 날거나 헤엄치고 싶은 사람처럼 손바닥을 펼친 채로. 그는 어깨를 벽에 기대고 점점 자신의 무릎 속으로 가라앉고 있었다. 초록색 서류함을 붙잡고 흔들어 대고 있었다. 서류함이 금방이라도 그를 품에 안아 납작하게 만들어 버리려 하는 커다란 괘종시계처럼 그의 손 안에서 비틀거렸다. 그 위에서 출렁출렁 흔들리는 번박스는 이런 말을 하는 것 같았다. 〈날 가져가.〉 그는 욕을 퍼부었다. 머릿속으로만. 그는 이야기를 했다. 머릿속으로만. 주위에 있는 것들로부터 차분함을 얻고 싶었지만 여의치 않았다. 그는 다시 자기 책상에 앉아 있었다. 땀방울이 주위의 종이들을 두드렸다. 그는 글을 쓰고 있었다. 그는 차분했지만, 이 망할 놈의 방이 가만히 있지를 못하고 글을 쓰는 그를 방해했다.

다시 보스턴.

핌은 128번 도로를 따라 뻗어 있는 황금색 반원 앞에 있다. 〈미국의 기술 고속 도로에 오신 것을 환영합니다.〉 굴뚝이 없는 화장장 같은 곳이다. 나지막이 조심스럽게 자리 잡은 공장들과 연구소들이 덤불숲과 둥글게 다듬어진 나무들 사이에 웅크리고 있다. 그는 영국 파견단 두뇌들의 지식을 빌려서 서류 가방에 숨긴 카메라로 금지된 사진을 몇 장 찍었다. 미국 산업계의 거물인 밥이라는 사람의 집에서 개인적으로 점심을 먹기도 했다. 핌은 밥의 경솔한 성격을 보고 일부러 그와 친해졌다. 두 사람은 베란다에 앉아 아래쪽으로 경사진 잔디밭 정원 너머를 바라보았다. 흑인 남자 한 명이 3중 커터로 조용히 잔디를 깎고 있다. 점심 식사 후에 핌은 차를 몰고 니덤으로 간다. 악셀이 그곳의 찰스강 강굽이 옆에서 그를 기다리고 있다. 찰스강은 옛날 아레강과 같은 역할을 두 사람에게 해주고 있다. 왜가리 한 마리가 청록색 골풀밭 위를 스치듯이 날아간다. 빨간꼬리매들이 죽은 나무 위에서 두 사람을 바라본다. 길이 에스커[45]를 따라 숲속 깊은 곳까지 뻗어 있다.

「그래, 무슨 일이야?」 마침내 악셀이 말한다.

「꼭 무슨 일이 있어야 돼요?」

「긴장한 얼굴로 아무 말도 안 하고 있잖아. 그러니 무

45 빙하가 녹으면서 자갈이나 모래가 구불구불한 모양으로 퇴적된 곳.

518

슨 문제가 있는 모양이라고 생각하는 게 합리적이지.」

「난 보고할 때는 항상 긴장해요.」

「이런 식으로 긴장하지는 않았어.」

「그 사람이 나한테 입을 잘 안 열어요.」

「밥이?」

「니미츠호 수리 계약이 어떻게 돼가고 있느냐고 물었더니, 자기 회사가 사우디아라비아에서 큰 성과를 거두고 있다고 대답하는 거예요. 태평양 함대 제독과 나눈 이야기에 대해 물었을 때는 나더러 언제 메리와 함께 메인으로 와서 주말을 보낼 거냐고 묻고. 표정이 변했더라고요.」

「어떻게?」

「화난 표정. 누가 나를 조심하라고 일러 준 모양이에요. 나보다는 그런 말을 해준 사람들한테 더 화가 난 것 같아요.」

「또 다른 건?」 악셀이 참을성 있게 말한다. 핌에게는 항상 하나가 더 남아 있다는 것을 알기 때문이다.

「그 사람 집에 갈 때 미행당했어요. 초록색 포드, 창문은 검게 선팅을 했고. 주변에 시간을 보낼 데는 없고, 미국인 감시자들은 걷는 법이 없으니 그자들이 다시 떠나 버렸지만요.」

「또 다른 건?」

「자꾸 그렇게 묻지 마요!」

「또 다른 건?」

갑자기 경계심과 불신이 커다란 계곡처럼 두 사람을 갈라놓았다.

「악셀.」 한참 만에 핌이 말했다.

핌이 그를 이름으로 부르는 것은 흔한 일이 아니었다. 첩보 활동의 특성상 평소에는 이름을 부르는 것을 자제하기 때문이었다.

「그래, 매그너스 경.」

「우리가 베른에 함께 있을 때 말이에요. 우리가 학생이었을 때. 당신은 아니었죠?」

「학생이 아니었냐고?」

「누군가를 염탐한 게 아니었죠? 올링거 씨 부부라거나, 코스모라거나, 나라거나. 그때는 당신이 누군가의 명령을 받아 움직이는 게 아니라 그냥 혼자였죠?」

「난 스파이가 아니었어. 나한테 명령을 내리는 사람도 없었고. 날 휘두르는 사람도 없었어.」

「진짜로?」

하지만 핌은 그의 말이 사실임을 이미 알고 있었다. 악셀의 눈이 보기 드물게 노기로 반짝이는 것이 증거였다. 반감을 드러내는 엄숙한 목소리도 증거였다.

「나를 스파이로 생각한 건 너였지, 매그너스 경. 난 아니었어.」

핌은 그가 시가에 새로 불을 붙이는 모습을 지켜보다

가 성냥불이 가늘게 떨리는 것을 깨달았다.

「그건 잭 브러더후드의 생각이었어요.」 핌이 말을 바로잡았다.

악셀이 시가를 한 모금 빨아들인 뒤 그의 어깨에서 천천히 힘이 빠졌다. 「그런 건 상관없어.」 그가 말했다. 「우리 나이에 그런 건 중요하지 않아.」

「보가 적대적인 심문을 승인했어요.」 핌이 말했다. 「일요일에 내 행동의 대가를 치르러 런던으로 돌아갈 거예요.」

누가 악셀에게 심문에 대해 이야기할까? 그것도 적대적인 심문이라는 말을. 서식스의 안가에서 회사의 얌전한 변호사 두 명이 잘난 척하는 밤과 악셀이 20년 동안 비정기적으로 겪어야 했던 구타와 전기 충격과 혹독한 처우를 어떻게 비교할 수 있을까? 내가 그에게 그런 단어를 썼다는 사실을 지금 생각하니 얼굴이 붉어진다. 나중에 알았지만, 악셀은 1952년에 슬란스키[46]를 비난하며 그에게 사형을 선고하라고 요구했다고 한다. 하지만 목소리가 아주 크지는 않았을 것이다. 그도 반쯤 죽은 상태였으니까.

「그런 끔찍한 일이!」 핌은 그때 이렇게 소리쳤다. 「어

---

46 체코슬로바키아의 정치인. 소련의 부추김으로 시작된 숙청 때 사형당했다.

떻게 당신한테 그런 짓을 한 나라를 위해 일할 수 있어요?」

「전혀 끔찍하지 않았어, 괜찮아. 내가 더 일찍 그렇게 했어야 하는 건데. 나는 그 일로 살아남을 수 있었고, 슬란스키는 내가 비난하든 안 하든 어차피 죽었을 거야. 보드카 한 잔 더 줘.」

1956년에 그는 다시 쓰러졌다. 「그때는 문제가 좀 덜했지.」 그가 새 시가에 불을 붙이며 설명했다. 「내가 티토를 비난했는데, 아무도 굳이 가서 그를 죽이려 하지 않더라고.」

핌이 베를린에 있던 1960년대 초에 악셀은 프라하에서 벗어난 곳에 있는 중세식 지하 감옥에서 석 달을 보냈다. 그때 그가 당국에 무엇을 약속했는지 나는 끝내 명확히 알아내지 못했다. 그때는 스탈린주의자들 본인이 비록 건성으로나마 숙청된 해였고, 슬란스키 또한 비록 사후이긴 해도 다시 살아났다(그래도 그의 유죄 판결이 뒤집히지는 않았음을 다들 기억할 것이다. 비록 무고하다 해도). 어쨌든 악셀은 10년쯤 늙어 버린 모습으로 돌아왔다. 그 뒤로 몇 달 동안 그의 〈r〉 발음은 힘이 없다 못해 말을 더듬는 것처럼 들렸다.

이런 경험과 비교하면 핌이 겪은 심문은 확실히 맥 빠진 것이었다. 잭 브러더후드가 그 자리에 참석해서 핌의 편이 되어 주었다. 인사 담당도 늙은 암탉처럼 호들갑을 떨면서 그냥 질문 몇 개에 대답만 하면 된다고 그를 안심시켰다. 재무부에서 나온 나약한 아첨꾼은 나를 심문하는 사람들에게 계속 권한을 넘어설 위험이 있다고 경고했고, 두 교도관은 자기 자식들 이야기를 고집스레 내게 늘어놓았다. 그렇게 닷새 낮과 밤을 보낸 뒤 핌은 시골에서 휴가를 보낸 사람처럼 기운이 넘쳤다. 심문관들은 이미 일어서서 밖으로 나간 뒤였다.

「여행 잘 다녀왔어?」 조지타운의 집에서 메리가 물었다. 핌은 침대에서 오전을 보내고 일시적으로 긴장이 느슨해진 상태였다.

「아주 좋았지.」 핌이 말했다. 「잭이 안부 전해 달래.」

그러나 대사관까지 걸어가는 길에 그는 페어딜 주류 전문점의 벽돌담에 분필로 하얀 화살표가 새로 그려져 있는 것을 보았다. 자신이 다시 연락할 때까지 절대 연락을 시도하지 말라는 악셀의 경고였다.

이제 너한테 릭이 무엇을 하고 있었는지 말해 줄 때가 되었다, 톰. 네 할아버지가 마지막 순간을 맞기 전에 술수 하나를 남겨 두고 있었거든. 너도 짐작하겠지만 릭이 쓸 수 있는 최고의 수였다. 릭은 쪼그라들었다. 지독한 괴물처럼 살던 그가 채찍에 얻어맞은 동물처럼 울면서 나를 찾아와 굽실거렸다. 그가 점점 작아져서 적에게 둘러싸이기 쉬워질수록 핌은 불안해졌다. 회사와 릭이 양편에서 그를 죄어드는 것 같았다. 둘 다 그가 싫어하는 비굴하고 진부한 면을 무기로 휘두르면서. 핌은 그 둘 사이에 높이 매어 놓은 줄 위의 곡예사처럼 갑자기 허공에 붕 떠버린 기분이었다. 핌은 머릿속으로 그에게 애원했다. 그에게 소리도 질렀다. 계속 나쁜 사람으로 괴물처럼 굴어요, 다가오지 말고, 포기하지도 말아요! 하지만 릭은 계속 다가왔다. 빈민처럼 발을 질질 끌고 비틀린 미소를 지으면서. 자신이 약해진 지금이야말로 자신의 힘이 가장 강하다는 사실을 알기 때문이었다. 「나는 전부 너를 위해서 그렇게 한 거야, 아들. 네가 이 땅에서 가장 높은 사람들과 한자리에서 어울릴 수 있는 건 내 덕분이지. 늙은 아비에게 몇 푼만 줄 수 있겠니? 어디 좋은 음식점에 같이 가는 건 어때? 아니면 늙은 아비랑 어딜 나가는 게 창피한 거냐?」

그가 처음 이렇게 들이닥친 것은 어느 크리스마스 날이었다. 핌이 본부로부터 공식적인 사과를 받은 지 6주도 안 되었을 때. 조지타운에는 눈이 60센티미터나 쌓여 있었고, 그날 점심에는 우리의 초대로 레더러 부부가 오기로 되어 있었다. 메리가 음식을 상에 차리고 있을 때 전화벨이 울렸다. 뉴저지에서 핌 대사님께 온 수신자 부담 전화인데 받으시겠습니까? 그는 받겠다고 했다.

「여보세요, 아들. 세상에 어떻게 이용당하고 있니?」

「2층에 올라가서 받을게.」 핌은 우울한 얼굴로 메리에게 말한다. 모두들 비밀스러운 세계는 결코 잠드는 법이 없다는 사실을 알기 때문에 이해한다는 표정을 짓는다.

「메리크리스마스, 아들.」 핌이 침실에서 수화기를 들 자 릭이 말한다.

「메리크리스마스예요, 아버지. 뉴저지에는 어쩐 일이 세요?」

「하느님이 크리켓 팀의 후보 선수다, 아들. 왼쪽 팔꿈 치를 사는 동안 내내 들고 있어야 한다고 말하는 분이 바 로 하느님이야. 다른 누구도 아니다.」

「그건 아버지가 항상 하시던 말씀이죠. 하지만 지금은 크리켓 시즌이 아니잖아요. 술 드셨어요?」

「하느님이 심판이고, 재판관이고, 배심원이다. 이 모든 게 하나로 합쳐진 거야. 절대 잊지 마라. 하느님을 속일 수는 없어. 언제나 그랬다. 내가 네 교육비를 대준 것이 좋으냐?」

「저는 하느님을 속이고 있지 않아요, 아버지. 그냥 식 구들이랑 좋은 시간을 보내려고 할 뿐이에요.」

「미리엄한테도 인사하려무나.」 릭이 말한다. 작게 항 의하는 소리가 들리더니 미리엄의 목소리가 수화기 속에 서 들려온다.

「안녕, 매그너스.」 미리엄이 말한다.

「안녕하세요, 미리엄.」 핌이 말한다.

「안녕.」 미리엄이 또 같은 말을 한다.

「거기 대사관에서 음식은 잘 먹여 주냐, 아들? 아니면 그냥 사우전드 아일랜드 드레싱이랑 감자튀김만 주는 거야?」

「하급 직원들을 위해 완벽한 식당이 마련되어 있지만 지금은 집에서 먹을 생각이에요.」

「칠면조?」

「네.」

「잉글리시 브레드 소스?」

「그럴걸요.」

「내 손자도 잘 지내는 거지? 이마가 닮았더구나, 그렇지? 너도 내 이마를 닮아서 다들 한마디씩 하잖아.」

「그 아이 이마가 아주 멋지죠.」

「파란 눈? 나처럼?」

「메리의 눈이에요.」

「메리가 1급이라는 얘기는 들었다, 아들. 메리에 대해 가장 좋은 소리를 듣고 있어. 도싯에 그 아이 소유의 좋은 부동산이 있는데, 돈이 제법 된다더구나.」

「신탁에 맡겨져 있어요.」핌이 날카롭게 말한다.

하지만 릭은 이미 자기 연민이라는 심연 속으로 스스로 빠져들고 있는 중이다. 훌쩍훌쩍 울기 시작하더니, 그 소리가 곧 울부짖는 소리로 바뀐다. 뒤에서 미리엄도 고음으로 끙끙거리며 울고 있다. 큰 집에 갇힌 작은 개가 내는 소리 같다.

「여보.」 핌이 가장의 자리에 다시 앉자 메리가 말한다. 「매그너스. 기분이 안 좋아? 무슨 일이야?」

핌은 고개를 저으며 동시에 울고 웃는다. 그리고 와인 잔을 들어 올린다.

「이 자리에 없는 친구들을 위하여.」 그가 소리친다. 「이 자리에 없는 **모든** 친구들을 위하여!」 그러고는 나중에, 아내만 들을 수 있게 이렇게 말한다. 「그냥 옛날, 옛날의 정보원이야, 여보. 날 어떻게 찾아냈는지 망할 크리스마스 인사를 하더라고.」

세상에서 가장 훌륭한 나라가 한 아들과 아버지에게 너무 작을 수도 있다는 생각을 해본 적 있니, 톰? 그런 일이 실제로 일어났다. 릭이 어디가 됐든 아들을 이용해 보호받을 수 있는 곳으로 향한 것은, 그래, 자연스러운 일이라고 할 수 있지. 베를린 이후에는 십중팔구 불가피한 일이었을 거다. 지금 내가 파악하고 있기로, 릭은 먼저 캐나다로 갔다. 영연방의 유대를 믿고 현명하지 못한 판단을 한 거지. 릭에게 금방 지쳐 버린 캐나다 당국이 본국으로 송환해 버리겠다고 위협하자 릭은 소액의 계약금을 걸고 구입한 캐딜락에 올라 남쪽으로 향했다. 내가 조사한 바에 따르면, 릭은 그렇게 시카고에 도착한 뒤 여러 부동산 회사의 유혹적인 제안에 굴복해서 시 외곽의 새로운 개발 단지에 들어가 석 달 동안 무료로 살면서 바람잡이 역할을 하게 되었다. 파뷰 가든스에서는 핸버리 대령이라는 이름으로 살았고, 선리 코트에서는 윌리엄 포사이스 경으로 살면서 집사에게 펜트하우스를 사준다는 명목으로 매매 협상을 질질 끌며 거주 기간을 늘렸다. 그둘이 자산 유동성을 위해 무엇을 했는지는 언제나 그렇듯이 수수께끼지만, 그 배경에 고마운 미녀들이 틀림없이 있었을 것이다. 한 가지 단서는 그 지역 경마 클럽의 지배인이 보낸 따끔한 편지다. 지배인은 이 편지에서 윌리엄 경에게 마구간 사용료만 해결된다면 그의 말들도 기꺼이 환영받을 것이라고 조언한다. 핌은 멀리서 들려오는 이런 소음을 어렴풋이 의식하고 있을 뿐이었다. 게다가 릭이 워싱턴에 없었으므로 자신에게 그 영향이 미치지 않을 것이라는 잘못된 생각을 하게 되었다. 그러나 뉴저지에서 뭔가가 릭을 영원히 바꿔 놓았다. 그것이 무엇인지는 몰라도, 그때부터 핌은 릭의 유일한 사업체가 되었다. 똑같은 응보의 바람이 두 사람의 머리 위로 동시에 불었던 걸까? 릭이 정말로 아팠을까? 아니면 그도 핌처럼 임박한 심판을 의식하고 있었을 뿐인가? 릭이 스스로 병들었다고 생각하고 있음은 분명했다. 반드시 병들었다고 생각하고 있음이 분명했다.

심장을 비롯해서 불길한 **질**병들 때문에 항상 튼튼한 지팡이(현금으로 29달러)를 사용할 수밖에 없다

(그는 편지에 이렇게 썼다). 의사 덕분에 **최**악의 경우를 피하고 있는데, 나더러 **검**소한 식사(소박한 식단과 **샴**페인만. 캘리포니아 포도주는 안 되고)를 하면 이 **빈**약한 목숨도 **연**장할 수 있다고 하더라. 하늘의 **부**름을 받기 전에 다만 몇 **달**이라도 **싸**울 힘을 얻을 수 있을 거라고.

그는 확실히 넬 외숙모처럼 적갈색 안경을 쓰기 시작했다. 덴버에서 릭이 법을 어겨 곤경에 빠졌을 때는 교도소 의사가 그에게 어찌나 깊이 감탄했는지 핌이 의료비를 지불하자마자 교도소 측이 그를 풀어 주었다.

덴버 이후에 당신은 이미 자신이 죽었다는 결론을 내렸지요? 그래서 작아진 척하면서 나를 괴롭히기 시작한 것 아닙니까. 어느 도시를 가든 나는 한심한 유령 같은 당신을 만날지도 모른다는 두려움 속으로 걸어 들어가는 심정이었습니다. 안가를 드나들 때도 항상 당신이 문 앞에서 나를 기다리고 있다가 일부러 작게 짜부라뜨린 당신의 모습을 과시하듯 내보일 것을 걱정했습니다. 내가 가는 곳이 어디인지 당신은 언제나 미리 알고 있었습니다. 그래서 속임수로 표를 구해 무려 8천 킬로미터를 달려오곤 했지요. 순전히 당신이 얼마나 작아졌는지 나한테 보여 주려고. 그러면 나는 당신을 데리고 그 도시의 가장 좋은 식당으로 가서 맛있는 식사를 대접하며 내가 외교관으로서 하는 일을 자랑했습니다. 그다음에는 당신이 늘어놓는 자랑에 귀를 기울였고요. 나는 여윳돈을 전부 당신에게 뿌려 주면서, 그것으로 당신이 그 초록색 서류함에 웬트워스를 몇 명 더 추가할 수 있기를 기원했습니다. 하지만 당신에게 아양을 부리고, 당신과 눈부신 미소를 주고받고, 당신의 손을 잡고, 당신의 멍청한 계획을 지지해 주면서도, 나는 당신이 이미 최고의 사기를 성공시켰다는 사실을 알고 있었습니다. 당신은 이제 아무것도 아니었습니다. 당신의 모든 것을 내가 물려받았으므로 당신은 이제 벌거벗은 소인이 되었고, 나는 내가 아는 최대의 사기꾼이 되었습니다.

「놈들이 왜 너한테 기사 작위를 안 주는 거냐, 아들? 지금쯤이면 네가 사무 차관이 되어야 마땅하다고들 하던데. 너한테 남모르는 비밀이라도 있는 게야? 내가 런던으로 슬쩍 가서 너희 그 인사부 녀석들을 좀 만나 봐야겠다.」

그가 나를 어떻게 찾아냈을까? 언제나 순식간에 내 앞에 그 반갑지 않은 모습을 나타내던 정보국의 개들보다 어떻게 그의 정보 시스템이 더 좋았던 걸까? 처음에 나는 그가 사립 탐정을 이용하는 줄 알았다. 그래서 수상쩍은 자동차들의 번호를 기록하고, 받아도 아무 말이 없는 전화의 횟수를 세고, 그들과 랭리의 전화를 구분하려고 애썼다. 내 비서도 다그쳐 보았다. 병든 내 아버지라고 주장하는 사람이 정보를 달라며 귀찮게 굴지 않더냐고. 마침내 나는 대사관의 여행 담당 직원이 시내의 더러운 지역에 있는 비밀스러운 모텔에서 스누커[47]를 하는 데 중독되어 있음을 알아냈다. 릭이 거기서 그 직원을 발견하고는 얼빠진 이야기를 그럴듯하게 늘어놓은 것이다. 「내 심장이 아슬아슬해.」 릭이 그 바보 직원에게 이렇게 말했다. 「언제 어떻게 될지 몰라. 하지만 내 아들한테는 아무 말도 하지 말게. 안 그래도 할 일이 많은 아이인데 나 때문에 귀찮게 하고 싶지 않아. 자네는 그저 내 아들이 어디 멀리 갈 때마다 전화로 나한테 귀띔만 해주면 돼. 그래야 내 마지막이 왔을 때 아들한테 연락을 할 수 있지 않겠나.」 물론 도중 어딘가에서 금시계도 오갔을 것이다. 내년 경마 결승전 표도. 또한 릭이 영국 공기를 좀 마시겠다고 고향에 들르게 되면 그 직원의 노모를 한번 만나 보겠다는 약속도 있었을 것이다.

하지만 내가 이 사실을 알아차린 것이 너무 늦었다. 이미 샌프란시스코, 덴버, 시애틀을 거친 뒤였고, 릭은 그 도시들에서 모두 나를 찾아와 울어 대며 내 눈앞에서 쪼그라들었다. 나중에는 자신이 마음대로 휘두를 수 있는 핌만이 그에게 남아 있었다. 그나마 핌도 기진맥진한 상태인 것 같았다. 나는 많은 사람들의 비난을 차례로 겪으

47 당구 경기의 일종.

며 거짓으로 그들을 구워삶고 위증을 했다. 이제 신용이 다 무너져 다리 하나밖에 남지 않은 것 같은 상태로 휘청 거리는 그는 실패한 사기꾼이었다.

그렇게 된 거다, 톰. 배신은 몇 번이나 거듭된 일이니, 이런 얘기를 더 늘어놓으며 널 귀찮게 할 생각은 없다. 이제 이야기의 끝에 다다랐다. 지금 보니 꼭 시작처럼 보이기는 한다만. 회사는 핌을 워싱턴에서 빈으로 보냈다. 그가 자신의 네트워크를 되찾을 수 있게. 날로 늘어나는 그의 적들도 그놈의 컴퓨터 패턴으로 그의 목을 더 조일 수 있게. 그를 구할 길은 없었다. 결국은 그랬다. 양귀비는 그것을 알고 있었다. 핌도 알았지만, 아마 결코 인정하지 않았을 것이다. 자기 자신에게조차도. 딱 한 번만 더 사기를 치는 거야. 핌은 계속 이렇게 혼잣말을 했다. 딱 한 번만 더 하면 돼. 양귀비가 그에게 압박을 가하고, 간청하고, 협박했다. 그래도 핌은 뜻을 굽히지 않았다. 날 내버려 둬요. 내가 해낼 거예요. 그 사람들은 날 사랑해요. 내가 그들에게 내 목숨을 바쳤으니까요.

하지만 사실은 말이다, 톰, 핌은 사랑하는 사람들이 자신을 어디까지 참아 줄 수 있을지 시험하는 것이 더 좋았다. 여기 미스 더버의 집 2층 방에 앉아 하느님을 기다리는 것이 더 좋았다. 정원 너머 바닷가를 내려다보면서. 그곳은 옛날에 절친한 친구들이 세상 끝에서 끝까지 공을 차고, 해러즈 자전거에 올라 바다를 건넌 곳이었다.

18

플러시에서 불꽃놀이가 벌어지는 밤이네. 메리는 어두운 광장을 빤히 바라보며 속으로 생각했다. 불이 붙지 않은 모닥불이 톰을 기다리고 있었다. 세워 놓은 자동차의 앞 유리창을 통해 그녀는 텅 빈 야외 음악당을 바라보며 저 낡은 크리켓 경기장 부속 건물 속에 식구들과 하인들이 빽빽이 들어차 있는 모습을 보는 척했다. 작게 들려오는 발소리는 마지막 휴가를 받아 돌아온 메리의 형제 샘을 위해 모인 사냥터지기들의 것이었다. 메리는 샘의 목소리가 들리는 척했다. 아일랜드에서 힘든 시간을 보낸 탓에 아직 좀 갈라져 있는 그 목소리는 무슨 사열을 하는 것 같은 어조라서 그녀의 마음에는 조금 들지 않았다. 「톰?」샘이 소리친다. 「톰은 어디 있어?」아무도 움직이지 않는다. 톰은 메리의 양가죽 외투 안에서 그녀의 허벅지에 머리를 꽉 붙이고 있다. 웬만해서는 그를 밖으로 끌어내지 못할 것이다. 「어서 와, 톰 핌. 네가 제일 어리

잖아.」 샘이 소리친다. 「어디 있어? 내년이면 너도 너무
커서 이런 거 못 한다, 알지, 톰?」 그다음에는 거칠게 밀
어내는 말이 들려온다. 「젠장. 다른 사람을 쓰지 뭐.」 톰
은 체면을 구겼다. 핌 일가가 망신을 당했다. 톰이 우주
를 날려 버리는 데 관심이 없다는 사실에 샘은 여느 때처
럼 화를 낸다. 용감한 아이가 성냥을 그으면 세상에 불이
붙는다. 샘의 군사 로켓들이 완벽한 일제 사격 대형으로
날아간다. 모두들 작은 모습으로 밤하늘을 보고 있다.

  메리는 브러더후드의 옆에 앉아 있고, 그는 그녀의 손
목을 잡고 있었다. 그녀가 겁쟁이 아기를 낳기 직전에 의
사가 그녀의 손목을 잡았을 때처럼. 그녀를 안심시키고,
안정시키고, 자신을 믿으라고 말하기 위해서였다. 골목
에 세워 둔 두 사람의 자동차 뒤에는 경찰 승합차, 경찰
승합차 뒤에는 약 6백 대의 경찰차와 무선 중계차와 구
급차와 폭탄 트럭이 줄줄이 서 있었다. 그 모든 차량에
타고 있는 샘의 친구들은 눈을 전혀 움직이지 않고 소리
도 없이 서로 이야기를 나눴다. 메리 옆에 있는 슈거 노
벨티스라는 가게에는 네온이 켜진 진열창에서 플라스틱
난쟁이 인형이 먼지 낀 과자들로 가득한 외바퀴 손수레
를 밀고 있었다. 그리고 그 가게 옆에는 장례식장처럼 우
울한 문에 〈공립 도서관〉이라는 글자가 새겨진 화강암
구빈원이 있었다. 길 건너편에 서 있는 섬뜩한 침례교회
를 보면 하느님을 믿는 것도 결코 재미있는 일이 아닐 것

같다는 생각이 들었다. 그 교회 너머에는 하느님의 광장, 하느님의 야외 음악당, 하느님의 칠레삼목이 있고, 왼쪽에서 네 번째 나무와 다섯 번째 나무 사이(메리가 스무 번이나 세어 보았다)로 나무의 4분의 3 높이에 아치형 창문 하나가 보였다. 오렌지색 커튼이 쳐진 채로 불이 켜져 있는 그 창문은 내 담당관들이 남편이 있는 방이라고 알려 준 곳이었다. 그렇지만 부인, 우리가 조사한 바로는 이곳에서 부인의 남편이 캔터베리라는 이름을 썼고, 마을 사람들에게 호감을 얻은 것으로 보입니다.

「그 사람은 언제나 인기가 좋아요.」 메리가 쏘아붙였다.

그러나 경찰관이 이 말을 한 대상은 브러더후드였다. 그는 브러더후드가 앉은 쪽 창문에서 브러더후드를 메리의 관리자로 인정하는 태도를 취했다. 메리는 경찰관이 그녀와 최대한 말을 하지 말라는 지시를 받은 것을 알고 있었다. 그에게는 지키기 힘든 명령이었다. 그래서 브러더후드가 그녀 대신 대답하는 역할을 자처했고, 경찰관은 그 정도면 거의 훌륭하다고 받아들이는 것 같았다. 그는 데번 사람으로, 가정적이고 답답할 정도로 전통적인 남자였다. 그 사람이 **데번** 사람에게 체포당하게 돼서 진짜 **기가 막히게** 다행이야. 메리는 상류층 사람처럼 재잘거리는 캐럴라인 럼스던의 말투를 흉내 내서 속으로 이렇게 못된 생각을 했다. 그래도 땅의 아들에게 붙잡히는 편이 **훨씬 낫다**고 나는 항상 생각했어.

「정말로 교회에 들어가시지 않겠습니까, 부인?」 경찰
관이 이 말을 벌써 1백 번쯤 한 것 같았다. 「교회 안이 훨
씬 따뜻합니다. 좋은 분들도 계시고요. 미국인들까지 있
으니 코즈모폴리턴이죠.」

「메리는 여기 있는 게 가장 좋아요.」 브러더후드가 중
얼거리듯 대답했다.

「하지만 차에 시동을 켜실 수 없습니다. 정말이에요,
부인. 시동을 켜지 못하면 난방도 켤 수 없지 않습니까.
무슨 말인지 아시죠?」

「이만 가주세요.」 메리가 말했다.

「지금 이대로 좋습니다.」 브러더후드가 말했다.

「이렇게 밤을 새우게 될 수도 있습니다, 부인. 내일도
종일 이럴 수 있어요. 만약 저 친구가 끝까지 버티기로
작정한다면 말입니다. 솔직히 말해 그렇다는 얘기예요.」

「그건 그때 가서 생각해 보지요.」 브러더후드가 말했
다. 「메리는 계속 여기 있을 거니까 필요하면 이리로 오
십시오.」

「그럴 수는 없을걸요. 솔직히 말해서, 우리가 안으로
들어간 다음에는 말입니다. 꼭 그래야 할 경우를 말하는
겁니다만. 그러면 부인도 더 안전한 곳으로 물러나셔야
할 겁니다. 솔직히 선생님도 마찬가지입니다. 하지만 다
른 분들은 전부 교회 안에 계시니까, 제 말이 무슨 뜻인

지 아시겠지요? 경찰국장님은 우리 일이 그 단계에 이르렀을 때 미국인을 포함한 모든 비전투원이 거기에 있어야 한다고 지시하셨습니다.」

「나는 다른 사람들과 함께 있고 싶지 않아요.」브러더후드가 미처 입을 열기 전에 메리가 말했다.「그리고 나는 미국인이 아니라, 그 사람 아내예요.」

경찰관은 사라졌다가 금방 다시 돌아왔다. 그는 중간에서 말을 전하는 역할을 하고 있었다. 사람을 대하는 태도가 좋아서 선택된 모양이었다.

「저기 지붕 위에서 온 메시지입니다, 선생님.」그가 또 브러더후드의 창문 쪽에서 몸을 살짝 웅크리고 미안하다는 듯이 입을 열었다.「혹시 저 친구가 갖고 있다는 무기의 유형과 구경을 정확히 알고 계십니까?」

「스탠더드 브라우닝, 38구경, 자동 권총. 낡은 총이오. 틀림없이 오랫동안 청소도 안 했을 겁니다.」

「탄약 유형에 대해서는 짐작이 가십니까? 그냥 사정거리를 알아 두면 좋을 것 같아서요.」

「쇼트 노즈일 겁니다.」

「스토퍼나, 예를 들면 덤덤탄이 아니고요?」

「녀석이 덤덤탄을 갖고 있을 이유가 없잖습니까?」

「저야 모르죠, 선생님. 돌아다니는 정보가 사금처럼 귀해서요. 제가 이런 말을 해도 되는지 잘 모르겠습니다만. 입이 무거운 사람들을 한꺼번에 이렇게 많이 본 건, 아,

정말 오랜만입니다. 총알이 몇 발이나 있을까요?」

「탄창 하나일 겁니다. 어쩌면 여분이 하나 더 있을지도 모르고.」

메리가 갑자기 벌컥 화를 냈다. 「아, 진짜, 그 사람은 정신병자가 아니에요! 공연히 그런…….」

「그런, 뭡니까?」 경찰관이 말했다. 상대가 예의를 지키지 않으면 그의 시골 사람 같은 태도가 살짝 사라지는 경향이 있었다.

「그냥 탄창 하나와 여분 하나라고 생각해요.」 브러더후드가 말했다.

「뭐, 그렇다면, 저 친구의 사격 실력에 대해서는 알려주실 수 있습니까?」 경찰관이 좀 더 안전한 주제로 옮겨가자는 듯이 이렇게 물었다. 「이런 걸 물어본다고 탓하실 수는 없지 않습니까.」

「녀석은 훈련 중 항상 최고 성적을 받았습니다.」 브러더후드가 말했다.

「실력이 좋아요.」 메리가 말했다.

「그걸 어떻게 아십니까, 부인? 이건 간단한 질문이니 해도 되겠지요?」

「톰이랑 같이 공기총을 쏘니까요.」

「쥐나 뭐 그런 걸 잡나요? 아니면 더 큰 것?」

「종이 과녁이에요.」

「그렇습니까? 점수가 높은가요, 부인?」

「톰 말로는 그래요.」

메리는 브러더후드를 흘긋 보고 그의 생각을 알아차렸다. 총이 있든 없든, 그냥 내가 들어가서 녀석을 잡게 해줘. 그녀도 브러더후드와 비슷한 생각을 하고 있었다. 매그너스, 멍청한 짓 그만하고 거기서 나와. 경찰관이 다시 말을 하고 있었다. 이번에는 브러더후드를 직접 바라보면서.

「이번에는 우리 처리반의 질문입니다, 선생님.」 그가 말했다. 조금 이상한 질문이지만 그냥 참고 들어 달라는 듯이. 「저 친구가 갖고 있는 상자 모양 장치에 대한 건데요. 교회 안에서 제가 물어보았습니다만, 처리반 친구들은 잘 모르는 기술이라며 선생님한테 물어보라고 했습니다. 자기들이 그 상자에 대해 자세히 알면 안 된다는 사실을 잘 알고는 있습니다만, 그 안에 들어 있는 것에 대해 선생님의 지혜를 빌리고 싶어 하거든요.」

「그건 스스로 타는 겁니다.」 브러더후드가 대답했다. 「무기는 아니에요.」

「아, 하지만 무기로 사용될 수 있을까요? 이를테면 말입니다. 예를 들어, 정신적인 균형을 잃을 가능성이 있는 사람의 손에 들어간다든가.」

「녀석이 그 상자 안에 다른 사람을 집어넣지 않는 한 안 될 겁니다.」 브러더후드가 대답하자 경찰관은 시골 사람 같은 웃음을 터뜨렸다.

「처리반 친구들한테 그렇게 전하겠습니다.」그가 약속
했다. 「농담을 좋아하거든요. 정말입니다. 긴장이 풀린다
나요.」그가 목소리를 줄여 브러더후드만 들리게 말을 이
었다. 「저 친구가 분노해서 자기 총을 쏜 적이 있습
니까?」

「저건 녀석의 총이 아닙니다.」

「아, 그건 제 질문의 답이 아닙니다, 선생님, 그렇죠?」

「내가 아는 한 녀석은 총격전을 벌인 적이 없소.」

「저 친구는 화를 내지 않아요.」메리가 말했다.

「저 친구가 누군가를 포로로 붙잡은 적이 있습니까,
선생님?」

「우리를 잡았죠.」메리가 말했다.

핌은 코코아를 타고, 미스 더버의 어깨에 새 숄을 덮어
주었다. 그녀가 춥지 않다고 말하는데도. 핌은 토비에게
특별식으로 주려고 슈퍼마켓에서 닭고기를 사 와 작게
잘라 두었다. 미스 더버가 허락만 했다면 핌은 카나리아
의 새장도 청소했을 것이다. 미스 더버가 잠자리에 든 뒤
카나리아가 죽어 있는 것을 그가 발견하고 그녀 몰래 반
려동물 가게의 로어링 씨와 함께 살아 있는 녀석으로 바
꿔 놓은 그날 밤 이후로 카나리아는 그의 비밀스러운 자
부심이었기 때문이다. 그러나 미스 더버는 그에게 수선
은 그만 피우라고 말했다. 그리고 자신의 시야 안에 있는

옆자리에 앉아 저 멀리 스리랑카에서 앨 숙모가 최근에 보내온 편지나 읽어 달라고 했다. 바로 어제 도착한 편지예요, 캔터베리 씨, 당신은 전혀 관심이 없었지만.

「그거 혹시 작년에 앨 숙모의 레이스를 훔친 세탁부(夫) 알리 얘기우?」 미스 더버가 편지를 읽고 있는 그의 목소리를 중간에 자르며 날카롭게 물었다. 「숙모님이 왜 자기 것을 훔쳐 간 사람을 고용했을꼬? 이미 오래전에 알리가 영원히 사라진 줄 알았는데.」

「숙모님이 알리를 용서하신 모양입니다.」 핌이 말했다. 「기억하시는지 모르겠지만, 알리한테 아내가 많거든요. 그러니 차마 알리를 길바닥으로 내쫓지 못하셨을 겁니다.」 핌의 귀에 자기 목소리가 아주 깨끗하고 아름답게 들렸다. 소리 내어 말하는 것은 기분 좋은 일이었다.

「숙모님이 고향으로 돌아오시면 좋겠우.」 미스 더버가 말했다. 「숙모님한테 좋을 리가 없어요. 그런 더위 속에서 그렇게 오랜 세월을 보내시다니.」

「아, 하지만 여기서는 숙모님이 직접 빨래를 하셔야 할 텐데요, 그렇지 않습니까, 미스 D?」 핌이 말했다. 자신의 미소가 미스 더버의 마음을 녹여 준다는 것을 알기 때문에 그의 마음도 따뜻해졌다.

「이제 좀 나아졌나 보네요, 캔터베리 씨? 다행이우. 뭔지는 몰라도 나쁜 것이 사라졌으니. 이제 푹 쉴 수 있겠어요.」

「뭣 때문에요?」핌이 계속 웃는 얼굴로 부드럽게 말했다.

「지금까지 하던 일이 뭔지는 몰라도, 일을 좀 쉬어요. 나라를 움직이는 일은 한동안 다른 사람한테 맡겨도 되잖우. 세상을 떠났다는 그 가엾은 신사가 일을 많이 남겨두고 갔우?」

「정말 그런 것 같습니다. 제대로 인수인계를 하지 않으면 항상 힘들어요.」

「그래도 이젠 괜찮을 거야, 그렇죠? 이렇게 보니 알겠구면.」

「미스 D가 그 휴가를 떠나겠다고 하신다면 제가 괜찮아질 겁니다.」

「당신도 같이 간다면.」

「저는 **그럴** 수 없습니다. 말씀드렸잖아요! 휴가를 다 써버렸다니까요!」

목소리가 생각보다 높아졌다. 그를 바라보는 미스 더버의 얼굴이 겁먹은 표정을 짓고 있었다. 초록색 서류함이 도착한 뒤로 눈이 마주칠 때마다 그녀는 항상 그런 표정으로 그를 바라보고 있었다. 그가 미소를 지으며 지나치게 자상하게 굴 때도 마찬가지였다.

「그럼 난 안 가요.」미스 더버가 신랄하게 대답했다. 「토비를 철창 안에 넣는 게 싫어. 토비도 그 안에 갇히는 걸 싫어하고. 순전히 당신 기분 좋으라고 우리가 그럴 필요는 없우. 안 그러니, 토비? 캔터베리 씨의 말씀은 고맙지만 다시는 그런 얘기 하지 말아요. 숙모님 편지는 그게 전부요?」

「나머지 내용은 인종 폭동에 관한 거예요. 앞으로 더 일어날 거라고 생각하시는 것 같은데, 미스 D는 싫어하실 것 같아서요.」

「잘 생각했우. 듣고 싶지 **않아요.**」 미스 더버가 단호하게 말하고는, 방을 가로지르는 그에게 시선을 고정했다. 그는 편지를 접어 적갈색 통에 넣었다. 「아침에는 그런 얘기를 들어도 괜찮을 것 같으니까 그때 읽어 줘요. 그런데 광장이 왜 이렇게 조용할꼬? 옆집 필 부인이 텔레비전을 왜 안 켰지? 지금쯤 엄청 좋아하는 그 아나운서의 프로그램을 봐야 할 텐데.」

「아마 잠자리에 드신 모양입니다.」 핌이 말했다. 「코코아 더 드릴까요, 미스 D?」 그가 잔을 개수대로 가져가며 물었다. 커튼이 닫혀 있었지만, 창문 옆 나무 벽에 핌이 설치해 놓은 투명 플라스틱 환기팬이 있었다. 핌은 그것을 통해 재빨리 광장을 살펴보았다. 움직이는 것이 하나도 보이지 않았다.

「무슨 소리우, 캔터베리 씨?」 미스 더버가 말하고 있었다. 「내가 코코아를 꼭 한 잔만 마시는 걸 알면서. 이리 와서 뉴스나 봐요.」

광장 저편, 교회의 그림자 속에서 작은 불빛 하나가 켜졌다가 꺼졌다.

「괜찮다면 오늘은 사양하고 싶은데요, 미스 D.」 핌이
그녀에게 큰 소리로 말했다. 「일주일 내내 정치 얘기만
들어서요.」 그는 수돗물을 틀고 온수가 나오기를 기다렸
다가 잔을 씻었다. 「오늘은 그냥 세상 편하게 잠이나 잘
겁니다, 미스 D.」

「그보다 전화부터 먼저 받아요.」 미스 더버가 대답했
다. 「당신 전화예요.」

온수기 돌아가는 소음 사이로 전화벨 소리가 들린 적
이 없으므로, 벨이 울리자마자 미스 더버가 수화기를 들
었음이 분명했다. 이곳에 그를 찾는 전화가 걸려 온 것은
처음이었다. 수화기를 들고 있는 그녀의 얼굴에 다시 겁
먹은 표정이 보였다. 핌이 흔들림 없는 손을 내밀어 수화
기를 받으려고 할 때는 그를 비난하는 표정이었다. 그는
수화기를 귀에 대고 말했다. 「캔터베리입니다.」 전화가
끊겼는데도 그는 계속 수화기를 귀에 댄 채 멀지도 가깝
지도 않은 주방을 향해 뭔지 알 것 같다는 밝은 미소를
재빨리 지어 보였다. 순례자가 매춘부들을 지나 언덕을
뚜벅뚜벅 올라가는 그림과 머리를 깨끗하게 빗고 침대에
앉아 삶은 달걀을 먹기 직전인 어린 소녀의 그림 사이 어
딘가로 그의 시선이 향했다.

「고마워요.」 그가 말했다. 「그래요, 정말 고마워요, 빌.
멋지네요. 장관님도 그렇고. 장관님께도 감사하다고 전

해 줄래요, 빌? 다음 주에 점심을 같이하면서 얘기해 보죠. 내가 살게요.」

그는 전화를 끊었다. 얼굴이 몹시 뜨거워서 지금 미스 더버를 본다면 그녀가 어떤 표정을 할지 알 수 없었다. 자신의 어깨와 목과 오른쪽 무릎이 아프다는 사실을 그녀가 알고 있는지도 알 수 없었다. 그가 톰과 함께 레히에서 스키를 타다가 접질린 부분들이었다.

「아무래도 장관님이 제가 해놓은 일에 만족하신 모양이에요.」핌이 미스 더버에게 조금 되는대로 설명을 늘어놓았다. 「제 노력이 헛되지 않았다는 말씀을 전해 달라고 하셨답니다. 지금 전화를 걸어 온 개인 비서를 통해서요. 빌, 그러니까 윌리엄 웰스 경이라고 제 친구예요.」

「그렇군요.」미스 더버가 대답했다. 하지만 별로 관심이 없는 표정이었다.

「원래 장관님은 쉽게 고맙다는 말을 하시는 분이 아니에요, 솔직히. 겉으로 내색하지 않으시죠. 부하들이 하는 일에 쉽게 만족하시는 편도 아니고요. 사실상 이렇게 칭찬을 해주신 적이 평생 한 번도 없는 걸로 알려져 있어요. 그래도 우리는 모두 장관님한테 좀 헌신적인 편입니다. 아무것도 아끼지 않고 전부를 바친다고 해도 될 정도로. 모두 장관님을 조금 좋아하는 경향이 있거든요. 이해하시겠어요? 장관님이 무슨 괴물 같은 존재가 아니라 인생이라는 화려한 행렬의 일부라는 사실을 받아들이기로 했다고나 할까. 그렇죠, 뭐. 이제 좀 피곤하네요, 미스 D. 제가 잠자리를 봐드릴게요.」

미스 더버가 꼼짝도 하지 않았기 때문에 핌은 좀 더 강한 말투로 말했다.

「물론 장관님 본인은 아니었어요. 밤샘 회의에 들어가 계시니까요. 한참 동안 그 회의에 들락날락하셔야 할 것 같아요. 전화를 건 사람은 장관님의 개인 비서였어요.」

「그건 아까 말했어요.」

「〈이건 훈장감이야, 핌. 대장이 정말로 웃으셨어.〉 빌이 이렇게 말했어요. 대장은 우리가 장관님을 부르는 호칭이에요. 장관님 면전에서는 윌리엄 경, 등 뒤에서는 〈대장〉이라고 하죠. 훈장을 받는 건 좋은 일일 거예요, 그렇죠, 미스 D? 그걸 여기 벽난로에 두는 거예요. 부활절과 크리스마스에 광을 내죠. 우리 둘의 훈장이에요. 여기 이 집에서 탄 거니까. 그걸 받을 자격이 있는 사람은 바로 미스 D예요.」

그는 한동안 입을 다물었다. 생각나는 대로 말하다 보니 입안이 말랐기 때문이다. 게다가 그가 기억하는 한 이렇게 아픈 적이 없다 싶을 만큼 귀와 목도 아팠다. 정말로 개인 병원에 가서 한번 싹 훑어봐야지. 그래서 그는 말을 하지 않고 그녀 앞에 서서 그녀를 일으켜 세우기 위해 손을 내밀었다. 밤에 안녕히 주무시라면서 폭 안아 주는 것을 그녀는 아주 중요하게 생각했다. 하지만 미스 더버가 그의 생각대로 움직이지 않았다. 그녀는 포옹을 거부했다.

「이름이 핌이면서 왜 캔터베리라고 해요?」 그녀가 엄격한 얼굴로 다그치듯 물었다.

「그건 성이 아니라 이름이에요. 핌. 핍처럼요. 핌 캔터베리죠.」

미스 더버는 한참 동안 생각에 잠겼다. 그의 보송보송한 눈과 뺨 근육도 유심히 살펴보았다. 그의 뺨은 무슨 영문인지 요동치고 있었다. 그는 그녀가 자신에게서 발견한 것들이 마뜩지 않아서 그와 싸움을 벌일 태세임을 알아차렸다. 하지만 그가 있는 힘껏 그녀에게 미소를 지으며 자신의 뜻을 전달하자, 다행히 그녀가 알겠다는 듯이 딱딱하게 고개를 끄덕였다.

「뭐, 우리 둘 다 이제 와서 이름으로 서로를 부르기에는 나이가 너무 많네요, 캔터베리 씨.」 미스 더버는 이 말을 하고 나서 마침내 양팔을 내밀었다. 핌은 팔꿈치 위를 부드럽게 잡았다. 빨리 그녀를 안아서 데려다주고 자신도 침대에 눕고 싶은 마음이 간절했기 때문에 그는 너무 세게 잡아당기지 않으려고 주의해야 했다.

「그 훈장 얘기 이제 생각하니 반갑긴 해요.」 그의 손에 이끌려 통로를 걸어가면서 그녀가 선언하듯이 말했다. 「난 항상 훈장을 받은 남자가 그렇게 우러러보이더라고요, 캔터베리 씨. 무슨 공으로 받은 훈장이든.」

계단은 옛날 그가 어릴 때 살던 집의 것이었으므로 그
는 쿡쿡 쑤시는 몸의 통증을 잊어버리고 가볍게 뛰어 올
라갔다. 층계참에 있는 베들레헴의 별 전등갓은, 비록 형
편없는 빛을 뿌리고 있지만 글레이즈 시절의 옛 친구였
다. 모든 게 나한테 친절해. 그는 이런 생각을 했다. 그가
자기 방의 문을 밀어 열자 모든 것이 깜짝 파티라도 연
것처럼 그를 향해 윙크하며 웃음을 터뜨렸다. 꾸러미들
은 그가 정리해 놓은 그대로였지만, 한번 확인한다고 해
서 손해가 되지는 않았다. 그래서 그는 확인해 보았다.
미스 더버 앞으로 된 봉투에 담긴 많은 돈과 사과의 말.
잭 앞으로 된 봉투에는 돈이 하나도 없었고, 생각해 보니
귀한 사과의 말도 거의 없었다. 그리고 양귀비, 당신 이
름이 이렇게 멀게 들리다니. 그 망할 서류함, 내가 왜 그
오랜 세월 동안 이 물건에 신경을 썼는지 모르겠네, 가져
오기만 하고 안을 들여다보지도 않았잖아. 번박스는 비
밀도 몇 개 없는 주제에 무겁기만 하지. 메리 앞으로 된
것은 하나도 없었다. 사실 그는 그녀에게 할 말이 별로
없었다. 〈당신과 위장용 결혼을 해서 미안해. 그래도 도
중에 조금이라도 사랑하는 마음이 생겨서 다행이야. 이
런 일을 하다 보면 그런 위험이 있지. 당신도 스파이잖아,
그렇지? 핌보다 더 실력 있는 스파이. 생각해 보니 그래.
결국 클래스가 드러나는 거지.〉 마음에 걸리는 것은 톰
앞으로 된 봉투뿐이었다. 그는 아무래도 뭔가 설명을 덧

붙여야 할 것 같다는 생각에 봉투를 찢어 열었다.

〈알겠니, 톰, 나는 다리다.〉 핌은 짜증스러울 만큼 느린 속도로 글자를 썼다. 〈네가 릭을 떠나 인생을 향해 걸어가면서 반드시 건너야 하는 다리가 나야.〉

그러고 나서 그는 자신의 이니셜을 적었다. 추신에는 항상 그래야 하는 법이다. 그는 새 봉투에 주소를 적은 뒤, 아까 찢은 봉투는 쓰레기통에 넣었다. 지저분함과 불안정함은 자매와 같다고 어려서부터 배웠기 때문이다.

그는 서류함 위에 있던 번박스를 책상으로 가져와 열쇠고리의 열쇠 두 개로 무장을 해제하고 먼저 워낙 기밀이라서 등급 분류조차 되지 않은 서류를 꺼냈다. 거기에는 그와 양귀비가 그토록 공들여 구성한 네트워크에 대한 거짓 정보가 아주 많이 들어 있었다. 그는 그 서류들도 쓰레기통에 넣었다. 그 일이 끝난 뒤에는 총을 꺼내 장전하고 공이치기를 당겼다. 꽤 신속한 손놀림으로. 그러곤 총을 들고 다니면서도 쏘지 않았던 과거의 수많은 순간들을 생각하며 그것을 책상 위에 놓았다. 지붕에서 뭔가를 긁는 소리가 들려오자 그는 혼잣말을 했다. 틀림없이 고양이일 거야. 그는 고개를 절레절레 저었다. 망할 고양이들이 요즘은 아무 데나 돌아다니는 바람에 새들이 살아남지 못한다고 말하려는 것처럼. 그는 손을 크게 움직여 손목에 찬 금시계를 흘깃 보았다. 릭이 준 물건인데 목욕할 때 깜박 잊고 빼지 않을지도 모르겠다는 생각이

들었다. 그래서 지금 시계를 벗어 톰에게 보내는 봉투 위에 놓고, 바로 옆에 명랑하게 웃는 스마일 이미지를 그려 넣었다. 그와 톰이 서로에게 웃으라고 말할 때 사용하는 표시였다. 그는 옷을 벗어 침대 옆에 깔끔하게 놓은 뒤 실내 가운을 입고 옷걸이에 걸린 수건 두 개를 모두 걷었다. 커다란 목욕 타월 한 개와 세수수건 한 개. 그런 다음 총을 가운 주머니에 넣었다. 안전장치를 풀어 둔 것은, 안전장치를 걸어 둔 총이 더 위험하다는 훈련 교관들의 성실한 가르침 때문이었다. 그는 그저 복도를 걸어갈 뿐이었지만, 요즘 세상이 워낙 폭력적이니 아무리 조심해도 지나치지 않았다. 욕실 문을 열려던 그는 도자기로 된 손잡이가 전혀 돌아가지 않는 것을 깨닫고 짜증스러웠다. 망할 문고리 같으니. 이것 좀 보라지. 그는 양손으로 힘껏 용을 쓰며 손잡이를 돌리려고 했지만, 어느 멍청이가 거기에 비누를 묻혀 놓았는지 손이 자꾸 미끄러져서 더욱 짜증이 났다. 그는 수건으로 손잡이를 닦은 뒤에야 단단히 붙잡을 수 있었다. 십중팔구 립시일 거야. 그는 이런 생각을 하며 빙긋 웃었다. 립시는 항상 자기 머릿속 세계에 살잖아. 그는 마지막으로 면도용 거울 앞에 서서 머리와 어깨를 수건 두 개로 덮었다. 작은 수건은 모자가 되고, 큰 수건은 망토가 되었다. 미스 더버가 무엇보다 싫어하는 것이 바로 어질러진 집 안이었기 때문이다. 그는 오른쪽 귀에 총을 갖다 댔지만, 브라우닝 38구경 자동 권총의 방아쇠 압력 장치가 하나인지 둘인지 잊어버렸다. 그런 상황에서는 누구라도 그럴 수 있다. 그다음에 그가 알아차린 것은 자신이 몸을 기울이고 있다는 사실이었다. 총에서 먼 쪽이 아니라 총을 향해서 기울인 모습이, 마치 가는귀가 먹어서 소리를 들으려고 애쓰는 사람 같았다.

메리는 총소리를 듣지 못했다. 경찰관은 다시 브러더후드 쪽 창문을 향해 고개를 숙이고 있었다. 이번에는 책략을 써서 저 집에 매그너스가 있다는 사실을 확실히 확인했으며, 비전투원들을 당장 교회 안에 모아 놓으라는 지시를 받았다는 말을 전하기 위해서였다. 브러더후드는 반발했고, 메리는 광장 맞은편의 굴뚝들 사이에서 할머니의 발자국 게임[48]을 하고 있는 네 남자를 계속 바라보았다. 그들은 벌써 30분 째 줄을 풀었다 감았다 하면서 은밀하게 움직일 때의 고전적인 자세들을 취하고 있었다. 메리는 그들이 미웠다. 자신이 누군가를 이토록 강하게 증오할 수 있을 줄은 상상도 하지 못했다. 돌격 전문 부대를 우러러보는 사회는 그 부대를 어디로 보낼지 아주 신중하게 결정해야 한다는 말을 매그너스는 즐겨 했다. 경찰관은 저 집에 캔터베리라는 사람 외에는 남성 하숙인이 전혀 없다고 확인해 주면서, 메리에게 작전 중에

48 우리나라의 〈무궁화 꽃이 피었습니다〉와 비슷한 게임.

필요해지면 남편과 연결된 전화를 통해 달래 볼 수 있겠느냐고 물었다. 메리는 쏘아붙이듯이 말했다. 「**당연히 할 수 있지요.**」무슨 연극을 하는 것 같은 이 말도 안 되는 상황에서 거품을 꺼뜨리기 위해 일부러 무모할 만큼 대담하게 속삭인 말이었다. 나중에도 그녀의 기억에 남게 된 이 모든 일들이 일어나던 중이었는지 다 끝난 뒤였는지, 하여튼 브러더후드가 운전석 문을 벌컥 여는 바람에 경찰관이 한쪽으로 쓰러지면서 한쪽 발이 창문에 얼어붙은 듯 달라붙었다. 그다음에는 잭이 젊은 청년 같은 속도로 그 집을 향해 돌진하던 장면이 그녀의 기억 속에 빨리 감은 필름처럼 펼쳐졌다. 가끔 그녀는 꿈에서 정확히 똑같은 모습을 보곤 했다. 다만 그가 달려가는 집은 플러시였고, 그는 그녀와 사랑을 나누기 위해 오는 중이었다. 하지만 주위가 워낙 소란스러워서 그는 가만히 서 있었다. 불빛들이 켜지고 구급차들이 현장으로 달려왔다. 하지만 현장이 어디인지 잘 모르는 것 같았다. 경찰관들과 사복을 입은 남자들이 서로 부딪쳐 우당탕탕 쓰러지고, 지붕 위의 멍청이들은 광장의 멍청이들을 향해 고함을 지르고, 영국은 존재하는 줄도 몰랐던 위험으로부터 구출되고 있었다. 그러나 잭 브러더후드는 자리를 지키다 죽어 버린 백부장처럼 차렷 자세로 서 있었다. 그리고 모두들 위엄 있는 자그마한 부인이 실내 가운 차림으로 집의 계단을 내려오는 모습을 지켜보았다.

작가의 말

한참 나중에 나온 『콘스턴트 가드너 *The Constant Gardener*』도 비슷하다면 비슷하다고 말할 수 있지만, 어쨌든 『완벽한 스파이』는 지금도 내 작품 중에서 내가 가장 좋아한다. 내 피와 땀이 들어갔기 때문에 궁극적으로 가장 보람을 느끼는 작품이기도 하다.

작가의 삶을 시작한 뒤로 그때까지 나는 남다른 어린 시절에 대한 기억을 말로 표현하지 못했다. 남다른 아버지의 손에서 어려움을 참고 견디면서도 때로는 즐거움을 느끼기도 했던 어린 시절이었다. 아버지의 종횡무진 인생은 소설 속 인물이자 주인공 매그너스의 아버지인 릭 핌의 인생에 거울처럼 반영되어 있다. 가족과 친척 중에 아버지를 알고 내 소설도 읽을 수 있었던 사람들은 대부분 즐거워하면서, 내가 그린 아버지의 모습에 안도감을 느꼈다. 하지만 우리 모두 그보다 더 어두운 면이 있었다는 사실을 잘 알았다. 소설에서 살짝 암시만 하고 지나간 그 어두운 면은 지금도 내 머리에서 떠나려 하지 않는다.

얼마 전, 그러니까 『콘스턴트 가드너』가 아직 내 머릿속의 반짝이는 점 하나에 불과했을 때, 나는 실험적인 종류의 자서전을 쓰자는 생각을 떠올렸다. 결국 무위로 돌아가긴 했지만, 그때 내 아이디어는 이랬다. 한 페이지를 둘로 나누고, 왼편에 지금 내가 기억하는 내 인생을 쓴다. 사람들의 기억 속에 항상 들어 있고 내 기억에도 틀림없이 들어 있을 자기변명과 변호도 빼놓지 않는다. 그리고 오른편에는 확인할 수 있는 실제 기록을 적는다. 아버지가 처음 유죄 판결을 받았을 때의 법원 기록과 신문 보도에서부터 싱가포르, 인도네시아, 홍콩, 스위스, 오스트리아 등 많은 나라에서 체포되어 수감되었을 때의 기록에 이르기까지 상당히 묵직한 발자국들이 남아 있기 때문이다. 게다가 아직 살아 있는 사람들의 기억도 있었다. 아버지와 스쳐 지나갔던 사람들, 아버지를 사랑했던 많은 사람들, 또는 경제적으로 아버지 때문에 곤경에 처했던 많은 사람들. 이 사람들이 모두 다르다고 할 수는 없었다. 아마도 한 가지 점에 대해서는 그들이 모두 동의할 테니까. 로니 콘월은 가장 매혹적이고 언변 좋은 사기꾼이라는 것.

이 원고를 쓰기 위해 나는 평판이 아주 높은 사립 탐정 두 명을 고용하는 이례적인 조치를 취했다. 한 번도 공개된 적이 없는 문서를 손에 넣으려면 그들의 솜씨가 나보

다 더 나을 것 같았다. 나는 곧 파기될 예정이지만 지금
은 어딘가에 방치된 문서고의 먼지투성이 서랍에서 삶과
죽음의 경계에 놓여 있을 문서들을 상상하며 희망을 품
었다.

한편 살아 있는 사람들의 기억에 대해서는, 얼마든지
놀랍고 풍부한 이야기들을 찾아낼 수 있을 것이라고 믿
었다. 1980년대 초의 어느 날 홍콩에서 나는 자딘 매디
슨 그룹(당시 홍콩을 지배하다시피 했다)의 호의로 해피
밸리 경마장의 회사 소유 박스석에 앉아 있었다. 그때 공
무원처럼 보이는 덩치 큰 영국인 신사가 소심하게 내 소
매를 잡아당겼다. 그는 아버지가 홍콩에서 추방되기를
기다리면서 갇혀 있던 감옥의 교도관이었다고 내게 낮은
목소리로 털어놓았다. 죄수는 말할 것도 없고 신사들 중
에서도 아버지만큼 훌륭하고 심장을 뛰게 만드는 사람은
평생 만난 적이 없다는 말도 했다. 「나는 이제 곧 퇴직할
겁니다. 내가 블라이티로 돌아가면 당신의 아버지가 내
게 일자리를 구해 주겠다고 했어요.」그 가엾은 남자에게
조심하라는 말을 해주었던가? 해주지 않은 것 같다. 아버
지는 자신을 믿지 않는 사람들에게도, 제자처럼 따르는
사람들에게도 관심이 없었다. 그들 역시 스스로의 마음
한구석에서 망상의 일부가 되어 그 과정에 참여하고 있
었다. 그 교도관은 지금 어디 있을까? 내가 그의 이름을
적어 두었는지는 모르겠지만, 적어 두었다 해도 그 종이

를 잃어버린 지 오래다. 하지만 내가 고용한 사립 탐정들이라면 틀림없이 홍콩 경찰을 찾아가서 그를 추적할 수 있을 것 같았다.

또 한 번은 코펜하겐의 로열 호텔에 머물고 있을 때, 지배인이 나를 자기 사무실로 불렀다. 덴마크 특수 수사대의 형사 두 명이 거기서 내게 질문을 던지기 시작했다. 그들은 아버지가 스칸디나비아 항공(SAS)의 고참 조종사 두 명과 공모하여 덴마크에 불법 입국을 했으며, 그 뒤로 종적을 감췄다고 말했다. 아버지가 어디에 있는지 당신은 알고 있는가? 나는 알지 못한다고 말했지만, 그들은 내 말을 쉽사리 믿으려 하지 않았다. 알고 보니 로니는 뉴욕의 어느 술집에서 만난 불운한 SAS 조종사들과 포커를 쳐서 거액을 딴 모양이었다. 그는 그 빚을 탕감해 줄 테니 자신을 코펜하겐까지 데려다 달라고 제안했다. 그리고 조종사들은 현명하지 못하게 그 제안을 받아들였다. 덴마크 경찰은 로니가 뉴욕에서 사기 혐의로 수배 중이었음을 밝혀냈고, 불법 입국 외에도 뇌물과 관세 회피 등 전부 기억나지도 않는 여섯 가지 혐의로 그를 수배했다. 내가 고용한 사립 탐정들은 틀림없이 덴마크에서도 관련 서류를 추적할 수 있을 것이다. 어쩌면 그 불운한 조종사들까지 찾아낼 수 있을 것 같기도 했다. 어쨌든 나는 그렇게 믿고 싶었다.

내가 시카고에서 시간을 보내고 있을 때의 일도 있다.

당시 나는 『영국 주간』을 홍보하는 일에 손을 보태고 있었는데, 인도네시아 주재 영국 대사에게서 급한 전보가 날아왔다. 길크리스트라는 이름의 그 대사는 자카르타의 감옥에 갇힌 내 아버지를 석방시키기 위해 혜일리라는 이름의 총영사에게 내가 몇천 달러를 내줄 수 있는지 물었다. 아버지는 싱가포르에서 쫓겨난 뒤 인도네시아에서 화폐와 관련된 범죄를 저질러 체포된 상태였다.

돌아가시기 얼마 전 로니가 취리히 감옥에서 내게 콜렉트콜로 전화를 걸었을 때의 일도 있다. 그때 아버지는 목이 멘 것 같은 목소리로 이렇게 말했다. 「이젠 감옥 생활을 못 견디겠어.」 지금은 세상을 떠난 내 대리인 라이너 호이만이 다행히 당시 취리히에 있었기 때문에, 로니는 그가 써준 수표의 도움으로 몇 시간 만에 풀려났다. 아버지의 혐의? 스위스에서는 사실상 사형을 당할 수 있는 죄인 호텔 사기죄였다. 「그건 몇 년 전의 일이야, 아들! 지금 일이 아니라고.」 로니는 말년에 부치 캐시디와 선댄스 키드와 조금 비슷했다. 자신이 처음 사기를 친 뒤로 통신의 속도가 얼마나 빨라졌는지 알지 못했다. 나는 이번에도 스위스 경찰에 완벽한 기록이 남아 있을 거라고 짐작했다. 그러니 사립 탐정들이 틀림없이 손에 넣을 수 있을 거라고.

하지만 아니었다. 그럴 수 없었다. 내가 초조한 마음에 그들에게 있지도 않은 능력을 부여한 것이다. 그들은 그런 능력을 가질 수 없었다. 로니는 내게 그랬듯이 사립 탐정들에게도 오를 수 없는 산이었다. 세월이 흐른 것이 로니에게 이점이 되었다. 그를 뒤쫓는 데 천문학적인 비용이 들 것이고, 어디든 목적지에 도달하더라도 내가 꿈꾸던 보물을 발견할 가능성은 희박했다. 그의 군대 기록도 마찬가지였다.

로니는 나이가 적당하고 신체적으로도 건강했지만, 1939~1945년의 전쟁 기간 동안 전혀 징병되지 않고 요리조리 피해 다니는 데 성공했다. 브래드퍼드의 영국 신호대에서 기초 군사 훈련을 받으라는 소집 명령서를 여러 번 받은 것은 사실이다. 하지만 매번 그는 군대의 계획을 좌절시키는 데 성공했다. 처음에는 혼자서 자식을 키워야 하기 때문에 힘들다고 호소했다. 그럴 듯한 주장이었다. 내 어머니가 어디로 간다는 말도 없이 현명하게 우리 앞에서 사라져 버린 뒤였으니까. 하지만 로니가 정말로 힘들게 고생을 감내한 것은 아니었다. 오히려 어머니를 대신할 존재들이 아주 자주, 아주 많이 나타났다. 만약 로니가 조금이라도 고생할 것 같은 기미를 느꼈다면, 그 구름이 지나갈 때까지 우리 형제를 어디 친구 집이나 학교로 보내 버렸을 것이다. 편부의 어려움을 호소하는 말이 더 이상 군대의 마음을 움직일 수 없게 된 뒤에는 로니가 의회 보궐 선거의 후보로 자신의 이름을 올리는 독창적인 방법을 생각해 냈다. 군대는 로니의 민주적인 권리 행사를 위해 그를 풀어 줄 수밖에 없었다. 하지만 첼름스퍼드에서 독립진보당 후보로 나섰다가 낙선(선거 운동을 하지 않았으니 당연한 일이었다)한 뒤에는 가방을 챙겨 브래드퍼드로 가서 기초 훈련을 다시 처음부터 받는 수밖에 없었다. 그것이 군대의 규칙이었다.

그래도 의회의 매력이 곁을 떠나지 않았는지 1950년에 로니는 그레이트야머스에서 자유당 후보로 진짜 출마했다. 이번에는 총선이었다. 이 책에 그때의 선거운동을 가공한 내용이 실려 있지만, 현실은 조금 달랐다. 보수당 측은 로니 때문에 표가 갈라질 것을 두려워해서, 그의 파란만장한 과거에 대해 알아낸 뒤 그에게 통보했다. 후보에서 사퇴하지 않으면 자기들이 모두 폭로하겠다는 것이었다. 로니가 사퇴하지 않자 그들은 정말로 폭로했다. 그래도 로니로 인해 표가 갈라지는 것을 막지 못했다.

말년에 로니가 집착한 것이 하나 있었다. 런던 외곽에 있는 땅이었는데, 건축업자들의 침입이 금지된 〈그린벨트〉 지역이었다. 그런데도 로니는 무슨 수를 썼는지 자신이 소유한 땅에 대해 그 지역 시의회의 도시 계획 허가를 얻어 냈다. 그리고 그 허가를 기반으로 이 나라 최대의 건설사 중 한 곳과 어마어마한 거래를 했다. 그가 원래는 공용지여야 하는 그 땅에 몇 채의 집을 지을 권리를 그 회사에 주었는지는 하느님만이 아실 것이다. 그 거래의 대금은 어마어마했다. 로니는 그 돈을 믿고 틀림없이 그만큼의 빚을 졌을 것이다. 내일 들어올 돈을 오늘 쓰자는 것이 그의 좌우명이었기 때문이다.

하지만 함정이 하나 있었다. 지역 시민 단체들이 들고 일어난 것이다. 시의회는 자신들의 근거가 빈약하다는 사실을 알고 있었으므로 그들의 항의에 굴복해 도시 계획 허가를 철회해 버렸고, 건설 회사 또한 당연히 천문학적인 거래 대금의 지불을 거부했다. 그 뒤로 몇 년 동안 로니는 그 문제를 해결하기 위한 소송 비용을 내게서 받아 내려고 여러 번 시도했으나, 나는 언제나 그랬듯이 거절했다. 내가 내줄 수 있는 것은 그의 생활비뿐이었다. 로니는 생활비를 주겠다는 제안에 결코 호의적이지 않았다. 「나더러 그냥 가만히 있으라고 돈을 주는 거냐?」 로니가 화를 내며 한 말이다. 사실 맞는 말이었다. 어쨌든 로니는 어디서 구했는지 돈을 마련해서 소송을 걸었다. 아마 변호사들에게 소송에서 이기면 받게 될 돈의 일부를 나눠 주겠다고 한 것 같은데, 당시에는 그것이 불법이었다. 로니는 소송에서 이겼지만, 그 승리를 목격하기 전에 세상을 떠났다. 게다가 그 승리의 순간도 길지 않았다. 법원이 로니에게 승리를 안겨 주자마자 그때까지 가만히 있던 변호사가 벌떡 일어서서 자신이 내국세 세무청의 무기임을 밝히며 승소한 금액을 한 푼도 남기지 않고 박박 긁어 갔기 때문이다.

나는 그레이엄 그린의 말을 수없이 인용했다. 유년 시

절은 소설가의 통장 잔고라는 말. 로니는 내 책을 포함해서 평생 책을 한 권도 읽지 않았다고 자랑했지만, 그래도 그린의 말을 들었다면 좋아했을 것이다. 로니는 항상 자기가 없었다면 나는 아무것도 되지 못했을 것이라고 주장했다. 나는 별로 깊이 생각하고 싶지 않지만, 어떤 면에서는 십중팔구 그의 말이 옳을 것이다.

2000년 11월

존 르카레

옮긴이 **김승욱** 성균관대학교 영문학과를 졸업하고 뉴욕 시립대학교 대학원에서 여성학을 전공했다. 동아일보 문화부 기자로 근무했으며 현재 전문 번역가로 활동 중이다. 옮긴 책으로는 존 르카레의 『스파이의 유산』, 『모스트 원티드 맨』, 주제 사라마구의 『히카르두 헤이스가 죽은 해』, 데니스 루헤인의 『살인자들의 섬』, 존 윌리엄스의 『스토너』, 아서 C. 클라크의 『2001 스페이스 오디세이』, 프랭크 허버트의 『듄』, 에이모 토울스의 『우아한 연인』, 리처드 플래너건의 『먼 북으로 가는 좁은 길』, 윌 듀런트의 『노년에 대하여』, 『위대한 사상들』, 도리스 레싱의 『19호실로 가다』, 『사랑하는 습관』, 콜슨 화이트헤드의 『니클의 소년들』, 『제1구역』 등이 있다.

완벽한 스파이 2

발행일   2021년 2월 5일 초판 1쇄
         2021년 3월 1일 초판 2쇄

지은이   존 르카레
옮긴이   김승욱
발행인   홍예빈 · 홍유진
발행처   주식회사 열린책들

경기도 파주시 문발로 253 파주출판도시
전화 031-955-4000 팩스 031-955-4004
www.openbooks.co.kr

Copyright (C) 주식회사 열린책들, 2021, *Printed in Korea.*
ISBN 978-89-329-2084-9 04840
ISBN 978-89-329-2082-5 (세트)